HEYNE

JANA LUKAS

Die Mühlenschwestern

DAS GLÜCK WARTET AUF DICH

ROMAN

WILHELM HEYNE VERLAG
MÜNCHEN

Sollte diese Publikation Links auf Webseiten Dritter enthalten, so übernehmen wir für deren Inhalte keine Haftung, da wir uns diese nicht zu eigen machen, sondern lediglich auf deren Stand zum Zeitpunkt der Erstveröffentlichung verweisen.

MIX
Papier aus verantwortungsvollen Quellen
FSC® C014496

Penguin Random House Verlagsgruppe FSC® N001967

2. Auflage
Originalausgabe 12/2020

Redaktion: Diana Mantel
Printed in Germany
Umschlaggestaltung: ZERO Werbeagentur
unter Verwendung von Bildern von Stocksy/Jovana Vukotic,
GettyImages/Achim Thomae, FinePic®
Satz: Uhl + Massopust, Aalen
Druck und Bindung: GGP Media GmbH, Pößneck
ISBN: 978-3-453-42427-5

www.heyne.de

Eine Mühle ohne Mühlrad
ist wie ein Bräutigam ohne Braut.

(Sprichwort)

Prolog

Sommer vor sechs Jahren

Das Scheinwerferlicht des alten Land Rovers strich über die dunklen Silhouetten der Spitztannen und Buchen. Die Fenster waren heruntergelassen, und der laue Nachtwind, der mit Antonia Falkenbergs Haarspitzen spielte, füllte das Innere des Wagens mit dem erdigen Duft des Waldes, den sie so liebte. Holpernd kroch der Defender um die vorletzte Serpentine. Sie sah den Sternsee zwischen den Bäumen hervorblitzen. Tief unten im Tal. Das Mondlicht überzog seine Oberfläche mit einem silbrigen Schimmer. Über den Baumwipfeln funkelten die Sterne auf ihrem königsblauen Hintergrund.

Noch eine Kurve, und der Wagen rollte auf der Lichtung vor dem alten Forstlehen aus, das Antonias neues Zuhause werden sollte. Bis jetzt lebte sie zwar nur auf einer Matratze inmitten einer Baustelle, aber wenn der Umbau fertig war, wäre ihr Haus ein genauso schönes Schmuckstück wie die Alte Mühle *ihrer Tante Louisa – ein Kleinod im Tal.*

Antonias Magen begann zu kribbeln, als Xander Valentin den Motor abstellte. Zusammen mit dem Erlöschen der Scheinwerfer verstummte Stolen Dance *von Milky Chance, ein Song, der in letzter Zeit immer zu laufen schien, wenn sie mit dem Mann unterwegs war, der neben ihr saß. Nur das Zirpen der Grillen und das Rascheln der Nachttiere waren zu hören, bis sie vom metallischen Quietschen von Xanders Fahrertür unterbrochen wurden.*

Antonia wollte aus dem Wagen springen, aber in den letzten Wochen hatte sie gelernt zu warten. Xander war der Typ Mann, der um die Motorhaube herumging und einem beim Aussteigen behilflich war. So lächerlich sie das bis vor Kurzem gefunden hätte, sorgte diese Geste inzwischen dafür, dass die Schmetterlinge in ihrem Bauch komplett ausflippten. Xander und sie waren ein paarmal miteinander ausgegangen. Abende, die damit geendet hatten, dass er sie auf die Wange küsste und rastlos zurückließ. Einmal war er hier gewesen und hatte sich angesehen, wie sein Freund Matthias Weidinger, von allen nur Hias genannt, mit dem Umbau vorankam. Vielleicht würde er ja heute Nacht ein zweites Mal mit hereinkommen.

Xander verschränkte seine Finger mit ihren. Ohne zu sprechen, liefen sie über die taufeuchte Wiese zu den baufälligen Treppenstufen, die zur Haustür führten. Antonia trat auf die unterste und drehte sich zu ihm um. Das ausgetretene Holz brachte sie auf Augenhöhe. Ihre Gesichter waren sich so nah, und einen Herzschlag lang blickten sie sich in die Augen. Was Antonia in Xanders Blick las, war ein Spiegelbild der Sehnsucht, die ihre Gedanken beherrschte.

»Willst du mit …« hereinkommen, wollte sie fragen. Doch Xander wählte genau diesen Moment, seine Lippen auf ihre zu legen und ihre Worte in einem zarten Kuss zu ersticken. Fast war es, als wollte er nicht, dass sie ihn hereinbat. Im nächsten Moment verstärkte Xander den Druck seiner Lippen, und der Gedanke verflüchtigte sich. Seine Hände schoben sich um ihre Taille und zogen sie an ihn, bis sie nur auf den Zehenspitzen balancierte. Ihre Finger glitten um seinen Nacken, und was sanft begonnen hatte, explodierte in Leidenschaft. Antonia wünschte sich, dass dieser Kuss nie endete, dass Xander mit ihr durch die Tür taumeln und auf ihre Matratze fallen würde.

Sie konnte nicht genug bekommen. Von seinem Geschmack. Dem Gefühl der starken Arme, die sie festhielten. Sie war noch lange nicht bereit, den Körperkontakt zu unterbrechen, als sich Xander von ihr löste und einen Schritt zurücktrat.

Wieder griff er nach ihrer Hand, hob ihre verschlungenen Finger an den Mund und küsste sie. »Gute Nacht«, flüsterte er.

Antonia zog ihn abermals an sich, küsste ihn und ließ dann zu, dass er rückwärts ging, bis ihre Finger auseinanderglitten. Erst nach zwei weiteren Schritten drehte er sich um und überquerte die Wiese. Er blickte noch einmal zu ihr zurück, ehe er in seinen Wagen stieg und von der Lichtung rumpelte.

Antonia presste die Hand auf ihr wild schlagendes Herz. Erst als sie die Scheinwerfer nicht mehr sehen und den Motor nicht mehr hören konnte, ging sie ins Haus. Sie würde sich einen Tee kochen, der das Adrenalin, das nach diesem Abend durch ihre Adern pumpte, ein wenig beruhigte. Anschließend konnte sie ihre überschüssige Energie abbauen, indem sie weiter die Fliesen in dem altersschwachen Bad abklopfte. Bei dieser Gelegenheit konnte sie sich darüber Gedanken machen, was eigentlich mit ihr los war. Sie war nicht der Typ, der mit Herzklopfen einem Mann hinterherblickte. Nein, sie hatte Spaß, genoss das Leben. Aber sie achtete immer darauf, niemanden zu nahe an sich heranzulassen. Xander hatte es irgendwie geschafft, diese Grundsätze, nach denen sie schon seit Jahren lebte, einfach auszuhebeln.

Sie hatte gerade den Wasserkocher eingeschaltet, als es an der Tür klopfte. Hatte Xander es sich anders überlegt? Die Schmetterlinge in ihrem Bauch hoben wieder ab. Antonia sprang über ein paar herumliegende Holzbalken und riss die Tür auf. »O … Hallo.« Xander war nicht zurückgekehrt, war das Erste, was ihr durch den Kopf ging. Sie starrte die Person an, die auf der wackeligen Treppenstufe balancierte. Das aufgeregte Klopfen ihres Herzens wich einem schmerzhaften Stechen. So schnell konnte sich also ein Abend, der magisch begonnen hatte, in das Gegenteil verwandeln – und den zaghaften Traum von Xander und ihr auslöschen.

1

Frühjahr sechs Jahre später

Antonia Falkenberg machte keinen Unterschied zwischen den Jahreszeiten – jede hatte etwas für sich. Wassersport im Sommer. Skifahren und Snowboarden im Winter. Im Frühjahr und im Herbst gab sie Mountainbike- oder Wandertouren den Vorzug. Aber was sie wirklich liebte, waren die Übergänge zwischen den Jahreszeiten. So wie zurzeit. Die ersten Frühjahrsblüher hatten sich gegen Kälte und Eis durchgesetzt, und wo der milde Wind den Schnee schmelzen ließ, blitzte das satte Grün der Wiesen durch das Weiß.

Sonnenstrahlen legten sich wärmend auf Antonias Haut, als sie aus dem alten Forsthaus trat und über die breite Terrasse ging. Sie lebte seit sechs Jahren auf der Lichtung, ein Stück oberhalb ihres Heimatdorfes Sternmoos. Von hier aus hatte sie einen atemberaubenden Blick auf die Berge, ohne die sie nicht leben konnte. Am Abend zuvor hatte sie ihr Mountainbike nach einer Bergtour nur gegen die Verandabrüstung gelehnt. Sie musste jetzt lediglich den Tau vom Sattel wischen und dann einfach in die Pedale treten.

Von der Lichtung aus hatte sie einen spektakulären Blick auf die rauen Bergspitzen, die dem Winter noch nicht entkommen waren. Sie lenkte das Rad talwärts und schoss die steile, kurvige Straße hinunter, die nach Sternmoos führte. Nach der zweiten Kurve sah sie den See zwischen den Bäumen aufblitzen, und nach der dritten lag er in seiner ganzen Schönheit vor ihr. Tiefgrün und eingerahmt vom letzten Schnee. An den Ufern hielten sich noch immer ein paar harte Eiskanten, aber auf den beiden kleinen Felseninseln hatten bereits ein paar mutige Narzissen die Köpfe zwischen den Farnen hervorgesteckt.

Antonia trat in die Pedale und bog auf die Straße ab, die um den See führte. Sie fuhr zum *Holzwurm*, der Kneipe ihrer Freunde Anna und Hias. Anna hatte sie um dieses Treffen gebeten und sehr geheimnisvoll getan. Gespannt, um was es ging, lehnte sie das Mountainbike an die Hauswand und betrat das Restaurant, das sich in den letzten Jahren zu einem echten Geheimtipp im Berchtesgadener Talkessel gemausert hatte.

Hias lehnte am Tresen und nippte an einem Bier. Ihm gehörte eine Schreinerei. Als er vor ein paar Jahren mit dem Betrieb von Sternmoos nach Ramsau umgezogen war, hatte Anna die Idee gehabt, aus dem alten Holzlager ein Lokal zu machen. Entsprechend urig war das Ambiente, in dem sich nicht nur Touristen nach einer anspruchsvollen Wanderung eine Stärkung gönnten, sondern auch die Dorfbewohner auf ein Bier und einen Enzian zusammenkamen.

»Da bist du ja.« Anna, die mit Antonia schon die Schulbank gedrückt hatte, kam hinter der Theke hervor.

Antonia umarmte die beiden zur Begrüßung. Dann ließ sie sich neben Hias auf einen Barhocker fallen. Sie stützte den Ellenbogen auf und legte ihren Kopf in die Hand.

»Ich mach dir gleich was zu trinken, aber erst muss ich dich um einen großen Gefallen bitten. Etwas, das mir sehr wichtig ist«, sagte Anna, und ihre Stimme klang geradezu feierlich.

Antonia richtete sich wieder auf. »Willst du zu einer Alpenüberquerung aufbrechen? Soll ich dich trainieren oder begleiten? Ein *Fast-and-Furious*-Filmmarathon? Ich bin für alles zu haben«, versuchte sie dem Moment die Ernsthaftigkeit zu nehmen. »Oder bist du schwanger? Sag mir, dass ich deine Hebamme sein darf! Egal ob ein Kind oder Drillinge: Ich hole sie dir alle ganz entspannt auf die Welt.«

»Klingt alles sehr verlockend.« Anna lachte. Sie hatte sich an Hias geschmiegt, der seine Hand um ihre Mitte geschoben hatte. Manchmal beneidete Antonia diese Nähe insgeheim. Ein Gedanke, der genauso schnell verschwand, wie er gekommen war. Sie konzentrierte sich wieder auf ihre glücklich strahlende Freundin. »Ich möchte dich bitten«, Anna machte eine bedeutungsvolle Pause, »meine Trauzeugin zu werden.«

»Oh … wow.« Das hatte Antonia nicht kommen sehen. Sie war bei Hias' Heiratsantrag in der Silvesternacht dabei gewesen, wie auch der Rest ihrer Clique. Er hatte sich auf das Eis des Sternsees gekniet, kurz nachdem sie ihre Schiffchen den Mühlbach hatten hinunterfahren lassen, und nach fünf Jahren Beziehung im Licht der Fackeln um Annas Hand angehalten. Antonia hatte angenommen, Anna würde ihre Schwester bitten … »Ja! Natürlich!« Sie umarmte ihre Freundin. »Das mache ich sehr gern.«

Hinter ihnen wurde die Tür geöffnet. Antonia drehte den Kopf und erkannte Xander Valentin im Türrahmen, den Menschen, den sie zurzeit noch weniger mochte als sonst. Seit seine Familie versucht hatte, das Mühlenfest ihrer Schwester und ihrer Tante zu boykottieren, stand er auf ihrer Abschussliste ganz oben. Jeder in ihrem Umfeld wusste das. Ihre Freunde hatten allerdings keine Ahnung, dass Antonias

Abneigung gegen Xander schon viel länger andauerte. Sechs Jahre, um genau zu sein.

Hias holte sie in die Gegenwart zurück. »Da kommt mein Trauzeuge«, sagte er gut gelaunt.

»*Was?*« Antonia fuhr zu Anna herum. Ihr Herz setzte einen schockierten Schlag lang aus.

Ihre Freundin zuckte mit den Schultern und lächelte entschuldigend. Sie hatten sie eiskalt reingelegt.

*

Xander Valentin hatte keine Zeit. Weder, um sich mit Hias zu treffen, noch um mit seiner Exfreundin Natalie herumzustreiten. Im *Hotel Seeblick* warteten die Bestelllisten, die er durchgehen musste, bevor sie an die Lieferanten verschickt werden sollten. Dazu kamen zwei Mitarbeitergespräche und ein Verweis an ein Zimmermädchen, das mehr an Seifen und Kugelschreibern mitgehen ließ als die Hotelgäste. Außerdem musste er einkaufen. Bis auf ein paar fragwürdige Brötchen und ein halbes Glas Schokocreme hatte an diesem Morgen gähnende Leere in seinem Kühlschrank geherrscht. Und dann war da noch die Wäsche. An die wollte er nicht einmal …

»Papa?«

Er blickte auf seine Tochter hinunter, die ihn aus großen braunen Augen vom Rücksitz seines Land Rovers anblickte. »Ist das Mama?«

Scheiße. Er hätte mehr Abstand zwischen sich und das Auto bringen sollen, als sein Handy geklingelt und er Natalies Nummer erkannt hatte.

»Du hast Leni bei dir?«, fragte seine Ex. Natürlich hatte er seine Tochter bei sich. Wo sonst sollte sie sein? »O mein

Gott. Das hättest du mir sagen müssen. Ich will mit ihr reden.« Gerade eben war es noch darum gegangen, wie die Therapie, die sie machen wollte, am besten zu finanzieren war. Eine Privatklinik in der Schweiz. Die beste auf ihrem Gebiet. Hohe Erfolgsquote. Und so weiter, und so weiter. Nichts davon war Xander neu. Nur die Orte und Preispauschalen änderten sich. Er hatte schon vor Jahren den Eindruck gewonnen, dass es sich bei diesen Therapien um Wellnessurlaube handelte, bei denen auch ein bisschen getöpfert oder Körbe geflochten wurden. Geholfen hatte es noch nie.

»Lässt du mich mit ihr reden?«

»Papa?«

Die beiden Frauen, die sein Leben bestimmten, hatten gleichzeitig gesprochen. Leni blickte mit einem fast schon ängstlichen Blick zu ihm auf. »Ich geb sie dir«, sagte er zu Natalie. »Wir sprechen später weiter.« Ohne sich zu verabschieden, reichte er das Handy an seine fünfjährige Tochter.

Sein Magen zog sich schmerzhaft zusammen, als er ihr aufgeregtes »Mama!« hörte. Er wollte diese Gespräche unterbinden, weil er genau wusste, dass Natalie ihrem kleinen Mädchen früher oder später wieder das Herz brechen würde. Wieder und immer wieder. Bis Leni alt genug war, selbst darüber zu entscheiden, ob sie ihrer Mutter das noch einmal erlauben würde. Trotzdem hatte er kein Recht, den Kontakt der beiden zu beschränken. Seine Tochter telefonierte sowieso viel zu selten mit ihrer Mutter, und ihre Augen leuchteten vor Sehnsucht.

»Kommst du mich bald besuchen?« Leni hörte einen Moment zu. »Du kannst mich vom Kindergarten abholen, und dann können wir Kuchen essen gehen. Oder ich zeige dir mein Feengeheimversteck.«

Xander stützte sich mit den Ellenbogen auf die Dachreling seines Wagens und rieb mit den Händen über sein müdes Gesicht. Er wollte die Hoffnung im Blick seiner Tochter nicht sehen. Und vor allem wollte er nicht hören, was Natalie ihr versprach.

Als Leni ihm das Handy hinhielt, gab sie ein kleines Quietschen von sich und schlug mit ihren Füßen begeistert gegen die Lehne des Vordersitzes. »Mama kommt mich bald besuchen«, sagte sie strahlend.

»Das ist fantastisch.« Er schob das Handy in die Tasche und hielt Leni die Hand hin. »Und jetzt lass uns mal nachsehen, was Hias von uns will.«

Leni sprang aus dem Wagen, und ihr Australian Shepard Bub folgte ihr auf dem Fuß. Gemeinsam liefen sie die wenigen Meter zum *Holzwurm*. Er hatte keine Ahnung, was sein Freund von ihm wollte. Seit Hias ihn gefragt hatte, ob er sein Trauzeuge werden wollte, bezog er ihn in jede Entscheidung ein, die er traf. Xander war sich sicher, dass das nicht zu den klassischen Aufgaben eines Trauzeugen gehörte, aber dagegen wehren konnte er sich nicht. Anna und Hias waren so glücklich.

»Da steht Antonias Fahrrad«, teilte seine Tochter ihm mit und wies auf das schlammverspritzte, metallicblaue Mountainbike, das an der Hauswand lehnte. »Ist sie auch da?«

Xander unterdrückte ein Seufzen. Auf Antonia Falkenberg zu treffen war das Letzte, was er jetzt noch gebrauchen konnte. Sie hatten schon seit Jahren ein recht angespanntes Verhältnis. Aus Gründen, an die er sich nicht erinnern wollte. Über die er nie mit irgendjemandem gesprochen hatte. Seit sie ihn auch noch bezichtigte, mit seinem Vater unter einer Decke zu stecken, um im Tal einen Hotelbunker zu bauen, war das nicht gerade besser geworden. Die Luft um sie herum gefror zu Eis, wenn sie ihn auch nur am anderen Ende des Marktplatzes sah. Glücklicherweise trafen sie nicht oft aufeinander, obwohl sie im gleichen Dorf lebten und einen gemeinsamen Freundeskreis hatten. Meistens schafften sie es, sich aus dem Weg zu gehen. Heute schien ihm so viel Glück nicht beschieden. »Vielleicht besucht sie Anna«, erklärte er Leni und schob die Tür des Restaurants auf.

Es wäre theoretisch möglich, dass Antonia und Anna in der Küche waren. Oder sich in Annas Büro zurückgezogen hatten. Aber so viel Glück hatte Xander nicht: Antonia saß am Tresen, flankiert von seinen Freunden.

»Da kommt ja mein Trauzeuge«, hörte Xander Hias sagen.

Antonia drehte sich mit blitzenden Augen um. Das schockierte »Was?« war ebenso wenig zu überhören wie der Kommentar seines Freundes.

Xander fragte sich, was es mit dieser Reaktion auf sich hatte, doch dann riss sich seine Tochter von seiner Hand los und stürmte durch den Gastraum. »Und dein Blumenmädchen. Und dein Blumenhund«, ergänzte sie Hias' Worte und warf sich in seine Arme.

»Ich kann es gar nicht erwarten, dich in deinem hübschen Kleidchen zu sehen«, sagte Hias genau das Richtige. »Über den Blumenhund verhandeln wir aber noch mal.« Er stupste mit dem Zeigefinger gegen Lenis Nase. Sie kicherte und machte sich von ihm los, um erst Anna und dann Antonia zu umarmen.

»Wann reiten wir mal wieder mit Lous Pferden?«, wollte seine Kleine wissen. Sie war auf Antonias Schoß geklettert, noch bevor er am Tresen angekommen war, und schmiegte sich an sie, als gehöre sie dorthin.

»Ich hoffe bald«, antwortete Antonia ihr. »Maluna und Dustin haben schon gefragt, wann du mal wieder vorbeikommst.« Damit entlockte sie Leni ein weiteres Kichern. Xander schluckte. Der Blick, den Antonia ihm zuwarf, sagte ganz deutlich: Du bist nicht willkommen. Aber seiner Tochter hatte sie nie etwas anderes als Liebe entgegengebracht. Was total verrückt war, wenn man bedachte, welche Bedeutung Lenis Geburt für ihrer beider Leben gehabt hatte.

»Willst du nicht mal in der Küche nachsehen, ob vielleicht ein Eis oder ein Nachtisch übrig geblieben sind?«, fragte Antonia sie.

Lenis Augen leuchteten. »Darf ich, Papa?«

»Sicher.« Xander sah Leni nach, bis sie durch die Schwingtür verschwand, die in die Küche führte.

»Anna, sag mir, dass wir nur zufällig gleichzeitig am gleichen Ort sind«, flüsterte Antonia ihrer Freundin zu.

Hias räusperte sich. »Wie gesagt, Xander ist mein Trauzeuge.«

»Und ich möchte dich dabeihaben«, Anna strahlte ihre Freundin an.

Antonia? Xander schluckte trocken. »Ich bin davon ausgegangen, dass deine Schwester …« Er beendete den Satz nicht. Hias und Anna hatten ihn sauber reingelegt. Wenn er gewusst hätte, dass Antonia Annas Trauzeugin werden würde, hätte er sich niemals darauf eingelassen. Sein Leben war im Moment wirklich schon kompliziert genug. Er konnte darauf verzichten, sich mit der Frau herumzuärgern, die ihn an den Nordpol wünschte und ihm das Leben bei jeder Gelegenheit zur Hölle machen würde. Ganz zu schweigen davon, dass sie ihn nicht eine Sekunde vergessen lassen würde, was für ein Mistkerl er in ihren Augen war.

Hias legte seine Hand schwer auf Xanders Schulter, und Anna schob Antonia den Arm um die Taille. Beide leuchteten wie zwei Sonnen. »Wir wollen die beiden Menschen an unserer Seite haben, die uns am meisten bedeuten«, sagte Anna. »Und das seid nun mal ihr.«

Antonia fixierte Xander aus zusammengekniffenen blaugrünen Augen, die je nach Laune in die eine oder andere Farbschattierung tendierten. Wahrscheinlich dachte sie gerade das Gleiche wie er. Die Rolle der Trauzeugen wurde im Berchtesgadener Land sehr ernst genommen. Sie waren ganz und gar in die Hochzeit involviert – als eine Einheit. Sie mussten die Köpfe zusammenstecken. Pläne schmieden. Das Brautpaar glücklich machen.

»Wir wissen, dass ihr nicht immer einer Meinung seid«, sagte Anna.

»Nicht immer einer Meinung trifft es nicht ganz«, murmelte Antonia und sprach damit das aus, was Xander dachte.

»Bekommt ihr das hin?«, fragte Hias. Leise und eindringlich.

Antonia durchbohrte Xander noch einen Moment länger mit ihren Blicken, dann lehnte sie ihren Kopf gegen Annas, und ein tiefes, ehrliches Lächeln ließ ihr Gesicht erstrahlen. »Natürlich«, sagte sie. »Eure Hochzeit wird die schönste im Talkessel.«

Scheiße! Wenn Antonia keinen Rückzieher machte, konnte er ebenfalls nicht zurückrudern. Xander zwang sich, eine entspannte Miene aufzusetzen, und nickte Hias und Anna zu. »Ich bin für euch da, Leute. Das ist doch keine Frage.«

Dafür ging ihm eine andere Frage durch den Kopf: Wie lange würde es wohl dauern, bis Antonia und er das erste Mal aneinandergerieten? Xander vermied es, sie anzusehen.

»Habt ihr euch schon Gedanken über die Hochzeit gemacht?«, fragte er seine Freunde. Bis jetzt hatte Hias ihm immer nur von Ideen erzählt, nach seiner Meinung gefragt und dann alles wieder verworfen.

»Ja, haben wir.« Anna kehrte an ihren Platz hinter dem Tresen zurück. »Ein Bier?«, fragte sie Xander.

Er schüttelte den Kopf. »Ich muss noch arbeiten.«

»Dann Cola.« Sie stellte ein Glas vor ihm ab und reichte Antonia ein Wasser. »Wir würden nach der kirchlichen Trauung gern in der *Alten Mühle* feiern. Ich stelle mir das irgendwie ländlich romantisch vor. So wie Rosas Herbstfest.«

Antonia nickte. »Ich weiß genau, was du meinst. Und ich kann es mir gut vorstellen. Es passt perfekt zu euch. Hast du schon mit Lou gesprochen?«

»Nein.« Anna schüttelte den Kopf. »Dazu bin ich noch nicht gekommen. Wir sind uns erst seit gefühlt zehn Minuten einig, dass wir es so wollen.« Dass Anna es so wollte, vermutete Xander und musste sich ein Grinsen verkneifen. Sein Freund hing an der Angel, und zwar so richtig. Und auch wenn er sonst gern das Gegenteil behauptete, er musste Antonia zustimmen: Die *Alte Mühle* war eine perfekte Hochzeitslocation für die beiden.

Antonia legte ihre Hand auf Annas und drückte sie freundschaftlich. »Soll ich mit meiner Tante reden?«

»Das wäre fantastisch.«

Antonia nickte und nippte an ihrem Wasser. »Dann betrachte das als erledigt.«

»Und wie sehen eure Pläne für das Standesamt aus?«, fragte Xander.

Anna seufzte, und Hias verdrehte die Augen. »Wir diskutieren ständig darüber, können uns aber nicht einigen. Ich habe mir vorgestellt, bei euch im Hotel zu feiern. Du weißt schon: im Garten, auf dem Steg am Sternsee, aber …« Hias beendete den Satz nicht.

Anna seufzte noch einmal. Dann warf sie Hias eine Kusshand zu. »Nicht falsch verstehen«, sagte sie an Xander gewandt. »Das ist wirklich ein schöner Ort zum Heiraten. Ich weiß, dass das schon eine Menge Paare getan haben. Aber ich habe mir etwas anderes vorgestellt. Etwas«, sie wedelte mit den Händen, »Außergewöhnliches. Etwas, das Hias und mich widerspiegelt.«

Xander zuckte mit den Schultern. »Keine Sorge. Ich verstehe das. Das Hotel ist nicht für jeden perfekt. Das nehme ich nicht persönlich.« Er lächelte sie an, vermied es aber, den Kopf ein Stück weiter nach rechts zu drehen und Antonia in dieses Lächeln einzuschließen. »Uns fällt etwas Besseres ein«, versprach er der Braut. In ihm keimte bereits eine Idee. Etwas, das so besonders war, dass es das Brautpaar umhauen würde. Im Moment war das noch ein vager Gedanke, aber vielleicht war es machbar. Wie hieß es so schön? Über ungelegte Eier sprach man nicht. Also würde er sich erst einmal schlaumachen, bevor er Hoffnungen schürte. »Ich sollte Leni einsammeln, bevor sie in ein Zuckerkoma fällt, und mich auf den Weg machen. Wir hören uns.«

*

Antonia verließ den *Holzwurm* kurz nach Xander und Leni. Sie fühlte sich noch immer völlig überrumpelt von Annas Bitte, ihre Trauzeugin zu werden – und den Konsequenzen, die das für sie hatte. Als sie die Tür aufstieß, blinzelte sie gegen die Sonne an. Aus den Augenwinkeln sah sie Xander,

der gerade seinen Hund ins Auto scheuchte und Leni hinterherhob.

Antonia zog ihr Mountainbike von der Wand und schob es in Richtung seines Land Rovers. Es war ein neues, glänzend schwarzes Modell. Sie konnte sich noch daran erinnern, wie sehr er seinen uralten Defender mit der quietschenden Fahrertür geliebt hatte. Mithilfe seines Freundes Jakob, der nicht nur eine Oldtimerwerkstatt besaß, sondern auch bis über beide Ohren in ihre jüngste Schwester Hannah verliebt war, hatte er die alte Kiste länger am Leben gehalten, als die meisten es ihm zugetraut hätten. Leni zuliebe hatte er sich schließlich von ihr getrennt und war auf ein modernes, sicheres Modell umgestiegen.

Xander wartete, bis seine Tochter den Sicherheitsgurt einrasten ließ, ehe er die Wagentür zuschlug und sich zu ihr umdrehte.

»Du führst was im Schilde«, sagte Antonia.

»Ach ja?« Er lehnte sich gegen das Heck des SUV und verschränkte die Arme vor der Brust. »Wie kommst du darauf?«

Weil ich dich kenne, wollte sie sagen. Aber das war natürlich Blödsinn. Schließlich hatte er schon einmal bewiesen, dass sie nichts – absolut gar nichts – über ihn wusste, auch wenn sie sich das vor langer Zeit mal eingebildet hatte. »Ich habe so eine Ahnung«, sagte sie stattdessen.

Er zog den Mundwinkel zu einem halben Lächeln nach oben. »Angenommen, ich würde mich in diese Sache mit dem Standesamt voll reinhängen und du kümmerst dich um die Feier in der *Mühle* – würde dir das passen?«

»Jeder macht sein Ding?«, fragte Antonia, nicht sicher, ob sie ihn richtig verstand. Bot er ihr gerade eine Alternative zur Zusammenarbeit mit ihm?

»Wir halten uns einfach gegenseitig auf dem Laufenden.«

Der Wind hatte aufgefrischt und blies Antonia kalt ins Gesicht. Sie stieg auf ihr Rad. »Das klingt, als hättest du zur Abwechslung mal eine wirklich gute Idee.« Ohne sich zu verabschieden, trat sie in die Pedale.

2

Die Reifen des Mountainbikes surrten, als Antonia den asphaltierten Weg am See entlangfuhr. Vorbei am *Hotel Seeblick*, in dem Xanders Vater, Hubert, wahrscheinlich gerade wieder die Übernahme der Weltherrschaft plante. Vorbei an der Abzweigung zum Seerosenweg, in dem ihr Elternhaus lag. Sie trat kräftig in die Pedale, um die Geschwindigkeit zu spüren, die sich aus ihren Muskeln auf die Pedale übertrug. Antonias Schwestern radelten ebenfalls gern am See entlang, aber auf eine Art, die sie nie verstehen würde. So, dass sich weder Puls noch Atemfrequenz auch nur um einen Hauch erhöhten. Sie selbst konnte den Sinn darin nicht erkennen. Wenn sie sich sportlich betätigte, wollte sie das auch fühlen. Sie brauchte den Triumph über ihre brennenden Muskeln. War ein kleines bisschen süchtig nach dem Erfolg, ein gesetztes Ziel zu erreichen. Und ein nicht unwesentlicher Faktor bestand darin, dass der Sport es ihr ermöglichte, ihren nicht gerade gesunden Ernährungsstil beizubehalten.

Während ihre mittlere Schwester Rosa darauf achtete, vollwertige Mahlzeiten aus frischen, regionalen Zutaten zu zaubern, die sich vor Vitaminen gar nicht retten konnten, riss sich Antonia am liebsten eine Tüte Chips auf oder schob sich ein Fertiggericht in die Mikrowelle. Ihr größtes Zugeständnis an eine gesunde Ernährung war hin und wieder eine Schale

Müsli am Morgen. Neben einem guten, starken Kaffee war ein spektakuläres Spiegelei, das das ihrer Schwestern um Längen schlug, das Einzige, was sie in der Küche einigermaßen hinbekam. Sie hatte das Rezept von Pasquale, einem italienischen Geologen, mit dem sie vor ein paar Jahren einen leidenschaftlichen Sommer verbracht hatte. Das Rezept behielt sie für sich, auch wenn Rosa sie bekniete, es herauszurücken und versucht hatte, sie mit einem Zimtschnecken-Abo zu bestechen. Eine ziemlich große Versuchung, der Antonia aber widerstanden hatte. Sie dachte noch immer gern daran zurück, wie Pasquale die Spiegeleier zubereitet hatte. Im Morgengrauen. Ebenso nackt wie in dem Moment, als sie sich wie hungrige Wölfe auf die Stärkung gestürzt hatten, nur um anschließend wieder zusammen ins Bett zu fallen. Die Erinnerung an jenen Sommer brachte Antonia zum Lächeln, während sie ihr Gesicht dem kalten Wind entgegenreckte. Sie ließ sie für einen Moment sogar vergessen, dass sie ihre Zeit in den nächsten Monaten statt mit einem italienischen Lover mit Xander Valentin verbringen musste.

Das Mühlrad der *Alten Mühle*, die ihre Tante Louisa und Rosa gemeinsam bewirtschafteten, drehte sich auch fünfhundert Jahre nach ihrer Erbauung noch. Im vorderen Teil des Gebäudes mahlte Rosa noch immer Mehl, im hinteren Teil wohnte sie.

Antonia hatte einen großen Teil ihrer Kindheit hier verbracht. Das Grundstück ihrer Tante Louisa bot jedes Abenteuer, das sie sich in ihrer kindlichen Fantasie hatte ausmalen können. Damals war der Teil, der heute den Mühlenladen und die Wohnung ihrer Tante beherbergte, die baufällige Ruine eines alten Wirtshauses gewesen. Antonia hatte es geliebt, dort herumzuklettern. Trotz – oder vielleicht auch gerade wegen – des strengen Verbotes ihrer übervorsichtigen Mutter.

Als Louisa beschloss, das verfallene Gebäude wiederaufzubauen, hatten sie die kreativen Ideen ihrer Tante Antonia fasziniert. Sie hatte in ihr den Wunsch geweckt, ebenfalls ein Haus nach den eigenen Vorstellungen zu neuem Leben zu erwecken. Ein Traum, den sie Jahre später im alten Forstlehen verwirklicht hatte.

Antonia seufzte, als sie ihr Rad auf den Mühlenhof lenkte. Ein wundervoller, romantischer Heiratsantrag in der Silvesternacht führte jetzt dazu, dass sie mehr Zeit mit Xander Valentin verbringen musste, als ihr lieb war. Sie hatte kein Problem damit, für sich einzustehen und Xander in seine Schranken zu weisen. Aber am liebsten hatte sie ihre Ruhe. Das Leben als Hebamme brachte genug Aufregung. Und wenn ihr der Sinn nach Adrenalin und Abenteuer stand, ging sie Bergsteigen. Auf einen Mann, den sie nicht ausstehen konnte und dessen Anwesenheit in ihrem Leben an ihren Nerven zerrte, konnte sie getrost verzichten.

»Grüß Gott, Antonia«, rief Korbinian ihr von der Bank vor dem Mühlenladen aus zu. Jeden Nachmittag saß er gemeinsam mit seinen Freunden Pangratz und Gustl hier, tratschte und verteilte Ratschläge und Lebensweisheiten – ob die Leute sie nun hören wollten oder nicht. *Die drei Alten*, wie sie im Dorf scherzhaft genannt wurden, verbrachten die Vormittage auf dem Marktplatz, um ja nichts zu verpassen, und wechselten nach dem Mittagessen auf den Hof der *Alten Mühle*. Antonia vermutete, dass alle drei ein kleines bisschen in ihre Tante verknallt waren und abgesehen davon den Kaffee zu schätzen wussten, den die fantastische italienische Maschine im Laden zauberte.

»Heute schon einem hübschen Baby auf die Welt geholfen?«, rief Pangratz neugierig.

»Nein, heute noch nicht. Aber wer weiß. Der Tag ist noch nicht vorbei, und Babys warten ja gern, bis alle Welt schläft.« Sie lehnte das Mountainbike gegen die Scheunenwand. Von hier aus konnte sie den Mühlbach sehen. Über die schmale Brücke gelangte man auf die Lichtung, auf die Xanders Vater ein Auge geworfen hatte. Die Wiese unter alten, knorrigen Eichen und hohen Kiefern fiel zum See hin sanft ab. Riesige Findlinge lagen im Gelände verstreut. Sie stammten aus einem gigantischen Erdrutsch, der Zigtausende Jahre zurücklag. Ein Naturphänomen, das Pasquale damals ins Tal geführt hatte. Antonia war der Grund gewesen, weshalb er seine Rückreise, die Forschungsergebnisse in der Tasche, so lange wie möglich hinausgezögert hatte. Nach diesem heißen Sommer waren sie schließlich getrennte Wege gegangen. Mit einem Hauch von Wehmut, aber ohne Reue. Antonia hatte bereits vor langer Zeit beschlossen, ihr Herz nicht mehr an einen Mann zu hängen und Gefahr zu laufen, es sich brechen zu lassen.

Die kleine Bucht, die der See an der Lichtung bildete, konnte sie von der Scheune aus nicht sehen, genauso wie die beiden kleinen, steinigen Inseln, die dem See Charakter gaben. Aber das musste sie auch nicht. Diese Bilder waren fest in ihrem Unterbewusstsein verankert, weil sie ihr Zuhause symbolisierten. Genau wie die Koppel hinter der Lichtung, auf der Louisas Haflingerstute Maluna und der Norweger Dustin standen, der mit seiner Mähne wie ein cooler Punker aussah.

Antonia strich sich die Haare hinter das Ohr, die sich aus dem kurzen Pferdeschwanz gelöst hatten, und überquerte das unebene Pflaster des Hofes. Ein Klappschild vor dem Mühlenladen pries eine Brötchenbackmischung und Porridge an. Sie ging um das Schild herum, schob die Tür auf und atmete die vertraute Duftmischung aus frisch gemahlenen Kaffeebohnen, Getreide und Holz ein.

Louisa stand hinter dem Tresen und ging eine Lieferliste durch. Sie blickte auf, schob ihre Lesebrille auf den Kopf und schenkte ihr ein strahlendes Lächeln. »Tonia, mein Schatz.« Dann kam sie um den Tresen herum und zog sie in eine feste Umarmung. »Schön, dich zu sehen. Kaffee?«

»Unbedingt.« Antonia lehnte sich an den Tresen, während ihre Tante sich an der großen, chromglänzenden Kaffeemaschine zu schaffen machte. Sie war über sechzig, ging aber locker als zehn Jahre jünger durch. Das blonde Haar wellte sich offen über die Mitte ihres Rückens, und sie verstand es, die momentan so angesagten, farbenfrohen Kleider im Hippie-Style mit der nötigen Eleganz zu tragen, sodass sie nicht wie eine ältere Frau wirkte, die krampfhaft auf jung machte. Louisa war inzwischen seit Jahrzehnten eine erfolgreiche, angesehene Geschäftsfrau im Tal. Aber in ihr schlug noch immer das Hippieherz der jungen Lou, die mit achtzehn ihren Rucksack gepackt und sich aufgemacht hatte, die Welt zu entdecken – und zu erobern.

»Wie geht es dir?«, fragte Louisa über ihre Schulter hinweg und schäumte gleichzeitig Milch auf. »Was gibt es Neues?«

Antonia war durch den Laden geschlendert und hatte sich am Probiertisch ein paar Häppchen Mühlenbrot mit einem Quarkdipp bestrichen, der neu im Angebot war. Sie schob sich eins in den Mund und balancierte den Rest auf der flachen Hand zur Verkaufstheke zurück. »Es gibt tatsächlich etwas Interessantes«, verriet sie ihrer Tante und machte es sich auf dem Hocker am Tresen bequem. »Anna möchte ihre Hochzeit auf dem Mühlenhof feiern.«

Louisa drehte sich mit einem Milchkaffee für Antonia um. Ihre Augen glitzerten, als sie die große Tasse vor ihr abstellte. »Wow«, sagte sie. »Das ist ja fantastisch! Was stellt sie sich denn vor?«

»Irgendetwas Ländliches. Wie das Mühlenfest«, antwortete Antonia mit vollem Mund und zog den Kaffee zu sich heran. Sie wartete, bis Louisa sich mit ihrer Tasse zu ihr gesetzt hatte. »Über Details haben wir noch nicht gesprochen.«

Louisa legte ihr die Hand auf den Unterarm und drückte sanft. »Sag Anna, es ist mir eine Ehre, ihre Hochzeit hier auszurichten. Ich freue mich, dass die beiden endlich heiraten.«

»Geht mir genauso.« Das war die Stelle, an der Antonias Mutter einhaken und sie darauf hinweisen würde, dass es auch bei ihr an der Zeit war und ihre biologische Uhr nicht aufhören würde zu ticken, nur weil sie glaubte, mit beiden Beinen im Leben zu stehen und erfolgreich in ihrem Job zu sein. Nicht so Louisa. Sie verstand, dass Antonia ihre Freiheit suchte und noch lange nicht bereit war, sich an einen Mann zu binden. Genau genommen war sie dafür möglicherweise niemals bereit. Antonia trank einen Schluck Kaffee. Sie hatte das Gefühl zu spüren, wie das Koffein ihr System flutete. Vielleicht hätte sie mehr Kaffee trinken sollen, bevor sie im *Holzwurm* aufgeschlagen war. Vielleicht hätten ihre Freunde es dann nicht geschafft, sie so ruck, zuck über den Tisch zu ziehen.

»Aber das ist noch nicht alles.« Eine Feststellung, keine Frage. Louisa sah sie abwartend über den Rand ihrer Tasse hinweg an.

Antonia seufzte. »Xander wird Hias' Trauzeuge.«

Louisas rechter Mundwinkel zog sich zu einem winzigen Lächeln nach oben. »Und das passt dir überhaupt nicht«, stellte sie fest.

»Nein. Natürlich nicht. Du weißt genau, was ich von ihm halte. Besonders du solltest das verstehen.«

Louisa drückte noch einmal Antonias Arm. »Du trägst ihm doch nicht wirklich noch immer diese dämliche Aktion seines Vaters nach? Niemand im Tal nimmt Hubert Valentin ernst. Und der Gegenwind, den er nach seinen Manipulationen des Mühlenfestes nicht nur von uns, sondern auch vom Gemeinderat und den ortsansässigen Unternehmen bekommen hat, hat ihm doch gehörig den Wind aus den Segeln genommen. Lass uns ehrlich sein: Die Aktion war alles andere als schön. Aber sie hat dazu geführt, dass wir am Ende ein viel schöneres, außergewöhnlicheres Mühlenfest gefeiert haben als ursprünglich geplant. Und deine Schwester und David haben auf diese Weise zusammengefunden. Allein dafür sollten wir Hubert seine Verfehlung nachsehen.«

Antonia zuckte mit den Schultern. Ihre Tante hatte recht. David hatte sich unglaublich ins Zeug geworfen, um Rosa bei der Umplanung des Events zu helfen. Das Ergebnis war schließlich sogar so schön gewesen, dass Anna ihre Hochzeit im gleichen Stil feiern wollte. Trotzdem … »Einer muss die Valentins im Auge behalten«, beharrte sie auf ihrem Standpunkt. Denn zumindest Xander kannte niemand so gut wie sie.

Louisa sah sie einen Moment schweigend an. Dann öffnete sie den Mund, schloss ihn aber wieder, ohne etwas zu sagen, und schüttelte den Kopf. Schließlich rang sie sich doch zu ein paar Worten durch, auch wenn Antonia das Gefühl hatte, dass es sich dabei nicht um das handelte, was sie ursprünglich hatte sagen wollen. »Xander ist ein anständiger Kerl. Das wirst du schon noch merken, wenn du es nicht sowieso schon längst weißt. Für die Hirngespinste seines Vaters kann er nichts.«

Antonia verschränkte die Arme vor dem Oberkörper. »Bei dem Thema werden wir zwei wahrscheinlich auf keinen gemeinsamen Nenner kommen. Also lassen wir das«, hakte sie das Thema ab. Sie wollte keinen weiteren Lobgesang auf Xander hören. »Lass uns über Anna und die Hochzeit reden.«

Louisa grinste. »Mein Gott, eine Landhochzeit in der *Alten Mühle*.« Sie legte sich die Hand auf das Herz. »Das wird so romantisch. Hat Anna schon eine Idee, was für ein Kleid sie tragen will? Und du? Was wirst du anziehen?«

»Ich habe keinen blassen Schimmer.« Antonia erwiderte das Lächeln ihrer Tante. Sie befanden sich wieder auf sicherem Terrain. »Bis jetzt haben sie mich nur mit der Tatsache überrumpelt, dass ich Trauzeugin werde. Leni wird das Blumenmädchen.«

»Sie wird entzückend aussehen! Du solltest deine Mutter bitten, ihr ein Kränzchen zu binden«, schlug Louisa vor.

Antonia nickte. »Ja, das ist eine super Idee.« Sie drehte sich um, als ein Pärchen um die fünfzig den Laden betrat und grüßte.

»Glück zu«, hieß Louisa sie mit dem traditionellen Gruß der Müller willkommen, mit dem in der *Alten Mühle* jeder empfangen wurde. »Kann ich Ihnen helfen?«

»Wir haben in unserer Pension von diesem Laden gehört und wollen uns ein wenig umschauen«, sagte der Mann. Seine Frau war bereits vor eines der alten Holzregale getreten und ließ ihren Blick über die Angebote schweifen.

»Bitte schön. Lassen Sie es mich wissen, wenn ich etwas

für Sie tun kann. Wo waren wir stehen geblieben?«, wandte sie sich dann wieder an Antonia.

»Das Kränzchen. Vielleicht will ja sogar die Braut eins. Ich werde ihr das auf jeden Fall vorschlagen. Mama kann da sicher etwas wirklich Tolles zaubern.«

»Davon bin ich überzeugt«, stimmte Louisa zu.

Antonia war froh, dass ihre Mutter und ihre Tante nach einer heftigen Auseinandersetzung im Herbst wieder zueinandergefunden hatten. Das vergangene Jahr war ziemlich turbulent gewesen. Schlimmer konnten die Monate, die vor ihr lagen, kaum werden. »Sobald ich die Details habe, gebe ich dir Bescheid. Aber erst einmal erzähle ich Anna, dass du zugesagt hast. Sie wird ganz aus dem Häuschen sein.«

»So wie ich. Hast du deinen Schwestern schon von der Hochzeit erzählt?«

Antonia konnte sich ein breites Grinsen nicht verkneifen. »Ich sehe die zwei heute Abend. Falls sie nicht in letzter Sekunde absagen – was sehr wahrscheinlich ist«, schränkte sie gut gelaunt ein. »Sie haben plötzlich beschlossen, unbedingt ins Fitnessstudio gehen zu wollen. Ich soll sie mitnehmen, aber ich bin mir noch nicht sicher, ob auch nur eine von ihnen am Ende wirklich in mein Auto steigt.«

Louisa lachte. »Das kann ich mir allerdings auch nicht vorstellen.«

*

Nach dem Treffen im *Holzwurm* hatte Xander seine Tochter bei einem Play Date mit ihrer Kindergartenfreundin abgesetzt und war wieder ins Hotel gefahren. Die Liste der zu erledigenden Dinge war nach wie vor endlos lang, und das Einkaufen hatte er noch immer nicht geschafft. Heute Abend würde es – zu Lenis unendlicher Begeisterung – Besuch vom Pizza-Service geben. Xander bemühte sich, sie gesund zu ernähren. Genauso wie er darauf achtete, sie nicht in Situationen zu bringen, die Stress auslösen konnten. So, wie er jeden Stimmungswechsel seines Kindes mit Sorge verfolgte – auch wenn er wusste, dass das bei einem fünfjährigen Mädchen völliger Blödsinn war. Tage wie der, durch den er sich gerade kämpfte, forderten ihren Tribut. Es war erst kurz nach Mittag, und er war so erschöpft, als hätte er drei Tage durchgemacht.

Und als wäre das nicht genug, klopfte es an seiner Bürotür, und sein Vater betrat den Raum, ohne auf ein Herein zu warten. So streng seine Assistentin Malu seine Tür auch bewachte, bei ihrem alten Chef machte sie stets eine Ausnahme. »Ich habe gehört, Anna und Matthias haben endlich einen Termin festgelegt«, sagte er und knöpfte seinen Janker auf. Er ließ sich auf den Besuchersessel fallen und den Blick durch den Raum schweifen.

Xander war sich sicher, dass ihm seine Einrichtung nicht passte. Vermutlich bereute er längst seinen Entschluss, die Leitung des Hotels vor eineinhalb Jahren an seinen Sohn übergeben zu haben. »Stimmt«, gab er schlicht zurück. Er zog die Computertastatur zu sich heran und gab sein Passwort ein, um seinem Vater zu signalisieren, dass er zu beschäftigt für ein Schwätzchen war.

Doch Hubert lehnte sich entspannt zurück. »Ich hoffe, du hast sie davon überzeugt, im Hotel zu feiern.«

Xander unterdrückte den genervten Seufzer. Sein Vater würde nicht so scheinheilig fragen, wenn er nicht längst wüsste, dass der Wunsch des Brautpaares war, die Feier nach der kirchlichen Trauung in der *Alten Mühle* stattfinden zu lassen. Statt einer Antwort zog er die Augenbrauen nach oben.

»Du könntest versuchen, sie vom Hotel zu überzeugen«, ignorierte Hubert sein Schweigen.

»Warum sollte ich das tun?« Xander begriff, dass er nicht mit seiner Arbeit würde fortfahren können, bis der Kampf mit seinem Vater ausgefochten war. »Das ist kein Geschäft. Hier geht es um meine Freunde. Anna und Hias werden genau so feiern, wie sie es sich wünschen.«

»Als gute Freunde würden sie so feiern, dass auch du etwas davon hast.«

Xander beugte sich vor und sah Hubert eindringlich an. »Hör auf, Vater. Hier geht es nicht um dich, nicht um das Hotel und schon gar nicht darum, möglichst viel Geld zu machen. Diese Einstellung hat mir in der letzten Zeit schon genug Probleme beschert.« Antonias zornig zusammengezogene Augenbrauen tauchten vor seinem inneren Auge auf. Sie war mehr als sauer über den Blödsinn, den sein Vater vor allem in letzter Zeit verzapft hatte.

»Weil ich visionäre Vorstellungen habe?«, hielt Hubert dagegen.

»Nein. Weil du eine Schnapsidee hast, die sich nicht umsetzen lässt und das Tal verschandeln würde.« Die Lichtung hinter der *Alten Mühle* war der einzige Fleck im Nationalpark, auf dem noch eine Bebauung möglich war. Hubert hatte mit verdammt unlauteren Mitteln versucht, Louisa und Rosa genug unter Druck zu setzen, um ihm das Land zu verkaufen. Wer die Falkenbergs kannte, dem hätte klar sein müssen, dass sie sich nicht unterkriegen ließen. Schon gar nicht für den Bau des großen Sporthotels, das Hubert plante. *Sanfter Tourismus* war das Motto im Talkessel. Nur so viele Touristen, dass die Einwohner noch gut damit umgehen konnten – diese Maxime hatte auch Xander zu seinem Leitspruch gemacht. »Niemand sieht das wie du«, erklärte er seinem Vater zum gefühlt hundertsten Mal. »Abgesehen von deinem Investor natürlich.« Er stand auf, kam hinter seinem Schreibtisch hervor und öffnete die Tür. »Eins noch: Hör endlich auf, dich in meine Arbeit einzumischen. Du hast die Leitung des Hotels an mich übergeben, jetzt lass mich meinen Job auch machen, ohne mir ständig über die Schulter zu schauen.«

Hubert sagte für einen Moment, der sich endlos in die Länge zu ziehen schien, gar nichts. Er blickte Xander nur an. Ein stiller Machtkampf, an den er sich mittlerweile gewöhnt hatte. Und auch diesmal überstand er die stummen Sekunden. Schließlich erhob sich sein Vater schwerfällig aus seinem Sessel. »Wie du willst«, presste er zwischen zusammengebissenen Zähnen hervor. »Deine Mutter lässt übrigens anfragen, wann Leni mal wieder bei uns übernachtet.«

Xander unterdrückte ein Seufzen. Er kannte seinen Vater gut genug, um zu wissen, dass er beleidigt war. »Ich melde mich bei ihr«, versprach er. Es war nicht so, dass er seinen Vater nicht liebte. Er war Hubert genau wie seiner Mutter Marianne unendlich dankbar für ihre Hilfe mit Leni. Ohne die beiden wäre er nicht durch die ersten harten Jahre als alleinerziehender Vater gekommen. Aber Huberts Art, sich in alles einzumischen und seine fragwürdigen Ideen durchsetzen zu wollen, trieb ihn mitunter schlicht in den Wahnsinn.

Xander ließ sich wieder auf seinen Schreibtischstuhl fallen und zog die Tastatur abermals zu sich heran. Einen Moment zögerte er, dann fuhr er den PC herunter. So sehr ihm die

Arbeit auch im Nacken hing, heute würde er nichts Sinnvolles mehr zustande bringen. Er nahm seine Jacke vom Haken hinter der Tür und zog sie über. Es wäre sinnvoller, einkaufen zu gehen und für Leni statt Pizza etwas Anständiges zum Abendessen zu kochen. Und sich dann um die Wäscheberge zu kümmern. Wenn seine Tochter schlief, konnte er sich noch immer an seinen Laptop setzen und einen Teil der liegen gebliebenen Arbeit aufholen.

3

Louisa beendete die Bestandsaufnahme im Mühlenladen am frühen Nachmittag. Für das Auffüllen der Mehle und Backmischungen in den rustikalen Holzregalen war ihre Nichte Rosa zuständig. Aber sie selbst würde ein paar neue Chutneys und Marmeladen kochen müssen – die gingen in letzter Zeit weg wie warme Semmeln. Außerdem hatte sie es endlich geschafft, die Rezeptur für drei neue Sorten Mühlenmüsli zusammenzustellen. Nach dem Holzofenbrot, das Rosa und ihr bester Freund Nico alle zwei Wochen anboten, sollten diese Cerealien ihr neuer Renner werden.

Sie hatten bereits vier Sorten Müsli und Porridge in den Regalen stehen. Sobald Rosa ihre Rezepte absegnete, würden sie in die Testphase gehen und zunächst einmal die Familie mit einer Auswahl versorgen. Wenn die Mischungen Anklang fanden, bekamen sie spätestens in einem Monat einen festen Platz im Sortiment.

Louisa sah auf und schob ihre Lesebrille auf den Kopf, als die Ladentür geöffnet wurde. Statt neuer Kunden betrat Rosas Freund David den Raum. Wie meistens in fadenscheinigen Jeans und einem Longsleeve. Seine dunklen Haare waren einen Tick zu lang, um noch als Frisur durchzugehen, und seinen Laptop hatte er unter den Arm geklemmt. »Die Ablösung ist da«, rief er gut gelaunt.

»Wo ist Rosa?«, fragte Louisa, als er sie umarmt hatte und das Notebook auf den Tresen legte.

»Sie hatte Probleme mit einer der Passagen«, erklärte er.

Das Mahlsystem der Mühle war schon wieder verstopft? »Braucht sie Hilfe?« Von oben bis unten mit Mehl eingestaubt in der Mühle zu stehen und nach der Ursache des Problems zu suchen kam ihr wesentlich verlockender vor als die Verabredung, die ihr an diesem Nachmittag noch bevorstand.

»Nein. Sie hat alles im Griff«, beruhigte David sie. »Aber sie hat mich geschickt, um dich abzulösen, wie sie es versprochen hat. Du sollst nicht zu spät zum Date mit deiner Schwester kommen. Und siehst du?« Er ging zu dem Regal mit dem Trockenobst hinüber und rückte ein paar Tüten gerade. »Ich habe das voll drauf.«

Damit brachte er sie zum Lachen. »Ganz eindeutig. Ich werde hier wirklich nicht mehr gebraucht. Und schon bin ich weg.«

David schob sich auf den Barhocker hinter dem Tresen und klappte den Laptop auf. Er war Schriftsteller, und Louisa vermutete, er würde jeden Moment, in dem sich keine Kunden im Laden befanden, an seinem neuen Roman feilen. Andererseits wusste sie aber auch, dass sie ihm den Laden anvertrauen konnte. Das hatte er in der Vergangenheit schon bewiesen. Er und Rosa hatten offenbar alles unter Kontrolle.

Louisa schob ihre Unterlagen zusammen. »Wenn etwas ist, ruft mich einfach an. Ich kann jederzeit zurückkommen.«

David grinste und zwinkerte ihr zu. »Rosa war sich sicher, dass du genau das sagen wirst. Ich soll dir antworten: Sie meldet sich, wenn die Mühle in Flammen steht. Alles andere ist kein Problem.«

Louisa seufzte. »Das hätte ich mir denken können. Also gut. Ich gehe.«

»Viel Spaß«, murmelte David. Ohne von seinem Display aufzusehen. Er war offenbar in Gedanken bereits in sein Manuskript eingetaucht.

Wie immer beschlich sie ein leicht mulmiges Gefühl, wenn sie an ihre bevorstehende Verabredung dachte. Rena. Die meisten Leute würden sie wahrscheinlich für verrückt erklären, wenn sie wüssten, dass sie sich nur zu gern um ein Treffen mit ihrer Schwester drücken wollte. Rena war Familie. Genau wie die Töchter ihrer Schwester und ihr Mann Josef. Aber das Verhältnis zwischen Rena und ihr war schon vor fast einem halben Jahrhundert zu einem Tanz auf rohen Eiern mutiert – und glich seitdem einer Achterbahnfahrt. Es hatte bessere Zeiten gegeben. Und Phasen, die einfach nur schwierig gewesen waren.

Irgendwie hatten sie es immer geschafft, sich zusammenzuraufen – bis zum großen Knall im vergangenen Herbst. Als all die hässlichen Vorwürfe und Beschuldigungen ihren Weg ans Tageslicht gefunden hatten und ihre Familie fast zerbrochen war. Mit Josefs Hilfe und der Hartnäckigkeit ihrer Töchter hatte Rena es schließlich geschafft, auf Louisa zuzugehen. Es war die Idee ihrer Schwester gewesen, sich regelmäßig zu treffen, Zeit miteinander zu verbringen und die Kluft zwischen ihnen zu schließen. Ein bisschen wie ein ganz neues Kennenlernen.

Louisa fuhr mit dem Fahrrad ins Dorf und hielt an der Bäckerei, um zwei Stück Kuchen zu kaufen. Käse-Sahne für Rena, ein Stück Apfel-Nuss-Kuchen für sich selbst. Das Paket balancierte sie über den Marktplatz ins *Blatt und Blüte*, den Blumenladen mit angeschlossener Gärtnerei, in dem ihre Schwester ungefähr zur gleichen Zeit ihr Glück gefunden hatte wie Louisa in der *Alten Mühle*.

Die typische Mischung aus Feuchtigkeit, Wärme und Blütenduft empfing sie gemeinsam mit dem Klang der Türglocke, als sie die Ladentür aufschob. Ihre Schwester hatte hier ganze Arbeit geleistet und die *Blüte* – wie sie das Geschäft in der Familie nannten – über die Grenzen Berchtesgadens hinaus bekannt gemacht. Selbst Kunden aus Bad Reichenhall fuhren regelmäßig den Talkessel hinauf, um einen Geburtstagsstrauß oder ihre Balkonpflanzen zu kaufen.

Rena hatte im Laden eine einladende Atmosphäre geschaffen. Bunte Schnittblumen in Zinkeimern standen neben einer Auswahl von Zimmerpflanzen. Auf der linken Seite ging der Raum in einen verglasten Wintergarten über, der an ein altes Gewächshaus erinnerte. Hier hatte Louisas Schwester eine Oase aus Frühjahrsblühern geschaffen. Tulpen in allen Formen und Farben, Narzissen und Hyazinthen waren in nostalgisch anmutenden Töpfen zu fröhlichen Arrangements gepflanzt. Im Zentrum des Wintergartens stand ein großer Steintrog, in dem Goldfische schwammen.

Hinter dem Tresen stand Renas Mitarbeiterin Nora und band einen überdimensionalen Rosenstrauß. »Hallo Louisa«, grüßte sie. »Wie geht's dir?«

»Fantastisch.« Bis auf das Magenflattern. »Und dir? Was macht dein Söhnchen?«

Nora lachte. »Mir geht es super, und der junge Mann fällt alle naselang hin. Aber das hält ihn nicht davon ab, die Welt zu erobern. Rena ist hinten«, sagte sie und nickte mit dem Kinn in Richtung der Verbindungstür zur Gärtnerei. »Ich soll dich gleich durchschicken.«

Einen Augenblick später klopfte Louisa an Renas Bürotür.

»Komm rein«, rief ihre Schwester.

Der Raum, von dem aus Rena ihr Unternehmen managte, war karg und funktional. Ein alter, mit Kratzern übersäter Schreibtisch, auf dem nicht selten Erde zu finden war, die seine Besitzerin vom letzten Umtopfen oder einer Pflanzaktion mit hereingeschleppt hatte. Das Gleiche galt für den schlammbraunen Linoleumboden. Praktische, aber nicht besonders hübsche Metallregale säumten die Wand hinter dem Arbeitsplatz und boten Platz für akkurat beschriftete Ordner. Ihre Schwester konnte mit Sicherheit blind hinter sich greifen, wenn sie nach irgendetwas suchte, und hätte genau die richtigen Unterlagen in der Hand. »Hallo«, sagte Louisa.

Rena stand vor dem kleinen Ecktisch mit der blubbernden Kaffeemaschine. Sie trug ihre Gärtneruniform, bestehend aus ausgewaschenen Jeans und Gummistiefeln. Über einer dünnen Kapuzenjacke hatte sie eine grüne Weste mit dem Schriftzug des *Blatt und Blüte* auf dem Rücken an. Ihre Haare hatten inzwischen ein sattes Silbergrau, das ihr wunderbar stand. Sie drehte sich zu ihr um und lächelte Louisa aus blaugrünen Augen an, die ihren eigenen glichen wie ein Spiegel. Vorsichtig. Rena war genauso auf der Hut wie Louisa sich fühlte. »Schön, dass du gekommen bist«, sagte sie und zog die Kanne unter der Maschine hervor. Ein Wassertropfen fiel auf die Warmhalteplatte und verdampfte zischend. Ein fast unnatürlicher Laut in der Stille zwischen ihnen. »Nimm doch Platz.« Rena wies mit der Hand auf den windschiefen Holzstuhl vor ihrem Schreibtisch.

»Danke.« Louisa setzte sich und legte das Kuchenpaket neben das Familienfoto der Falkenbergs, das Hannah vor ein paar Jahren mit Selbstauslöser aufgenommen hatte.

Rena hatte bereits Teller, Papierservietten und Tassen auf

den Schreibtisch gestellt, was Louisa innerlich schmunzeln ließ. Ihre Schwester hatte ihr in der Vergangenheit immer wieder vorgeworfen, ihr die Kinder wegnehmen zu wollen und sich als die coole Tante in ihr Leben zu schleichen. Dabei merkte sie gar nicht, wie ähnlich ihre Töchter ihr waren. Rosa zum Beispiel war eine perfekte Kopie ihrer Mutter, wenn es um Tischsitten ging. Nur die beiden kamen auf die Idee, ein so hässliches altes Möbelstück wie Renas Schreibtisch für eine Kaffeetafel einzudecken.

Rena schenkte ihnen ein und verteilte den Kuchen auf die Teller. Dann stellte sie die Kanne zurück unter die Kaffeemaschine und warf das Kuchenpapier in den Mülleimer in der Ecke. Als sie sich schließlich auf ihren Schreibtischsessel setzte, faltete sie die Hände und legte sie auf den Tisch. »Was gibt es Neues?«, fragte sie, als müsse sie ihr Gehirn nach einem Thema durchforsten, über das sie sprechen konnten. Als wären sie zwei fremde Menschen, die sich nur zufällig am gleichen Ort aufhielten. So waren sie schon einmal miteinander umgegangen.

September 1979

Nach Hause zurückzukehren war einer der schwersten Schritte gewesen, den Louisa jemals gegangen war. Es war leicht gewesen, als Achtzehnjährige das Tal hinter sich zu lassen und in die Welt zu ziehen. Das Abenteuer zu suchen, zu flirten und sich von ganzem Herzen und aus tiefster Seele zu verlieben. In einen Mann, der tabu gewesen war. Auch wenn sie das erst viel zu spät erkannt hatte.

Louisa betrachtete sich im Spiegel der Kammer, in der sie groß geworden war. Das karierte Männerhemd und die Schlaghose, die sie trug, täuschten darüber hinweg, wie dünn sie geworden war. Ohne die Kleider sah sie so zerbrechlich aus, wie sie sich fühlte.

Natürlich konnte man sagen, verbotene Früchte waren die verführerischsten. So sagte es schließlich schon die Bibel. Sicher erzählten sich die Leute im Dorf, sie hätte ihrer Schwester den Mann ausgespannt. Was zu gleichen Teilen richtig und falsch war. Sie hatte Michael Brander – Brandl, wie sie ihn genannt hatte – im vergangenen Herbst in München kennengelernt. Hals über Kopf hatten sie sich ineinander verliebt und sich in eine atemberaubende, rasante Beziehung gestürzt. Sie war überhaupt nicht auf der Suche nach der Liebe gewesen, als sie einfach so aus dem Hinterhalt aufgetaucht war und sie k.o. geschlagen hatte. Denn nichts anderes war es gewesen. Ein tückischer Angriff, der ihre Welt auf den Kopf gestellt hatte – bis plötzlich ihre Schwester aufgetaucht war, um ihren Verlobten zu überraschen.

Brandl hatte mit seinem doppelten Spiel Renas und ihr Herz gebrochen und alles um sie herum ins Chaos gestürzt. Lange Zeit hatte Louisa sich danach in München verkrochen, und erst am Tag zuvor war sie nach Schönau an den Königssee zurückgekehrt. Auf den Hof ihrer Eltern, wo sie wieder in der Landwirtschaft arbeiten würde. Sie hoffte, nicht für immer Mist schaufeln und Kühe melken zu müssen. Aber im Moment kam es ihr wie die gerechte Strafe vor.

Als ihr klar geworden war, dass sie München nicht länger ertragen konnte und sie der Stadt für immer den Rücken kehren musste, hatte sie ihrer Mutter geschrieben und gefragt, ob sie nach Hause kommen durfte. Vor allem musste sie wissen, ob es für Rena in Ordnung war. Denn ihre Schwester hatte ihr an jenem grauenvollen Tag kurz vor Weihnachten an den Kopf geworfen, dass sie sie hasste und nie wiedersehen wollte. Jeder der Briefe, die sie in den ersten Monaten nach Brandls Verrat an ihnen an Rena geschickt hatte, war ungeöffnet zurückgekommen.

Louisa trat ans Fenster ihrer Kammer. Diese erste Nacht in ihrem alten Bett hatte sie sich ruhelos von einer Seite auf die andere gewälzt. Ihre Schwester hatte sie nicht gesehen, als sie am Abend angekommen war – sie hatte im Dorfkrug bedient. Ihre Schritte hatte Louisa erst auf der alten, knarzenden Holztreppe gehört, als die Lichter im Haus schon alle gelöscht waren. Sie hatte mitbekommen, wie die Schranktüren in Renas Kammer, die direkt neben ihrer lag, geklappert hatten, als sie sorgfältig ihr Dirndl aufgehängt hatte. Sie sah vor ihrem inneren Auge, wie ihre Schwester die Nadeln aus der Flechtfrisur zog, die sie beim Kellnern immer trug, und ihre langen blonden Haare bürstete. Louisa wusste, dass sie ihr aus dem Weg gegangen war. Wahrscheinlich hatte sie ihre Rückkehr von der Arbeit extralang hinausgezögert, um sie nicht sehen zu müssen.

Auf dem Hof hörte sie Renas leises Lachen. Sie schob den Vorhang zur Seite und blickte hinunter. Ihre Schwester sprach mit zwei attraktiven Männern, die vielleicht Mitte zwanzig waren und Kniebundhosen trugen. Ihre Mutter hatte am Abend erzählt, dass sie ein paar der leer stehenden Kammern an Bergsteiger vermieteten, denen eine einfache Unterkunft und ein deftiges Frühstück genügten. Die Männer flirteten ganz ungeniert mit Rena, aber Louisa konnte nicht erkennen, ob sie die Aufmerksamkeit erwiderte. Niemand wünschte Rena mehr als sie, einen netten jungen Mann zu finden und sich neu zu verlieben.

Am Fenster zu stehen und ihre Schwester aus der Ferne zu betrachten würde ihnen beiden nicht helfen. Entschlossen atmete sie einmal tief durch und verließ ihr Zimmer. Ihre Mutter würde vermutlich die Hände über dem Kopf zusammenschlagen, wenn sie sie in der senffarbenen Schlaghose und dem lose an ihr herunterhängenden Hemd sah. Aber Dirndl waren nun mal mehr Renas Ding. Sie ging langsam die Treppe hinunter und zur offen stehenden Haustür. Dort blieb sie stehen und blickte zu ihrer Schwester hinaus, die die Reste des Frühstücks abräumte, das die Bergsteiger auf der Bank vor dem Haus genossen hatten. Louisa konnte die beiden Männer noch sehen, die, ihre Rucksäcke geschultert, in Richtung Landstraße davongingen. Es war noch kühl auf dem Hof, aber die Luft war klar. Vor ihnen lag ein warmer Tag, auch wenn man spüren konnte, dass der Herbst bereits hinter den Bergen lauerte. Einer der Bergsteiger drehte sich noch einmal zu Rena um, aber sie nahm seinen Blick nicht wahr oder ignorierte ihn. Sicher war sich Louisa da nicht. »Guten Morgen«, sagte sie leise.

Rena hielt inne, ohne sie anzusehen. Einen nicht enden wollenden Moment lang geschah gar nichts. Dann ging ein Ruck durch ihren Körper, und sie richtete sich auf. Mit einem Lächeln, das ihre Augen nicht erreichte, drehte sie sich um. »Lou, da bist du ja. Hast du gut geschlafen?«, begrüßte sie sie. Vertraut und doch so fremd.

»Nicht besonders«, gestand Louisa ehrlich. »Ich habe mir Gedanken darüber gemacht, wie es wohl sein wird, wieder hier zu leben. Ob du damit klarkommst, mich wieder hier zu haben.«

»Aber natürlich tue ich das. Du bist meine Schwester. Wir sind Familie.« Ihre Worte klangen ein wenig hölzern, und eher so, als ob ihre Mutter sie ihr eingeimpft hätte. Sie stellte das

Tablett mit dem Frühstücksgeschirr zurück auf den Tisch und kam auf Louisa zu. »Ich bin froh, dass du wieder da bist«, sagte sie noch einmal. Und diesmal glaubte Louisa ihr, dass Rena sich zumindest wünschte, dass sie als Schwestern wieder zueinanderfanden. Rena umarmte sie, und sie erwiderte die Geste. Ihre Schwester machte ihr ein Friedensangebot.

Als sie sich wieder voneinander lösten, griff Rena nach ihrer rechten Hand und drückte sie. »Ich möchte nicht mehr darüber reden, was in München passiert ist. Ich bin einfach froh, dass es zwischen uns keine Geheimnisse und Lügen mehr gibt.«

»Nein, keine Lügen mehr«, stimmte Louisa zu. »Keine Geheimnisse.«

Renas Lächeln wurde eine Spur echter, während sie ihre linke Hand auf ihren unangenehm kribbelnden Magen presste. Es gab Dinge, von denen Rena nichts wusste. Dinge, die sie ihr erzählen müsste. Doch jetzt war ihre Schwester bereit, all das hinter sich zu lassen. Sie wollte nicht mehr an ihre größte Demütigung zurückdenken. Fragte nicht, warum Louisa nicht gleich nach Hause gekommen war. Warum sie nach Brandls Verrat noch ein Dreivierteljahr in der Stadt geblieben war – und was sie dort getrieben hatte.

Rena war bereit für einen Neustart. Sie gab auch Louisa eine zweite Chance, also würde sie ihr Geheimnis für sich behalten. Zumindest vorerst.

»Mutter wird von deinem Aufzug alles andere als begeistert sein«, holte Rena sie aus ihren Gedanken.

Louisa musste lachen. Das Kribbeln in ihrem Bauch ließ nach. »Ja, das wird sicher Ärger geben«, stimmte sie ihrer Schwester zu.

Louisa sah ihre Schwester nachdenklich an. Die Ereignisse des vergangenen halben Jahres hatten so viele Erinnerungen aufgewühlt. Schöne. Aber vor allem auch schmerzliche. Rena hatte akzeptiert, dass Brandl wieder in Louisas Leben getreten war. Dass sie sich trafen, Zeit miteinander verbrachten. Vielleicht hatten sie sogar eine gemeinsame Zukunft. Mit all diesen Dingen hatte ihre Schwester sich arrangiert. Dabei ging sie fest davon aus, dass Louisa und sie sich die Wahrheit sagten – so wie Rena das vor all den Jahren geglaubt hatte, als sie nach Schönau zurückgekehrt war. Aber Louisa hatte das Geheimnis, das sie damals mit nach Hause gebracht hatte, bis heute nicht gelüftet. Inzwischen waren so viele Jahre vergangen, und nie war der richtige Moment gekommen, darüber zu reden. Jetzt war es längst zu spät, diese alten Dinge wieder aufzuwärmen. »Antonia war vorhin bei mir«, sagte sie. Sie würde das Gespräch auf die News lenken, von denen ihre Nichte ihr berichtet hatte, und sich damit auf sicheres Terrain begeben.

Rena seufzte und spießte ein Stück Käsekuchen auf. »Ich wünschte mir, sie würde sich öfter mal hier blicken lassen.«

»Sie hatte interessante Neuigkeiten. Anna und Hias haben endlich ein Hochzeitsdatum festgelegt. Antonia wird Trauzeugin – genau wie Xander«, erzählte Louisa.

»Tatsächlich?« Renas Gabel blieb auf halbem Weg zwischen Teller und ihrem Mund in der Luft hängen. Dann ließ sie sie langsam sinken, und in ihre Augen trat ein Glanz, den Louisa nur zu gut kannte – und den ihre älteste Nichte fürchtete.

»Denk nicht einmal dran«, warnte Louisa sie. »Antonia kann Xander nicht ausstehen.«

»Ich habe keine Ahnung, was du meinst. Aber wenn die

beiden zusammen für die Hochzeit verantwortlich sind, sollten wir sie unterstützen. Vielleicht lade ich Xander und Antonia mal zum Abendessen zu uns ein.« Rena trommelte mit den Fingern auf dem Tisch. »Er ist doch im Moment mit niemandem liiert, oder?«

»Halt dich da raus. Antonia wird das nicht witzig finden«, warnte Louisa noch einmal.

»Aber die beiden wären ein verdammt hübsches Paar.«

Was das betraf, musste Louisa ihrer Schwester recht geben. »Deine Tochter ist Mitte dreißig und kann sich selbst mit Xander verabreden, wenn ihr danach sein sollte.«

4

Antonia ließ ihren Jeep auf dem Hof des *Alten Milchwagens* ausrollen. Die ehemalige Molkerei war schon seit ein paar Jahren der Firmensitz von Hannahs Freund Jakob, der in einem Loft über der Oldtimer-Werkstatt lebte. Inzwischen war das auch das Zuhause ihrer jüngsten Schwester.

Hannah stand, genau wie Rosa, am Fuß der Metalltreppe, die zur Wohnung hinaufführte. Beide hatten sich Sporttaschen über die Schultern gehängt und blickten ihr erwartungsvoll entgegen. Antonia seufzte. Keine von ihnen hatte das Training abgesagt, auch wenn ihr jetzt schon klar war, dass es reine Zeitverschwendung sein würde, ihren Schwestern auch nur die Geräte im Sportstudio zu erklären. Sie waren einfach zu bequem für ein solches Unterfangen. Es war ein bisschen so, als hätte Antonia bei ihrer Geburt sämtlichen Bewegungsdrang und das sportliche Talent mitbekommen, sodass für ihre Schwestern nichts mehr übrig geblieben war.

Sie wartete, bis Rosa und Hannah eingestiegen waren und sie begrüßt hatten, ehe sie den Jeep wendete und in Richtung Berchtesgaden fuhr.

»Dass wir nicht einfach ins *Seeblick* gehen können, sondern unbedingt ins Tal hinunterfahren müssen«, bemerkte Hannah, als sie am Hotel vorbeifuhren und drehte den Kopf, als es aus ihrem Sichtfeld verschwand.

Nun konnte sich Antonia ein Seufzen doch nicht verkneifen. »Niemand hält euch davon ab, das Fitnessstudio im Hotel zu benutzen. Soll ich euch dort rauslassen?« Seit der Wellnessbereich des *Seeblick* renoviert worden war, gab es ein erstklassig ausgerüstetes Sportstudio im Hotel. Das hatte Antonia zumindest gehört.

»Du bist doch nur immer noch wegen des Mühlenfestes sauer auf Xander und seinen Vater«, hielt Hannah dagegen.

»Ich gehe in Berchtesgaden ins Sportstudio, seit ich denken kann. In Xanders *Seeblick-Fitness* wäre ich also auch schon nicht gegangen, bevor die Valentins angefangen haben, uns den letzten Nerv zu rauben«, rechnete Antonia ihrer Schwester vor. Sie drehte die Chillout-Playlist lauter, die sie gerade streamte, um Hannah zu signalisieren, dass die Diskussion an dieser Stelle beendet war. Wenn ihre Schwestern unbedingt ein Sportstudio von innen sehen wollten, dann sollten sie gefälligst mit dem zufrieden sein, was sie ihnen zu bieten hatte.

Hannah schien den Wink mit dem Zaunpfahl – oder in diesem Fall vermutlich eher der Langhantel – zu verstehen und lehnte sich behaglich im Beifahrersitz zurück. In einvernehmlichem Schweigen folgten sie den Serpentinen, die sich an der Ramsauer Ache entlang durch die Schlucht des Tals schlängelten.

Das *Watzmann-Gym* zählte zu den älteren in der Gegend, war aber vor ein paar Jahren ebenfalls modernisiert worden. Neue Geräte, ein vergrößerter Saunabereich und ein Update der Getränkekarte, ergänzt von einem Kursangebot, das den Studios in München oder Salzburg in nichts nachstand. Eines der bestechendsten Argumente war die große Glaswand, durch die man von der Trainingsfläche aus auf den

Hausberg Berchtesgadens blicken konnte. Antonia würde nie verstehen, wie die Leute auf ihre E-Book-Reader oder Fernsehmonitore starren konnten, wenn sie beim Trainieren dieses Panorama vor sich hatten.

Sie trug ihre Schwestern zu einem Probetraining ein und zeigte ihnen die Umkleide.

»Puh«, sagte Rosa und rümpfte die Nase, als sie den Raum betraten. »Das riecht ja wie in einem Hamsterkäfig.«

»Ich kann mich allerdings nicht erinnern, dass du je einen Hamster gehabt hättest, um das beurteilen zu können«, erwiderte Antonia und bemühte sich, ruhig zu bleiben. Weder Augenrollen noch Seufzen würde etwas bringen. Sie durfte nicht vergessen, dass sie ihre Schwestern wirklich sehr liebte – und dass sie nach diesem Abend mit Sicherheit wieder allein trainieren gehen konnte. Einen Abend würde sie überstehen. Hoffentlich. »Das hier ist ein Fitnessstudio und kein Day-Spa. Wer hier trainiert, fängt irgendwann unweigerlich an zu schwitzen. Am besten hältst du einfach die Luft an, bis du dich umgezogen hast«, schlug sie Rosa vor.

Ihre Schwester schien ihren Rat zu befolgen und atmete erleichtert aus, als sie in den Übungsbereich zurückkehrten.

»So«, begann Antonia. »Ich kann euch einen kleinen Trainingszirkel …«

»Nicht nötig.«

»Brauch ich nicht.«

Rosa und Hannah hatten gleichzeitig gesprochen und mussten kichern. »Und was schwebt euch stattdessen so vor?«, fragte Antonia. Sie musste dringend auf einen der Boxsäcke einschlagen, sonst würde sie in Nullkommanichts anfangen, ihre Schwestern zu schütteln.

»Ich geh zu diesem Zumba-Kurs«, sagte Rosa. Sie winkte

ihnen gut gelaunt zu und schlug den Weg zu den Kursräumen ein.

»Ähm … das ist doch nicht…« Antonia rieb sich über das Gesicht. »Das ist wie Flöhe hüten«, murmelte sie, als ihre Schwester sich nicht noch einmal umdrehte und fest entschlossen die Tür zum Trainingsraum aufzog.

»Was bist du denn so miesepetrig?«, wollte Hannah wissen und strahlte sie an.

»Ich bin nicht miesepetrig. Ich resigniere nur gerade. Und Rosa wird mich hassen. Zumba ist nämlich erst in zwei Stunden – sie läuft gerade in den Work-out-Kurs. Kraft- und Ausdauerübungen. ›Die ultimative Herausforderung‹«, zitierte Antonia die Kursbeschreibung. »Sie wird vermutlich auf allen vieren aus dem Raum gekrochen kommen.«

»Dann ist ja gut, dass ich mein Handy griffbereit habe. Dieses Schauspiel dürfen wir uns auf keinen Fall entgehen lassen.« Hannah grinste breit und winkte mit ihrem Telefon, bevor sie es in den Bund ihrer Yogahose schob. »Ich mache es dir ganz leicht. Ich will auf den Crosstrainer und dabei zusehen, wie die Sonne hinter dem Watzmann untergeht.«

»Das klingt vernünftig. Komm mit.« Antonia ging zu den Ausdauergeräten und stellte einen Crosstrainer für ihre Schwester ein.

»Bist du verrückt?« Hannah sah sie aus entsetzt aufgerissenen Augen an. »Das ist viel zu hoch eingestellt.«

»Du hast deine Beine gerade erst zweimal bewegt. Wie willst du …«

»Ich kann es schon spüren«, jammerte Hannah.

»Ihr schafft es wirklich, mich in den Wahnsinn zu treiben«, murmelte Antonia und senkte den Widerstand per Knopfdruck.

»Besser«, sagte Hannah erleichtert.

»Noch weniger und du wärst bei Stufe null«, konnte Antonia sich nicht verkneifen. Sie stellte den Stepper neben ihrer Schwester für ihr Aufwärmtraining ein und tat das, was Hannah sich vorgenommen hatte: Während ihre Schwester bereits nach zwei Minuten wie ein halbtotes Faultier über dem Crosstrainer hing, sah Antonia dabei zu, wie sich der Himmel hinter den schneeweißen Zacken des Watzmann von sanften lilafarbenen Schlieren über Rosa zu einem tiefen Orange färbte, in dem die Sonne schließlich verschwand. Als der Himmel langsam ein dunkles Nachtblau annahm, sprang Antonia von ihrem Stepper, um mit ihrem Gerätezirkel zu beginnen. Sie setzte ihre Kopfhörer auf, suchte nach ihrer Hip-Hop-Playlist, die sie nur im Fitnessstudio hörte, und griff nach den Hanteln.

Der Vorteil von Sport war für Antonia schon immer gewesen, dass sie sich darin verlieren konnte. Sie konzentrierte sich auf die Übungen. Ihren Atem. Die Kontraktion ihrer Muskeln. Das Zittern, das einsetzte, wenn sie an ihre Grenzen ging. In diesen Momenten schaffte sie es, alles andere auszublenden. Es war ihre Version eines Kurzurlaubs. Die totale Entspannung. Ehe sie sich versah, hatte sie Hannah und Rosa vergessen. Erst als an der Beinpresse die große, muskulöse Gestalt des diensthabenden Trainers vor ihr aufragte, kehrte sie blinzelnd in die Realität zurück. Sie gab dem Widerstand langsam nach und ließ das Gerät zurückfahren, bis ihre Beine angewinkelt waren. Langsam löste sie ihre Füße und stellte sie auf den Boden, während sie ihre Kopfhörer abnahm. »Harry«, grüßte sie den Trainer.

Er verschränkte die Arme vor der Brust und blickte mit einem halben Lächeln auf sie hinunter. »Melli hat behauptet, die beiden da drüben wären deine Schwestern«, sagte er statt einer Begrüßung. Förmlichkeiten waren nicht so sein Ding. Antonia mochte ihn für seine Geradlinigkeit – bei Harry konnte man sich immer sicher sein, dass er die Wahrheit sagte. Ob man sie hören wollte oder nicht.

»Jepp«, sagte sie schlicht.

Er schüttelte leicht den Kopf. »Man kann kaum glauben, dass ihr aus dem gleichen Genpool stammt.« Dabei trat er einen Schritt zur Seite.

Im Studio war nicht viel los, also kam Antonia nicht umhin, ihre Schwestern sofort zu entdecken. Hannah war noch immer auf dem Crosstrainer und bewegte sich in Zeitlupe. Rosa hatte es sich inzwischen an der Bar gemütlich gemacht, drei halb leere Smoothiegläser vor sich. Sie griff gerade nach dem vierten, das ihr Melli über den Tresen reichte. »Ja, manchmal habe ich auch das Gefühl, im Krankenhaus vertauscht worden zu sein. Hör mal.« Sie stand auf und wischte sich mit ihrem Handtuch über das Gesicht. »Egal, was sie sagen … egal, um was sie dich bitten … tu mir einen Gefallen: Schließ auf keinen Fall Verträge mit ihnen ab.«

Er zog die Augenbrauen nach oben. »Willst du mir das Geschäft vermiesen?«

Antonia lachte. »Ich will dich nur nicht vermöbeln müssen, weil du meinen Schwestern einen Vertrag aufschwatzt, den ich als sittenwidrig erachte.«

»Eine Drohung, die ich ernst nehme.« Er hob seine Hand zur Gettofaust, und Antonia stieß ihre dagegen.

»Danke.« Sie nickte zur Bar. »Ich stelle lieber sicher, dass sich Rosa keine Vitaminvergiftung oder einen Eiweißschock oder so was holt.« Sie schlang sich das Handtuch um die Schultern und ging zu ihrer Schwester hinüber.

»Hey.« Rosa strahlte, als Antonia sich neben sie setzte. »Melli und ich unterhalten uns über die Smoothies. Ich habe alle probiert.«

»Deine Schwester hat mir ein paar gute Tipps gegeben, wie ich den Geschmack mit ein paar neuen Zutaten variieren kann.«

»Ja, darin ist unsere Martha Stewart unschlagbar«, murmelte Antonia. Sie musterte ihre Schwester. Rosas Haare sahen kein bisschen zerzaust aus, ihr pinkfarbenes Shirt wies nicht den winzigsten Schweißfleck auf. »Wie war es in dem Kurs?«, fragte sie.

»Ach das …« Rosa winkte ab. »Das war gar kein Zumba. Mega anstrengend. Ich hab mich nach ein paar Minuten einfach wieder rausgeschlichen.«

»Uff.« Hannah ließ sich auf den freien Hocker neben ihnen fallen, legte ihr Handtuch auf den Tresen und dann ihren Kopf darauf. »Ich werde morgen keine Treppe steigen können«, jammerte sie. »Das war Folter!«

Antonia schob ihr einen von Rosas halb leeren Smoothies hin. »Trink was. Und dann hör auf zu heulen. Ich verstehe wirklich nicht, warum ihr auf die Idee gekommen seid, überhaupt in ein Fitnessstudio zu gehen.«

»Wir haben es uns vorgenommen. Und Vorsätze muss man umsetzen, oder?«, versuchte Rosa es mit ihrer unschlagbaren Logik.

»Und wann habt ihr euch das vorgenommen?«, konnte Antonia sich nicht verkneifen.

»An Neujahr. Rosa und ich wollten fitter und sportlicher werden«, klärte Hannah sie auf.

»Neujahr?« Antonia blickte zwischen den beiden hin und her. »Wir haben April.«

Rosa zuckte mit den Schultern. »Wir sind einfach nicht eher dazu gekommen.«

»Ja. Das macht Sinn. Beim nächsten Mal sollten wir uns einfach wieder auf dem Dachboden der Mühle auf ein Bier und eine Tüte Chips treffen.« Bereits als Kinder hatten Antonia und ihre Schwestern den Dachboden der Mühle für sich entdeckt – und erobert. Sie hatten ihn zu ihrem geheimen Treffpunkt und Zufluchtsort gemacht. Noch heute trafen sie sich dort oben, wenn es etwas Wichtiges zu besprechen gab. Antonia legte den Kopf in den Nacken und atmete tief durch. Ihre Schwestern waren zwei wirklich verrückte Hühner. Und manchmal alles andere als rational – aber sie wollte sie nicht einen Moment missen. So unterschiedlich sie alle drei waren, sie waren eine Einheit. Wie Pech und Schwefel.

Sie erinnerte sich daran, wie ihre Schwestern ihrem ersten Exfreund eins ausgewischt hatten, als wäre es gestern gewesen. Und das, ohne dass er jemals erfahren hatte, dass sie ihn reingelegt hatten. Mit siebzehn hatte sie sich zum ersten Mal verliebt. In Benedikt, einen Mitschüler. Doch die Beziehung, auf die sie sich eingelassen hatte, hatte alles andere als gut geendet. Er hatte ihr nicht nur das Herz gebrochen, er hatte ihr auch verdammt viel Angst eingejagt, als er begonnen hatte, sie zu stalken und zu bedrohen. Er hatte außerdem dafür gesorgt, dass die Schmetterlinge in ihrem Bauch für immer verschwunden waren. Abgesehen von dem kurzen Moment Jahre später, als Xander sie für einen winzigen Augenblick zurückgeholt hatte.

Rosa und Hannah hatten Benedikt nicht verzeihen können, wie sehr er Antonia hatte leiden lassen. Sie hatten sich eine sehr persönliche Art der Rache ausgedacht. Während seines Trainings hatten sie sich in sein Wohnheimzimmer geschlichen und seine Zahnbürste geklaut. Hannah hatte sie dem Hund des Hausmeisters hingehalten, von dem jeder genau wusste, dass er seine Nase gern in alles steckte, was stank – und sich für sein Hundeleben gern die Eier leckte. Außerdem schien er den Geschmack von Pfefferminz zu mögen, denn er leckte die Zahnbürste voller Hingabe ab. Rosa filmte das Ganze. Anschließend brachte sie die Zahnbürste in Benedikts Zimmer zurück, während Hannah den Hund mit einer Handvoll Leckerli belohnte.

Am Abend hatten sie ein Treffen auf dem Dachboden der alten Mühle einberufen und Antonia das Video gezeigt.

»Schwesternrache«, hatte Rosa gesagt.

»Ehrensache«, kam Hannahs Antwort sofort.

Giggelnd hatten ihre Schwestern sich vorgestellt, wie Benedikt sich ahnungslos die Zähne putzte. Sie hatten sich vor Ekel geschüttelt und sich im nächsten Moment kaputtgelacht.

Antonia hatte sich dieses Szenario nachts im Bett noch lange immer wieder ausgemalt. Das hatte ihr gebrochenes Herz nicht geheilt und die Angst vor ihm nicht vertrieben, aber es hatte ihr zumindest Genugtuung verschafft.

»Anna und Hias machen also endlich Nägel mit Köpfen«, holte Rosa Antonia aus ihren Erinnerungen.

»Ja.« Antonia blinzelte. Sie überlegte, woher Rosa davon wusste. Wahrscheinlich hatte Louisa es ihr erzählt. Oder die *drei Alten*. Neuigkeiten machten in Sternmoos schnell die Runde. Also konnte sie genauso gut gleich mit der ganzen Wahrheit rausrücken. »Xander und ich werden die Trauzeugen.«

»Spannende Kombination«, ließ sich Hannah vernehmen und sog geräuschvoll an ihrem Strohhalm. »Wie willst du das handhaben?«

»Xander hat durchblicken lassen, dass er eine Idee für die standesamtliche Trauung hat. Und ich kümmere mich um die Feier in der *Alten Mühle*. Wir können die Arbeit aufteilen und haben nicht allzu viel miteinander zu tun.«

»Das funktioniert nie im Leben«, sagte Rosa.

»Natürlich.« Antonia drehte eines der Smoothiegläser in der Hand und wischte mit dem Daumen einen Streifen durch die Kondenstropfen auf dem Glas.

»Ich weiß echt nicht, was du gegen Xander hast«, sagte Hannah. »Wir wissen doch alle, dass er nicht wie sein Vater ist.«

Antonia sparte sich eine Antwort. Ihre Schwester hatte natürlich recht. Trotzdem würde sie die Zeit, die sie in Xanders Nähe verbrachte, auf ein Minimum beschränken. Der Hotelier und sie würden keine Freunde mehr werden. Und daran trug allein er die Schuld. Antonia hatte keine Lust, ihre Schwestern mit alten Kamellen zu langweilen. Manche Dinge gingen darüber hinaus niemanden etwas an, ganz egal, wie nahe Rosa und Hannah ihr standen. »Anna hat mich gebeten, dich zu fragen, ob du die Fotos machen würdest«, lenkte sie Hannah wieder auf das eigentliche Thema: die Hochzeit.

»Ich? Na ja, ich bin nicht gerade eine Hochzeitsfotografin«, gab ihr Hannah zu bedenken.

»Aber die beste Fotografin im Tal«, widersprach Antonia. Sie dachte an das Bild, das Hannah im vergangenen Jahr auf dem Dachboden der *Alten Mühle* von Rosa und ihr gemacht hatte. Ihre jüngste Schwester hatte nicht nur das Talent, besondere Momente einzufangen, sie schaffte es auch, die Emotionen dieses Augenblicks zu zeigen. Genau das, was Anna und Hias sich wünschten.

»Du würdest bestimmt fantastische Aufnahmen machen«, stimmte auch Rosa zu.

»Klar mach ich es.« Hannah boxte Antonia spielerisch gegen den Arm. »Gib mir noch eins von diesen halb leeren Gläsern. Im Moment habe ich nicht das Gefühl, überhaupt eine Kamera halten zu können.«

Antonia schob noch einen von den Smoothies, die Rosa probiert hatte, zu ihr hinüber und verkniff sich, darauf hinzuweisen, dass Hannah ihre Arme überhaupt nicht trainiert hatte und deshalb auch keinen Muskelkater bekommen würde.

»Wie stellen sich Anna und Hias die Feier in der *Alten Mühle* denn vor?«, wollte Rosa wissen.

»Genaue Vorstellungen haben sie noch nicht. So etwas wie das Mühlenfest würde ihnen gut gefallen.«

»Oh.« Rosa klatschte in die Hände und strahlte sie an. »Eine Boho-Hochzeit!«

»Eine was?« Antonia sah sie verständnislos an.

»Boho-Hochzeit. Das ist ein Stil … ach, google es einfach. Auf jeden Fall kann ich mir das super vorstellen. Wir könnten …«

Rosa war in ihrem Element. Und Antonia ließ sie reden. Sie griff nach dem Eiweiß-Shake, den Melli ihr mit einem etwas mitleidigen Lächeln über den Tresen reichte, und nahm einen großen Schluck. Rosa fantasierte weiter über die Feier, und Antonia überlegte, ob sie es schaffte, sich unbemerkt wegzuschleichen und ihren Trainingszirkel zu beenden.

*

Xander legte die *Feenschule* auf Lenis Nachttisch. Das Buch war inzwischen völlig zerlesen, und sowohl Xander als auch seine Tochter konnten die Geschichte auswendig aufsagen. Trotzdem bestand sie jeden Abend darauf, sie vorgelesen zu bekommen.

Leni richtete sich in ihrem Bett auf und lächelte ihn mit dem Urvertrauen an, das nur ein Kind seinen Eltern entgegenbringen konnte. Sein Herz zog sich vor Liebe zusammen. Egal wie beschissen ein Tag war, eine Woche oder ein Monat – für diese Augenblicke lebte er.

Er schob ein paar der wild um ihr Gesicht federnden Locken hinter ihr Ohr und legte seine Stirn an ihre. »War dein Tag wundervoll?«, flüsterte er.

»Ja«, wisperte sie zurück. »Ich habe mit Mama telefoniert, und sie kommt uns bald besuchen.«

Ihre Antwort presste sein Herz noch weiter zusammen. *Scheiße*, war alles, was ihm dazu einfiel.

»Und war dein Tag auch wundervoll?«, stellte Leni die Gegenfrage. Ihr Ritual war entstanden, als seine Tochter im Kindergarten davon gehört hatte. Sie hatte dann darauf bestanden, es als ihre Familientradition einzuführen. Ein schlichtes »Ich hab dich lieb« hatte ihr nicht gereicht. Also hatten sie begonnen, sich vor dem Schlafengehen gegenseitig zu fragen, wie ihr Tag gewesen war.

»Ja, mein Tag war auch wundervoll«, flüsterte Xander, die Stirn noch immer an Lenis gelehnt. »Ich hatte heute eine tolle Idee für Annas und Hias' Hochzeit.«

»Ehrlich?« Leni zuckte zurück, um ihn mit blitzenden Augen ansehen zu können. »Was für eine Idee? Du musst es mir verraten!«

»Keine Chance!« Er tippte mit dem Zeigefinger gegen ihre

Nasenspitze. »Das bleibt erst einmal mein Geheimnis. Und du schläfst jetzt, kleine Fee.« Er küsste sie auf die Schläfe und hielt die Decke, damit sie sich bis zum Kinn darunterkuscheln konnte, so wie sie es liebte.

»Gute Nacht, Papa«, sagte sie leise, als er sich von der Bettkante erhob.

»Träume süß.« Er warf Bub einen Blick zu, der ihn aus unschuldigen, blauen Hundeaugen ansah, als könne ihn kein Wässerchen trüben. Xander wusste, dass Leni ihn in ihr Bett kriechen lassen würde, sobald er den beiden den Rücken zukehrte. Aber das war okay für ihn. Die Liebe des Hundes tat seiner Tochter gut. Und was ihr guttat, war das, was er für sie wollte.

Er ließ die Kinderzimmertür einen Spalt offen, als er in den kühlen, weiß gestrichenen Flur hinaustrat und die Treppe ins Erdgeschoss hinunterstieg. Das Geländer aus Plexiglas gab einem das Gefühl, über dem offenen Raum, den das Erdgeschoss bildete, zu schweben. Alles hier war modern und kalt. In den fünfeinhalb Jahren, die Xander hier lebte, hatte er es nicht geschafft, ein gemütliches Heim aus dem Haus zu machen. Weder die Fotos von Leni und ihm auf dem Kaminsims aus schwarzem Marmor noch die bunten Zeichnungen, die mit Magneten an den Kühlschrank gepinnt waren, schafften genügend Wärme. Auch die Spielsachen und Klamotten seiner Tochter, die überall herumlagen, konnten die glänzende Kälte der schwarzen Bodenfliesen nicht aufwiegen. Er hatte es einfach nicht geschafft, diesen Wänden Seele einzuhauchen. Natalie hatte dieses Haus gesehen und sich auf der Stelle verliebt. Xander wäre lieber irgendwo eingezogen, wo man dem Holzboden seine Geschichte ansehen konnte. Er hatte sich Antiquitäten und aufgearbeitete Bauernmöbel vorgestellt. Aber Natalie war so übergesprudelt vor Glück und Vorfreude, dass er einfach nachgegeben hatte. Der erste von vielen Fehlern, die noch folgen sollten.

Immer wieder hatte er sich in den letzten Jahren vorgenommen, nach einem neuen Zuhause für Leni und sich zu suchen. Doch irgendwie hatte am Ende immer die Zeit gefehlt. Dieses Jahr würde er Nägel mit Köpfen machen, schwor er sich, als er den Kühlschrank öffnete und ein Bier herausnahm. Sobald die Hochzeit vorbei war, würde er sich auf die Suche nach einem neuen Haus machen. Er lehnte sich an die Glaswand, hinter der sich eine große Terrasse erstreckte. Von hier hatte man einen atemberaubenden Blick das Klaustal hinauf. Einer der wenigen Pluspunkte, die das Haus nach Xanders Meinung aufwies.

Er trank einen Schluck und ließ die Flasche sinken, als er aus den Augenwinkeln eine Bewegung an der Hausecke wahrnahm. Sein Freund Jakob winkte und kam zu ihm herüber.

»Hey«, grüßte er Xander, nachdem der die Terrassentür aufgezogen hatte. »Ich wollte nicht klingeln, falls Leni schon schläft.«

»Danke. Ich hab sie gerade ins Bett gebracht. Komm rein.« Xander ließ den Freund ins Haus. Sie umarmten sich auf typisch männliche Art, indem sie sich gegenseitig einmal kräftig auf den Rücken schlugen.

Dann schlug Jakob den Weg zur Küchenzeile ein und nahm sich ebenfalls ein Bier aus dem Kühlschrank. »Stimmt es, was ich gehört habe?«

»Wer war die Plaudertasche? Hannah?« Xander war sich sicher, dass Antonia bereits alle Details dieses Tages mit ihren Schwestern durchgekaut hatte. Die es daraufhin sofort ihren Freunden weitererzählt hatten.

»Jepp«, bestätigte Jakob seine Vermutung und stieß mit seiner Bierflasche gegen Xanders.

»Es stimmt«, sagte Xander und lehnte sich gegen den Küchentresen. »Ich habe die Ehre, mit Antonia die Hochzeit von Anna und Hias zu organisieren. Was sicher ein großes Vergnügen wird, so wenig wie sie mich ausstehen kann.«

Jakob drehte nachdenklich sein Bier zwischen den Fingern und sah ihn von der Seite an. »Was hast du Tonia eigentlich getan, dass sie dich so wenig leiden kann? Ich kann mich noch an den Bodycheck beim Eishockey im Winter erinnern.« Er wedelte mit der Hand, als hätte er Schmerzen. »Dieses Foul war echt legendär. Sie hat dich ganz schön heftig aufs Eis krachen lassen.«

Xander konnte sich nur zu gut an das Spiel in der kleinen Eishockey-Liga im vergangenen Winter erinnern. Er war verdammt hart auf den zugefrorenen Sternsee geknallt, hatte sich jede Menge blauer Flecken und eine blutige Nase geholt. Antonia hatte sich entschuldigt und behauptet, es sei ein Unfall gewesen. Doch das Glitzern in ihren Augen hatte eine ganz andere Sprache gesprochen.

»Hast du sie mal angegraben oder so was?«, bohrte Jakob weiter.

Xander legte den Kopf in den Nacken und atmete langsam aus. Er hatte sie nur ein einziges Mal geküsst. Auf den baufälligen Stufen des Forstlehen. Vor sechs Jahren. Bevor seine Welt implodiert war. Und noch heute konnte er sich an jedes noch so winzige Detail erinnern. Ihren Geschmack. Den Duft ihrer Haare. Wie sich ihre Hände um seinen Nacken gelegt hatten. Wie perfekt sich ihr Körper an seinen geschmiegt hatte. »Oder so was«, sagte er, ohne seinen Freund anzusehen.

»Du willst es mir nicht erzählen?«

Xander stieß ein unfrohes Lachen aus. »Ich möchte nicht einmal darüber nachdenken.«

»Autsch. Dann erzähl mir wenigstens was über die Hochzeit. Hannah meinte, du hättest irgendeine super Idee.«

»Das ist eine Überraschung für das Brautpaar. Und solange ich nicht weiß, ob es funktionieren wird, halte ich lieber die Klappe. Du weißt schon. Karma und so.«

»Mann, aus dir ist ja heute gar nichts rauszukriegen«, beschwerte sich Jakob gut gelaunt.

»Tut mir leid, wenn du den Tratschtanten, die dich losgeschickt haben, nicht Bericht erstatten kannst«, sagte Xander. »Aber du könntest mir helfen. Wir brauchen noch einen richtig coolen Oldtimer als Brautauto.«

»Das lässt sich einrichten.« Jakob stellte sein Bier ab und rieb sich voller Tatendrang die Hände. »An was hattest du gedacht?«

5

Nachdem Jakob gegangen war, sah Xander noch einmal kurz nach Leni. Sie schlief tief und fest. Bub hatte sich, wie erwartet, neben ihr zusammengerollt. Er hob kurz den Kopf, blinzelte und machte es sich wieder bequem.

Xander kehrte ins Wohnzimmer zurück, öffnete sich ein zweites Bier und klappte seinen Laptop auf. Akribisch ging er die Getränkebestellung durch, bevor er Elsa, seiner Barchefin, sein Okay mailte. Als Nächstes nahm er sich das Angebotspaket vor, das die Marketingabteilung geschnürt hatte, und machte ein paar Anmerkungen. Damit war der Leiter des Marketings in der Lage, das Angebot auf der Homepage einzupflegen und die Werbemaßnahmen anlaufen lassen. Sie würden in diesem Jahr mehr auf digitale, auf die Gäste zugeschnittene Werbung setzen und hofften, mit diesem Konzept eine jüngere Zielgruppe anzusprechen und ins *Hotel Seeblick* zu locken. Sie hatten zwar Stammgäste, die schon seit Jahren zu ihnen kamen, aber inzwischen boten sich in den Bergen jede Menge Outdooraktivitäten, die ein junges, abenteuerlustiges Publikum ansprachen. Gäste, die nach Adrenalin lechzten, sich den Staub ihres Erlebnisses aber nicht in der Gemeinschaftsdusche einer Jugendherberge vom Körper spülen wollten. Sie wollten die Aufregung, die sie erlebt hatten, in einem der Whirlpools im Wellnessbereich nachklingen lassen. Bei einem guten Essen und einer ausgewählten Flasche Wein davon schwärmen. Das waren die Gäste der Zukunft. Die Zielgruppe, auf die Xander bereits jetzt zugehen wollte.

Weit nach Mitternacht sicherte er die Dateien und fuhr den Laptop runter. Er war völlig erledigt. Seine Assistentin, Malu, die ja bereits seinem Vater zur Seite gestanden hatte, war ihm Tag für Tag eine unerlässliche Stütze im Hotel. Aber vor drei Monaten war Emma, seine rechte Hand, in Mutterschutz gegangen. Sie hatte ihm in den vergangenen Jahren einen nicht unerheblichen Teil der Arbeit abgenommen, und bis jetzt hatte er ihre Stelle noch nicht neu besetzt. Es war an der Zeit, sich darum zu kümmern. Die Arbeit wuchs ihm über den Kopf.

Er schaffte es gerade noch, unter die Bettdecke zu kriechen, als er auch schon in einen tiefen Schlaf fiel. Als sein Wecker um halb sieben klingelte, fuhr er völlig desorientiert hoch. Er schaltete den Alarm aus und rieb sich über das Gesicht. Seine Bartstoppeln hinterließen ein kratzendes Geräusch in der Stille seines Schlafzimmers. Sein Herz klopfte wild, und er hatte das Gefühl, nicht länger als zehn Minuten geschlafen zu haben. Völlig gerädert ließ er sich in die Kissen zurückfallen. Ihm wurde bewusst, warum er so hochgeschreckt war. Der Wecker hatte ihn mitten aus einem Traum gerissen. In seiner Fantasie hatte er auf der Treppe des baufälligen Forsthauses gestanden und in Antonias einladende blau-grüne Augen geblickt. Er hatte wieder ihren Geruch eingeatmet, die Geräusche der Nacht gehört. Ein sehr realistischer Traum. Was war nur los mit ihm, dass sich seine Gedanken neuerdings ständig um Antonia drehten? Wahrscheinlich hatten die Aussicht, viel Zeit mit ihr als Trauzeugin zu verbringen, und Jakobs neugierige Fragen die Erinnerungen heraufbeschworen. Da sie dafür sorgten, dass er mit Herzrasen erwachte, musste er unbedingt dafür sorgen, sie aus seinem Kopf zu bekommen. Er musste verhindern, dass sie weiter in seinen Gedanken herumspukte. In seiner Fantasie klangen die Gitarrentöne von *Stolen Dance* nach, dem Milky-Chance-Song, den sie damals ständig gehört hatten, wenn sie zusammen unterwegs gewesen waren. Jedes Mal zufällig, aber so häufig, dass Xander ihn insgeheim schon zu ihrem Song erkoren hatte. Zumindest musste er seit dieser Zeit immer an Antonia denken, wenn er diese Melodie hörte. Er konnte von Glück reden, dass dieser Song nicht mehr oft im Radio lief.

Es half nichts, sich weiter in Erinnerungen zu verlieren. Xander zwang sich aufzustehen, Leni zu wecken und Bub rauszulassen, damit er sein Geschäft erledigen konnte. Die morgendliche Routine half ihm, die Erinnerungen zur Seite zu schieben.

Zwei Stunden später trat er durch die Schwingtür, die die Rezeption des *Seeblick* vom Backoffice-Bereich trennte, in dem sich neben seinem Büro und Malus Arbeitsplatz auch die Sales- und Marketing-Abteilung, Reservierung und Buchhaltung befanden. Selbst sein Vater hatte hier noch ein Büro, auch wenn er es nur noch sehr selten benutzte, seit er ihm die Verantwortung übertragen hatte. Wie jeden Morgen wurde Xander von seiner Assistentin nicht nur mit einer Mappe voller Checklisten, Belegungspläne und der Reservierungsvorschau empfangen, sondern auch mit einem starken Kaffee. Den hatte sie bereits immer seinem Vater gebracht, als sie noch für ihn gearbeitet hatte. Und sie ließ sich nicht davon abbringen, das Gleiche für Xander zu tun, auch wenn er ihr am Anfang immer wieder versichert hatte, seinen

Kaffee selbst holen zu können. Also hatte er begonnen, den heißen Koffeinshot zu genießen.

Heute trank er besonders dankbar einen großen Schluck, während er durch die Unterlagen blätterte. »Gibt es etwas Besonderes?«, fragte er Malu.

Sie war wie immer im Türrahmen stehen geblieben, statt auf dem Sessel vor seinem Schreibtisch Platz zu nehmen. Einfach weil sie diese Position mochte. Von der Tür aus konnte sie mit ihm sprechen und gleichzeitig den Bürobereich im Auge behalten. »In Zimmer einhundertzwölf hatte heute Morgen ein junges Paar ausgecheckt. Die Sanders. Das Housekeeping hat den Geldbeutel der Frau gefunden. Wir haben ihn im Hotelsafe eingeschlossen und die beiden kontaktiert. Sie waren bereits auf halber Strecke nach Nürnberg, drehen aber noch einmal um.«

Xander nickte und überflog die Auflistung auf dem Blatt vor sich. »Wir haben nächste Woche eine Auslastung von dreiundsechzig Prozent«, fasste er die Zahlen zusammen.

»Ja. Paul hat vorgeschlagen, ein Angebot für Kurzentschlossene auf die Homepage zu setzen und einen entsprechenden Newsletter rauszuschicken. Aber Victoria meint, wir sollten die Chance nutzen und ein paar Zimmer mehr als geplant grundreinigen.«

Wieder nickte Xander. »Ich spreche mit den beiden.« Er tendierte zum Vorschlag seiner Hausdame. Wenn vor der Hauptsaison noch ein paar Zimmer von der Grundreinigungsliste gestrichen werden konnten, würde das eine große Erleichterung bringen. Er würde das auf seinem täglichen Rundgang durch das Hotel mit Victoria besprechen. »Was noch?«, richtete er seine Aufmerksamkeit wieder auf Malu.

»Ihre Diva von Chefkoch hat mal wieder die Bitte ignoriert, das Menü für die nächste Woche rüberzugeben.« Sie verzog missbilligend die Lippen und hob die Augenbrauen. Es war ein offenes Geheimnis, dass ihr Björns Allüren gegen den Strich gingen.

»Ich rede mit ihm«, versprach Xander.

»Wunderbar.« Malu zog sich hinter ihren Schreibtisch zurück, und er fuhr seinen PC hoch und überflog seinen E-Mail-Eingang. Nichts, worum er sich akut kümmern musste. Er leerte seine Tasse und griff nach seiner Mappe.

Station eins seines Hausrundgangs war wie immer die Rezeption. Er nickte Nelly, der Chefin des Front Desk, zu, die gerade am Telefon war. Dann traf sein Blick eine seiner momentan drei Auszubildenden, die am Tresen lümmelte. Einen frustrierten Laut unterdrückend ging er zu ihr hinüber. »Guten Morgen, Carla. Sie sind heute am Empfang eingesetzt?«, fragte er.

»Jepp«, gab sie zurück. »Ähm … sorry. Ja, Herr Valentin.« Ihre Wangen färbten sich rot, und sie richtete sich auf. Nervös kaute sie auf ihrem Kaugummi herum.

»Die Rezeption ist der Dreh- und Angelpunkt eines Hotels. Das Aushängeschild. Richtig?« Xander sah sie abwartend an.

Zögerlich nickte sie. »Das Erste, was ein Gast sieht, wenn er das Haus betritt«, wiederholte sie, was sie auf der Hotelfachschule gelernt hatte.

»Und der Grundsatz des *Seeblick* lautet: Es gibt keine zweite Chance …«

»… für den ersten Eindruck«, ergänzte sie. Dann stockte sie und sah ihn aus aufgerissenen Augen an. »Scheiße! Ich meine …«

Xander griff unter den Tresen und zog ein Kleenex aus der

Box, die dort immer bereitstand, und hielt es Carla vor das Gesicht. »Ausspucken!«

Sie gehorchte. »Tut mir wirklich leid, Herr Valentin. Ich habe den Kaugummi einfach vergessen.«

»Denken Sie in Zukunft bitte daran.« Er warf das Taschentuch in den Papierkorb.

»Wird nicht wieder vorkommen. Versprochen.«

Da war sich Xander nicht so sicher. Nelly würde die junge Frau ein wenig besser im Auge behalten müssen. Er drehte sich um und sah, wie die Eingangstür auseinanderglitt und zwei ältere Damen eintraten.

Ein breites Lächeln im Gesicht ging er ihnen entgegen. Gäste wie diese beiden waren einer der Gründe, aus denen er seinen Job liebte. »Frau Küster und Frau Jordan! Herzlich willkommen im *Hotel Seeblick*. Es kann unmöglich schon wieder ein Jahr vergangen sein! Sie sehen keinen Tag älter als bei unserem letzten Treffen aus.«

»Oh, Herr Valentin! Sie Charmeur«, sagte Frau Küster, die ältere der Schwestern. Sie nahmen sich seit über zwanzig Jahren jeden Frühling eine Auszeit von ihren Ehemännern und kamen nach Sternmoos, wo sie immer in einer Juniorsuite des Hotels residierten. »Wie geht es der hübschen Leni?«

»Prima. Sie werden sie in den nächsten Tagen mit Sicherheit zu sehen bekommen.« Xander griff nach den Koffern. »Darf ich Sie zum Empfang begleiten?« Er ging ihnen voraus und stellte das Gepäck an der Rezeption ab.

»Willkommen im *Hotel Seeblick*.« Carla reichte den Damen ein Tablett mit zwei Erfrischungstüchern. »Wir hoffen, Sie hatten eine angenehme Anreise.«

»Ganz wunderbar«, sagte Frau Jordan.

»Dürfen wir Ihnen zur Begrüßung ein Glas Sekt anbieten,

während wir nachsehen, ob die Suite schon für Sie bereit ist?«, wandte sich Xander an die Gäste.

»So früh am Tag? Also wirklich, Herr Valentin!« Frau Küster zwinkerte ihm zu. »So etwas wäre nur mit Orangensaft vertretbar.«

»Würden Sie sich darum kümmern, Carla?«, wandte sich Xander an die Auszubildende.

»Selbstverständlich.«

»Seien Sie nur nicht so verschwenderisch mit dem O-Saft«, korrigierte Frau Jordan die Meinung ihrer Schwester.

Xander lachte. »Dann bleibt mir nichts mehr, als Ihnen einen schönen Aufenthalt in unserem Haus zu wünschen. Zögern Sie nicht, es zu sagen, wenn wir etwas für Sie tun können.« Er verabschiedete sich und setzte seine Runde fort.

Mit Verhandlungsgeschick brachte er seinen Chefkoch Björn dazu, ihm die überfällige Speisekarte für die nächste Woche zu geben, damit er sie absegnen und in die Druckerei schicken konnte. Als Koch war Björn wirklich begnadet – was den organisatorischen Teil seiner Arbeit anging, musste man ihm allerdings regelmäßig auf die Füße treten. »Hast du die Reisegruppe auf dem Schirm, die morgen kommt?«, erkundigte Xander sich vorsichtshalber noch einmal.

»Sicher. Essen à la carte mittags, Büfett im Bankettsaal abends«, ratterte der Küchenchef die Reservierung herunter und schien in Gedanken bereits wieder bei seinen Kreationen.

Als Nächstes stand ein Update seiner Hausdame auf der Liste. Auf dem Weg zum Housekeeping fing ihn seine Assistentin in der Lobby ab. »Sie haben einen Gast in Ihrem Büro«, teilte sie ihm mit.

»Schon wieder mein Vater?«, fragte Xander.

Malu schüttelte den Kopf. »Frau Falkenberg.«

Davon gab es mehrere. Aber Xander war sich sicher, dass es sich nur um eine von ihnen handeln konnte. Eine, bei der er es geschafft hatte, immerhin drei Stunden lang nicht an sie zu denken. »Danke, Malu. Ich spreche gleich mit ihr.« Er kehrte in sein Büro zurück und schloss die Tür hinter sich.

Antonia hatte es sich auf der Kante seines Schreibtischs bequem gemacht, statt sich in den Sessel zu setzen. Sie trug Jeans mit Rissen in den Knien, Sneaker und ein schlichtes schwarzes Longsleeve, das sich eng an ihren Oberkörper schmiegte. Die blonden Haarspitzen strichen über ihre Schultern. Sie hatte sich nicht gestylt, kaum Make-up aufgelegt, und doch ... Als er die Tür hinter sich ins Schloss schob, erhob sie sich. »Entschuldige, dass ich so reinplatze«, sagte sie statt einer Begrüßung.

»Kein Problem. Du bist jederzeit willkommen.« Xander hatte nicht schnell genug vom Hotelmanager- in den Antonia-Modus umgeschaltet. Was automatisch dazu führte, dass sie skeptisch die Augen zusammenkniff. »Kann ich dir etwas anbieten? Einen Kaffee vielleicht?«, erinnerte er sich daran, wie sich ein anständiger Gastgeber verhielt.

»Nein danke«, lehnte sie ab. Etwas anderes hatte er nicht erwartet. »Ich wollte dir nur schnell Bescheid geben, dass ich mit meiner Tante gesprochen habe. Die Feier nach der kirchlichen Trauung kann in der *Alten Mühle* stattfinden.«

»Super. Anna wird sich freuen, dass wir das von der Liste streichen können.«

»Und das Standesamt?«, wollte Antonia wissen, während sie langsam auf ihn zukam.

»Ich bin dran, aber noch habe ich keine positive Rückmeldung. Kannst du dich noch ein bisschen gedulden?«, bat er sie.

»Okay«, war alles, was Antonia sagte. Sie war vor ihm stehen geblieben. Abwartend sah sie ihn an, und Xander wurde bewusst, dass sie alles losgeworden war, weshalb sie sich die Mühe gemacht hatte herzukommen. Einen Kaffee wollte sie nicht, also …

Er trat einen Schritt zur Seite und öffnete seine Bürotür bei dieser Bewegung. Ein ziemlich kurzer Besuch. Aber zumindest hatte sie Wort gehalten und ihn über die Fortschritte in der Hochzeitsplanung informiert.

Antonia ging an ihm vorbei. »Wir sehen uns«, sagte sie über die Schulter. Im nächsten Moment verschwand sie hinter der Schwingtür, die noch lange nachpendelte, in der Lobby.

»Ja«, murmelte Xander. »Wir sehen uns.« Er mochte den harten Zug um ihren Mund nicht, der auch heute wieder nicht zu übersehen war – und der verschwand, sobald sie ihm den Rücken zudrehte. Wenn man bei Antonia Falkenberg in Ungnade fiel, musste wirklich viel passieren, damit man eine zweite Chance bekam. Und sie ließ wirklich keinen Zweifel daran, dass er so richtig verschissen hatte.

*

Die ersten Klänge von Tim Bendzkos *Hoch* dröhnten durch den Raum. Antonias Fuß klopfte im Takt des schnellen Rhythmus auf den Boden. »Rückenlage. Die Beine aufstellen, meine Damen«, wies sie die fünf Frauen vor sich an, die einen ihrer letzten Rückbildungsgymnastik-Termine hatten. »Legt die Hände auf den Bauch, damit ihr die Anspannung besser spüren könnt. Beim Ausatmen den Bauch einziehen und den Beckenboden anspannen. Einatmen – und lockerlassen. Noch einmal: ausatmen, Bauch einziehen, Beckenboden anspannen. Einatmen.« Die frischgebackenen Mütter, die auf dunkelblauen Matten auf dem Holzboden lagen, folgten ihren Anweisungen. »Jenny, etwas mehr anspannen«, korrigierte sie die Frau ganz links, von der sie inzwischen wusste, dass sie sich immer ein bisschen um den anstrengenden Teil der Übungen drückte. Alle fünf hatte Antonia schon vor der Geburt betreut. Bei zweien war sie im Kreißsaal dabei gewesen, als ihre Babys auf die Welt gekommen waren. Sie hatte bei allen fünf die Nachsorge übernommen – und schließlich die Rückbildungsgymnastik.

Miriam hatte Carmen etwas zugeflüstert, das sie zum Kichern brachte.

Antonia drehte sich zu ihnen um. »Konzentriert euch auf die Übung. Noch fünfmal.« Sie zählte herunter und ging zur nächsten Position über. »In den Vierfüßlerstand. Beim Ausatmen den Beckenboden anspannen und einen Katzenbuckel machen. Einatmen und locker lassen.« Antonia drehte die Musik ein wenig leiser. »Und noch mal. Katzenbuckel …«

»Stimmt es, was meine Cousine sagt?«, fragte Miriam und verrenkte ihren Kopf, um sie trotz der Übung ansehen zu können.

»Einatmen, Miri. Du kannst deinen Beckenboden nicht anspannen, wenn du redest«, erinnerte Antonia sie, dass das hier kein Wellnesskurs war.

»Aber wissen würden wir es schon gern«, mischte sich nun auch Carmen ein. »Miriams Cousine hat gesagt, dass du was mit Xander Valentin am Laufen hast.«

»Wie bitte?« Antonia spürte, wie sie innerlich erstarrte.

Wie kamen diese Lästermäuler darauf, dass sie …? Die Frauen hatten allesamt aufgehört, ihren Rücken zu krümmen und starrten sie neugierig an.

Antonia zwang sich zu einem Lächeln und legte den Kopf schief. »Halluziniert deine Cousine?«, fragte sie Miriam.

»Sie hat dich heute Morgen aus Xanders Büro kommen sehen.«

»Weil wir etwas Geschäftliches besprechen mussten. Nicht, dass euch das etwas anginge.« Und nicht, dass das der Wahrheit entsprach. Denn ein *Geschäft* war die Hochzeit ihrer besten Freunde bei weitem nicht. »Beine kreuzen«, kommandierte sie die jungen Mütter zu der Übung, die sie am meisten hassten. Unisono klang ihr ein klägliches Stöhnen entgegen. Aber sie hatte kein Mitleid. »Los geht's. Liegestütze! Weiter runter, Jenny. Den Bauch mehr anspannen.«

Die Frauen keuchten vor Anstrengung. Sehr gut. Wer sich mit Liegestützen quälte, hatte keine Luft zum Tratschen.

Nachdem ihr Rückbildungskurs das Feld geräumt hatte, ließ sich Antonia in ihrem Büro auf die Couch fallen, auf der sie normalerweise ihre Schwangeren untersuchte. Sie konnte noch immer die neugierigen Blicke spüren. Aber wenn sie weiter gemeinsam mit Xander die Hochzeit plante, würde das vermutlich Alltag werden. Die Leute in der Gegend liebten es nun mal, sich das Maul zu zerreißen und Vermutungen anzustellen. Am besten gewöhnte sie sich also daran. Sie konnte die Leute schließlich nicht immer zum Schweigen bringen, indem sie sie Liegestütze machen ließ, bis sie vor Anstrengung keuchten.

Sie rappelte sich wieder auf und nahm sich eine Cola Zero aus dem Kühlschrank, mit der sie sich an ihren Schreibtisch setzte. Während sie trank, zog sie den Terminkalender zu sich heran. Im Moment hatte sie ein bisschen Luft und konnte sich um ihre Buchhaltung kümmern, bevor sie zu drei Hausbesuchen aufbrechen würde. Normalerweise schaffte sie es erst abends, zu Hause, ihre Rechnungen zu schreiben. Wenn sie die Arbeit vorzog, konnte sie sich nach ihren Terminen vielleicht mit ihren Schwestern treffen.

Aber bevor sie anfing, würde sie sich zurücklehnen und in Ruhe ihre Cola trinken. Sie ließ den Blick durch den Raum schweifen. Ihr Büro hatte nichts von der gediegenen Eleganz, die Xanders Arbeitsplatz an diesem Morgen ausgestrahlt hatte. Ihr ging es in erster Linie darum, dass sich ihre Frauen wohlfühlten. Das war das oberste Gebot in einer Hebammenpraxis. Nach ihrer Ausbildung hatte Antonia ein paar Jahre lang im Kreißsaal gearbeitet und dann beschlossen, sich zumindest zum Teil selbstständig zu machen. Mit einer Kombination aus Vorsorgeterminen bei einer Berchtesgadener Gynäkologin, Betreuung Schwangerer, Geburtsnachsorge, ihren Klinikdiensten und den Kursen, die sie gab, konnte sie sich über zu wenig Arbeit nicht beschweren – genau so wollte sie es haben.

Ihr Vater hatte ihr angeboten, einen leer stehenden Raum in seiner Landarztpraxis zu beziehen, als sie den Schritt in die Selbstständigkeit gewagt hatte. Aber sie hatte sich dagegen entschieden: Sie hatte mehr Platz gebraucht. Helle, freundliche Räume. Der Arbeitsplatz ihres Vaters strahlte Charme aus – den Charme einer gemütlichen, in die Jahre gekommenen Dorfpraxis. Völlig ungeeignet für sie. Deshalb hatte sie das Angebot eines Internisten aus Ramsau angenommen, der ein ganzes Stockwerk in seinem Haus vermietete. Ein Kursraum, das Untersuchungszimmer, das ihr gleichzeitig als

Büro diente. Eine kleine Abstellkammer, ein Bad und eine winzige Küchenzeile. Die Flurwände waren überzogen mit den vielen Fotos und Dankeskarten, die sie über die Jahre von glücklichen Familien und stolzen Eltern erhalten hatte.

Die vorherrschende Farbe war ein beruhigendes Blaugrau. Hias hatte die Wände bis auf Hüfthöhe mit altem, auf natürliche Weise nachgedunkeltem Holz getäfelt, das eine behagliche Wärme ausstrahlte. Darüber hingen große Schwarz-Weiß-Fotografien ruhiger Landschaften, Wälder, Küstenstreifen und Bergwiesen, die Hannah gemacht hatte. Statt einer Untersuchungsliege hatte sie sich für ein Sofa und einen Ohrensessel entschieden. Die Schwangeren und frischgebackenen Mütter sollten sich bei ihr nicht wie beim Arzt fühlen. Es gab sogar ein paar Grünpflanzen, von denen ihre Mutter behauptete, dass sie unverwüstlich waren. Sogar, wenn man vergaß, sie zu gießen. Manchmal fasste Antonia sie an, um sicherzugehen, dass sie nicht vielleicht doch aus Plastik waren.

Sie zog die PC-Tastatur zu sich heran. Vor ihrem inneren Auge stieg ein Bild auf, Xander heute Morgen. Sie hatte angenommen, dass er der Typ war, der bei der Arbeit Anzug und Krawatte trug. Vielleicht tat er das auch manchmal. Heute war er allerdings ganz lässig in Jeans und einem weißen Hemd herumgelaufen. Xander hatte selbstsicher gewirkt, in sich ruhend. Nur in ihrer Gegenwart schien er sich irgendwie … unsicher zu fühlen. Ein bisschen, als habe er Angst, dass sie ihm einen Bodycheck verpassen könnte, wie beim Eishockey im vergangenen Winter. Der Gedanke gefiel ihr. Sie ließ das Grinsen zu, das sich auf ihrem Gesicht ausbreiten wollte, und leerte ihre Cola.

Genug von Xander, beschloss sie. Sie würde jetzt ihre Rechnungen schreiben.

Antonias Finger glitten über die Tastatur. Doch statt ihr Rechnungsprogramm aufzurufen, rief sie Google auf und tippte Benedikt Neumayer in das Suchfeld. Sie überprüfte ihren Exfreund nicht oft. Aber manchmal, wenn er durch ihre Gedanken gegeistert war, wie am vergangenen Abend im Fitnessstudio, hatte sie das Bedürfnis zu wissen, was er gerade trieb.

Herbst vor siebzehn Jahren

Antonias Nerven waren zum Zerreißen gespannt. Auf dem Weg von der Bibliothek zu ihrem Schulgebäude blickte sie über die Schulter. Obwohl der Schulhof leer war, fühlte sie sich beobachtet. Ein Gefühl, das sie neuerdings ständig hatte. Ärgerlich kickte sie einen Stein weg. Das Gymnasium, das sie besuchte, lag ganz allein auf einer Bergkuppe, oberhalb von Schönau, vor dem Panorama der Berge. Es wurmte Antonia, dass sie diesen Ausblick vor lauter düsterer Gedanken, die durch ihren Kopf wirbelten, nicht mehr richtig genießen konnte. Dabei ließ sie sich nie unterkriegen. Entschlossen drehte sie sich um und blickte ins Tal hinunter, in dem sich die Schatten bereits in die Länge zogen. Langsam atmete sie die klare, kühle Luft ein.

»Schon besser«, murmelte sie, kehrte zum Schulgebäude zurück und zog die schwere Eingangstür auf. Ihre Schwestern gingen auf das städtische Gymnasium in Berchtesgaden. Antonia war ihren Eltern dankbar, dass sie es ihr ermöglichten, die Sportschule zu besuchen. Hier wurde ein Teil der künftigen deutschen Wintersport-Elite ausgebildet. Viele von ihnen lebten im Internat, direkt hier auf dem Berg. Antonia gehörte nicht

zu den Leistungssportlern, und sie kehrte jeden Tag nach dem Unterricht in ihr Elternhaus zurück. Aber sie liebte es, sich hier viel intensiver mit dem Snowboarden, ihrem Lieblingssport, beschäftigen zu können. Im letzten Winter hatte sie bei mehreren regionalen Wettkämpfen auf dem Treppchen gestanden. Auch wenn sie nicht auf Platz eins gekommen war – diese Saison würde sie es schaffen. Allerdings nur, wenn sie endlich ihren Kopf freibekam und aufhörte, über Benedikt nachzudenken. Oder sich umzudrehen, weil sie befürchtete, er stünde plötzlich hinter ihr.

Die Tür fiel mit einem unheimlichen, tiefen Ton hinter ihr ins Schloss, und Antonia zuckte zusammen. In den Fluren brannte bereits die gedimmte Nachtbeleuchtung, die die Konturen verschwimmen ließ. Kein Grund, in Panik auszubrechen, rief sie sich zur Ordnung und bog in den Gang ab, in dem ihr Spind stand. Erschrocken blieb sie stehen, als sie eine Gestalt an einem der Schülerschränke lehnen sah. Dann erkannte sie, dass es nicht ihr Exfreund war, sondern Anna. Ihre beste Freundin.

Vorsichtig atmete Antonia aus und zwang sich, ihre Hand nicht auf ihr wild klopfendes Herz zu legen. Du bist ein Trottel, Falkenberg, schalt sie sich im Stillen. Sie pflasterte sich ein Lächeln ins Gesicht und setzte sich wieder in Bewegung, während Anna sich aufrichtete und sie anstrahlte.

»Wurde Zeit, dass du endlich auftauchst.« Anna umarmte sie, und Antonia atmete den Kokosduft ihrer wilden hellbraunen Locken mit den drei pinkfarbenen Strähnen ein.

»Ich war in der Bibliothek. Wegen des Referats in Chemie, das du wahrscheinlich längst fertig hast«, sagte Antonia. Anna war ganz eindeutig nicht auf dieser Schule, weil sie sich besonders für Sport interessierte – bei ihr lag es einzig daran, dass ihr

Vater der neue Rektor war. Vor einem Jahr war sie ins Klassenzimmer spaziert und hatte sich auf den Platz neben Antonia gesetzt. Seitdem waren sie ein Herz und eine Seele. Was vermutlich auch daran lag, dass sich Antonia neben Sport ebenfalls für Naturwissenschaften interessierte. Ihr Ziel war es nicht, irgendwann mal die Snowboard-Wettkämpfe zu ihrem Leben zu machen, sondern wie ihr Vater Medizin zu studieren und Ärztin zu werden. Anna und sie hatten also eine gemeinsame Leidenschaft. Und wenn Antonia Training hatte, bastelte Anna in ihrer Chemie-AG an irgendwelchen explosiven Experimenten.

»Ich habe dir doch von diesem süßen Typen von der Schülerzeitung erzählt«, sagte Anna und lehnte sich neben Antonia abermals gegen einen Spind, während diese ihre Sachen wegschloss.

»Paul?«, fragte Antonia.

»Genau. Paul. Ich brauche dich!« Anna schenkte ihr ein entwaffnendes Lächeln. »Er will mit ein paar Leuten von der Redaktion in den Schluckspecht.*« Die Kneipe, in der sich die Schüler der unterschiedlichen Schulen der Gegend trafen. »Er hat mich gefragt, und ich habe gesagt, dass wir mitkommen.«*

»Nein.« Antonia schob ihren schweren, langen Zopf über die Schulter und widerstand dem Bedürfnis, schon wieder einen Blick hinter sich zu werfen. »Tut mir echt leid, aber ich kann nicht.«

Anna verschränkte die Arme vor der Brust und zog die Augenbrauen nach oben. »Benedikts Trainer hat für das Abfahrtsteam für heute Abend eine Extraeinheit angesetzt. Kraftausdauer.« Als Antonia sie nur anstarrte, hob sie in einer unschuldigen Geste die Hände. »Ich bin nicht umsonst die Tochter des Rektors.«

Die Erleichterung, die Antonia bei ihren Worten durchfuhr, war fast schon lächerlich. Wenn er Training hatte, hatte sie sich die Blicke in ihrem Rücken wirklich nur eingebildet.

Benedikt hatte es nicht gut verkraftet, als sie sich vor vier Wochen von ihm getrennt hatte. Er hatte ihr eine furchtbare Szene gemacht. Sie beschimpft. Gebettelt. Einen Wutanfall bekommen. Alles Dinge, die Antonia darin bestärkt hatten, dass ihre Entscheidung, sich aus der Beziehung, in der Benedikt sie immer mehr eingeengt und kontrolliert hatte, zu befreien. In den ersten Wochen hatte er sie mit Anrufen und Nachrichten bombardiert. Dann hatte Antonia plötzlich das Gefühl gehabt, ihn überall zu sehen, wenn sie mit ihren Freundinnen in der Stadt unterwegs war. Weil sie sich nicht sicher war, ob sie sich das Ganze eingebildet hatte, behielt sie ihre Beobachtungen aber für sich. Erst als ihr Spind aufgebrochen wurde, vertraute sie sich Anna an. Sie hatte Benedikt in Verdacht, aber sie konnte es ihm nicht nachweisen.

Den heftigsten Zwischenfall hatte es vor zwei Tagen gegeben. Justus, zwei Klassen über ihr und Besitzer eines Führerscheins – und eines eigenen Autos – wohnte nur zwei Straßen von Antonia entfernt und nahm sie manchmal in seinem alten Golf mit zur Schule oder nach Hause. Vorgestern hatten sie das Schulgelände noch nicht mal richtig verlassen, als ein faustgroßer Stein die Windschutzscheibe traf. Das Sicherheitsglas hatte gehalten, aber der Aufprall und das gläserne Spinnennetz hatten Justus so erschreckt, dass er das Lenkrad verriss und sie um ein Haar von der Straße abgekommen und den direkten – und tödlichen – Weg ins Tal genommen hätten. Antonia hatte, wie auch bei ihrem Spind, die Angst, dass Benedikt hinter diesen Attacken steckte. Aber sie konnte es nicht beweisen. Beide Zwischenfälle waren der Polizei gemeldet worden, aber die hatte bisher noch keinen Täter ermitteln können. Das un-

gute Gefühl, dass er sie ständig beobachtete, blieb. »Trotzdem muss ich das Referat noch schreiben«, versuchte Antonia vernünftig zu sein.

»Komm schon!« Anna klimperte mit den Wimpern. »Seit dieser Idiot sich so aufführt, bist du überhaupt nicht mehr aus dem Haus gegangen. Nur für einen Drink.«

»Also gut.« Antonia zog ihr Handy aus dem Schulrucksack, bevor sie ihn zu ihren anderen Sachen in den Spind stopfte. »Kannst du das nehmen?« Sie reichte das Telefon Anna, die es in ihrer riesigen Handtasche verschwinden ließ.

»Du bist die Beste.« Ihre Freundin umarmte Antonia stürmisch. »Ziel des heutigen Abends: ein Date mit Paul an Land ziehen. Am besten Kino.« Sie hakte sich bei Antonia unter und zog sie aus dem Schulgebäude.

»Vielleicht in dieses Jane-Austen-Remake?«, fragte Antonia hoffnungsvoll. Wenn Anna Paul dazu überreden konnte, in diese Herz-Schmerz-Komödie zu gehen, kam sie vielleicht darum herum.

»In Stolz und Vorurteil?« Anna warf ihr unter hochgezogenen Augenbrauen einen Blick zu. »Bist du verrückt geworden? Dann kratzt er vermutlich gleich die Kurve. Wir sehen uns den Film zusammen an, wie ausgemacht. Bei Paul dachte ich eher an Fluch der Karibik.«

Anna hatte recht gehabt: Antonia hatte einen Abend wie diesen gebraucht. Die Redaktion der Schülerzeitung war ein witziger Haufen. Sie hatten ein paar Bier getrunken und rumgeblödelt. Und Antonia hatte amüsiert Annas Versuche beobachtet, den mehr als schüchternen Paul dazu zu bringen, sie ins Kino oder wenigstens auf einen Kaffee einzuladen.

»Ich muss langsam los«, raunte Antonia ihrer Freundin zu.

»In fünf Minuten kommt ein Bus, den nehme ich. Kannst du für mich mitzahlen?«, fragte sie Anna und zog einen Zehn-Euro-Schein aus ihrer Hosentasche.

»Sicher, kein Problem.« Als Antonia aufstand, hielt Anna sie an der Hand zurück. »Warte, ich bring dich raus.«

Antonia lachte. »Grab du mal weiter.« Sie umarmte Anna. »Und erzähl mir morgen, wie es gelaufen ist.« Mit einem Winken verabschiedete sie sich von der Gruppe und nahm den Hinterausgang der Bar, der zwar in eine dunkle Gasse führte, aber dafür der kürzeste Weg zur Bushaltestelle war. Kaum war die Tür hinter ihr ins Schloss gefallen, beschlich sie wieder dieses mulmige Gefühl. Er hat Training, rief sich Antonia die Worte ihrer Freundin wieder ins Gedächtnis. Trotzdem atmete sie erleichtert auf, als sie aus der Gasse trat und die Haltestelle vor sich sah.

Nur noch die Straße überqueren. Bevor sie vom Gehweg auf die Fahrbahn treten konnte, wurde sie plötzlich nach hinten gerissen. Ihre Haare! Jemand zerrte sie an ihren Haaren in die Gasse zurück.

»Du Schlampe.« Sie kannte diese Stimme. Benedikt.

Panik schlug über Antonia zusammen. Wie eine Welle. Nahm ihr die Luft zum Atmen. Sie schlug um sich, trat nach hinten aus, aber sie erwischte ihn nicht.

»Versuchst du, dir einen neuen Typen anzulachen?« Die eine Hand noch immer fest um ihren Zopf geschlossen legte er die andere um ihren Hals und drückte zu.

Antonia versuchte, sich aus dem Schwitzkasten zu befreien. Doch Benedikt hielt sie mit eiserner Kraft fest. »Du wirst mich nicht verlassen und mich vor den anderen lächerlich machen«, zischte er.

Antonia versuchte zu sprechen, stieß aber nur ein atemloses

Gurgeln aus. Ihre Sicht verschwamm. Luft! Sie musste atmen! Noch immer wehrte sie sich, aber sie spürte, wie ihre Bewegungen langsam schwächer wurden. Wieso drückte er so fest zu, dass sie keine Luft bekam? Noch einmal versuchte sie, sich zu befreien. Ihr Schlag war unkoordiniert, traf ihn nicht wirklich. Und doch ließ Benedikt sie so plötzlich los, dass sie nach Luft ringend auf Händen und Knien auf dem Asphalt landete.

»Drecksstück«, hörte sie Benedikt über sich. Und dann war er verschwunden. Genauso plötzlich, wie er hinter ihr aufgetaucht war.

»O Gott«, hörte Antonia Anna, die neben ihr auf die Knie ging. »Bist du okay? Tonia! Sag was! Bist du okay?«

»Weiß… nicht…«, brachte Antonia zwischen zittrigen Atemzügen hervor. Sie hatte das Gefühl, gleich ohnmächtig zu werden.

Anna zog an ihrem Arm. »Setz dich hin«, sagte sie und zog sie hoch, bis sie mit dem Rücken an der Hauswand lehnte. »Okay. Okay. Schon besser.« Die Hand ihrer besten Freundin zitterte nicht weniger als ihre eigene. »Dein Handy… dein Handy war noch in meiner Handtasche. Ich wollte es dir bringen. Und dann habe ich gesehen, wie dieses Arschloch dich angegriffen hat. Ich habe ihm meine Handtasche übergezogen.«

Antonia schloss die Augen und versuchte, ihren rasenden Herzschlag zu beruhigen. »Du hast mich gerettet. Ich konnte mich nicht wehren.« Antonia griff nach der Hand ihrer Freundin und klammerte sich daran fest. »Ich konnte mich einfach nicht wehren. Ist er weg?«

»Ja, hat den Schwanz eingezogen, das Arschloch, und ist abgehauen.« Anna atmete tief durch. »Ich rufe jetzt die Polizei.«

»Wahrscheinlich wird man es ihm wieder nicht nachweisen können.«

»Dieses Mal schon. Hier hinten gibt es eine Sicherheitskamera.« Anna zeigte in die Ecke über der Hintertür, als Antonia ihre Augen wieder öffnete. »Damit kommt er nicht davon.«

Antonia lehnte den Kopf wieder gegen den rauen Putz hinter sich. »Ich werde mich nie wieder verlieben«, flüsterte sie.

»Red keinen Quatsch.« Anna löste ihre Hand aus Antonias und legte ihr beruhigend den Arm um die Schultern. »Benedikt ist ein Arschloch. Aber er wird dich nicht davon abhalten, dich wieder zu verlieben.«

»Nie wieder«, wiederholte Antonia. Sie lehnte sich an ihre Freundin. »Nie wieder.«

Antonia trank einen großen Schluck ihrer eiskalten Cola und rollte die Flasche dann über ihre heiße Stirn. Die Erinnerungen an jene Nacht vor siebzehn Jahren wühlten sie noch immer auf, deshalb hielt sie sie die meiste Zeit tief in ihrem Inneren verschlossen.

Auf dem Bildschirm ploppten die Suchergebnisse zu Benedikt auf. Im letzten halben Jahr war nichts Neues dazugekommen. Also loggte sie sich bei Instagram ein. Urlaubsfotos von Kreta von vor ein paar Wochen und das Foto eines Burgers in Regensburg vorgestern.

Antonia atmete einmal tief ein und wieder aus und rief endlich ihr Buchhaltungsprogramm auf. Benedikt war damals wirklich durchgedreht. Der Richter hatte ihn mit Arbeitsstunden und einer Antiaggressionstherapie davonkommen lassen. Dafür war er von der Schule geflogen, und seine Karriere als Abfahrtsläufer war vorbei gewesen, noch ehe sie begonnen hatte. Er war nach Niederbayern zurückgekehrt und arbeitete inzwischen seit Jahren in der Spedition seiner Eltern.

Mit der rechten Hand fuhr Antonia über ihren kurzen Pferdeschwanz. Sie hatten damals beide viel verloren. Benedikt seine vielversprechende Zukunft und Antonia den Glauben an die Liebe. Das Vertrauen in Beziehungen. Und ihre Haare. Sie hatte die Vorstellung, noch einmal von jemandem an ihrem langen Zopf durch die Gegend gezerrt zu werden, nicht mehr ertragen können und ihn noch am gleichen Abend im Badezimmer abgeschnitten. Das Ergebnis hatte grauenvoll ausgesehen. Seitdem hatte sie es nie wieder wirklich lang wachsen lassen. So wie sie sich nie wieder wirklich mit einem Mann eingelassen hatte. Dafür waren Anna und sie noch enger zusammengewachsen. Die Freundin war wie eine dritte Schwester für Antonia. Und wenn sich Anna wünschte, dass Antonia gemeinsam mit Xander ihre Hochzeit organisierte, tat sie das. Ganz gleich, ob sich halb Sternmoos das Maul darüber zerriss, warum sie ihn morgens in seinem Büro im Hotel aufsuchte.

6

Eine Woche später rumpelte Xanders Geländewagen den Waldweg zum alten Forstlehen hinauf. Vor über zehn Jahren waren die Forstbezirke von Ramsau und Sternmoos zusammengelegt worden. Von da an hatte das Forsthaus leer gestanden, bis Antonia es, voller Visionen, gekauft hatte.

Seitdem hatte sich viel verändert, wurde ihm bewusst, als er den Land Rover auf der Lichtung ausrollen ließ. Die Sonne war bereits hinter die Gipfel der Berge im Westen gesunken und machte der Dämmerung Platz, die sich ins Tal geschlichen hatte. Aus dem Haus, das früher dunkel und heruntergekommen gewirkt hatte, schimmerte warmes gelbes Licht. Die kleinen schwarzen Löcher, die ehemals als Fenster hatten durchgehen müssen, waren großen Flügeltüren gewichen. Auf der Wiese, die den Großteil der Lichtung ausmachte, erwachten die Feenlichter zum Leben, die Antonia überall im Gras verteilt hatte. Xander vermutete, dass sie solarbetrieben waren und mit dem Hereinbrechen der Nacht wie kleine magische Funken aufflammten. Leni hätte auf dieser Wiese ihre wahre Freude. Im Sommer würden sich hier mit Sicherheit unzählige Glühwürmchen tummeln, denen seine Tochter lachend hinterherjagen würde, wenn das hier ihr Zuhause wäre. So weit ab vom Dorf, dass sie sich fühlen würde, als wäre sie ganz allein in ihrer eigenen, magischen Welt.

Apropos *ganz allein*. Antonias Jeep stand in einem Carport, der neu an den Schuppen angebaut worden war, in dem Xander ihre Sportausrüstungen vermutete. Aber er konnte weder Annas noch Hias' Wagen sehen, die ihn immerhin hierherbestellt hatten. Er warf einen Blick auf die Uhr im Armaturenbrett seines Rovers. Drei nach sieben. Er war pünktlich, aber er hatte das Bedürfnis, einfach im Auto sitzen zu bleiben, bis die beiden kamen. Was absolut lächerlich war. Er schüttelte über sich selbst den Kopf. Antonia und er waren erwachsen. Sie planten eine Hochzeit. Er würde nicht wie ein ängstlicher Teenager auf seine Freunde warten, weil er sich nicht allein auf die Party traute. Entschlossen schnappte er sich seinen Ordner, stieg aus und schlug die Wagentür hinter sich zu.

Xander lief über die weitläufige Veranda, die die alte, baufällige Treppe ersetzt hatte, die in letzter Zeit öfter durch seine Träume gegeistert war. Er klopfte, hörte Antonias »Komm rein, ich bin gleich so weit« irgendwo aus den Tiefen des Hauses und drückte die Klinke hinunter.

Heimelige Wärme schlug ihm entgegen. Sie wurde vom Kamin abgestrahlt, in dem ein Holzfeuer brannte, und der den großen Raum optisch unterteilte. Xander war nur einmal hier gewesen, als Antonia noch mitten im Umbau gesteckt und auf einer Matratze in der Ecke geschlafen hatte. Damals waren gerade die Wände herausgerissen worden, die das Erdgeschoss in mehrere so kleine Räume verschachtelt hatten, dass sie in der Lage gewesen waren, Klaustrophobie bei ihm auszulösen. Neugierig trat er von den großen Natursteinplatten hinter dem Eingang, die man noch in vielen alten Bauernhäusern fand, auf den knarzenden Dielenboden. Dort, wo tragende Wände herausgenommen worden waren, stützten dicke Holzbalken die Decke und halfen dabei, den Raum luftig und offen wirken zu lassen.

Neben dem Kamin stand ein alter Ohrensessel und davor ein Fußschemel.

Xander erinnert sich noch gut daran, wie Antonia von dem Traum erzählt hatte, einen gemütlichen Lesesessel in ihr Wohnzimmer zu stellen. Dem Thriller nach zu urteilen, der aufgeklappt und umgedreht auf der Armlehne lag, hatte sie ihre Leseecke gefunden.

Xander hörte Schritte über sich. »Nimm dir schon mal einen Wein oder irgendwas«, rief Antonia herunter. Offenbar war sie noch beschäftigt, also nutzte er die Gelegenheit, sich weiter umzusehen. Auch wenn sie ihn einlud, sich selbst zu bedienen, fühlte sich das irgendwie nicht richtig an. Rechts von der Haustür befand sich der Wohnzimmerbereich, der von einer riesigen Couch im englischen Stil beherrscht wurde, die frei im Raum stand. Rehbraunes Leder und jagdgrüne Samtpolsterung mit einer elegant geschwungenen Rückenlehne. Wenn ihm jemand davon erzählt hätte, wäre Xander automatisch zu dem Schluss gekommen, dass so etwas nicht in das rustikale Ambiente des alten Forsthauses passte. Aber irgendwie war es einfach … perfekt. Der Couchtisch davor bestand aus einer alten Stalltür, die auf ein niedriges Metallgestell geschraubt worden war. Sogar die Beschläge befanden sich noch am Holz. Klobige, silberne Leuchter mit dicken Kerzen vervollständigten das ungewöhnliche Zusammenspiel.

Xander wollte sich gerade den Rest des Erdgeschosses genauer anschauen, als er Antonias Schritte hörte und sich zur Treppe umdrehte, die neben der Küchenzeile ins Obergeschoss führte. Er sah ihre Füße auftauchen, die in dicken

Stricksocken steckten. Dann die langen Beine in einer schwarzen Leggins. Mit dem nächsten Schritt nach unten tauchte ihr Oberkörper in einem alten, ausgeleierten Kapuzenpullover auf, auf dessen Front die Silhouette des Watzmann gedruckt war. Sie rieb sich mit einem pinkfarbenen Handtuch über ihre nassen Haare, dann sah sie ihn und blieb mitten auf der Treppe stehen. Auf halber Höhe, sodass sie von oben auf ihn herabblickte.

Langsam ließ sie das Handtuch sinken. »Xander.« Ihre Augen, die sich im ersten Moment erschrocken geweitet hatten, kniff sie wieder wie üblich in seiner Gegenwart zusammen und fixierte ihn. »Was hast du in meinem Haus verloren?«

Er hob entschuldigend die Arme, wobei ihm bewusst wurde, dass er noch immer seinen Ordner in der Hand hielt. »Du hast doch gesagt, ich soll reinkommen.«

*

Antonia war erschöpft. Sie hatte eine kräftezehrende Schicht im Krankenhaus hinter sich gebracht. Als sie ihre Haustür hinter sich ins Schloss zog, lehnte sie sich für einen schwachen Moment dagegen. Sie hatte einer jungen Mutter helfen müssen, ihr Baby zur Welt zu bringen, das sich in Steißlage befunden hatte. Die Geburt hatte der Mama jegliche Kraft geraubt. Es hatte lange gedauert, bis sie es schließlich geschafft hatten, den kleinen, wütend schreienden Jungen auf die Welt zu holen und der glücklichen, wenn auch schwachen Mutter in die Arme zu legen.

Antonia war froh gewesen, dass ihre Schicht zu diesem Zeitpunkt fast vorüber war. Für den Abend hatte sie sich mit Anna verabredet. Ihre Freundin plante, mit einer großen

Pizza bei ihr zu Hause aufzuschlagen und über die Hochzeit zu reden. Für eine Minute hatte Antonia darüber nachgedacht, das Treffen abzusagen. Doch dann war sie zu dem Schluss gekommen, dass Pizza, ein Glas Rotwein und die ansteckende gute Laune ihrer besten Freundin genau das waren, was diesen Tag abrunden würde.

Antonia stieß sich von der Tür ab und stellte ihre Laptoptasche und den Wein, den sie auf dem Heimweg besorgt hatte, auf den Esstisch, auf dem in einer flachen Glasschale ein Tulpenstrauß mit knallroten Blüten thronte, der von selbst stand, weil sich die Blumenzwiebeln noch an dem Gebinde befanden und dem ganzen Halt gaben. Ein sehr außergewöhnliches Arrangement, das am Morgen noch nicht dagestanden hatte und so typisch für ihre Mutter war. Hin und wieder kam Rena vorbei, ganz egal, ob Antonia bei der Arbeit war oder nicht, und platzierte ein hübsches Gesteck oder einen farbenfrohen Blumenstrauß wie diesen im Haus. Im Sommer bepflanzte sie die Blumenkästen am Verandageländer – und versah sie glücklicherweise mit einem Bewässerungssystem, das dafür sorgte, dass die Blütenpracht am Leben blieb. Zur Herbst- und Winterzeit wurde Antonia mit üppigen Türkränzen überrascht.

Antonia und ihre Mutter waren sich in vielen Dingen uneins. Das begann mit der Entscheidung, wie sie ihr Leben führte, und zog sich durch so ziemlich alle Entscheidungen, die sie traf. Keine Frage, Antonia liebte ihre Mutter. Und Rena liebte sie. Auch daran bestand kein Zweifel. Noch mehr Liebe würde sie ihr natürlich entgegenbringen, wenn sie als die Älteste ihr endlich den lang ersehnten Enkel schenken würde. Vielleicht würde ja eine ihrer Schwestern in absehbarer Zeit dafür sorgen und sie alle von den Erwartungen ihrer

Mutter erlösen. Rena zu lieben bedeutete aber nicht automatisch, dass sie sie nicht mit schöner Regelmäßigkeit in den Wahnsinn trieb. Besonders wenn sie in den für sie so typischen Aktionismus verfiel und versuchte, Antonia zu Blinddates zu schicken, bei denen sie Männer traf, die nach Auffassung ihrer Mutter perfekt zu ihr passten – dies aber kein bisschen taten.

Sie zog ihr Handy aus der Hosentasche, warf einen Blick auf die Uhr auf dem Display und legte es neben das Blumenarrangement. Ihr blieb noch eine Viertelstunde, bis Anna kam. Im Moment stand ihr der Sinn nach einem langen, entspannten Schaumbad. Aber eine heiße Dusche würde reichen, wenigstens die schlimmsten Verspannungen in ihrem Rücken zu lösen. Für den Rest würden die Pizza und der Wein sorgen.

Sie hatte gerade erst die Dusche abgedreht, als sie Anna an die Haustür klopfen hörte. »Komm rein«, rief sie und bat sie, sich schon mal ein Glas Wein zu nehmen. Schnell schlüpfte sie in ein bequemes Outfit, wie es ein gemütlicher Abend mit der Freundin auf der Couch verdiente, und rubbelte sich die Haare mit einem Handtuch trocken, während sie nach unten ging. Sie hatte die Hälfte der Treppe hinter sich gebracht, als ihr bewusst wurde, dass es nicht ihre beste Freundin war, die mitten in ihrem Wohnzimmer stand, sondern Xander. »Was hast du in meinem Haus verloren?«

Er hob entschuldigend die Hände. »Du hast doch gesagt, ich soll reinkommen«, sagte er, als sei das eine logische Erklärung für sein Auftauchen.

Antonia blickte an sich herunter. Verdammt. Für einen Abend mit Anna war ihr Aufzug perfekt, aber Xander wollte sie nicht nur in Leggins und ihrem alten, ausgeleierten Pulli gegenübertreten, was auch immer er überhaupt hier wollte. Das würde sie herausfinden, sobald sie sich umgezogen hatte. »Warte kurz«, wies sie Xander an. »Ich bin gleich wieder da.« Sie drehte sich auf dem Absatz um und hastete die Treppe wieder hinauf, warf das Handtuch über den Rand der Badewanne und tauschte ihre Klamotten gegen Jeans und ein Longsleeve. Glättend fuhr sie sich über ihre nur noch feuchten Haare und kehrte ein paar Minuten später ins Erdgeschoss zurück.

Xander schien sich keinen Millimeter bewegt zu haben. Er hob sein Handy hoch. »Anna und Hias verspäten sich«, sagte er.

»Das klärt aber immer noch nicht die Frage, wieso du hier bist«, erinnerte sie ihn daran, wie sehr sein Auftauchen sie überrascht hatte.

Xander runzelte die Stirn auf die für ihn so typische Art. »Weil Anna gesagt hat, wir treffen uns um sieben bei dir, um über die Hochzeit zu reden.«

Langsam nahmen diese Entscheidungen über Antonias Kopf hinweg Ausmaße an, die sie ganz eindeutig nicht mochte. Ein Mädelsabend mit der Freundin war etwas völlig anderes, als sie mit einem Abend zu viert zu überrumpeln. Besonders wenn alle in ihr Haus einfielen und sie keine Chance bekam, sich auf Xanders Auftauchen in ihren vier Wänden vorzubereiten – und zu wappnen. Sie ging an Xander vorbei und warf einen Blick auf ihr Handy. Anna hatte ihr ebenfalls eine Nachricht geschickt, in der es hieß, dass sie sich verspätete und spontan beschlossen hatte, Hias und Xander zu dem Treffen zu bitten. *Beiß ihm nicht den Kopf ab, falls er vor uns da sein sollte*, war ihr letzter Satz, den sie mit einem Emoji abschloss, das die Zunge rausstreckte.

Antonia legte das Handy zurück auf den Tisch und griff nach der Weinflasche. Genervt die Augen zu verdrehen, sparte sie sich – es wäre reine Energieverschwendung. Sie ging hinüber zu ihrer Küchenzeile, die sie liebte, obwohl Kochen nicht gerade zu ihren Stärken gehörte. Für jemanden, der die Einzelheiten nicht kannte, waren die Fronten ihrer Küchenschränke einfach aus altem Holz. Doch für sie waren sie etwas ganz Besonderes. Hias hatte sie aus Bohlen geschreinert, die früher als Böden von Eisenbahnwagons gedient hatten. Sie stellte sich gerne vor, dass ihre Küche schon weiter in der Welt herumgekommen war als sie selbst. »Wo sind Leni und ihr Hund?«, fragte sie, während sie die Schublade aufzog und einen Flaschenöffner herausnahm. Sie reichte beides an Xander weiter, der seinen Ordner auf den Tisch gelegt hatte, und holte Weingläser aus dem Schrank.

»Sie übernachten beide bei meiner Mutter. Diese Nächte sind Lenis Miniurlaube, wie sie es nennt.«

Antonia hatte Xander noch immer den Rücken zugedreht, während sie eine Glasschüssel aus einem der Oberschränke nahm. Ein Grinsen konnte sie sich nicht verkneifen. Xanders Tochter war so eine kleine Klugscheißerin. So selbstbewusst und schlau, wie Antonia es von anderen Fünfjährigen nicht kannte. Und dabei war die Kleine einfach nur liebenswert.

Antonias Lächeln spiegelte sich im Fenster vor sich, und ihr wurde bewusst, dass Xander, der hinter ihr stand, es ebenfalls sehen konnte. Sie räusperte sich und wich seinem Blick aus, indem sie begann, in ihrem Vorratsraum herumzukramen, bis sie eine Tüte ihrer Lieblingschips zutage förderte. Sie füllte sie in eine Schüssel und schob sie auf der Arbeitsfläche in Xanders Richtung. »Zur Überbrückung, bis die Pizza kommt«, sagte sie.

Xander goss ihnen Wein ein und schob ein Glas auf die gleiche Weise zu ihr herüber. »Danke für die Einladung.« Er hob sein Glas zu einem ironischen Toast.

Antonia konnte es ihm nicht verübeln. Also griff sie nach ihrem Wein und blickte ihm direkt in die ernsten, dunklen Augen. »Es tut mir leid, dass ich ein bisschen schnippisch war. Ich war wirklich überrascht, dich zu sehen. Ich bin davon ausgegangen, dass Anna und ich uns einen gemütlichen Mädelsabend machen. Deshalb war ich ein wenig …« Sie schwenkte das Glas, weil sie nicht wusste, wie sie die Gefühle, die sie bei seinem Anblick gespürt hatte, in Worte fassen sollte, ohne schon wieder unhöflich zu klingen.

»Ich verstehe, was du meinst.« Xander nippte an seinem Wein, ohne den Blickkontakt zu unterbrechen. »Wir sollten Anna sagen, dass sie damit aufhören muss, dich so zu überrumpeln.«

»Ja, das sollten wir.« Wieder war Antonia diejenige, die den Blickkontakt unterbrach. Xander war der Letzte, von dem sie Verständnis erwartete.

Sie hörte das Brummen des Automotors, noch bevor die Scheinwerfer von Hias' Pick-up die Fenster streiften. »Da kommt die Pizza«, sagte sie und atmete innerlich erleichtert auf, weil dieser seltsame Moment zwischen Xander und ihr vorüber war.

Wenige Augenblicke später platzten Anna und Hias, mehrere fantastisch duftende Pizza-Schachteln balancierend, ins Haus. Gut gelaunt verteilten sie Umarmungen und stellten das Essen schließlich neben Xanders Ordner auf den Tisch. »Funghi, Hawaii, Quattro Formaggi und einmal Tonias Spezialbelag: Chorizo, Hackbällchen, Barbecue-Soße und Schmand. Getoppt mit Champignons und Mandarinen aus der Dose. Extrascharf, Extraknoblauch. Extrakäse. Mit schönen Grüßen von Enzo höchstpersönlich«, erklärte Hias.

Antonia holte Teller. Statt Servietten würden sich ihre Gäste mit einer Rolle Küchenpapier zufriedengeben müssen. An dieser Stelle würde Rosa wahrscheinlich die Augen verdrehen, aber Antonia war nun mal nicht die geborene Hausfrau – und wollte das auch gar nicht sein. Sie stellte Weingläser dazu und schenkte ein.

»Auf einen schönen Abend«, brachte Anna einen Toast auf.

Antonia stieß mit ihren Freunden an, sagte aber nichts. Sie würde sich ihre Freundin schon noch zur Brust nehmen. Xander Valentin würde kein weiteres Mal überraschend in ihrem Wohnzimmer stehen, aber dieses Gespräch würden Anna und sie unter vier Augen führen. Stattdessen bat Antonia die anderen, Platz zu nehmen und griff nach einem großen Stück ihrer Lieblingspizza, die der Pizzaservice in Berchtesgaden immer extra für sie belegte. Ein Luxus, der nicht jedem Kunden zuteilwurde. Aber Antonia hatte das Baby von Enzos Cousine Isabella auf die Welt geholt. Und Familie bedeutete den Italienern nun einmal alles.

»Wie findest du das Haus?«, fragte Hias Xander.

Xanders Blick strich über Antonia, als er ihn durch den Raum schweifen ließ. »Umwerfend«, sagte er schlicht und nahm sich ein Stück Pizza Hawaii. »Es ist unglaublich, was ihr aus dieser alten Bruchbude gemacht habt.«

»Warm und behaglich«, brachte Anna es auf den Punkt. Sie drückte Antonias Hand und lächelte sie an.

»Im Gegensatz zu deinem Eispalast«, sagte Hias und wies mit seinem Stück Quattro Formaggi in Xanders Richtung. »Warst du schon mal bei ihm zu Hause?«, fragte er Antonia.

»Ähm … nein.« Sie schluckte. Als Xander und sie begonnen hatten, ein wenig mehr Zeit miteinander zu verbringen, hatte er noch in einem kleinen Apartment unter dem Dach des Hotels gewohnt. Das Haus hatte er erst gekauft, als Natalie und er im Begriff waren, eine Familie zu gründen.

Bevor Antonias Gedanken in diese Richtung abdriften konnten, fuhr Hias fort. »Xanders Haus ist total modern. Gerade Linien. Technischer Schnickschnack. Aber wenn du mich fragst, Kumpel: keine Seele.«

Xander zuckte mit den Schultern und nahm sich noch ein Stück Pizza. Offenbar sprachen die Freunde dieses Thema nicht zum ersten Mal an. Und offenbar gab Xander Hias recht, der mit seiner Lobeshymne auf das Forsthaus noch nicht fertig war. »Antonia hat richtig gute Visionen gehabt. Aber für den hier bin ich verantwortlich.« Er streichelte liebevoll über den alten, massiven Holztisch, dem man sein langes Leben an jeder Rille und jedem Kratzer ansah. »Ich habe dieses Schätzchen aufgetrieben, und Antonia hat ihn aufgearbeitet.«

Antonia war überrascht, wie harmonisch der Abend trotz ihrer Skepsis Xander gegenüber verlief. Während sie die Pizza aßen, erzählte sie von Rosas Ideen für eine Boho-Hochzeit, die bei Anna Begeisterungsstürme auslöste, bei den beiden Männern aber nur für fragende Blicke sorgte. Im Gegenzug hielt sich Xander noch immer bedeckt, was seine Idee für die standesamtliche Trauung anging. Er bat das Brautpaar noch einmal, ihm zu vertrauen. Wie nicht anders zu erwarten wickelte er Anna und Hias mit Leichtigkeit um den kleinen Finger. Antonia hingegen platzte fast vor Neugier, was er plante. Doch auch sie konnte ihn nicht dazu bringen, in Gegenwart von Braut und Bräutigam auch nur eine Andeutung zu machen.

Nach dem Essen räumten sie den Tisch ab und schlugen den Ordner auf, den Xander mitgebracht hatte. Er beinhaltete das Standard-Hochzeitsprogramm des Hotels, an dem sie sich bei ihrer Planung entlanghangeln konnten, auch wenn sie nicht dort heiraten würden. Anna und Antonia machten sich seitenweise Notizen, was sie noch alles brauchten und organisieren mussten. Antonia war bewusst, dass sich ihre Freunde mehr auf sie verließen, als Brautpaare es normalerweise taten. Nichtsdestotrotz würde sie nichts planen, ohne sich mit Anna oder Hias abzustimmen. Ganz im Gegensatz zu Xander, der sich seiner Sache mit dem geheimen Plan für die standesamtliche Trauung verdammt sicher zu sein schien.

Als sich das Brautpaar schließlich verabschiedete, hatte Antonia zumindest von dem Teil der Hochzeit, der in der *Alten Mühle* stattfinden würde, ein klareres Bild.

*

An der Tür drehte sich Anna noch einmal um. »Was ist mit dir?«, fragte sie Xander. »Kommst du?«

»Ich helfe noch beim Aufräumen«, behauptete er. Er war sich sicher, dass Antonia ihn nicht davonkommen lassen würde, ohne ihn über seine Idee fürs Standesamt auszuquetschen.

»Alles klar.« Anna nickte. »Wir sehen uns. Tschüss, Tonia.« Die Tür fiel hinter seinen Freunden ins Schloss. Allerdings nicht schnell genug, um den Blick unter hochgezogenen Augenbrauen nicht zu sehen, den Anna Hias zuwarf. Er bemühte sich, nicht das Gesicht zu verziehen. Seine Freundin sah im Moment alles um sich herum durch eine rosarote Brille. Doch das war keine Farbe, die zu dem passte, was zwischen Antonia und ihm passierte. Romantik spielte in diesem Fall keine Rolle.

»Aufzuräumen gibt es nichts.« Antonia packte die übrig gebliebenen Pizzastücke in einen Karton. »Willst du was von den Resten mitnehmen? Die kann man noch gut zum Frühstück essen.«

Xander versuchte, ein Lachen zu unterdrücken, was dazu führte, dass er ein schnaubendes Geräusch von sich gab und Antonia sich zu ihm umdrehte. »Sag das mal Leni«, erklärte er seine Reaktion. »Sie sieht das genau wie du. Pizza geht zu jeder Tageszeit. Ganz egal, ob kalt oder warm. Aber ich bemühe mich wirklich, sie gesund zu ernähren. Also danke, aber lieber nicht.«

»Kein Problem.« Antonia zuckte mit den Schultern. »Bleibt mehr für mich.« Sie stellte die Pizza in den Kühlschrank und legte die leeren Kartons in einen Papiermüllkorb, in dem sich bereits zwei weitere Pizzaschachteln befanden. Offenbar hatte Antonia eine echte Schwäche für geliefertes Essen.

Sie legte noch einmal Holz im Kamin nach. Xander füllte währenddessen die Weingläser nach und reichte ihr ihres. Mit etwas mehr Wachsamkeit im Blick als in der Zeit, in der ihre Freunde hier gewesen waren, setzte sie sich auf die linke Seite ihres Sofas und zog ein Bein unter den Körper. Er nahm auf der anderen Seite Platz, in einem angemessenen Sicherheitsabstand.

Der Abend war erstaunlich entspannt verlaufen, auch wenn ihm ziemlich schnell bewusst geworden war, dass Antonia keine Ahnung gehabt hatte, dass er in ihrem Haus aufschlagen würde. Sie hatte sich nach ihrer ersten Überraschung schnell wieder gefasst. Und am Ende hatten sie zu viert ziemlich viel Spaß gehabt, als sie zusammengesessen und Pläne geschmiedet hatten.

Doch jetzt, allein mit Antonia, veränderte sich die Atmosphäre, fühlte sich plötzlich wieder viel persönlicher an. Intimer. Xander schluckte trocken und trank einen Schluck Wein.

Das Holz im Kamin knackte und malte rotgoldene Lichtreflexe auf Antonias rechte Gesichtshälfte. Ihre Augen leuchteten, als sie den Kopf zur Seite legte und ihn aufmerksam ansah. Die Spitze ihres Pferdeschwanzes strich über ihre Schulter. »Verrätst du mir jetzt, was du im Schilde führst?«, fragte sie.

Xanders Kumpel Konrad hatte ihn an diesem Morgen angerufen und ihm grünes Licht gegeben. Er konnte das Geheimnis zumindest Antonia gegenüber lüften. »Anna und Hias lieben die Berge und genießen es, in der Natur zu sein. Ich dachte an eines der Boote auf dem Königssee.«

Antonia dachte einen Moment nach. »Du meinst eine Überfahrt nach St. Bartholomä oder die Salet Alm, um die Zeremonie dort abzuhalten«, korrigierte sie ihn. Sie nippte an ihrem Wein, ohne den Blick von ihm abzuwenden. »Das sind beides wunderschöne Plätze für eine Hochzeit.«

»Stimmt. Aber das meine ich nicht. Ich rede von einem Boot. Mitten auf dem See.« Er hielt dem forschenden Blick stand. Im Moment schimmerten Antonias Augen mehr grün als blau.

Sie schüttelte den Kopf. »Das macht die Reederei nicht. Das kannst du sogar auf ihrer Homepage nachlesen.«

Womit Antonia recht hatte. »Ich kenne da zufällig jemanden, der es trotzdem möglich machen kann«, sagte er.

»Natürlich kennst du jemanden.« Antonia schien gegen den Impuls anzukämpfen, das Gesicht zu verziehen. Sie schaffte es, verdrehte im nächsten Moment aber die Augen, womit sie Xander zum Lachen brachte.

Konrad und er hatten zusammen in Bad Reichenhall Tourismusmanagement studiert. Damals war Xanders Freund nicht nur sehr naiv gewesen, sondern auch verdammt verknallt in ihre Kommilitonin Lisa, die ihm aber meistens die kalte Schulter zeigte. Um sie zu beeindrucken, hatte er sich auf eine ziemlich dämliche Wette eingelassen, bei der er eine Skiabfahrt in einem wegen Lawinengefahr gesperrten Gebiet gewagt hatte. Xander war damals schon in der Bergwacht aktiv gewesen und war Konrad nachgejagt, als er von der halsbrecherischen Aktion erfahren hatte. Sein Freund hatte ein Schneebrett zum Abrutschen gebracht, war halb verschüttet worden und hatte dabei seine Skier verloren. Xander hatte ihn ausgegraben und am Ende mit einer ordentlichen Unterkühlung – aber lebendig – ins Tal zurückgebracht. Lisa war von Konrads Stunt wenig beeindruckt gewesen, aber er an diesem Tag erwachsen geworden, hatte sich auf das Studium konzentriert und saß inzwischen im Vorstand des Schifffahrtsunternehmens, das die berühmten Elektromotorboote, die lautlos über den Königssee glitten, nicht nur betrieb, sondern auch baute. Er hatte nie vergessen, dass Xander ihm das Leben gerettet hatte, und war sofort bereit gewesen, die eine ganz große Ausnahme zu machen und Anna und Hias eine Hochzeit mitten auf dem See zu ermöglichen. »Du weißt, wie die beiden sich kennengelernt haben«, erinnerte er Antonia.

»Ja.« Sie seufzte. »Mitten auf dem Königssee.«

Allein deshalb würde diese Überraschung Anna und Hias glücklich machen. Sie hatten sich auf einem der Boote kennengelernt, als er zu einer Tour zur Gotzenalm unterwegs gewesen war und sie zum Kahlersberg wandern wollte. Genau dort zu heiraten, wo sie sich ineinander verliebt hatten, wäre die Krönung ihrer Beziehung.

»Das klingt … toll«, gab ihm Antonia mit einem schwachen Lächeln recht. *Und würde nicht zu toppen sein,* las er die unausgesprochenen Worte in ihren Augen. Er sah das Konkurrenzdenken in ihrem Blick aufflammen. Sie machte sich Gedanken darüber, was sie sich für die Hochzeit auf dem Mühlenhof Besonderes einfallen lassen musste, um mit seiner Idee mithalten zu können. Ganz so, als ob es sich bei der Hochzeitsplanung um ein Wettklettern oder ein Downhill-Rennen handelte. Was aus Xanders Sicht absolut unnötig war. Beide Trauungen würden einfach wundervoll werden, schon deshalb, weil sie für das Brautpaar alles geben würden. Antonia würde das erkennen, aber bis dahin brauchte sie noch ein wenig Zeit. »Du hast wirklich etwas Tolles aus dem Haus gemacht«, wechselte er das Thema und ließ seinen Blick noch einmal durch den Raum schweifen. Seine Bemerkung war als Kompliment gedacht, erreichte bei Antonia aber das genaue Gegenteil. Seine unbedachten Worte erinnerten sie an den Zwist, der zwischen ihnen herrschte. Der harte Zug legte sich wieder in ihre Gesichtszüge. Es wurde Zeit, das Feld zu räumen, damit der Waffenstillstand, der den Abend über geherrscht hatte, nicht wieder brach. »Es wird Zeit für mich«, sagte er, trug sein Weinglas zur Küchenzeile und stellte es in den Geschirrspüler. Einfach weil er daran gewöhnt war aufzuräumen, um nicht im Chaos zu versinken. Er klemmte sich seinen Ordner unter den Arm und hob die Hand zum Gruß. »Wir sehen uns.«

Antonia saß noch immer auf dem Sofa und sah ihm nach. »Gute Nacht«, sagte sie leise, als er die Tür hinter sich ins Schloss zog.

7

Antonia musste dringend mit ihren Schwestern reden. Seit ihrem Ausflug ins Fitnessstudio hatten sie sich nicht mehr gesehen. Also hatte Antonia für den Abend nach dem Treffen mit Xander, Hias und Anna ein Schwesternmeeting auf dem Dachboden der *Alten Mühle* einberufen.

Hier oben trafen sich Hannah, Rosa und Antonia schon, seit sie diesen – damals magischen – Ort vor vielen Jahren für sich entdeckt hatten. Antonia stieg die schmale Holztreppe in der Mühle hinauf und stieß die Bodenluke auf. Sie atmete den unvergleichlichen Duft nach Mühle, Getreide und Staub ein. Ihre Schwestern waren bereits da. Und mit ihnen der Duft von frisch Gebackenem, der sich mit dem Mühlengeruch mischte. Antonia schnupperte. Zimtschnecken. Ihr Lieblingsgebäck. Sie standen auf einer abgedeckten Platte neben dem Sitzsack, auf dem Rosa hockte. Sie trug noch die Flechtfrisur, die sie tagsüber sicher mit einem Dirndl oder einer Trachtenbluse kombiniert hatte. Für den Abend war sie aber in Leggins und ein Boxy Shirt geschlüpft. Der Hofhund der Mühle, Toby, und der Labrador-Mischling ihres Freundes, Socke, saßen neben ihr, stürmten aber auf Antonia zu, sobald sie durch die Bodenluke gekrochen war. Sie begrüßte die Vierbeiner und kraulte sie ausgiebig. Dann richtete sie sich wieder auf und ließ den Blick durch den großen Raum mit den tief herunterreichenden Dachschrägen schweifen. Die Lichterketten, die überall im Gebälk verteilt waren, zauberten ein warmes Spiel aus Licht und Schatten auf die Gesichter ihrer Schwestern. Ihnen war von klein auf immer wieder eingetrichtert worden, dass sie auf dem Dachboden keinesfalls mit Kerzen herumspielen durften. Offenes Licht war verboten. Deshalb hatten sie im Schein ihrer Taschenlampen hier gesessen und vor sich hin geträumt. Irgendwann hatten sie dann ihre ganz persönliche Art eines Beleuchtungssystems installiert. Unmengen von Lichterketten, die sich um das offenliegende Gebälk wanden und wie Feenlichter wirkten. Als sie älter geworden waren, hatten sie die Decken, auf denen sie gelegen hatten, durch zwei Sitzsäcke ersetzt, die inzwischen ausgeblichen und abgewetzt waren. Erst vor einem Dreivierteljahr, als Hannah wieder nach Hause zurückgekehrt war, hatten sie einen dritten besorgt. Antonia war froh, dass sie jetzt wieder gemeinsam hier sitzen konnten.

Hannah stand an ihrem Lieblingsplatz am Fenster. Genau an der Stelle, an der sie vor Jahren ein A, ein R und ein H eingeritzt hatten. Ihre Anfangsbuchstaben. Von Hannahs Standpunkt aus sah man den See und Sternmoos. Die Lichter der Häuser spiegelten sich im Wasser. Auf der anderen Seite schoss das Wasser des Mühlbaches zwischen den Felsbrocken in Richtung Zauberwald. Im Mondlicht funkelten die kleinen Wellen und Wasserwirbel immer wieder silbern auf. Hannah wandte den Blick ab und kam zu Antonia herüber, um sie zur Begrüßung zu umarmen. Dann ließ sie sich auf ihren Sitzsack fallen. Sie trug Skinny Jeans, Stiefeletten und eine schicke Bluse. Wahrscheinlich war sie direkt von ihrem Job in einer Salzburger Fotoagentur zur *Alten Mühle* gefahren.

Rosa erhob sich von ihrem Platz und umarmte Antonia

ebenfalls. »Ich habe Zimtschnecken gebacken«, erwähnte sie unnötigerweise.

»Und deshalb bist du meine Lieblingsschwester«, sagte Antonia und erntete ein Schnauben aus Hannahs Richtung. Sie grinste und setzte sich. Dann schnappte sie sich gleich zwei Gebäckstücke, als Rosa ihr den Teller hinhielt. Genüsslich biss sie hinein und ließ den Zucker und den Zimt auf ihrer Zunge zergehen, während sie in die glitzernden Lichter über sich blickte. An einem der Dachbalken hatte sie in ihrer Teenagerzeit ein altes, etwas windschiefes Herz mit den Initialen T.G + P.J. gefunden. Stundenlang hatten sie damals auf ihrer Decke auf den staubigen Holzdielen gelegen, Gummibärchen in sich reingestopft und sich Geschichten um die Liebenden in dem Herz ausgemalt. Um wen es bei den Buchstaben wirklich gegangen war, hatten sie nie herausgefunden. »Die Zimtschnecken sind göttlich«, murmelte sie mit vollem Mund.

»Was gibt es so Dringendes?«, wollte Hannah wissen. Antonia sah aus den Augenwinkeln, wie Toby sich an ihre Schwester anschlich und sie ihm ein Stück von ihrem Gebäck abgab. Weil es ansonsten unfair gewesen wäre, warf sie ein weiteres Stück in Sockes Richtung, der es in der Luft auffing und regelrecht inhalierte.

Antonia leckte sich den Zucker von den Fingerspitzen und biss in ihre zweite Schnecke. »Ihr werdet mir nicht glauben, was sich Xander für Hias' und Annas Trauung hat einfallen lassen.« Sie erzählte ihren Schwestern von der Hochzeit mitten auf dem Königssee. Wenn sie so darüber sprach, konnte sie es noch immer nicht fassen, dass er dem Brautpaar eine so atemberaubende Überraschung bereiten konnte. Anna und Hias würden komplett ausflippen.

»Wow. Das ist so romantisch«, sagte Rosa mit verträumtem Blick und einem leisen Seufzen.

»Ja, verdammt. Das ist richtig romantisch.« Antonia ärgerte sich, dass sie so brummig klang. »Deshalb müssen wir uns echt was einfallen lassen für die Mühlenhochzeit.«

Hannah runzelte die Stirn. »Was wird das?«, fragte sie. »Ein Wettkampf? Es geht um die Hochzeit eurer besten Freunde. Nicht darum, wer das Event des Jahres auf die Beine stellt.«

»Da muss ich Hannah recht geben«, pflichtete Rosa ihr bei.

Antonia tastete vorsichtshalber nach einer weiteren Zimtschnecke. Nur für den Fall, dass ihre mittlere Schwester auf die Idee kommen sollte, sie für ihren Kampfgeist bestrafen zu wollen. »Vielleicht kommen meine Ambitionen nicht richtig rüber.« Sie zögerte einen Moment, ehe sie sich wieder aufrichtete und ihre Schwestern ansah. Jetzt war nicht der richtige Zeitpunkt, ihnen von ihrer Vergangenheit mit Xander zu erzählen. Sie zögerte einen Bruchteil zu lange – und der Moment verging, als Hannah abermals ihr Schnauben hören ließ.

Langsam atmete Antonia aus. Ihr Herz schlug zu schnell. Fast. Fast hätte sie es erzählt. Aber jetzt … Sie versuchte sich an der Imitation eines verzweifelten Hundeblickes, der ihre Schwestern zum Lachen brachte. »Ihr werdet mir doch helfen?«, flehte sie.

»Natürlich helfen wir dir«, beruhigte Rosa sie. »Ich bin mir sicher, das Fest wird toll. Annas Wünsche und deine Ideen dazu sind fantastisch. Auf jeden Fall solltest du Mama wegen des Blumenschmucks fragen. Du weißt, dass sie für viele Hochzeiten angefragt wird und schnell ausgebucht ist.«

Antonia stöhnte und ließ sich auf den Sitzsack zurückfallen. »Nein«, sagte sie und legte ein Jammern in dieses eine Wort, das Rosa normalerweise dazu brachte, ihr diese Aufgabe abzunehmen.

Nicht so heute. »Doch«, widersprach sie schlicht. »Sie würde wundervollen Schmuck machen. Das weißt du ganz genau.«

»Könntest du das nicht für mich übernehmen?«, versuchte Antonia es mit dem Holzhammer. Ihre Schwester hatte ein wesentlich engeres Verhältnis zu Rena als sie.

»Auf keinen Fall. Das ist deine Aufgabe.« Seit wann war Rosa so entschieden? Normalerweise tat sie alles, um die Harmonie in der Familie aufrechtzuerhalten.

Antonia streichelte Socke über die Nase, der zu ihr herübergeschlichen kam. »Sie wird nur wieder missbilligend die Nase über mein Liebesleben rümpfen«, verteidigte sie ihre Idee, Rosa statt sich selbst in die Schusslinie zu bringen. Schließlich waren ihre Schwestern beide in so glücklichen Beziehungen, dass ihre Mutter bei jedem Besuch als Erstes auf ihre Hände blickte, um zu sehen, ob da vielleicht mittlerweile ein Verlobungsring steckte.

»Hast du denn im Moment überhaupt ein Liebesleben?«, wollte Hannah neugierig wissen.

»Natürlich nicht«, erwiderte Antonia. »Wo sollte ich das denn im Moment noch unterbringen? Dafür habe ich überhaupt keine Zeit. Jedenfalls wird sie wieder versuchen, mich mit irgendeinem Mathe-Physik-Lehrer zu verkuppeln.«

»Hey!« Rosa boxte sie in die Seite. »Wastl unterrichtet auch Mathe und Physik. Und er ist ein toller Typ.«

Rosa hatte recht. Der beste Kumpel ihres Freundes David war wirklich cool. »Ausnahme«, murmelte sie. Wenn ihre Schwestern nicht bereit waren, ihr den Gang in die Höhle des Löwen zu ersparen, würde sie sich eine Strategie überlegen, mit der sie ihrer Mutter den Wind aus den Segeln nehmen konnte, bevor sie mit ihrer alten Leier anfangen konnte. »Jedenfalls werde ich Anna und Hias in die komplette Planung einbeziehen, während Xander sie im Dunkeln lässt.« Sonst würde ihre beste Freundin die Krise kriegen.

Als sie nach Hause kam, blinkte eine Nachricht von Xander auf ihrem Handydisplay auf. *Kannst du Anna zur Anprobe ihres Brautkleides begleiten? Sie macht mir die Hölle heiß, weil sie nicht weiß, welche Art von Kleid zum Standesamt passt.*

»Das geschieht dir recht«, murmelte Antonia. Sie würde Anna sowieso zur Anprobe begleiten. Zum einen, weil das als Trauzeugin schlicht zu ihren Pflichten gehörte. Und zum anderen brauchte sie ja ebenfalls etwas zum Anziehen. Soweit sie wusste, würde sogar Leni mit ihrer Großmutter zu dem Termin kommen, damit sie ein Blumenmädchenkleid für sie finden konnten. *Klar, mache ich,* tippte sie zurück.

Sie legte das Handy zur Seite und schnappte sich die Dose, in der Rosa ihr noch ein paar Zimtschnecken mitgegeben hatte. Obwohl die Nacht kalt war, setzte sie sich auf die Veranda vor dem Haus. Dick in eine Decke eingekuschelt knabberte sie an dem Gebäck herum. Sie ließ den Blick über die Lichter auf der Wiese gleiten und legte dann den Kopf zurück, um in den Himmel zu schauen. Klar und strahlend standen der Mond und die Sterne über ihr am Firmament. Ein Anblick, der es genau wie die dunklen Bergspitzen, die sie von ihrem Platz ausmachen konnte, schon immer geschafft hatte, sie zu beruhigen und zu entspannen. In letzter Zeit schien ihr das nicht mehr so gut zu gelingen. Was mit Sicherheit mit der Überdosis Xander zu tun hatte, mit der sie zurzeit so heftig kämpfen musste. Sie hatte einen guten Weg gefunden, ihn aus ihrem Leben auszublenden. Doch in letzter Zeit gelang ihr das nicht mehr so gut. Je weiter er sich mit der Hochzeitsplanung in ihr Leben drängte, desto klarer kehrten die Erinnerungen an jene Zeit vor sechs Jahren zurück, die sie gerne für immer in ihrem Inneren weggeschlossen hätte.

Nicht viele Menschen wussten von den schlechten Erfahrungen, die sie schon in ihrer Jugend mit Männern – oder in dem Fall besser: Jungs – gemacht hatte. Benedikt hatte am Anfang das Auftreten eines Prinzen gehabt. Sie war unglaublich verknallt gewesen. Doch dann waren die Emotionen in kürzester Zeit umgeschlagen und hatten Liebe zu Angst werden lassen. Antonia war ein wildes Kind gewesen, und natürlich war aus ihr auch eine unbändige Teenagerin geworden. Frei und offen. Eine Seite an ihr, von der Benedikt sich angezogen gefühlt hatte. Doch als er Antonia für sich gewonnen hatte, war ihm bewusst geworden, dass er es nicht schaffte, sie zu kontrollieren. Innerhalb kürzester Zeit war die Beziehung so in einen Kampf ausgeartet. Antonia hatte versucht, sich Freiräume zu schaffen, und Benedikt wollte sie noch enger an sich binden. Er hatte sie so eingeengt, dass sie schließlich mit ihm Schluss gemacht hatte. Doch das hatte ihn erst so richtig angestachelt.

Diese erste Liebe hatte Antonia für das Leben geprägt. Sie hatte mit knapp achtzehn beschlossen, nie wieder ihr Herz aufs Spiel zu setzen. Und damit war sie verdammt gut gefahren, bis Xander auf der Bildfläche aufgetaucht war. Vielleicht fand der eine oder andere, dass sie Beziehungen zu sehr auf die leichte Schulter nahm, und ganz sicher war ihre Mutter mit ihrem Lebensstil nicht einverstanden, aber ihr ging es gut dabei. Sie hatte hin und wieder One-Night-Stands gehabt. Ein paar kurze Affären. Aber auch Sommerromanzen, die sich über Monate zogen. Mit einem *Friend with benefits*, wie es so schön hieß, traf sie sich über drei Jahre, bis er wegzog. Eine Trennung, die Wehmut beim Gedanken an die schöne Zeit hinterließ, die sie zusammen gehabt hatten, aber keinen Liebeskummer – und schon gar keine negativen Gefühle. Was auch immer Antonia tat, sie vermied es, sich zu verlieben. Ihr Herz war für Männer tabu.

Doch dann hatte Xander es geschafft, sich mit einem hinterhältigen Trick in ihr Leben zu schleichen. Er hatte einfach alles anders gemacht als die Männer, mit denen sie seit Benedikt zusammen gewesen war. Er war nicht gleich mit ihr ins Bett gegangen, so als ob ihm bewusst gewesen wäre, dass sie ihn dann nach ein paar Tagen oder Wochen fallen gelassen hätte. Stattdessen hatte er sie umworben, ihr regelrecht den Hof gemacht. Er hatte ihr Blumen gebracht und sie mit Schokolade geködert. War mit ihr ausgegangen. Zu Candlelight-Dinners. Zum Tanzen. Ins Kino. Und hatte sie abgesehen davon am langen Arm verhungern lassen. Eine Umarmung zum Abschied. Ein Kuss auf die Wange zur Begrüßung. Kombiniert mit seinen warmen, dunklen Augen, seinem Lachen und seiner Intelligenz hatte ihn das einfach unwiderstehlich werden lassen. Bis sie zum ersten Mal wieder Schmetterlinge im Bauch gehabt hatte. Bis ihre Gedanken begannen, ständig zu Xander zu huschen und zu ihrer nächsten Verabredung. Bis er als ständiger Gast in ihren Träumen ein und aus ging. Sie hatte es gar nicht mehr erwarten können, ihm endlich näherzukommen. Der eine heiße Kuss, den es zwischen ihnen gegeben hatte, hatte ihre Gefühle Kopf stehen lassen. Antonia hatte vor Glück geschwebt. Sie hatte sich eingestanden, nach so vielen Jahren zum ersten Mal wieder verliebt zu sein. Nur um dann herauszufinden, wie sein Leben wirklich ausgesehen hatte.

Antonia nahm sich noch eine Zimtschnecke und biss hinein, obwohl sie eigentlich längst keinen Hunger mehr hatte. Sie hatte sich damals für ihre Dummheit geschämt. Stundenlang hatte sie wie ein Häufchen Elend in ihrer baufälligen Dusche gehockt und sich die Augen aus dem Kopf geheult, nachdem diese wunderschöne Frau vor ihrer Tür gestanden hatte. Lange dunkle Haare. Ein kleiner Schönheitsfleck neben ihrem rechten Mundwinkel. Und etwa im sechsten Monat schwanger. Die schöne, tragische Natalie. Im ersten Moment hatte Antonia nicht verstanden, was sie von ihr wollte. Sie hatte sie nicht sofort erkannt und vermutet, eine Frau vor sich zu haben, die ihre Hilfe als Hebamme brauchte. Doch dann hatte sie die Erkenntnis wie ein Fausthieb in den Magen getroffen. Die großen, feucht schimmernden Augen und diese leise, flehende Stimme, mit der Natalie sie gebeten hatte, die Finger vom Vater ihres Kindes zu lassen. Was hätte Antonia damals anderes tun können, als einen Schritt zurücktreten? Von der Tür. Und aus Xanders Leben.

Antonia hatte sich für ihre Schwäche gehasst. Dafür, dass sie sich nicht gegen ihre Gefühle für Xander gewehrt hatte. Und dann hatte sie beschlossen, niemandem von dieser Episode in ihrem Leben – denn mehr war es nie gewesen – zu erzählen und einfach weiterzumachen wie zuvor. Sie war sich sicher, den richtigen Weg gegangen zu sein. Xander hatte versucht, mit ihr zu reden, ihr zu erklären, warum er zu Natalie zurückgehen musste. Er hatte ihr unzählige Nachrichten auf der Mailbox hinterlassen und sie gebeten, ihn zurückzurufen oder sich mit ihm zu treffen. Er hatte an ihre Haustür geklopft, während sie mit wild klopfendem Herzen im Dunkeln auf ihrer Matratze gesessen und darauf gewartet hatte, dass er wieder verschwand. Nachdem sie ihn und Natalie nach ihrem Dienst zufällig in der Klinik gesehen hatte, Arm in Arm, in seiner Hand der Ausdruck eines Ultraschallbildes ihres gemeinsamen Babys, hatte sie gewusst, dass sie das Richtige tat.

An Antonias überraschenden Gefühlen für Xander hatte das nichts geändert. Er hatte die Macht gehabt, ihr Herz vollständig zu zerfetzen. Also war sie in ihre Rüstung zurückgeschlüpft und hatte ihm die kalte Schulter gezeigt – nicht, um ihn zu bestrafen, sondern um sich selbst zu schützen.

Sie hatte keine Ahnung, was bei seinem zweiten Versuch mit Natalie schiefgelaufen war. Die beiden hatten das Haus gekauft und Leni bekommen. Antonia hatte erwartet, dass sie heiraten würden, um ihr Familienglück perfekt zu machen. Stattdessen war Natalie eines Tages plötzlich verschwunden und Xander alleinerziehender Vater. Selbst dann konnte sie ihm nicht böse sein. Leni war wundervoll, und Vater und Tochter ein Dreamteam. Er hatte die richtige Entscheidung für sein Leben getroffen.

Die Einzige, der Antonia etwas vorwerfen konnte, war sie selbst. Sie hatte einem Mann ihr Herz geöffnet, obwohl sie es besser hätte wissen müssen. Sie glaubte an die Liebe – für andere. Um ihr Gefühlsleben machte sie sich keine großen Gedanken mehr. Irgendwann würde sie Kinder haben wollen. Aber dieser Wunsch schwirrte im Moment noch ganz am Rand ihrer Träume herum, tauchte ab und zu auf wie ein blasser Schatten und verschwand dann wieder. Meist passierte ihr das nach einer Geburt, wenn die Eltern besonders glücklich waren und so viel Liebe um sie herumwirbelte, dass es auch Antonias Herz erwärmte. Wie ihre eigene Familie einmal aussehen würde, konnte sie sich noch nicht vorstellen. Die Andeutungen ihrer Mutter, dass ihre biologische Uhr immer lauter tickte, ignorierte sie. Wer wusste schon, was das Leben für einen bereithielt? Am Ende würde sie sich vielleicht sogar für ein Leben entscheiden, wie es ihre Tante Louisa führte. Ohne Kinder. Glücklich und ungebunden.

Das Einzige, was sie in den Griff bekommen musste, waren die Erinnerungen an ihre Zeit mit Xander. Denn seit die immer wieder durch ihre Gedanken geisterten, war ihr Schutzpanzer dünner geworden, als ihr lieb war.

Annas erste große Liebe, Paul von der Schülerzeitung, hatte sich vor all den Jahren schnell als Langweiler herausgestellt. Aber auch damals hatte Antonias Freundin bereits von einer großen, weißen Hochzeit geträumt. Weniger wegen Paul, dem Langweiler, sondern wegen des Hochzeitskleids. Da unterschied sich Anna kein bisschen von der kleinen Leni. Über die Jahre war der Traum in den Hintergrund gerückt, aber ganz verschwunden war er nie. Anna war in einem Brautmodenladen deshalb in ihrem ganz persönlichen Paradies.

Sie hatten einen Termin in einem exklusiven Salzburger Studio vereinbart. Auf der Fahrt in die Stadt hatte Antonia versucht, ihrer Freundin das Versprechen abzunehmen, dass sie nicht noch einmal ohne ihr Wissen Xander in ihr Haus einladen würde, aber Anna war mit ihren Gedanken längst bei ihrem Brautkleid. Als sie den Laden betraten, wurde Antonia klar warum: Alles um sie herum war elegant. Die Wände hellgrau mit weiß abgesetztem Stuck. Aus verschnörkelten Bilderrahmen blickten ihnen glücklich strahlende Paare entgegen, die ihre Hochzeitsoutfits offenbar hier gefunden hatten. Sie waren durch das Atelier geschlendert und hatten die Kleiderpuppen betrachtet, die die schönsten Modelle des Ladens präsentierten. Dann hatte es sich Antonia auf einem der beiden fliederfarbenen Plüschsofas bequem gemacht und konnte sich ein Grinsen nicht verkneifen, als ihre Freundin bei jedem Kleid, das die Verkäuferin, Valentina, ihnen präsentierte, einen Freudenschrei von sich gab und mit glänzenden Augen vor Begeisterung klatschte.

Sie waren mit einer Flasche Sekt begrüßt worden. Die Augen der Verkäuferin hatten nicht weniger geglitzert als die der Braut, als ihr klar geworden war, dass die Aussicht bestand, zwei Hochzeitskleider, etwas für die Trauzeugin und später noch ein Kleid für das Blumenmädchen zu verkaufen. Entsprechend euphorisch legte sie sich ins Zeug.

»Du musst dich irgendwann wenigstens für eine Richtung entscheiden«, flüsterte Antonia, als Valentina durch den Verkaufsraum huschte, um ein Kleid im Meerjungfrauenstil zu holen, das sie Anna präsentieren wollte.

»Wie denn?«, jammerte ihre Freundin und trank einen großen Schluck Sekt. »Die sind alle so wunderschön. Außerdem macht es Spaß, alles anzuprobieren. Und dieser Mistkerl Xander lässt mich am langen Arm verhungern, was das Standesamt betrifft. Ich weiß gar nicht, für was ich mich entscheiden soll.«

»Keine Sorge. Ich weiß, was er vorhat.« Sie hob die Hand, bevor Anna etwas sagen konnte. »Ich werde dichthalten und ihm nicht die Überraschung verderben. Aber ich weiß, was perfekt zu diesem Moment passen wird und helfe dir, das Richtige zu finden. Versprochen.« Sie drückte Annas Hand, als die Verkäuferin zurückkehrte.

»Seit wann bist du denn auf Xanders Seite?« Anna zog einen Schmollmund.

»Ich bin kein bisschen auf seiner Seite. Ich möchte nur, dass ihr einen ganz wundervollen Tag habt. Glaube mir, du wirst ausflippen vor Freude.« Sie strich mit den Fingerspitzen über die weißen Blütenblätter des riesigen Rosenstraußes auf dem Beistelltisch neben sich. Egal, wie wenig sie Xander mochte, diese Überraschung würde sie ihm wirklich nicht verderben. In erster Linie, weil sie Anna und Hias damit glücklich machen würde.

»Na toll, das macht es wirklich leichter.« Anna seufzte. »Ich ziehe mal die Meerjungfrau an. Vielleicht sollte ich gleich einen Schleier dazu probieren.«

Ihre Freundin verschwand mit der Verkäuferin und dem Kleid in einer Umkleidekabine, und Antonia erhob sich, um sich die festlichen Roben anzusehen, aus denen sie sich eine auswählen wollte. Mit dem Sektglas in der Hand wanderte sie durch den Laden und sah die Kleiderbügel durch, die – passend zu den Kleidern – mit weißem Stoff bezogen waren. Eigentlich hatte sie erst nach einem Kleid schauen wollen, wenn Anna und Leni gefunden hatten, was sie suchten. Aber Xanders Tochter und ihre Großmutter verspäteten sich, also konnte sie sich genauso gut auch jetzt schon ein bisschen umsehen.

Sie hatte gerade eine zartrosa Robe mit Spaghettiträgern vom Ständer gezogen und hielt sie vor sich, als der Vorhang der Umkleide aufgezogen wurde. Das Kleid in der Hand blickte sie zu Anna hinüber. Strahlend trat die künftige Braut auf das Podest vor der Spiegelwand, um sich zu bewundern, und kippte dabei fast vornüber, so eng lag der Stoff um ihre Oberschenkel. Lachend drehte sie sich einmal im Kreis.

»Du siehst atemberaubend aus«, sagte Antonia.

»Aber das bin nicht ich, richtig?« Die Freundin drehte sich

nach links und rechts, um einen Blick auf die tief ausgeschnittene Rückseite zu erhaschen.

»Kein bisschen«, stimmte Antonia ihr zu. Sie verstand ihre beste Freundin genauso gut wie ihre Schwestern.

Valentina seufzte. »Das ist das Los einer Braut, die alles tragen kann. Sie können mir glauben, da haben wir mitunter ganz andere Herausforderungen.« Sie drehte sich zu Antonia um und sah das Kleid in ihrer Hand. »O. Das würde ich Ihnen nicht empfehlen. Warten Sie. Ich habe da etwas ganz Wundervolles. Genau in der Farbe Ihrer Augen.« Wieder wuselte sie davon.

Antonia hängte das Kleid zurück und wartete gemeinsam mit Anna auf die Rückkehr der Frau. »Du solltest es noch mal mit einer schlichten Robe probieren«, schlug Antonia vor. »Wie auch immer die heißen. Irgendwas Leichtes, weich Fallendes.«

»Ich weiß, was du meinst.« Annas Blick schweifte schon wieder über die Kleiderauswahl. Nachdenklich biss sie sich auf die Unterlippe.

»Hier haben wir das gute Stück.« Die Verkäuferin kam zu ihnen zurück und breitete mit einer eleganten Bewegung ein Chiffonkleid vor ihnen aus, das tatsächlich in allen Nuancen zwischen Blau und Grün schimmerte. »Ich musste sofort an diese Robe denken, als ich ihre Augenfarbe gesehen habe. Viel Spitze und ein glitzernder Silbergürtel. Sexy, aber nicht zu aufdringlich.« Sie zwinkerte. »Schließlich wollen Sie der Braut nicht die Show stehlen.«

»O mein Gott!« Anna klatschte schon wieder begeistert in die Hände. »Das ist ein Traum. Du musst es anziehen! Das ist wie für dich gemacht.«

Antonia merkte, dass auch ihre Augen anfingen zu funkeln. Sie war hochoffiziell mit dem Hochzeitskleiderwahn infiziert. Schnell leerte sie ihr Sektglas und stellte es zur Seite. »Ich probiere es.«

»Wunderbar.« Valentina strahlte. »Soll ich Ihnen behilflich sein?«

Antonia nahm die Robe entgegen. »Helfen Sie erst einmal meiner Freundin aus der Meerjungfrau, ich rufe Sie für die Knöpfe am Rücken.« Dann trat sie in eine der geräumigen Umkleidekabinen und zog den Vorhang hinter sich zu. Sie hörte, wie auch Anna und die Verkäuferin lachend mit dem Umziehen begannen und darüber redeten, was für ein Kleid sie als Nächstes probieren sollte.

Antonia schälte sich aus ihren Jeans und zog sich das T-Shirt über den Kopf. Die winzigen Knöpfe des Kleides zu öffnen brauchte seine Zeit, doch dann konnte sie in den zarten Stoff schlüpfen. Sie betrachtete sich im Spiegel. Valentina hatte recht: Das Kleid war umwerfend. Ohne sich umzudrehen, zog sie den Vorhang der Umkleide auf und versuchte gleichzeitig, ihre Sneakers auszuziehen, die nicht zu dem Outfit passten. »Jetzt könnte ich Hilfe beim Zumachen brauchen«, sagte sie, den Blick noch immer auf ihre Füße gerichtet.

Für einen Moment passierte gar nichts. Dann berührte ein Paar Hände ihren Rücken – und sandte ein elektrisches Kribbeln über ihre Haut. Das war nicht Valentina. Antonias Kopf schoss hoch. Sie starrte wie hypnotisiert in den Spiegel und traf dort auf Xanders Blick.

Ohne den Blickkontakt zu unterbrechen, schloss er einen der winzigen Knöpfe. Seine Fingerknöchel fuhren dabei über ihre Wirbelsäule und verursachten eine Gänsehaut. Sie sollte einen Schritt nach vorn machen, den Kontakt seiner Hände zu ihrem Körper unterbrechen. Stattdessen stand sie da wie ein Reh im Scheinwerferlicht. »Was machst du hier?« Ihre Stimme klang rau, und sie räusperte sich, schaffte es aber trotzdem nicht, sich von ihm zu lösen.

*

Die winzigen blaugrünen Perlen auf Antonias Rücken glitten durch Xanders Finger und fanden ihren Weg in die Knopflöcher. Seine Finger streiften ihre glatte, warme Haut. Effizient verbarg er Knopf für Knopf ihren bloßen Rücken hinter filigraner Spitze. Sein Blick war im Spiegel mit Antonias verwoben, und für den Bruchteil einer Sekunde war er dankbar, schon so oft winzige Knöpfe an den Kleidern seiner Tochter geschlossen zu haben, um das blind zu können. Er spürte ihre Gänsehaut unter seinen Händen. Gänsehaut, für die er verantwortlich war. Genau wie für die raue, emotionsgeladene Stimme, mit der Antonia ihn fragte, was er hier verloren hatte. »Ich habe Leni gebracht«, sagte er. Und dann: »Du siehst wunderschön aus.« Scheiße! Wo war das denn hergekommen? Er schluckte trocken, bereit für den nächsten mörderischen Blick, den er von Antonia schon kannte und den er für diesen unpassenden Kommentar – auch wenn es die reine Wahrheit war – von ihr bekommen würde.

Doch sie starrte ihn weiter an. Seine Finger glitten weiter über ihre Haut, schlossen Knopf um Knopf. Es fehlten noch drei, als sie sich plötzlich aus ihrer Erstarrung löste und einen Schritt von ihm weg machte. »Wo ist sie?«, fragte Antonia, nachdem sie sich geräuspert und den Blickkontakt unterbrochen hatte.

Wer, hätte er fast gefragt. Dann fiel ihm wieder ein, dass sie von Leni sprach. Er ließ die Arme, die noch hinter ihrem

Rücken in der Luft hingen, langsam sinken. »Ich habe sie Hände waschen geschickt, damit sie nicht das ganze Geschäft mit ihren Schokoladenfingern überzieht.«

»Tonia!«, hörte er seine Tochter im gleichen Augenblick. »Du siehst wunderschön aus«, rief sie und stürzte sich in Antonias Arme.

Es waren die gleichen Worte, die ihm herausgerutscht waren. Während Antonia auf seine Worte mit schockiertem Schweigen reagiert hatte, lösten sie aus Lenis Mund ein breites Grinsen aus. »Sieh dich erst an!« Sie strich über das Zopfkrönchen auf Lenis Kopf.

»Das hat Papa geflochten.«

»Tatsächlich?« Antonia sah auf, und wieder verhakten sich ihre Blicke über Lenis Kopf hinweg.

»Zur Hochzeit bekomme ich eine richtige Frisur. Vom Friseur. Und Glitzer-Lidschatten«, schaffte seine Tochter es, die erneute Spannung zwischen ihnen zu durchbrechen.

Xander legte ihr die Hand auf die Schulter. »Das mit der Schminke steht noch nicht fest«, erinnerte er sie daran, dass das letzte Wort noch nicht gesprochen war. Leni blickte zu ihm auf, strahlte über das ganze Gesicht und schaffte damit das, was sie damit immer erreichte: Sein Herz zog sich zusammen vor lauter Liebe. Na gut, vielleicht würde sie bei der Hochzeit Glitzer-Lidschatten tragen.

»Hey, Xander.« Anna tauchte, gefolgt von der Verkäuferin, in einem engen Brautkleid aus Spitze auf und umarmte ihn. »Was machst du denn hier?«

»Meine Mutter fühlt sich nicht gut, also habe ich Leni gebracht. Sie holt sie aber nachher auf jeden Fall ab«, erklärte er.

»Mach dir keine Sorgen. Wir bekommen das schon hin«,

beruhigte Anna ihn. »Und jetzt musst du gehen.« Sie machte mit der Hand eine scheuchende Bewegung. »Hier steigt gleich eine coole Brautkleider-Party.«

»Sicher.« Xander schob die Hände in die Taschen seiner Jeans und wippte für einen Moment auf den Fersen, bevor er sich hinunterbeugte und Leni auf die Wange küsste. Er flüsterte ihr zu, dass sie sich benehmen sollte, dann ging er zur Ladentür. Die Hand auf der Klinke drehte er sich noch einmal um. Antonia wirbelte auf Annas Geheiß hin einmal um die eigene Achse. Die letzten drei Knöpfe ihres Kleides standen noch immer offen. Der schimmernde Farbton des Stoffes und der Spitze spiegelten das Blaugrün ihrer Augen. Und beim Schwung des Kleides um ihre nackten Füße konnte er das Blütenranken-Tattoo sehen, das sich um ihren rechten Knöchel wand. Verdammt. Er zog die Tür auf und atmete gierig die kühle Salzburger Frühlingsluft ein in der Hoffnung, dass seine Gedanken genauso klar wurden.

8

Xander war auf halbem Weg vom Brautmodengeschäft zu seinem Wagen, als sein Handy klingelte. Er zog es aus der Tasche und blickte auf das Display. Natalie. Als ob sie einen siebten Sinn für die Momente hätte, in denen seine Gedanken von Antonia beherrscht wurden. Er sah sie noch immer in diesem zauberhaften Kleid vor sich, konnte ihre zarte Haut unter seinen Fingerspitzen spüren. Mit einem Schritt zur Seite löste er sich aus dem Strom der Fußgänger und lehnte sich mit der Schulter gegen eine Hauswand. Was auch immer Natalie von ihm wollte – nicht jetzt, entschied er und wartete, bis der Anruf an die Mailbox weitergeleitet wurde. Wie immer, wenn es um seine Exfreundin ging, musste er sich zwingen, das schlechte Gewissen zur Seite zu schieben, weil er nicht sofort auf das reagierte, was sie von ihm wollte.

»Xander?«

Er blickte auf, als er seinen Namen hörte und entdeckte Louisa, die mit dem Strom der Passanten auf ihn zugeschwommen war und nun wie er zuvor einen Schritt zur Seite trat und neben ihm stehen blieb. »Hey.« Er bückte sich hinunter, um Louisa zu umarmen. »Schön, dich zu sehen. Was treibt dich denn nach Salzburg?«

»Ein paar Besorgungen«, sagte sie. »Und dich?«

Das Handy in seiner Hand gab den Ton von sich, der ankündigte, dass auf seiner Mailbox eine Nachricht hinterlassen worden war. Er schob es zurück in die Tasche. »Ich habe Leni zu Annas Brautkleidanprobe gebracht.«

»Ah.« Louisa zwinkerte ihm zu. »Ein Märchenprinzessinnentag für die kleine Glitzerfee. Das wird sie mehr aufputschen als ein halbes Pfund Zucker.«

Damit brachte sie Xander zum Lachen. »Wem sagst du das?«

Louisas Blick wurde ernst. Forschender. »Wie geht es dir?«, fragte sie, und Xander wurde bewusst, dass sie sich nicht mit einer Ausrede abspeisen lassen würde.

Er zuckte mit den Schultern. »Viel Stress«, gab er den Teil zu, über den er mit der Tante der Frau, die er gerade erst mit seinen Blicken verschlungen hatte, reden konnte.

Louisa legte den Kopf schief. »Hast du Zeit für einen Kaffee?«

»Mit dir? Die Zeit nehme ich mir doch immer.«

»Na dann los.« Sie hakte sich bei ihm unter und schlenderte an seiner Seite in die Innenstadt zurück.

Um auf einer der hübschen Terrassen zu sitzen, war es zu kühl. Also suchten sie sich einen Tisch in einem Caféhaus und bestellten Kaffee und ein Stück Walnusstorte für Louisa.

Sie wartete, bis die Kellnerin ihre Bestellung brachte, bevor sie Xander wieder diesen auffordernden Blick zuwarf. Zum ersten Mal hatte Louisa ihn so angesehen, als sie ihn vor sechs Jahren auf ihrer Lichtung hinter der *Mühle* erwischt hatte. Damals war er am Boden zerstört gewesen. Die Zukunft, wie er sie sich erträumt hatte, hatte sich in Luft aufgelöst. Aber Louisa war für ihn da gewesen. Seit dieser Zeit trafen sie sich hin und wieder auf einen Kaffee. Xander war dankbar darüber, jemandem sein Herz ausschütten zu können, der ihn nicht be- oder verurteilte. Oder zu wissen glaubte, was das Beste für ihn war.

Sommer vor sechs Jahren

Xander hatte seinen Defender auf dem Hof von Jakobs Autowerkstatt abgestellt und war losgelaufen. Eigentlich hatte er seinem Freund davon erzählen wollen, was gerade seine Welt aus den Angeln gehoben hatte. Doch Jakob war auf einer Probefahrt mit einem Oldtimer, und seine Mitarbeiter konnten ihm nicht sagen, wie lange er auf seine Rückkehr warten müsste.

Xander hatte nicht nachgedacht. Er hatte einfach einen Fuß vor den anderen gesetzt, war am See entlanggelaufen. Vorbei an der Mühle und über die kleine Brücke. Erst als er auf der Lichtung landete, von der aus man an den Felseninseln vorbei nach Sternmoos hinübersehen konnte, blieb er stehen. Von hier aus konnte er sogar das Hotel seiner Familie erkennen. Der Boden, den er betreten hatte, gehörte zur Alten Mühle. *Aber niemand war hier, also würde sich auch niemand an seiner Anwesenheit stören. Er ließ sich schwer auf das umgedrehte grüne Ruderboot fallen, das am Seeufer lag. Die Wellen, die am steinigen Strand leckten, kamen bis auf wenige Zentimeter an seine Turnschuhe heran. Aber er machte sich nicht die Mühe, seine Füße aus der Gefahrenzone zu ziehen. Nasse Füße waren sein geringstes Problem. Er nahm ein paar Kiesel und warf sie auf das Wasser hinaus, fixierte die immer größer werdenden Kreise auf der Oberfläche. Vögel zwitscherten in den uralten Eichen und krummen Latschenkiefern. Bienen summten, und vor ihm tanzte eine schillernde Libelle über das Ufer. Die kleine Bucht kam ihm vor wie ein Paradies. Was für ein Hohn – wo er doch gerade in seiner ganz persönlichen Hölle gelandet war.*

*

Der Tag war perfekt für einen Ausritt gewesen. Der Himmel strahlend blau und die Sonne warm, ohne zu sehr zu brennen. Ein leichter Wind, der von den Bergen ins Tal hinunterwehte, half zusätzlich, die Temperaturen auf einem angenehmen Level zu halten. Wofür Louisa dankbar war – sie hatte in den letzten Wochen genug schwitzen müssen. Louisa versank geradezu in Arbeit. Der Umbau des alten Gasthauses neben der Mühle zum Hofladen kostete sie jede Menge Kraft – und vor allem Zeit. Sie war dankbar, dass ihre Nichte Rosa in die Alte Mühle *eingestiegen war, nachdem sie ihren Meisterabschluss gemacht hatte. Trotzdem könnten sie zurzeit Tag und Nacht durcharbeiten und würden das Pensum trotzdem nicht schaffen. Deshalb hatte sie sich für diesen Nachmittag bewusst ein paar Stunden freigeschaufelt, um Zeit mit ihren Pferden zu verbringen, die in letzter Zeit viel zu kurz kamen. Sie war mit Maluna ins Gelände gegangen. Dann hatte sie die Haflingerstute und ihren Norweger Dustin gestriegelt, den Offenstall gemistet und die Pferde zum Schluss noch mit einem Apfel verwöhnt, den sie zwischen ihnen aufgeteilt hatte.*

Sie war auf dem Rückweg zur Mühle, als sie die einsame Gestalt mit hängenden Schultern auf ihrem umgedrehten Ruderboot sitzen sah. Reglos starrte sie auf den See hinaus. Louisa brauchte einen Moment, um zu erkennen, dass das Xander Valentin war. Was machte er hier draußen?

Sie ging über den weich federnden Waldboden zu ihm hin-

über und setzte sich neben ihn. Xander sah sie nicht an. Mit angespannten Schultern starrte er weiter geradeaus. Louisa blickte in dieselbe Richtung und wartete einfach ab. Sie sah dem Pärchen nach, das wild schaukelnd und noch wilder lachend in einem der Boote, die das Hotel vermietete, über den See schipperte.

»Ich werde Vater«, sagte Xander schließlich leise, als er das Schweigen zwischen ihnen nicht mehr auszuhalten schien. »Vater«, wiederholte er, so als müsse er das Wort testen. Herausfinden, wie es sich anfühlte, wenn es einem über die Lippen kam. Dann legte er den Kopf in den Nacken und schloss die Augen.

Louisas Herz zog sich für einen Augenblick zusammen. Das tat es immer, wenn jemand ein Kind bekam. Sie hatte das Bedürfnis, die Faust auf ihren flauen Magen zu pressen. Doch dann verflüchtigte sich dieses Gefühl – ebenfalls wie immer. Sie legte ihre Hand stattdessen ganz leicht zwischen Xanders verspannte Schulterblätter. »Herzlichen Glückwunsch. Ein Kind zu bekommen ist etwas Wundervolles.«

»Ja«, gab er zurück. In seiner Stimme schwang nicht ein Hauch der Vorfreude mit, die man in einem solchen Moment erwarten würde. »Wenn man nicht gerade seine Traumfrau kennengelernt hat und sich vorstellt, eine gemeinsame Zukunft mit ihr zu haben.«

Louisa warf ihm einen Seitenblick zu. Die jungen Leute glaubten immer, dass niemand mitbekam, was sie trieben. Aber sie war sich ziemlich sicher, dass Xander in den letzten Wochen viel Zeit mit ihrer Nichte Antonia verbracht hatte. Dem Leuchten nach, das immer öfter in ihren Augen strahlte, taten ihr diese Verabredungen gut. Und allein das hatte ihre Nichte nach ihren schlimmen Erfahrungen mit der Liebe mehr als verdient. »Die Frau, in die du dich verliebt hast, ist nicht die Mutter, nehme ich an«, sprach sie das Offensichtliche aus.

Xander lachte kurz auf. Ein unglücklicher und trostloser Laut. »Nein. Das wäre ja auch zu schön. Meine Exfreundin ist aufgetaucht. Sie ist im sechsten Monat.«

»Diese Natalie, oder?«, erinnerte sich Louisa. »Ich habe euch mal zusammen gesehen«, ergänzte sie, als Xander sie von der Seite ansah.

»Ja.« Er seufzte. »Wir waren gar nicht lange zusammen. Ein paar stürmische Wochen. Dann verschwand sie einfach von der Bildfläche. Nur um jetzt wieder aufzutauchen. Ich habe keine Ahnung, was ich machen soll.« Er schwieg einen Moment. »Natalie möchte zu mir zurück. Sie will mit mir zusammenbleiben. Eine Familie gründen.«

Louisa legte ihre Hand auf seinen Arm und wartete, bis er sie abermals ansah. Denn das, was sie zu sagen hatte, war wichtig. Viel zu wichtig, um es einfach nur so nebenbei zu erwähnen. »Darf ich dir einen Rat geben?«, fragte sie ihn.

Zögernd nickte Xander.

»Egal, wie du dich entscheidest, denke immer an dein Kind«, sagte sie eindringlich. »Du wirst den Weg finden, der am besten für dich, für Natalie, für die Frau, die du liebst, und vor allem für das Baby ist. Du hast das nicht geplant, Xander. Und im Moment denkst du vielleicht sogar, du willst das alles nicht. Aber du kannst dir gar nicht vorstellen, was für ein Glück es ist, wenn man die Chance hat, ein Kind zu bekommen. Das kann dir niemand nehmen. Und daran solltest du festhalten und dich auf dieses Wunder freuen.« Sie drückte seinen Arm. »Deine Traumfrau wird sicher einen Weg finden, mit der veränderten Situation zu leben.«

»Danke, Louisa.« Xander legte seine Hand über ihre und schenkte ihr den Schatten eines Lächelns.

Louisa drückte ihm im Stillen die Daumen und wünschte

ihm von ganzem Herzen, dass er die richtigen Entscheidungen traf. Für das Baby, für sich und für Antonia.

Xander war Louisa für ihren Rat dankbar gewesen. Sie hatte recht gehabt, was Leni betraf. Ein Kind zu bekommen war nichts, was er sich vor sechs Jahren auch nur ansatzweise hatte vorstellen können. Aber als er sein kleines Mädchen zum ersten Mal in den Armen gehalten hatte, hatte er kaum atmen können vor Liebe und Ehrfurcht. Für ihn war sofort klar gewesen: Was auch immer passieren würde, Leni war sein Leben. Und er würde alles für sie tun. Immer.

Mit einer Sache hatte Louisa jedoch falschgelegen. Er hatte Antonia nicht davon überzeugen können, sich unter den veränderten Umständen auf ihn einzulassen. Von einem Tag auf den anderen hatte sie den Kontakt zu ihm abgebrochen. Noch bevor er ihr überhaupt hatte erzählen können, dass sich sein Leben veränderte, weil er Vater wurde. Es war bereits ein Wunder gewesen, sie überhaupt davon zu überzeugen, ihn in ihr Leben zu lassen. Ihn wirklich nah an sich heranzulassen. Nicht nur körperlich, sondern an ihr Herz.

Xander kannte Antonia fast sein ganzes Leben lang. In Sternmoos gab es mit Sicherheit niemanden, der die Falkenbergs nicht kannte. Dr. Joseph Falkenberg hatte seinen ersten Armbruch geschient. Die Blumen, die Xander am Muttertag gekauft hatte, stammten, solange er denken konnte, aus Rena Falkenbergs Blumenladen. Und natürlich wusste er schon als kleiner Junge, wer Rosa und Hannah waren. Antonia war hübsch gewesen, genau wie ihre Schwestern. Aber sie war zwei Jahre jünger als er und außerdem auf eine andere Schule als er gegangen.

Viele Jahre lang hatten sie einander nicht wirklich wahrgenommen. Hatten lediglich die Peripherie des anderen gestreift. Vor sechs Jahren hatten sie sich an einem verregneten Tag beim Bouldern in der Kletterhalle in Bischofswiesen getroffen und waren ins Quatschen gekommen. Nach dem Klettern waren sie spontan zusammen ein Bier trinken gegangen – und hatten in der Kneipe gesessen, bis man sie hinausgekehrt hatte.

Es war einfach passiert. Weder Xander noch Antonia hatten damit gerechnet. Der Funke war einfach übergesprungen. Xander wusste, dass es schwer werden würde, Antonias Herz zu erobern. Also hatte er genau das Gegenteil von dem gemacht, was andere Männer bei ihr probierten. Er hatte sich viel Zeit gelassen und sich um sie bemüht. Er hatte sie umworben wie die Männer die Damen ihres Herzens in alten Kitschfilmen. Blumen. Aber keine Rosen, sondern bunte Gerbera oder ein Strauß von einer Bergwiese. Schokolade, Kino, ein Picknick im Mondschein am See. Sie teilten die gleichen Interessen. Sie liebten die Berge und Sport. Gingen gern tanzen. Und, was er sich heute gar nicht mehr vorstellen konnte, sie hatten unglaublich gern zusammen gelacht.

Doch dann hatte er sie geküsst, und am nächsten Tag war sie aus seinem Leben verschwunden, während er mit der Bombe hatte zurechtkommen müssen, die Natalie hatte platzen lassen. Ein paar Tage nach seinen Versuchen, Antonia zu erreichen, waren sie sich in Sternmoos über den Weg gelaufen, als er gerade mit Natalie von einem Arzttermin kam. Er hatte seine Exfreundin gebeten, kurz zu warten, und war Antonia nachgelaufen, die sich bei seinem Anblick sofort umgedreht hatte und in die andere Richtung davongegangen war. Er hatte sie darum gebeten, ihm ein paar Minuten zu schenken, damit er ihr die veränderte Situation erklären konnte. Doch sie hatte nur einen Blick in Natalies Richtung geworfen. Ihr Gesicht eine blanke Maske. Mit dem Hinweis darauf, dass er sich einer ganz anderen Verantwortung stellen musste, hatte sie die Vorstellung einer gemeinsamen Zukunft einfach beiseitegewischt, als hätte es die letzten gemeinsamen Wochen nicht gegeben. Xander war sich sicher gewesen, sie hatte geglaubt, er wäre zweigleisig gefahren, oder hätte nur mit Antonia gespielt. Doch sie hatte ihm keine Möglichkeit gegeben, ihr zu erklären, dass er bis vor ein paar Tagen nichts von dem Kind gewusst hatte und Natalie so plötzlich aufgetaucht war, wie sie ein halbes Jahr vorher verschwunden war. Xander hatte nach einer Lösung gesucht. Einem Weg, Antonia die Situation zu erklären und sie davon zu überzeugen, dass sie trotzdem eine Chance verdient hatten. Natalie schwärmte ihm währenddessen vor, wie wundervoll es wäre, das Kind gemeinsam großzuziehen. Seine Eltern redeten ebenfalls auf ihn ein, dass es das Beste wäre, mit seiner Exfreundin eine Familie zu gründen. Er fand keinen Ausweg. Nicht solange Antonia sich querstellte. Schließlich begann er zu glauben, dass ein Wiederaufleben der Beziehung zu Natalie tatsächlich die beste Option war, die er hatte. Auch wenn eine Stimme in seinem Hinterkopf ihn warnte, dass das ein Fehler war. Und darauf hinwies, dass er Natalie nicht mehr liebte.

Xander trank einen Schluck Kaffee und sah Louisa dabei zu, wie sie ein Stück Kuchen in den Mund schob und genüsslich die Augen schloss.

Seine Beziehung zu Natalie hatte stürmisch und überschwänglich begonnen. Sie war Webdesignerin. Xander hatte sie kennengelernt, als sie engagiert worden war, die Homepage des Hotels neu zu gestalten. Natalie war wie ein Wirbelwind in sein Leben gefegt und hatte ihn regelrecht umgeworfen. Jung, wild und wunderschön. Mit langen dunklen Haaren und großen bernsteinfarbenen Augen. Ein wenig unkonzentriert und zerstreut, was er damals süß gefunden hatte. Sie hatten jede Menge Spaß gehabt, und ja, auch jede Menge Sex. Doch dann war sie von einem Tag auf den anderen verschwunden. Xander hatte ihren Rückzug nicht verstanden – und sich riesige Sorgen um sie gemacht. Denn sie war nicht nur aus seinem Leben verschwunden, sie war regelrecht untergetaucht. Ihre Wohnung wirkte wie immer. Nur ein kleiner Koffer und ein paar Klamotten fehlten, soweit er das beurteilen konnte. Natalie schien sich regelrecht in Luft aufgelöst zu haben. Xander verstand nicht, warum sie einfach abgehauen war und nicht auf seine Anrufe und Nachrichten reagierte. Er hatte sie überall gesucht und ihr schließlich geschrieben, dass er Angst hatte, ihr sei etwas zugestoßen und er werde sie bei der Polizei als vermisst melden, wenn sie nichts von sich hören ließe. Das hatte immerhin bewirkt, dass sie ihn hatte wissen lassen, dass er sich keine Sorgen machen müsse. Sie habe aus dem Trott ihres Lebens ausbrechen müssen und sei nach Mallorca geflogen. Warten müsse er nicht auf sie. Von der Insel aus würde sie wahrscheinlich nach Barcelona oder Lissabon weiterreisen.

Inzwischen wusste Xander, dass Natalie unter einer bipolaren Störung litt und sich zum Zeitpunkt ihres Kennenlernens in einer hypomanischen Phase befand, die sich zum Ende hin in eine manische Episode gesteigert und zum Ausbruch aus ihrem Leben geführt hatte. Fachbegriffe, die er heute kannte, von denen er damals aber keinen blassen Schimmer gehabt hatte.

Mit ihrer irrationalen Flucht hatte Natalie ihren Job verloren und Xander seine Beziehung. Als sie ein halbes Jahr später vor seiner Tür stand, war sie nicht nur im sechsten Monat schwanger, pleite und obdachlos – zu diesem Zeitpunkt schlitterte sie bereits unaufhaltsam in eine tiefe Depression. Xander hatte von alldem damals noch keine Ahnung gehabt. Ihre Stimmungsschwankungen hatte er den Hormonen zugeschrieben. Und als sie ihn und ihr Baby nur wenige Wochen nach Lenis Geburt abermals verließ, hatte er sich gefragt, ob seine Unfähigkeit, sie zu lieben, sie in ihre Verzweiflung gestürzt hatte. Diese Gedanken ließen sich lange Zeit nicht abschütteln, und Xander hatte sich schuldig gefühlt.

Später hatte er herausgefunden, dass er nicht die Verantwortung für ihre Erkrankung trug und in ihrem Fall auch nicht die Schwangerschaft der Auslöser für ihre schweren Episoden war. Erst nach Jahren hatte er es geschafft, eine Tante von Natalie ausfindig zu machen, die ihm erzählte, dass bereits Natalies Mutter an einer bipolaren Störung gelitten hatte und die Wahrscheinlichkeit hoch war, dass ihr Suizid den Schalter für Natalies Erkrankung umgelegt hatte. Die Erkenntnis, dass Bipolarität erblich war, hatte Xander den nächsten schweren Schock verpasst und dafür gesorgt, dass er auch nur die winzigste Gemütsänderung seines kleinen Mädchens mit Argusaugen überwachte und analysierte. Bis er sich selbst völlig verrückt machte.

In dieser Situation noch einmal auf Antonia zuzugehen war ihm als unmöglich erschienen. Viel zu sehr war er mit den Problemen in seinem Leben beschäftigt, die er hütete wie schmutzige Geheimnisse. So sehr ihn die Situation belastete, Natalies Krankheit war ihre Sache und ging keinen Außenstehenden etwas an, solange sie es nicht selbst erzählte. Doch Xander hatte in dieser Zeit in Louisa eine gute

Freundin gefunden, die ihn bei einer Tasse Kaffee aufmunterte, wenn ihm die Decke auf den Kopf fiel. Eine gute Zuhörerin, die nicht nachbohrte, wenn er die Details der Geschichte ausließ, die er niemandem erzählen konnte. Und genau so hatte sich auch ihre Freundschaft entwickelt. Zu etwas Kostbarem, von dem fast niemand etwas wusste.

»Die Hochzeit vorzubereiten ist ein ganz schöner Stress«, stellte Louisa fest.

»Du weißt ja gar nicht, wie recht du hast. Ich habe das Gefühl, sie frisst den letzten Rest Freizeit auf, den ich noch habe.«

Louisa drückte seine Hand, die auf dem Tisch mit der Serviette spielte. »Es ist schön, dass ihr das für eure Freunde auf die Beine stellt.« Sie lehnte sich vor. »Ich bin genauso gespannt wie alle anderen, was du für das Standesamt planst. Keine Angst«, ihre Augen funkelten, »ich werde dich nicht ausquetschen.«

Xander grinste. »Ich würde es nicht einmal dir verraten.«

»Es wird ein rauschendes Fest. Dessen bin ich mir sicher«, sagte Louisa. »Dein Vater hat sicher damit gerechnet, dass ihr die Hochzeit im Hotel feiert.«

Xander zuckte mit den Achseln. »Du kennst ihn ja. Ich glaube, er hat immer noch an der Erkenntnis zu knabbern, dass er nicht der Großfürst des Talkessels ist.«

Louisa lächelte ihn über den Rand ihrer Tasse hinweg an. »Wie kann ein solcher Holzkopf nur einen so wundervollen Sohn haben?«

*

Leni hüpfte wie ein Flummi auf und ab. Ihre Wangen glühten rot, und ihre hübsche Flechtkrone hatte sich größtenteils aufgelöst. Antonia hatte das Gefühl, das Mädchen hatte jedes einzelne Blumenmädchenkleid anprobiert, das im Brautmodengeschäft zu finden gewesen war. Es grenzte fast schon an ein Wunder, dass sie es geschafft hatten, sich irgendwann zu entscheiden und ihre Beraterin Valentina glücklich zu machen. Anna hatte sich zudem für zwei Brautkleider entschieden, und auch Antonia hatte zwei Outfits gefunden. Am glücklichsten von ihnen dreien war aber ganz eindeutig Leni.

Anna, die die Großmutter der Kleinen hatte anrufen wollen, drehte sich zu ihnen um, nahm das Handy vom Ohr und zog eine Grimasse.

»War das meine Omi?«, fragte Leni.

»Ja.« Anna legte ihr die Hand auf die Schulter und stoppte damit das Hüpfen. »Deiner Großmutter geht es noch immer nicht gut.«

»Was ist los?«, fragte Antonia.

»Marianne hat sich ein Magen-Darm-Virus eingefangen.« Anna strich sich durch die Haare. »Was machen wir denn jetzt? Xander hat Termine, sonst hätte seine Mutter ja nicht zugesagt, auf Leni aufzupassen.«

Sie blickten beide auf das Kind hinunter, das sie mit weit aufgerissenen Augen anstrahlte. »Also kann sie nicht zu ihren Großeltern«, stellte Antonia fest.

»Ich würde sie ja mitnehmen. Aber ein Kind abends in der Kneipe – das muss nun wirklich nicht sein«, sagte Anna.

Antonia begann damit, die Sachen zusammenzusuchen, die sie im Verlauf der Anproben im ganzen Laden verteilt hatten. Sie hatten sich hier wirklich schnell zu Hause gefühlt. »Kannst du sie nicht ins Hotel bringen?«, fragte sie die

Freundin über die Schulter. »Leni könnte dort warten, bis ihr Vater fertig ist.«

»Nee.« Anna und Leni schüttelten gleichzeitig den Kopf. »Das mag Papa nicht, wenn ich irgendwo allein auf ihn warten muss.«

Was durchaus verständlich war, ging es Antonia durch den Kopf.

»In den *Holzwurm* kann ich dich wirklich nicht mitnehmen«, wiederholte Anna noch einmal.

»Warum kann ich nicht mit zu dir kommen, Tonia?«, wollte Leni wissen und schob die Plastiktiara, die Valentina ihr geschenkt hatte, aus der Stirn. »Ich war noch nie bei dir.« Die bestechende Logik einer Fünfjährigen.

»Na ja, weil …« Hilfesuchend sah Antonia ihre Freundin an.

»Ja«, sagte Anna, statt ihr zu helfen. »Warum war Leni eigentlich noch nie bei dir? Wusstest du«, wandte sie sich an das Mädchen, »dass Antonia einen Feenlichtergarten hat? Wenn man Glück hat, kann man die eine oder andere kleine Fee auf der Wiese tanzen sehen.«

Verräterin, formte Antonia lautlos mit den Lippen, als Anna den Blick wieder hob und sie unter hochgezogenen Brauen ansah. Leni bekam davon nichts mit. Sie riss ihre Augen vor Staunen noch weiter auf. »Ehrlich?«, fragte sie ehrfurchtsvoll.

»Hmm … na ja … schon.« Antonia rieb sich über den Nacken. Einen Abend mit Leni zu verbringen war nicht das Problem. Sie würden zusammen mit Sicherheit viel Spaß haben. Aber was würde Xander dazu sagen, wenn sie seine Tochter mit nach Hause nahm? Er wäre wahrscheinlich nicht besonders begeistert. »Geht es wirklich nicht bei dir?«, fragte sie Anna noch einmal leise. Ihre Freundin schüttelte den Kopf. »Also gut«, gab Antonia auf. »Sehen wir uns die Feenlichter an. Aber erst schreibe ich Xander eine Nachricht, damit er Bescheid weiß.« Vielleicht würde er ja sagen: auf keinen Fall. Vielleicht würde er eine Lösung präsentieren, die ihnen gar nicht in den Sinn gekommen war.

Diesen Wunsch erfüllte er ihr nicht. Er schickte eine kurze Antwort-WhatsApp und bedankte sich für ihre Hilfe. *Ich kann hier wirklich nicht weg*, schrieb er. *Ist es okay, wenn ich gegen neun bei dir vorbeischaue und sie abhole?*

Antonia schickte das Daumen-hoch-Emoji und ließ das Handy sinken. Langsam schien es zur Gewohnheit zu werden, dass Xander in ihrem Haus auftauchte. Dabei würde sie gern erst einmal in Ruhe den Aufruhr in ihrem Inneren beruhigen, den seine Hände auf ihrem nackten Rücken ausgelöst hatten.

Es war, wie Antonia es vermutet hatte: Leni war im siebenten Himmel, als sie die Feenlichter entdeckte, die überall auf der Lichtung verteilt standen. Antonia lehnte sich an das Verandageländer und sah ihr dabei zu, wie sie in der Dämmerung durch das taufeuchte Gras rannte.

Irgendwann ließ sich das Mädchen haltlos lachend zwischen die Solarleuchten fallen. »Das ist so schön, Tonia«, rief sie, den Blick in den Himmel gerichtet.

Ja, das sah Antonia genauso. Sie würde Leni etwas zum Abendessen vorsetzen müssen. Pizza war der erste Gedanke, der ihr durch den Kopf schoss. Dann fiel ihr wieder ein, dass Xander neulich gesagt hatte, dass er Leni nach Möglichkeit nicht damit fütterte, weil er auf ihre Ernährung achtete. Entsprechend ihren Vorräten blieben dann noch Spaghetti, oder … »Leni, wie wäre es mit Pfannkuchen zum Abendessen?«, schlug sie die Alternative vor, die ihre Speisekammer außer Chips und Popcorn noch hergab.

Das Mädchen blieb auf dem Rücken liegen, stützte sich aber auf die Unterarme und schenkte Antonia ein breites Grinsen. »Können wir hier draußen essen?«

»Klar.« Antonia stieß sich vom Geländer ab. »Wenn du mir hilfst, bekommen wir das hin.«

Leni sprang auf und stürmte quer über die Wiese auf sie zu. Antonias Magen zog sich zusammen. Sie fing sie auf, als die Kleine sich voller Vertrauen in ihre Arme stürzte. Ganz egal, was sie für Xander empfand, seiner Tochter konnte man nur Liebe entgegenbringen.

Antonia stellte die Fertigteigmischung auf den Küchentresen und holte eine Pfanne aus dem Schrank, während Leni die Packung misstrauisch betrachtete. »Was ist das?«, wollte sie wissen.

»Der Pfannkuchenteig.«

»Du musst Mehl, Milch und Eier in eine Schüssel geben und dann rühren«, erklärte sie. War ja klar, dass im Hause Valentin der Teig selbst angerührt wurde.

»Oder man macht es so: Ich fülle Milch in die Flasche, schraube sie zu, und du schüttelst, während ich uns draußen ein Feuer mache. Dann backen wir die Pfannkuchen und essen auf der Veranda. Was hältst du davon?«

Leni drehte noch immer die Packung in den Händen. »Okay. Ich schätze, das ist das, was mein Papa ›seinen Horizont erweitern‹ nennt.«

Antonia biss sich auf die Unterlippe, um nicht laut loszulachen. Diese kleine Klugscheißerin. Sie holte Milch aus dem Kühlschrank. »Los geht's«, sagte sie, schraubte die Flasche auf und hielt sie auf eine Höhe, von der aus Leni bequem die Milch hineinschütten konnte.

Sie ließ die Kleine schütteln, während sie ein Feuer im Kamin anzündete und anschließend die Feuerschale auf der Veranda ebenfalls mit Holz befüllte und entfachte. Sie trug Decken und Kissen nach draußen, denn die Nächte waren noch immer kühl. Dann wählte sie auf Lenis Wunsch hin eine Eisköniginnen-Playlist auf ihrem Handy aus und schaltete den Bluetooth-Lautsprecher ein. Tanzend und singend buken sie Pfannkuchen. Antonia war beeindruckt von Lenis Textsicherheit. Aber wahrscheinlich hatte sie diese Lieder bereits eine Million Mal gehört. Dann ertränkten sie die Pfannkuchen in Ahornsirup und setzten sich mit je einem kleinen Berg auf ihren Tellern auf die Veranda.

»Ich möchte für immer hier sitzen bleiben«, schwärmte Leni.

»Das würde wahrscheinlich schnell langweilig werden. Aber wenn zum Beispiel die Rehe die Lichtung besuchen kommen, ist es hier fast ein bisschen magisch. Du kannst jederzeit wieder herkommen.« Antonia schluckte. Ihre Gabel blieb mit einem großen Stück Pfannkuchen auf halbem Weg zum Mund in der Luft hängen. Sirup tropfte auf ihren Teller. Woher war das denn gerade gekommen? Aber es stimmte, wurde ihr bewusst. Leni war hier jederzeit willkommen.

Als sie die Teller geleert hatten, kuschelte sich Leni unter der Decke an ihre Seite. Antonia legte den Arm um den kleinen, zarten Körper und spürte, wie er seine Spannung verlor und schwer wurde. Sie merkte, wie die Erschöpfung des Tages auch nach ihr griff. »Wir sollten dich ein bisschen schlafen lassen, bis dein Papa dich holen kommt.«

»Och! Muss ich wirklich?« Lenis Protest klang nur leise.

Allein das war Beweis genug, dass es wirklich Zeit fürs Bett war.

»Vielleicht machen wir beide es uns auf dem Sofa gemütlich. Wir kuscheln uns vor den Kamin und gucken, wer gewinnt: wir oder der Schlaf.«

»Ich gewinne«, sagte Leni, konnte aber ein herzliches Gähnen nicht unterdrücken.

Sie zogen ins Wohnzimmer um. Antonia baute ihnen auf der Couch ein Bettenlager und legte Holz im Kamin nach. Dann hob sie eine der Decken an und ließ Leni drunter schlüpfen. Sie kniete sich neben sie, deckte sie zu und nahm ihr die Tiara ab, um sie neben ihr auf den Boden zu legen. »Träum was Süßes.«

»Erst das Ritual«, flüsterte Leni.

»Was für ein Ritual?« Antonia strich ihr über die Wange. »Singt ihr normalerweise ein Gute-Nacht-Lied? Oder liest dein Papa dir was vor? Ich glaube, ich habe hier nichts, was dir gefallen könnte.«

»Wir lesen immer die *Feenschule*. Das Buch liegt in meinem Kinderzimmer, also kannst du es nicht vorlesen. Aber ich meine das Ritual.« Die Kleine richtete sich ein wenig auf. »Du musst deine Stirn an meine legen. Und dann musst du mich fragen: War dein Tag wundervoll?«

»Okay. Das bekomme ich hin.« Antonia atmete Lenis süßen Duft nach Erdbeershampoo ein, als sie ihre Stirn gegen die des Mädchens legte. »War dein Tag wundervoll?«, flüsterte sie.

»Ja«, antwortete Leni. »Ich habe ganz viele hübsche Kleider angezogen und eine Krone geschenkt bekommen. Ich sah aus wie eine Prinzessin.«

Antonia lächelte. »Das stimmt.«

Leni schien mit ihrer Aufzählung noch nicht fertig zu sein. »Und ich habe mit dir bei den Feenlichtern gesessen. War dein Tag auch wundervoll?«, stellte sie schließlich die Gegenfrage.

»Natürlich. Ich habe ihn mit dir und Anna verbracht und durfte auch jede Menge schöne Kleider anprobieren. Zum Abendessen hatte ich Pfannkuchen.« Antonias Gedanken wanderten für den Bruchteil einer Sekunde zu Xanders Fingern, die über ihren Rücken geglitten waren, als er ihr Kleid geschlossen hatte. Das gehörte natürlich nicht zu den Highlights ihres Tages, sagte sie sich, aber es hatte an ihrem Xander-Valentin-Schutzpanzer gekratzt. Sie hatte das Kleid gekauft. Blieb zu hoffen, dass sie keine Flashbacks an diesen Moment hatte, wenn sie es trug. »Ich kuschele mich auf die andere Seite der Couch, und wir schauen ein bisschen dem Feuer zu.«

Antonia machte es sich auf ihrer Seite des Sofas bequem. Sie hätte schwören können, dass Leni schlief, noch bevor sie selbst die Decke über ihre Füße gezogen hatte. Sie klappte den Thriller auf, den sie gerade las. Aber offenbar waren ereignisreiche Tage wie dieser kleine Energieräuber. Nach einer halben Seite fielen ihr die Augen zu.

*

Xander rieb sich die müden Augen, als er über die kleine Lichtung zu Antonias Haus ging. Seine Besprechung hatte einfach kein Ende genommen. Er hatte gehofft, etwas eher in Berchtesgaden loszukommen. Stattdessen war es noch später geworden als geplant.

Das Erdgeschoss des Forsthauses war hell erleuchtet. In einem Feuerkorb auf der Veranda glommen die letzten Reste eines Feuers, und in der Sitzecke lagen Decken und Kissen, als hätte es sich jemand hier draußen gemütlich gemacht. Xander drehte sich um und nahm damit den gleichen Blickwinkel ein, den ein Beobachter von der Bank aus gehabt haben musste. Vor ihm breitete sich die Wiese mit all den Lichtern aus und das Feuer, das vor ein paar Stunden sicher noch munter gelodert hatte. Wenn Leni hier gesessen hatte, war sie mit Sicherheit begeistert gewesen.

Xander warf einen Blick auf die Uhr auf seinem Handy. Es war inzwischen zehn nach neun. Er hatte überlegt, Antonia Bescheid zu sagen, dass es ein bisschen später wurde, doch dann hatte er sich dagegen entschieden. Wegen der paar Minuten würde sie ihm hoffentlich nicht den Kopf abreißen. Er überquerte die Veranda. Bevor er an die Haustür klopfen konnte, fiel sein Blick durch das bodentiefe Sprossenfenster daneben, und er blieb ein zweites Mal stehen. Das Feuer im Kamin brannte munter, und Leni und Antonia lagen unter einer Ansammlung bunter Quilte auf der Couch und schliefen.

Sein kleines Mädchen hatte die Decke wie immer bis zur Nase hochgezogen. Auf dem Boden neben ihr lag eine Tiara. Xander ging nicht davon aus, dass Antonia solche Schmuckstücke vorrätig hatte, also stammte sie wahrscheinlich aus dem Brautmodenstudio. Antonia hatte die Hand unter ihren Kopf geschoben. Eine Haarsträhne lag auf ihrer Wange. Was Xanders Fingerspitzen kribbeln ließ und den irrationalen Wunsch in ihm auslöste, sie ihr hinters Ohr zu streichen. Sein Blick wanderte weiter zu Antonias Lippen. Voll, weich und ein kleines bisschen nach oben geschwungen. Dadurch sah es aus, als lächele sie immer leicht. In wachem Zustand bekam Xander diesen Ausdruck nicht oft zu sehen, weil Antonia zumindest in seiner Gegenwart die Lippen meist missbilligend zusammenkniff. Ausgenommen an diesem Nachmittag, als ihre Blicke im Spiegel der Umkleidekabine aufeinandergeprallt waren, während er die Knöpfe ihres Kleides geschlossen hatte. So nahe war er einer Frau schon seit – er konnte sich nicht einmal mehr daran erinnern, wann er zum letzten Mal die nackte Haut einer Frau unter seinen Händen gespürt hatte. Und dann war es ausgerechnet Antonia, bei der er diese unfreiwillige Diät beendete – und darüber nachdachte, wie gern er diese Knöpfe, statt sie zu schließen, geöffnet hätte.

Von sich selbst genervt schüttelte Xander den Kopf und klopfte leise an das Fenster. »Bemitleidenswert«, brummte er. Wenn er schon das Schließen eines Kleides als erotischen Moment einstufte, befand er sich in einem wirklich erbärmlichen Zustand.

Antonia bewegte sich leicht und schob sich mit geschlossenen Augen die Haarsträhne von der Wange, wachte aber nicht auf. Xander ließ seine Fingerknöchel noch einmal gegen das kalte Glas schnellen, und endlich öffnete sie die Augen. Einen Moment blinzelte sie, wirkte desorientiert. Dann fiel ihr Blick auf Leni, und ein Lächeln hob ihre Mundwinkel noch ein Stück weiter. Erst dann schien ihr bewusst zu werden, dass seine Tochter sie nicht geweckt hatte. Sie hob den Blick und sah ihn direkt an.

Xander hob die Hand zu einem Winken und zeigte dann auf die Tür. Antonia nickte und stand vorsichtig auf, um Leni nicht zu wecken. Seine Tochter schlief unbeeindruckt weiter, als gehörte sie auf dieses dunkelgrüne Samtsofa mit der geschwungenen Lehne.

Auf Socken durchquerte Antonia den Raum, löste dabei

ihren Zopfgummi und fasste ihre Haare zu einem unordentlichen Knoten auf ihrem Kopf zusammen. Dann öffnete sie die Haustür und ließ ihn ein. Das »Hi«, mit dem sie ihn begrüßte, klang ein wenig rau vom Schlaf.

»Guten Abend«, sagte Xander. »Vielen Dank noch mal, dass Leni bei dir bleiben konnte.«

»Kein Problem.« Antonia schloss die Tür hinter ihm.

Xander betrachtete ihr Gesicht aus der Nähe. Ihre Lider hingen noch ein wenig schwer über ihren Augen, und auf ihren Wangenknochen lag ein zartes Rosa. »Hat Leni dich fertiggemacht?« Er konnte sich nur zu gut vorstellen, wie anstrengend ein Tag mit seiner Tochter für jemanden sein konnte, der nicht daran gewöhnt war.

»Nein.« Antonia schüttelte den Kopf, und der Haarknoten auf ihrem Kopf geriet in Schieflage. »Wir hatten riesigen Spaß. Es könnte allerdings sein, dass unser Abendessen nicht besonders gesund ausgefallen ist.«

»Was gab es denn?« Xander blickte zum Küchentisch hinüber. Neben zwei leeren Tellern stand noch die Flasche Fertigteigmischung für Pfannkuchen. »Ich sehe schon: Hausmannskost vom Allerfeinsten«, scherzte er.

Antonia presste wie üblich die Lippen zusammen, doch dann schien sie zu begreifen, dass er einen Witz machte und lächelte leicht. »Ich war essenstechnisch nicht auf ein Kind eingestellt«, gab sie zu.

Abgesehen davon reichten ihre Kochkünste nicht weiter, als seine Tochter spucken konnte. »Leni hat es geliebt, das kann ich dir garantieren.«

»Ja. Wir sind jetzt die besten Kumpels. Jedenfalls hat sie mir das so mitgeteilt.« Sie schob die Hände in die Gesäßtaschen ihrer Jeans und wippte auf den Fußballen auf und ab. Inzwischen sah sie hellwach aus und schien voll nervöser Energie zu sein.

»Wenn Leni das sagt, meint sie es auch so«, bestätigte er den Freundschaftsbeweis seiner Tochter.

Wieder lächelte Antonia ihn an. Doch dann senkte sie ihre Lider und unterbrach den winzigen, einvernehmlichen Moment.

»Ich sollte sie jetzt nach Hause bringen«, sagte er, um das aufkeimende Schweigen zu unterbrechen. Er konzentrierte sich wieder auf sein kleines Mädchen. Leni war der einzige Grund, aus dem er hier war. Er ging zur Couch hinüber, zog die Decken zur Seite und hob seine Tochter hoch.

»Papa«, murmelte sie, ohne die Augen zu öffnen und schmiegte ihren Kopf in seine Halsbeuge. »War dein Tag wundervoll?«

»Ja.« Er drehte sich zu Antonia um, die noch immer an der Haustür stand. »Mein Tag war spitze.« Er zwang sich, die Gedanken nicht noch einmal zu seiner Begegnung mit ihr im Brautladen zurückwandern zu lassen. Diese Begegnung hatte schon genug schmerzhafte Erinnerungen für einen Tag aufgewühlt. »War dein Tag auch wundervoll?«, flüsterte er.

»Hmm. Am liebsten würde ich bei Antonia bleiben«, murmelte sie.

Das konnte Xander sich vorstellen. »Sie hat aber gar keinen Hund«, erinnerte er seine Tochter daran, dass es zu Hause auch schön war.

»Aber Tonia mag Hunde«, wisperte Leni. »Wir müssen Bub herbringen, damit sie mit ihm spielen kann.«

»Das machen wir bestimmt irgendwann mal.« Ein vages Versprechen reichte bei Leni in der Regel aus. Zumindest noch.

»'kay«, nuschelte sie und machte es sich an seiner Schulter bequem.

Antonia reichte ihm ihre Jacke und die Schuhe und hielt die Tür auf. »Gute Nacht«, flüsterte sie und strich seiner Tochter über den Kopf.

»Gute Nacht«, erwiderte Xander. Er legte Leni ihre Jacke um den Oberkörper und trat in die kühle Nacht hinaus.

9

Antonia hatte an der Tür gestanden und Xander nachgeblickt, bis die Lichter seines Wagens in der Nacht verschwunden waren. Dann löschte sie das Licht im Erdgeschoss und ging nach oben. Kurz überlegte sie, sich ein Entspannungsbad zu gönnen, doch dann entschied sie sich für eine schnelle Dusche. Sie schlüpfte in einen gemütlichen Flanellpyjama und kroch unter ihre Decke. Vor noch nicht einmal einer Stunde war sie neben Leni vor Erschöpfung auf dem Sofa eingeschlafen, und jetzt lag sie hellwach, mit unangenehm klopfendem Herzen, in der Dunkelheit. Ruhelos wälzte sie sich von einer Seite auf die andere und bemühte sich, ihren Kopf abzuschalten. Als sie endlich in einen ruhelosen Schlaf fiel, verblassten schon die ersten Sterne am Himmel.

Am nächsten Morgen wurde ihr schon beim Aufwachen bewusst, dass der Tag fantastisch werden würde. Nicht nur, weil sie freihatte, sondern weil der Sommer seine Fühler ausgestreckt und dem Frühling einen kleinen Schubser gegeben hatte, um ein bisschen Platz für richtig warmes Wetter zu schaffen. Sonnenstrahlen tanzten an den Wänden ihres Schlafzimmers entlang, strichen über ihre Bettdecke und kitzelten ihre Wange. Antonia schlief immer so, dass sie beim Aufwachen aus dem Fenster blicken konnte. So sah sie als

Erstes die Berge, wenn sie blinzelnd die Augen aufschlug. Sie ließ diesen Anblick auf sich wirken, dann schloss sie die Augen wieder und dämmerte noch ein bisschen vor sich hin. An einem freien Tag gab es nur wenige Gründe, in aller Herrgottsfrühe aus dem Bett zu springen.

Eine ganze Weile später machte sie es sich mit der ersten Tasse Kaffee des Tages auf der Veranda gemütlich. Die Sonne schien bereits so warm, dass sie sich nicht einmal unter eine der Decken kuscheln musste, die vom Vorabend noch draußen lagen. Sie genoss die Stille und das Koffein, das ihr System flutete.

Die einzige Gesellschaft leisteten ihr die Vögel, die in den Bäumen um sie herum ein Konzert gaben. Sicher waren am Morgen bereits die Rehe auf der Lichtung gewesen, die sich fast jeden Tag blicken ließen, seit sie im Winter eine Futterkrippe mit Heu am Waldrand aufgestellt hatte. Antonia nippte an ihrem Kaffee und blendete bewusst alle Gedanken aus, die nicht mit den Bergen und der Natur um sie herum zu tun hatten. Das war ihre Art der Meditation. Eine Art Kurzurlaub für die Seele. Damit erreichte sie in einer halben Stunde mehr, als manch einer in einer Woche Wellnessurlaub. Nur in der vergangenen Nacht hatte das Ganze überhaupt nicht funktioniert.

Sie trank ihren Kaffee aus und räumte dann die Überbleibsel des vergangenen Abends auf. Dann schwang sie sich auf ihr Mountainbike und fuhr ins Tal hinunter. Wenn sie einen freien Tag hatte, schaute sie gern bei ihrer Schwester und ihrer Tante in der *Alten Mühle* vorbei. Auf dem Weg dorthin stattete sie pflichtschuldig ihrer Mutter einen kurzen Besuch ab. Und war tatsächlich ein bisschen froh, dass die Kunden im *Blatt und Blüte* Schlange standen und Rena keine Zeit hatte, sie mit ihren üblichen Fragen zu löchern.

Dann hielt sie an der Praxis ihres Vaters, was sie viel lieber tat, als sich den prüfenden Blicken ihrer Mutter zu stellen. Nach einem kurzen Plausch mit Angie, der Sprechstundenhilfe ihres Vaters, huschte sie zwischen zwei Patienten in sein Sprechzimmer und sagte Hallo.

In der *Alten Mühle* besuchte sie als Erstes ihre Schwester, die sie mit einem fröhlichen »Glück zu« willkommen hieß. »Kommst du, um zu helfen?«, fragte sie gut gelaunt.

Antonia erkannte auf einen Blick, dass Rosa gerade dabei war, Mehl aus der großen, hölzernen Mischmaschine in Tüten abzufüllen. Bei der Arbeit in der Mühle trug ihre Schwester statt des Dirndls und der Flechtfrisuren, mit denen sie normalerweise herumlief, ihre Müllerinnenuniform, wie Antonia es nannte. Weiße Hose und weiße Jacke. Dazu Arbeitsschuhe. Ihr dunkler Pferdeschwanz war durch die hintere Öffnung ihrer Baselballkappe mit dem Logo der Mühle gezogen. Nicht zu vergessen das breite Grinsen, das dauernd auf ihrem Gesicht lag, seit David und sie ein Paar geworden waren.

»Ich wollte eigentlich nur Hallo sagen und ein bisschen bei dir rumhängen.« Antonia griff nach Rosas Thermobecher auf dem Arbeitstisch und trank einen Schluck.

»Du kannst das Roggenmehl abfüllen.« Rosa nahm ihr den Becher weg. »Nichts ist umsonst, nicht mal rumhängen. Und lass die Finger von meinem Kaffee. Ich brauche ihn heute wirklich. Meine Nacht war verdammt kurz.«

»Ahh …« Antonia hielt sich die Ohren zu und kniff die Augen zusammen. »Hundewelpen, Hundewelpen, Hundewelpen«, jammerte sie und schüttelte sich. »Jetzt habe ich Bilder im Kopf, die nicht mehr weggehen.« Sie schlug sich mit der flachen Hand gegen die Stirn und brachte ihre Schwester damit zum Lachen. Dabei war das nur halb im

Scherz gemeint. Über Rosas glückliches Beziehungsleben wollte sie im Moment wirklich nichts wissen. »Du bist eine Sklaventreiberin«, ergänzte sie und übernahm das Abfüllen und Wiegen der Mehltüten, die Rosa anschließend mit der Sacknähmaschine verschloss und etikettierte.

»Habt ihr Kleider gefunden?«, kam Antonias Schwester auf das allgegenwärtige Thema zu sprechen.

»Und was für welche! Du wirst hin und weg sein.« Antonia erzählte ihr von den Designs, für die sie sich entschieden hatten.

Sie hatte darüber nachgedacht, ein Schwesternmeeting auf dem Dachboden einzuberufen. Aber dann hatte sie sich dagegen entschieden. Es machte keinen Sinn, ihnen von ihrem Zusammentreffen mit Xander im Brautladen zu erzählen. Rosa und Hannah würden sie nur verständnislos anstarren, weil sie das Problem nicht sahen. Sie hatte ihnen noch immer nichts von ihrem kurzen Intermezzo mit Xander vor sechs Jahren erzählt. Solange sie das nicht tat, bestand keine Chance, dass ihre Schwestern ihr momentanes Gefühlschaos verstehen konnten. Denn genau das war es, gestand sie sich ein, während sie eine weitere Tüte Mehl abwog und an Rosa weitergab. Ein Chaos, das ihr Leben auf den Kopf stellte und sie vereinnahmte, wie selten etwas zuvor. Das größte Problem daran war, dass Antonia nicht wusste, wie sie damit umgehen sollte. Sie half Rosa und Hannah von Herzen gern. Sie hatte immer einen Rat für ihre jüngeren Schwestern. Aber für sich selbst? Ihre eigenen Herausforderungen im Leben regelte sie allein. Nur bei ihrer Racheaktion bei Benedikt hatten die Schwestern es geschafft, sich einmal einzumischen. Sie hatten einen ausgeprägten Beschützerinstinkt, obwohl sie jünger waren. Und damit konnte Antonia nicht besonders gut umgehen.

Antonia hatte gedacht, die Besuche bei ihren Verwandten würden ihr helfen, zur Ruhe zu kommen. Doch das Gegenteil war der Fall. Sie fühlte sich von Minute zu Minute rastloser. Vielleicht hätte es funktioniert, Rosa alles zu erzählen und sich die merkwürdigen Gefühle, die sie in Xanders Gegenwart umtrieben, von der Seele zu reden. Doch ihre Schwester war auf ihre Arbeit konzentriert. Also tat Antonia das, was ihr immer half, wenn sie nachdenken musste: Sie brachte Abstand zwischen sich und alles andere. Durch eine Flucht aus dem Tal. Sie half ihrer Schwester noch eine Stunde, trank einen Kaffee bei ihrer Tante, die ebenfalls beschäftigt und mit ihren Gedanken ganz woanders war, im Hofladen, und radelte dann wieder nach Hause, um sich für eine Mountainbike-Tour in die Berge umzuziehen.

Eine von Antonias Lieblingsstrecken war die zur Sonnenalm. Sie mochte den Wechsel zwischen dichten Wäldern und der Witterung frei ausgesetzter Karstflächen. Besonders im Frühling, wenn die Bäume in diesem leuchtenden Grün zu knospen begannen. Nach der Stille des Winters kehrten die Geräusche in den Wald zurück. Zwitschernde Vögel in den Zweigen. Emsiges Rascheln im Unterholz. Alles um sie herum roch frisch und erdig. Ohne das üppige Laub, das im Sommer Schatten spenden würde, schafften es die Sonnenstrahlen bis zum Boden und ließen einen Teppich aus Buschwindröschen, gesprenkelt mit gelbem Scharbockskraut und violetten Waldveilchen, sprießen.

Antonia folgte den ausgewaschenen Kehren des Forstweges für fast zwei Stunden, bis der zirka hundert Meter Luftlinie unterhalb der Alm endete. Das letzte Stück führte über einen schmalen Wiesenweg bis direkt vor den Kaser, wie die Almhütten im Berchtesgadener Land genannt wurden. Von Mai bis September wurden die Bergwiesen bewirtschaftet, dann standen Kühe und Kälber im Stall und auf der Weide. Die Sennerin stellte Käse und Butter her, die zweimal in der Woche abgeholt und im Tal verkauft werden würden. Seit zwei Jahren bot auch Louisa einige Produkte der Sonnenalm im Mühlenladen an.

Antonia schaltete noch einen Gang herunter und nahm die letzte Steigung in Angriff. Ihre Oberschenkel brannten, als sie das Tempo noch einmal anzog. Mit den nächsten Tritten in die Pedale ließ sie den Wald hinter sich. Vor ihr lag die Alm, inmitten einer großen, blühenden Wiese. Sie hatte es während der Tour geschafft, ihre Gedanken völlig auszuschalten. Jetzt genoss sie den Anblick der vom Wetter gezeichneten Gebäude. An der Westseite lag der Stall, das Bollwerk, das die Alm vor Regen, Schnee und den Stürmen schützte, die meist aus dieser Richtung heranfegten. Der Hütteneingang des Kasers lag an der Ostseite. Die große Holzterrasse mit dem freien Blick ins Tal hinunter war der schönste Platz der Alm.

Auf einer der Bänke vor der Hütte hatte es sich die Sennerin gemütlich gemacht. Den Kopf gegen die Holzwand gelehnt genoss sie die Sonne. Sie hob den Arm und winkte ihr zu.

Antonia erwiderte den Gruß, überwand die Strecke bis zum Haus und lehnte das Mountainbike gegen die Terrassenbrüstung. »Hallo Tilda.« Sie stützte die Hände in die Hüften und atmete tief durch, um ihren Atem und den Puls zu beruhigen. »Was machst du denn schon hier oben? Der Almauftrieb beginnt doch erst nächsten Monat.«

Die Sennerin schirmte die Augen mit der Hand gegen

die Sonne ab. »Ich komme immer ein paar Wochen vor dem Sommer auf den Berg und sehe nach dem Rechten, putze alles durch, überprüfe die Vorräte und Gerätschaften für das Käsen und Buttermachen«, erzählte sie. »Setz dich zu mir«, lud sie Antonia dann ein. »Viel habe ich noch nicht hier oben, aber eine Apfelschorle oder einen Kaffee kann ich dir anbieten.«

»Danke.« Antonia ließ sich neben Tilda auf die Bank fallen. »Eine Apfelschorle nehme ich gerne.« Sie lehnte ihren Rücken gegen die verwitterten, von der Sonne aufgewärmten Holzstämme, die die Wand des Kasers bildeten. Im Sommer kam sie oft hier herauf, saß vor der Almhütte und trank ein Glas frische Buttermilch. Insgeheim beneidete sie die Senner ein wenig. Sie liebte ihren Job als Hebamme über alles, aber ein halbes Jahr auf dem Berg zu verbringen… Mit diesem atemberaubenden Blick über das Tal, den sie von ihrem Platz aus hatte. Nur umgeben von den Tieren und mit der Natur völlig im Reinen. Das stellte sie sich wundervoll vor. Auch wenn der rationale Teil ihres Gehirns sehr wohl wusste, was für ein gnadenloser Knochenjob die Sennerei in Wirklichkeit war. Alles hier oben war extrem, selbst das Wetter war hier ursprünglicher. Stürme tobten heftiger. Regen konnte sich in Sintfluten verwandeln, und die Sonne mit ihrer Kraft alles verdorren lassen. Wer auf dem Berg lebte, befand sich im Zentrum dieser Kräfte. Ohne warmes Wasser und mit elektrischem Strom nur dann, wenn das Solarpanel auf dem Dach die Batterie gespeist hatte.

Tilda kam mit zwei Gläsern aus der Hütte und reichte Antonia eines.

»Danke.« Gierig trank Antonia einen großen Schluck. »Freust du dich schon auf die Saison?«, fragte sie.

»Du kannst dir gar nicht vorstellen wie sehr. Weg vom Handy und diesem ganzen Computer-Schmarrn. Nur Ruhe und die Kühe.« Tilda seufzte. »Je länger ich die Alm bewirtschafte, desto kürzer kommen mir die Sommer vor.«

Antonia warf der Sennerin einen Seitenblick zu. Tilda war Ende vierzig. Verheiratet, aber kinderlos. Vor ein paar Jahren hatte sie Antonia einmal erzählt, dass die Monate auf der Alm für ihren Mann und sie am Anfang eine große Herausforderung gewesen waren. Doch sie hatte immer von der Sennerei geträumt, und mit der Zeit hatten sie in dieser Trennung eine Belebung ihrer Partnerschaft gesehen. Irgendwann war er sogar zum Mountainbiker geworden, um sie auf der Alm besuchen zu können, wenn seine Sehnsucht zu groß wurde. Eine unglaublich romantische Geste, wie Antonia fand. »Wie lange machst du das jetzt schon?«, fragte sie Tilda.

Die Sennerin wirkte, als gehöre sie genau hierher. Sie trug Outdoorhosen, ein Funktionsshirt unter einer Softshell-Jacke und hochwertige, gut eingelaufene Bergstiefel. Ihre Sonnenbrille hatte sie auf den Kopf geschoben. »Das ist mein zehntes Jahr.« Und jeder einzelne Sommer hatte ihr gutgetan, stellte Antonia fest. Tilda war sportlich und fit. Ihre Haut schimmerte glatt und rosig. Nur in ihren Augenwinkeln hatten sich erste Fältchen eingenistet. Sie zeugten davon, dass sie häufig lachte und hier oben ziemlich oft die Augen zusammenkneifen musste. Ganz gleich, ob gegen die Sonne, den Wind oder den Regen. Sie ging jeden Tag aufs Neue an ihre körperlichen Grenzen und führte ein einfaches Leben. Ganz auf sich gestellt, als Herrin in ihrem eigenen Reich. Bei den Bauern im Tal, die die Sennerinnen hier hinaufschickten, waren die Frauen hoch angesehen, weil jeder wusste, was sie den Sommer über leisten mussten.

Antonia hörte das Geräusch einer Tür, die aufgeschoben wurde, und blickte zum Stall hinüber. Eine junge Frau in Gummistiefeln trat blinzelnd in die Sonne. Unter dem Kopftuch, das sie trug, lugten zwei geflochtene Zöpfe hervor, in der Hand hielt sie einen Reisigbesen. Und unter dem blauen Latz ihrer Hose zeichnete sich deutlich ein Schwangerschaftsbäuchlein ab. Vierter Monat, vermutete Antonia. Die Frau nickte eine stumme Begrüßung in ihre Richtung, ihre Miene verschlossen und abweisend. Dann wandte sie sich von ihnen ab und ging in Richtung der Weide davon.

»Du hast Unterstützung?«, fragte Antonia überrascht. Bisher hatte Tilda die Alm immer allein bewirtschaftet. Wenn man auf einer Wanderung oder mit dem Mountainbike vorbeikam, galt das ungeschriebene Gesetz: zuerst die Alm. Man bekam etwas zu trinken und eine Brotzeit. Es sein denn, die Sennerin war beschäftigt, weil sie gerade Käse machte, die Kühe molk oder die Weidezäune abging. Dann hatte man Pech gehabt und genoss von der Terrasse des Kasers aus nur die Aussicht statt einem Glas frischer Buttermilch.

»Meine Nichte Gesa«, klärte Tilda sie auf. »Sie behauptet, mir hier zur Hand gehen zu wollen. Aber genau genommen versteckt sie sich hier vor Gott und der Welt. Sie will bis zum Almauftrieb alleine hierbleiben – und dann vermutlich auch den Rest des Sommers.«

»Sie ist schwanger«, sprach Antonia ihre Beobachtung aus. Sie blickte noch einmal dorthin, wo die junge Frau um die Hausecke verschwunden war.

»Das kann man wohl sagen.« Tilda seufzte. »Sie spricht nicht darüber.«

»Was ist mit dem Vater?« Antonia konzentrierte sich wieder auf die Sennerin.

»Ein Student aus Reichenhall, soweit ich weiß. Ich habe keine Ahnung, was zwischen den beiden passiert ist. Vor ein paar Tagen stand sie einfach vor der Tür und sagte, sie wolle den Sommer auf der Alm verbringen und mir zur Hand gehen.«

»Das Leben hier oben ist kein Zuckerschlecken. Noch ist sie sicher fit und leistungsstark. Aber sie muss auf sich achtgeben«, verfiel Antonia ganz automatisch in den Hebammenmodus. »Ist sie bei einem Arzt gewesen?«

Tilda zuckte mit den Schultern. »Ich habe keinen blassen Schimmer. Wie gesagt: Wenn ich die Sprache auf das Thema bringe, blockt sie ab.«

»Soll ich mal mit ihr reden?«, bot Antonia an.

»Das wird nichts bringen«, lehnte Tilda das Angebot ab.

»Na gut.« Antonia stellte ihr leeres Glas auf den Holztisch und erhob sich. »Du hast meine Nummer. Ruf mich jederzeit an, wenn Gesa Hilfe braucht oder einen Rat. Es wäre übrigens gut, wenn sie Folsäure nehmen würde. Das hilft der Entwicklung des Kindes. Vielleicht kann der Bauer etwas mit hochbringen, wenn er das nächste Mal vorbeischaut.« Sie verabschiedete sich und entschied sich, ihre Tour noch ein wenig weiter bergauf auszudehnen, bevor sie sich den Adrenalinrausch einer langen Talabfahrt gönnte. Dieser Ausflug war genau das Richtige für ihre nervöse Stimmung gewesen. Er hatte sie ausgeglichen und beruhigt.

*

Der Abend bei Antonia forderte seinen Tribut. Xander war bereits bei seiner zweiten Tasse Kaffee, aber Leni ignorierte seine Rufe, endlich aufzustehen, erfolgreich. Er würde sie aus dem Bett schmeißen müssen. Den Kaffee in der Hand ging er ins Obergeschoss und betrat ihr Zimmer. Er lehnte sich in den Türrahmen und legte den Kopf schief. »Sind deine Ohren zugewachsen?«, fragte er.

Leni kicherte. Sie zog sich die Decke bis über die Nasenspitze und kuschelte sich noch näher an Bub, der einmal träge mit dem Schwanz schlug, und wie immer ebenfalls ignorierte, dass er im Bett nichts zu suchen hatte. »Meine Ohren sind nicht zugewachsen«, sagte Leni verschlafen. »Ich träume nur noch.«

»Von was denn?«, fragte Xander.

»Davon, wie schön es bei Antonia war. So viele Feenlichter habe ich noch nie gesehen.«

Xander betrachtete die dunklen Locken, die sich auf dem lila Kopfkissen kringelten. Damit hätte er rechnen müssen. »Wir können auch Feenlichter vor das Haus stellen, wenn du das möchtest. Am Samstag können wir nach Berchtesgaden fahren und welche kaufen«, schlug er vor. Mit einem Blick auf Lenis rosa Glitzerwecker beschloss er, dass noch ein wenig Zeit war, bis seine Tochter in den Kindergarten und er ins Hotel musste. Er stellte seinen Kaffee auf das Nachtschränkchen und kuschelte sich zu Leni und ihrem Hund ins Bett.

»Aber das ist nicht das Gleiche«, tat Leni seine Idee ab. Ihre Stimme klang vielleicht noch schläfrig, aber ihr Geist war bereits hellwach. »Bei Antonia können die Feen aus dem Wald kommen und wieder darin verschwinden. Bei uns können sie nur über den Gartenzaun zu Bauer Hirschleitner schwirren. Das würde ihnen bestimmt nicht gefallen.«

»Ich lasse mir was einfallen«, versprach Xander. Solange Leni nur damit aufhörte, von Antonia und ihrem Haus zu schwärmen. Er küsste seine Tochter auf die Schläfe und atmete ihren Duft nach Kind und Schlaf ein. Dann zog er die Decke weg, was Leni abermals zum Kichern brachte. »Los jetzt! Raus aus den Federn!«, knurrte er mit gespielt böser Stimme. »Sonst fängt der Kindergarten ohne dich an.«

Leni streckte die Arme über den Kopf und richtete sich dann auf. »Machst du mir einen Ponyzopf?« Das war ihre Bezeichnung für einen Pferdeschwanz.

»Bekommst du. Sobald du dir die Zähne geputzt und dich angezogen hast.«

Leni strampelte ihre Decke weg, und Xander scheuchte Bub aus dem Zimmer. Dann griff er mit der linken Hand nach seinem Kaffee und zog Leni mit der anderen aus dem Bett. »Auf geht's!«

Nachdem Leni einmal aus dem Bett war, widmete sie sich ihren morgendlichen Ritualen mit der Energie eines Wirbelwindes und sang ihm a cappella die Lieder aus der *Eiskönigin* vor, bis er sie am Kindergarten absetzte. Er hatte geglaubt, dass sie Anna und Elsa im vergangenen Jahr für immer hinter sich gelassen hatten. Nachdem sie allerdings Antonia am vergangenen Abend dazu überredet hatte, diese verdammte Playlist laufen zu lassen, war Leni wieder Feuer und Flamme. Auf dem Weg ins Hotel ließ er das Autoradio deshalb einfach aus und genoss den stillen Moment.

Er hatte kaum den Tagesplan mit Malu durchgesprochen, als sein Vater auftauchte und Xanders Assistentin sich zurückzog. Natürlich nicht ohne den Seniorchef zu fragen, ob er eine Tasse Kaffee wünsche.

Hubert lehnte ab, machte es sich aber trotzdem in einem der Besuchersessel bequem. Xander befürchtete, dass er sich auf ein Plauderstündchen einstellte. »Wie geht es Mama?«, fragte er und bemühte sich, nicht daran zu denken, dass er zu spät zu seinem Hotelrundgang kommen würde. Wodurch sein restlicher enger Zeitplan für den Tag durcheinandergeriet.

»Es geht ihr besser. Wahrscheinlich war es so ein Magen-Darm-Virus. Drei ihrer Bridgefreundinnen hat es auch erwischt.« Xanders Vater knöpfte seinen Janker auf und lehnte sich zurück. »Ich habe gehört, du hast dich gestern mit Louisa getroffen«, kam er auf den Grund seines Besuches zu sprechen. Hubert Valentin konnte man wirklich nicht vorwerfen, dass er um den heißen Brei herumredete.

»Waren deine Spione mal wieder aktiv?« Xander trank einen Schluck Kaffee und wartete ab. Sein Vater war dabei, auf sein Lieblingsthema zu sprechen zu kommen.

»Hast du Louisa auf die Lichtung angesprochen?«, fragte Hubert prompt.

»Nein.« Xander stellte seine Tasse ab und lehnte sich vor. Eindringlich sah er seinen Vater an. In der Hoffnung, dass er irgendwann verstand, dass sie hier nicht auf derselben Seite standen. »Du weißt, dass ich von deiner Hotelbau-Idee nichts halte. Ich finde sogar, dass das ausgemachter Blödsinn ist. Stell dir vor«, er legte eine künstliche Pause ein, um sicherzugehen, dass sein Vater ihm auch wirklich zuhörte – und verstand, was er zu sagen hatte. »Lou und ich sind befreundet. Wir treffen uns durchaus auch einfach mal auf eine Tasse Kaffee und ein Stück Kuchen. So wie gestern. Nicht alles, was ich tue, hat geschäftliche Gründe.«

Hubert schnaubte. »Seit wann seid ihr zwei denn bitte Freunde?«, polterte er.

Schon viel länger, als sich sein Vater das überhaupt vorstellen konnte. Er sparte es sich, das laut auszusprechen. Denn das würde nur Fragen aufwerfen, die er nicht beantworten wollte. »War das alles, was du von mir wissen wolltest?«, fragte er stattdessen. »Ich habe nämlich ein Hotel zu leiten. Dazu gehört, wie du weißt, eine Runde durch das Haus zu drehen. Und das würde ich jetzt gern tun.« Xander erhob sich und wartete, bis sein Vater es ihm gleichtat.

»Du solltest bei Louisa vorsichtig sein«, konnte Hubert sich eine letzte Warnung nicht verkneifen. »Sie wird alles versuchen, dich von ihren Ansichten zu überzeugen.«

»Die teilen wir längst«, gab Xander zurück. Er wollte das Tal genauso wenig zerstören wie die Müllerin und die meisten anderen, die hier lebten. Als Mitglied der Bergwacht gehörte es zu seinen Aufgaben, den Nationalpark zu schützen. Vor Verschmutzung. Vor Zerstörung. Und manchmal eben auch vor seinem eigenen Vater.

10

Die nächsten zwei Wochen vergingen wie im Flug. Antonia sah Xander nur sporadisch, aber die negativen Schwingungen hatten ein wenig abgenommen. Sie verstand allerdings nicht ganz, wie es dazu gekommen war. Besonders, weil sie schon so lange an ihrem Groll festhielt. Vielleicht lag es an Lenis sonnigem Wesen, das dafür sorgte, dass sie ihre Abneigung gegen Xander immer wieder vergaß. Schließlich redeten sie hier von alten Kamellen. Von einem Fast-Etwas, das nie wirklich stattgefunden hatte, und deshalb mehr Wunsch als Realität gewesen war.

Antonia hatte begonnen, die Erinnerungen auszublenden und sich auf das Hier und Jetzt zu konzentrieren. Xander schien es ähnlich zu handhaben.

Die Planung für die beiden Hochzeitsfeiern kam voran. An diesem Nachmittag hatte sich Antonia dazu durchgerungen, zwischen zwei Hausbesuchen die Entwürfe für den Blumenschmuck abzuholen, die ihre Mutter skizziert hatte. Wie nicht anders zu erwarten waren ihre Ideen traumhaft. Anna würde völlig aus dem Häuschen sein.

Jetzt war Antonia bei ihrem letzten Termin für diesen Tag, und die Blumenarrangements schwirrten noch immer durch ihre Gedanken. Sie schob sie zur Seite und legte Baby Jonathan, das sie gerade gewogen hatte, zurück auf den Wickeltisch. »Ganze zweihundert Gramm«, teilte sie seiner Mama, Nelly, mit, die wie immer ein wenig besorgt neben ihr stand. »Du hast gut zugenommen, mein Hübscher«, säuselte sie, was der Kleine mit einem enthusiastischen Strampeln beantwortete. Antonia knöpfte seinen Body auf und überprüfte den Nabel. »Das sieht auch gut aus.« Mit geschickten Fingern zog sie Jonathan wieder an und legte ihn zurück in seine Wiege. »Wie geht es dir?«, fragte sie Nelly. »Das Stillen klappt offenbar gut, sonst hätte der kleine Kerl nicht so ordentlich zugenommen.«

»Ja, inzwischen haben wir das ganz gut raus.« Nelly lehnte sich gegen das Sideboard, das sich an der Wand ihres Wohnzimmers entlangzog und mit einer unendlichen Zahl von Fotos dekoriert war. Antonia erinnerte sich, dass sie mal erzählt hatte, dass sie sechs Geschwister hatte. Eine große, glückliche – und vor allem laute – Familie. »Der Schlaf fehlt mir«, gab Nelly zu, was an den Nerven aller jungen Mütter zehrte.

Trotzdem warf Antonia ihr einen aufmerksamen Blick zu. Nelly war von Anfang an ein bisschen nervöser gewesen als andere Mütter. Übervorsichtig. Sie schenkte der jungen Frau ein aufmunterndes Lächeln. »Mit dem Schlaf ist das so eine Sache«, sagte sei leichthin. »Davon wirst du wohl in den nächsten Jahren permanent zu wenig bekommen.«

Nelly erwiderte ihr Lächeln und seufzte, allerdings mit einem glücklichen Funkeln in den Augen – und Antonia hakte das Thema *Postnatale Depression* auf ihrer imaginären Liste ab. Bei ihren ersten Terminen nach der Geburt sah Antonia sich die Frauen immer ganz genau an, um sicherzugehen, dass die Hormone den Körper nicht zu sehr durcheinanderbrachten. Nelly war einfach ein wenig ängstlicher als andere Mütter – kein Grund zur Sorge.

Antonia vermerkte das Gewicht des Kleinen und packte ihre Hebammentasche zusammen. »Bis nächste Woche«, verabschiedete sie sich. »Wenn vorher etwas ist, ruf mich jederzeit an.«

Sie trat vor das Haus in die milde Abendluft. Die Bienen im Vorgarten summten und schwirrten um die Fliedersträucher. Dieses Wetter verursachte ganz automatisch gute Laune. Sie stellte ihre Tasche in den Kofferraum und stieg in ihren Jeep. Dann ließ sie das Seitenfenster herunter, um die nach allen möglichen Blüten und den allgegenwärtigen Kiefern duftende Luft weiter einatmen zu können. Dieser Abend schrie geradezu danach, ihn bei einem Bier auf der Veranda ausklingen zu lassen. Sie startete den Motor und fuhr langsam zur Kreuzung. Wenn sie rechts abbog, befand sie sich auf dem direkten Heimweg. Sie blickte nach links. Xanders Haus war das zweite. Sie könnte ihm schnell die Entwürfe ihrer Mutter vorbeibringen. Dann könnte sie das von ihrer To-do-Liste streichen. Andererseits war es nicht ihre Art, unangemeldet irgendwo aufzukreuzen. Außer vielleicht bei Anna oder ihren Schwestern. Am sinnvollsten wäre es, einfach nach Hause zu fahren, die Skizzen einzuscannen und ihm zu mailen.

Sie blinkte rechts. Doch dann murmelte sie »Was soll's?«, bog links ab und ließ den Jeep vor Xanders Haus ausrollen.

Sein Wagen stand vor der Garage, zu sehen war aber weder von ihm noch von seiner Tochter etwas. Antonia suchte die Unterlagen ihrer Mutter zusammen, die sie achtlos auf den Beifahrersitz geworfen hatte, und durchquerte den schmalen Vorgarten auf den glänzend schwarzen Granitplatten, die zu einem s-förmigen Weg zusammengefügt waren. Das Haus, in dem Xander und Leni lebten, war wirklich sehr modern, wie

Hias es neulich geschildert hatte. Weißer Putz und große, bodentiefe Fenster. Links neben der Haustür war eine Sitzgruppe aus anthrazitfarbenem Kunststoff, die ihrer futuristischen Form nach mit Sicherheit von einem Designer erschaffen worden war, der viel Geld dafür genommen hatte. Sie passte perfekt zu dem minimalistischen, asiatisch anmutenden Garten, der zu großen Teilen aus blendend weißem Kies bestand. Hier und da machten die Steine Platz für merkwürdig zurechtgestutzte Pflanzen. Das Ganze wirkte viel zu exotisch, um zu den Bergspitzen zu passen, die sich hinter dem Haus erhoben. Immerhin waren die Pflanzen grün, was wenigstens einen Hauch von Kontrast zu dem Weiß und Schwarz des Anwesens brachte. Bunte Blumen oder blühende Sträucher suchte man hier allerdings vergebens. Der Blütenduft, der in der Luft lag, wehte nur von den Nachbargrundstücken herüber. Der einzige Farbklecks war ein rotgelb gestreifter Ball, der vergessen an der Hauswand lag.

Dieses farblose Szenario passte kein bisschen zu Leni und ihrem verrückten Australian Shepherd Bub mit den leuchtend blauen Augen. Für den Xander, der früher einen alten, halb auseinanderfallenden Defender gefahren war, hätte sie die Hand ins Feuer gelegt, dass er in einer solchen Umgebung ebenfalls niemals glücklich wäre. Inzwischen würde sie ein solches Risiko nicht mehr eingehen und Gefahr laufen, sich die Finger zu verbrennen.

Sie drückte die Klingel und hörte den Ton aus den Tiefen des Hauses, der von Bubs Bellen begleitet wurde. Im nächsten Moment wurde die Tür von Leni aufgerissen. In einem Prinzessinnenkostüm mit Flügeln. Wahrscheinlich stellte sie eher eine Fee dar, korrigierte Antonia sich insgeheim, als sie Lenis allgegenwärtigen Zauberstab sah. Inmitten eines wilden Nestes aus dunklen Locken saß, ein wenig verrutscht, die Tiara, die das Mädchen im Brautmodenladen geschenkt bekommen hatte. »Tonia!«, rief sie begeistert. Ihre Wangen leuchteten rot, so als wäre sie völlig aufgedreht oder eine halbe Stunde herumgerannt. Oder beides. Ihre Augen glitzerten.

Eine Bewegung hinter dem Mädchen zog Antonias Blick auf sich wie ein Magnet eine Büroklammer. Überrascht schnappte sie nach Luft und ließ ihren Blick an der Gestalt nach oben wandern. Dabei biss sie sich auf die Innenseite ihrer Wange, um nicht laut loszuprusten. Abgesehen davon, dass Xander kein Krönchen trug und statt Flügel einen langen, glitzernden Umhang, sah er genauso aus wie Leni. Mit dem wild blinkenden Stern, der an einem Stab befestigt war, kratzte er sich unbehaglich am Kopf. Und wenn sie sich nicht täuschte, färbten sich seine Wangen gerade im gleichen Rotton wie die seiner Tochter. Was vermutlich daran lag, dass sie ihn in diesem Aufzug erwischt hatte. »Hallo Mädels«, grüßte Antonia. Xanders Unbehagen ließ ihre gute Laune noch ein bisschen steigen. »Schickes Kleid«, sagte sie an ihn gewandt. Den Kopf leicht schief gelegt, musterte sie das Outfit noch einmal ausgiebig, bis sich ihre Blicke trafen. »Deine geheime Leidenschaft? Oder gibst du endlich deiner weiblichen Seite eine Chance, sich zu entwickeln?«

»Hallo«, brummte Xander statt einer Antwort auf ihre Stichelei.

»Wir haben getanzt«, klärte Leni sie auf. Aufgekratzt hüpfte sie auf und ab.

»Das hätte ich wirklich gern gesehen«, konnte Antonia sich nicht verkneifen. Wieder wanderte ihr Blick zu dem dunkelblauen Organza mit den silbernen Sternen, der sich einen Tick zu eng um Xanders Oberkörper schmiegte.

»Wir zeigen es dir«, bot Leni großzügig an.

»Nein, tun wir nicht.« Xander legte seiner Tochter die Hand auf die Schulter und bremste damit das Gehopse. Dann wartete er, bis Leni zu ihm aufsah. »Wirfst du im Garten ein paar Bälle mit Bub?«, bat er sie. »Antonia und ich müssen uns kurz unterhalten.«

»Erwachsenengespräche.« Leni verdrehte die Augen. »Na gut«, gab sie nach. Statt jedoch sofort zu verschwinden, schlang sie ihre Arme um Antonias Taille. »Du kannst zum Essen bleiben«, verkündete sie. »Und wenn du willst, kannst du mich danach ins Bett bringen und mir aus der *Feenschule* vorlesen.«

»Ähm, ich …« Antonia wusste nicht recht, wie sie auf die Einladung des Mädchens reagieren sollte. Hilfe suchend sah sie Xander an.

Er hatte bereits seine Finger in Lenis Flügel gehakt und zog sie sanft zurück, bis sie Antonia loslassen musste. »Bub! Spielen! Jetzt!«, sagte er leise, aber bestimmt, als er sie zu sich umgedreht hatte und sie wieder zu ihm aufsah.

»Menno«, jammerte Leni, trollte sich aber ins Haus. »Bis später, Tonia«, rief sie und drehte sich im Gehen noch einmal winkend um.

Antonia erwiderte den Gruß, ehe sie sich wieder auf Xander konzentrierte. »Wirklich hübsch«, sagte sie noch einmal. »Passt nicht ganz zu deinen grünen Crocs, aber sonst …«

»Wenn du das jemandem erzählst, werde ich dich töten müssen.« Xander bemühte sich um ein finsteres Gesicht, aber als er den Kopf bewegte, sah Antonia den Glitzer, der auf seiner Wange klebte und garantiert von Leni stammte.

»Deine Geheimnisse sind sicher bei mir«, versprach sie und hob die Hand zum Schwur. Abgesehen davon würde sie wahrscheinlich keine Frau finden, die Xander für seinen Aufzug auslachte. Reihenweise würden sie dahinschmelzen, wenn sie erzählte, was er für seine Tochter zu tun bereit war. »Es tut mir leid, wenn ich euch so überfalle. Das war nicht mein Plan, ich habe nur vorhin die Skizzen von meiner Mutter bekommen.« Sie hielt die Blätter hoch. »Ich hatte einen Hausbesuch bei einer jungen Mama, die um die Ecke wohnt und dachte mir, wenn ich schon mal hier bin …«

»Nelly mit dem kleinen Jonathan, oder?« Xander nickte. »Das ist überhaupt kein Problem. Du störst nicht.« Er blickte an sich herunter und verzog leicht das Gesicht. Antonia kam der Gedanke, dass er vielleicht ganz dankbar für die Unterbrechung war. »Komm rein«, sagte er und trat einen Schritt zur Seite, und Antonia ging über die Schwelle.

Auf den ersten Blick bestätigte sich, was sie bereits draußen bemerkt hatte. Das Haus war groß und hell, aber seelenlos. Wenn nicht ein paar Klamotten und Schuhe von Leni herumgelegen hätten und eine Reihe Bilder auf dem schwarzen, glänzenden Kaminsims aufgereiht gewesen wären, würde das hier wie ein lichtdurchflutetes Mausoleum wirken. »Nett habt ihr es hier«, log sie und betrachtete das Geländer der Treppe ins Obergeschoss, das aus einer durchgehenden Plexiglasscheibe bestand. Wer machte denn so was? Vor allem, wenn er Kinder hatte, die permanent mit den Händen daran entlangschmierten? Sie schüttelte sich innerlich. Eine solche Einrichtung zog ständiges Putzen nach sich. Nicht mal ihre Martha-Stewart-Schwester Rosa würde sich so ein Geländer zulegen.

»Ehrlich gesagt ist das nicht gerade unser Traumhaus«, sagte Xander erstaunlich offen. »Leni und mir schwebt eher etwas vor wie das Forstlehen.«

»Mit einer Feenwiese«, ergänzte Antonia und musste lachen.

»Ohne Feenwiese kommt ein Umzug natürlich überhaupt nicht infrage. Bis jetzt haben wir noch nicht das Richtige gefunden. Wenn du also etwas hörst, lass es mich wissen.«

Die offenen Worte überraschten Antonia. »Sicher, klar«, brachte sie heraus und erinnerte sich dann wieder an den Grund ihres Besuches. »Das hier sind die Skizzen«, sagte sie und hielt Xander die Blätter hin.

»Ähm …« Noch einmal kratzte er sich unbehaglich mit dem Feenstab am Kopf. »Könntest du mir helfen, dieses Ding auszuziehen? Ich bekomme den Reißverschluss nicht auf.« Ohne auf eine Antwort zu warten, drehte er Antonia den Rücken zu.

Jetzt spürte auch sie, wie Hitze in ihre Wangen kroch. Ihr Herzschlag beschleunigte sich. Erst vor ein paar Wochen waren sie in der umgekehrten Situation gewesen. Damals hatte er ihr Kleid geschlossen. Jetzt sollte sie seins öffnen. Sie räusperte sich. »Klar, kein Problem.« Sie legte die Skizzen auf den Küchentresen und hakte seinen Umhang ab, den sie auf einen der Hocker an der Frühstückstheke legte. Dann griff sie nach dem Reißverschluss in seinem Nacken.

Mit den Fingern spannte sie den Stoff und zog. Über seinem Brustkorb saß das Ding ziemlich eng, am unteren Rücken wurde es besser. Als der Reißverschluss das Ende seiner Wirbelsäule erreichte, atmete Antonia aus. Ihr war gar nicht bewusst gewesen, dass sie die Luft angehalten hatte. Was gar nicht nötig gewesen wäre. Zum einen war das hier wesentlich schneller gegangen, als die Knöpfe an ihrer Robe zu schließen, zum anderen hatten sie während des Öffnens des Feenkleides keinen Blickkontakt im Spiegel gehabt. Xander trug unter dem Kleid außerdem ein T-Shirt, sodass ihre Finger nicht über seine nackte Haut glitten, so wie seine … Sie schob die Gedanken zur Seite und trat einen Schritt zurück.

»Danke. Das tut gut.« Xander ließ die Muskeln spielen. »Ich bekomme endlich wieder Luft. Geh doch schon mal auf die Terrasse, ich ziehe mir schnell was anderes an und komme nach.«

Antonia nickte. Sie nahm die Skizzen ihrer Mutter und ging zu der Glaswand am anderen Ende des Raumes, die teilweise offen stand, und trat hinaus. Hinter sich hörte sie, wie Xander die Treppe hinauflief. Sie drehte sich um und erhaschte einen letzten Blick auf das Feenoutfit. Das war doch verrückt, dass er in diesem Aufzug kein bisschen weniger männlich wirkte, als wenn er in Anzug und Krawatte durch sein Hotel lief.

Sie war abermals überrascht, als sie durch die Glastür nach draußen trat. Die Terrasse war groß und in den Hang gebaut, den Leni und ihr Hund auf und ab rannten. Das Holzpodest, das wie auch die Möbel vor dem Haus in einem langweiligen Anthrazit gehalten war, barg Platz für eine große Sitzgruppe aus Polyrattan. Dazu ein Grill, der vermutlich die meisten Männer im Umkreis von zwanzig Kilometern neidisch gemacht hätte. Auf einer bunten Spieldecke tummelten sich einige Puppen und Stofftiere, die von Leni einen Ausflug an die frische Luft spendiert bekommen hatten.

Das Schönste an der Terrasse war der unverbaute Blick über die Baumwipfel hinweg zu den Bergen hinauf. Sie schob das bunt gemusterte Kissen auf einem der Sessel in der Sitzecke zur Seite und nahm Platz, um die Aussicht zu genießen und Leni und Bub beim Toben zuzusehen. So wartete sie, bis

Xander sein Drag-Queen-Outfit losgeworden war. Sie hätte ein Foto von ihm machen sollen. Damit wäre er erpressbar bis ans Ende seiner Tage gewesen, sinnierte sie.

Als sie Xanders Schritte hinter sich hörte, drehte sie sich nicht um. Er blieb neben ihr stehen, und im nächsten Moment tauchte ein Berchtesgadener Hofbräu vor ihrem Gesicht auf. »So ein herrlicher Tag ist wie dafür geschaffen, ihn bei einem Bier auf der Terrasse ausklingen zu lassen.«

Genau das, was sie vor ein paar Minuten noch gedacht hatte, als sie in ihr Auto gestiegen war. Antonia sah auf. Xander hatte ein schlichtes dunkelblaues Poloshirt zu Jeans angezogen. Seine Füße steckten noch immer in Crocs. Über seine rechte Wange zog sich nach wie vor ein Streifen winziger, glitzernder Partikel.

Ohne den Blick von ihm abzuwenden, griff sie nach dem Bier. Dabei streiften ihre Finger seine. Hielten inne. Ihr Herz begann, schneller zu schlagen, als sie seine warme Hand berührte. Dann glitten sie weiter und umschlossen die Flasche.

Xander hatte das Bier noch nicht losgelassen. Seine dunklen, nachdenklichen Augen hielten ihren Blick fest. Dann traf ihn etwas am Rücken, und Antonia und er schraken gleichzeitig zusammen. Xander ließ das Bier los, um sich über die Schulter zu reiben, und Antonia senkte ihren Blick auf die Flasche. Dieser Moment gerade … es hatte sich angefühlt, als wären sie irgendwie – aus der Zeit gefallen. Doch jetzt war der magische Augenblick vorüber. Sie waren zurück in der Wirklichkeit.

Aus dem Augenwinkel sah sie das Wurfgeschoss, das sie davor gerettet hatte, etwas total Dummes zu tun. Etwas, wie ihre Hand auf der Flasche über seine zu legen und dort liegen zu lassen. Die Waffe war ein völlig zerbissenes Hundespielzeug, das so aussah, als wäre es mal ein fröhlich grinsendes Murmeltier gewesen.

»Tut mir leid, Papa«, hörte sie Leni rufen. »Ich habe mich verzielt.«

»Verzielt. Alter Schwede«, murmelte Xander. Er hob das zerkaute Etwas auf und warf es in hohem Bogen die Wiese hinunter. Er wirkte fast, als wäre auch er erleichtert, dass dieser intensive Moment vorüber war.

Leni und Bub liefen wie die Verrückten um die Wette hinter dem Spielzeug her. Sie kichernd, er bellend.

»Wenn ich sie den Hang hoch- und runterlaufen lasse, sind sie zur Schlafenszeit k.o. Beide«, erklärte er. »Eine Win-win-Situation. Jedenfalls für mich.«

*

Xander setzte sich Antonia gegenüber und streckte die Beine aus. Mit dem Bier in seiner Hand prostete er ihr zu. Er war froh, wieder normale Klamotten zu tragen. Antonia in diesem Feenoutfit gegenübergetreten zu sein war so ziemlich das Peinlichste, das ihm in den vergangenen Jahren passiert war. Nicht einmal seine schlimmsten Erinnerungen konnten das toppen. Wie damals, als er Leni als Baby auf eine Veranstaltung des Hotels hatte mitnehmen müssen und sie die Milch, die sie vorher getrunken hatte, von sich gegeben hatte. Im Strahl. Über seinen kompletten Anzug und das Kostüm der Dame neben ihm. Im ersten Moment hatte er sich unter Antonias belustigten Blicken genauso erniedrigt gefühlt. Er war in Gedanken noch bei Natalie gewesen, die ihn kurz davor angerufen und von ihren Fortschritten in der aktuellen Therapie berichtet hatte. Er hatte noch darüber nachgegrübelt, ob er seiner Exfreundin glauben konnte, dass es wirklich aufwärts mit ihr ging, als plötzlich Antonia vor ihm gestanden hatte.

Dann hatte er sie auch noch bitten müssen, ihm aus dem Kostüm zu helfen. Er trank einen Schluck Bier. Nach diesem ersten Schreckmoment hatte er diese Gedanken zur Seite geschoben. Er verkleidete sich für Leni. Es gab keinen Grund, sich dafür zu schämen, wenn es sie glücklich machte, zusammen durch das Haus zu tanzen. Sie hatte ihre Großmutter gebeten, ein Kostüm für ihn zu nähen – nach ihren Vorstellungen. Selbstverständlich zog er es an. Das Strahlen, das er damit auf das Gesicht seiner Tochter zauberte, war jedes Kratzen dieses grauenvollen Stoffes wert.

Trotzdem musste ihn nicht unbedingt jeder in diesem Aufzug sehen. Besonders nicht Antonia. Es fühlte sich an, als hätte er ihr einen sehr intimen Blick in sein Leben gewährt.

Jetzt saß sie ihm entspannt gegenüber und sah Leni und Bub beim Herumtollen zu. Um ihre Mundwinkel spielte noch immer das Lächeln, dass sich dort hielt, seit sie vor seiner Tür gestanden und sich auf die Innenseite ihrer Wange gebissen hatte. Sie nippte an ihrem Bier, und ihm wurde klar, dass sich zwischen ihnen etwas verändert hatte. Die Mauer, mit der sie sich in seiner Gegenwart umgab, begann zu bröckeln. Sie hielt ihn nicht mehr so sehr auf Abstand, presste nicht mehr missbilligend die Lippen zusammen, wenn sie ihn auch nur am anderen Ende des Raumes stehen sah. Das war für sie beide ein gewaltiger Fortschritt, nicht nur in Bezug auf Annas und Hias' Hochzeitsplanung. Es entspannte schlicht die Situation zwischen ihnen.

Xander betrachtete Antonia, unauffällig, wie er hoffte. Sie trug ihre Standarduniform aus einem T-Shirt, Jeans und

Turnschuhen, mit der sie ihre Hausbesuche absolvierte. Sie sah nicht anders aus als Tausende andere Frauen. Und doch wirkte sie sexy auf ihn. Nicht weil dieses Outfit besonders aufreizend gewesen wäre, sondern weil sie sich in ihrer Haut wohlfühlte – und genau das ausstrahlte. Er fand sie auch sechs Jahre nach ihrem kleinen Intermezzo noch immer anziehend. Alles andere wäre eine Lüge. Aber er konnte damit umgehen und diese Gefühle zur Seite schieben, solange sie so gut miteinander auskamen wie zurzeit.

Antonia nippte an ihrem Bier und hielt ihm die Papiere mit den Entwürfen ihrer Mutter hin. Xander hatte weder Ahnung von Blumen noch von Deko, wie man an der Inneneinrichtung seines Hauses deutlich sehen konnte. Die Arrangements für die beiden Brautsträuße und die, die die Tische schmücken sollten, konnte er sich allerdings bildlich vorstellen, als er die Blätter mit Renas farbig schraffierten Skizzen durchsah. »Deine Mutter ist ein Genie«, sagte er und betrachtete einen kleinen Blumenkranz, der Lenis Kleid ergänzen sollte. Er musste darauf achten, dass sie das nicht zu sehen bekam, sonst würde er sie vor lauter Aufregung heute Abend nicht zum Schlafen bekommen.

»In dieser Hinsicht ist sie tatsächlich genial.« Antonia verdrehte die Augen. »Dafür ist sie in vielen anderen Dingen einfach nur …«, sie dachte einen Moment nach, »meine Mutter. Die nicht merkt, dass ich kein kleines Kind mehr bin.«

Xander lachte. »Ich habe selbst ein Kind, und werde von meiner Mutter trotzdem manchmal behandelt, als wäre ich nicht älter als zehn.« Er breitete die Blätter auf dem Tisch der Sitzecke aus und beugte sich vor. »Ich habe nicht viel Ahnung von Blumen, aber ehrlich gesagt finde ich das alles toll.«

Antonia erhob sich ebenfalls von ihrem Platz und trat von

der anderen Seite an den Tisch. »Ich finde die hier perfekt für die Mühlenfeier«, sagte sie und wies mit dem Zeigefinger auf die Zeichnungen, auf denen sich verschlungene Rosen- und Efeuranken über die Tische schlängelten und an Stuhllehnen hingen.

Sie passten zu den Kletterrosen, die sich an den Mauern der *Alten Mühle* hinaufzogen und üppig blühen würden, wenn die Hochzeit stattfand. »Ist das hier für den Altar?«, fragte er, nicht sicher, ob er das richtig erkannte.

»Ja.« Antonia schob eine weitere Skizze zu ihm herüber. »Und das ist der Brautstrauß. Anna könnte auch noch einen Blumenschmuck ins Haar bekommen, aber das muss ich mit ihr besprechen«, ergänzte sie.

»Das passt wirklich gut. Lass uns das nehmen. Und für die Trauung auf dem See? Das hier?« Er legte die Skizzen nebeneinander, die grüne Girlanden mit weißen und pinkfarbenen Blüten zeigten.

»Genau. Das bildet einen fantastischen Kontrast zum Dunkelblau des Wassers und nimmt gleichzeitig das Grün der bewaldeten Hänge der Schlucht auf«, sagte Antonia.

Was zum …? Xander zog die Augenbrauen nach oben und sah sie stumm an, was Antonia zum Lachen brachte. »Die Worte meiner Mutter, nicht meine«, verteidigte sie sich. »Aber sie hat recht. Ich würde mich für diese Variante entscheiden, aber neben dem Weiß und dem knalligen Pink noch ein weicheres Rosa dazunehmen.«

»Klingt gut.« Xander atmete langsam aus. »Sieht so aus, als hätten wir wieder einen Punkt auf der Liste ohne Ende abgehakt.«

»Einer geschafft. Drei Millionen offen«, scherzte Antonia und trank einen Schluck aus ihrer Flasche.

Xander schob die Skizzen zusammen und warf gleichzeitig einen Kontrollblick über die Schulter. Leni und Bub lagen im Gras. Seine Tochter betrachtete die Wolken, die über den azurblauen Himmel jagten, während sie dem Hund den Bauch kraulte. »Ich hatte vor, den Grill anzuwerfen«, sagte er, als er sich wieder zu Antonia umdrehte. »Es gibt zwar nur Bratwürstchen, aber vielleicht hast du Lust zu bleiben und mit uns zu essen.« Er hatte nicht großartig über die Einladung nachgedacht, bevor er sie ausgesprochen hatte. Er wollte auch nicht darüber nachdenken, warum er Antonia gefragt hatte. Irgendwie schien das normal, nachdem sie gerade so freundschaftlich und unkompliziert miteinander umgegangen waren wie schon lange nicht mehr. Allerdings ging er nicht davon aus, dass Antonia die Einladung annehmen würde.

Zu seiner Überraschung lächelte sie breit. »Ich liebe Würstchen.« Sie stellte ihre Bierflasche auf die Papiere, damit sie in der leichten Brise nicht davonwehten. »Kann ich dir bei irgendetwas helfen?«

Das brachte Xander zum Grinsen. »Lieber nicht«, zog er sie mit ihren nicht vorhandenen Kochkünsten auf.

»Stimmt«, gab sie zu und erwiderte das Grinsen. Mit dem Kinn nickte sie in Richtung seiner Tochter. »Dann leiste ich einfach Leni so lange Gesellschaft.«

Xander zog sich in die Küche zurück und putzte den Salat, den er frisch gekauft hatte. Während er Paprika und Tomaten klein schnitt, spähte er immer wieder nach draußen. Sein Gast hatte sich neben seinem Kind auf die Wiese fallen lassen, um gemeinsam in den Himmel zu starren. Hin und wieder wies eine von ihnen mit dem Finger nach oben. Wahrscheinlich zeigten sie sich gegenseitig, welche Gestalt die vorüberziehenden Wolken hatten. Er hörte Antonias leises Lachen und Lenis Kichern.

In der Küche zu stehen und einen Salat zuzubereiten, während die beiden zusammen spielten, das fühlte sich so … richtig an. Wieder einmal wanderten seine Gedanken zu der Frage, auf die er nie eine Antwort bekommen würde. Was wäre gewesen, wenn? Wenn Natalie nicht schwanger geworden wäre? Wenn Antonia und er ein Paar geworden wären? Wären sie noch zusammen? Hätten sie auch Kinder, die über die Lichtung des Forstlehens toben würden? Bei dem Gedanken zog sich sein Herz zusammen. Über diese Fragen durfte er nicht einmal nachdenken. Abgesehen davon, dass man die Zeit nicht zurückdrehen konnte, gäbe es seine Tochter dann nicht. Und das Leben ohne sie wollte er sich nicht für eine Sekunde lang vorstellen müssen. Leni war das Wundervollste, was ihm jemals passiert war, auch wenn die Umstände nicht optimal gewesen waren. Also waren die Was-wäre-wenn-Gedanken völlig sinnlos.

Xander verzog das Gesicht, als er die Salatsoße aus dem Kühlschrank nahm. Gleich würde er das Wunder seines Lebens zwingen müssen, Vitamine zu sich zu nehmen. Genau wie seinen Gast. Antonias Essgewohnheiten schienen sich in den vergangenen Jahren nicht verbessert zu haben. Sie schreckte – genau wie Leni – vor allem zurück, was auch nur nach Gemüse aussah oder den Ruf hatte, gesund zu sein. Er wandte seine Aufmerksamkeit dem Baguette zu und schnitt es in Scheiben. Dann trug er alles nach draußen und warf den Grill an. Die Würstchen wanderten mit den Brotscheiben auf den Rost. Während sie vor sich hin brutzelten, deckte er den Tisch für das Abendessen.

Als er die Nürnberger wendete, signalisierte sein Handy eine eingehende Nachricht. Er zog es aus der Gesäßtasche und blickte auf das Display.

Anna hatte ihm geschrieben. *Wir haben eine super Idee.* Ein Satz, der ganz automatisch die Alarmglocken in seinem Hinterkopf schrillen ließ. Xander blickte auf. Über die Wiese hinweg traf sein Blick Antonias, die in diesem Moment ebenfalls von ihrem Handy aufsah. Er konnte von seinem Platz am Grill sehen, wie sie die Augenbrauen hochzog. Offenbar hatte sie genau die gleiche Nachricht bekommen. Xander zuckte mit den Achseln und las dann den Rest des Textes. *Wie wäre es mit einem Hochzeitstanzkurs?* Die Frage war verziert mit den Flamenco-Tänzerinnen in roten Kleidern, die Anna an den Satz angehängt hatte. »Ach du Scheiße«, entfuhr es ihm. *Für euch eine super Idee*, schrieb er zurück. *Für mich … eher nicht.* Er suchte ein Emoji aus, das das Gesicht verzog, und schickte die Nachricht ab.

Wir wollen dich unbedingt dabeihaben, kam die umgehende Antwort. Genau wie Antonia, vermutete Xander. Er blickte zu ihr hinüber.

Sie sagte gerade etwas zu Leni, woraufhin seine Tochter nickte. Dann erhob sie sich und kam mit langen Schritten auf ihn zu. »Das machen wir auf keinen Fall«, sagte sie, als sie vor ihm stand.

»Ganz deiner Meinung.« Xander ließ sie nicht aus den Augen, während er die Würstchen noch einmal wendete.

Antonia tippte mit entschlossenen Bewegungen auf ihrem Handy herum. »Das wird ein hartes Stück Arbeit, die zwei davon zu überzeugen, dass sie uns nicht wirklich für jedes kleine Detail ihrer Hochzeitsplanung brauchen«, murmelte sie. Dann sah sie auf und fixierte Xander mit ihrem Blick.

»Versprich mir, dass du nicht einknicken wirst«, bat sie ihn. »Kein Tanzkurs.«

»Kein Tanzkurs«, bestätigte er. Er wusste, warum Antonia das nicht wollte. Abgesehen davon, dass sowohl sie als auch Xander gute Tänzer waren – ganz im Gegensatz zu Anna und Hias. Es war eine Sache, auf der Terrasse zu sitzen und gemeinsam zu Abend zu essen. Aber es war etwas völlig anderes, sich zu berühren, getragen vom Rhythmus irgendeiner sinnlichen Melodie. Beim Tanzen wären sie sich nah, würden die Grenzen des persönlichen Bereiches des anderen außer Kraft setzen.

Xanders Handy gab einen weiteren Ton von sich. *Ich weiß, dass Antonia versuchen wird, dich zu überzeugen, uns einen Korb zu geben. Aber das lasse ich nicht gelten*, schrieb Anna. Er steckte das Handy in seine Gesäßtasche, ohne zu antworten. Antonia war durchsetzungsstark. Aber er wusste bereits jetzt, wer am Ende gewinnen würde. »Leni, Hände waschen«, rief er seiner Tochter zu. »Es gibt gleich Essen. Willst du noch ein Bier?«, wandte er sich dann an Antonia.

»Auf diesen Schreck? Auf jeden Fall.«

11

Die Wir-sind-das-Brautpaar-uns-darf-man-nichts-abschlagen-Masche funktionierte erschreckend gut. Anna und Hias – wobei die treibende Kraft in diesem Fall vermutlich eher Anna war – hatten beschlossen, dass ein Tanzkurs eine ganz fantastische Einstimmung auf die Hochzeit war. Sich allein durch diesen Kurs zu quälen stand allerdings nicht zur Diskussion – worauf wahrscheinlich wiederum Hias bestanden hatte. Alles Jammern und Augenverdrehen hatte nichts geholfen: Antonia und Xander waren mit im Boot.

Ein paar Tage nach der grandiosen Idee ihrer Freundin stellte Antonia den Jeep vor dem Studio in Berchtesgaden ab, in dem sie bereits zu Schulzeiten den obligatorischen Tanzkurs absolviert hatte. Vor dem Gebäude stand ihre Schwester Hannah, die schwere Kameratasche über der Schulter. Sie trat einen Schritt zur Seite, als eine ganze Meute kleiner Mädchen in bunten Tutus kichernd und schwatzend nach draußen stürmte. Ein paar Mütter folgten. Weniger laut, aber unverkennbar ebenfalls kichernd und tratschend.

Antonia ließ die Ballettmäuse und ihre Mütter durch und ging dann zu ihrer Schwester. »Was machst du denn hier?«, fragte sie und umarmte sie zur Begrüßung. »Bist du vom Fitnessstudio auf den Tanzboden umgestiegen?«

Hannah ignorierte den Sarkasmus in Antonias Stimme.

»Mir ist eine ganz besondere Aufgabe zuteilgeworden: Ich darf die Stunde dokumentieren.« Sie schob die Tür zum Foyer auf. »Nachdem ich Anna zugesagt hatte, die Fotos für die Hochzeit zu machen, hatte sie die Idee, auch die Vorbereitungen festzuhalten. Die Brautkleidanprobe habe ich leider schon verpasst. Aber Anna will sich später an allem erfreuen, was mit der Hochzeitsplanung zu tun hatte. Also werde ich spätestens bei der letzten Anprobe mit von der Partie sein. Du kannst dich darauf gefasst machen: Ich werde dir in nächster Zeit öfter mit der Kamera über die Schulter schauen. Genau wie Mama. Xander. Und allen anderen, die in die Hochzeit involviert sind.«

»Ist das nicht wunderbar?«, brummte Antonia und ging vor Hannah die Treppe hinauf.

Nichts hatte sich geändert, wurde ihr klar, als sie den Saal betrat, in dem sie vor achtzehn Jahren das Tanzen gelernt hatte. Die linke Wand war verspiegelt. Eine Ballettstange zog sich über die gesamte Länge. Das Fischgrätenparkett hatte inzwischen sicher ein paar Schrammen mehr, und der riesige Kronleuchter hing noch immer, eingehüllt in eine leichte Staubschicht, in der Mitte des Raumes von der Decke. Selbst der Geruch war noch der Gleiche. Antonia hätte sich nicht gewundert, wenn im nächsten Moment ihr damaliger Tanzpartner Lennard hereinkommen würde.

»Kannst du dich noch an den Typen erinnern, mit dem du früher getanzt hast?«, fragte Hannah neben ihr leise.

»Er war sehr nett«, verteidigte Antonia ihn automatisch.

»Ja. Und einen halben Kopf kleiner als du. Das sah sehr lustig aus.«

Womit ihre Schwester nicht unrecht hatte. »Ich bin mir sicher, er ist irgendwann noch gewachsen. Na los, lass es uns hinter uns bringen.« Antonia steuerte auf das Grüppchen zu, das in der Mitte des Raumes zusammenstand. Die Tanzlehrerin war immerhin eine andere als die ältere Dame mit der strengen Stimme und dem noch strengeren Dutt, die früher das Regiment geführt hatte. Diese hier war Mitte vierzig, attraktiv und vielleicht einen Hauch zu stark geschminkt für Antonias Geschmack. Die schwarzen Leggins mit der Spitzenkante am Saum über ihren High Heels und die silbrig schimmernde Tunika standen ihr ausgezeichnet und ließen sowohl Anna als auch Hannah und sie selbst ein wenig blass aussehen. Antonias beste Freundin trug einen schwingenden, knielangen Rock in Polkadots-Optik. Ihre Schwester hatte ihre Arbeitsuniform an, bestehend aus Jeans und einem T-Shirt mit dem Schriftzug der Agentur *Blickwinkel*, für die sie tätig war. Um die Hüfte hatte sie einen Gürtel geschnallt, in den sie ihre Kameras einhaken konnte. Ihre Haare waren zu einem schlichten Pferdeschwanz zusammengefasst, damit sie ihr beim Fotografieren nicht im Weg waren. Antonia selbst hatte sich für ein schlichtes Top mit einer kleinen Spitzenkante und einen langen, bunten Hippierock entschieden.

Sie konnte schon beim Durchqueren des Tanzsaals erkennen, dass die Tanzlehrerin ein Auge auf Xander geworfen hatte. Ihr Blick klebte regelrecht an ihm, während sie nickte und so tat, als höre sie Anna zu.

Als sie sie näher kommen hörte, drehte ihre Freundin sich um. »Da seid ihr ja«, rief sie und kam mit glänzenden Augen auf sie zu. »Das wird so viel Spaß machen«, sagte sie und umarmte Antonia und Hannah. Dann drehte sie sich wieder zu Hias, Xander und der Tanzlehrerin um und zog eine Flasche Sekt und Plastikbecher aus ihrer riesigen Handtasche. »Lasst uns anstoßen.«

»Ähm … das ist hier eigentlich nicht so üblich. Sie können ja im Anschluss …«, begann die Tanzlehrerin.

»Glauben Sie mir«, Hias drehte sich zu der Frau um, »es ist besser, wir trinken vorher.«

»Aber …«

Anna ließ den Korken knallen, der um Haaresbreite an dem Kronleuchter vorbeizischte und die Tanzlehrerin zusammenzucken ließ. »Upsi«, sagte sie und verteilte, als sie sicher war, keinen Schaden angerichtet zu haben, die Becher und schenkte allen ein. Mit dem Sekt in der Hand begrüßte Antonia die Runde.

»Ich bin Desiree«, stellte sich die Tanzlehrerin vor. »Sie müssen die Trauzeugin sein.«

»Stimmt.« Antonia sah sich um. »Gibt es keinen zweiten Tanzlehrer?«, fragte sie und nippte an ihrem Sekt. Normalerweise wurde doch von einem Tanzpaar unterrichtet, wenn sie sich richtig erinnerte.

»Leider nicht«, erklärte Desiree. »Peter musste sich krankmelden, aber Frau Busch«, sie warf Anna einen Seitenblick zu, »wollte den Termin ja keinesfalls verschieben.«

Anna winkte ab. »Wir haben einen viel zu engen Terminplan. Das klappt bestimmt auch ohne diesen Peter.«

Hannah hatte bereits ihre Kamera ausgepackt und knipste wild drauflos, während sie Hallo sagte.

Antonia rückte zur Seite, um ihrer Schwester Platz zu machen, und stellte sich neben Xander. Sie stieß mit ihm an und betrachtete die illustre Runde, die sie bildeten.

Er beugte sich zu ihr herüber und murmelte: »Das wird bestimmt lustig. Sie hat noch eine zweite Flasche in ihrer Handtasche.«

»Ich glaube, den Alkohol werden wir auch brauchen, um

das hier zu überstehen«, flüsterte sie zurück. »Wo ist Leni heute Abend?« Die Kleine hätte diese Tanzstunde bestimmt ordentlich aufgemischt und Hannah jede Menge fantastisches Fotomaterial geliefert.

»Sie hat ein Übernachtungsdate bei ihrer Großmutter. Bub ist bei seinem Hundebruder Laus und hält Jakob auf Trab, solange Hannah hier ist, um unser Scheitern zu dokumentieren.«

»Na ja.« Antonia schob sich die Haare hinter das Ohr. »Wir werden vermutlich nicht die schlechteste Figur machen.« Sie grinste Xander an, und er lächelte zurück.

»Absolut«, sagte er, und sie spürte das tiefe Timbre seiner Stimme. Für einen winzigen, intimen Moment teilten sie die Erinnerungen an die Abende, an denen sie zusammen tanzen gegangen waren. Damals. Desiree unterbrach den Augenblick, als sie in die Hände klatschte. Von sich selbst überrascht, wich Antonia ein paar Zentimeter zurück.

»Meine Damen und Herren«, sagte die Tanzlehrerin. »Wir haben viel vor. Darf ich Sie bitten, Ihre Getränke jetzt zur Seite zu stellen? Wir beginnen mit einem Klassiker: dem Discofox.«

Antonia beobachtete aus den Augenwinkeln, wie Anna ihren Sekt auf ex hinunterkippte. *Mach langsam*, formte sie tonlos mit den Lippen, als ihre Freundin in ihre Richtung sah.

Anna grinste, sammelte die Becher ein und stellte sie mit der Sektflasche an den Rand der Tanzfläche. Dann konzentrierte sie sich wieder auf Desiree. »Wir wollten eigentlich …«, setzte sie an.

Doch die Tanzlehrerin hob die Hand. »Ich möchte Sie einfach bitten, den Fox zu tanzen, damit ich Ihr Potenzial einschätzen kann.« Sie drückte die Playtaste der Musikanlage und holte damit Helene Fischer in den Raum.

Da sich abgesehen von Hannah und Desiree nur sie vier im Raum befanden und das Brautpaar miteinander tanzen würde, war die Verteilung klar. »Darf ich bitten?«, fragte Xander und hielt ihr auffordernd die Hand hin.

»Wenn mich das mal nicht *atemlos* macht«, murmelte Antonia und blickte zu Anna und Hias hinüber, die mehr oder weniger über die Tanzfläche stolperten.

»Sie sind ein Naturtalent.« Desiree strich über Xanders Arm und korrigierte seine Schulterhaltung – unnötigerweise, wie Antonia fand. Vermutlich ging es ihr nur darum, ihn anzufassen.

»Naturtalent«, äffte sie die Tanzlehrerin nach, als sie zum Brautpaar hinüberging. »Und was bin dann ich?«

»Keine Frage. Du bist auf jeden Fall begabt«, raunte er ihr zu.

Sie wirbelten über das Parkett. Antonia musste zugeben, dass sie es genoss, in seinen Armen zu liegen und sich führen zu lassen. Dieser Wechsel aus so nah beieinander, dass sie sich fast berührten und sie seinen Duft einatmen konnte, und dem dann folgenden Abstand, wenn er sie von sich schob. Nur um sie im nächsten Moment wieder ganz nah an sich heranzuziehen. Antonia liebte es zu tanzen. Ganz gleich, ob es darum ging, in einem Club abzurocken oder wie jetzt einen Discofox aufs Parkett zu legen. Mit einem Partner wie Hias würde das wahrscheinlich nicht besonders viel Spaß machen. Sie warf ihren Freunden im Vorbeifliegen einen Blick zu und wurde Zeugin, wie er Anna auf den Fuß trat. Er war der Typ, der mit einem Bier an den Rand der Tanzfläche gehörte, um sein Mädchen zu bewundern. Das hier war nicht seine Welt. Mit einem Tänzer wie Xander hingegen war das ein Genuss. Vielleicht lag es aber auch einfach nur am Sekt, der sie ein wenig locker gemacht hatte.

Bevor sie sich allzu viele Gedanken über dieses leichte Gefühl machen konnte, das von ihr Besitz ergriffen hatte, drehte Desiree Helene Fischer den Saft ab. »Nun gut, ich sehe Potenzial«, sagte sie, sah dabei aber nicht das Brautpaar an, sondern Xander. Antonia biss sich auf die Innenseite ihrer Wange, um nicht laut loszulachen. Desiree klatschte in die Hände. »Dann wollen wir mal schauen, wie es mit dem Walzer klappt.«

Sie drehte sich in Xanders Richtung und wollte gerade weitersprechen, als Anna sich räusperte und sie anlächelte. »Wir wollen keinen Walzer«, sagte sie, als Desiree sie wieder ansah.

»Was hat sie denn jetzt vor?«, wisperte Antonia. Xander und sie standen nach dem abgebrochenen Tanz noch immer dicht nebeneinander.

Er zuckte mit den Schultern. »Ich habe keine Ahnung«, flüsterte er zurück.

Einen Moment lang starrten sich die Tanzlehrerin und Antonias Freundin an. Dann runzelte Desiree die Stirn. »Sie wollen nur Discofox tanzen auf Ihrer Hochzeit?«, fragte sie. Ungläubigkeit schwang in ihrer Stimme mit.

Anna strahlte Hias an und dann die Frau vor sich. »Wir wollen eine Rumba als Hochzeitstanz.«

»Eine… Rumba?«, fragte die Tanzlehrerin und verfiel dann in fassungsloses Schweigen.

Antonia versuchte, ihre vagen Erinnerungen an diesen Tanz zurückzuholen. Sie hatten ihn in der Tanzstunde gelernt. Das Einzige, was ihr im Moment einfiel, war, dass man bei diesem Tanz mit den Hüften schwingen musste.

»Warum, um Himmels willen?«, konnte Desiree sich plötzlich nicht mehr bremsen. »Mit Verlaub, aber das ist für Sie völlig ungeeignet.«

Wieder war es Anna, die antwortete, während Hias die Sprache verloren zu haben schien. Wahrscheinlich hatte Anna es sich in den Kopf gesetzt, und er wollte ihr schlicht diesen Gefallen tun. »Unsere Hochzeitsreise geht in die Karibik. Da passt eine Rumba doch wunderbar«, erklärte sie der Tanzlehrerin. »Es ist ein gefühlvoller Tanz.« Sie schmiegte sich an ihren zukünftigen Mann. »Und sexy.«

»Damit haben Sie natürlich recht«, stimmte Desiree ihr zu. Antonia war sich sicher, dass sich ihre Gruppe unter die nervigsten zehn einreihte, mit denen die Tanzlehrerin je zu tun gehabt hatte. Vermutlich waren sogar die Balletthäschen einfacher zu händeln als Anna und ihre Vorstellungen.

Desiree stützte die Hände in die Hüften und blickte ihre Tanzschüler der Reihe nach an. An Xander blieb ihr Blick erwartungsgemäß ein wenig länger hängen als an den anderen – wahrscheinlich ihr einziger Lichtblick an diesem Nachmittag. »Die Rumba ist ein sinnlicher Tanz«, begann sie. »Sie erzählt eine Liebesgeschichte. Man kann Schmerz ausdrücken bei den Bewegungen, in denen die Tanzenden sich voneinander wegdrücken. Und Zuneigung in den Figuren, in denen sie aufeinander zugehen. Ich demonstriere Ihnen, was ich meine. Xander, wären Sie so nett?« Sie hielt ihm ihre Hand entgegen.

Antonia hörte seinen leisen, resignierten Seufzer, als er sich in Bewegung setzte und vor ihr Grüppchen trat.

»Es tut mir wirklich leid, dass mein Tanzpartner heute ausfällt, aber Sie sind ja ein ganz wundervoller Ersatz«, schnurrte sie. »Schauen Sie her, meine Damen, mein Herr«, richtete sie sich dann wieder an alle und demonstrierte das Heranziehen und Wegstoßen. »Die Rumba besitzt nur einen Grundschritt, der aus sechs Bewegungen besteht.«

»Sechs Bewegungen sind fünf zu viel für Anna und Hias«, murmelte Hannah neben Antonia und richtete die Kamera auf das verliebte Brautpaar, das im Moment kein bisschen aufpasste. Antonia musste sich schon wieder auf die Innenseite ihrer Wange beißen, um nicht laut loszulachen. Wenn das so weiterging, würde sie am Abend mit Bepanthen-Lösung gurgeln müssen.

Desiree demonstrierte den Grundschritt, und Xander fiel in ihre Bewegungen ein, als hätte er nie etwas anderes gemacht. Vielleicht tat sie ihm ja unrecht, und er war wirklich ein Naturtalent. »Probieren Sie es bitte aus«, forderte Desiree Anna und Hias auf.

Antonia blieb nichts anderes übrig, als zu warten, während die Tanzlehrerin die Schritte weiter mit Xander vorführte.

»Ich wusste gar nicht, dass Xander so gut tanzen kann«, ließ sich Hannah neben ihr vernehmen.

»Hmm«, antwortete Antonia mit einem unbestimmten Laut.

»Aber diese Desiree streckt ganz schön die Krallen nach ihm aus«, fasste ihre Schwester ihre Beobachtungen weiter in Worte.

»Hmm«, wiederholte Antonia. »Wir sollten lieber darauf achten, dass sich Anna und Hias kein Bein brechen.«

»Stimmt.« Hannah hielt die Kamera ein Stück von ihrem Gesicht weg und grinste sie an. »Das würde nun wirklich keine guten Fotos geben.«

Antonia erwiderte das Grinsen und sah dann wieder zu Xander und Desiree hinüber. Er sagte leise etwas zu der Tanzlehrerin, was sie dazu bewog, Antonia mit einem unwilligen Blick zu bedenken. Offensichtlich widerstrebend ließ sie Xander los, und er kam zu ihr zurück an den Rand der Tanzfläche. Im Gehen zog er die Augenbrauen nach oben.

»Streber«, flüsterte Antonia, als er vor ihr stehen blieb und ihr die offene Hand hinhielt. Sie legte ihre Linke hinein und die Rechte auf seine Schulter.

»Ich habe ihr nur gesagt, dass ich ab jetzt mit meiner Tanzpartnerin üben muss.«

»Die Arme hat es fast nicht geschafft, dich loszulassen«, stichelte Antonia weiter. Es machte Spaß, ihn ein wenig auf den Arm zu nehmen.

Er schob seine Hand um Antonias Taille. »Du hättest mich ruhig aus ihren Fängen retten können«, flüsterte er. Sein Atem strich über ihr Ohr und schickte eine leichte Gänsehaut über ihren Körper. Flirtete er etwa mit ihr?

Antonia legte den Kopf ein Stück in den Nacken und sah Xander an. Ein feines Lächeln ließ die harten Kanten seines Gesichts weich werden. Ja, er flirtete ganz eindeutig mit ihr. Ihr Magen kribbelte. Das hier war anders als am Anfang ihrer Zusammenarbeit als Hochzeitsplaner. Ein bisschen aufregend und voller Erwartungen – denen sie nicht nachgeben würde, wies sie sich in Gedanken zurecht. Sie unterbrach den Blickkontakt unter dem Vorwand, während der Tanzschritte auf ihre Füße zu sehen. »Keine Chance«, sagte sie leise. »Da musst du schon alleine durch.«

Xander drehte sie von sich weg und zog sie wieder zu sich heran.

»Diese Tanzlehrerinnen sollen ja wie Raubkatzen sein«, konnte sie einer weiteren Stichelei nicht widerstehen. Aus den Augenwinkeln sah sie, wie sich Desiree schon wieder anpirschte.

»Umso größer ist meine Sorge, dass du nicht für mich einstehst«, gab er gut gelaunt zurück.

»Wunderbar«, sagte die Tanzlehrerin im nächsten Moment und klopfte Xander auf die Schulter, was ihn aus dem Takt brachte. Dann schien sie sich wieder auf ihre Aufgabe – und das Sorgenpärchen – zu besinnen und hastete über die Tanzfläche. »Nein, nein, nein! Zuerst mit dem linken Fuß nach vorne und dann zur Seite«, korrigierte sie Hias, der stocksteif mit verbissener Miene versuchte, Anna über die Tanzfläche zu schieben. »Sie müssen bei Ihren Schritten die Hüfte etwas seitlich herausschwenken. Die Hüfte spielt in der Rumba eine große Rolle.«

»Nicht nur in der Rumba«, hörte Antonia ihre Schwester murmeln und dann das Klicken des Kamera-Auslösers.

»Es liegt daran, dass wir keine Musik haben.« Hias hatte offenbar seine Stimme wiedergefunden. »Mit Musik würde das viel besser klappen.«

»Würde es nicht. Sie müssen erst die Schritte …« Die Tanzlehrerin seufzte. »Warum nicht. Ich suche Ihnen einen Titel aus, der zur Rumba passt.«

»Wir hätten gern *Liebe lohnt sich* von Maite Kelly. Das soll nämlich unser Hochzeitslied werden«, schaltete sich nun auch Anna, noch immer erstaunlich gut gelaunt, wieder ein. Es schien ihr nichts auszumachen, dass ihr Bräutigam permanent auf ihren Zehen herumtrampelte.

»Tut mir leid.« Desiree hob resigniert die Schultern. »Das kenne ich nicht und habe es deshalb auch nicht in meiner Auswahl. Wie wäre es, wenn ich einfach etwas aussuche? Und wenn Sie noch einmal zu dem Lied üben möchten, das Sie sich ausgesucht haben, können wir gerne noch einmal einen Extratermin vereinbaren.« Sie scrollte durch ihre

Playlist, und im nächsten Moment hallte der aktuelle Titel von Maroon 5 durch den Raum. *Memories.* »Eins, zwei, drei, vier«, zählte sie den Takt an.

Xander nahm den Rhythmus auf, und Antonia folgte ihm. »Wir sollten ihnen sagen, dass sie bei etwas Einfachem bleiben sollten. Bei etwas, das sie können«, flüsterte Antonia ihm nach einem Blick in Richtung ihrer Freunde zu.

Hias stolperte gerade, und Xander verzog mitleidig das Gesicht. »Aber sie können nur Stehblues«, gab er zu bedenken.

»Das reicht doch völlig«, widersprach sie. »Stell dir die beiden vor: auf der Tanzfläche, die wir auf dem Mühlenhof aufbauen. Einfach nur Arm in Arm unter dem Sternenhimmel, zu einem romantischen, langsamen Lied. Was ist das überhaupt für ein Hochzeitslied? Maite Kelly? Ohne irgendwelche komplizierten Tanzschritte hätten wir zumindest keine schwereren Verletzungen zu befürchten.«

»Die Hand nicht so weit unten«, wies Desiree Hias an. »Hüfte mehr ausdrehen. Und im Takt bleiben.«

Das würde vermutlich noch eine ganze Weile so weitergehen – und Antonias Theorie bestätigen. Dem Brautpaar war allerdings auch nicht geholfen, wenn alle es anstarrten, also konzentrierte sie sich auf Xanders Führung. Sie folgte seinen Schritten, ließ zu, dass er sie zu Adam Levines Stimme um sich selbst drehte. *Cheers to the wish you were here, but you're not* – einen Toast auf den Wunsch dich hier zu haben, aber du bist nicht da. Er zog sie wieder zu sich heran. *Cause the drinks bring back all the memories* – denn die Drinks bringen all diese Erinnerungen zurück. Als ob dieses Lied für sie geschrieben worden wäre und für die letzten Wochen, in denen immer mehr der längst vergessenen Ereignisse aus der Vergangenheit in ihre Gedanken zurückgespielt worden waren.

And the memories bring back, the memories bring back you. Ja, die Erinnerungen hatten Xander zurückgebracht und ließen sie nicht mehr vergessen, was sie einander einmal bedeutet hatten.

Xanders Blick hielt ihren fest. Sie wiegten sich im Takt des Liedes. Ihre Bewegungen passten perfekt zueinander. So vertraut und richtig hatte es sich auch vor sechs Jahren angefühlt. Antonia konnte seinen Körper spüren, ohne dass sie sich wirklich berührten. Er hielt ihre Hand in seiner. Die andere lag auf ihrer Taille, dirigierte sie mit leichtem Druck. Seine Körperwärme drang durch den dünnen Stoff ihres Tops. Und dann spürte sie sie auf einmal, die leichte Berührung seines Daumens, mit dem Xander über ihre Seite streichelte. Noch einmal. Im Takt zur Melodie.

Erinnerungen begannen – wie in dem Song – um sie herumzuwirbeln. Xanders Lachen, wenn er sie beim Klettern geschlagen hatte. Ihr Freudentänzchen, als sie beim Durchschwimmen des Sees das andere Ufer vor ihm erreicht hatte. Wie sie sich im Kino eine Packung Popcorn geteilt hatten und sich ihre Finger beim Griff in die Tüte immer wieder berührt hatten, während sie vorgegeben hatten, sich voll und ganz auf den Actionfilm auf der Leinwand zu konzentrieren.

Genau so fühlte es sich jetzt an, mit Xander zu tanzen. In seinen dunklen Augen konnte sie lesen wie in einem Buch. Er empfand genau das Gleiche. *Memories bring back you*. Das Lied verklang. Er drehte Antonia ein letztes Mal um ihre eigene Achse und blieb stehen. Um sie herum herrschte Stille. Ohne die Melodie hörte sie nur das Rauschen des Blutes in ihren Ohren und das schnelle Schlagen ihres Herzens. Antonia konnte den Blick noch immer nicht von Xander abwenden. Sie waren sich so nah.

Ein Geräusch drang durch die Stille. Wieder und wieder. Nur allmählich wurde ihr bewusst, dass jemand klatschte – und dass Xander und sie alles andere als allein waren. Auch wenn sie für einen Moment die Welt um sich herum vergessen hatte. Langsam drehte sie den Kopf. Anna, Desiree und Hannah standen am Rand der Tanzfläche neben dem applaudierenden Hias.

»Ganz fair ist das nicht«, sagte Anna und sah sie gespielt vorwurfsvoll an. »Wir sind das Brautpaar. Wir müssen im Mittelpunkt stehen.« Ein Grinsen erstrahlte auf ihrem Gesicht. »Verdammt, war das ein heißer Tanz! So werden Hias und ich das vermutlich nie hinbekommen.«

Antonia löste ihre Hand aus Xanders und ließ die andere von seiner Schulter gleiten. Sie spürte, wie ihr die Hitze ins Gesicht schoss, und räusperte sich. »Tja, ich habe damals in der Tanzschule eben besser aufgepasst als du«, antwortete sie ihrer Freundin lapidar. Hatte sie sich gerade dermaßen gehen lassen, dass sie ihre Freunde, Hannah und die Tanzlehrerin einfach vergessen hatte? Xander wich ihrem Blick aus, als sie sich wieder zu ihm umdrehte. Er hatte es also auch gespürt.

Anna rettete die Situation, indem sie sich nach der Sektflasche bückte und die Becher erneut füllte und verteilte. »Auf so viel Talent müssen wir anstoßen. Ihr könntet doch versuchen, uns das beizubringen«, schlug sie, noch immer ganz Feuer und Flamme, vor.

12

Als sie die Tanzstunde hinter sich gebracht und Anna und Hias sich endgültig als hoffnungslose Fälle entpuppt hatten, folgte Hannah Antonia zum Auto. »Wie wäre es mit einem Absacker in der *Alten Mühle*?«, fragte sie, als Antonia die Beifahrertür öffnete, um ihre Handtasche auf den Sitz zu werfen.

»Hatten wir da drin nicht genug Sekt?«, gab Antonia zurück.

Xander zog gerade ebenfalls seine Wagentür auf. Er hob die Hand zum Gruß. Ein leichtes Lächeln spielte um seine Lippen, so als teilten er und sie ein Geheimnis, von dem niemand etwas wusste. Was sie ja irgendwie auch taten. Antonia hob ebenfalls die Hand ganz automatisch. Dann wandte sie sich wieder ihrer Schwester zu.

Hannah hatte sie offenbar beobachtet und zog leicht den rechten Mundwinkel nach oben. »Ich rufe Rosa an und bestelle Eistee oder irgendeines ihrer ausgefallenen Getränke ohne Alkohol. Solange es kein Smoothie ist. Davon habe ich echt genug, seit wir im Fitnessstudio waren.«

»Eigentlich wollte ich mir einen gemütlichen Abend zu Hause machen«, versuchte Antonia es.

Hannah legte nur den Kopf schief und sah sie abwartend an.

Bis ihr nichts anderes übrig blieb, als den Kopf in den Nacken zu legen und einen resignierten Laut von sich zu geben. »Na gut. Von mir aus.« Ohne einen weiteren Kommentar ihrer Schwester abzuwarten, stieg sie in ihren Jeep. Sie konnte sich schon denken, um was es bei dem Mühlentreffen gehen würde.

Antonia folgte den schmalen Serpentinen durch die Schlucht, die von Berchtesgaden aus das Tal nach Sternmoos hinaufführten. Gefolgt von Hannah, die noch immer kein eigenes Auto hatte und deshalb den Mercedes-Bus ihres Freundes fuhr. Den gleichen Van, mit dem sie ihre jüngste Schwester vor noch nicht einmal einem Jahr am Flughafen in Frankfurt abgeholt hatten. Mit Brüchen, blauen Flecken und einer Platzwunde an der Stirn. Aber vor allem einer verletzten Seele. Doch sie war geheilt, innerlich wie äußerlich. Sie war glücklich und stärker als je zuvor.

Auf dem Mühlenhof ließen sie die Autos hintereinander ausrollen. Antonia blickte zum Hofladen hinüber. Er war natürlich längst geschlossen, aber auch die Fenster darüber waren dunkel, und der Lieferwagen stand nicht vor dem Haus. War Louisa mit einer Freundin ausgegangen? Oder verbrachte sie den Abend vielleicht mit diesem Brandl, der im vergangenen Jahr – vierzig Jahre nach ihrem ersten Aufeinandertreffen – wieder in ihr Leben gestolpert war?

Antonia stieg aus und wartete auf Hannah, die ihre Kameratasche aus dem Van wuchtete. »Wozu brauchst du die?«, wollte sie von ihrer Schwester wissen.

»Wirst du gleich sehen«, bekam sie eine unbestimmte Antwort.

Gemeinsam stiegen sie zum Mühlendachboden hinauf. Rosa wartete bereits auf sie. Sie trug bequeme Leggins und einen Hoodie, ihre Haare waren aber noch immer zu einem perfekten Bauernzopf geflochten. Antonia vermutete, dass sie gerade erst aus ihrem Dirndl geschlüpft war. Neben den drei Sitzsäcken, die ihre mittlere Schwester bereits zurechtgerückt hatte, stand ein Henkelkorb mit einem Krug und Gläsern. Die Lichterketten im Gebälk verbreiteten ihr heimeliges Leuchten.

»Da seid ihr ja«, begrüßte Rosa sie und umarmte sie beide. »Ich hatte zufällig sowieso Zitronenlimonade angesetzt. Also trifft es sich ganz gut, dass ihr keinen Alkohol wolltet.« Sie verteilte die Gläser und schenkte ihnen ein. »Warum treffen wir uns denn?«, fragte sie und ließ sich formvollendet in ihren Sitzsack sinken.

Antonia trank ihr Glas mit einem Zug halb leer und ließ sich dann auf ihren Platz fallen. »Ja, das hätte ich auch gern gewusst.«

Hannah legte wieder auf diese unnachahmliche Weise den Kopf schief und sah Antonia unter hochgezogenen Augenbrauen an. »Dabei bist du diejenige, die uns erzählen sollte, was los ist.«

Rosa hob ihre freie Hand, die Handfläche nach oben. »Von was redet sie?«, fragte sie Antonia.

»Ich habe keine Ahnung«, behauptete Antonia. Dabei war ihr sehr wohl klar, auf was dieses Gespräch hinauslaufen würde.

Hannah stellte ihr Glas auf den Boden, nahm ihre Kamera aus der Tasche und hängte sie sich um, ehe sie sich neben Rosa kniete. Sie gab ihre Kameras nie aus der Hand und hatte ihnen immer verboten, sie anzufassen. Wenn es um ihre Schätzchen ging, war sie wesentlich zwanghafter als zum Beispiel beim Aufräumen ihrer Klamotten. »Davon rede ich«, sagte sie und rief auf dem Display die Bilder auf, die sie während des Tanzkurses gemacht hatte. Sie hielt die Kamera so, dass Rosa die Aufnahmen sehen konnte.

Antonias Magen begann, unangenehm zu kribbeln. Meistens hatte sie nicht einmal gemerkt, dass ihre Schwester fotografiert hatte.

»Wow.« Rosa zog Hannahs Arm, der die Kamera hielt, näher zu sich heran. »Das ist … Antonia!« Sie blickte auf. »Du und Xander? Was läuft da zwischen euch?«

»Ich habe keine Ahnung, wovon du sprichst.« Antonia blieb nichts anderes übrig, als aufzustehen und Hannah über die Schulter zu blicken, um sich die Bilder ebenfalls anzusehen. Beim Blick auf das Display schnappte sie erschrocken nach Luft. Fassungslos starrte sie auf die Aufnahme, während sich ihre Schwestern halb umdrehten, um sie ansehen zu können. »Was denn?«, fragte sie und verfluchte die Atemlosigkeit, die sich in ihre Stimme geschlichen hatte. Dieses Foto dürfte sie eigentlich nicht wundern. Hannah war bekannt dafür, besondere Momente einzufangen. Wenn sie nur daran dachte, wie wundervoll das Bild war, das sie letztes Jahr von Rosa und ihr, hier oben, umgeben von all den glitzernden Feenlichtern, gemacht hatte.

Statt ihre Schwestern anzusehen starrte sie weiter auf das Display. Hannah hatte einen Augenblick festgehalten, in dem sich Antonia und Xander ansahen. Die Gesichter nur Zentimeter voneinander entfernt, die Blicke ineinander verhakt. Versunken in den Tanz. Versunken in die Gegenwart des anderen. Ein bisschen so, als ob sie sich in einer eigenen Welt befanden, zu der Außenstehende keinen Zutritt hatten. Würde das Foto nicht gerade sie selbst zeigen – mit dem Mann, von dem sie sich eigentlich so weit wie möglich fernzuhalten versuchte –, wäre sie beeindruckt, wie meisterhaft ihre kleine Schwester es mal wieder geschafft hatte, die Emotionen dieses Moments festzuhalten. Das Bild ließ sie verletzlich erscheinen, offen und … Entschlossen richtete Antonia sich auf und ignorierte die Hitze, die ihr in die Wangen schoss. »Was das ist, wollt ihr wissen?« Möglichst gelassen ging sie zu ihrem Sitzsack hinüber und ließ sich fallen, ehe sie nach ihrem Glas griff und gegen ihren plötzlich staubtrockenen Mund den Rest der Limonade hinunterkippte. »Wir haben getanzt. Dafür, dass Anna und Hias es nicht einmal im Ansatz so gut hinbekommen haben wie wir, können wir nichts.« Antonia zuckte mit den Schultern. »Die beiden wissen, dass wir die besseren Tänzer sind.«

»Das ist aber nicht, was ich meine«, widersprach Rosa ihr und tippte mit dem Zeigefinger auf die Kamera. Was Hannah bewog, sie aus der Reichweite ihrer Schwester zu ziehen.

Schon klar, dachte Antonia und drehte ihr leeres Glas in den Händen. Ein Bier oder noch ein Glas Sekt fühlte sich plötzlich verdammt verlockend an.

»Ich rede von diesem Blick.« Rosa formte Zeige- und Mittelfinger zu einem V und zeigte erst auf ihre, dann auf Antonias Augen.

Antonia legte den Kopf zurück und blickte in den Lichterhimmel über sich. »Das ist eine Rumba. Die wird so getanzt. Voller Emotionen. Und sexy. Frag Hannah, die Tanzlehrerin hat es erklärt.«

Ihre jüngste Schwester schnaubte. Antonia hörte, wie sie die Kamera wieder einpackte. »Diese Tanzlehrerin«, erklärte sie, während sie den Reißverschluss zuzog, »war ganz scharf auf Xander. Und als Antonia und er getanzt haben, hat sie erst geguckt wie ein Auto – und ihn dann in Ruhe gelassen.

Und weißt du warum?« Offenbar war die Frage an Rosa gerichtet. Als sie nicht antwortete, redete Hannah weiter. »Weil sie sich sicher war, ein Liebespaar vor sich zu haben.«

»Du übertreibst«, sagte Antonia zur Decke.

»Tue ich nicht.«

»Tut sie bestimmt nicht«, schloss sich nun auch Rosa an. »Die Funken sprühen ja sogar auf dem Foto.« Sie setzte sich auf den Rand von Antonias Sitzsack und griff nach ihrer Hand. »Was läuft da zwischen euch?«, fragte sie und legte dabei ihr komplettes Einfühlungsvermögen in ihre Worte. Ein mieser Trick, den sie, als Mittelkind, über die Jahre perfektioniert hatte.

»Nichts läuft da«, murmelte Antonia.

Rosa drückte ihre Hand. »Alles läuft da«, widersprach sie. »Warum tust du so, als könntest du Xander nicht ausstehen, wenn ihr euch ganz offensichtlich so zueinander hingezogen fühlt?«

»Hör mal«, sagte Antonia – noch immer zur Decke. »Wir fühlen uns nicht …«, sie wedelte mit der Hand, »zueinander hingezogen.« Was für eine bescheuerte Bezeichnung dafür, wie es damals zwischen ihnen gewesen war. Hingezogen traf es nicht einmal im Ansatz. Das unangenehme Kribbeln in ihrem Bauch nahm zu. Was auch daran liegen mochte, dass ihre Schwestern schwiegen. Bis sie den Kopf hob und die beiden ansah. Abwartend hockten sie da, und Antonia richtete sich langsam wieder in eine sitzende Position auf. Dafür waren sie Schwestern. Sie kannten einander. Sie wussten genau, wenn eine von ihnen nicht mit der Wahrheit herausrückte. Deshalb hatte Antonia es auch immer vorgezogen, Xander einfach überhaupt nicht zu erwähnen – Rosa und Hannah hätten sie in Nullkommanichts durchschaut.

»Wir haben eine Vergangenheit«, brachte sie schließlich leise heraus, was die beiden wissen wollten.

Ihre Schwestern schwiegen noch immer, also fügte sie sich in ihr Schicksal und erzählte ihnen, wie sie Xander vor sechs Jahren in der Kletterhalle in Bischofswiesen über den Weg gelaufen war und was sich daraus entwickelt hatte.

»Das ist…« Rosa schüttelte den Kopf. »…unglaublich. Warum haben wir davon nichts bemerkt?« Sie warf Hannah einen Blick zu und hob die Hände zu einer alles umfassenden Geste. »Das ist so logisch, wenn man im Nachhinein darüber nachdenkt. Ihr passt perfekt zusammen. Ihr liebt diese ganzen verrückten Sportarten, bei denen man schwitzen muss. Den Wettkampf. Ihr setzt euch für den Talkessel ein. Euch liegt der Nationalpark am Herzen«, zählte sie nur ein paar von den Dingen auf, die Antonia und Xander verbanden – oder zumindest vor sechs Jahren verbunden hatten. »Ihr seid ein perfektes Match, wie man so schön sagt. Und du hast das nie mit einem Sterbenswörtchen erwähnt.«

»Nein, natürlich nicht«, konnte Hannah sich nicht verkneifen. »Weil sie ja wie immer alles mit sich selbst ausmachen muss.«

»Hey! Ich sitze hier«, erinnerte Antonia ihre Schwestern daran, dass sie sich gerade über ihren Kopf hinweg unterhielten. »Du warst damals sonst wo in der Welt unterwegs und hast nicht viel von dem mitbekommen, was sich im Tal abgespielt hat«, erinnerte sie Hannah daran, dass sie vor zehn Jahren die Flucht aus Sternmoos angetreten hatte und erst im letzten Jahr zurückgekehrt war. »Und du«, sie wandte sich an Rosa und zuckte mit den Achseln, »Lou und du, ihr seid sicher mit der *Mühle* bis über beide Ohren beschäftigt gewesen.«

»Und da dachtest du einfach, du erzählst niemandem davon?« Die Spur von Sarkasmus in Hannahs Stimme war nicht zu überhören.

Rosa drückte Antonias Hand, bevor sie im gleichen Tonfall antworten konnte. »Warum hat es nicht funktioniert?«, fragte sie. »Ich erinnere mich nur noch, dass er mit dieser Natalie aus Berchtesgaden zusammen war und sie Leni bekommen haben. Das war etwa vor fünf, sechs Jahren.«

Antonia zog ihre Hand aus der ihrer Schwester und stand auf. Sie ging zum Dachfenster hinüber und starrte in die Nacht hinaus. Der Mond ließ die Oberfläche des Sternsees wie eine silbrige Decke leuchten und die Lichterketten, die sich in der Scheibe spiegelten, wirkten wie kleine goldene Boote, die auf dem Wasser durch die Nacht segelten. »Xander und Natalie waren schon ein Paar, bevor wir miteinander ausgegangen sind«, sagte sie leise und drehte sich zu ihren Schwestern um. »Es macht keinen Sinn, in die Vergangenheit mehr hineinzuinterpretieren, als da überhaupt war. Ich glaube sowieso nicht, dass aus uns hätte mehr werden können. Und das wollte ich auch gar nicht.« Sie ärgerte sich über den Hauch Bitterkeit, der sich in ihre Stimme schlich. »Es war wirklich keine große Sache. Wir sind ein paarmal miteinander ausgegangen, und dann stand Natalie eines Abends plötzlich vor meiner Tür. Im sechsten Monat schwanger. Sie hat mich gebeten, die Finger von Xander zu lassen, damit sie ihn um eine Chance bitten und sie eine Familie werden konnten.« Sie hob die Hände in einer hilflosen Geste. »Was hätte ich denn tun sollen?« Sie sah erst Hannah und dann Rosa an. »Ich bin Hebamme. Junge Familien, die glücklich sind, weil sie ihr erstes Kind bekommen, sind mein Leben.«

Rosa runzelte die Stirn. »Ich erinnere mich nur daran, dass

Leni zur Welt gekommen ist und Natalie kurz danach abgehauen ist. Das ganze Dorf hat sich das Maul über sie zerrissen.«

Ja, daran erinnerte sich Antonia auch noch mehr als deutlich. Jeder hatte über Xander getratscht, darüber, dass er jetzt alleinerziehender Vater war. Hatte er Natalie davongejagt (was sich niemand vorstellen konnte), oder hatte sie ihn verlassen (dieses Miststück!)? Wann immer er mit müden Bewegungen und noch müderen Augen den Kinderwagen durch Sternmoos geschoben hatte, hatten seine Nachbarn hinter seinem Rücken die Köpfe zusammengesteckt und getuschelt.

»Du hast ihn damals einfach …«, Hannah suchte nach dem richtigen Wort, »freigegeben?«

»Er hat mir nicht gehört. Ich bin einfach einen Schritt nach hinten getreten und habe Natalie die Chance gegeben, die sie als werdende Mutter verdient hatte.«

»Ha!«, sagte Hannah und sah sie mit einem zufriedenen Gesichtsausdruck an.

»Was ›ha‹?« Schon in dem Moment, in dem Antonia die Frage stellte, war sie sich nicht mehr sicher, ob sie die Antwort ihrer Schwester hören wollte.

»Du hättest uns das nicht vorenthalten sollen. Aber wenn man es genau nimmt, bedeutet deine Aktion, dass du doch Gefühle für einen Mann haben kannst, auch nach all den Erlebnissen mit Benedikt. Und zwar für einen guten Mann, wie Xander einer ist. Da ist noch so viel möglich.«

»Ich fand Xander vor ein paar Jahren ganz attraktiv«, korrigierte sie Hannahs Gedanken. »Aber ich habe keine Gefühle für ihn, okay? Interpretiert da nichts rein.« Und erzählt es um Himmels willen nicht unserer Mutter, fügte sie in Gedanken hinzu.

Rosa schenkte Antonia ihr freundliches Mittelkind-Lächeln. »Wir interpretieren überhaupt nichts. Wir sehen uns nur die Fotos an und denken uns unseren Teil.«

»Soll ich dir eins ausdrucken und rahmen lassen?«, fragte Hannah frech.

»Seht ihr?« Antonia wies mit dem ausgestreckten Finger auf ihre Schwestern. »Genau deshalb behalte ich solche Sachen lieber für mich.«

*

Louisa und Brandl hatten den sonnigen Nachmittag auf der Terrasse seiner Ferienwohnung ausklingen lassen. Bei einer Tasse Kaffee hatten sie zugesehen, wie die Sonne hinter dem Watzmann versank. Als es schließlich zu kühl wurde, um länger draußen sitzen zu können, wechselten sie in die offene Landhausküche des Apartments. Die Restauration des Mercedes SL, wegen der Brandl ursprünglich aus Augsburg nach Berchtesgaden gekommen war, war inzwischen seit Monaten abgeschlossen. Doch er war noch immer hier. Er hatte den Mietvertrag bereits einmal um ein halbes Jahr verlängert und das Gleiche erst letzten Monat noch einmal gemacht. Er fuhr nur zu seltenen Gelegenheiten nach Augsburg zurück und nur, wenn sich die Dinge nicht von hier aus regeln ließen. Und nun würde er mindestens noch über den Sommer bleiben. Wie ein Statement, dass das jetzt sein Zuhause war, hatte er einen Strauß bunter Tulpen auf den Esstisch gestellt. Sie stammten nicht aus dem *Blatt und Blüte*, aber das konnte sie Brandl nicht verübeln. Er hing schließlich an seinem Leben.

Louisas Schwester war zwar nicht besonders scharf darauf, ihm über den Weg zu laufen – und von einem Platz an der Familientafel der Falkenbergs war er noch genauso weit entfernt wie die Kletterrosen an seiner Hauswand davon zu blühen. Aber immerhin akzeptierte Rena, dass Louisa und er Zeit miteinander verbrachten. Heute war wieder einer der Abende, die Louisa mit Brandl verbringen würde, um erst am nächsten Morgen nach Hause zu gehen.

Brandl begann mit den Vorbereitungen der Spaghetti Carbonara, die es zum Abendessen geben sollte. Louisa wusch den Salat. Sie hatten erstaunlich schnell zu einem gemeinsamen Rhythmus gefunden. Aus Brandl, für den Kochen zu Studentenzeiten aus dem Öffnen einer Dose Ravioli bestanden hatte, die er notfalls auch kalt gegessen hatte, war ein ziemlich guter Koch geworden, dem es Spaß machte, am Herd zu stehen und sie zu verwöhnen. Sie hatten sich darauf geeinigt, dass er der Boss war, wenn sie in seiner Küche kochten. Dann wurde Louisa zur Schnippelhilfe. Verbrachten sie einen Abend in ihrer Wohnung über dem Mühlenladen, war es genau umgekehrt.

Eine seiner grauen Locken fiel ihm in die Stirn, als er den Kopf drehte und sie anlächelte. Noch immer schaffte er es, Schmetterlinge durch ihren Bauch taumeln zu lassen. Über sechzig war sie jetzt, doch die Gefühle, die gleichzeitig aufregend und erschreckend vertraut waren, unterschieden sich nicht von dem, was sie als Zwanzigjährige empfunden hatte.

»Rot oder weiß?«, fragte er, nachdem er den Deckel auf den Topf mit der Nudelsoße gesetzt und das Geschirrtuch, das er mit einer Ecke in den Bund seiner Jeans steckte, zur Seite gelegt hatte.

»Ich bin für Rot«, antwortete Louisa und nahm den Rucola aus der Salatschleuder. Brandl hatte einen wirklich guten italienischen Primitivo, von dem er immer eine Flasche besorgte, wenn sie ihn besuchte.

»Kommt sofort.«

Während sie die Salatsoße bereitete, öffnete er die Flasche, schenkte ein und schob eines der Gläser auf dem Küchentresen neben ihre Hand. »Cheers«, sagte er und hob seinen Wein. Die bordeauxrote Flüssigkeit funkelte im Licht der Deckenleuchten.

Sie hob ihr Glas ebenfalls und stieß mit ihm an. »Auf einen schönen Abend.«

»Ich habe heute Leni getroffen. Sie war mit ihrer Großmutter einkaufen«, erzählte Brandl und holte Teller und Besteck aus den Schränken. »Xander und Antonia haben wohl eine Tanzstunde mit dem Brautpaar, weshalb sie bei ihrer Oma übernachtet und sich ein Abendessen aussuchen durfte. Die Wahl ist auf Pfannkuchen gefallen.«

Louisa musste lachen. Pfannkuchen standen sicher erst seit ihrem Besuch bei Antonia auf der Liste für ein leckeres Abendessen. »Gute Entscheidung. Vielleicht sollten wir das beim nächsten Mal auch machen.«

Brandl stellte das Geschirr auf die Anrichte und lehnte sich mit der Hüfte dagegen, ohne Louisa aus den Augen zu lassen. »Du magst die Kleine – und sie ist ganz vernarrt in dich«, stellte er fest. »Sie hat mir erzählt, dass du sie auf Maluna hast reiten lassen.«

»Das stimmt. Wir haben neulich einen wirklich netten Nachmittag miteinander verbracht.«

»Du magst Kinder auch sonst ziemlich gern.« Brandl sah sie einen Moment nachdenklich an, und Louisas Herzschlag beschleunigte sich. Ihre Hand verkrampfte sich um den Stiel ihres Weinglases. Sie hatten über vieles aus der Vergangenheit gesprochen, aber ein Thema hatte Louisa bis jetzt sorgfältig ausgeklammert.

»Meinen Sohn hast du sofort gemocht, als ich euch einander vorgestellt habe«, fuhr Brandl fort. Das stimmte. Im Februar hatte Louisa ihn einmal für ein Wochenende nach Augsburg begleitet, und dort hatte sie nicht nur seine – wirklich sehr nette – Exfrau kennengelernt, sondern auch Ben. Sie hatten sich sofort verstanden. »Natürlich geht er nicht mehr als Kind durch. Genau wie deine Nichten«, zählte Brandl weiter auf. »Sie sind natürlich auch längst erwachsen, aber wenn man dich mit ihnen sieht, kann man sich gut vorstellen, wie euer Verhältnis war, als sie noch klein waren. Und hin und wieder habe ich dich mit den Kids deiner Kunden im Hofladen erlebt. Du magst Kinder.«

»Mag sein.« Louisa konzentrierte sich darauf, langsam ein- und auszuatmen. An ihrer kurz angebundenen Antwort müsste er erkennen können, dass sie dieses Thema nicht vertiefen wollte.

Entweder hatte er es nicht bemerkt, oder er ignorierte ihre abwehrende Haltung. »Hast du nie darüber nachgedacht? Darüber, eigene Kinder zu haben?«, ergänzte er, als sie nicht antwortete.

»Nein. Nie«, log sie. Mit einer langsamen, vorsichtigen Bewegung stellte sie das Weinglas auf den Küchentresen neben den halb fertigen Salat und drängte sich dann an ihm vorbei. »Entschuldigst du mich einen Moment?«, murmelte sie und schloss im nächsten Moment die Tür des Gästebades hinter sich. Für ein paar Sekunden lehnte sie ihren Rücken gegen das kühle Holz, das wie eine Schutzbarriere zwischen ihr und Brandls neugierigen Fragen lag. Fragen, die sie auf keinen Fall beantworten würde.

Sie stieß sich von der Tür ab und stützte die Hände auf das Waschbecken. Das letzte Jahr hatte viel verändert. Gutes war geschehen. Brandls Rückkehr in ihr Leben. Rosa und Hannah, die ihr Glück gefunden hatten. Und nicht zuletzt das Verhältnis zu ihrer Schwester, das, nachdem es fast vollständig zerbrochen war, langsam wieder aufblühte.

Aber mit den schönen Ereignissen waren auch die Erinnerungen zurückgekehrt. Gedankenfetzen, die sie gut in ihrem Inneren verschlossen hatte. Rückblenden. Manche bargen sonnige Augenblicke. Manche Momente voller wilder Leidenschaft. Aber viele, viel zu viele waren voller Schmerz, Angst und Hoffnungslosigkeit.

Louisa betrachtete ihr Gesicht im Spiegel über dem Waschbecken. Das Blond ihrer Haare war nicht mehr echt. Die Krähenfüße in ihren Augenwinkel schienen sich von Tag zu Tag tiefer in die Haut zu graben. Aber sie konnte es noch immer in ihrem Spiegelbild sehen. Das junge Mädchen, das in stiller Verzweiflung durch die Straßen Münchens irrte. Allein und ohne einen blassen Schimmer, was sie mit der alles verändernden Nachricht, die durch ihre Gedanken wirbelte, anfangen sollte.

Januar 1979

Louisa starrte an den Spitzen ihrer Winterstiefel vorbei auf den ausgetretenen kastanienbraunen Industrieteppich vor sich. Der Bauch der Frau, die rechts neben ihr saß, war so dick, dass sie ständig gegen Louisas Arm stieß. Sie konnte unmöglich nur mit einem Kind schwanger sein, so gewaltig wie sie aussah. Eine junge Mutter, die ihr gegenübersaß, hatte einen etwas kleineren Babybauch, aber dafür alle Hände voll zu tun mit zwei Kleinkindern, die höchstens ein Jahr auseinander sein konnten und sich daranmachten, das Wartezimmer zu zerlegen. Louisa versuchte, sie auszublenden, und starrte weiter konzentriert auf ihre Schuhspitzen. Die Zeit verschwamm. Patientinnen kamen und gingen. Nur die Frau mit den Kindern und die Schwangere neben ihr blieben sitzen, genau wie sie. Als eine sonore Männerstimme schließlich »Louisa Anger« rief, hatte sie das Zeitgefühl bereits völlig verloren. Vielleicht saß sie seit Stunden auf dem unbequemen Holzstuhl, vielleicht waren es aber auch nur dreißig Minuten gewesen.

Sie blickte auf. Der Doktor stand in der Tür seines Behandlungszimmers, in der Hand eine Patientenakte. Ihre Testergebnisse, vermutete sie. Langsam stand Louisa auf. Sie musste vorsichtig sein. Denn ihr wurde nicht nur schlecht, wenn sie morgens die Augen aufschlug, oder wenn sie mittags versuchte, etwas zu essen. Das Gleiche geschah, wenn sie sich zu hastig bewegte.

Langsam ging sie auf den Arzt zu und an ihm vorbei, in das Sprechzimmer. Er schloss die Tür hinter ihr und bat sie, vor seinem Schreibtisch Platz zu nehmen. Nachdem auch er sich gesetzt hatte, breitete er die Blätter vor sich aus und verschränkte die Finger ineinander, ohne einen Blick auf die Ergebnisse zu werfen. Stattdessen fixierte er Louisa über den Halbmond seiner Lesebrille hinweg. »Herzlichen Glückwunsch, Frau Anger. Sie werden Mutter.«

Louisa sagte nichts. Sie fühlte sich wie versteinert. Innerlich genauso wie von außen. Schwanger. Sie hatte es gewusst. Natürlich war ihr das klar gewesen. Ihre Periode war immer pünktlich gewesen, bis sie plötzlich ausgeblieben war. Und natürlich hatte sie sich von dem Moment an, in dem ihre Schwester an Weihnachten überraschend vor Brandls Tür gestanden hatte, nicht einfach so ständig übergeben müssen.

»Ich hoffe, das ist eine erfreuliche Nachricht für Sie«, versuchte der Arzt, sie zu irgendeiner Reaktion zu bewegen. »Wie steht denn der werdende Vater dazu?«

»Der spielt keine Rolle in meinem Leben«, brachte Louisa mit leiser, rauer Stimme heraus. Er hatte ihr das Herz gebrochen. Er hatte sie belogen und betrogen. Er war – verdammt noch mal – mit ihrer Schwester verlobt gewesen, als er sie geschwängert hatte.

Überhaupt! Rena! Wie sollte sie ihrer Schwester das jemals erklären? Sie würde ganz bestimmt nicht aufhören, sie zu hassen, wenn sie allem, was geschehen war, die Krone aufsetzte und beichtete, dass sie ein Kind erwartete.

Der Arzt seufzte. Ob er es oft mit Frauen wie ihr zu tun hatte? Frauen, die dumm und ohne nachzudenken ihr Herz verschenkten und dann inmitten eines Scherbenhaufens aufwachten. Ohne Schuhe, verstand sich. »Ich gebe Ihnen ein paar Merkblätter mit. Vereinbaren Sie bitte an der Anmeldung Ihren nächsten Termin, bevor Sie gehen.« Einen Moment schwieg er. Dann ergänzte er: »Sie sollten ein wenig besser auf sich achten. Sie haben Untergewicht. Zusammen mit der ständigen Übelkeit ist das nicht gut für Ihr Baby.«

Ihr Baby. Vorsichtig legte Louisa die Hand auf ihren Bauch, der nicht nur flach war, sondern sich fast ein wenig nach innen neigte.

»Versuchen Sie, ausreichend zu essen«, riet er ihr. Damit war das Gespräch offensichtlich beendet. Er erhob sich und öffnete die Tür. Louisa hatte Fragen. Unendlich viele Fragen. Sie alle schwirrten durch ihren Kopf, aber sie schaffte es nicht, auch nur

eine einzige zu stellen. Ihr Hals war wie zugeschnürt. Im Moment blieb ihr nichts anderes übrig, als zu gehen. Sie würde wiederkommen, wenn sie nachgedacht hatte. Dann würde sie ihm all die Fragen stellen, die sich darum drehten, dass ihr Leben von nun an nicht mehr sein würde, wie es war. Bis dahin … sie stand auf und stolperte an dem Arzt vorbei nach draußen.

Wie er es ihr aufgetragen hatte, ließ sie sich einen Folgetermin geben und zog ihren Mantel über. Ohne ihn zu schließen, trat sie in den sonnigen, kalten Winter hinaus, der München fest im Griff hatte. Sie atmete die klare, eisige Luft ein und blieb auf dem Gehweg stehen, bis sie am ganzen Körper vor Kälte zitterte. Es tat gut, sich aus der Erstarrung zu lösen, sich wieder selbst zu spüren. Mit kalten Fingern knöpfte sie den Mantel schließlich zu und ging zu Fuß zu der WG, in der ihre Freundin Marlene lebte.

Hier war sie untergeschlüpft, als sie Brandls Zuhause, das auch zu ihrem geworden war, Hals über Kopf verlassen hatte, nachdem sie die Wahrheit über sein doppeltes Spiel herausgefunden hatte. Marlene war es auch gewesen, die sie gedrängt hatte, endlich einen Arzt aufzusuchen. Louisa hatte gezogert. Solange sie die Tatsache nicht schwarz auf weiß präsentiert bekam, hatte sie die Wahrheit verdrängen können. Doch jetzt war es zu spät dafür. Sie würde Mutter werden.

Müde schleppte sie sich die Treppen zu Marlenes Wohnung hinauf. Sie trat ihre Stiefel von den Füßen. Ohne ihren Mantel auszuziehen, ließ sie sich auf die Matratze fallen, die vor dem Bett ihrer Freundin auf dem Boden lag und seit über einem Monat ihr Zuhause war. Sie zog sich die Decke über den Kopf und blieb einfach liegen. Sie wusste nicht, wie es weitergehen würde. Sie wusste nicht, was die Zukunft brachte. Alles, was sie wusste, war, dass sie das kleine Wesen, das in ihr heranwuchs, beschützen musste. Sie würde für das Kind da sein, würde es lieben. Und vielleicht kam sie irgendwann sogar darüber hinweg, dass der Vater des kleinen Wesens ein verdammter Mistkerl war. Tränen brannten in ihren Augen. Vor dem Arzt oder im Wartezimmer der Praxis hatte sie nicht losheulen wollen, aber jetzt musste sie sich nicht mehr zusammenreißen. Sie ließ den Tränen freien Lauf und blieb einfach liegen. Irgendwann würden sie versiegen – und dann würde sie mit ihrem neuen Leben beginnen. Einem Leben, das gerade einen neuen Sinn bekommen hatte.

Louisa starrte noch immer in den Spiegel über dem Waschbecken. Zusammen mit den Erinnerungen hatte sich eine Träne aus ihrem Augenwinkel gelöst und suchte sich einen Weg über ihre Wange. Sie wischte sie mit der Handkante weg und nahm einen zittrigen Atemzug. Wie so oft in den letzten Wochen und Monaten rief sie sich selbst zur Ordnung. Die Dinge, die vor fast einem halben Jahrhundert geschehen waren, hatten in ihrem jetzigen Leben nichts mehr verloren. Sie drehte das kalte Wasser auf und ließ es über ihre Handgelenke laufen, bis sie sich wieder ein wenig beruhigt hatte. Dann tupfte sie sich kaltes Wasser ins Gesicht und kühlte ihre Augen.

Erst als sie sich selbst und ihre Emotionen wieder vollständig im Griff hatte, öffnete sie die Tür und kehrte in das Hier und Jetzt zurück.

Brandl goss gerade Wein nach, als Louisa die offene Kombination aus Wohnzimmer und Küche betrat. Er hob den Blick und musterte sie kurz. Statt sie weiter mit Fragen zu bombardieren, lächelte er sie an und reichte ihr ein Glas. Sie konnte in seinen Augen lesen, dass er nicht aufhörte, sich

Gedanken zu machen, nur weil sie nicht bereit war, ihm Antworten zu geben. Er war ein Anwalt. Natürlich würde er so schnell nicht aufgeben. Aber auch sie konnte in seinem Gesicht lesen. Für heute würde er sie in Ruhe lassen und versuchen, die gute Stimmung, in der der Abend begonnen hatte, zu retten. Er hatte keine Ahnung, was passiert war, nachdem sie ihn vor all den Jahren verlassen hatte. Und solange es in ihrer Macht stand, würde er es auch nie erfahren.

»Setz dich«, sagte er und zog ihr den Stuhl am Esstisch heraus. Er hatte den Tisch gedeckt und leise Klaviermusik eingeschaltet. Im Kamin brannte ein Feuer.

»Danke für die Einladung zum Abendessen.« Sie nahm Platz und stieß mit ihm an, als auch er sich gesetzt hatte.

»Gern geschehen.« Er nippte an seinem Wein und legte sich dann die Serviette auf den Schoß. »Was gibt es – abgesehen von dem Tanzkurs – Neues in der Hochzeitsplanung?«, fragte er und verteilte die Nudeln aus der Schüssel in der Mitte des Tisches auf ihre Teller.

Dankbar über den Themenwechsel begann sie, ihn auf den aktuellen Stand zu bringen.

13

Die nächste Woche endete mit einem Bergwachteinsatz. Xander, Jakob und Hias waren gemeinsam mit dem Rest ihres Teams zur Rettung zweier Wanderer eingesetzt worden, die nicht von einer Tour im Klausbachtal zurückgekehrt waren. Die Pension, in der sie ihr Zimmer hatten, hatte sich am Abend gemeldet, nachdem die beiden nicht zum Abendessen aufgetaucht waren.

Xanders Mutter war bei ihm vorbeigekommen und hatte es übernommen, Leni ins Bett zu bringen, während er und seine Kameraden ihre Ausrüstung zusammengepackt hatten und in die Berge aufgebrochen waren. Ein Einsatz der Bergwacht war immer ein Trip ins Ungewisse. Niemand konnte voraussagen, wie lange sie unterwegs sein würden, in welchem Zustand sie die Vermissten finden würden. In dieser Nacht hatten sie Glück. Das Paar, das auf seiner Wanderung vom Weg abgekommen war, hatte selbst auf seine Route zurückgefunden und kam ihnen auf halber Strecke entgegen. Durstig, ein wenig derangiert und erschöpft. Aber unverletzt. Sie versorgten die beiden mit Wasser und Energy-Riegeln, nahmen ihnen die Rucksäcke ab und brachten sie zurück in ihre Unterkunft.

Jakob und Hias erklärten sich bereit, den Einsatzbericht zu schreiben. Also packte Xander seine Ausrüstung neu und sah dann zu, dass er nach Hause kam. Seine Mutter hatte es sich mit einer Wolldecke auf der Couch gemütlich gemacht, nachdem sie Leni ins Bett gebracht hatte, und war eingenickt.

Sie wachte blinzelnd auf, als Xander das Haus betrat, und richtete sich auf. »Das ging schnell«, sagte sie und streckte sich gähnend.

Xander beugte sich herunter und küsste sie auf die Wange. »Die Wanderer hatten den Weg nach Hause schon gefunden. Wir haben ihnen nur auf dem letzten Stück geholfen.«

»Gott sei Dank.« Marianne stand auf, strich ihre Haare glatt und legte die Decke ordentlich zusammen. »Leni ist gleich eingeschlafen. Aber diesen Hund habe ich nicht aus ihrem Bett bekommen.«

Xander grinste. Tiere im Bett waren seiner Mutter ein Graus. »Wir arbeiten noch an seinen Manieren«, log er.

»Ja ja.« Sie legte ihm die Hand auf den Arm und lächelte nachsichtig. »Ich gehe jetzt. Auf deinem Sofa holt man sich eine Genickstarre. Kommt doch am Sonntag zum Essen vorbei.«

»Das machen wir. Danke, Mama.« Er holte sich ein Bier aus dem Kühlschrank. Normalerweise trank er das nach einem erfolgreichen Einsatz mit seinen Kameraden zusammen, aber heute hatte es ihn nach Hause gezogen. Wenn er so überstürzt aufbrechen musste und sich nicht von Leni verabschieden konnte, machte ihn das immer unruhig. Er war gerade auf dem Weg nach oben, um noch einmal nach ihr zu sehen, als es klopfte.

Hatte seine Mutter etwas vergessen? Er änderte die Richtung, stellte sein Bier auf das Sideboard im Flur und zog die Haustür auf. Sie hatte doch einen Schlüssel, warum benutzte sie ihn nicht einfach? »Mama, hast du … Natalie?« Er brauchte einen Moment um zu begreifen, dass seine Exfreundin leibhaftig vor ihm stand. In einem schimmernden Top mit einem aufregend tiefen V-Ausschnitt und hautengen schwarzen Jeans zu Stiefeletten mit schmalen, hohen Absätzen. Zum ersten Mal seit über zwei Jahren standen sie sich persönlich gegenüber. Normalerweise kommunizierten sie per Mail oder Telefon.

»Hallo, Xander.« Sie trat einen Schritt vor und küsste ihn auf die Wange. Ihr exotischer Duft hüllte ihn ein. Er passte zu ihren leicht schräg stehenden Mandelaugen. Die Mischung wirkte sexy, erotisch.

Vor sechs Jahren hatte sie ihre Wirkung damit nicht verfehlt. Doch jetzt berührte sie ihn kein bisschen. »Was für eine Überraschung. Was kann ich für dich tun?«, fragte er.

»Was ist das für eine Frage?« Sie trat einen Schritt zurück und drehte sich einmal um die eigene Achse. Ihre langen, dunklen Locken, die sie an Leni vererbt hatte, schwangen wie eine wilde Welle um ihren Oberkörper. »Meine Therapie ist beendet.«

Beendet oder abgebrochen, dachte Xander. Da konnte man sich bei Natalie nie so sicher sein.

»Ich bin vorbeigekommen, um meine Tochter zu sehen«, beantwortete sie seine Frage.

Xander rieb sich über den Nacken. »Es ist halb elf, Natalie. Leni schläft seit Stunden.«

»Oh.« Ihr breites Lächeln wackelte für einen Moment. Dann kehrte es mit voller Wucht zurück. »Auf die Zeit habe ich gar nicht geachtet.« Natürlich nicht. »Kann ich sie trotzdem sehen? Nur kurz? Ich bin auch ganz leise.«

Xander wollte nicht, dass sie hereinkam. Er wollte nicht,

dass sie Leni aus Versehen weckte und durcheinanderbrachte. Ihr Hoffnung machte – und sie dann wieder hängen ließ. Andererseits war sie Lenis Mutter und hatte Sehnsucht nach ihrem Kind. Wie konnte er ihr das verwehren? »Komm rein«, sagte er und trat zur Seite, um sie ins Haus zu lassen.

Er ging ihr voran die Treppe hinauf. Als er sich umdrehte, sah er, wie sie den Blick durch das Wohnzimmer schweifen ließ. »Hier hat sich nicht viel verändert«, sagte sie leise. In ihrem Lächeln lag Wehmut. Doch er wusste nur zu gut, dass sich das von einer Sekunde auf die andere ändern konnte.

Xander schob die Tür zu Lenis Zimmer, die wie immer nur angelehnt war, ein Stück weiter auf und trat zur Seite, um den Blick für Natalie freizugeben. Er konnte nur hoffen, dass sie nicht auf die Idee kam, in das kleine Paradies zu stürmen und Leni zu wecken. Seine Tochter hatte sich die Decke bis zur Nasenspitze hochgezogen, ihr Gesicht schimmerte glücklich und entspannt im Schein des kleinen Nachtlichts. Unter der Decke blitzte der Feenstab hervor, ohne den sie selten zu sehen war. Der Rest ihres Bettes war von Bub belegt, der seine Augen nicht öffnete, aber leise mit dem Schwanz auf die Decke klopfte, um ihnen zu zeigen, dass er ihr Auftauchen bemerkt hatte.

Natalie runzelte bei seinem Anblick die Stirn, sagte aber nichts. Dann betrachtete sie Leni. Ihre Augen glitzerten feucht – und wie immer in diesen Momenten machte sich das schlechte Gewissen in Xander breit. Egal wie krank Natalie war, sie liebte ihre Tochter und vermisste sie mit Sicherheit furchtbar. Auf ihre ganz eigene Art. Er wollte sich nicht einmal vorstellen, wie es wäre, seinen kleinen Sonnenschein nicht jeden Tag sehen zu können.

Schließlich drehte Natalie sich um und kehrte zur Treppe

zurück. Xander lehnte die Tür wieder an und folgte ihr. Sein schlechtes Gewissen nahm zu, weil er verdammt erleichtert war, dass seiner Tochter ein Treffen mit ihrer Mutter erspart geblieben war.

Zurück im Erdgeschoss ging Natalie nicht wie von Xander erwartet zur Haustür, sondern trat an die Fensterwand, die auf die Terrasse führte. Leni zu sehen war also nicht der einzige Grund für ihren Besuch gewesen. Sie wollte noch etwas anderes. Geld für eine neue Therapiemethode vielleicht? Ihre Gesichtszüge spiegelten sich im Glas. »Euch geht es gut«, stellte sie fest.

»Ja. Wir sind glücklich.« Ohne dich. Er sprach es nicht aus, aber sie wussten es beide.

Das Lächeln, das er im Fensterspiegel sah, wirkte ein bisschen wehmütig. Dann schlug es um, als hätte man einen Schalter betätigt. Xander konnte die Energie, die um Natalie herum zu vibrieren begann, geradezu spüren. Langsam drehte sie sich zu ihm um. Ihr Blick eine Einladung. Unter halb gesenkten Lidern sah sie ihm direkt in die Augen, während sie mit verführerisch schwingenden Hüften auf ihn zukam.

Xander schluckte. Ihm wurde klar, dass seine Befürchtung sich einmal mehr bestätigte. Er hätte es bereits wissen müssen, als sie so spät am Abend in aufreizenden Klamotten aufgetaucht war, um ihre Tochter zu sehen. Irgendwie hatte sie es wieder einmal geschafft, ihn zumindest für einen Moment zu täuschen. Aber jetzt stand sie ihr überdeutlich ins Gesicht geschrieben. Die Manie, von der sie getrieben wurde. Was die Frage beantwortete, die er sich gestellt hatte, als sie vor dem Haus aufgetaucht war. Sie hatte ihre Therapie offenbar abgebrochen und verzichtete darauf, ihre Medikamente zu nehmen.

»Ich habe Lust zu tanzen.« Natalie drehte sich einmal um sich selbst und legte lachend den Kopf in den Nacken. »Mach doch mal Musik an.«

»Nein. Leni schläft«, versuchte er es mit Vernunft, obwohl er genau wusste, dass das in ihrer jetzigen Situation vergeudete Energie war.

»Spielverderber«, schnurrte Natalie. Sie war inzwischen nahe genug, um ihre Hand auf seinen Brustkorb legen zu können und in Richtung Süden gleiten zu lassen. »Du hast recht. Eigentlich brauchen wir beide gar keine Musik. Ich habe dich vermisst.«

Xander fing ihre Hand ein und hielt sie fest. Wieder traf ihn Natalies Duft, als sie ihre wilde Lockenmähne schüttelte. Er konnte sich lebhaft daran erinnern, warum er sich vor sechs Jahren von ihr angezogen gefühlt hatte wie die Motte vom Licht: Sie war damals wie heute sexy. Voller übersprudelnder Energie. Und gierig darauf, mit ihm zu schlafen. Sie hatten guten Sex gehabt. Doch viel zu schnell war all das aus dem Ruder gelaufen. Ihr Zusammensein war immer wilder und unkontrollierter geworden. Er hatte keine Ahnung gehabt, warum er sie nicht einfach zärtlich und langsam lieben konnte. Wenn er versucht hatte, sie zu bremsen, hatte sie sich entweder durchgesetzt oder einen ausgewachsenen Tobsuchtsanfall bekommen. Ihre Stimmungswechsel waren legendär. Seine romantischen Gesten hatte sie regelmäßig gesprengt. Wann immer er versucht hatte, ihre Beziehung zu entschleunigen, die sich anfühlte wie ein Porsche mit Vollgas auf der Überholspur, hatte sie ihn überrumpelt. Mit all ihrer Energie und ihrem Enthusiasmus mitgezogen. Zeit zum Durchatmen hatte sie ihm nicht gelassen. Und dann war sie von heute auf morgen verschwunden. Sie hatte gesagt, dass sie zum Friseur wollte – und weg war sie. So wie sie in sein Leben gerauscht war, hatte sie sich auch wieder daraus verabschiedet. Nur um ein halbes Jahr später abermals vor seiner Tür aufzutauchen – mit der großen Überraschung im Gepäck. Besser gesagt: unter ihrem Herzen.

»Kein Interesse?«, fragte Natalie und zog die Brauen hoch. »Wir hatten doch immer eine schöne Zeit zusammen.«

»Ja«, sagte er. Zumindest im ersten wilden Rausch ihrer Beziehung. Xander machte einen Schritt zurück und brachte Abstand zwischen sie. »Das ist lange her, und wir haben bemerkt, dass das mit uns nicht funktioniert.« Abgesehen davon war es undenkbar, sich wieder auf Natalie einzulassen. Zum einen, weil das Leni völlig verwirren würde. Zum anderen, weil seine Gedanken bei einer völlig anderen Frau waren. Zwischen Antonia und ihm würde nie etwas passieren, so sehr die Funken zwischen ihnen in letzter Zeit auch gesprüht hatten. Beim Tanzkurs genauso wie an dem Abend, als er Leni bei ihr zu Hause abgeholt hatte oder als seine Finger im Brautmodenladen über ihren Rücken geglitten waren. Aber solange seine Gedanken um sie kreisten, konnte er nichts mit einer anderen Frau anfangen.

Auf Natalies Avancen einzugehen wäre außerdem das falscheste Signal, das er ihr schicken konnte. In den letzten Jahren hatte sie immer wieder versucht, das alte Feuer zu schüren. »Nimmst du dein Lithium?«, erkundigte er sich nach dem einzigen Medikament, das ihr helfen konnte, die Kontrolle nicht zu verlieren. Auch wenn sie das nicht erkennen konnte, wenn sie mitten in einer ihrer Episoden steckte.

»Na toll.« Natalie warf theatralisch die Hände in die Luft. »Wenn es jemand schafft, die Stimmung kaputt zu machen, dann ja wohl du.«

»Das war keine Antwort auf meine Frage«, hielt Xander dagegen.

»Weil es dich nichts angeht«, fauchte Natalie. »Ich habe dir gesagt, dass ich gesund bin. Ich habe eine Therapie gemacht. Und ich wollte Leni und dir noch mal eine Chance geben. Sie sollte Zeit mit ihrer Mutter verbringen können, aber du verhinderst das die ganze Zeit. Ich könnte gerichtlich gegen dich vorgehen.«

Xander rieb sich über das Gesicht. Er fühlte sich müde und ausgelaugt. Das brachten die Auseinandersetzungen mit ihr immer mit sich. Die Sprunghaftigkeit, mit der sie von Thema zu Thema sprang, war eine Form ihres Krankheitsbildes.

»Ich will eine größere Rolle in Lenis Leben spielen«, versuchte sie es noch einmal.

»War deine Therapie erfolgreich?« Xander verschränkte die Arme vor der Brust und sah sie abwartend an.

»Absolut!« Sie strahlte ihn an und drehte sich einmal um die eigene Achse.

Sie log. Sie würde sich nie ändern. Sein Herz wünschte sich, dass sie eine gute Mutter wäre. Er wünschte sich das für Natalie – aber vor allem für Leni. »Ich glaube dir nicht«, sprach er den Satz aus, zu dem er vor sechs Jahren und bei all den Auseinandersetzungen seit der Geburt ihrer Tochter nicht fähig gewesen war. Es kostete ihn auch jetzt noch Überwindung. Es hatte ihn so viele schlaflose Nächte gekostet, so viel Recherche im Internet, Fachbücher, die er gewälzt hatte. Deshalb wusste er auch genau, dass Natalie seinen Gegenwind nicht hinnehmen würde.

»Du verdammtes Arschloch«, zischte sie und schlug ihm gegen die Brust. »Ich will Leni, und mir geht es gut! Ich hasse es, dass mir ständig irgendetwas unterstellt wird. Du siehst mich an wie ein Insekt unter dem Mikroskop. Als ob du mich sezieren wolltest. Willst du das, Xander?« Sie stieß ihm noch einmal gegen den Oberkörper, und er trat zur Seite, um sie vorbeizulassen. »Das wird ein Nachspiel haben.« Nun war sie schon deutlich lauter. »Ich lasse mich nicht von dir einschüchtern. Oder von deinem Vater. Oder eurem Geld. Ich kämpfe gegen dich. Und ich werde«, an der Tür fuhr sie noch einmal zu ihm herum, »verdammt noch mal gewinnen!« Sie riss die Tür auf und schlug sie hinter sich ins Schloss.

Xander zuckte zusammen und lauschte mit angehaltenem Atem, ob Leni wach wurde. Als es im Obergeschoss still blieb, atmete er ganz langsam aus und wartete darauf, dass sich sein Herzschlag wieder beruhigte.

*

Das Treffen mit ihren Schwestern auf dem Dachboden hatte Antonia nicht weitergebracht. Ein paar Tage nach dem Gespräch mit Rosa und Hannah schlüpfte sie gerade wieder in ihre Alltagskluft, nachdem sie nach ihrer Schicht im Krankenhaus geduscht hatte, als Lilly, eine der Schwestern der Entbindungsstation, in den Umkleideraum kam. »Hey Tonia«, grüßte sie und verdrehte dann gut gelaunt die Augen. »Da hatten wir ja heute eine richtige Schreimama«, sagte sie.

Antonia musste grinsen. »Das kannst du laut sagen.« Bei Geburten ging es selten leise zu, aber die junge Mutter, die heute einen kleinen Jungen zur Welt gebracht hatte, hatte ihren Schmerz – und ihre Wut auf den Kindsvater, weil er sie überhaupt geschwängert hatte – besonders laut herausgeschrien.

Lilly setzte sich vor den dürftig beleuchteten Spiegel und besserte ihr Make-up auf. »Wir fahren noch nach Salzburg, ein bisschen feiern«, sagte sie und tuschte mit sicheren Bewegungen ihre Wimpern. »Bist du dabei?«

Antonia zögerte einen Moment. Sie musste sich dringend um ihren Papierkram kümmern, Rechnungen für die Krankenkassen und ihre privat versicherten Schwangeren schreiben. Aber ein Abend in einem Club hörte sich verdammt verlockend an. Etwas trinken. Tanzen und flirten. Einen ganzen Abend nicht über die Hochzeit nachdenken. Und damit ganz automatisch Xander und seine neuerliche Wirkung auf sie ausblenden.

Sie blickte an sich herunter. Jeans, ein Boxy Shirt, das oberhalb ihres Hosenbundes endete und einen schmalen Streifen ihrer gebräunten Haut zeigte, und Sneaker. Im Kofferraum ihres Jeeps lagen noch ein Paar Stiefeletten – die Schuhe könnte sie zumindest tauschen. »Wenn ihr mich so mitnehmt«, sagte sie.

Lilly warf ihr einen Seitenblick zu und winkte ab, während sie mit einer Hand ihren Lippenstift aufdrehte. »Du siehst sogar dann fantastisch aus, wenn du einen Kartoffelsack trägst«, beschied sie.

»Dann bin ich dabei«, sagte Antonia. Sie föhnte ihre Haare und ließ sie offen über ihre Schultern fallen. Dann legte sie ebenfalls ein wenig Make-up auf und traf sich auf dem Angestelltenparkplatz mit der Gruppe Partywütiger, die aus ein paar Schwestern, zwei Pflegern und einer jungen Assistenzärztin bestand.

Während sie auf Antonia gewartet hatten, hatten sie beschlossen, einen neuen Club auszuprobieren, in dem sie noch nie gewesen war. Als sie dort ankamen, war bereits die

Hölle los. Sie drängten sich zur Bar durch und schafften es nach einigem Winken, einen Barkeeper auf sich aufmerksam zu machen und Getränke zu bestellen.

»Ich gehe tanzen«, brüllte Antonia in die Runde und steuerte die volle Tanzfläche an. Der Beat der Musik vibrierte unter ihren Füßen, hallte in ihrem Magen wider. Sie liebte es zu tanzen. Und sie nahm sich viel zu selten Zeit dafür. Abgesehen von der Tanzstunde mit Xander hatte sie sich seit Ewigkeiten nicht mehr in den Rhythmus guter Musik fallen lassen. Sie nippte an ihrem Bier, schloss die Augen und begann sich zu bewegen. Im Handumdrehen hatte sie das Gefühl für Zeit verloren. Ihre Kollegen stießen zu ihr, tanzten und sangen zu der Musik, die um sie herum dröhnte. Eine der Schwestern und die Assistenzärztin verabschiedeten sich irgendwann mit der Begründung, früh rauszumüssen. Das musste Antonia eigentlich auch. Sie würde die lange Nacht am nächsten Morgen mit Sicherheit bereuen. Aber darüber konnte sie sich Gedanken machen, wenn sie aufwachte.

Marc, ein gut aussehender Pfleger, der noch nicht lange in der Klinik arbeitete, flirtete ganz offen mit ihr. Er gab ihr ein zweites Bier aus und tanzte mit ihr zu *Ride it* von Regard, einem Song, an dessen Liedtext nichts misszuverstehen war. Marcs intensiver Blick ließ sich ebenso wenig falsch deuten. Er war ein paar Jahre jünger als Antonia und wirkte nicht wie ein Outdoor-Typ, aber er war trotzdem nicht zu verachten. Die Muskeln, die unter seinem T-Shirt spielten, stammten mit Sicherheit aus einem Fitnessstudio. Seine Klamotten waren stylisch. Früher wäre er genau ihr Typ gewesen, um sich ein wenig abzulenken. Von Annas verrückten Ideen und der Tatsache, dass sie sich neuerdings wieder mit Xander verstand – und viel zu oft an ihn dachte.

Sie konnte sich auf den Flirt mit Marc einlassen, sehen, wohin dieser Abend sie führte. Sie könnte ein paar schöne Stunden mit dem Mann neben sich verbringen. Ohne Forderungen und Ansprüche. Vielleicht wurde eine heiße Affäre daraus. Vielleicht ein lässiger Flirt, der den Sommer über hielt. Wer wusste das schon? Hier, unter den pulsierenden Lichtern des Clubs, zwischen all den tanzenden Menschen, fühlte sie sich sexy und sinnlich. Lachend ließ sie sich von Marc an der Hand zur Bar ziehen, wo er noch einmal etwas zu trinken für sie beide bestellte.

Sie stießen mit ihrem Gin Tonic an, und Marc rückte ein Stück näher. Er sagte etwas, das sie über den Lärm hinweg nicht verstand. Sie neigte den Kopf ein wenig weiter in seine Richtung. Eine stumme Aufforderung, das Gesagte noch einmal zu wiederholen.

Statt zu sprechen, strich er mit den Lippen über ihre Wange. Antonia verharrte. Wartete auf das aufgeregte Herzklopfen, das so ein Flirt mit sich brachte. Doch nichts geschah.

Marc lehnte sich ein Stück zurück, blickte ihr in die Augen und zog sie langsam an sich. Seine Lippen näherten sich ihren …

Scheiße! Antonia legte die Hand auf Marcs Brustkorb, als Xander vor ihrem inneren Auge auftauchte. Sie stieß einen frustrierten Laut auf. Das durfte nicht wahr sein! Was hatte dieser Mistkerl in ihren Gedanken verloren? Er schaffte es mühelos zu verhindern, dass sie sich auf den sexy Mann einließ, der vor ihr saß. Langsam schüttelte sie den Kopf. »Es tut mir leid. Ich kann das nicht.«

Marc seufzte und zog den Mundwinkel zu einem halben Lächeln nach oben. »Ein anderer Kerl?«, fragte er. »Ich dachte, du bist Single.«

»Nein. Kein anderer Mann.« Antonia wischte die Erinnerung zur Seite, wie Xander vor ein paar Tagen mit ihr getanzt hatte. Wie nahe sie sich gewesen waren. Wie gut er gerochen hatte. »Nur ein …« Sie wusste nicht, wie sie es beschreiben sollte. »Ein kompliziertes Ding, irgendwie.«

»Kein Problem.« Er legte ihr die Hand auf die Schulter und ließ sie in einer freundschaftlichen Geste ihren Arm hinuntergleiten. »Kümmere dich um das *Ding*.« Er zwinkerte ihr zu. »Aber ärgere dich zumindest ein bisschen darüber, dass du jetzt gehst. Wir hätten viel Spaß haben können.«

»Das auf jeden Fall. Tut mir leid, Marc. Ich glaube, es ist besser, wenn ich jetzt gehe.« Sie ließ den Gin Tonic, an dem sie nur genippt hatte, stehen. Dann küsste sie Marc auf die Wange und bahnte sich einen Weg durch die feiernden Menschen Richtung Ausgang.

Ohne noch einmal zurückzublicken, stieß sie die Tür auf, die in die kühle Nachtluft führte. »Verdammt!« Sie überquerte die nächtlich stille Straße und stemmte ihre Hände gegen die gegenüberliegende Hausmauer. Mit dem Fuß trat sie gegen den bröckligen Putz, um wenigstens einen Teil ihres Frustes abzubauen. Seit wann bestimmte dieser verdammte Xander ihr Leben?

*

Xander griff nach dem Bier, das er auf dem Sideboard im Flur abgestellt hatte, als Natalie aufgetaucht war. Er wollte gerade ins Wohnzimmer zurückkehren, als er seine Exfreundin durch die geschlossene Tür lachen hörte. Was zum Henker …? Er öffnete – und erstarrte vor Schreck. Natalie stand vor dem Haus und hatte ihre Arme um den Hals seines besten Freundes geschlungen. Den Kopf hatte sie einladend schräg gelegt.

Jakob wirkte ein bisschen wie ein Reh im Scheinwerferlicht. »Natalie …«, stammelte er. »Könntest du … deine Hände …«

»Komm schon, Jakob. Ist es nicht schön, eine alte Freundin wiederzutreffen?«

»Natalie«, sagte Xander, leise genug, um Leni nicht aufzuwecken, aber scharf genug, dass sie begriff, dass er es ernst meinte. »Du wolltest gehen. Schon vergessen?«

Sie kicherte und drückte Jakob fest an sich, ehe sie ihn losließ. »Er ist ein Spielverderber«, flüsterte sie. Sie stöckelte davon und winkte über die Schulter, ohne sich noch einmal umzudrehen.

Jakob rieb sich über den Nacken, sah zu Xander herüber und dann wieder zu der Stelle, an der Natalie in der Dunkelheit verschwunden war. Langsam kam er herüber. »Was war das denn?«, wollte er wissen.

»Was willst du hier?« Xander schaffte es nicht, den genervten Ton aus seiner Stimme herauszuhalten. Er war nicht sauer auf Jakob. Aber musste er genau in dem Moment hier auftauchen, in dem Natalie ihre Show abzog?

Jakob zog Xanders Handy aus der Gesäßtasche seiner Jeans. »Du hast das hier bei der Bergwacht liegen lassen. Ich dachte, ich bringe es dir lieber vorbei. Also, was war das gerade?«, fragte er noch einmal.

Xander rieb sich über das Gesicht. »Komm rein. Willst du ein Bier?«, fragte er über die Schulter.

»Immer«, kam die erwartete Antwort.

Xander nahm ein Berchtesgadener Hofbräu aus dem Kühlschrank, öffnete es und drückte es seinem Freund in die Hand. Dann ließ er sich auf die Couch fallen.

Sein Freund suchte sich den Sessel aus, der ihm gegenüberstand. Er streckte seine Beine aus und überkreuzte sie an den Knöcheln. »Ich höre«, sagte er und trank einen Schluck.

»Natalie wollte Leni sehen.« Wie immer entschied Xander sich erst einmal für die vorsichtige Variante.

»Reichlich spät am Abend«, befand Jakob. »Und kein Grund, mir so um den Hals zu fallen.«

Jakob war Zeuge von Natalies Auftritt geworden. Er hatte live erlebt, wie sie drauf war. »Sie ist …« Xander hatte es noch nie jemandem erzählt. Nur seine Eltern wussten davon. Aber er war es so leid, allein durch diese Gefühlsachterbahn zu rasen, immer auf der Suche nach einem Notausgang. Jakob war gerade bei einem von Natalies Schüben dabei gewesen, ihm konnte Xander es erzählen. »Bipolar«, sprach er es endlich aus.

Einen Moment schwieg Jakob. »Du meinst: manisch-depressiv?«, fragte er dann. Er zog die Beine wieder an und richtete sich in seinem Sessel auf.

»Ja. Wobei die klinische Bezeichnung ›bipolare Störung‹ lautet.«

»Und das weißt du seit wann?«, hakte Jakob noch einmal nach.

»Ich habe es nach Lenis Geburt herausgefunden. Kurz nachdem Natalie abgehauen war. Ich habe damals nach ihr gesucht und ihre Tante ausfindig gemacht, die mich aufgeklärt hat«, erzählte Xander.

»Ich dachte, sie hatte so eine Wochenbettdepression«, sagte Jakob.

»Eine Depression hatte sie«, gab Xander ihm recht. »Aber die hatte nichts mit dem klassischen Hormonchaos nach einer Schwangerschaft zu tun. Oder zumindest nicht nur.« Xander trank einen Schluck Bier und stellte seine Flasche dann zur Seite. »Ihre Mutter war bereits bipolar. Natalies Tante hat mir von ihrem Suizid erzählt. Was vermutlich der Moment war, der Natalie getriggert hat. Als sie während unserer Beziehung zum ersten Mal einfach abgehauen war, steckte sie mitten in einer manischen Phase. Im ersten Moment hatte ich geglaubt, ihr sei etwas zugestoßen. Inzwischen weiß ich, dass das gar nicht so unwahrscheinlich gewesen wäre, in dieser Phase machen die Leute die verrücktesten Sachen. Natalie hat geglaubt, dass sie eine unglaublich gute Mutter wäre und ihr Kind allein großziehen müsse. Das ist auch ein Symptom der Krankheit: Zukunftspläne schmieden, die nicht besonders realistisch sind.«

»Und dann ist ihr klar geworden, dass sie es allein nicht schafft«, vermutete Jakob.

Xander nickte. »Deshalb ist sie damals zurückgekommen.« Zu einem Zeitpunkt, an dem er bereits eine andere Frau geküsst hatte, die er seitdem nie wieder vollständig aus seinem Kopf bekommen hatte. »Sie war damals schon in eine depressive Episode gerutscht, aber das habe ich nicht begriffen. Erst als sie nach der Geburt verschwunden ist, hat mir ihre Tante alles über die Krankheit erzählt, was sie wusste. Bipolare sind keine schlechten Menschen, sie haben ohne Medikamente und Therapie einfach keine Kontrolle über ihr Handeln.«

»Aber vor ein paar Jahren hattet ihr wieder Kontakt.« Jakob kratzte nachdenklich am Etikett seines Hofbräus. »Ich dachte damals, ihr rauft euch wieder zusammen.«

»Eine Zeit lang hat Natalie eingesehen, dass sie Hilfe braucht. Aber das ist bei bipolaren Menschen eine Gratwanderung. Denn wenn es ihnen ihrer Meinung nach gut geht, sehen sie manchmal keinen Grund, sich weiter an ihren Therapieplan zu halten.« Xander rieb sich über das Gesicht. Bei den Erinnerungen an diese Zeit lief es ihm noch heute eiskalt den Rücken hinunter. »Natalie hatte mir hoch und heilig geschworen, dass sie alles im Griff hatte. Doch dann hat sie einen depressiven Schub bekommen, als sie auf Leni aufpassen sollte. Sie ist einfach weinend im Bett liegen geblieben.« Er sprang auf, weil in ihm zu viel Energie, zu viel aufgestaute Wut zirkulierte. »Leni wusste nicht, was sie machen sollte. Sie ist dann zu ihrer Mama ins Bett gekrochen und hat stundenlang verzweifelt versucht, sie zu trösten.« Er legte den Kopf in den Nacken und atmete aus. »Leni war, verdammt noch mal, drei Jahre alt!«

Jakob erhob sich ebenfalls. Er legte Xander die Hand auf die Schulter und drückte zu. Eine Geste, die sowohl seine Freundschaft als auch sein Mitgefühl ohne Worte ausdrückte. »Warum hast du mir nicht schon längst etwas gesagt?«, konnte er sich trotz allem nicht zurückhalten. »Warum erzählst du mir das alles erst jetzt?«

Xander seufzte. »Weil es Natalies Geschichte ist. Ich hatte kein Recht dazu, sie herauszuposaunen.«

»Rausposaunen!« Jakob schnaubte. »Es ist auch deine Geschichte. Und Lenis«, widersprach er Xander. »Ich bin dein Freund. Lenis Patenonkel. Ich hätte für euch da sein können.« Er schüttelte den Kopf. »Nein. Ich hätte für euch da sein *müssen*.«

14

Als Antonia am nächsten Morgen aufwachte, fühlte sie sich wie gerädert. Sie hatte geträumt. Von Xander. Davon, wie er vor sechs Jahren auf der Lichtung gestanden hatte, kurz bevor sie erfahren hatte, dass er Vater werden würde. Dann war aus ihm plötzlich die jetzige Version seines Ichs geworden, die mit ihr im Mondlicht auf der Wiese Rumba tanzte. Irgendwie waren sie von da in ihrem Bett gelandet, und der Traum hatte sich um noch ein paar Grad aufgeheizt. Bis sie frustriert im Morgengrauen hochgeschreckt war. Wie immer fiel ihr Blick als Erstes auf die Bergspitzen, die sie von ihrem Bett aus sehen konnte. Dunkel hoben sie sich von dem fliederfarbenen Himmel dahinter ab. Den Blick auf die steinernen Giganten gerichtet, atmete sie tief durch.

Mit einem Seufzen strampelte sie die Bettdecke zur Seite und stand auf. Im Pyjama kochte sie sich einen Kaffee und setzte sich mit der dampfenden Tasse auf die Veranda. Sie legte die Füße auf das Geländer und sog das starke Aroma ein, bevor sie vorsichtig an ihrem Kaffee nippte. Sie sah der Sonne dabei zu, wie sie den Morgendunst zerschnitt und auflöste, bis die Strahlen die Tautropfen auf dem Gras glitzern ließen wie kleine Diamanten. Die Rehe, die sie in letzter Zeit immer mal wieder besuchten, ließen sich nicht blicken. Vielleicht waren sie schon da gewesen, bevor Antonia aus ihren wirren Träumen hochgeschreckt war. Aber die stille Lichtung hatte auch so eine beruhigende Wirkung auf sie. Sie hätte in der vergangenen Nacht vielleicht doch mit Marc mitgehen und die Geister der Vergangenheit ein für alle Mal vertreiben sollen. Wenn sie hier herumsaß und versuchte, den Traum zu analysieren, würde es jedenfalls nicht besser werden.

Heute war ihr freier Tag, und sie hatte versprochen, für die abschließende Besprechung des Blumenschmuckes für die Hochzeit bei ihrer Mutter vorbeizuschauen. Also rappelte sie sich auf, nachdem sie ihre Tasse geleert hatte, und hüpfte unter die Dusche. Einen Moment dachte sie darüber nach, mit dem Mountainbike ins Tal zu fahren, beschloss aber nach einem Blick in ihren nahezu leeren Kühlschrank, den Jeep zu nehmen und nach der Verabredung mit ihrer Mutter im Supermarkt vorbeizufahren und ihre Vorräte aufzufüllen. Sie schlüpfte in Jeans, ein blaugraues Longsleeve und Sneakers und fuhr ins Dorf hinunter.

Die *Blüte*, wie sie den Blumenladen mit Gärtnerei ihrer Mutter nannten, lag am Marktplatz. Antonia fand einen Parkplatz in der Nähe des Hotels *Seeblick* und ging die kurze Strecke zu Fuß. Im Laden beriet die Angestellte ihrer Mutter, Nora, gerade ein junges Pärchen und winkte Antonia zu, als sie eintrat.

Das Büro von Antonias Mutter befand sich im Durchgang zu den Gewächshäusern, in denen verschiedene Gemüse, Kräuter und Schnittblumen gezogen wurden. Rena erhob sich hinter ihrem Schreibtisch, als Antonia eintrat, küsste sie zur Begrüßung auf die Wange und schenkte ihr dann eine Tasse Kaffee ein.

»Danke.« Antonia nahm die Tasse entgegen und setzte sich auf den wackligen Stuhl vor dem abgewetzten Schreibtisch. So liebevoll der Blumenladen seine Kunden empfing, so nüchtern war das Büro. Ein Computer, das kleine Sideboard mit der Kaffeemaschine und graue Metallregale, in denen sich die Ordner für die Buchhaltung stapelten. Antonia trank einen Schluck Kaffee und stellte ihre Tasse auf dem Schreibtisch neben das Familienfoto, das Hannah vor Jahren mit Selbstauslöser am See gemacht hatte. Dann öffnete sie ihre Mappe und breitete die Fotos aus, die sie von den beiden Brautroben und den Trauzeuginnenkleidern gemacht hatten. Bilder von den Stoffen der Anzüge und der Krawatten von Bräutigam und Trauzeugen hatte Xander davor für sie besorgt.

Antonias Mutter seufzte, als sie sich über die Aufnahmen beugte und sie in einer geraden Linie ausrichtete, genau wie ihre Schwester Rosa es gemacht hätte. »Die sind wirklich wunderschön. Die Entwürfe, die ich schon gezeichnet habe, passen perfekt«, sagte sie. »Wir müssen uns nur noch über die Blumenauswahl einig werden. Bei manchen Arrangements haben wir mehrere Möglichkeiten.« Antonia wusste ganz genau, was ihre Mutter dachte, als sie den Blick hob und das Glitzern in ihren Augen sah. Sie würde voller Begeisterung wunderschöne Brautsträuße binden. Sträuße für sie als Trauzeugin und dazu passende Ansteckstäußchen für Hias und Xander. Aber sie wünschte sich in Wirklichkeit, dass es eine ihrer Töchter wäre, die vor den Traualtar trat. Antonia konnte nur hoffen, dass eine ihrer Schwestern in absehbarer Zeit einen Antrag bekam und Rena ablenken … »Du bist in letzter Zeit ziemlich viel mit Xander unterwegs«, begann ihre Mutter prompt. »Hannah hat mir Fotos von eurem Tanzkurs gezeigt«, schob sie hinterher.

Antonia schluckte den frustrierten Seufzer hinunter. »Dafür können weder Xander noch ich etwas«, rief sie ihrer Mutter in Erinnerung. »Wir planen eine Hochzeit. Für unsere besten Freunde. Also komm gar nicht erst auf dumme Gedanken. Im Moment sollten wir uns auf die Blumen konzentrieren. Leni bekommt für die Kirche einen Kranz, aber ich fände es schön, wenn sie auch auf dem Standesamt einen tragen würde«, brachte sie Xanders Tochter ins Spiel, weil sie ihre Mutter damit von den fixen Ideen abbringen konnte, die sie gerade in ihrem Kopf zu spinnen begann. »Bindest du ihr einen?«

Rena betrachtete das Bild der Kleinen in ihrem Blumenmädchenkleid. »Dieses Kind ist so süß. Natürlich bekommt sie ein zweites Kränzchen. Blassrosa Rosenblüten würden perfekt passen.« Sie zog einen Notizblock heran und begann, ihre Vorstellung zu skizzieren. »Wir könnten …«, setzte sie an, wurde aber von Antonias Handy unterbrochen.

»Entschuldige bitte.« Antonia warf einen Blick auf das Display. *Xander*, leuchtete ihr sein Name entgegen. »Hey, was gibt's?«, sagte sie betont gelassen, was insbesondere daran lag, dass auch ihre Mutter seinen Namen entdeckt hatte und ihr neugierige Blicke zuwarf.

»Tonia!« Xander klang gehetzt. Die Art, wie er ihren Namen ins Telefon rief, zuckte durch ihren Magen wie ein elektrischer Schlag und versetzte sie augenblicklich in Alarmbereitschaft. »Ich brauch dich im Hotel! Sofort!«

*

Xander wurde von seinem Handywecker aus dem Schlaf gerissen. Er fühlte sich, als wäre eine Dampfwalze über ihn hinweggerollt und hätte mitten auf seinem Oberkörper eine kleine Pause eingelegt. Natalies Auftritt hatte ihn erschöpft. Und das Gespräch mit Jakob hatte ihn emotional ausgelaugt. Sie hatten bis spät in die Nacht in seinem Wohnzimmer gesessen, und er hatte seinem Freund alles erzählt. Sich alles von der Seele geredet. Müsste er sich dann jetzt nicht leichter fühlen?

So einfach war das Ganze offenbar nicht. Resigniert schwang er die Beine aus dem Bett, weckte Leni und Bub und gönnte sich eine Dusche, die er zweimal von heiß auf kalt und wieder zurück wechselte, um seinen Kopf zu klären. Er hatte keine Termine außerhalb des Hotels an diesem Tag, deshalb entschied er sich für Jeans. Das dunkelblaue Hemd, das er dazu wählte, knöpfte er auf dem Weg ins Erdgeschoss zu. Leni hatte sich bereits zur Hälfte angezogen, aber den Rest vor lauter Schmusen mit ihrem Hund offenbar vergessen. Er schickte sie wieder nach oben, um den Rest zu erledigen und sich die Zähne zu putzen und erwischte Bub gerade noch am Halsband, bevor er ihr folgen und sie weiter ablenken konnte. Er fütterte ihn, warf die Kaffeemaschine an und schüttete Müsli für seine Tochter und sich in Schüsseln. Gerade hatte er seine Tasse unter der Kaffeemaschine herausgezogen und den ersten heißen Schluck Koffein sein System fluten lassen, als sein Handy auf dem Küchentresen eine eingehende Nachricht signalisierte. Xander griff danach und warf einen Blick auf das Display. Natalie hatte ihm eine Sprachnachricht geschickt.

Er unterdrückte den genervten Laut, der in seiner Kehle steckte. Würde diese Frau denn nie Ruhe geben? Xander sah zur Treppe hinüber und lauschte. Leni sang im Bad, sie würde es also nicht mitbekommen, wenn er Natalies Worte schnell abhörte. Die Kaffeetasse in der Linken, das Handy in der rechten Hand, lehnte er sich gegen den Küchentresen und drückte Play.

»Hey.« Natalies Stimme klang leise und zögerlich. Sie stockte, dann räusperte sie sich und fuhr fort. »Mein Auftritt gestern Abend tut mir wahnsinnig leid. Ich hatte Sehnsucht nach Leni, das musst du mir glauben. Aber abgesehen davon …« Sie seufzte. »Du hattest recht. Mit allem. Ich bin zurzeit … na ja, du weißt schon. Jedenfalls wollte ich dir sagen, dass ich mein Lithium wieder nehme. Ich habe einen Termin bei meinem Arzt vereinbart und werde die Therapie wieder aufnehmen. Ich … ich möchte wirklich Teil von Lenis Leben sein.« Ihre letzten Worte flüsterte sie so leise, dass er sie fast nicht verstand. Sie klang so aufrichtig. So ernsthaft. Xander legte das Handy zur Seite und holte die Milch aus dem Kühlschrank, als er die kleinen Füße seiner Tochter die Treppe herunterhüpfen hörte. Wenn er Natalie nicht besser kennen würde, hätte er ihr ihre Worte geglaubt. So wusste er nur, dass er warten musste, wie Natalie diesmal mit den Herausforderungen umgehen würde, die ihre Krankheit ihr stellte.

»Krieg ich Schokocreme auf mein Brot?« Leni schlitterte auf Socken zum Esstisch und kletterte auf ihren Stuhl.

»Nein. Heute früh gibt es Müsli.« Xander schnitt eine Banane in Scheiben und teilte sie zwischen ihren Schüsseln auf. Dann griff er nach einem Apfel, um ihn für Lenis Vesperdose zu vierteln, während seine Tochter ihr Frühstück mit gerunzelter Stirn betrachtete.

Dann kehrte das Strahlen in ihr Gesicht zurück. »Ich habe von der Hochzeit geträumt. Ich habe total schön ausgesehen in meinem Kleid.«

Xander küsste sie im Vorbeigehen auf den Kopf und packte ihre Frühstücksdose und die Trinkflasche in ihren Kindergartenrucksack. »Vergiss nur nicht, dass bei einer Hochzeit immer die Braut die Schönste ist«, sagte er schmunzelnd.

Wieder runzelte sie die Stirn und sah ihn nachdenklich an. »Warum?«, wollte sie wissen.

»Weil es ihr großer Tag ist.« Etwas Besseres fiel ihm nicht ein. »Und an einem solchen Ereignis sollte sie im Mittelpunkt stehen.«

»Okay.« Leni fischte ein Stück Banane aus ihrem Müsli und schob es sich in den Mund. »Dann freue ich mich jetzt schon aufs Heiraten.«

»Ja, das glaube ich dir.« Bis es so weit war, würden hoffentlich noch ein paar Jahrzehnte ins Land gehen. »Und jetzt hör auf, mit deinem Frühstück zu spielen, und iss.«

Xander setzte Leni im Kindergarten ab und fuhr ins Hotel. Er hatte sich gerade mit der zweiten Tasse Kaffee des Tages hinter seinen Schreibtisch gesetzt, als seine Hausdame Victoria an Malu vorbei in sein Büro stürmte.

»Notfall in der 314. Im Bad liegt eine Frau und braucht medizinische Hilfe«, informierte sie ihn.

Xander sprang auf. »Was ist passiert?«

»Das Zimmermädchen hat sie gefunden. Offenbar bekommt die Frau gerade ein Kind. Aber die Badtür ist zu. Sie kommen nicht zu ihr rein«, fasste Victoria alle Informationen zusammen, die sie zu haben schien.

Xander dachte nicht nach. Er zückte sein Handy und wählte Antonias Nummer. Einen Rettungswagen brauchte man bei einer Geburt vielleicht noch nicht sofort. Aber eine Hebamme auf jeden Fall. Er hatte ihren Jeep auf dem Marktplatz gesehen, wahrscheinlich war sie gerade bei ihrer Mutter im Blumenladen. Sie konnte in zwei Minuten hier sein.

»Tonia!«, rief er, sobald sie abgehoben hatte. »Ich brauch dich! Sofort! Und bring deine Hebammentasche mit!« Im Gehen drehte er sich zu Victoria um. »Warte auf Antonia Falkenberg und bring sie dann in das Zimmer hoch«, bat er sie.

»Mach ich.« Die Hausdame steuerte auf den Eingang zu, während er auf den Aufzugknopf hämmerte, als könnte er den Fahrstuhl damit überzeugen, sich schneller zu bewegen. Dann entschied er sich für die Treppe, statt noch länger zu warten. Er nahm immer zwei Stufen auf einmal, bis er im dritten Stock keuchend die Tür zum Flur aufzog und zu Zimmer 314 lief.

Das Zimmermädchen hatte die Tür offen gelassen und stand vor dem Bad, das bei dieser Zimmerkategorie nicht gerade das größte war. »Herr Valentin«, sagte sie, als sie zu ihm herumfuhr. Blanke Erleichterung lag in ihrem Blick. »Sie ist da drin, und ich weiß nicht, was ich machen soll.«

Xander stützte seine Hände auf die Oberschenkel und versuchte, wieder zu Atem zu kommen. Drei Stockwerke hatte er schon lange nicht mehr zu Fuß bewältigt. Er sollte Jakob dringend mal wieder von einer Joggingrunde überzeugen. »Warum kommt sie nicht raus?«, fragte er.

Die junge Frau hob die Schultern und sah ihn noch immer mit weit aufgerissenen Augen an. »Ich glaube, sie blockiert die Tür. Nicht mit Absicht oder so … sie kommt nur einfach nicht raus.«

»Wie heißt sie?«, fragte Xander.

»Rosen. Eva Rosen. Sie ist mit ihrem Mann hier. Aber der ist auf einer Wandertour.«

»Okay.« Xander richtete sich wieder auf. »Frau Rosen?«, fragte er und klopfte leicht an die Badezimmertür. »Hier ist der Hotelmanager. Können Sie herauskommen?«

Die Antwort war ein schmerzhaftes Stöhnen, gefolgt von einem Schluchzer.

»Na gut. Dann wollen wir mal sehen, was wir machen können«, murmelte er und versuchte, die Tür zu öffnen.

Wie seine Angestellte gesagt hatte, schaffte er es nur ein paar Zentimeter, bis er einen Widerstand spürte. Gerade weit genug, um seine Hand hindurchzuschieben. Der Spalt war aber nicht einmal groß genug, um einen Blick in das Bad zu werfen. Hinter ihm hörte er schnelle, vom Teppichboden des Hotelflurs gedämpfte Schritte.

Er drehte sich genau in dem Moment um, in dem Antonia durch die Tür rauschte, in der Hand ihre lederne Hebammentasche, die ihn an die Ausrüstung eines alten Landarztes erinnerte. »Was ist los?«, wollte sie wissen.

»Im Bad bekommt eine Frau ihr Kind«, fasste er zusammen, was er bisher wusste. »Ich komme nicht rein. Vielleicht schaffe ich es, die Tür aus den Angeln zu drücken.« Würde sich die Tür nach außen öffnen lassen, wäre das alles kein Problem. Aber so …

»Kann ich dir helfen?«, fragte Antonia. Das Zimmermädchen stand noch immer wie paralysiert herum, und auch seine Hausdame gesellte sich zu ihnen.

»Nein. Ich glaube, das geht allein am besten.« Xander zog sein Jackett aus und warf es über einen Sessel. Dann schob er seine Hand abermals in den Türspalt und versuchte mit aller Kraft, das Türblatt nach oben zu schieben. Schließlich hatte er sie so weit angehoben, dass er seinen Fuß darunter schieben und sie weiter hochdrücken konnte, bis sie aus den Angeln rutschte. Das schwere Holz pendelte bedenklich und drohte, in das Badezimmer zu kippen. Noch bevor er die zweite Seite der Tür zu fassen bekam, war Antonia zur Stelle.

Sie hielt sie fest, und gemeinsam schafften sie es, sie aus der Öffnung zu ziehen und im Zimmer abzulegen.

»Wow«, entfuhr es ihm, als er sich umdrehte und die Szene vor sich sah. Eine junge Frau in einem übergroßen T-Shirt – und mit einem riesigen Babybauch – lag auf den Fliesen. Zwischen ihren Beinen eine Pfütze, die vermutlich von der geplatzten Fruchtblase stammte. Das Gesicht schweißnass und schmerzverzerrt.

Antonia hatte ihre Tasche in die Türöffnung gestellt und beugte sich über die Schwangere. »Hallo«, sagte sie und schenkte ihr ein beruhigendes Lächeln. »Ich bin Antonia. Und ich bin Hebamme. Verraten Sie mir Ihren Namen?«

»Eva … Rosen«, keuchte die Frau, die offenbar bereits von einer heftigen Wehe erfasst wurde.

»Werden Sie zum ersten Mal Mama?«

»Ja.« Die Frau stöhnte.

»Gut, Eva.« Antonia richtete sich auf. »Ich wasche mir jetzt die Hände, und dann schauen wir mal nach, wie weit Sie sind. Ich brauche frische Handtücher«, sagte sie über die Schulter in Xanders Richtung. »Bringt gleich mehrere.«

Das Zimmermädchen drehte sich um und huschte davon, nur um im nächsten Moment mit einem ganzen Stapel von ihrem Putzwagen zurückzukehren. Antonia nahm sie ihr ab, nachdem sie die Ärmel ihres Longsleeves hochgeschoben und ihre Arme bis zu den Ellenbogen eingeseift und gewaschen hatte. Sie schob den Stapel auf den Waschbeckenrand und legte zwei auf den Boden unter die Beine der Frau. Dann zog sie Handschuhe aus ihrer Hebammentasche und streifte sie über. Wieder schenkte sie der Frau dieses beruhigende Lächeln. »Wollen wir doch mal sehen, wie weit Sie sind, Eva.« Mit einer vorsichtigen Bewegung spreizte sie die

Beine der Frau und tastete sie ab. »Da beeilt sich aber jemand.« Sie sah auf die Uhr, als die nächste Kontraktion einsetzte und die Frau vor ihr vor Schmerzen aufschrie. »Ins Krankenhaus schaffen wir es nicht mehr. Wissen Sie, was es wird?«

»Junge«, keuchte die Frau. »Ich kann doch nicht hier …«

Antonia strich ihr beruhigend über das Knie. »Nicht jeder kann von sich behaupten, in einem Hotel zur Welt gekommen zu sein.«

»In einem … Badezimmer.« Die Frau stöhnte. »Ich habe seit zwei Tagen Wehen, aber ich habe es nicht … begriffen. Eigentlich habe ich noch drei Wochen. Mein Mann ist zu einer Bergtour aufgebrochen, und ich wollte es mir im Wellnessbereich gut gehen lassen. Lesen. Ein bisschen schwimmen. Aber dann ist mir schlecht geworden. Ich habe mich übergeben, und dann bin ich irgendwie einfach … zusammengebrochen … und lag so blöd vor der Tür, dass niemand mehr hereinkam. Und ich konnte einfach nicht mehr aufstehen«, erzählte sie atemlos.

»Das ist kein Problem, Eva. Im Übergang zwischen der Eröffnungs- und der Austreibungsphase ist es gar nicht so selten, dass den Schwangeren schlecht wird.« Antonia zog ein Holzstethoskop aus ihrer Tasche und schob das T-Shirt der Frau nach oben, um ihren Bauch abzuhören. »Wir haben hier keinen Wehenschreiber, aber das bekommen wir auch so hin. Das klingt alles ganz wunderbar. Der Herzschlag Ihres Sohnes ist stark und ganz regelmäßig.« Sie tätschelte die Hand der Frau. »Wir ziehen das jetzt einfach durch, okay?«

Die Frau konnte nicht antworten, weil sie sich unter der nächsten Wehe zusammenkrümmte. Antonia blickte auf und sah Xander an. Fasziniert hatte er ihr dabei zugesehen, wie sie mit effizienten Bewegungen und absoluter Gelassenheit mit einer Situation umging, die jeden um sie herum einfach nur in Panik versetzte. Als Bergwachtmitglied hatte er eine Ausbildung zum Rettungssanitäter, aber zu Geburten kam es in den Bergen eher selten.

»Warst du bei Lenis Geburt dabei?«, wollte Antonia wissen.

Er nickte und schluckte.

»Eva, wir haben das Glück, einen echten Profi hierzuhaben. Darf ich Ihnen Ihren Hotelmanager vorstellen? Er ist außerdem bei der Bergwacht und kennt sich mit dem Kinderkriegen aus. Xander, du bist ab jetzt der Geburtspartner. Wir brauchen Kissen, um Evas Rücken ein wenig abzustützen. Und dann unterstützt du sie.«

Froh, etwas zu tun zu haben, zog Xander die Kissen vom Bett und kniete sich in den Türrahmen. Er schob die Polster unter den Oberkörper der Frau. Dann wusch er sich ebenfalls gründlich die Hände, hielt ein Handtuch unter das kalte Wasser und hockte sich wieder neben Eva. Mit sachten Bewegungen strich er ihr mit dem kühlen Tuch den Schweiß von der Stirn. So hatte er es damals bei Natalie gemacht. Dann griff er nach ihrer Hand. »Halten Sie sich fest«, sagte er leise. »Ich bin für Sie da.«

»Der kleine Mann hat ein ziemliches Tempo drauf«, versuchte Antonia, die Stimme leicht und entspannt zu halten. »Wenn Ihnen schon der Hotelmanager das Händchen hält, sollten Sie die Gunst der Stunde nutzen und ein lebenslanges Übernachtungsangebot für den Geburtstag Ihres Sohnes heraushandeln.«

Eva stieß einen schnaubenden Laut aus und presste Xanders Hand zusammen wie ein Schraubstock.

»Nicht pressen, Eva«, wies Antonia sie an. »Hecheln.« Sie warf Xander einen kurzen Blick zu. »Hecheln Sie. Xander ist bei Ihnen.«

»Kann … nicht mehr«, stöhnte Eva, als die Wehe endlich nachließ.

»Wir haben es bald geschafft. Sie machen das großartig«, sagte Xander zu ihr, nicht sicher, ob er die Wahrheit sagte. Aber lange dauern konnte es wirklich nicht mehr, wenn Antonia einen Transport in die Klinik nicht mehr für machbar hielt. »Wie gefällt es Ihnen im Hotel?«, fragte er Eva, um sie von ihren Schmerzen abzulenken. Wahrscheinlich würde sie ihn verfluchen, weil er sie vollquatschte. Aber das gehörte bei Geburten seiner Erfahrung nach dazu.

Ihre Antwort war ein Grunzen. Dann brachte sie ein »nicht schlecht« heraus.

»Woher kommen Sie?«, versuchte er es weiter.

»Augsburg. Nicht … reden«, fauchte Eva und begann, auf Antonias Aufforderung hin wieder zu hecheln.

Die Minuten schienen sich endlos zu dehnen, auch wenn Antonia irgendwann behauptete, das Köpfchen des Babys schon sehen zu können. Evas Körper hob sich bei manchen Wehen regelrecht vom Boden bei dem Versuch, nicht zu pressen.

»Jetzt ist es so weit«, erlöste Antonia sie schließlich. »Mit der nächsten Wehe pressen Sie, Eva.«

Die Frau tat genau das. Sie klammerte sich an ihre Oberschenkel und drückte, bis ihr Gesicht ganz rot anlief. Xander stützte ihren Rücken, wischte ihr den Schweiß von der Stirn und murmelte ihr alle motivierenden Floskeln zu, die ihm einfielen. Noch dreimal wiederholten sie die Prozedur, dann ließ Antonia sie begeistert wissen, dass das Köpfchen draußen war – was Evas Sohn mit einem kräftigen Protestschrei bestätigte. Leni hatte damals genauso geklungen, erinnerte sich Xander. Total empört, weil sie aus ihrer gemütlichen kleinen Höhle hatte ausziehen müssen. Er sah auf, und sein Blick traf Antonias. Für einen kurzen, intimen Augenblick verhakten sich ihre Blicke. Xander schluckte. In diesem Moment, ein schreiendes Baby und seine Mutter zwischen sich, las er all die Emotionen in ihrem Blick. Er hatte das irrationale Bedürfnis, mit der Hand über ihre Wange zu streichen und sie fest an sich zu ziehen.

Dann sank Eva schwer gegen ihn, und er kehrte ins Hier und Jetzt – und zu seiner Aufgabe – zurück. »Kann … nicht mehr«, ächzte sie.

»Noch einmal.« Antonia konzentrierte sich ebenfalls wieder und tätschelte Eva aufmunternd das Knie. »Sie müssen ihm nur noch einen kleinen Schubs geben.«

»Nein … ich …« Eva klang so schwach, wie Xander sich inzwischen fühlte. Der Schweiß stand ihm genauso auf der Stirn wie der Frau, deren Schultern er beruhigend massierte.

Die nächste Kontraktion setzte ein. »Pressen«, sagte Antonia.

Eva schüttelte nur erschöpft den Kopf. »Kann … nicht … mehr …«

»Pressen.« Antonia ließ sich nicht abbringen. »Jetzt!«, befahl sie in bestimmtem Ton – und Eva gehorchte. Ein letztes Mal richtete sie sich auf, drückte.

»Und da ist er, der kleine Mann.« Antonia wickelte das schreiende Baby vorsichtig in ein Handtuch und legte es auf Evas Bauch. »Herzlichen Glückwunsch, Eva. Das haben Sie und Ihr Sohn ganz fantastisch gemacht.«

Die Frau, die in Xanders Armen noch immer schwer

atmete, stieß ein kurzes Lachen aus und begann dann zu weinen. Vor Glück, wie er hoffte. Seine Augen brannten, als er auf das winzige Bündel vor sich hinabblickte. Er drückte Evas Schulter. »Auch von mir herzlichen Glückwunsch«, sagte er. »Das war schon meine zweite Geburt. Ich kann also aus Erfahrung sagen, Sie haben das gemeistert wie ein Profi.«

Antonia sah zu ihm hinüber. Sie schenkte ihm ein Lächeln. »Danke, Xander. Du warst auch nicht schlecht. Oder, Eva?«

»Nein.« Die junge Mutter klang noch immer ein wenig schwach. »Wirklich gut.«

»Wenn du noch ein paar Kissen für Eva besorgst, damit sie es bequem hat, kannst du uns allein lassen. Den Rest schaffen wir. Vielleicht könntest du schon mal einen Krankenwagen rufen. Nur aus Vorsicht«, erklärte sic Eva. »Sie sind ein bisschen zu früh dran gewesen, und ich möchte Sie und den Kleinen einmal komplett durchchecken lassen. Inzwischen lassen wir Ihr Hotelzimmer in Ordnung bringen, damit Sie es sich anschließend hier gemütlich machen und Ihren Mann überraschen können, wenn er von seiner Bergtour zurückkehrt.«

Sie ist doch in Ordnung? Xander formte die Frage lautlos hinter Evas Rücken. Antonia antwortete mit einem kurzen Nicken, und er atmete erleichtert aus. Er strich Eva ein letztes Mal über die Schulter. Dann erhob er sich und suchte alle Kissen zusammen, die er auf den Sesseln und im Schrank noch finden konnte. Irgendwann hatten seine Hausdame und das Zimmermädchen sich zurückgezogen, ohne dass er es bemerkt hatte. Er war mit Antonia, Eva und ihrem Baby allein im Hotelzimmer. Nachdem er es Eva so bequem wie möglich gemacht hatte, zog er sich zurück, um zu sehen, ob schon jemand den Rettungswagen gerufen hatte, oder um sich noch selbst darum zu kümmern.

*

Antonia packte ihre Tasche zusammen und begleitete die Sanitäter, die Eva Rosen und ihr Baby auf einer Trage aus dem Zimmer rollten, in die Hotellobby. Sie folgte ihnen bis zum Rettungswagen und versprach der jungen Mutter, am Abend noch einmal nach ihr zu sehen.

Als Antonia sich wieder umdrehte, stand Xander hinter ihr und hielt ihr eine Flasche Wasser hin. »Danke.« Gierig trank sie und musste dann grinsen, als sie Xander betrachtete. Er war verschwitzt, die Ärmel seines Hemdes aufgerollt. Seine Haare standen in alle Richtungen ab, als wäre er sich unbewusst hindurchgefahren. »Du bist ein Naturtalent in der Geburtshilfe«, sagte Antonia.

Sein Lächeln wackelte ein wenig. Langsam atmete er aus. »Nicht dass ich das jeden Tag bräuchte.« Er nahm ihr die Flasche ab und trank ebenfalls einen großen Schluck Wasser. Dann lehnte er sich gegen die Hauswand und hielt das Gesicht in die Sonne. »Aber irgendwie ist es schon ein …«

»… Wunder?«, fragte Antonia leise, nachdem er nach dem passenden Wort zu suchen schien. Sie lehnte sich neben ihn.

Er drehte den Kopf und sah sie an. »Ist das der Grund, aus dem du Hebamme geworden bist?«

»Hmm.« Sie schloss die Augen für einen Moment. Dann öffnete sie sie wieder und sah Xander an. »Solange ich mich erinnern kann, war es mein Plan gewesen, Medizin zu studieren und irgendwann die Praxis von meinem Vater zu übernehmen. Und dann bin ich im zweiten Semester bei einem freiwilligen Dienst zufällig in eine Geburt geraten. Das war so …« Auch sie suchte nach einem Wort, das nicht kitschig klang. Aber ihr fiel nichts anderes ein als »… magisch. Es hat mich einfach umgehauen.« Sie lachte. »Mein Vater hat es mir nachgesehen.«

»Weil er wusste, was du damit gemeint hast«, sagte Xander. Er drehte sich, sodass er nur noch mit der Schulter an der Wand lehnte und sie ansehen konnte. »Als Dorfarzt hat er schließlich auch schon genug Babys auf die Welt geholfen.«

Antonia grinste. »Inklusive seiner eigenen Töchter. Ich habe den Schritt nie bereut«, erzählte sie ihm.

»Ich weiß, was du meinst. Aber«, er legte sich die Hand aufs Herz, »jeden Tag brauche ich so eine Aufregung nicht.«

»Das glaube ich dir.« Antonia schob sich eine Haarsträhne hinter das Ohr. Sie mochte die Vor- und Nachsorge ihrer Schwangeren. Bei den Geburten im Krankenhaus gab es hin und wieder Herausforderungen, aber in diesen Fällen hatte sie stets ein großes Team um sich, und die technische Ausrüstung, die nötig war. Selbst bei Hausgeburten war sie vorbereitet. Sie hatte die werdende Mama in der Zeit davor gut kennengelernt. Bis zur Geburt waren sie gemeinsam einen Weg gegangen, der es ihnen ermöglichte, in einer vertrauensvollen, persönlichen Situation etwas ganz Besonderes zu erleben. In eine Lage wie die, die sie gerade erlebt hatte, geriet auch sie nicht oft. Solche Konstellationen jagten pures Adrenalin durch ihre Adern. Antonia wünschte sich, sich an diesem Morgen doch für das Mountainbike entschieden zu haben, dann könnte sie jetzt einen Teil der überschüssigen Energie abbauen.

»Ich könnte einen Schnaps vertragen«, holte Xander sie aus ihren Gedanken. »Aber angesichts der Uhrzeit und der

Arbeit, die noch vor mir liegt, begnüge ich mich mit einem Kaffee. Möchtest du auch einen?«

Antonia schüttelte den Kopf. »Nein, danke.« Kaffee würde sie im Moment nur noch mehr aufputschen. »Ich muss langsam los.« Sie stieß sich von der Wand ab. »Noch mal vielen Dank für deine Hilfe.«

Antonia ging zu ihrem Wagen und stellte die Hebammentasche in den Kofferraum. Mit einem Blick zum Blumenladen ihrer Mutter entschied sie, erst einmal etwas gegen das Adrenalin in ihren Adern zu tun, bevor sie sich wieder an die Entwürfe für den Blumenschmuck setzte. Sie verschloss den Jeep und setzte sich in die entgegengesetzte Richtung in Bewegung. Es war egal, dass sie Jeans anhatte. Aufgekratzt wie sie war, würde sie einfach in Richtung *Mühle* joggen und Rosa und Louisa einen Besuch abstatten.

Der Frühling hatte das Tal inzwischen fest in der Hand. Der Wind wehte warm über den See und trug den Duft all der blühenden Pflanzen mit sich, zu denen die eifrigen Bienen und Hummeln unterwegs waren, wie das Summen am Wegrand verriet. Die ersten Touristen hatten sich Ruderboote ausgeliehen und paddelten müßig über das Wasser. Auch wenn die Schneefelder am Hochkalter und der Reiteralpe noch tief ins Tal reichten, war Antonia sich sicher, dass der Winter sich nicht noch einmal durchsetzen würde.

Sie hörte Rosa in der Mühle, als sie auf den Hof lief. Sie führte gerade eine Besuchergruppe herum. Also umrundete sie das Schild, auf dem die neueste Brotbackmischung und Porridge angeboten wurden, und trat durch die offen stehende Tür in den Laden.

Antonias Tante war gerade dabei, die Regale aufzufüllen, und drehte sich mit einem fröhlichen »Glück zu« um. »Antonia«, rief Louisa, als sie sie erkannte, und kam auf sie zu, um sie in eine feste Umarmung zu schließen. »Schön, dich zu sehen. Du warst lange nicht mehr im Laden. Was führt dich her?« Sie setzte eine gespielt schockierte Miene auf. »Dir ist doch nicht etwa das Mehl ausgegangen?«

»Sehr witzig.« Antonia holte sich aus dem Kasten hinter dem Ladentresen eine Flasche Wasser und trank sie in großen Zügen halb leer. Jeder wusste, dass in ihrem Haushalt kein Gramm Mehl zu finden war. Wozu auch? Das Backen überließ sie Rosa. Genau wie das Kochen. Vielleicht war das nicht gerade typisch für die Nichte und die Schwester zweier Müllerinnen. Aber sie glich das wieder aus, indem sie regelmäßig das Müsli und das Porridge aus dem Mühlensortiment kaufte. »Ich hatte einen etwas aufregenden Morgen.« Sie erzählte Louisa von der Frau, die sich aus Versehen selbst den Weg aus dem Bad versperrt hatte und von der Geburt, bei der Xander ihr assistiert hatte. Langsam spürte sie, wie das Adrenalin wieder aus ihrem Körper verschwand.

*

Louisa lächelte. So aufgekratzt hatte sie Antonia selten erlebt. Natürlich war sie nicht dabei, wenn ihre Nichte im Kreißsaal Babys auf die Welt half. Aber sie vermutete, dass Antonia in diesen Fällen routiniert vorging und nicht nach jedem neuen Kind so überdreht war wie jetzt. Vielleicht lag es an den ungewöhnlichen Umständen dieser Haus- oder besser Hotelgeburt. Vielleicht lag es daran, dass sie diesen Moment mit Xander geteilt hatte.

In einer unbewussten Geste legte Louisa die Hand auf ihren Bauch. Wie es wohl war, diesen ganz besonderen Moment mit einem anderen Menschen zu erleben? Dieses kleine Leben, das man zusammen gezeugt hatte, zum ersten Mal zu sehen? Immer wenn Antonia von einer Geburt erzählte, schwappte eine Welle aus Wehmut über sie hinweg, versuchte, sie in die Vergangenheit zu ziehen. Dabei hätte es einen solch intimen Moment zwischen ihr, ihrem Baby und seinem Vater so oder so nie gegeben, selbst wenn sie nicht … Sie blinzelte. Antonia hatte sie etwas gefragt. »Wie bitte?«

»Ich wollte wissen, ob ich nächste Woche mal mit Leni vorbeikommen kann. Sie möchte unbedingt mal wieder auf Maluna reiten.«

Louisa musste lachen. »Wohl eher fliegendes Einhorn spielen. Bring sie jederzeit vorbei. Ich freue mich, sie mal wieder zu sehen.« *Und ich freue mich, dass Xander und du offenbar das Kriegsbeil begraben habt*, fügte sie in Gedanken hinzu.

Antonia stellte die inzwischen leere Wasserflasche zurück in den Kasten. »Ich muss zurück zu Mama. Die Geburt hat die Blumenarrangements nur vorübergehend auf die Warteliste geschoben.«

»Grüß sie von mir«, sagte Louisa automatisch.

»Mach ich.« Antonia umarmte sie zum Abschied. Mit einem »Grüß Rosa« wandte sie sich zur Tür.

Sie war schon fast wieder auf dem Hof, als Louisa noch etwas einfiel. »Sag mal, fährst du in nächster Zeit mal auf die Sonnenalm?«

»Ja.« Antonia zuckte mit den Schultern. »Nächste Woche vielleicht.«

»Wenn du Tilda siehst, frag sie von mir, ob unser Deal

noch steht. Ich würde gern wieder einen Teil ihres Käses im Laden verkaufen«, sagte Louisa.

»Ich richte es ihr aus.« Antonia winkte, und im nächsten Moment war sie verschwunden.

*

Antonia kehrte zum Blumenladen zurück, beendete die Besprechung mit ihrer Mutter und fuhr anschließend zum Supermarkt, um ihre Vorräte aufzustocken. Dann besuchte sie Hannah, trank mit ihr einen Kaffee und fuhr anschließend in die Klinik nach Berchtesgaden.

Eva Rosen saß in ihrem Bett, an das hochgefahrene Kopfteil gelehnt, und hielt ihren Sohn im Arm, als Antonia auf ihr »Herein« hin das Zimmer betrat. An das Fußende des Bettes war ein riesiger, hellblauer Heliumluftballon mit dem Schriftzug *It's a Boy* gebunden. Daneben hockte ein etwas nervös dreinblickender Mann in Outdoorkleidung.

»Antonia!« Eva strahlte sie an. »Schön, dass Sie uns besuchen kommen. Das ist mein Mann, Thorsten. Schatz, das ist Frau Falkenberg, die Hebamme, die mich zusammen mit dem Hotelmanager gerettet hat.«

»Na ja, gerettet ist definitiv übertrieben. Hallo.« Sie gab Evas Mann die Hand.

»Danke für alles, was Sie für meine Frau und mein Kind getan haben«, sagte er mit einem kleinen Zittern in der Stimme.

»Ach was.« Antonia winkte ab. »Das meiste hat Eva ganz allein gemacht. Im Eiltempo, wohlgemerkt.«

»Wir hatten uns das ganz anders vorgestellt.« Der Mann wirkte wirklich geknickt. »Ich habe mich so auf die Geburt gefreut. Wir haben so oft darüber geredet und uns das alles ausgemalt.«

»Sie sind ja fast von Anfang an dabei«, beruhigte Antonia ihn. »Und den Rest holen Sie einfach beim Geschwisterchen dieses kleinen Mannes nach.« Antonia zwinkerte dem jungen Paar zu.

Dann entdeckte sie den riesigen bunten Blumenstrauß auf dem Nachttisch. Allein an der Art wie er gebunden war, wusste sie, dass er aus dem *Blatt und Blüte* stammte. »Schöne Blumen«, sagte sie und strich mit den Fingerspitzen über die Blütenblätter einer Gerbera in dem üppigen Gebinde.

»Die sind von Herrn Valentin.«

»Tatsächlich?« Antonia drehte sich zu Eva um. »War er hier?«

»Ja.« Eva strahlte. »Er hat uns vor einer Stunde besucht. Gemeinsam mit seiner kleinen Tochter. Ein zauberhaftes Mädchen. Er hat ihr von der Geburt im Hotel erzählt, und sie wollte das Baby sehen.«

»Das kann ich mir vorstellen.« Antonia lächelte. Sie beugte sich über das Neugeborene und schob die gestreifte Babymütze ein wenig zurück. Es hatte die Augen geschlossen und spitzte die Lippen zu einem kleinen Schmollmündchen. »Ein wirklich hübscher Kerl. Hat er schon einen Namen?«

Eva räusperte sich und warf ihrem Mann einen Blick zu. Er griff nach ihrer Hand und nickte leicht. »Darf ich vorstellen? Anton Alexander Rosen.«

»Oh … wow!« Antonia ließ sich auf den Besucherstuhl neben dem Bett sinken. »Ein sehr schöner Name.«

Evas Augen wurden feucht. »Wir können Ihnen gar nicht sagen, wie froh wir sind, dass Sie und Xander mir zur Seite gestanden haben.«

»Das ist mein Job, Eva. Und Xanders … auch, irgendwie. Als Manager des Hotels ist er schließlich nicht nur für Sie, sondern auch Ihren kleinen Sohn verantwortlich.«

Eva lachte und strich ihrem Baby über das Köpfchen. »Wir wollten ihn eigentlich Jonas nennen. Aber nach diesem turbulenten Abenteuer waren wir uns einig, dass er nach Ihnen beiden heißen soll.«

Antonia schluckte den Kloß hinunter, der in ihrem Hals festsaß. So etwas passierte in den Romanen, von denen Rosa und Hannah ihr immer erzählten. Aber in der Realität … ihr war so was jedenfalls noch nie passiert. Und es war ungemein rührend.

Nach ein paar Minuten ließ sie die junge Familie allein und fuhr nach Hause. Dort schenkte sie sich ein Glas Rotwein ein und setzte sich auf die Veranda. *Was für ein Tag*, dachte sie, während sie den Sonnenuntergang verfolgte und dem frechen Eichhörnchen dabei zusah, wie es schon wieder das Vogelfutter aus dem Häuschen klaute, das sie eigentlich für die Meisen aufgestellt hatte.

15

Eine Geburt war ein Wunder – sagten die Leute. Und es stimmte. Es hatte bei Leni gestimmt. Als seine Tochter das Licht der Welt erblickt hatte, waren Xander die Knie weich geworden. Er hatte fast nicht mehr stehen können, als er sich über das Bett beugte, um das kleine, laut schreiende Wesen zu bewundern, das auf Natalies Oberkörper lag. Dann war seine Brust vor Stolz und sein Herz vor Liebe angeschwollen. Er hatte das Gefühl gehabt, Superman Konkurrenz machen zu können. Die Geburt des kleinen Anton Alexander Rosen (Ja, er war sehr gerührt gewesen, als Eva ihm eröffnet hatte, dass sie ihren Sohn nach Antonia und ihm benannt hatte) war nicht weniger emotional gewesen, obwohl er die werdende Mutter bis dato höchstens aus den Augenwinkeln im Frühstücksraum des Hotels wahrgenommen hatte.

Anton Alexander hatte dafür gesorgt, dass er in letzter Zeit oft an Lenis erste Tage auf dieser Welt gedacht hatte. Und er hatte dafür gesorgt, dass sich das Verhältnis zwischen Antonia und ihm verändert hatte. Vielleicht schweißte so eine gemeinsam erlebte Geburt zusammen. Vielleicht waren sie sowieso schon auf dem Weg gewesen, Freunde zu werden, und dieser Moment, als sie sich über Evas Bauch hinweg in die Augen gesehen hatten, hatte das Ganze nur beschleunigt. Seit diesem Erlebnis gingen sie anders miteinander um – und verbrachten sogar Zeit miteinander, die nichts mit der Hochzeitsplanung zu tun hatte.

Antonia hatte Leni abgeholt, um mit ihr reiten zu gehen. An einem Sonntag waren sie zu dritt um den See spaziert, und zweimal hatten Antonia und er sich sogar zum Klettern verabredet. Es war fast wie vor sechs Jahren, als er begonnen hatte, ihr den Hof zu machen. Fast. Es gab sie, die Blicke, die kleinen Berührungen. Aber wenn Antonia vor sechs Jahren vorsichtig gewesen war, dann ging sie inzwischen mit ihm um, als wäre er aus hochexplosivem Material. Auch er konnte sich nicht mehr einfach nur auf Antonia konzentrieren und darauf, sie besser kennenzulernen und für sich zu begeistern. Er hatte Leni. Er musste sich um Natalie Gedanken machen. Irgendwann zwischen den sorglosen Verabredungen von damals und der Geburt des kleinen Anton Alexander waren sie beide erwachsen geworden. Trotzdem erstaunte es ihn – und auch Antonia, wenn er ihren Gesichtsausdruck richtig deutete –, dass sie so viel Spaß bei den gemeinsamen Hochzeitsvorbereitungen hatten. Sie teilten den gleichen Humor, waren echte Sportfreaks, und seine Tochter vergötterte Antonia schlichtweg.

Während der Frühling das Weiß auf den Berghängen immer weiter hinaufzwang und alles, was er freilegte, mit Grün überzog, schaffte Xander es sogar, in einigen ernsthaften Gesprächen noch einmal klarzustellen, dass er nicht wie sein Vater war und keinerlei Interesse daran hatte, einen hässlichen Hotelbunker in Sternmoos zu bauen. Er war Mitglied der Bergwacht und setzte sich genau wie sie für den Erhalt des Nationalparks und für nachhaltigen Tourismus ein. Als sein Vater auf die Schnapsidee gekommen war, Louisa die Lichtung abkaufen und dort bauen zu wollen, war Antonia mit wilder Entschlossenheit nicht nur auf Hubert, sondern auch auf ihn losgegangen. Dabei war sich Xander ziemlich sicher, dass sie die Idee seines Vaters nur als Vorwand genutzt hatte, um Abstand zwischen Xander und sich zu bringen. Sie hatten schon immer zu einer weitläufigen Clique gehört, wie das in so kleinen Dorfgemeinschaften üblich war. In den vergangenen Jahren war Antonia allerdings zu einer Meisterin darin geworden, ihm aus dem Weg zu gehen. Seit dem letzten Sommer war das schwerer und schwerer geworden. Hannah war zurückgekehrt und mit einem seiner besten Freunde liiert. Hias und Anna hatten beschlossen, endlich zu heiraten. Die Clique war noch stärker zusammengerückt, also hatte sie nach einer Begründung gesucht, warum sie nach wie vor Abstand zu ihm hielt. Seine Freunde und ihre Schwestern hatten ihr das offenbar abgekauft, wirkten aber erleichtert, als sie merkten, dass sich die Chemie zwischen ihnen veränderte.

Trotzdem stand das, was vor sechs Jahren geschehen war, noch immer wie ein großer rosafarbener Elefant zwischen ihnen. Sie bemühten sich, an ihm vorbeizuschauen, sprachen ihn aber nicht an. Antonia warf ihm noch immer fragende Blicke zu, wenn das Thema auf Natalie zu sprechen kam. Keine Frage, seine Exfreundin hatte damals das, was sich zu einer Beziehung zwischen Antonia und Xander hätte entwickeln können, ziemlich heftig gecrasht. Ganz abgesehen davon, dass sie über die Jahre immer mal wieder aufgetaucht und kurze Zeit später wieder verschwunden war. Er war sich sicher, dass Antonia nach Antworten suchte, die er ihr nicht geben konnte.

Natalie hielt Xander über ihre Therapie und die Medikation auf dem Laufenden. Dieses Mal schien es ihr wirklich gut zu gehen. Sie hatte sich unter Kontrolle. Xander kam nicht umhin, stolz auf sie zu sein, weil sie auf einem guten Weg war, ihr Leben wieder in den Griff zu bekommen. Ein paarmal hatten Leni und er sie besucht, waren mit ihr Eis essen oder spazieren gegangen. Und einmal sogar ins Kino. Wenn sie noch eine Weile durchhielt, konnte er Natalie ihren großen Wunsch erfüllen und Leni und sie allein Zeit miteinander verbringen lassen.

Antonia hatte keine Ahnung von Xanders ungewöhnlicher Familienkonstellation. Er hatte Jakob zwar von Natalies Krankheit erzählt, aber abgesehen von ihm blieb das weiterhin Privatsache. Denn hier war nicht nur er betroffen. Natalie hatte ein Recht darauf, dass nicht über ihre Situation getratscht wurde. Antonia konnte seine Verschwiegenheit in diesem Punkt vielleicht nicht verstehen, aber das konnte er nicht ändern. Natalie war die Mutter seiner Tochter. Sie hatte schon immer unter seinem Schutz gestanden, und genau so würde es bleiben, auch wenn er keinerlei romantische Gefühle für seine Exfreundin hegte.

Der Mai wurde vom Juni und einer sonnigen Warmfront abgelöst. Lenis Leben schien sich nur noch draußen abzuspielen. Ins Haus kam seine Tochter – und ihr Hund – nur noch, um zu essen, und wenn Xander sie in die Badewanne oder ins Bett zwang.

Für dieses Wochenende hatte er sich mit Antonia zur letzten Hochzeitsbesprechung verabredet. Schon nächsten Freitag war es so weit. Er konnte gar nicht glauben, wie schnell die vergangenen Monate verflogen waren. Sie hatten die Sache im Griff, trotzdem hatte Antonia darauf bestanden, alles ein letztes Mal haarklein durchzugehen. Sie wollte, dass die beiden Hochzeitstage für Anna und Hias perfekt wurden.

So hartnäckig, wie sich das Wetterhoch hielt, das sich im Talkessel eingenistet hatte, wären zumindest die Rahmenbedingungen für die Eheschließung fantastisch. Für den spektakulären Rest würden Antonia und er sorgen.

Xanders Eltern hatten Leni abgeholt, um mit ihr ins Schwimmbad zu gehen. Heute Nachmittag würden sie sich zum Grillen treffen, und anschließend würde er seine Tochter wieder mit nach Hause nehmen. Die Ruhe, die in seinen vier Wänden herrschte, war ideal, um die Zeitpläne und die Organisation des großen Tages noch einmal durchzugehen. Solange er auf Antonia wartete, konnte er noch ein bisschen Arbeit für das Hotel erledigen. Er setzte sich mit seinem Kaffee und dem Laptop auf die Terrasse.

Antonia benahm sich genau so, wie es auch seine anderen Freunde taten. Sie hielt sich nicht damit auf, an der Tür zu klingeln, sondern kam einfach um das Haus herum in den Garten. Xander war mitten in der Kalkulation der Bettenbelegung des *Seeblicks*, als ihr Schatten plötzlich über das Display fiel. Er blickte auf und konnte das Grinsen nicht unterdrücken, das sich von ganz allein in seine Gesichtszüge schlich – und das von ihr erwidert wurde. »Antonia«, sagte er und erhob sich. »Da bist du ja. Und wie ich sehe, mal wieder so sportlich unterwegs, dass du mir ein schlechtes Gewissen machst«, stellte er mit einem Blick auf ihre schwarzen Radlerhosen, das figurbetonte, hellblaue Funktionsshirt und den Helm in ihrer Hand fest. Sie hatte kein Make-up aufgelegt, und ihre Augen strahlten heute mehr blau als grün. Der kurze Pferdeschwanz war ein wenig durcheinandergeraten. Ein paar Strähnen hatten sich gelöst, und er ertappte sich bei dem Gedanken, sie ihr hinter die Ohren streichen zu wollen. Was für ein Quatsch, er hatte das Bedürfnis, den Gummi aus ihren Haaren zu ziehen und mit den Fingern durch die glänzende blonde Mähne zu fahren.

»Ich will noch eine Runde zur Sonnenalm drehen«, erklärte sie ihm und legte ihren Helm neben seinem Laptop auf den Tisch. »Komm doch mit, wenn du mit meinem Tempo mithalten kannst.«

Xander tauchte aus seinem Tagtraum auf und musste lachen. Über den Streich, den ihm seine Gedanken gerade gespielt hatten genauso wie über ihr Angebot. »Vielleicht mach ich das. Möchtest du etwas trinken?«, fragte er.

»Gerne.« Sie trat ihre unbequemen Schuhe mit dem Klicksystem für die Pedale von den Füßen und ließ sich auf einen Stuhl fallen. So albern das auch war, dass sie sich hier so zu Hause zu fühlen schien, löste es doch ein warmes Gefühl in Xanders Bauch aus.

*

Das große Wochenende war zum Greifen nah, und Antonias Nervosität stieg kontinuierlich. Die Wochen der Planung waren nur so verflogen. Xander und sie hatten es geschafft, das große Geheimnis um die standesamtliche Trauung mitten auf dem Königssee für sich zu behalten. Bei allem anderen hatten sie Hias, der zu allem Ja und Amen sagte, und Anna, die vor überschäumender Begeisterung ständig in Tränen ausbrach, mit einbezogen. Nur bei dieser Überraschung waren sie standhaft geblieben. Ganz gleich, wie sehr Anna nachgebohrt hatte.

Inzwischen war Antonia allerdings ziemlich aufgeregt und betete, dass sie keinen Fehler gemacht hatten und ihre Freundin nicht am Tag ihrer Hochzeit in Tränen ausbrechen würde.

»Du denkst zu viel nach«, sagte Xander, der mit einem Krug Zitronenlimonade in der Hand auf die Terrasse trat und ihr Glas füllte. Sie nippte an dem Getränk und runzelte die Stirn, als die perfekte Mischung aus Süße und Säure auf ihre Geschmacksknospen traf. »Ist die selbst gemacht? Zumindest schmeckt sie so.« Sie trank noch einen Schluck. »Langsam wirst du mir wirklich unheimlich. Konkurrierst du mit Rosa darum, wer Martha Stewart vertreten darf, wenn sie das nächste Mal in den Knast muss?«

Xander lachte. Laut. Und irgendwie … glücklich. Antonia mochte es, wenn seine dunklen Augen belustigt funkelten und er seine Freude nicht zurückhielt. Das löste in ihrem Magen seit Neuestem dieses warme Kribbeln aus, mit dem sie sich nicht beschäftigen wollte, das sich aber auch nicht ignorieren ließ. »Ich kann dich beruhigen. Die Limonade hat mir meine Mutter heute Morgen vorbeigebracht, als sie Leni abgeholt hat.« Er lehnte sich zurück und streckte sich. Was dazu führte, dass das alte, ausgeblichene T-Shirt, das er trug, ein Stück nach oben rutschte und einen schmalen Streifen gebräunten, muskulösen Bauch zwischen dem Saum und seinen marineblauen Shorts freilegte.

Antonia schluckte und konzentrierte sich auf das Glas, das sie in ihren Händen drehte. »Schmeckt gut«, murmelte sie, um irgendetwas zu sagen.

»Du denkst darüber nach, ob es eine gute Idee war, Anna und Hias mit dem Trip auf den Königssee zu überraschen, oder?«, nahm Xander seine Worte von zuvor wieder auf.

»Hmm«, antwortete Antonia einsilbig. Das hatte nichts mit der Hitze zu tun, die langsam an ihrem Hals nach oben kroch. Sie sollte sich keine Gedanken über Dinge machen, die … die … nichts mit der Hochzeit zu tun hatten, rief sie sich zur Ordnung. Im Moment schien nicht nur ihr Sprachzentrum ein wenig eingeschränkt zu funktionieren, selbst ihre Gedanken stotterten ein wenig.

Xander machte das Ganze nicht besser. Er griff über den Tisch und drückte ihre Hand freundschaftlich. Vertraulich. »Mach dir keine Sorgen. Sie werden es lieben.«

Als er nichts weiter sagte, hob Antonia den Blick und bemerkte, wie er auf seine Hand starrte, die auf ihrer lag. Ihre Haut begann unter seiner Berührung zu glühen. Langsam, viel langsamer als gut war für ihre in Aufruhr geratenen Nervenenden, zog er seine Finger schließlich zurück und sah dann ebenfalls auf. Ihre Blicke trafen sich. Das fröhliche Funkeln in seinen Augen war etwas … viel Intensiverem … gewichen.

Dann blinzelte er, lächelte, und der Moment war vorüber. Als wäre gerade nichts geschehen, trank er einen Schluck Limonade. »Wie war das mit der Herausforderung?« Mit dem Glas in der Hand wies er auf ihren Radhelm. »Wer als Erster an der Sonnenalm ist? Bist du dabei?«

Das Kribbeln in Antonias Magen breitete sich über ihren ganzen Oberkörper aus. Sie müsste Nein sagen. Das hier war verrückt. So gefühlt wie jetzt hatte sie zuletzt vor – sie konnte sich nicht einmal mehr daran erinnern. Xander und sie hatten in den letzten Wochen viel Zeit miteinander verbracht, nicht nur wegen der Hochzeit. Sie hatten irgendwie auch zu einer unbeschwerten Freundschaft zurückgefunden. Im Moment fühlte sich das Ganze allerdings überhaupt nicht leicht und locker an. Vielleicht, weil sie zum ersten Mal völlig allein waren. Bei ihren anderen Treffen waren seine Kollegen, Leni oder wie in der Kletterhalle zumindest andere Menschen um sie herum gewesen. Aber hier, auf seiner Terrasse … »Ja«, sagte sie statt des Neins, das ihr auf der Zunge gelegen hatte. »Wer verliert, zahlt die Buttermilch.«

Xander rollte die Schultern. »Herausforderung angenommen. Na dann mal los.«

»Eine Sache wäre da noch.« Antonia biss sich auf die Unterlippe. Er sollte sie nicht für einen Freak halten, aber sie wollte ehrlich sein, was die Radtour anging. »Das Ganze ist nicht ganz selbstlos, also wundere dich nicht, wenn ich auf dem Kaser ein wenig penetrant versuche, mit einer Schwangeren ins Gespräch zu kommen.«

Xander hatte sich schon halb erhoben, ihre leeren Gläser in der Hand. Abwartend sah er sie an.

Antonia musste ihm nicht erklären, wer Tilda war. Natürlich kannte Xander die Sennerin, die die Alm bewirtschaftete, aber von ihrer Nichte wusste er vermutlich nichts. Also erzählte sie ihm von Gesa. »Als ich dieses Jahr zum ersten Mal auf der Alm vorbeigeschaut habe, habe ich sie kennengelernt. Sie ist schwanger, aber irgendwas stimmt nicht. Gesa weigert sich, mit mir zu reden, oder mit überhaupt irgendjemandem. Nicht einmal Tilda weiß, was wirklich mit ihr los ist, und warum sie den Sommer auf dem Berg verbringen will. Sie hat einen Freund, oder hatte zumindest einen. Und ich vermute, dass er der Vater des Kindes ist. Aber das sind natürlich alles nur Vermutungen.«

Xander hatte sich wieder gesetzt und ihr aufmerksam zugehört. »Ist es nicht ihr gutes Recht zu schweigen?«, fragte er. »Wenn sie ihre Ruhe möchte, sollten Tilda und du das akzeptieren.«

Antonia seufzte und lehnte sich auf ihrem Stuhl zurück. »Da hast du absolut recht. Trotzdem stört mich irgendetwas an dieser Geschichte. Ich kann es nicht mit den Händen greifen, aber da ist was. Sie war bei keinem Arzt und lässt sich auch von keiner Hebamme betreuen. Tilda kommt von einem Bauernhof und kennt sich mit dem Kreislauf der Natur aus. Aber sie hat keine eigenen Kinder, und ich fürchte, dass sie nicht besonders viel Erfahrung mit menschlichen Geburten hat.«

Xander nickte. Er schien Antonias Sorge zu verstehen. »Na dann los, worauf warten wir noch.« Wieder griff er nach ihrer Hand. Diesmal aber, um sie von ihrem Stuhl hochzuziehen. Er reichte ihr ihren Helm. »Du kannst schon mal mein Rad aus der Garage holen, wenn du willst. Ich ziehe mich nur schnell um.«

Es machte Spaß, mit Xander unterwegs zu sein. Das war nichts, was Antonia wunderte. Sie hatten ein ähnliches Fitness-Level. Wenn sie daran dachte, wie ihre Mutter im letzten Jahr versucht hatte, sie mit einem Lehrer zu verkuppeln, der gern Fahrrad fuhr und sie auf eine Mountainbike-Tour begleitet hatte. Er hatte angegeben und behauptet, sportlich zu sein. Doch nach der Hälfte der Strecke war er halb tot über seinem Lenker zusammengebrochen. Sie war verdammt froh gewesen, ihn in einem Stück ins Tal zurückbekommen zu haben. Eine zweite Verabredung hatte es nicht gegeben.

Mit Xander würde ihr so etwas nicht passieren. Entgegen ihrer Wette rasten sie nicht in einem Wettkampf den Berg hinauf. Sie fuhren nebeneinander, und dort, wo das nicht ging, hintereinander her, wobei Xander sie in diesen Fällen das Tempo bestimmen ließ. Sie hielten an einer Lichtung und beobachteten einen Sprung Rehe mit ihren Kitzen. Xander schoss mit dem Handy ein paar Fotos für Leni, während Antonia dem Zwitschern der Vögel lauschte. Ein

Knacken im Unterholz ließ die Rehe aufhorchen. Im nächsten Moment waren sie im Wald verschwunden, und auch Antonia und Xander traten wieder in die Pedale.

Wie immer ging ihr das Herz auf, als sie die ausgewaschenen Kehren des Forstweges hinter sich ließen und nach dem letzten Anstieg aus dem Wald herausfuhren. Inmitten der saftig grünen Almwiese, die mit Blumen in allen möglichen Farbschattierungen getupft war, tollten ein paar übermütige Kälber herum. Eine Gruppe Milchkühe hatte es sich wiederkäuend auf dem weichen Pflanzenteppich bequem gemacht. Anders als bei ihrem ersten Besuch in diesem Frühjahr war die Terrasse vor dem Kaser von Wanderern belagert. Ein paar Mountainbikes lehnten am grau verwitterten Holz der Veranda.

»Ganz schön was los«, sagte Xander. Er stieg ab, öffnete seinen Helm und hängte ihn an seinen Lenker.

Antonia scannte bereits die Gesichter der Gäste, während sie ihren Helm absetzte. Gesa konnte sie nirgends entdecken.

Tilda kam aus dem Haus, einen Krug Buttermilch in der Hand, und winkte ihnen zu. Sie schoben ihre Mountainbikes über die Wiese und warteten dann an der Tür, bis die Bäuerin die anderen Wanderer versorgt hatte.

»Schön, euch zu sehen«, sagte Tilda, als sie mit leerem Krug zu ihnen herüberkam. »Möchtet ihr auch ein Glas?«

»Ja. Und frisch gebackenes Brot und Käse«, bestellte Xander. »Oh, und einen Topfenstrudel. Den gönnen wir uns.«

»Kommt sofort.«

»Wie geht es deiner Nichte?«, konnte Antonia sich nicht zurückhalten.

Tilda war bereits im Begriff gewesen, ins Haus zurückzukehren, drehte sich aber noch einmal zu ihnen um und seufzte. »Wenn du mich fragst«, wandte sie sich an Antonia,

»geht es ihr nicht besonders gut. Sie ist mürrisch und grübelt die ganze Zeit. Mit mir redet sie immer noch nicht über das, was eigentlich passiert ist.«

»War sie inzwischen bei einem Arzt oder einer Hebamme?«, fragte Antonia weiter.

Tilda schüttelte den Kopf. »Ich rede und rede an sie hin. Aber ich könnte mich genauso gut mit der nächsten Felswand unterhalten. Es ist hoffnungslos.«

»Ich bin doch ganz zufällig hier.« Antonia breitete in einer unschuldigen Geste die Arme aus. »Ich könnte sie mir mal ansehen.«

Tilda zog einen Mundwinkel nach oben. »Du bist nicht ganz zufällig hier, Antonia. Genau wie bei deinen letzten beiden Besuchen.« Noch einmal seufzte sie. »Ich werde mit ihr reden, aber ich mache mir keine große Hoffnung. Im Moment versteckt sie sich in ihrem Zimmer. Wartet hier.«

Es dauerte eine Weile, bis Tilda zurückkam. Sie balancierte ein Tablett mit Xanders Bestellung. »Sie will dich nicht sehen«, sagte sie zu Antonia und hielt Xander die Brotzeit entgegen. »Genießt eure Pause und kommt dann wieder gut ins Tal hinunter.«

»Wenn sie ihre Meinung ändert …«, versuchte Antonia es noch einmal.

»… dann werde ich mich melden«, gab ihr Tilda die gleiche Antwort wie bei den letzten Malen.

»Okay.« Antonia zog die Broschüren aus ihrem Rucksack, die sie auch sonst an die Schwangeren aushändigte, die in ihre Praxis kamen. »Kannst du die deiner Nichte geben?« Eine Packung Folsäure hatte sie Gesa bereits bei ihrem letzten Besuch mitgebracht. Sie konnte nur hoffen, dass die junge Frau sie auch nahm.

»Ich lege sie ihr hin«, versprach Tilda und schob die Flyer in ihre Schürzentasche.

Einen Moment blieb Antonia unschlüssig stehen, doch Xander war bereits die zwei Stufen der überfüllten Terrasse hinuntergestiegen und hielt nach einem Platz für ihr Picknick Ausschau.

»Grüß deine Tante von mir«, sagte Tilda und wandte sich wieder ihren Gästen zu.

»Mach ich.« Antonia blieb nichts anderes übrig, als Xander zu folgen. Er hatte sich für einen Fleck entschieden, an dem zwei große, von der Witterung glatt geschliffene Felsquader neben einem Feld aus blühendem Almrausch lagen. Vorsichtig stellte er das Tablett ab und ließ sich daneben fallen. Antonia legte sich auf der anderen Seite des Tabletts ins Gras. Alles um sie herum duftete. Die Wiese mit ihren unzähligen verschiedenen Blumenarten und Kräutern. Das frisch gebackene Brot und der Käse. Sie blickte in den klaren blauen Himmel hinauf. Dann schloss sie die Augen und lauschte auf das Summen der Insekten und den leisen, tiefen Klang der Kuhglocken, ehe sie seufzte. »Manche Frauen denken, wenn sie ihre Schwangerschaft ignorieren, wenn sie nicht darüber reden und zu keiner der Vorsorgeuntersuchungen gehen, dann ist es einfach nicht wahr.«

»Aber so ein Baby verschwindet nicht einfach, nur weil man den Kopf in den Sand steckt und Vogel Strauß spielt.«

Antonia öffnete die Augen und sah Xander an. Er hatte sich auf die Seite gedreht und stützte den Kopf auf die Hand. Seine Haare waren vom Radhelm platt gedrückt, und er sah trotzdem – oder vielleicht gerade deswegen – erschreckend gut aus. »Nein, es verschwindet nicht«, gab sie ihm recht.

Xander zupfte einen Grashalm aus der Wiese und strich

damit über Antonias nackten Arm. »Sobald sie sich über die Situation im Klaren ist, wird sie sich bei dir melden.«

Der Grashalm kitzelte sie. Es wirkte wie eine beiläufige Geste, aber Xander wusste ganz genau, was er tat. Antonia zog ihren Arm zur Seite. Diese Berührung fühlte sich ein wenig zu intim an.

Xander schien ihr ihre Reaktion nicht krumm zu nehmen. Er schob sich den Grashalm in den Mundwinkel und kaute mit einem Grinsen darauf herum. »Wer hätte gedacht, dass ich dich mal zu einer Schwangerschaftssprechstunde begleiten würde?«

»Ja. Zu einer erfolglosen«, brummte sie und sah zum Kaser hinüber. Die Stalltür stand offen. Vielleicht konnte sie einen Blick ins Innere werfen. Wenn die Verbindungstür zum Haus offen war, könnte sie Gesa vielleicht überzeugen …

»Hey.« Xander stupste ihr mit dem Grashalm gegen die Nasenspitze. »Hausfriedensbruch, und so …«

»Was?« Sie blickte ihn wieder an, und Xander zog die Augenbrauen nach oben.

»Ich weiß ganz genau, was in deinem Kopf vor sich geht«, sagte er leise. »Du kannst sie nicht zwingen, Tonia.«

»Nein, das kann ich nicht.« Entschlossen richtete sie sich auf. »Und vor allem sollten wir uns von dieser misslungenen Mission nicht den Appetit verderben lassen.«

*

Für die Rückfahrt ins Tal wählten Xander und Antonia eine andere Route als für den Weg zur Sonnenalm hinauf. Sie führte an Antonias Lichtung vorbei. Xander würde sie dort absetzen und das letzte Stück allein zurücklegen. Er hatte den Tag mit ihr genossen und genoss ihn noch immer. Er mochte die Mountainbike-Tour, die zur Sonnenalm führte, aber es gab auch viele andere Strecken, die er gern fuhr. Der Besuch des Kasers passte allerdings zu Antonias Engagement. Er hatte nie darüber nachgedacht, was für eine Art Hebamme sie war, bis er sie bei Eva Rosens Geburt zum ersten Mal in Aktion erlebt hatte. Jetzt wunderte es ihn kein bisschen, dass sie sich die Mühe machte, nach Tildas schwangerer Nichte zu sehen, obwohl die keine Hilfe wollte.

Xander konnte sich gut vorstellen, Antonia zu einem exklusiven Dinner in ein angesagtes Restaurant auszuführen. Aber sie war der Typ Frau, mit dem man genauso gut eine Brotzeit auf einer Almwiese genießen konnte. Dieser Tag mit ihr war irgendwie besonders gewesen. Xander war sich sicher, dass Antonia diese summende Energie, die zwischen ihnen vibrierte, genauso spürte wie er. In einer Woche würden sie die Hochzeit ihrer besten Freunde feiern. Aber was würde danach geschehen? Antonia und er waren sich nähergekommen, hatten einen großen Teil der Distanz, die zwischen ihnen geherrscht hatte, überwunden. Im Moment waren sie Freunde. Aber was würden sie nach dem nächsten Wochenende sein? Wäre Antonia bereit, auch weiterhin Zeit mit ihm und Leni zu verbringen? Ja, besonders mit ihm? Oder würde sie sich wieder zurückziehen und vielleicht sogar zu ihren alten Verhaltensmustern zurückkehren?

Antonia schoss vor ihm den Berg hinunter und lenkte ihr Mountainbike in halsbrecherischem Tempo um die nächste Kehre. Xander ließ das Adrenalin zu, das durch seine Adern tobte, und folgte ihr. Er mochte die Furchtlosigkeit, mit der sie die Dinge anging. Ihre Zielstrebigkeit. Xander hatte nie daran gedacht, eine Frau an seiner Seite zu haben, die auf einer Wandertour oder mit dem Mountainbike mit ihm mithalten konnte. Schließlich war er auch in der Zeit, die er im Schneckentempo mit seiner Tochter verbrachte, glücklich. Aber er konnte nicht bestreiten, dass es Spaß machte, sich mit einem Partner an seiner Seite auszupowern, der genauso auf den Kick stand, der den leichten Wettkampf mochte, und der am Ende das gleiche glückliche Grinsen im Gesicht hatte wie er selbst.

Als der Weg breiter wurde, fuhr Xander neben Antonia, und gemeinsam bretterten sie den Berg hinunter bis zum alten Forstlehen. Sie ließ ihr Rad ausrollen, schwang das Bein über den Sattel und lehnte es an das Geländer ihrer Veranda. Mit leuchtenden Augen drehte sie sich zu ihm um und nahm den Helm ab. »Das war der Hammer«, schwärmte sie. »Auf so eine Abfahrt hätte ich jeden Tag Lust.«

Xander wusste genau, dass durch ihren Körper genauso viel Adrenalin rauschte wie durch seinen. Er konnte gut verstehen, warum manche Menschen nach diesem Hormon gierten. Es war wie eine Droge, und er wollte mehr davon. Zumindest wenn Antonia involviert war.

Sie streckte die Arme über den Kopf und ließ ihren Oberkörper dann nach vorn klappen, um sich zu dehnen. Verdammt. Xanders Mund war plötzlich staubtrocken. Als sie sich wieder aufrichtete, strahlte sie noch immer, und er tastete nach seiner Trinkflasche, ohne den Blick von ihr abzuwenden, und trank einen großen Schluck. »Sollen wir noch etwas für den Elektrolythaushalt tun?«, fragte sie. »Willst du ein Bier? Ich könnte vermutlich sogar eine Limo auftreiben und dir ein Radler mischen.«

Ja, schrie alles in ihm. Er wollte ein Bier mit ihr trinken. Er wollte mit ihr auf der Veranda sitzen. Aber seine Gedanken waren wie auch sein Körper im Moment viel zu aufgeputscht. Vermutlich ging es ihr genauso. Und genau deshalb musste er Nein sagen. »Ich habe was zu trinken.« Wie ein Idiot hob er seine Wasserflasche und schüttelte sie. »Außerdem wird es langsam Zeit für mich. Ich muss Leni bei meinen Eltern abholen.« Und dann würde er ein Bier trinken. Allein. Auf seiner Terrasse – und sich vermutlich vorstellen, dass Antonia neben ihm saß.

»Okay.« Sie schob sich eine Haarsträhne hinter das Ohr, und Xander konnte ihren Gesichtsausdruck nicht wirklich deuten. Als sie ihn wieder ansah, war ihr Gesichtsausdruck noch immer freundlich, aber auch wachsam und ein wenig distanzierter.

Gut. So würden sie die Zeit bis nach der Hochzeit gut überstehen. Und was danach kam … Das würde man sehen, wenn es so weit war.

»Komm gut heim«, sagte Antonia und hob die Hand zu einem Winken.

Xander konnte nicht anders. Als sie die Hand wieder sinken ließ, griff er nach ihr und zog sie zu sich heran. Er küsste sie auf die Wange und ließ seine Lippen einen Moment länger dort liegen, als klug war. »Danke für den fantastischen Tag«, flüsterte er und atmete gleichzeitig den leichten, klaren Geruch ihres Shampoos ein. Dann zwang er sich, sie loszulassen und mit dem Rad einen Meter zurückzurollen. Antonias Wangen waren gerötet, und er war sich nicht sicher, ob das nur an ihrem Ausflug lag oder auch ein wenig an ihm. »Bis bald«, sagte er und wartete ihre Erwiderung nicht ab. Er drehte das Rad und trat in die Pedale, ohne sich noch einmal umzusehen. Denn wenn er ihr noch einmal in die Augen geblickt hätte, hätte er die Kraft, das Bier abzulehnen, nicht noch einmal aufgebracht.

16

Ein Junggesellinnenabschied in der Großstadt würde vermutlich anders aussehen. Aber die Braut war nun mal ein Mädchen vom Land. Das zwar ganz verrückt nach Filmen war, abgesehen davon aber die Natur liebte, und alles, was damit in Verbindung stand. Einen lärmenden, frechen Ausflug nach München oder Salzburg, bei dem sie zu viel trinken und sich an jeder Menge Partyspielchen versuchen würden, würde es nicht geben. Antonia war sich allerdings sicher, dass sie mit diesem letzten Abend, den Anna ›in Freiheit‹ verbringen würde, bevor es am nächsten Tag ernst wurde, ins Schwarze trafen.

Sie riss eine Tüte Chips auf und schüttete sie in eine Schüssel. Durch die offen stehende Flügeltür sah sie aus der Küche auf ihre Lichtung hinaus. Die Dämmerung war bereits hereingebrochen, und die Feenlichter schalteten sich eines nach dem anderen ein. Mittendrin wuselte ihre Schwester Rosa, drapierte Decken und Kissen und rückte die Tabletts mit dem Fingerfood hin und her.

Mit einem Kissen in der Hand richtete sie sich auf und blickte zum Waldweg, der das Tal mit dem alten Forstlehen verband. Dann drehte sie sich zu Antonia um und rief: »Sie kommen.«

»Let the party begin«, murmelte Antonia, schnappte sich

die Chipsschüssel mit der Linken und schob mit der Rechten die Fernbedienung in die Gesäßtasche ihrer Jeans. Rosa war für den kulinarischen Teil verantwortlich, Antonia für die Technik.

Sie trat auf die Lichtung und reichte Rosa die Schüssel, die ihre Schwester gekonnt zwischen all den anderen Knabbersachen und Häppchen drapierte. Dann drückte sie die Fernbedienung und ließ den Beamer anspringen, während auch sie auf das Motorengeräusch lauschte. Noch zwei Kurven und der Mercedes-Bus, den Hannah von Jakob geliehen hatte, würde vor Antonias Garage ausrollen.

Rosa hob das Tablett mit Annas Lieblings-Drinkkombination hoch – Eierlikör und Sekt, das sie Damengedeck nannte – und warf einen letzten prüfenden Blick um sich herum. »Das wird sie umhauen«, stellte sie zufrieden fest.

Die Scheinwerfer des Vans streiften sie, dann hielt Hannah an und winkte ihnen breit grinsend aus dem heruntergelassenen Fahrerfenster zu. Sie hatte die Aufgabe des Transports übernommen, weil sie den Auftrag gehabt hatte, auch auf Hias Junggesellenabschied ein paar Fotos zu schießen. Also hatte sie die Pokerrunde eine Weile begleitet und dann Anna und zwei weitere Freundinnen abgeholt. Jetzt sprang sie aus dem Bus und öffnete die Schiebetür.

Anna kicherte. »Ich weiß, dass wir bei dir sind, Tonia«, rief sie, auch wenn sie durch das Tuch, das ihre Augen verdeckte, nichts sehen konnte. »So eine kurvige Holperstrecke gibt es nur einmal.«

»Ach verdammt.« Rosa musste lachen. »Und dabei haben wir gedacht, das wird eine ganz große Überraschung.«

Natürlich kannte Anna die Strecke. Die eigentliche Sensation war das, was sie hier erwartete. Annas Freundinnen,

Paula, mit der Anna schon befreundet gewesen war, bevor sie als Teenager von München nach Berchtesgaden umziehen musste, und Josy, mit der sie studiert hatte, halfen ihr aus dem Van – und dann blieb ihnen der Mund offen stehen. Zufrieden hakte Antonia die Daumen in die Taschen ihrer Jeans. Paula war für die Hochzeit extra aus Frankfurt gekommen, Josy lebte in Salzburg. Beide waren so typische Großstadtmädchen, dass sie – zumindest aus Antonias Blickwinkel – so gut wie jedes Klischee erfüllten. Sie waren nicht gerade begeistert gewesen, dass sie zum Junggesellinnenabschied nicht wenigstens eine wilde Nacht in München verbrachten. Antonia war das egal gewesen. Ihre Schwestern und sie hatten beschlossen, den Abend so zu gestalten, dass Anna ihn nie vergessen würde. Und offenbar machte das auch auf die City-Girls Eindruck. Sie hielten Anna links und rechts fest, die über der Augenbinde ein schief sitzendes Krönchen trug. Ihr pinkfarbenes T-Shirt mit glitzernden Buchstaben den Schriftzug *Hier kommt die Braut* – war das einzige Zugeständnis an die nicht stattfindende wilde Tour durch die Stadt.

Anna griff nach ihrer Augenbinde, aber Hannah hielt ihre Hand fest. »Warte noch einen Moment«, bat sie. Sie hatte ihre Kamera bereits aus dem Koffer genommen und machte jetzt ein paar Schritte rückwärts, justierte das Objektiv und richtete es auf ihre Freundin. »Jetzt«, sagte sie nur – und fing mit dem nächsten Foto den perfekten Moment ein.

Anna zog das Tuch von den Augen, und ihr Krönchen verrutschte ein wenig weiter. Dann hielt sie mitten in der Bewegung inne und starrte auf die Szenerie vor sich. »O. Mein. Gott.« Sie schlug die Hände vor den Mund. Ihre Augen glänzten feucht. »Das ist… unglaublich!« Sie rannte auf die

Wiese und ließ sich lachend einfach mitten zwischen die Feenlichter fallen. »Ihr seid verrückt!«, rief sie.

Paula zog den Mundwinkel zu einem halben Lächeln nach oben, als sie auf Antonia und Rosa zuging. »Ich muss zugeben, dass mich das hier wirklich überrascht. Ich hatte andere Erwartungen an diesen Abend, und die habt ihr ganz eindeutig übertroffen.« Sie drehte sich einmal langsam um die eigene Achse und nahm den Anblick der Lichtung voller Begeisterung in sich auf. Anna liebte die Natur, und außerdem liebte sie romantische Filme – vor allem dann, wenn sie sie zum Heulen oder Lachen brachten. Vorzugsweise gleichzeitig. Und zwar mit einer Überzeugungskraft, die es immer wieder schaffte, vor allem Hias dazu zu bekommen, sich etwas anzusehen, das er sich normalerweise unter Androhung von Waffengewalt nicht angetan hätte. Nachher würde Annas Lieblingsfilm über die Leinwand flackern, die sie aus einem großen Leintuch zwischen zwei Kiefern am Waldrand gespannt und mit einer Lichterkette eingerahmt hatten. Bis es so weit war, flackerten Bilder über den Hintergrund. Anna, die eigentlich auf jedem Foto lachte. Anna und Hias. Anna mit ihren Freundinnen. Ihrer Familie. Die leichte Sommerbrise spielte mit dem Leintuch, und allein das ließ die Bilder wirken, als seien sie in Bewegung.

Das Holz im Feuerkorb, den sie neben ihrem großen, gemütlichen Picknickplatz aufgestellt hatten, knackte und warf weiche orangefarbene Lichtreflexe auf die Gesichter der Freundinnen.

»Lasst uns anstoßen«, schlug Rosa vor und ging mit ihrem Tablett herum, um die Damengedecke auszuteilen.

»Auf dich«, sagte Antonia. »Auf Hias. Und auf die wundervolle Zukunft, in die ihr morgen startet.«

»Danke, Mädels.« Anna wischte sich eine Träne aus dem Augenwinkel. »Danke für diese wundervolle Überraschung.«

Der Abend verlief genau so, wie Antonia es sich vorgestellt hatte. Und so, wie Anna es liebte. Sie erinnerten sich an die Geschichten, die hinter den Bildern steckten, die über die Leinwand flackerten. Lachten, tranken Sekt und naschten von den Leckereien, die Rosa gezaubert hatte. Schließlich streamte Antonia Annas Lieblingsfilm, *Safe Haven*, der die Freundinnen, die sich inzwischen auf den Decken und Kissen zusammengekuschelt hatten, zum Seufzen und ein bisschen zum Weinen brachte.

»Hach«, seufzte Josy. »Dieser Alex ist so süß. Ich glaube, es liegt an diesem Alleinerziehender-Vater-Ding. Das ist echt sexy.«

»Absolut.« Paula richtete sich weit genug auf, um an die Sektflasche heranzukommen und sich nachzuschenken. »Das ist wie beim Trauzeugen deines Zukünftigen. Verdammt ist dieser Typ heiß!«

»Findest du?« Anna runzelte die Stirn. »Er ist ein bisschen wie mein Bruder. Und seinen Bruder sollte man nicht sexy finden. Aber frag mal Tonia«, fügte sie hinzu. »Ich sage euch, als wir diesen Hochzeitstanz geübt haben, war ich echt neidisch auf euch. Die beiden zusammen … das war schon 'ne Nummer.«

Anna kippte den Rest ihres Sekts und ließ sich von Paula ihr Glas füllen. Antonia spürte die Blicke ihrer Schwestern, die bei Xanders Erwähnung auf ihr ruhten. Und sie war sich der Stelle auf ihrer Wange mehr als bewusst, auf die er am vergangenen Wochenende seine Lippen gedrückt hatte. Sie hatte die ganze Woche über immer wieder an diesen Moment denken müssen. Daran, wie sie ihn nach ihrer Mountainbike-Tour auf ein Bier eingeladen und er abgelehnt hatte, obwohl sie in seinem Blick ganz deutlich lesen konnte, dass er gern geblieben wäre. Immer wieder war in ihren Gedanken die Frage aufgeploppt, wie es mit ihnen weitergehen würde, wenn die Hochzeit vorüber war. Sie hatten eine gute Basis gefunden. Antonia mochte Leni. Und selbst wenn sie sich nie wieder so nahe kommen würden wie vor sechs Jahren, so fühlte es sich doch gut an, einen Freund zu haben, der die gleichen Dinge wie sie zu schätzen wusste. Der den Wettkampf liebte und vor einer Herausforderung nicht zurückschreckte. Sie konnte nur hoffen, dass sich für sie in der Zukunft nicht allzu viel ändern würde, auch wenn sie langsam auf die Schmetterlinge achtgeben musste, die in ihrem Bauch herumschwirrten, sobald sie nur an Xander dachte.

»Dieser Xander kann tanzen?« Josy räkelte sich auf der Decke und schob sich dann ein Kissen in den Nacken. »Dann will ich auf der Hochzeit unbedingt einen Tanz mit ihm. Er hat mich persönlich begrüßt im Hotel.« Josy und Paula waren wie die meisten Freunde und Verwandten im *Hotel Seeblick* abgestiegen. Annas Freundinnen würden zwar nicht bei der standesamtlichen Trauung dabei sein, die im engsten Kreis abgehalten werden würde, dafür aber am Samstag in der Kirche. »Ich habe ihn übrigens ein bisschen angegraben«, verkündete Josy.

»Du hast was?« Antonias Gedanken ausgesprochen hatte Paula, und alle Augen richteten sich sofort auf sie.

Josy zuckte im Liegen mit den Schultern. »Soweit ich das richtig verstanden habe, ist er Single, oder? Hast du das nicht selbst erzählt, Süße?« Sie drehte den Kopf, um in Annas Richtung zu blicken.

Das Feuer warf flackernde Schatten auf ihre makellose

Haut. Josys lange, dunkle Haare fielen wie Seide über das Kissen – wenn Xander auf ihre Avancen eingegangen war, wer könnte es ihm verübeln? Er war auch nur ein Mann, richtig? Antonia schluckte und versuchte, das Gefühl, das sich wie beißender Essig in ihrem Magen ausbreitete, zu ignorieren. Sie hatte kein Anrecht auf Xander. Sie hatte … gar nichts.

Anna runzelte nachdenklich die Stirn. »Soweit ich weiß gibt es da niemanden. Hin und wieder taucht seine Exfreundin auf. Keine Ahnung, was es mit der Beziehung auf sich hat.« Sie hob die Hände zu einer resignierten Geste. Die Beziehung zu Natalie – das war tatsächlich etwas, worüber Antonia auch gern ein wenig mehr als – nichts – gewusst hätte. Offenbar hielt Xander sich nicht nur bei ihr so bedeckt, was Lenis Mutter anging.

»Er hat jedenfalls nicht angebissen.« Josy drehte sich auf die Seite und stützte ihren Kopf auf den Arm. »Ich habe alle Register gezogen, aber er hatte kein Interesse.«

Antonia trank einen Schluck, um das Lächeln, das sich bei Josys Worten auf ihrem Gesicht ausbreitete, zu verstecken. Hannah schien es trotz allem bemerkt zu haben. Sie toastete ihr mit einem Blick unter hochgezogenen Augenbrauen zu.

»Du kennst mich.« Josy lachte und hob ihr Glas ebenfalls zu einem Toast in Annas Richtung. »Eine Abfuhr reizt mich erst so richtig.« Noch eine Frau mit Kampfgeist.

»Keine Dramen auf meiner Hochzeit, hörst du?« Anna wies mit dem Finger auf ihre Freundin. »Versprich mir das!«

»Selbstverständlich.« Josy hob die Hand zu einem Schwur. »Probieren schadet trotzdem nichts.«

Annas Junggesellenabschied zog sich nicht so sehr in die Länge, wie er es bei einer feuchtfröhlichen Tour durch Großstadtkneipen ganz sicher getan hätte. Da die Braut am nächsten Morgen verhältnismäßig zeitig aufstehen musste, jammerte niemand, als sie den Abend schließlich beendeten. Sie räumten die Überbleibsel der Party gemeinsam auf, und Josy, Paula und Antonias Schwestern verabschiedeten sich überschwänglich und mit jeder Menge Umarmungen.

»Das wird eine interessante Hochzeit«, raunte Hannah Antonia zu, als sie sie zum Abschied umarmte. »Du solltest dein Revier markieren, wenn du nicht willst, dass Josy das Bein hebt und deinen Baum anpinkelt.«

»Josy kann machen, was sie will«, flüsterte Antonia zurück. »Xander gehört mir nicht.«

»Wir werden sehen«, kam die prompte Antwort ihrer jüngsten Schwester. Sie scheuchte Annas Freundinnen in den Van und fuhr, gefolgt von Rosa im Lieferwagen der *Alten Mühle*, ins Tal hinunter.

Als es auf der Lichtung wieder still und dunkel war, legte Anna Antonia den Arm um die Taille und lehnte den Kopf an ihre Schulter, bevor sie ein seliges Seufzen ausstieß. »Das war so wundervoll, Tonia. Ich bin wirklich überwältigt. Wenn der Rest dieses Wochenendes auch nur halb so schön wird, bin ich das glücklichste Mädchen auf diesem Planeten.«

»Süße, du heiratest morgen den Mann deiner Träume. Es wird also auf jeden Fall noch tausendmal besser als dieser Abend.« Anna kicherte, und Antonia legte ihr den Arm um die Schultern und drückte sie an sich. »Ich wünsche euch alles Glück dieser Welt.«

»Danke.« Einen Moment standen sie einfach nur da und lauschten auf die Geräusche der Nacht.

»Na komm, lass uns ins Bett gehen«, schlug Antonia vor. »Wir müssen morgen früh zeitig raus.« Sie drückte Annas Schulter.

»Apropos …« Anna hob den Kopf und sah Antonia von der Seite an. »Jetzt, wo wir unter uns sind, könntest du mir doch verraten, warum in aller Welt ich an meinem Hochzeitstag mit den Hühnern aufstehen muss? Sollte dieser Tag nicht damit beginnen, dass man ausschläft?«

Antonia drehte sich zum Haus um und ging langsam los. Anna zog sie an der Hand einfach mit sich. »Du stehst in aller Herrgottsfrühe auf, weil du erstens sowieso vor lauter Aufregung nicht schlafen können wirst, und weil du eine spektakuläre Trauung vor dir hast, die aus Gründen, die ich dir nicht verraten werde, ein wenig eher stattfindet als andere.«

Anna schenkte ihr ein listiges Lächeln. »Jetzt, wo wir beide allein sind, könntest du mir doch verraten, was ihr mit uns vorhabt. Ich verrate es auch niemandem. Ich schwöre es.« Um ihre Worte zu bestätigen, hielt sie zwei Finger hoch.

»Tja, meine Liebe. Wenn du die Überraschung wissen willst, wirst du noch einmal schlafen müssen. Wir haben nicht bis jetzt dichtgehalten, um es im letzten Moment doch noch auszuplaudern.«

»Das Unglaublichste daran ist die Tatsache, dass ihr es bis jetzt geschafft habt, kein Sterbenswörtchen zu verraten. Na gut.« Sie seufzte ergeben. »Ich gedulde mich bis morgen.«

»Du wirst deine Geduld nicht bereuen«, versprach Antonia ihr. »Und jetzt ab in die Federn.«

Anna würde heute Nacht bei Antonia schlafen. Das Brautkleid war hier deponiert, die Stylistin würde hierherkommen, und Jakob würde mit einem schicken Oldtimer vorfahren, um sie nach Schönau zu chauffieren. Da das künftige Ehepaar die letzte Nacht vor der Trauung sowieso nicht gemeinsam verbringen sollte, bot es sich an, die Brautzentrale, wie Anna es scherzhaft genannt hatte, ins alte Forsthaus zu verlegen.

Als sie sich für die Nacht fertig gemacht hatten, drehte sich Anna an der Tür zum Gästezimmer noch einmal um und umarmte Antonia fest. »Ich weiß, ich klinge rührselig und so… aber ich wünsche dir das auch. Ich will, dass auch du deinen Hias findest. Den Mann, bei dem du es gar nicht erwarten kannst, den Rest deines Lebens mit ihm zu verbringen. Jemanden, den du so sehr liebst, dass du nicht einen Tag ohne ihn sein willst.«

Antonia schluckte und erwiderte die Umarmung. Sie kniff die Augen zusammen, um das Bild zu vertreiben, das sich bei den Worten ihrer Freundin dahinter materialisiert hatte. Sie würde in Zusammenhang mit Annas Wunsch nicht an Xander denken. Sie würde überhaupt nicht denken. »Das ist lieb von dir«, sagte sie und drückte Anna noch ein wenig fester an sich. »Ich freue mich mit euch. Und ich bin mir sicher, dass auch ich irgendwann so weit sein werde. Aber bis dahin ist noch ein wenig Zeit. Ich hoffe nur, dass meine Schwestern deinem Beispiel bald folgen, damit ich endlich aus der Schusslinie meiner Mutter gerate.«

Wie Antonia es erwartet hatte, musste Anna lachen. Das Pathos verschwand aus ihren Worten, als sie Antonia eine gute Nacht und süße Träume wünschte.

*

Xander wollte gerade die Tür seines Büros im Hotel hinter sich zuziehen, als sein Handy klingelte. Er zog es aus seiner

Hosentasche und warf einen Blick auf das Display. Natalie. Einen Moment überlegte er, den Anruf auf die Mailbox auflaufen zu lassen. Doch damit würde er das Gespräch nur verschieben. Und in letzter Zeit hatten sie immerhin gute Fortschritte gemacht.

Xander kehrte in sein Büro zurück und schloss die Tür hinter sich, bevor er den Anruf mit einem »Hallo, Natalie« annahm.

»Hey.« Er konnte das Zögern in ihrer Stimme hören. »Ich wollte mich mal wieder melden. Was macht Leni? Kann ich mit ihr sprechen?«

»Tut mir leid. Sie ist nicht hier. Heute übernachtet sie bei ihrer Großmutter.« Falls sie in Erwartung der Hochzeit und der Tatsache, dass sie in eines ihrer neuen Kleider schlüpfen durfte, überhaupt schlafen würde. »Aber es geht ihr gut«, ergänzte er. Natalie wollte etwas von ihm. Das konnte er zwischen ihren Worten deutlich hören. »Wie geht es dir?«, fragte er. Inzwischen war er ein Experte im Erkennen ihrer Stimmungen. Seit sie ihre Medikamente nahm und wieder in ihre Therapie eingestiegen war, wirkte sie ausgeglichener, ruhiger. Auch wenn ihre Anspannung im Moment geradezu greifbar wirkte.

»Mir geht es gut. Sehr gut sogar. Hör mal …«, sie stockte. »Ich habe eine Bitte. Du wirst wahrscheinlich nicht viel davon halten, aber vielleicht kannst du ja wenigstens darüber nachdenken. Das Ganze ist außerdem ziemlich … kurzfristig.«

Xanders Herz sank. Steckte sie doch wieder in Schwierigkeiten? Er hätte es sich denken können.

Doch bevor er etwas erwidern konnte, fuhr Natalie fort. »Meine Prognose ist wirklich toll«, erzählte sie ihm. Und das freute Xander aufrichtig für sie. »Ich maile dir meinen aktuellen Arztbrief, damit du siehst, dass ich die Wahrheit sage.« Das hatte sie seit ihrer Rückkehr in die Therapie regelmäßig gemacht, um Xander zu beweisen, dass es ihr Ernst war. »Es ist so: Ich habe die Möglichkeit, in einem Pilotprojekt unterzukommen. Das ist eine ganz außergewöhnliche Chance. Dazu müsste ich allerdings nach Aachen gehen. Für mindestens ein halbes Jahr.«

»Okay«, antwortete Xander vorsichtig. Er war sich noch nicht sicher, worauf sie hinauswollte. Im Spiegel der Fensterscheibe konnte er sich selbst sehen, die Hand in die Hosentasche geschoben, ein lässiges Hemd zu den Jeans, wie man es trug, wenn man auf dem Weg war, den Junggesellenabschied eines seiner besten Freunde zu feiern. Die Falten, die sich bei Gesprächen mit seiner Exfreundin meistens in seine Stirn gruben, passten nicht zu der ausgelassenen Pokerrunde, die vor ihm lag.

Natalie seufzte leise. »Achthundert Kilometer. Das ist unglaublich weit weg von Leni. Ich muss mich schon am Montag auf den Weg machen. Und ich kann diese Chance einfach nicht ausschlagen.«

»Vielleicht können wir dich im Sommer ja mal besuchen kommen«, schlug Xander vage vor. Er wollte sich im Moment nicht auf irgendwelche Besuchsregelungen festlegen lassen, wenn es das war, was Natalie wollte. Daran hing viel zu viel Planung und Koordinierung, um das zwischen Tür und Angel zu entscheiden.

»Ja, das wäre schön.« Wieder stockte sie. »Ich wollte dich aber noch um etwas anderes bitten. Das ist jetzt wirklich sehr kurzfristig«, wiederholte sie. »Aber könnte ich Leni dieses Wochenende noch sehen?«

»Natalie …« Xander rieb sich über den Nacken, der langsam aber sicher begann, sich zu verspannen.

»Nein, bitte … hör mir zu«, erwiderte sie schnell, weil er sich keine besonders große Mühe gegeben hatte, seine Ablehnung dieser Idee aus seiner Stimme zu verbannen. »Mir geht es wirklich gut. Ich bin keine Gefahr für sie. Und du kannst ja auch dabei sein. Lies meinen Arztbericht, da steht es schwarz auf weiß. Mir geht es wirklich gut. Ich werde so lange weg sein, und Leni fehlt mir so sehr. Bitte …« Ihre Stimme brach.

Xander stützte seine Hand gegen das Fensterkreuz und ließ den Kopf hängen. »Es geht nicht darum, dass ich dir keine Zeit mit Leni geben möchte. Du weißt, dass ich immer versucht habe, ein Treffen möglich zu machen, wenn es dir gut ging. Nur dieses Wochenende ist einfach ein absolut schlechter Zeitpunkt. Mein Freund Hias heiratet.«

»Der Schreiner, nicht wahr?«, fragte sie nach. »Ich erinnere mich an ihn. Das freut mich für ihn. Richte ihm meinen Glückwunsch aus. Und ich kann das verstehen. Ehrlich.« Ihre Stimme wurde immer leiser. Und mit jedem Wort, das sie sagte, wurde Xander weicher. Er wusste, dass es meistens ein Fehler war, wenn er ihr Zugeständnisse machte, ohne sich gründlich den Kopf darüber zu zerbrechen. Aber mit ihrem »Vielleicht können Leni und ich ja einfach mal telefonieren, wenn ich in Aachen bin. Und meistens vergeht ein halbes Jahr ja doch viel schneller, als man glaubt« kochte sie ihn weich.

Xanders Gedanken rasten. »Eine Möglichkeit gibt es: Wenn du die Nacht von Samstag auf Sonntag im Hotel verbringen könntest.« Er würde auf der Hochzeit genug zu tun haben, deshalb hatten seine Eltern und er beschlossen, dass

Leni auch in dieser Nacht bei ihnen schlafen würde. Aber wenn Natalie sie unbedingt sehen wollte … »Die Hochzeitsfeier findet in der *Alten Mühle* statt. Dort könntest du Leni abholen, mit ihr zu Abend essen und gemeinsam im Hotel übernachten.« Das Hotel war voller Hochzeitsgäste und Personal. Wenn es Probleme gab, würde sich Natalie an jeden wenden können, der ihr über den Weg lief. Außerdem konnte er ihr den Kontakt seiner Mutter geben, die ebenfalls innerhalb weniger Minuten da sein konnte. Ein doppeltes und dreifaches Sicherheitsnetz. Etwas sorgfältiger Vorbereitetes wäre ihm zwar lieber, aber Leni sehnte sich genauso nach ihrer Mutter wie Natalie nach ihr. In letzter Zeit hatten die Hochzeit und ihre Aufgabe als Blumenmädchen seine Tochter ein wenig von ihrer Sehnsucht abgelenkt, aber spätestens nach dem Wochenende würde Leni wieder an ihre Mama denken. Diese gemeinsamen Stunden durfte er den beiden nicht nehmen. »Traust du dir das zu?«, fragte er Natalie trotzdem.

»Ob ich mir das zutraue? Natürlich! O Gott, Xander. Danke. Ich danke dir so sehr, dass du das möglich machst.«

Enttäusch mich nicht, dachte er, *und enttäusche vor allem Leni nicht wieder*. Er biss sich auf die Zunge, um die Worte nicht laut auszusprechen. »Ich rede mit meiner Mutter und buche dir ein Zimmer im Hotel. Morgen rufe ich dich noch einmal an, damit wir die Details klären können.«

»Ja. Das klingt wundervoll. Ruf mich morgen einfach an, wann immer es passt. Gute Nacht. Und noch einmal: Danke.«

Sie legte auf, und Xander stieß sich vom Fensterkreuz ab. Er rieb sich über das Gesicht und hoffte, dass sich die Sorgenfalten auf seiner Stirn gelegt hatten, bis er bei Hias' Pokerrunde im *Holzwurm* ankam. Natalie hatte wirklich gut geklungen. Wenn sie mit Leni im Hotel blieb, konnte nichts schiefgehen.

Entschlossen verließ er sein Büro. Nur an der Rezeption spähte er kurz um die Ecke, ob Annas Freundin Josy irgendwo zu sehen war. Von der Freundin der Braut angemacht zu werden war das Letzte, was er im Moment noch gebrauchen konnte. Er war sich sicher, dass er auf der Hochzeit noch alle Hände voll zu tun haben würde, sich vor ihr in Sicherheit zu bringen. Als die Luft rein war, wünschte er seiner Rezeptionistin eine ruhige Nacht und verließ das Hotel.

Am nächsten Morgen grinste Xander sich selbst zu, als er in den Spiegel blickte und seine Krawatte noch einen Millimeter nach rechts rückte. Er hatte nicht nur bei der Pokerrunde am vergangenen Abend so richtig abgeräumt, er hatte auch Hias noch nie so nervös gesehen wie in diesem Moment. Sein Freund trat neben ihn, fuhr sich glättend über die widerspenstigen Haare und atmete langsam aus. Dann hielt er seine Hände vor sich, um sie zu betrachten. »Du zitterst wie ein Junkie auf Entzug«, konnte Xander sich nicht verkneifen und grinste noch ein bisschen breiter.

»Entzug nach meiner Frau wahrscheinlich. Hilf mir mal mit dem Ding.« Hias hielt ihm sein Ansteckstäußchen mit der weißen Rosenknospe und ein bisschen Grün drum herum hin, das er vor lauter Aufregung nicht selbst an seinem Janker befestigen konnte.

Xander steckte es an und machte dann dasselbe mit seinem eigenen. »Handverlesene Teufelskerle, würde ich sagen.« Er boxte Hias gegen die Schulter. »Jetzt komm. Du willst doch nicht deine eigene Hochzeit verpassen.«

Hias fächelte sich Luft zu und begann, in seinem Schlafzimmer auf und ab zu laufen. Vor dem Fenster blieb er stehen und starrte nach draußen. »Hast du schon mal darüber nachgedacht, was passiert, wenn Anna es sich anders überlegt? Ich meine«, er drehte sich wieder um, »warum hat sie sich überhaupt für mich entschieden?« Mit dem Finger wies er auf Xander. »Ich kann nicht einmal so tanzen, wie sie es gerne hätte. Wie kann ich denn wissen, dass ich ihr genug sein werde?«

Xander betrachtete ihn einen Moment wortlos. Die Fragen, die er sich stellte, waren mit Sicherheit die gleichen, die jeden Mann vor diesem wichtigsten Tag seines Lebens umtrieben. Man könnte ihn auslachen, weil selbst ein Blinder die Liebe dieses Paares sehen konnte. Aber Hias meinte es offenbar ernst. Also hatte er auch eine ehrliche Antwort verdient. »Hör zu, mein Freund.« Xander legte ihm die Hand auf die Schulter und drückte beruhigend zu. »Du tanzt wie ein Neandertaler, das stimmt. Aber das wird kaum der Grund sein, aus dem Anna den Rest ihres Lebens mit dir verbringen will. Sie liebt dich. Warum auch immer«, konnte Xander sich eine kleine Stichelei doch nicht verkneifen. Er grinste, fügte aber schnell ein »Das war ein Scherz« hinzu, weil Hias' Augen begannen, glasig zu werden. »Sie liebt dich von ganzem Herzen. Und genau deshalb hat sie sich für dich entschieden. Für den Rest eures Lebens. Einfach weil du bist, wer du bist. Und für den Fall, dass sie wirklich darüber nachdenken sollte, die Beine in die Hand zu nehmen, setze ich mein Geld auf Antonia.«

Hias' Blick klärte sich wieder. Gut so, dachte Xander und redete einfach weiter. »Antonia ist definitiv schneller und gemeiner als deine Zukünftige. Wenn Anna wirklich einen

Fluchtversuch unternehmen sollte, wird Antonia ihr ein Bein stellen und sie vor den Altar schleifen. Wir haben so viel in die Vorbereitungen investiert, wir lassen uns das von kalten Füßen auf keinen Fall kaputt machen.«

»Mir wäre schon geholfen, wenn ich wüsste, was mich überhaupt erwartet«, brummte Hias.

»Du wirst es gleich erfahren. Und jetzt komm. Wir müssen Leni noch abholen. Es wird Zeit, deine atemberaubende Braut zu bewundern.« Xander griff nach seinen Autoschlüsseln und schickte Antonia eine Nachricht, dass sie unterwegs waren. Wenn ihre Inszenierung funktionieren sollte, musste Hias vor Anna am Bootsanleger sein.

Die Überraschung verfehlte ihre Wirkung nicht, wie Xander zufrieden feststellte. Hias' im ersten Moment gerunzelte Stirn – und dann die vor Staunen aufgerissenen Augen – ließen ihn erleichtert die Luft ausstoßen. Er hatte gar nicht gemerkt, dass auch er immer nervöser geworden war, je näher sie dem Königssee kamen.

»Du Mistkerl!« Hias legte den Kopf in den Nacken und brach in ein lautes, befreiendes Lachen aus.

»Mistkerl sagt man aber nicht«, wies Leni Hias altklug zurecht und rannte im nächsten Moment davon, um sich das Boot aus der Nähe anzusehen. In ihrem helltürkisen Kleidchen, das nur aus Rüschen und Spitze zu bestehen schien, sah sie aus wie eine Portion Zuckerwatte auf zwei Beinen. Daran änderte auch das kleine Kränzchen aus Rosenknospen nichts, das zusammen mit ihren Haaren zu einer komplizierten Flechtfrisur verbunden war, die ihn mit Sicherheit Nerven kosten würde, wenn er all das wieder auseinandernehmen musste.

»Wie hast du das nur angestellt?« Hias betrachtete die *Ramsau*, die, geschmückt mit Girlanden aus Grün und weißen, blassrosa und kräftig pinkfarbenen Rosen, am Steg vor sich hinschaukelte, und schüttelte noch immer bewundernd den Kopf. Der Kapitän und die Standesbeamtin standen bereits davor und sahen ihnen entgegen.

»Du weißt doch, wenn ich dir das erzähle, muss ich dich anschließend um die Ecke bringen.« Er simulierte mit dem ausgestreckten Zeigefinger eine Pistole, hielt sie vor sein Gesicht und blies den imaginären Lauf aus wie die Cowboys in den alten Western. »Und das wollen wir deiner Braut doch nicht antun, bevor du Ja gesagt hast.«

Hias blieb auf dem nahezu leeren Platz, auf dem es in ein paar Stunden vor Touristen nur so wimmeln würde, stehen und drehte sich zu Xander um. »Danke, Mann.« Er zog ihn in eine typisch männliche Umarmung und schlug ihm zweimal kräftig auf den Rücken. »Das wird Anna so was von umhauen. Mich haut es jedenfalls um, verdammt.« Er wischte sich über die Augen. »Dabei habe ich die Braut noch gar nicht gesehen.«

Sie begrüßten die Standesbeamtin und den Kapitän und warteten mit ihnen gemeinsam auf die kleine Festgemeinde. Zur standesamtlichen Trauung hatten Hias und Anna nur ihre Eltern, Annas Schwester mit ihrem Mann, ihre Trauzeugen und natürlich Leni eingeladen. Jakob würde dabei sein, weil er das Brautauto fuhr, und Hannah war für die Fotos zuständig. Die kirchliche Hochzeit würden sie dafür am nächsten Tag mit fast hundertfünfzig Gästen feiern.

Nachdem die kleine Hochzeitsgesellschaft versammelt war, fehlte nur noch die Braut. Xanders Handy vibrierte in der Hosentasche. Er zog es hervor und warf einen Blick auf das Display. *Noch eine Minute* hatte Antonia ihm geschrieben. »Sie kommen gleich«, raunte Xander Hias zu.

Sein Freund atmete noch einmal tief ein und drückte den Rücken durch. Leni unterbrach ihr aufgeregtes Herumgehopse ebenfalls, um sich neben Xander zu stellen und ihre kleine Hand in seine zu schieben. Gespannt starrten sie auf die Stelle, an der Jakobs Oldtimer auftauchen würde.

Und dann rollte das Mercedes SL-Cabrio auf den Platz. Die Sonne spiegelte sich gleißend in dem schwarz glänzenden Lack. Das Auto war der Traum eines jeden Mannes mit Geschmack. Jakob, im Anzug und mit Sonnenbrille, sah hinter dem Steuer aus, als gehöre er genau dorthin. Aber all das war nichts im Vergleich zur Braut und ihrer Trauzeugin.

»O Gott«, murmelte Hias neben ihm, als Jakob um die Motorhaube herumkam und die Tür öffnete, um erst Anna und dann Antonia aus dem Oldtimer zu helfen.

»Wie zwei Feen«, hauchte Leni.

»Ich habe noch nie eine schönere Frau gesehen.« Hias war sich wahrscheinlich nicht einmal bewusst, dass er seinen Gedanken laut aussprach.

»Ich auch nicht«, stimmte Xander ihm leise zu. Allerdings starrte er nicht die Braut an, sondern ihre beste Freundin. Antonia sah … atemberaubend aus. So schön, dass es ihn wie ein Faustschlag in den Magen traf. Ganz langsam ließ auch er die Luft entweichen. Diese zwei Tage, die sie als Trauzeugen zusammen verbringen mussten, würden härter werden als all die gemeinsame Zeit, die sie mit der Planung der Hochzeit bis jetzt insgesamt verbracht hatten.

17

Eine ›ultra-feminine Verführung‹ hatte die Verkäuferin das Vintage-Kleid genannt, das sich Anna für ihre standesamtliche Trauung ausgesucht hatte. Verspielt. Romantisch. Mit einem tiefen Ausschnitt und jeder Menge zarter Spitze, in der ihr weicher, fließender Rock bis zum Boden fiel. Sie trug einen filigranen Blumenkranz, in dem Antonias Mutter, genau wie im Brautstrauß, weiße Rosenknospen verarbeitet hatte. Er war so mit ihrem Haar verflochten, dass er gleichzeitig natürlich und dann wieder total raffiniert aussah.

Antonias Haare waren im Nacken zu einem lockeren Knoten zusammengesteckt worden. Die Stylistin hatte ein paar Strähnen herausgezogen, die ihr Gesicht einrahmten und der Frisur die Strenge nahmen. Ergänzt wurde das Ganze von einer Spange, mit der ein winziges Blumenarrangement in ihre Haare geschoben worden war, das den Ansteckstäußen der Männer glich. Antonias Kleid hatte die Verkäuferin als Gipsy-Style bezeichnet. Der Spitzenstoff schimmerte in einem blassen Türkis. Unter dem Carmen-Kragen, der ihre Schultern frei ließ, fiel er ähnlich wie bei Anna in einem weiten Rock verführerisch weich bis zum Boden. Antonia fühlte sich tatsächlich ein bisschen wie eine Gipsy-Prinzessin. Sie konnte sich vorstellen, in diesem Kleid zu einer wilden, südländischen Melodie um ein Lagerfeuer zu tanzen. Oder zumindest wie ein Hippie-Mädchen lachend den Wellen auszuweichen, die an den Strand schlugen. Ihre Fantasie ging mit ihr durch, innerlich rief sich Antonia zur Ordnung. Ihr Kleid hielt abgesehen von seinem wundervollen Schnitt und der atemberaubend schönen Spitze noch ein paar optische Täuschungen bereit, die es zu einem gewagten Unterfangen machten. Aber Anna hatte darauf bestanden, dass sie dieses Kleid tragen musste.

Bei der kirchlichen Trauung am nächsten Tag würde Antonia die Robe tragen, in der Xander und sie vor ein paar Monaten im Brautmodenladen aufeinandergetroffen waren. Anna würde sich in eine Prinzessin verwandeln, mit Rosenranken, die als Tattoospitze an ihrem Oberkörper hinaufklettern würden. Freier, tief ausgeschnittener Rücken, eine kleine Schleppe mit einer Spitze aus dem gleichen Rosenmotiv. Das Highlight würde ein Schleier aus spanischer Spitze sein, an dessen Kante sich die gleichen Blüten fanden.

Das Programm des morgigen Tages war ein völlig anderes als das heutige. Und für das, was sie heute vorhatten, hatten sie genau das richtige Brautoutfit gewählt, auch wenn Anna das noch nicht ahnte. So wie Hias seine Braut anstarrte, als sie aus dem SL stieg, war die Wahl perfekt gewesen. Er ging auf Anna zu, zog sie in seine Arme und küsste sie. Einen nicht enden wollenden Moment hielt er sie einfach nur fest. Und rang um seine Fassung. Antonia schluckte an dem Knoten in ihrem Hals vorbei. Sie hatte eigentlich vorgehabt, nicht rührselig zu werden und auf der Hochzeit nicht zu heulen. Aber die beiden waren so… wundervoll. So verliebt. Um sich abzulenken, sah sie zu Xander hinüber, der seinem Freund langsam gefolgt war, die aufgeregt hüpfende Leni an seiner Hand. Keine gute Idee, wurde Antonia bewusst, als sie sich Xanders Blick bewusst wurde, der auf ihrer Haut zu brennen schien.

Seine Stimme klang rau, als er »Hallo« sagte und sie zur Begrüßung auf die Wange küsste. Wieder blieben seine Lippen einen Moment zu lange auf ihrer Haut liegen und gaben ihr die Möglichkeit, seinen Geruch nach einem unaufdringlichen Rasierwasser, frischer Luft und einem Hauch Zahnpasta einzuatmen. »Ist dieses Kleid wirklich durchsichtig?«, wollte er wissen, ehe er sich wieder nach hinten lehnte und sein Blick auf ihre Brust fiel. »Ich bemühe mich wirklich, dir in die Augen zu sehen.«

Antonia schenkte ihm ein ironisches Lächeln. »Ich merke es«, gab sie zurück. »Hilft es dir, wenn du weißt, dass sich ein nudefarbener Stoff unter dieser Spitze befindet?«

»Nude-was?« Verständnislos sah er sie an.

»Hautfarben«, übersetzte Antonia.

»Ja.« Sie sah Xanders hüpfenden Adamsapfel. »Das hilft mir ungemein. Du siehst atemberaubend aus.«

Hatte sie das bewusst getan? Ein Kleid ausgewählt, in dem Xander sie atemberaubend finden würde? Am Tag der Anprobe im Brautmodenstudio mit Sicherheit nicht. Damals konnte ihr höchstens durch den Kopf gegangen sein, ihn zu bestrafen, weil er ansehen musste, was er nicht haben konnte. Jetzt … wollte sie ihm tatsächlich gefallen, stellte sie fest. Ein irrationaler Gedanke. Denn was auch immer zwischen Xander und ihr brodelte, hatte keine Zukunft. Und doch …

»Du siehst wunderschön aus.« Antonia löste ihren Blick von Xanders und reagierte auf das Zupfen an ihrem Kleid. Xander blinzelte. Ihr wurde erst jetzt bewusst, dass sie einen sehr intimen Augenblick lang Leni völlig ausgeblendet hatte. Xander schien es ganz genauso gegangen zu sein.

Lächelnd trat sie einen Schritt zurück. »Danke schön. Aber sieh nur dich an. Du bist so hübsch.«

Leni kicherte und ließ sich an der Hand ihres Vaters einmal um die eigene Achse wirbeln, dass die Rüschen und der Tüll ihres Röckchens nur so flogen.

Antonia nutzte den Moment, um tief durchzuatmen und ein wenig emotionalen Abstand zu Xander herzustellen. »Hast du die Schuhe?«, fragte sie ihn leise, als er aufhörte, Leni herumzuwirbeln.

Er nickte. »Alles an Bord. Alles andere ist ebenfalls vorbereitet.«

Genau diesen Moment wählte Anna, um einen begeisterten Schrei auszustoßen und Xander um den Hals zu fallen. Offenbar hatte Hias sie erst jetzt wieder losgelassen, und ihr war bewusst geworden, wo sie war und was sie vorhatten. »Das ist eine wundervolle Idee. Das Boot ist so schön! Wusstest du, dass Hias und ich uns auf einem der Boote kennengelernt haben? Was rede ich denn? Natürlich weißt du das. Diese Überraschung ist wirklich unglaublich. Tonia hat ja gesagt, dass ich es lieben werde.« Sie griff nach der Hand ihres Verlobten und strahlte ihn an. »Dass wir es lieben werden«, korrigierte sie sich. »Wohin fahren wir? St. Bartholomä?«

»Süße.« Xander legte Anna sanft die Hände auf die Schultern. »Hol mal Luft – und lass dir von mir sagen, dass du wundervoll aussiehst.« Er beugte sich ein wenig vor und flüsterte, laut genug, dass auch die Umstehenden es hören konnten: »Die Überraschung ist noch nicht vorbei. Also lass dich von deinem Bräutigam an Bord bringen, und dann sehen wir, was als Nächstes passiert.« Er zwinkerte ihr zu und küsste auch sie auf die Wange.

Antonia schluckte. Obwohl er ihre Freundin auf die gleiche Art küsste, wie er es bei ihr getan hatte, konnte sie den Unterschied erkennen. Bei Anna erweckte er den Anschein eines beschützerischen großen Bruders. Bei ihr hingegen schaffte er es nur durch diese zarte Berührung, ihre Haut zum Prickeln zu bringen. Er hob den Blick und lächelte sie an, so, als könne er ihre Gedanken sehr genau lesen. »Lasst uns an Bord gehen«, schlug er vor und winkelte den Arm an, damit sich Antonia bei ihm einhaken konnte. Sie folgten dem Brautpaar zum Schiff, und Antonia begrüßte die restlichen Gäste, die Standesbeamtin und den Kapitän. Zwei Minuten später legte die *Ramsau* geräuschlos ab und glitt auf den See hinaus.

Der Königssee war einer der magischsten Orte, die Antonia kannte, der enge Fjord, in den sich das lang gezogene Gewässer schmiegte. Das dunkle Tannengrün der Wälder, die sich an den steinernen Talwänden hinaufzogen. Die unbeschreibliche Smaragdfarbe des Wassers, die mit dem reinen Blau des Himmels konkurrierte. Und die Sonne, die die letzten zarten Nebelfetzen über der glatten Wasseroberfläche verbrannte. Obwohl hier das ganze Jahr über viel Trubel herrschte, war es immer ruhig, was vermutlich in erster Linie den Ausflugsschiffen zu verdanken war, die schon seit über einhundert Jahren mit Elektromotoren ausgestattet waren und sich wie Geister bewegten.

»Man fühlt sich winzig, wenn man mit einem so kleinen Boot in dieser Schlucht unterwegs ist«, sagte Xander leise vom Platz ihr gegenüber.

»Der Wald geht bis zum Himmel«, antwortete seine Tochter, die mit der Nase an der Scheibe klebte und gleichzeitig mit dem ausgestreckten Arm die Höhe der Berge zeigte.

»Es ist unglaublich, allein hier draußen zu sein.« Anna grinste. »Ich kann es noch gar nicht glauben.«

Das sanfte Rucken, mit dem der Kapitän den Motor abstellte, war kaum zu spüren. Ein Stück glitt die *Ramsau*, getrieben von ihrem Schub, noch vorwärts, bevor sie mitten auf dem See liegen blieb und nur noch sachte vor sich hin schaukelte.

Antonia konnte sich ihr Grinsen fast nicht verkneifen, als sich die Standesbeamtin erhob und vor das Brautpaar trat.

»Was …?« Anna riss die Augen auf und drehte sich zu Antonia und Xander um. »Hier? Wusstest du das, Schatz?«, wollte sie von Hias wissen. Dann ließ sie den Blick über die anderen Gäste schweifen. »Wusste das jemand von euch? Das ist …« Sie presste die Hand auf ihr Herz.

»Liebes Brautpaar«, begann die Frau.

»Moment.« Anna hob die Hand, die sie gerade noch auf ihren Brustkorb gepresst hatte, um die Beamtin zu unterbrechen. Dann zog sie ihre Linke aus Hias' Griff, der einfach nur völlig überwältigt dasaß und das Sprechen verlernt zu haben schien. Anna sprang auf und vollführte ein kleines Freudentänzchen, ehe sie noch einmal Xander und Antonia um den Hals fiel. »Ihr seid der Hammer! Das ist ein absoluter Traum. Wir heiraten mitten auf dem See!« Noch einmal warf sie die Arme in die Luft und ließ sich zu ein paar Tanzschritten hinreißen, die die gesamte Hochzeitsgesellschaft zum Lachen brachten. Dann strich sie ihr Kleid glatt und setzte sich mit der vollendeten Eleganz einer Braut. Sie griff wieder nach Hias' Hand und wischte sich mit der anderen eine Träne aus dem Augenwinkel. Mit einem strahlenden Lächeln räusperte sie sich kurz. »Entschuldigen Sie die Unterbrechung«, sagte sie zur Standesbeamtin. »Wo waren wir stehen geblieben?«

»Ich war dabei, Sie, das Brautpaar, die Trauzeugen und die Gäste zu begrüßen.« Die Frau lächelte amüsiert. »Es ist auch für mich ein ganz besonderer Moment, die Trauung genau hier vorzunehmen.«

Eine Viertelstunde und eine wunderschöne Traurede später gaben sich Anna Valerie Bosch und Matthias Konstantin Weidinger das Jawort und besiegelten es mit einem langen, liebevollen Kuss, der Leni zum Kichern brachte. Champagner wurde ausgeschenkt, Glückwünsche ausgesprochen, Umarmungen und Küsse verteilt. Das frischgebackene Ehepaar strahlte bis über beide Ohren, als Xander einen Toast auf sie, ihre Liebe und die Zukunft ausbrachte.

Während der Zeremonie war die *Ramsau* ein Stück weitergetrieben, sodass sie jetzt genau vor der berühmten Echowand auf den kleinen Wellen dümpelte. Der Bootsführer nahm sein Flügelhorn und öffnete die Kabinentür. »Auch von mir einen herzlichen Glückwunsch«, sagte er. »Das Echo soll Sie als gutes Omen in Ihr gemeinsames Leben begleiten.« Er setzte das Horn an und blies eine Melodie, die als doppeltes Echo von den Felswänden widerhallte. Leni, die auf den Schoß ihres Vaters geklettert war, verfolgte das Schauspiel mit großen Augen, und die Gäste applaudierten, als der Kapitän seine Vorstellung mit einer kleinen Verbeugung beendete. Er ließ die Motoren wieder an, und die *Ramsau* setzte sich lautlos in Bewegung, weiter den See hinauf.

Anna trat neben Antonia und drückte ihre Hand. »Ihr könnt euch gar nicht vorstellen, was für eine Freude ihr uns mit dieser Überraschung gemacht habt«, sagte sie.

»Es war nicht zu übersehen.« Antonia grinste. »Ich freue mich, dass es so eingeschlagen hat wie erwartet – obwohl der Tag noch nicht vorbei ist und vielleicht noch der eine oder andre schöne Moment kommt. Aber das Lob für die Trauung auf dem See gebührt eindeutig Xander.« Sie sah zu ihm hinüber und ertappte ihn dabei, wie er sie anstarrte. Ja, dieses Kleid bescherte ihr wirklich seine Aufmerksamkeit. Als ihm bewusst wurde, dass sie sein Starren bemerkt hatte, lächelte er ihr zu und hob sein Champagnerglas zu einem stummen Toast. Er hatte sie und ihr Kleid bewundert, aber sie kam nicht umhin, das Gleiche zu tun. Natürlich hatte sie ihn auch früher schon bei der Arbeit im Anzug gesehen. Aber wie er so dastand, das Champagnerglas, das in seiner großen Hand kein bisschen unmännlich aussah, die andere Hand lässig in die Hosentasche seines Anzugs geschoben, erinnerte er ein wenig an ein GQ-Covermodel. Typ »Erfolgreicher Geschäftsmann«, dem die Frauen einfach nicht widerstehen konnten. Wenn sie nicht aufpasste, verfiel sie diesem Trick ebenfalls und begann ihn so anzustarren wie er sie.

»Bei Xander bedanke ich mich natürlich auch noch«, holte Anna sie in das Gespräch zurück. »Aber egal, wer was vorbereitet hat, ihr habt diesen Tag schon jetzt zu etwas ganz Besonderem gemacht. Wir haben euch viel zugemutet, Hias und ich. Ich wollte nicht auf meine beste Freundin verzichten, und er nicht auf seinen Freund. Trotz der Spannungen zwischen euch habt ihr es geschafft, so etwas unglaublich Schönes zu organisieren. Allein dafür sind wir euch unendlich dankbar.«

*

Die *Ramsau* fuhr den Königssee hinauf, vorbei an St. Bartholomä und legte schließlich am Salet an. Sie waren – noch immer – ganz allein. Xander wusste, dass sich das mit dem Auslaufen der ersten Touristenboote schlagartig ändern würde. Aber noch blieb ihnen ein wenig Zeit, die sie ganz allein an diesem wundervollen Ort verbringen konnten. »Alle mal herhören«, rief er in die Runde und zog die Reisetasche unter dem Sitz hervor, die er dort verstaut hatte. Er zog den Reißverschluss auf und hielt Anna und Hias ihre Wanderschuhe hin, die er aus ihrer Wohnung geklaut hatte. »Von hier aus gehen wir ein Stück zu Fuß. Ich hoffe, ihr habt alle festes Schuhwerk dabei, wie ich euch gebeten hatte.«

Alle begannen, ihre mitgebrachten Wanderstiefel hervorzukramen. Anna lachte. »Brautkleid und Wanderschuhe. Eine Wahnsinnskombi.« Sie nahmen ihm die Stiefel ab, und er reichte auch Antonia ihre Schuhe weiter. Sie waren gut gepflegt, aber in ihrem Leben unverkennbar schon oft getragen worden. Genau wie seine eigenen, die er gleich darauf hervorholte. Dann half er Leni, ihre Sandalen auszuziehen und ebenfalls in ihre Ministiefelchen zu schlüpfen.

»Wir möchten alle Gäste bitten, das Tal ein Stück in Richtung Obersee hinaufzulaufen. Macht einen kleinen Spaziergang, aber lauft nicht zu weit. In ungefähr fünfhundert Metern findet ihr auf der Wiese rechts von euch ein Brunch vorbereitet. Macht es euch dort gerne schon mal bequem, trinkt was, aber wartet bitte mit dem Essen auf unser Brautpaar.« Er wandte sich an Anna und Hias. »Hannah wird erst noch ein paar Hochzeitsfotos machen, und dann folgen wir den anderen. Einverstanden?«

Hias blickte auf die Schuhe seiner Frau hinunter. »Ich muss immer noch lachen bei der Kombination aus Brautkleid und Wanderstiefeln.«

»Warte es ab, mein Lieber.« Hannah klopfte ihm auf die Schulter. »Könnte sein, dass das die spektakulärsten Hochzeitsfotos werden, die du jemals gesehen hast.« Grinsend sprang sie von Bord und eilte voraus, um ein paar Schnappschüsse von den Gästen zu machen, die alle in festlicher Garderobe und ihren Wanderschuhen den Steg entlang auf sie zukamen.

Xander schaute den Gästen nach. Antonias Schwester hatte sich netterweise bereit erklärt, ein Auge auf Leni zu haben. Nur das Brautpaar, Antonia und er blieben zurück, weil sich Anna auch ein paar Bilder mit ihren Trauzeugen wünschte. Er sprang von Bord, um dann Antonia die Hand hinzuhalten und ihr herauszuhelfen. Sie hatte ihren Rock ein wenig gerafft, um nicht draufzutreten, und musterte seine Hand einen Moment, bevor sie danach griff. Sie gehörte zu dem Typ Frauen, die nicht auf die Hilfe eines Mannes angewiesen waren. Aber er wollte verdammt sein, wenn er nicht wenigstens ihre Hand berühren konnte. Er benahm sich lächerlich. Aber er konnte einfach nicht aufhören, sie anzustarren. Dieses Kleid… es lag an diesem Kleid. Was half es ihm zu wissen, dass sich unter der türkisfarbenen Spitze ein hautfarbener Stoff befand, wenn es trotzdem *aussah*, als sei es durchsichtig – und er sich die ganze Zeit vorstellte, wie sie darunter aussah. Antonia mochte Outdoor-Kleidung, Jeans und Hoodies. Aber Xander hatte sie schon oft genug aufgebrezelt gesehen, wenn sie im Begriff war, mit ihren Schwestern oder Anna in einen Club nach Salzburg zu fahren. Sie verstand es durchaus, sich stilvoll, aber sexy anzuziehen. Doch das hier, das war nicht mehr sexy. Das war ein verdammter erotischer Traum, der ihm eine höllische Nacht bescheren würde. Entweder weil er davon träumte, seine Hände auf den hauchzarten Stoff zu legen und zu spüren, wie ihr Herz darunter schlug. Oder weil er kein Auge zubekommen würde vor lauter Sehnsucht, genau das zu tun.

»Bist du so weit?«, fragte Antonia ihn und holte ihn damit

aus seinen Gedanken, nur um ihn mit ihrem zarten, femininen Duft der nächsten Folter auszusetzen. Statt zu antworten nickte er nur.

»Okay«, rief Hannah vom Ende des Stegs. »Ich möchte, dass ihr euch nebeneinander aufstellt. Das Brautpaar bitte in die Mitte, Händchen haltend. Tonia, du gehst auf Hias' Seite. Xander, du läufst neben Anna. Jungs, krempelt eure Anzughosen ein wenig hoch, damit man die Stiefel sieht; Anna und Tonia, bitte die Röcke ein bisschen raffen.« Sie wartete, bis alle ihrer Aufforderung nachgekommen waren. »Perfekt.« Sie kniete sich vor dem Steg auf den Boden, machte eine Probeaufnahme und betrachtete das Bild im Display ihrer Kamera. Dann legte sie sie wieder an und verstellte irgendetwas am Objektiv. »Jetzt lauft ihr ganz langsam auf mich zu. Lasst euch Zeit. Ja, das ist wunderbar«, rief sie, als sie sich ganz langsam in Bewegung setzten.

Hannah schien eine unerschöpfliche Energie zu haben, wenn es um Fotos ging. Das wusste Xander zwar, aber selbst zum Opfer ihrer Kreativität zu werden war anstrengend. Sie fotografierten auf dem Steg. Posierten vor großen Felsbrocken, die schon seit Jahrtausenden im Tal lagen. Mit den Bergen, auf dessen Gipfeln noch immer Schnee lag, im Hintergrund. Vor dem tiefen Grün des Sees. Er stand neben Anna. Legte Hias die Hand auf die Schulter. Und musste sie um Antonias Mitte schieben, während sie angewiesen wurde, sich gegen ihn zu lehnen. Xander spürte ihren warmen, festen Körper unter der Spitze, die sich an ihre Haut schmiegte. Aber er konnte genauso Antonias Anspannung fühlen, die sie stocksteif dastehen ließ, bis ihre Schwester einen Witz riss, den nur sie verstand und sie damit zum Lachen brachte. Als ihre Fotografin endlich zufrieden war, schlugen sie den Weg zu dem Picknickplatz ein, an dem die Gäste bereits warteten.

Die nächsten Stunden verliefen fröhlich und gemütlich. Pünktlich mit dem ersten regulären Boot fielen die Touristen auf der Saletalm ein und machten sich auf den Weg zum Obersee oder noch weiter hinauf in die Berge. Anna und Hias mutierten innerhalb eines Herzschlages zu einer Attraktion – und zum Fotomodell für einige asiatische Touristen, woran sie tierischen Spaß hatten.

Schließlich brachen sie auf, um zum nächsten Programmpunkt überzugehen. Die *Ramsau* brachte sie nach Schönau zurück, und Jakob fuhr das Brautpaar ins *Hotel Seeblick*, wo Xander sie mit einem speziell für sie zusammengestellten Wellnessprogramm überraschte. Während Antonia zur *Alten Mühle* fuhr, um nach dem Rechten zu sehen und noch einmal zu überprüfen, ob für die große Feier am nächsten Tag alles bereit war, kümmerte er sich darum, dass die Zimmer für Braut und Bräutigam vorbereitet waren, die Kleider für den nächsten Tag bereit hingen und die Stylistin noch einmal an ihren Termin mit Anna am nächsten Morgen erinnert wurde. Er sorgte dafür, dass ihnen nach dieser Nacht das Frühstück auf ihre jeweiligen Zimmer gebracht wurde, damit sie sich vor der Kirche nicht über den Weg liefen. Als schließlich alles organisiert war, war es bereits Zeit für das gemeinsame Dinner mit dem Brautpaar, den Gästen der standesamtlichen Trauung und denen, die für die kirchliche Hochzeit schon im Hotel eingecheckt hatten. Anna war nach ihrem Aufenthalt in der Wellnessoase in ein Dirndl geschlüpft, Hias hatte eine Stoffhose und ein weißes Hemd angezogen. Auch die anderen Gäste waren in eine etwas weniger feierliche Garderobe gewechselt. Die Einzigen, die noch das trugen, was sie auch auf dem Boot schon angehabt hatten, waren Antonia und er. Wahrscheinlich hatte sie zum Umziehen genauso wenig Zeit gehabt wie er, obwohl auch sie für diese Nacht ein Zimmer im Hotel hatte. Xander wünschte sich, sie hätte sich für den Abend für etwas weniger Aufregendes entschieden. Gleichzeitig war er dankbar dafür, sie noch eine Weile länger in diesem Outfit bewundern zu dürfen.

Das Abendessen wurde eine ausgelassene, fröhliche Angelegenheit. Die komplette Gesellschaft wechselte im Anschluss in die Bar des Hotels. Xander mochte diesen Raum mit seinem rustikalen Ambiente, das an eine Skihütte erinnerte. Im Winter brannte in dem großen, offenen Kamin immer ein Feuer. Jetzt, im Sommer, waren die Flügeltüren zur Terrasse am See geöffnet. Xander bestellte eine Runde Enzian für alle und gab der Barkeeperin ein Zeichen, die Musik leiser zu drehen.

Dann stieg er mit seinem Schnapsglas und den vorbereiteten Zimmerschlüsselkarten in der Hand auf einen Stuhl und wartete, bis er die ungeteilte Aufmerksamkeit aller Gäste hatte. »Auf das Brautpaar«, rief er und kippte den Enzian. Die Gäste erwiderten den Toast und taten es ihm gleich. Als wieder Ruhe eingekehrt war, hielt er die Karten hoch. »Anna, Hias.« Er warf jedem von ihnen einen Schlüssel zu. »Eure Zimmer für diese Nacht sind bereit. Ihr könnt die Party also verlassen, wann immer ihr wollt.«

»Aber warum haben wir denn zwei Schlüsselkarten?«, fragte Hias.

»Mit unterschiedlichen Zimmernummern?«, ergänzte Anna, die die Karte ihres Mannes umgedreht hatte und mit ihrer verglich.

Die Gäste lachten, und Xander zog die Augenbrauen hoch, ohne etwas zu sagen.

»Ist das dein Ernst?«, wollte Anna wissen. Sie blickte zu Antonia hinüber, die sich auf die Lippe biss, um nicht zu lachen. »Sag was«, forderte Anna ihre beste Freundin auf.

In diesem Fall würde Anna ausnahmsweise keine Chance bekommen, sich durchzusetzen, Antonia und er waren sich darin einig. Sie waren Verbündete. »Wir reden hier schließlich von der Nacht vor der kirchlichen Trauung. So will es die Tradition nun mal.«

»Tradition.« Anna schnaubte.

»Wir sind aber schon verheiratet«, sagte Hias im gleichen Moment. Er hielt seine Hand in die Höhe und wackelte mit den Fingern, bis sich das Licht in seinem Ehering brach.

Xander stieg von seinem Stuhl und ging auf das Brautpaar zu. »Wie Antonia schon sagte: So will es die Tradition«, wiederholte er ihre Worte.

»Na gut«, gab Anna – viel zu schnell – nach und warf Hias einen bedeutungsvollen Blick zu, den wirklich jeder im Raum, der auch nur den Hauch von Fantasie hatte, lesen konnte.

Gespielt streng stützte Xander die Hände in die Hüften. »Wenn ich einen von euch heute Nacht auf dem Flur herumschleichen sehe, gibt es Ärger.« Der gesamte Raum brach in schallendes Gelächter aus.

*

Antonia war erschöpft. Körperlich, von all den Aufgaben, die sie als Trauzeugin hatte meistern müssen, von all dem Hin-und-her-Gelaufe, um allen Gästen einen glücklichen und zufriedenen Ausdruck ins Gesicht zu zaubern. Ganz besonders Anna und Hias, die sich schon vor einer Weile in ihre Zimmer zurückgezogen hatten. Wobei sie ihre Hand dafür ins Feuer legen würde, dass heute Nacht garantiert noch jemand über den Hotelflur schleichen würde. Emotional war Antonia aber mindestens genauso erledigt. Eine Hochzeit war an sich eine sehr gefühlsbetonte Angelegenheit – wenn man allerdings ein so glückliches und dankbares Paar wie Anna und Hias vor sich hatte, wurde man nur umso sentimentaler. Und dann war da noch Xander, der ihre Gefühle auf eine Achterbahnfahrt geschickt hatte. Immer wenn er geglaubt hatte, sie bemerke es nicht, hatte er sie mit seinen Blicken praktisch ausgezogen. Wenn er sie berührte, als sie die Fotos gemacht hatten, oder bei dem einen oder anderen Tanz in der Bar, um den sie nicht herumgekommen waren, hatte ihre Haut wie Feuer gebrannt, wo er sie berührte. Und wenn er beschäftigt war, hatte sie ihn beobachtet – bis er sie beim Starren erwischte. Es war wie ein Spiel. Ein gefährliches Spiel, bei dem sich ihre Blicke bei jedem Level mehr ineinander verhakt hatten, länger aneinander hängen geblieben waren.

Es gab nur eine Möglichkeit, diesem Gefühlswirrwarr aus dem Weg zu gehen: Rückzug. Es war sowieso schon spät genug. Nur eine Handvoll Hochzeitsgäste und einige Nachtschwärmer aus dem Hotel belagerten die Bar noch. Antonia konnte sich ein Grinsen nicht verkneifen, als sie sah, wie Xander schon wieder versuchte, Josys Annäherungsversuchen zu entkommen. Sie hatte den ganzen Abend über nicht lockergelassen, auch wenn sie immer wieder auf Granit gebissen hatte. Antonia kannte die Frau nicht wirklich gut, aber sie war sich sicher, dass Josy nicht zu den Frauen gehörte, die leicht aufgaben.

Antonia schnappte sich ihre High Heels, die sie irgendwann hatte loswerden müssen, weil ihre Füße zu sehr schmerzten. Den Zeigefinger in die Riemchen gehakt hob sie die Schuhe und grüßte damit in Xanders Richtung. Morgen früh, wenn sie ausgeschlafen hatte, würde ihr Xander-Valentin-Schutzschild wieder perfekt funktionieren.

»… noch was Dringendes mit Tonia besprechen«, schnappte sie seine Worte auf, als sie sich gerade zur Tür wandte. Neugierig drehte sie sich wieder um. Xander umarmte Josy, kurz und freundschaftlich. »Du weißt ja, die Pflichten der Trauzeugen.« Entschuldigend zuckte er mit den Schultern. »Ich wünsche dir eine gute Nacht. Wir sehen uns morgen.« Mit entschlossenen Schritten kam er auf Antonia zu, griff nach ihrem Ellenbogen und zog sie mit sich in die Hotellobby.

»Was haben wir denn …?«, begann sie.

Doch Xander unterbrach sie mit einem eindringlichen »Psst.« Er führte sie zu den Aufzügen und hämmerte auf den Knopf. Nicht ohne einen Blick über die Schulter zurückzuwerfen.

Antonia versuchte, das Lachen, das in ihr aufstieg, zu unterdrücken, und hielt sich die Hand vor den Mund. Als sie glaubte, sich wieder etwas besser im Griff zu haben, sah sie Xander von der Seite an. »Hast du mich gerade zu deiner Fluchthelferin gemacht, weil du nicht allein in der Lage bist, mit dieser Frau fertigzuwerden?«

»Was heißt hier Frau, diese Person ist die reinste Klette«, beschwerte er sich leise.

Antonia warf ihm einen Seitenblick zu. Seine Haare waren zerzaust, die Ärmel seines Anzughemdes bis zu den Ellenbogen aufgekrempelt. Er hatte den obersten Hemdknopf geöffnet und seine Krawatte gelockert, sodass sie ihm lässig um den Hals baumelte. Sein Jackett hing an seinem Zeigfinger von seiner Schulter. »Du hast Angst vor ihr«, stellte Antonia im selben Moment fest, in dem sich die Aufzugtüren öffneten.

Xander schob sie in die Kabine und drückte den dritten Stock, in dem ihr Zimmer für diese Nacht lag. »Sagen wir, ich habe den gesunden Menschenverstand walten lassen, weil sie nicht zu viel davon zu haben scheint. So wird niemand verletzt, und es gibt keine Dramen auf der Hochzeit morgen.«

Wieder stieg dieses Kichern in ihr auf, das sich nicht kontrollieren ließ. »Du hast Angst vor ihr.« Sie stieß Xander mit dem Zeigefinger in die Brust, während der Aufzug seinen Weg nach oben antrat. »Einfach nur Angst.« Und dann bekam sie einen Lachanfall, der es ihr schwer machte zu atmen. Sie wischte sich die Lachtränen aus den Augenwinkeln und beugte sich vornüber, als ein weiterer Lachkrampf sie schüttelte. Als sie sich, begleitet von ein paar letzten kleinen Kieksern aufrichtete, blickte Xander mit stoischem Blick neben ihr an die Aufzugwand.

Antonia holte tief Luft und stieß sie langsam wieder aus. Das Lachen hatte gutgetan, wurde ihr bewusst. Es war ihm mit Sicherheit total albern vorgekommen, aber es hatte einen Teil der nervösen Energie, die durch ihren Körper rauschte, abgebaut. »Entschuldige«, sagte sie und biss sich auf die Unterlippe, als er den Kopf so weit drehte, dass er ihr in die Augen blicken konnte.

»Wofür? Für deine gute Laune an sich? Oder dafür, dass du mich gerade auslachst?«

»Das wollte ich wirklich nicht.« Antonia hob ergeben die

Hände. »Wahrscheinlich ist einfach nur der anstrengende Tag mit mir durchgegangen.«

Xander fixierte sie mit seinem Blick. In einem Moment glomm etwas in seinem Blick auf, etwas Heißes, Intensives. Er machte einen Schritt auf Antonia zu.

Genau in diesem Moment ertönte das leise Pling, mit dem sich die Aufzugtüren öffneten. Xander schien bewusst zu werden, was er gerade vorgehabt hatte. Er wich zurück, senkte den Kopf und räusperte sich.

Hatte Antonia das gerade richtig interpretiert? War er im Begriff gewesen, sie zu küssen? Ihr Herz klopfte auf jeden Fall wild genug, um genau das anzunehmen. Wow, das war … Als er einen Schritt zurücktrat, schob sie sich an ihm vorbei und aus dem Fahrstuhl, nicht sicher, was sie von der verräterischen Reaktion ihres Körpers auf ihn halten sollte. »Gute Nacht«, murmelte sie und wollte in Richtung ihres Zimmers gehen.

»Warte.« Xander sprang hinter ihr aus dem Fahrstuhl, bevor sich die Türen schließen konnten. »Ich bringe dich zu deinem Zimmer.«

»Den Weg finde ich allein. Vermutlich wird auf den paar Metern auch niemand versuchen, mich zu überfallen«, versuchte sie, ihn abzuwimmeln. Die Anspannung, die durch den Lachanfall für ein paar Sekunden von ihr abgefallen war, war nun mit doppelter Heftigkeit zurückgekehrt.

»Ich bin ein Gentleman«, murmelte er neben ihr. »Auch wenn du mich gerade dafür ausgelacht hast, weil ich versucht habe, mich Josy gegenüber aus der Affäre zu ziehen, ohne sie zu verletzen. Ich weiß sehr wohl, was sich gehört.«

Antonia sparte es sich, darauf zu antworten. Der Teppich schluckte ihre Schritte, als sie ohne zu sprechen in Richtung ihres Zimmers gingen. Gerahmte Fotografien glitten an ihr vorbei. Einige der Aufnahmen der Region, die die Flurwände zierten, stammten sogar von ihrer kleinen Schwester, was sie mit Stolz erfüllte. Nur ein paar Sekunden später blieb sie vor ihrer Tür stehen und zog die Schlüsselkarte aus ihrer Clutch.

Xander nahm sie ihr mit einer sanften Geste ab und schob sie in den Scanner. »Danke für deine Unterstützung«, sagte er. Sein Atem strich über Antonias Haut, was ihr bewusst machte, wie nah er hinter ihr stand. »Ich weiß, wie viel Vertrauen nötig war, um mich die Sache mit dem See durchziehen zu lassen.«

Antonia drehte sich um. Sie hatte sich nicht getäuscht: Sie waren sich nahe. So verdammt nahe. »Es war das Vertrauen wert. Die beiden sind ausgeflippt vor Glück«, gab sie leise zurück. Sie legte ihre Hände auf seinen Brustkorb, um ihn ein Stück zurückzuschieben und den Abstand zwischen sie zu bringen, den sie zum Atmen brauchte. Und atmen musste sie, wenn sie nicht den Kopf verlieren wollte.

Xander blickte auf ihre Hände hinunter. Ein leises Lächeln, das sein Bedauern widerspiegelte, lag auf seinen Lippen. »Gute Nacht, Antonia«, sagte er und beugte sich vor, um sie – wieder einmal – auf die Wange zu küssen.

Sie atmete seinen Duft ein, spürte das schnelle Schlagen seines Herzens unter ihren Fingern. Und als seine Lippen ihre Haut berührten, wurde ihr Gehirn von einer Art Kurzschluss lahmgelegt. Sie drehte ihren Kopf. Eine unendlich langsame Bewegung, so als wolle sie sich selbst die Zeit geben, ihren Schritt noch einmal zu überdenken, aber sie konnte nicht aufhören, sich weiterzubewegen, sodass seine Lippen über ihre Wange glitten, bis ihre Lippen aufeinandertrafen. Er atmete aus, und Antonia konnte nicht anders.

Langsam schob sie ihre Hände auf dem glatten Baumwollstoff seines Hemdes nach oben, bis sie ihre Finger um seinen Nacken legen konnte. Sie glitt mit den Lippen über seine, versuchte, ihm eine Reaktion zu entlocken. Sie spürte seine Zerrissenheit. Nichts Falsches tun, was all das gefährdete, was sie sich in den letzten Wochen als Freundschaft aufgebaut hatten. Oder den Hunger stillen, der den ganzen Tag in seinen Augen gefunkelt hatte, wann auch immer er sie angeblickt hatte.

Antonia hatte sich, ohne dass es ihr bewusst gewesen wäre, längst dafür entschieden, den Hunger zu stillen. Sie berührte mit der Zungenspitze seine Unterlippe, und Xanders Schutzwall brach. Er presste seine Lippen auf ihre, ihren Körper mit seinem gegen die Tür. Er eroberte sie, konnte nicht aufhören, sie zu küssen. Seine Hände glitten mit fiebriger Hast über die Spitze, die ihren Oberkörper bedeckte, legten sich auf ihre Brüste, fuhren an ihrem Nacken hinauf, um sich in ihre inzwischen ziemlich derangierte Frisur zu graben. All das, ohne den Kuss auch nur für eine Sekunde zu unterbrechen. Es war fast so, als wolle er sich alles holen, was er in diesem Moment von ihr bekommen konnte, alles, wonach er sich schon viel zu lange verzehrte. Er hatte ja keine Ahnung, dass er all das jetzt, in diesem Moment, haben konnte.

Antonia tastete hinter sich und schob die Zimmertür auf. Sie taumelte zurück und zog Xander mit sich. In dem Moment, in dem sie die Schwelle übertrat, lösten sich seine Lippen von ihren. Er blieb stehen, auch wenn in seinen Augen das Verlangen stand, ihr zu folgen. »Xander?«, fragte sie leise.

Er schwieg einen Moment, dann schüttelte er den Kopf. »Ich kann nicht glauben, dass ich das jetzt sage, aber lass uns das nicht tun.«

Seine Worte hatten die gleiche Wirkung wie ein Sprung in den Sternsee. Eiskalt holten sie sie auf den Boden der Tatsachen zurück. »Was … o.« Sie bemühte sich, zu einem neutralen Gesichtsausdruck zurückzufinden. Ihre Schutzmauern hochzufahren, die sie so viele Jahre vor ihm geschützt hatten. Es ging nicht. Sie konnte nur die Tür schließen und wenigstens diese fünf Zentimeter Holz zwischen sie bringen.

»Nein.« Xander drückte mit der flachen Hand gegen das Türblatt und machte nun doch einen Schritt ins Zimmer. »Ich will mit dir zusammen sein. Ich wünsche mir das so sehr.« Er legte seine Hand an ihre Wange und wartete, bis sie ihm in die Augen sah. »Ich will das«, sagte er noch einmal, mit fester Stimme, auch wenn er es nicht schaffte, den rauen Unterton herauszuhalten, der sein Verlangen zeigte. »Aber nicht so.« Seine Hand glitt an ihrem Hals hinunter und blieb auf ihrer nackten Schulter liegen. »Lass uns Zeit miteinander verbringen, wenn dieser Hochzeitsmarathon vorbei ist. Wenn ich dich in meinen Armen halte, will ich keinen Zeitplan im Nacken haben. Keine Checklisten, die noch überprüft werden müssen. Ich will, dass Leni gut aufgehoben ist. Dann will ich nur dich und mich – und jede Menge Zeit.«

Antonia konnte ihm nicht antworten. Ihre Gedanken fuhren noch immer Karussell. Sie fühlte sich zurückgewiesen, obwohl sie verstehen konnte, was er sagte. Sie wusste, dass er recht hatte. Aber sie wollte nicht über den Moment hinausdenken.

»Gute Nacht«, flüsterte er. Er hauchte einen zarten Kuss auf ihre Lippen und lehnte für einen Moment seine Stirn gegen ihre. Dann trat er zurück und zog langsam die Tür zu.

Wow! Antonia trat in ihrem Zimmer einen Schritt von der Tür zurück und legte die Hand auf ihr wild klopfendes Herz.

Er hatte es wieder getan – sie geküsst, nur um sie dann mit all den Emotionen und der Sehnsucht, die er in ihr geschürt hatte, stehen zu lassen. »Verarsch mich einmal, Schande über dich«, murmelte sie. »Verarsch mich zweimal, Schande über mich.« Vor sechs Jahren war er nach dem Kuss, der ihre Welt aus den Angeln gehoben hatte, nicht wiedergekommen. Was würde diesmal geschehen? Wenn sie schlau wäre, würde sie keinen weiteren Gedanken auf diesen kleinen Zwischenfall an ihrer Tür verschwenden. Sie waren auf einer Hochzeit gewesen. Die Emotionen waren den ganzen Tag über so hoch geschwappt, dass man Acht geben musste, um nicht in ihnen zu ertrinken. Bei so etwas konnte man sich schon einmal mitreißen lassen, oder? Kam das nicht andauernd in diesen romantischen Komödien vor, die ihre Schwestern und Anna ständig lasen oder schauten?

Antonia nahm ihr Handy aus der Clutch. Ihr Daumen schwebte über dem Nachrichtensymbol. Sie wollte mit ihren Schwestern reden, wollte … Dann blickte sie auf die Uhrzeit und ließ das Handy sinken. Es war viel zu spät. Vielleicht sollte sie es mit einem Gespräch mit Hannah und Rosa halten wie Xander mit seinem Versprechen. Nach dem Hochzeitswochenende war noch Zeit genug dafür.

18

Louisa legte ihre Ohrringe an und blickte auf den Hof hinunter. Die langen Kristalle pendelten an ihrem Hals und würden unter ihren Haaren, die sie wie meist offen tragen würde, hervorblitzen.

»Was für ein Anblick«, raunte Brandl hinter ihr. Er legte seine Hand um ihre Taille und zog ihren Rücken an seine Brust. Mit der anderen schob er ihre Haare zur Seite und küsste ihren Nacken.

Louisa lachte leise. »Meinst du mich? Oder die Hochzeitstafel?«, fragte sie über die Schulter und legte dann den Kopf zur Seite, um ihn zu einem weiteren Kuss einzuladen.

Brandl ließ seine Lippen über ihren Hals gleiten, deshalb dauerte es einen Moment, bis er antwortete. »Ganz eindeutig beides.« Er spähte über ihre Schulter nach unten.

Alles war bereit für die Feier. Die Mühle und der Laden waren heute geschlossen, und auf dem Hof bereits alles vorbereitet. Die Tische waren zu großen Vierecken zusammengestellt, mit weißen Tischtüchern und klobigen Holzleuchtern dekoriert, auf denen dicke Stumpenkerzen angezündet werden würden. Annas Hommage an die Arbeit ihres Mannes, denn Hias hatte alle selbst gedrechselt. Statt Platzkärtchen lag unter jedem Teller eine dünne Baumscheibe, in die der Name des jeweiligen Gastes eingebrannt war. Antonia, deren Schrift stark und geradlinig war, hatte dafür extra gelernt, alles ein wenig runder zu schreiben, zu verschnörkeln. Handlettering mit einem Brennkolben – und ein wundervoller, persönlicher Hingucker für die Gäste, die diese Tischsets nach der Feier mit nach Hause nehmen konnten. Die Stühle waren mit hellgrauen Hussen überzogen, und Rena hatte beim Blumenschmuck ganze Arbeit geleistet und aus weißen Rosen – den Blumen der Braut – und wilden Wiesenkräutern und -blüten ganz zauberhafte, verspielte Arrangements geschaffen. Lichterketten spannten sich zwischen den Gebäuden hin und her, wickelten sich um die Bäume und rahmten das große, flache Holzpodest ein, das ebenfalls von Hias und seinem Team gezimmert worden war und später als Tanzfläche dienen sollte. Louisa fuhr mit ihren feuchten Handflächen über die Seiten ihrer Oberschenkel. Sobald die Gäste hinter dem Brautpaar aus der Kirche strömten, konnte die Party beginnen.

»Du bist nervös«, stellte Brandl fest und zog sie noch ein wenig enger an sich.

»Ja«, gab sie zu. Die Hochzeitsfeier war perfekt vorbereitet. Auch wenn sie so etwas zum ersten Mal auf dem Mühlenhof ausrichteten. Mit dem richtigen Team und den dazugehörigen Visionen war ein Traum von einer Kulisse für Annas und Hias' ganz besonderen Tag entstanden. Aber das war es nicht, was an Louisas Nerven zerrte. Sie atmete tief durch.

»Hör mal«, begann Brandl, als sie nichts weiter sagte, und ließ seine Hände von ihren verspannten Schultern über ihre Arme hinabgleiten, bis er seine Finger mit ihren verschränken konnte. »Das Ganze muss nicht sein. Ich kann nach Hause fahren, meinen Anzug ausziehen und es mir auf der Couch gemütlich machen. Entweder kommst du dann heute

Abend vorbei und erzählst mir bei einem Glas Wein von der Party. Oder, wenn du zu müde dazu bist, besuchst du mich einfach morgen.«

Louisa lehnte den Hinterkopf an Brandls Schulter und schloss für einen Moment die Augen. Dann öffnete sie sie wieder und betrachtete ihr Spiegelbild im Fenster. Ein in die Jahre gekommenes Hippiemädchen, dass sich die Haare nicht mehr in einem wilden Hennarot färbte, sondern das Grau mit einer etwas gesetzteren Mischung aus Gold-, Bronze-, hellen Braun- und Blondtönen bekämpfte. Und hinter ihr der immer noch gut aussehende Anwalt mit den stahlgrauen Locken und der schwarz gerahmten Brille, durch die er sie mit wissenden, noch immer strahlend blauen Augen, anblickte. Der Anzug stand ihm verdammt gut, und Louisa wollte auf keinen Fall, dass er ihn je wieder auszog. Das wollte sie selbst tun. Nach der Feier. Sein Angebot war großzügig. Es bot ihr ein Schlupfloch, durch das sie die Flucht antreten konnte … wie ein Feigling. Ein über sechzig Jahre alter Feigling. Sie atmete langsam aus, dann straffte sie die Schultern. »Nein«, sagte sie, und ihre Stimme klang dabei sicherer, als sie sich tatsächlich fühlte. »Du bist mein Begleiter. Du bist mein … Partner.« Sie drehte sich zu ihm um, legte ihm die Arme um den Nacken und küsste ihn auf den Mundwinkel. »Ich habe mit Rena darüber gesprochen, dass du heute an meiner Seite sein wirst. Sie hat nichts dagegen, und sie weiß, dass wir uns wieder treffen, auch wenn ich es ihr gegenüber vielleicht noch nicht so genau definiert habe.« Sie ließ ihre Hände am Kragen seines Jacketts entlanggleiten, bis sie sie links und rechts von seiner Krawatte auf seine Brust legen konnte. »Schließlich haben wir das, was zwischen uns ist, auch für uns noch nicht so richtig in Worte gefasst.«

Brandl küsste sie auf die Stirn. »Das stimmt. Aber es ist ein Unterschied, darüber zu sprechen, oder auf einer Hochzeitsfeier gemeinsam mit deiner Schwester am Tisch zu sitzen. Du hast Angst, dass es nicht funktionieren wird«, fasste er ihre Befürchtungen treffend zusammen.

»Schuldig im Sinne der Anklage, Herr Anwalt.« Sie konnte sich einen Hauch Sarkasmus nicht verkneifen. Brandl hatte recht, auch wenn sie sich gern einreden wollte, dass das erste offizielle Treffen von Rena und dem Mann, der ihr vor fast einem halben Jahrhundert das Herz gebrochen hatte, glatt und unproblematisch laufen würde. Sie waren auf einer Hochzeit, da würde niemand, nicht mal ihre Schwester, eine Szene heraufbeschwören. »Es wird funktionieren. Und ich werde aufhören, mir Sorgen zu machen«, sagte sie mit fester Stimme. »Lass uns noch einen Kaffee trinken, bevor wir zur Kirche aufbrechen.«

»Ein beruhigender Kräutertee würde dir wahrscheinlich besser bekommen als Kaffee«, murmelte Brandl, griff aber nach ihrer Hand und zog sie in den offenen Küchenbereich ihrer Wohnung. »Setz dich«, forderte er sie auf. »Koffein kommt sofort.«

*

Xander stand neben Hias vor dem Altar in der Kirche. Sein Freund grinste so breit, dass Xander sich sicher war, dass er die Nacht – oder zumindest einen Großteil davon – nicht getrennt von seiner Frau verbracht hatte.

Xander hatte vermutlich ähnlich wenig geschlafen. Aus anderen Gründen. Als sich die Zimmertür zwischen Antonia und ihm geschlossen hatte, hatte er für einen Moment seine geistige Gesundheit infrage gestellt. War er völlig irre, ihr Angebot auszuschlagen? Er hatte gewartet, bis sich sein Herzschlag ein wenig beruhigt hatte, nur um dann in sein eigenes Zimmer auf dem gleichen Stock zu gehen und sich schlaflos im Bett zu wälzen, geplagt von Visionen des Kusses, ihres Körpers, dieses verdammten Kleides.

Der Hochzeitsmarsch erklang, und Hias stellte sich aufrecht hin. »Ich kann es kaum erwarten«, flüsterte er Xander zu und grinste breit.

Ja, das konnte sich Xander denken. Er hingegen könnte gut noch ein wenig Zeit verstreichen lassen, bevor er Antonia das nächste Mal gegenübertrat. Energisch schob er den Gedanken zur Seite und richtete sich, genau wie Hias, gerade auf. Denn bevor die Traumfrau seines besten Freundes die Kirche betreten würde, war der wichtigste Mensch seines Lebens an der Reihe.

Bereits am Vortag hatte Leni unglaublich süß ausgesehen. Aber jetzt, in einem weißen Kleidchen, eine winzige, funkelnde Tiara auf dem Kopf, war sie ganz eindeutig das schönste kleine Mädchen, das er jemals gesehen hatte. Ihre wilden dunklen Locken waren abermals zu einer hübschen Frisur geflochten, und ihre Augen strahlten vor Glück, als sie den Gang herunterkam und weiße Rosenblätter auf den Kirchenboden rieseln ließ. Xander wusste, dass nicht nur die Aufgabe des Blumenmädchens, die sie voller Ernsthaftigkeit angegangen war, an diesem seligen Ausdruck im Gesicht schuld war. Es war auch die Aussicht, den Abend mit ihrer Mutter zu verbringen.

Xander hatte sich die Arztberichte angesehen, die Natalie ihm geschickt hatte, und noch einmal mit ihr telefoniert. Xanders Mutter war bereit, im Notfall einzuspringen, wenn es doch Probleme geben sollte. Sie wusste, was passieren konnte, wenn Natalie einen ihrer Schübe hatte. Seine Exfreundin schien sich allerdings ziemlich korrekt an ihren Medikamentenplan zu halten und weder auf eine manische noch eine depressive Episode zuzusteuern. Eine Nacht im Hotel konnte also keine größeren Probleme nach sich ziehen. Und Leni war bei der Aussicht auf einen gemeinsamen Abend mit ihrer Mutter völlig aus dem Häuschen.

Seine Kleine grinste ihn an und zeigte dabei ihre aktuelle Zahnlücke, als sie zwischen den voll besetzten Bankreihen hindurchschritt, die mit der gleichen Kombination aus weißen Rosen, Wiesenblumen und Wildkräutern geschmückt waren wie die Festtafeln, an denen die Gäste später feiern würden.

Leni ließ die letzten Rosenblätter vor Hias auf den Boden fallen, stellte sich neben Xander und schob ihre kleine Hand in seine. »Gut gemacht«, formte er die Worte lautlos mit den Lippen, als sie zu ihm aufsah.

Als Xander seinen Blick wieder hob, und den Gang hinunterblickte, machte sein Herz einen Satz. Da kam sie, die Trauzeugin / Brautjungfer / beste Freundin der Braut. Heute waren ihre Haare im Nacken zu einem klassischen Knoten zusammengefasst, in dem eine weiße Rose steckte. Anders als am Tag zuvor hatten sich keine Strähnen selbstständig gemacht und umspielten ihr Gesicht, was sie sehr elegant wirken ließ. Sie trug das Kleid, in dem Xander sie im Brautmodenladen gesehen hatte. Es schimmerte wie ihre Augen, ganz so, als ob der Stoff sich nicht entscheiden könnte, ob er grün oder blau sein wollte. Der Rock der Robe reichte bis zum Boden, sodass ihre im gleichen Farbton schimmernden High Heels bei jedem Schritt nur kurz aufblitzten. Das Oberteil aus Spitze in den gleichen Farbschattierungen schmiegte sich als Neckholder wie eine zweite Haut an ihren Oberkörper. Ein zarter, silberner Gürtel schloss sich um ihre schmale Taille. Es war das Kleid, das er damals – Knopf für Knopf – geschlossen hatte. Er konnte sich an diesen Moment erinnern, als wäre es vor fünf Minuten gewesen. Wie seine Fingerknöchel über ihre warme Haut geglitten waren. Die Gänsehaut, die sich bei seinen Berührungen über ihren Rücken gezogen hatte. Wie von selbst glitten seine Gedanken zu dem Kuss vergangene Nacht. Diese Hitze, die so oft zwischen ihnen brodelte. Er versuchte, Antonias Blick aufzufangen, doch sie blickte stur geradeaus. Ihre Mimik verriet nichts. Als sie den Altar erreichte, lächelte sie Hias zu und drehte sich dann um, um auf die Braut zu warten. Xanders Blick wich sie weiterhin aus.

Xander folgte den Blicken der Anwesenden und musste lächeln bei dem anerkennenden Raunen, das durch das Kirchenschiff klang. Anna sah wundervoll aus – und würde Hias, der bereits glaubte, der glücklichste Mann auf Erden zu sein, noch glücklicher machen. Und das war es, worum es heute ging. Nicht um Antonia. Und nicht um das, was zwischen Antonia und ihm passierte. Oder vielleicht auch nie passieren würde. Es ging um die zwei Menschen, die sich das Jawort gaben. Das war es, was heute gefeiert werden sollte.

*

Alles lief glatt. Das Essen war hervorragend gewesen. Die Caterer, die den Hofladen in Beschlag genommen hatten, waren gerade dabei zusammenzupacken. Anna und Hias hatten ihre Torte, die die Form eines alpinen Bergmassives hatte, auf dem ein Brautpaar thronte, angeschnitten. Und der DJ hatte seine Anlage angeschmissen. Unter den quer über die Tanzfläche gespannten Lichterketten versuchten sich die Frischvermählten an ihrem Hochzeitstanz. Antonia musste sich wirklich bemühen, nicht wegzusehen. Es ließ sich zumindest nicht verhindern, dass sie zusammenzuckte, als der Bräutigam der Braut zweimal auf die Füße trat. Normalerweise hätte das der Moment sein müssen, in dem der DJ Erbarmen hatte und die Tanzfläche für alle eröffnete, aber Anna hatte offenbar eine andere Vorstellung gehabt.

Lachend griff der DJ zum Mikrofon, zog Anna und Hias gutmütig mit ihrem nicht vorhandenen Talent auf und rief Antonia und Xander auf die Tanzfläche. »Das Brautpaar hat mir von seinen hoffnungslosen Versuchen erzählt, den Hochzeitstanz einzustudieren. Aber sie haben zwei gute Freunde, die uns zeigen können, wie es wirklich geht, wurde mir verraten. Die Trauzeugen. Also, Antonia und Xander, wo seid ihr? Auf die Tanzfläche mit euch und erlöst diese beiden Tanzbären.«

Unter dem Gejohle und Geklatsche der Gäste blieb Antonia nichts weiter übrig, als auf das eigens für die Feier aufgebaute Tanzpodest zu steigen. Sie versuchte, Xanders Blick auszuweichen, als sie eine Hand in seine und die andere auf seine Schulter legte. Sie spürte seine Wärme, als er seine Hand auf ihren Rücken legte, um sie zu führen. Sie mied den Augenkontakt. Etwas, das sie bereits den ganzen Tag über praktiziert hatte. Nach einer Nacht, in der sie sich hauptsächlich von einer Seite auf die andere gewälzt hatte, war das die beste Methode, mit dem umzugehen, was zwischen ihnen summte wie Starkstrom. Sie wusste nicht, was sie in Xanders Blick lesen würde.

»Wird das jetzt den Rest des Abends so weitergehen?«, flüsterte Xander ihr ins Ohr, bevor er sie von sich wegdrehte und wieder heranzog.

»Ich weiß nicht, was du meinst«, antwortete sie und blickte weiter starr über seine Schulter.

»Mir auszuweichen löst die Spannung zwischen uns nicht.« Seine Stimme klang eine Spur schärfer, als sie es von ihm gewöhnt war. Offenbar kämpfte er nicht weniger mit seiner Beherrschung als sie. »Ich habe es ernst gemeint, als ich gesagt habe, ich will das, was wir gestern angefangen haben, fortsetzen. Nur eben unter anderen Bedingungen. Unter den *richtigen* Bedingungen«, betonte er.

»Vielleicht will ich es ja nicht fortsetzen«, konnte sie sich die schnippische Erwiderung nicht verkneifen.

»Das willst du.« Xander wirbelte sie über das Parkett, bevor sie ihm widersprechen konnte, und ließ die Hochzeitsgesellschaft in Hochrufe und Beifallsklatschen ausbrechen.

»*Das*, meine Herrschaften, ist eine Rumba, wie sie getanzt werden muss«, ließ sich der DJ hinter seinem Pult vernehmen. »Ich bitte jetzt die Eltern von Braut und Bräutigam zu uns auf die Tanzfläche. Zeigen Sie uns, dass Sie was vom Tanzen verstehen.«

Sie tanzten weiter, bis das Lied verklang. Da die Tanzfläche sich langsam füllte, konnten sie verschwinden, ohne dass es weiter auffiel. Doch bevor Antonia ihn stehen lassen konnte, hielt Xander sie am Arm fest und zog sie zu sich zurück. Er legte den Zeigefinger unter ihr Kinn und hob es an, bis sich ihre Blicke trafen. Der Ausdruck in seinen Augen ließ sich nicht falsch deuten. Bevor sie etwas sagen konnte, presste er seine Lippen auf ihre. Hart und kurz. Wie es ein Mann tat, der Besitzansprüche geltend machte. Im nächsten

Moment hatte er sich umgedreht und war zwischen den Tanzenden und dann in der Dämmerung verschwunden.

Niemand schien den Kuss bemerkt zu haben – und Antonia war froh, ihn nicht erklären zu müssen. Jetzt brauchte sie erst einmal einen Moment für sich. Sie musste sich sammeln, ihr rasendes Herz wieder in den Griff bekommen und die Schmetterlinge zur Landung zwingen, die in ihrem Bauch Loopings flogen. Sie zog sich zur Mühle zurück und lehnte sich neben der Tür gegen die Wand, die noch immer die Wärme des Tages abstrahlte. Der Duft der Kletterrosen, die an den alten Mauern hinaufrankten, war betäubend. Um sich von ihren um sich selbst drehenden Gedanken abzulenken, ließ sie den Blick über die Feiernden schweifen. Am Tisch, an dem ihre Tante mit Brandl und ihre Eltern saßen, hielt sie inne. Ihre Mutter hatte gesagt, dass es okay war, mit dem Mann an einem Tisch zu sitzen, der ihr vor so vielen Jahren das Herz herausgerissen hatte. Sie hatte ihnen versichert, dass sie darüber hinweg war. Antonia war darüber sehr froh. Denn so wie Brandl ihre Tante Louisa ansah, war er nicht bereit, in absehbarer Zeit das Feld zu räumen. Er gehörte zu Lou und damit zur Familie. Antonias Mutter hielt sich tapfer – zumindest wirkte es aus der Entfernung so. Ihr Rücken war vielleicht ein wenig gerade, ihre Haltung ein wenig steifer, aber sie kamen miteinander klar. Irgendwann würden sie sich an die neue Situation gewöhnen, und die alten Geschichten würden verblassen.

»Hey.«

Antonia zuckte zusammen, als sich Hannah neben ihr gegen die Wand fallen ließ, ihre Kamera um den Hals gehängt, eine zweite in einen Gürtel gehakt, den sie trug wie ein Bandit im wilden Westen.

»Was für eine wundervolle Hochzeit.« Rosa wählte den Platz links von Antonia.

Sie hatten sie eingekesselt, war das Erste, was Antonia durch den Sinn ging. Umzingelt. Und vermutlich gaben die Falkenberg-Schwestern ein sehr skurriles Bild ab: Rosa in einem festlichen Dirndl und einer komplizierten Flechtfrisur, wie nicht anders zu erwarten. Hannah in engen Jeans und einer schwarzen Bluse, an deren Dekolleté sich als einziges Zugeständnis an die Feierlichkeiten eine zarte Spitzenborte entlangzog. Die Haare hatte sie zu einem wippenden Pferdeschwanz zusammengebunden, damit sie sie bei ihrem Job als Hochzeitsfotografin nicht störten. Antonias Abendkleid und der elegante Haarknoten in ihrem Nacken konnten keinen größeren Kontrast zu ihren Schwestern aufzeigen. Äußerlich.

Innerlich hingegen sah das ganz anders aus. Antonia wusste, warum sie sie in die Zange nahmen. »Ihr habt es also gesehen.« Sie seufzte resigniert.

»Was von all dem, was es zu sehen gab, meinst du?« Rosa lächelte. Die Neugier in ihren Augen war trotzdem nicht zu übersehen. »Die Bilder, die Hannah von eurem Tanzkurs gemacht hat, waren ja schon der Hammer. Aber euch live auf einer Tanzfläche zu erleben …« Sie schüttelte den Kopf, als könne sie noch gar nicht fassen, was sie da gesehen hatte. »Mich wundert wirklich, dass ihr keine Löcher in den Boden gebrannt habt bei der Hitze, die zwischen euch herrscht.«

»Du übertreibst«, versuchte Antonia sie einzubremsen.

»Und dann sollten wir natürlich diesen Kuss nicht vergessen«, ignorierte Hannah sie.

»O ja, dieser Kuss.« Rosa fächelte sich mit der Hand Luft zu. »So kurz. Aber so besitzergreifend.«

»Seine Absichten hat Xander damit auf jeden Fall klargemacht«, konnte sich Hannah nicht verkneifen.

»Hört auf, ihr beiden«, zischte Antonia.

Rosa seufzte, sagte aber nichts mehr. Hannah hob die Kamera an, die ihr um den Hals hing. »Ich wollte ein paar Bilder von oben machen. Kommt ihr mit?« Sie wies mit dem Kinn in Richtung Dachboden.

Dachboden bedeutete, Antonias Schwestern würden ihr Verhör fortsetzen. Aber hatte sie nicht sowieso vorgehabt, ihnen alles zu erzählen? »Von mir aus«, sagte sie.

»Moment.« Rosa winkte einem der Kellner, der mit einem Tablett Sektgläser zwischen den Gästen hindurchging. »Danke«, sagte sie, als er zu ihnen herüberkam und sie drei Gläser nahm und an Hannah und Antonia verteilte.

Von den Hochzeitsgästen unbeobachtet huschten sie in die Mühle und tasteten sich die knarzende Holztreppe hinauf, ohne das Licht einzuschalten. Antonia musste den Rock ihrer Robe raffen, um nicht auf den Saum zu treten. Auf das Licht jedoch konnte sie verzichten, so oft, wie sie in ihrem Leben zum Dachboden hinauf- und wieder heruntergestiegen war.

Sie zwängte sich hinter Hannah und Rosa durch die schmale Öffnung der Bodenluke und atmete den beruhigenden Duft nach Mehl und Getreide tief ein.

Ihre jüngste Schwester trat ans Fenster, öffnete es und richtete ihre Kamera auf das fröhliche Treiben unter ihnen.

Rosa stellte sich hinter sie und blickte ihr über die Schulter. »Von dieser Hochzeit wird man im Talkessel noch lange sprechen«, stellte sie fest und drehte sich zu Antonia um. Trotz des dämmrigen Lichts konnte sie das breite Grinsen ihrer Schwester sehen.

Hannah hielt die Kamera ein Stück von sich weg, prüfte

die Bilder auf dem Display, stellte etwas ein und machte weitere Fotos. Dann ließ sie die Kamera sinken. »Von diesen ›Brautkleid und Wanderstiefel‹-Bildern will ich unbedingt einige für die Agentur«, sagte sie, als sie sich ebenfalls umdrehte und mit dem Rücken gegen die Fensterlaibung lehnte. »Davon müssen wir Anna unbedingt überzeugen. Dieser Kontrast ist der Wahnsinn.« Hannah griff nach dem Sektglas, das Rosa für sie gehalten hatte, und trank einen Schluck.

»Sicher. Klar. Ich helfe dir, sie zu überzeugen. Aber ich glaube, das wird gar nicht nötig sein.« Antonia überlegte, ob sie den Stecker in die Steckdose stecken sollte, der den Dachboden in warmes Licht tauchen würde. Doch ihr Gefühl sagte ihr, dass es sich leichter reden ließ, wenn ihre Schwestern die Dinge, die sie nicht aussprechen wollte, nicht in ihren Augen lesen konnten.

»Ich mache es kurz«, sagte sie und nippte an ihrem Sekt. »Xander hat mich gestern Abend geküsst. Besser gesagt, heute Nacht. Er war auf der Flucht vor Josy und hat mich zu meinem Zimmer begleitet. Dann hat er das Gleiche gemacht wie vor sechs Jahren. Er hat mich so geküsst, dass ich Sternchen gesehen habe, und dann ist er abgehauen.«

»Echt jetzt?«

»Das glaub ich nicht!«

Ihre Schwestern hatten gleichzeitig gesprochen. »Er hat dich geküsst, und dann ist er einfach gegangen? Aber warum sollte er das tun?«, setzte Rosa noch einmal nach.

»Weil das sein Stil zu sein scheint. Beim letzten Mal ist es doch genauso gelaufen.« Frustriert warf Antonia ihre Arme in die Luft und brachte ihr Sektglas dadurch in eine bedenkliche Schräglage. »Ich hätte es wissen müssen! Menschen ändern sich nicht.«

»Er hat überhaupt nichts gesagt?«, hakte Hannah noch einmal nach. »Er wirkt überhaupt nicht wie jemand, der die Flucht ergreift. Er hat dich gestern geküsst, dass der Boden gebebt hat, sagst du? Ganz genauso hat das ausgesehen, was wir vorhin auf der Tanzfläche beobachtet haben.«

»O ja«, pflichtete Rosa ihr bei. »Dieser Kuss war kurz, aber total sexy. Er sagt eher ›ich will dich‹ statt ›lass mich in Ruhe‹.«

Antonia legte den Kopf in den Nacken. »Ja, okay, vielleicht ist er nicht einfach so abgehauen. Ich weiß einfach nicht, was er will.« Sie sah ihre Schwestern wieder an. »Ich meine, die Situation war eindeutig. Meine Einladung auch. Aber nein, er spielt den Gentleman und sagt: Nicht hier und heute. Lass uns bis nach der Hochzeit warten und es dann voll auskosten … so in etwa hat er sich ausgedrückt. Was soll das denn?«

Hannah lachte und prostete Antonia zu. »Ich habe das Gefühl, du kannst es gar nicht abwarten, mit ihm in die Kiste zu hüpfen.«

»Ich kann nur nicht in ihm lesen, das ist mein Problem. Ich weiß nicht, was er will. Sein Blick spricht Bände, aber dann macht er den Mund auf und sagt etwas völlig Unerwartetes«, versuchte Antonia die Situation zusammenzufassen.

»Ich kann aber gar nichts Schlechtes daran finden. Ich glaube nicht, dass Xander mit dir spielt«, warf Rosa ein. »Diesmal will er alles richtig machen. Er hat recht. Wenn er mehr als eine Nacht mit dir zusammen sein will, dann ist es doch gut, nicht einfach so zwischen Tür und Angel …« Sie räusperte sich und machte eine ausholende Handbewegung. »Du weißt schon«, schloss sie – womit sie Antonia fast zum Lachen brachte.

»Vielleicht will ich ja gar nicht länger als eine Nacht mit

ihm zusammen sein«, hielt Antonia dagegen. »Es mögen sechs Jahre vergangen sein, aber die Grundsituation hat sich nicht geändert. Er hat Leni und außerdem eine ziemlich merkwürdige Beziehung zu seiner noch merkwürdigeren Exfreundin, über die er kein Sterbenswörtchen verliert. Auf so eine Geschichte will ich mich nicht einlassen. Weder will ich irgendwo als fünftes Rad am Wagen enden noch mich in irgendetwas hineindrängen, etwas zerstören, wozu ich kein Recht habe.«

»Aber?«, sprach Hannah die Frage aus, die durch den Raum schwirrte. Und obwohl sie ihre Schwester in der Dunkelheit nur schemenhaft ausmachen konnte, war sie sich sicher, sie die Augenbrauen hochziehen zu sehen.

»Aber«, sagte Antonia und leerte den Rest ihres Glases in einem Zug, »dieser verdammte Kerl ist wie eine juckende Stelle am Rücken, an die man nicht rankommt, um sich zu kratzen. Irgendwann treibt sie einen in den Wahnsinn.«

»Der Stachel in deinem Fleisch«, murmelte Hannah. »Du solltest da runtergehen und einfach mal deinen Kopf ausschalten«, fuhr sie etwas lauter fort. »Schalte deinen Kopf aus und lass dich einfach fallen. Du wirst schon sehen, wohin dich das führt.«

»Ich sehe das wie Hannah. Und ich glaube an Xander. Diesmal wird es anders ausgehen als vor sechs Jahren. Er versucht lediglich, nichts zu überstürzen und dir zu zeigen, wie ernst er es meint. Hör auf Hannah: Lass dich drauf ein.«

Leichter gesagt als getan. Wirklich viel anfangen konnte Antonia mit den Ratschlägen ihrer Schwestern nicht. Rational begriff sie auch, was Xander versuchte. Aber sie vertraute ihm noch immer nicht wirklich. Was hauptsächlich daran lag, dass er bei dem Thema, das vor sechs Jahren verhindert hatte, dass es zwischen ihnen mehr als ein paar heiße Küsse gegeben hatte, verschlossen war wie eine Auster. Am meisten ärgerte sie sich dabei über sich selbst. Sie war nicht hinter den Männern her. Sie hatte Liebschaften, kurze Affären oder auch mal eine Sommerromanze. Aber bei keinem der Männer sehnte sie sich danach, dass er das, was er sagte, wirklich so meinte. Sie wollte, dass es die Wahrheit war, wenn Xander davon sprach, dass es nicht nach einer Nacht vorbei sein sollte. Zum ersten Mal seit sechs Jahren wagte sie zu hoffen, dass sie vielleicht doch eine Chance hatten. Das ließ den Schutzschild um sie herum porös werden. Und nichts hasste sie mehr, als verletzlich zu sein.

In den Stunden, nachdem sie wieder vom Dachboden heruntergeklettert waren, bemühte sie sich, weder an das Gespräch mit ihren Schwestern zu denken noch Xanders Blicke zu erwidern. Sie half bei den unvermeidlichen Spielen, organisierte Taxifahrten für die älteren Gäste, die früh gingen, und später auch für den Rest. Nach und nach leerte sich der Hof. Ein paar fleißige Helfer hatten schon angefangen, erste Tische abzuräumen, und das Brautpaar hatte sich in die erste Nacht im gemeinsamen Bett in ihrer Hotelsuite verabschiedet, als der DJ das Mikrofon nahm. »Ihr Lieben, es wird Zeit für den Rausschmeißer. Wenn noch jemand einen Wunsch hat, her damit. Einen spiel ich noch.«

Antonia blickte auf, als sie sah, dass Xander, ein Tablett mit leeren Gläsern in der Hand, zum Mischpult hinüberging und mit dem DJ sprach. Der nickte und reckte den Daumen.

Was hatte Xander sich …? Er stellte das Tablett einfach auf den Boden, drehte sich suchend um und kam auf Antonia zu, sobald er sie entdeckt hatte. »Darf ich bitten?«, fragte er und griff nach ihren Händen, ohne ihre Antwort abzuwarten.

Die ersten Töne von *Stolen Dance* erklangen, das Lied, von dem sie vor sechs Jahren gedacht hatte, dass es Xanders und ihr Lied war. Es überraschte sie, dass Xander das offenbar auch so empfunden hatte. Statt sie zum Tanzpodest zu führen, blieb er an Ort und Stelle stehen, legte ihre Hände um seinen Nacken und zog sie an sich. Seine Lippen strichen über ihren Hals, und Antonia erschauerte.

»Wie geht es deinen Füßen?«, fragte er, und sein Atem kitzelte sie am Ohr.

Sie begriff, was für eine Nummer er abzog. Er reizte sie mit Absicht. Seine Hände glitten an ihrem Rücken nach unten und blieben knapp über ihrem Po liegen. Er versuchte, sie mit diesem Tanz zu verführen. Offenbar hatte er keine Ahnung, dass ein Fingerschnippen reichen würde. »Diese Schuhe bringen mich um«, antwortete sie, bevor sie sich weiter von ihm ablenken ließ. Von seinen Händen, den wiegenden Tanzschritten und den Lippen, die neben dem Neckholder ihre Schulter küssten.

»Wie wäre es, wenn ich dich nach diesem Song nach Hause fahre? Hier sieht es schon ziemlich gut aus. Die Leute vom Catering erledigen den Rest.«

Antonias Herz setzte einen Schlag aus, nur um im nächsten Moment mit doppelter Geschwindigkeit loszugaloppieren. Aber so einfach würde sie es ihm nicht machen. »Ich hatte eigentlich vor, in Rosas Gästezimmer zu übernachten.«

Xander lehnte sich so weit zurück, dass er ihr ins Gesicht sehen konnte. »Ich möchte dich nach Hause bringen«, sagte er fest. »Die Hochzeit ist vorbei, und Leni ist bis morgen versorgt.«

»Und jetzt denkst du, du kannst mir einfach so sagen, dass du mit mir schlafen willst? Weil es dir heute besser in den

Kram passt als zum Beispiel gestern? Oder vielleicht morgen? Ich bin nicht deine Marionette, Xander.« O doch, verdammte Scheiße! Das war sie. Aber noch würde sie ihn wenigstens ein bisschen zappeln lassen.

Xander stieß ein überraschtes Lachen aus. »Tonia, du hast keine Ahnung, wer hier wen an der Angel hat.« Er zog sie wieder in seine Arme und flüsterte ihr ins Ohr: »Ich bin vermutlich nicht der Geschickteste im Umgang mit Worten. Aber ich möchte dir zeigen, was du mir bedeutest. Also lass mich dich nach Hause bringen.«

19

Antonia und Xander legten den Weg zum alten Forstlehen schweigend zurück. Er ließ den Land Rover vor ihrer Garage ausrollen, stellte den Motor ab und blieb einen Moment sitzen, den Blick starr nach vorn gerichtet. Dann sah er Antonia von der Seite an. »Wenn ich jetzt mit dir hineingehe, dann will ich nicht, dass es nach dieser Nacht endet.«

»Lass uns einfach an diesem Punkt erst mal anfangen«, flüsterte Antonia. »Dann sehen wir weiter.« Sie beugte sich zu ihm hinüber und presste ihre Lippen auf seine. Forderte ihn zu einem Kuss heraus, der dem im Hotelflur in der letzten Nacht in nichts nachstand. Sie versuchten, sich von ihren Sicherheitsgurten zu befreien, ohne den Kuss zu unterbrechen, die Hände fieberhaft über den Körper des anderen tastend.

»Ich will, dass du weißt …«, begann er, als sich ihre Lippen schließlich doch voneinander lösten, um Luft zu holen.

Antonia lachte. »Willst du das wirklich jetzt ausdiskutieren?« Wieder küsste sie ihn, schaffte es, ihn dazu zu bringen, dass er sie in ihren Sitz zurückdrückte, um mit den Händen über ihre nackten Arme zu streichen.

»Tonia«, murmelte er und bahnte sich einen Weg über ihre Wange zu ihrem Hals.

Im nächsten Moment ließ der schrille Laut der Hupe sie

beide zusammenzucken. »O mein Gott!« Antonia presste die Hand auf ihr wild klopfendes Herz.

»Scheiße! Entschuldige«, brachte er heraus und richtete sich in seinem Sitz halb auf.

Antonia spürte das Lachen, das in ihr aufstieg. »Entschuldige dich nicht bei mir, sondern bei dem Eichhörnchen, das du jetzt garantiert aus dem Tiefschlaf gerissen hast.«

Er lächelte und legte seine Stirn an ihre. »Das mache ich nachher. Jetzt will ich dir dieses Kleid ausziehen. Aber nicht wie ein Achtzehnjähriger im Auto, wenn deine Haustür zwanzig Meter entfernt ist. Bleib sitzen«, forderte er sie auf, sprang aus dem Wagen und umrundete die Motorhaube, um ihr die Tür zu öffnen und ihr herauszuhelfen.

Hand in Hand gingen sie über die taufeuchte Wiese, auf der auch so spät in der Nacht noch einige Feenlichter brannten.

Bevor sie das Haus erreichten, blieb Xander noch einmal stehen. Er führte ihre immer noch verschlungenen Hände an den Mund und küsste ihre Fingerknöchel. »Wahrscheinlich nerve ich dich, aber ich muss es trotzdem noch einmal sagen – und hoffe, dass du mir zuhörst. Diese Geschichte zwischen uns ist mir ernst. Du weißt, was du Leni und mir bedeutest. Ich will nicht, dass das morgen früh vorbei ist.«

»Okay.« Antonia zog ihn weiter, auf das Haus zu. Wieso hatte sich dieser Mann plötzlich in eine Plaudertasche verwandelt, die über Gott und die Welt reden wollte, bevor sie endlich ihre Hände auf nackte Haut legen konnten.

»Tonia ...«

»Okay, Xander. Hör zu.« Sie hatte die unterste Stufe zu ihrer Veranda erreicht und drehte sich zu ihm um. Wie vor sechs Jahren, ging es ihr durch den Kopf. Sie strich ihm mit einer zarten Bewegung die Haare aus der Stirn. »Du und ich, heute Nacht«, versprach sie ihm. »Und wenn wir aufwachen, mache ich dir das spektakulärste Spiegelei auf Toast, das du jemals gegessen hast, und wir reden. Einverstanden?« Sie zog Xander an sich und küsste ihn.

Schließlich lehnte er sich ein Stück zurück und sah sie unter hochgezogenen Augenbrauen an. »Du kannst nicht kochen«, flüsterte er und zog den rechten Mundwinkel zu einem halben Lächeln nach oben.

»Glaub mir«, flüsterte sie zurück. »Mein Spiegelei ist zum Niederknien.«

»Genau wie du.«

»Da wir das geklärt hätten, könnten wir dort weitermachen, wo wir gerade aufgehört haben?« Antonia ließ ihre Hände über seinen Brustkorb gleiten und wickelte seine locker sitzende Krawatte um ihre Faust, um ihn zu einem weiteren Kuss zu sich heranzuziehen, als sie den Boden unter den Füßen verlor.

»Gute Idee.« Xander hatte sie auf die Arme gehoben und trug sie zu ihrer Haustür. »Mach uns auf.«

Im nächsten Moment fiel die Tür hinter ihnen ins Schloss, und Xander steuerte mit langen Schritten auf die Treppe und dann auf ihr Schlafzimmer zu. Er setzte sie erst ab, als er vor ihrem Bett stand.

*

Wieder küsste Xander sie und legte all das in den Kuss, wonach er sich sehnte. Seine Finger strichen über Antonias nackte Arme, bis hinauf zum Saum des Kleides, das sich um ihren Hals schloss. Seine Finger glitten in ihren Nacken, um die obersten Knöpfe zu öffnen, damit er ihren Hals küssen, ihre warme Haut schmecken konnte.

Antonia zerrte an seinen Kleidern. Ohne den Kuss zu unterbrechen, ließ er sie kurz los, um seine Anzugjacke abzuschütteln. Dann zog sie ihm die Krawatte vom Hals und begann, mit fiebrigen Bewegungen sein Hemd aufzuknöpfen, bis sie ihre flachen Hände auf seinen nackten Brustkorb legen konnte. Wahrscheinlich spürte sie so, wie sehr sein Herz raste.

Wieder öffnete er ein paar der Knöpfe ihres Kleides. Da das von vorn nicht besonders gut funktionierte und das Abenteuer, das vor ihnen lag, vermutlich sofort beendet wäre, wenn er es einfach aufriss, drehte er Antonia um. So schnell seine bebenden Finger es zuließen, schob er die winzigen Knöpfe durch die Ösen. Er küsste jeden Zentimeter Haut, den er freilegte. Liebkoste ihn mit den Fingerspitzen. Antonia stieß einen kleinen Seufzer aus und ließ ihren Kopf nach vorn fallen. Wer hätte vor ein paar Monaten gedacht, dass er ihr das Kleid, das er damals geschlossen hatte, wieder ausziehen würde. Doch jetzt schob er den Stoff auseinander. Es glitt an Antonias Körper hinunter und blieb wie eine grünblaue Pfütze zu ihren Füßen liegen und spiegelte die Farbe ihrer Augen.

»Du bist so wunderschön«, flüsterte er rau, als sie sich zu ihm umdrehte. Der halterlose BH und das dazu passende Höschen waren aus anthrazitfarbener Spitze. Nur in der Unterwäsche und ihren hochhackigen Sandaletten stand sie vor ihm. Er griff nach ihrer Hand, um sie aus dem Pool aus Spitze und Chiffon treten zu lassen, und zog sie abermals an sich, um sie zu küssen. Nackte Haut traf auf nackte Haut, und seine Nervenenden erlitten kleine Kurzschlüsse.

Er musste dringend ein bisschen die Bremse anziehen, sonst wäre all das hier viel zu schnell vorüber. Eine schnelle Nummer war aber nicht das, was er wollte. Er wollte, dass das der wundervolle Anfang einer großartigen Beziehung wurde. Entschlossen trat er einen Schritt zurück und zog Antonias Hände, die gerade dabei gewesen waren, seine Hose zu öffnen, an seine Lippen. Er küsste sie erst in die eine, dann in die andere Handfläche. Ihre Augen fielen zu, und sie ließ ihn gewähren, ließ zu, dass er sich an ihrem Arm hinaufküsste, bis er ihren Hals erreichte. Er zog die weiße Rose aus dem Knoten, zu dem ihre Haare im Nacken geschlungen waren. »Kannst du deine Haare öffnen?«, flüsterte er ihr ins Ohr. »Ich will meine Finger darin vergraben.«

Er spürte ihr erregtes Erschauern an seinem Körper und brachte wieder ein wenig Abstand zwischen sie. Er musste schlucken, als sie die Arme in einer grazilen Bewegung über ihren Kopf hob. Sie hielt seinen Blick fest, als sie begann, die Haarnadeln aus ihrer Frisur zu ziehen. Nur in ihren Dessous und den High Heels war sie sich ihrer Wirkung auf ihn überdeutlich bewusst. Das konnte er in ihren Augen lesen. Und das war der erotischste Moment, den er je erlebt hatte, ging es ihm durch den Kopf. Er roch an der Rose, sog den zarten Duft ein und drehte sie zwischen seinen Fingern. Dann fuhr er mit der Blüte über Antonias Wange und über ihren Hals. Über ihr Dekolleté und an ihrem Bauch hinunter, der sich unter der Berührung anspannte. Bis er den Saum ihres Höschens erreichte und an der zarten Spitzenkante entlangstreichen konnte.

*

Antonia zog die letzte Haarnadel aus dem eleganten Knoten. Sie roch den zarten Duft der Rose, mit der Xander spielte. Sie spürte die glatten kühlen Blütenblätter, die über ihre erhitzte Haut glitten. Einen Moment genoss sie die Liebkosung noch, dann entschied sie, dass sie genug gespielt hatten. Sie ließ ihre Hände sinken, nahm Xander die Blüte ab und legte sie gemeinsam mit den Haarnadeln auf das Nachtschränkchen. Während sie sich wieder zu Xander umdrehte, öffnete sie ihren BH und ließ ihn fallen.

Xander schluckte. »Habe ich dir schon gesagt, wie wunderschön du bist?« Er fuhr mit den Fingerspitzen durch das Tal zwischen ihren Brüsten.

Sie grinste ihn an. »Ich habe das Gefühl, dass das Einzige ist, das du seit einer Weile überhaupt noch sagst.«

»Weil du mein Gehirn lahmgelegt hast«, behauptete er und zog sie zu einem weiteren, alles verbrennenden Kuss an sich.

O ja, dachte sie, als seine Hände an ihren Rippen hinaufglitten. Nicht nur sein Gehirn war lahmgelegt, auch bei ihr waren ein paar Sicherungen rausgeflogen.

Er führte sie einen Schritt nach hinten, bis sie die Bettkante an ihren Kniekehlen spürte. Sanft drückte er sie nach unten und kniete sich vor sie. Er löste die Riemchen ihrer Schuhe und befreite ihre Füße. Sie mochte hohe Absätze, aber nach einem ganzen Tag in diesen Sandaletten war allein das Sitzen eine Wohltat. Als Xander auch noch begann, ihre gequälten Füße zu massieren, konnte sie ein wohliges Stöhnen nicht unterdrücken. Sie ließ sich in die Kissen zurückfallen. »Wir müssen keinen Sex haben«, neckte sie ihn. »Es reicht, wenn du den Rest der Nacht weiter meine Füße verwöhnst.«

Er lachte, küsste den Spann ihres linken Fußes und ließ seine Hände an den Außenseiten ihrer Beine nach oben gleiten. »Wie wäre es, wenn wir Sex haben und ich danach den Rest der Nacht deine Füße massiere«, schlug er vor.

Antonia zog ihn zu sich hoch. »Wenn du danach noch in der Lage bist, meine Füße zu massieren, sorge ich dafür, dass dir ein Orden verliehen wird.« Sie rollte sich herum, sodass er unter ihr lag, und küsste seinen Hals, ließ die Hände über seinen Oberkörper gleiten. Reizte. Erforschte. Schmeckte und ertastete ihn. Die harten Muskeln, die im Alltag unter Hemden und Poloshirts versteckt waren, spannten sich unter ihren Berührungen an. Abermals legte sie ihre Hand auf seine Gürtelschnalle und öffnete sie. Sie zog ihm die Hose über die Hüften, und Xander nestelte seinen Geldbeutel heraus und warf ihn neben sich, bevor das Kleidungsstück mit all den anderen auf dem Boden landete. Nur mit seinen Boxershorts bekleidet brachte er Antonia dazu, sich wieder auf dem Bett auszustrecken. Er küsste sich an ihrem Körper hinunter, reizte ihre Brüste, ließ seine Lippen um ihren Bauchnabel kreisen und zog ihr das Höschen von den Hüften, während sich sein Mund immer weiter in Richtung Süden bewegte.

Dann küsste er den sensibelsten Punkt ihres Körpers, ließ seine Finger über diese Stelle tanzen und bereitete ihr Lust und immer mehr Lust. Ihr Innerstes zog sich zusammen. Ihr ganzer Körper spannte sich an. Und als er flüsterte »Lass los«, ließ sie sich fallen. Welle um Welle spülte der Höhepunkt über sie hinweg, riss sie mit sich und ließ sie atemlos und mit wild schlagendem Herzen zurück.

*

Xander hielt Antonia in seinen Armen, bis sich ihr Atem und ihr Herzschlag wieder ein wenig beruhigten. Sie küssten sich, lange und innig, während er sich die Boxershorts über die Hüften schob. Das war es, wovon er so oft geträumt hatte. Vor sechs Jahren und in letzter Zeit öfter, als ihm lieb gewesen war. Antonias Körper an seinem spüren. Haut an Haut. So eng, dass kein Blatt zwischen sie passte. Seine Fantasien waren sehr plastisch gewesen. Aber sie hatten ihn nicht einmal im Ansatz darauf vorbereiten können, wie es sich wirklich anfühlte.

Xander tastete nach seinem Geldbeutel und machte sich nur so lange von Antonia los, um ein Kondom herauszuholen und es überzuziehen. Dann schob er sich wieder über sie, rahmte ihr Gesicht mit den Händen ein und küsste sie.

Antonia ließ ihre Fingerspitzen an seiner Wirbelsäule hinuntergleiten, was ihm lustvolle Schauer über den Rücken jagte. »Jetzt«, flüsterte sie, als sie seinen Hintern erreichte.

Xander eroberte sie. Ihr Atem mischte sich, als er Antonias Keuchen mit seinen Lippen einfing. Er hatte das Gefühl, sein Brustkorb müsse platzen, so heftig schlug sein Herz. Einen Moment lang wagte er es nicht, sich zu bewegen, aus Furcht, die Beherrschung zu verlieren. Doch dann öffnete Antonia die Augen, und der Drang, ihre Verbindung zu vertiefen, wurde übermächtig. Langsam zog er sich zurück und fand erneut zu ihr. Sie kam ihm entgegen, überließ sich dem Rhythmus, den er für sie beide gewählt hatte. Mit Antonia zusammen zu sein war perfekt. Was kaum verwunderlich war. Sie waren eins, wenn sie eine Rumba aufs Parkett legten. Genauso passten sie bei diesem Tanz zusammen. Er streichelte jede Stelle, die er erreichen konnte. Küsste sie. Reizte sie noch mehr. Und als ihr, wie beim ersten Mal, der Atem stockte, erreichte er gemeinsam mit ihr den Höhepunkt und tauchte in die warme Schwerelosigkeit ein.

Bei einer ihrer Verabredungen vor sechs Jahren hatte Antonia ihm erzählt, dass sie immer so schlief, dass sie beim Aufwachen die Berge sehen konnte. Was unter anderem einer der Gründe gewesen war, warum sie das alte Forstlehen als das perfekte Haus für sich gesehen hatte. Damals hatte Xander gehofft, Antonia irgendwann mal in ihrem Bett liegen zu sehen. Als diese Chance verwirkt gewesen war, hatte er jahrelang versucht, sich genau das nicht vorzustellen. Auf keinen Fall hätte er geglaubt, jemals doch noch hier zu landen. Antonia hatte ihren Rücken an seine Brust geschmiegt. Sie lag auf der Seite, das Gesicht dem geöffneten Fenster zugewandt. Gerade schlief sie tief und fest, aber wenn sie am Morgen die Augen aufschlagen würde, wären es die Berge, über denen sich die Sonne hob, die sie als Erstes sah.

Xander bekam kein Auge zu. Er wollte jede Sekunde dieser Nacht genießen, sich jeden Atemzug, jede kleine Bewegung und jeden Seufzer, den Antonia im Schlaf ausstieß, einprägen. Er konnte es kaum erwarten, den Moment, in dem sie erwachte, mit ihr gemeinsam zu erleben. Und sie vielleicht noch einmal langsam und träge zu lieben, so wie man einen entspannten Sonntag beginnen sollte. Sie hatten nicht viel gesprochen, nachdem sie gemeinsam ins Bett gefallen waren. Aber Antonia hatte ihn noch auf der Treppe vor dem Haus zu einem Frühstück eingeladen und behauptet, die besten Spiegeleier auf Toast zu machen.

Irgendwann musste Xander doch eingeschlafen sein. Ein leises Brummen ließ ihn zusammenzucken. Für einen Moment blickte er orientierungslos ins Zwielicht, dann wurde alles klar. Er lag in Antonias Bett. Hielt sie im Arm. Und so wie der Himmel sich gerade ein paar Schattierungen heller zu färben begann, würde der Tagesanbruch nicht mehr lange auf sich warten lassen. Daran ließen auch die Vögel keinen Zweifel, die sich in den Bäumen am Rande der Lichtung bereits lautstark ein paar Gesangsduelle lieferten. Wahrscheinlich hatte das ihn geweckt.

Doch dann hörte er das Brummen wieder und begriff, dass das sein Handy war, das irgendwo in seiner Jacken- oder Hosentasche steckte und mitsamt seinen und Antonias Kleidern auf dem Boden gelandet war. Das Geräusch verstummte, nur um im nächsten Moment von vorn zu beginnen und seinen Herzschlag auf unangenehme Art zu beschleunigen. Wenn er mitten in der Nacht angerufen wurde … Das Hotel würde ihn nicht aus dem Bett klingeln, es sei denn das *Seeblick* stand lichterloh in Flammen. Die Bergwacht konnte es ebenfalls nicht sein. Da die meisten Kameraden Gäste auf der Hochzeit gewesen waren, hatte ihre benachbarte Dienststelle ihren Bereich für dieses Wochenende mit übernommen. Also blieben nur zwei Optionen: Entweder war etwas mit Leni oder seinen Eltern nicht in Ordnung. Und für Leni war Natalie verantwortlich. *Scheiße*, fluchte er tonlos. Vielleicht war sein kleines Mädchen auch einfach nur aufgewacht, hatte Sehnsucht nach ihm gehabt und versuchte deshalb, ihn zu erreichen. Dieser Gedanke reichte allerdings nicht, die Panik zu verdrängen, die ihm den Hals zuschnürte.

Vorsichtig zog er seinen Arm unter Antonias Kopf hervor. Es gab keinen Grund, sie zu wecken. Sie hatte geschuftet wie ein Pferd, um Annas und Hias' Hochzeit zu einem außergewöhnlichen Tag zu machen. Sie hatte den Schlaf nicht nur verdient, sondern auch bitter nötig. Das Frühstück ließ sich verschieben, und im Moment reichte es, wenn sich einer Sorgen machte.

Er kroch aus dem Bett und tastete über seine Klamotten auf dem Boden, bis er sein Handy fand. Vier Anrufe in Abwesenheit von Natalie, stellte er fest, als er es aus der Innentasche seines Jacketts zog. Und eine WhatsApp, die ihm das Blut in den Adern gefrieren ließ. *Ich bin mit Leni in der Notaufnahme. Kannst du kommen? Jetzt sofort?*

Xander blickte zu Antonia hinüber. Sie hatte sich keinen Millimeter bewegt. Er hätte ihr so gern die Haarsträhne hinter das Ohr gestrichen, die auf ihrer Wange lag. Hätte sie zum Abschied geküsst. Nächstes Mal, schwor er sich. So leise wie möglich sammelte er seine Sachen zusammen und schlich in Richtung Schlafzimmertür. Sein Blick fiel auf die Rose, die sie auf der Hochzeit im Haar getragen und dann achtlos zur Seite gelegt hatte. Bevor er näher darüber nachdenken konnte, schnappte er sie sich und zog dann leise die Tür hinter sich zu. So viel zu Antonias berühmten Spiegeleiern auf Toast und dem trägen Sex, den er sich für den Morgen vorgestellt hatte. Im Erdgeschoss warf er seine Klamotten auf die Couch und zog sich in Windeseile an. Er war schon fast zur Tür hinaus, als er noch einmal umdrehte. Auf dem Küchentresen lag ein Post-it-Block. Er kritzelte ein *Sorry, dass ich wegmusste. Ich ruf dich später an,* auf das oberste Blatt und klebte es an ihre Kaffeemaschine. Dort würde Antonia es auf jeden Fall finden. Sobald er wusste, was mit Leni los war, würde er sich bei Antonia melden. Seine Tochter hatte Vorrang. Er machte sich nicht eine Sekunde lang Gedanken darum, dass Antonia das nicht verstehen könnte. Dazu liebte sie Leni viel zu sehr.

Er rannte zu seinem Auto, startete den Motor und schoss

den Waldweg hinunter. Sobald sein Handy sich mit dem Bluetooth des Wagens verbunden hatte, wählte er Natalies Nummer. »Was ist passiert?«, fragte er statt einer Begrüßung, als er hörte, dass sie abhob.

»Xander! Gott sei Dank!« Sie schluchzte. »Leni … sie hat einfach nicht aufgehört, sich zu übergeben. Und sie war so heiß. Ich habe das Thermometer in ihrer Übernachtungstasche gefunden und Fieber gemessen. Ich wusste einfach nicht mehr, was ich machen sollte …«

Xander hörte nicht nur auf ihre Worte, sondern auch auf das, was sie nicht aussprach. Sie klang ängstlich. Besorgt und erschöpft. Aber sie machte weder einen manischen noch einen depressiven Eindruck auf ihn. »Hat sie Fieber?«, fragte er ganz automatisch.

»Ja, 38,9 habe ich gemessen.«

Okay. Xander atmete langsam aus. Das klang noch nicht allzu dramatisch, solange es nicht stieg. Leni hatte hin und wieder schon deutlich höhere Temperatur gehabt. Für das Erbrechen konnte er sich durchaus ebenfalls einen Grund vorstellen, aber er wollte nicht vorgreifen. Schließlich war er nicht dabei gewesen bei dem, was passiert war. »Was sagen die Ärzte?«, wollte er wissen.

»Ich … ich weiß es nicht. Sie untersuchen sie, aber sie haben mir noch nichts gesagt.«

»Gut. Hör zu.« Er bog auf die Straße ab, die das Tal hinunter nach Berchtesgaden führte. »Ich bin unterwegs und lege jetzt auf. Wenn es irgendetwas Neues gibt, ruf mich sofort an, okay?«

»Ja, mach ich.« Ihre Stimme klang unsicher und furchtsam. Aber darum konnte er sich im Moment keine Gedanken machen. Seine Sorge galt ganz allein Leni. Während er durch

Ramsau und Bischofswiesen bretterte, ohne den Fuß vom Gas zu nehmen, überlegte er, was sie am Vortag wann gegessen hatte – zumindest die Mahlzeiten, von denen er wusste.

In Rekordzeit erreichte er die Klinik und kam schlitternd vor der Notaufnahme zum Stehen. Er sprang aus dem Wagen und rannte zum Empfang, als er niemanden in dem großen, sterilen Warteraum sitzen sah. »Leni Valentin«, keuchte er, völlig außer Atem, als die Schwester hinter dem Tresen zu ihm aufblickte.

Sie schenkte ihm ein beruhigendes Lächeln. »Sie sind der Vater?«

»Ja. Alexander Valentin.«

»Ihre Frau hat sie bereits angekündigt.«

Sie ist nicht meine Frau, wollte er die Schwester korrigieren, entschied dann aber, dass das nicht wirklich wichtig war.

»Ihrer Tochter geht es so weit gut«, sagte die freundliche Schwester. »Wahrscheinlich hat sie einfach nur was Falsches gegessen. Sie finden sie in Raum 3.«

»Danke.« Xander hastete in die von ihr gezeigte Richtung und blieb im nächsten Moment vor dem Untersuchungsraum stehen. Er atmete tief durch und wischte seine schweißfeuchten Hände an seiner Hose ab. Er wollte Leni nicht erschrecken, indem er wie ein Verrückter an ihr Bett stürmte. Mit einer glättenden Bewegung strich er sich über die Haare und setzte ein Lächeln auf.

*

Antonia driftete nur langsam aus dem Schlaf an die Oberfläche. Sie spürte die wärmenden Sonnenstrahlen auf ihrem Gesicht. Ohne die Augen öffnen zu müssen, wusste sie, dass sie bis in den Vormittag hinein geschlafen hatte. Genüsslich streckte sie sich. Sie fühlte sich entspannt, gelöst … sie öffnete die Augen und sah die Bergspitzen, die das Tal einrahmten. Die letzten weißen Hänge, die auch im Sommer nie ganz frei von Schnee und Eis sein würden. Dann wurde ihr bewusst, warum sie sich so relaxt fühlte. Langsam drehte sie den Kopf und betrachtete die Kuhle im Kopfkissen neben ihrem. Xander. Irgendwann in der Nacht war sie aufgewacht und hatte seinen Körper hinter ihrem gespürt. Ihr Kopf war auf seinen Arm gebettet, seine andere Hand hatte auf ihrer Hüfte gelegen, und sein Atem war leise und gleichmäßig über ihren Hals gestrichen. Er hatte davon gesprochen, dass diese Nacht der Anfang von etwas Neuem war. Dass es nach den gemeinsamen Stunden nicht vorbei sein würde. Er hatte unbedingt reden wollen, und sie hatte ihm versprochen, das bei ihrem berühmten Spiegelei auf Toast zu tun. Doch jetzt war er nicht mehr da, um mit ihr zu frühstücken.

Sie blickte wieder über die Lichtung und die Baumspitzen zu den Bergen hinüber. Vor sechs Jahren hatte Xander sie hingehalten. Damals hatte er nicht mit ihr geschlafen, und sie hatte genau gewusst, warum. Sie hätte ihn benutzt und weitergeschickt. Jetzt hatte er den Spieß umgedreht. Er hatte sie verführt, worauf sie zugegeben mehr als bereitwillig reagiert hatte, nur um dann mitten in der Nacht zu verschwinden? Das hatte sie ihm nicht zugetraut. Und genau deshalb fühlte es sich an wie ein Schwinger in den Magen.

Antonia rollte sich zusammen und presste die flache Hand auf ihren Bauch, um das Kribbeln unter ihrer Haut zu stoppen. Sie wusste, dass sie das, was sie tun wollte, auf eine Stufe stellte mit sechzehnjährigen, verknallten Teenagern. Und doch schaffte sie es nicht, sich davon abzuhalten, das Gesicht in die kalte Kuhle des Kissens zu drücken und Xanders Duft einzuatmen. »Verdammter Mist«, murmelte sie in die weiche Baumwolle. In ihr tobten genau die Gefühle, von denen ihre rührseligen Schwestern immer schwärmten. Glück. Aufregung. Sehnsucht. Unsicherheit. Emotionen, die sie überhaupt nicht mit Xander in Verbindung bringen wollte. Die sie so lange nicht empfunden hatte. Eigentlich hatte sie gehofft, die Sehnsucht nach Xander loszuwerden, nachdem sie eine Nacht miteinander verbracht hatten. Sie waren ganz gut als Freunde. Ein erstaunlich tolles Team, wenn es darum ging, eine Hochzeit zu organisieren. Aber der Teil von … irgendwas … hatte sie nie sein wollen. Xander war derjenige gewesen, der mehr gewollt hatte. Der sie eingewickelt hatte mit Sätzen wie »Ich will nicht, dass es nach dieser Nacht endet«. Und dann war er derjenige, der gegangen war. Abgehauen. Mitten in der Nacht. Während sie sich darüber ärgerte, dass er genau das getan hatte, was normalerweise ihre Spezialität war.

Frustriert rollte sie sich auf den Rücken und nahm sein Kissen mit. Sie presste es sich auf das Gesicht, um den wütenden Schrei zu ersticken, den sie nicht unterdrücken konnte. Da versuchte man, mit einer heißen Nacht dafür zu sorgen, dass man den Typen, der einen wie eine nervige Fliege umschwirrte, endlich aus dem Kopf bekam – und hatte ihn stattdessen am nächsten Morgen noch präsenter und klarer vor seinem inneren Auge.

Wie ein liebeskrankes Hündchen in ihrem Bett vor sich hinzujammern würde nicht viel bringen. Sie brauchte einen Kaffee, der ihre Gedanken klärte. Ein Blick auf die Uhr auf ihrem Handydisplay verriet ihr, dass es erst halb zehn war. Gar nicht so spät für einen Morgen, der auf ein rauschendes Fest und eine noch rauschendere Nacht folgte. Sie warf Xanders Kissen gegen die Wand und strampelte die Decke zur Seite. Dann schlüpfte sie in ihren Morgenmantel und ging barfuß ins Erdgeschoss. Vorbei an den Kleidungsstücken, die sie vor ein paar Stunden einfach fallen gelassen hatte.

An ihrer Kaffeemaschine klebte seine Nachricht. Einen Moment schwebten ihre Finger über den hingeschmierten Worten. Er würde sich bei ihr melden? »Wer's glaubt«, murmelte sie, riss den Post-it ab und zerknüllte ihn. Mit einer geübten Bewegung warf sie ihn in Richtung Papiermüll in der Ecke – und verfehlte die Box. Dabei traf sie immer. Sie verdrehte über sich selbst die Augen und hob den Zettel auf. Doch statt ihn dahin zu befördern, wo er hingehörte, legte sie ihn auf den Küchentresen und strich ihn glatt. Ich bin echt am Arsch, dachte sie, als sie die Buchstaben nachfuhr. Xander hatte es irgendwie geschafft, sie um den kleinen Finger zu wickeln. Jetzt hatte er sie an der Angel, und sie hing zappelnd in der Luft. Im wahrsten Sinne des Wortes.

Andererseits – sie ließ sich nicht so leicht den Boden unter den Füßen wegziehen. Von niemandem. Nicht mehr, seit sie diese Lektion mit siebzehn bitter hatte lernen müssen. Sie wusste nicht, was sie von Xander wollte. Was sie von ihm erwartete. Als Erstes würde sie einen Kaffee trinken. Dann würde sie duschen, sich anziehen und ins Tal fahren. Bis sie vor Xanders Haustür stand, würde ihr schon einfallen, was sie sich wünschte.

Mit ihrem Kaffeebecher in der Hand kehrte sie ins Obergeschoss zurück. Sie räumte die Kleidungsstücke in ihrem Schlafzimmer weg, machte das Bett und trug ihren Kaffee ins Bad, wo sie ihn auf dem Waschbecken abstellte. Ein Blick in den Spiegel verriet ihr, dass sie, abgesehen von den Make-up-Resten, die die letzte Nacht noch übrig gelassen hatte, aussah wie immer. Sie gehörte definitiv zu den Menschen, denen man ihren inneren Aufruhr nicht im Gesicht ablesen konnte. Anders als zum Beispiel Rosa: Bei ihr spiegelte sich jeder Gedanke in den Augen. Antonia nippte an ihrem Kaffee und drehte das Wasser in der Dusche auf. Sie würde einfach klar formulieren, was sie von Xander erwartete. Das war geradlinig und modern. Frauen konnten heutzutage auf Männer zugehen. Den ersten Schritt machen. Sie wusste zwar nicht, wohin die Reise führen würde, aber wenn sie es nicht versuchte …

Eine Stunde und drei weitere Kaffee später parkte Antonia ihren Jeep schräg gegenüber Xanders Haus. Sie hatte sich den Kopf darüber zerbrochen, was sie von ihm wollte, aber sie hatte es noch immer nicht geschafft, es in Worte zu fassen. Ihr blieb noch Zeit, dachte sie, als sie aus dem Auto stieg und auf Xanders Haus zuging. Sein SUV stand in der Einfahrt. Sie ging darum herum und nahm wie immer den Weg an der Seite des Hauses entlang. Bei diesem traumhaften Wetter waren Xander und Leni sowieso auf der Terrasse oder im Garten.

Der Kies knirschte leise unter ihren Füßen, und die Sonne schien so hell, dass sie froh war, ihre Sonnenbrille zu tragen. Sie bog um die Hausecke, setzte den Fuß auf den Rasen – und begriff, was sie wollte. Genau das, was sie vor sich sah. Eine Familie sein. Mit Xander und Leni an einem Sonntag faul auf der Terrasse sitzen. Doch dieses Recht schien bereits jemand anderes für sich gebucht zu haben.

Das vertraute Bild, das Natalie, Leni und Xander boten, ließ ihr Herz zersplittern.

Zumindest fühlte es sich so an. Sie trat zurück, bevor jemand sie bemerkt hatte. Mit der rechten Hand stützte sie sich an der Hauswand ab. Die linke presste sie auf ihren plötzlich viel zu engen Brustkorb.

Sie musste hier weg, bevor dieser schreckliche Moment auch noch zu einem peinlichen wurde. Auf wackligen Beinen kehrte sie zu ihrem Wagen zurück und kroch hinter das Lenkrad. Den Kopf gegen die Nackenstütze gelehnt schloss sie die Augen. Das Bild, das sie gerade gesehen hatte, brannte sich in ihre Erinnerungen ein. Es würde sich vermutlich nie mehr löschen lassen. Xander, Leni – und Natalie. Das perfekte Glück. Leni auf dem Schoß ihrer Mutter gekuschelt. Und Xander, der sich über die beiden beugte und seine Tochter aufs Haar küsste.

Ihr Handy gab ein Pling von sich. Antonia nahm es vom Beifahrersitz, wo sie es achtlos hingeworfen hatte. Hannah hatte eine Nachricht in die Schwesterngruppe gestellt. *Na?* Herzchenaugenemoji. *Wie ist die Nacht ausgegangen? 1:0 für dich?* Grinsesmiley.

Antonias Augen begannen zu brennen. Sie warf das Handy auf den Sitz zurück, legte den Gang ein und fuhr langsam los. Für einen Moment hatte sie darüber nachgedacht, zur *Alten Mühle* zu fahren. Aber die Nachricht gerade hatte ihr gezeigt, dass sie nicht bereit war, Fragen zur vergangenen Nacht – oder zu diesem Morgen – zu beantworten.

Sie fuhr nach Hause, stellte zum zweiten Mal an diesem Tag die Dusche an und zog sich aus. Nackt setzte sie sich unter das herabfallende Wasser und ließ die Tränen laufen. Sechs Jahre war es her, dass sie zum letzten Mal hier gesessen und sich die Seele aus dem Leib geheult hatte. Sie schlang die Arme um die Beine und legte ihren Kopf auf die

Knie. Ihre Schluchzer hallten von den gefliesten Wänden wider. Irgendwann kamen keine Tränen mehr. Das Wasser wurde kälter. Doch sie blieb einfach sitzen.

20

Die Nacht mit Antonia hatte Xander die Augen geöffnet – bevor ihn die Angst um Leni um fünf Jahre hatte altern lassen. Er wusste jetzt, was er wollte: Antonia. Das war an sich keine Neuigkeit. Er sehnte sich schließlich schon seit einer Ewigkeit nach ihr, hatte sich immer wieder ausgemalt, wie es sein würde, sie in seinen Armen zu halten. Was er nicht erwartet hatte, waren die Gefühle gewesen, die wie eine Flutwelle über ihn hinweggeschwappt waren und ihn von den Beinen gerissen hatten. Er konnte mit gutem Gewissen sagen, dass er noch nie so für eine Frau empfunden hatte. Dass es noch nie so überwältigend gewesen war, mit einer Frau zusammen zu sein.

Xander lehnte seine Stirn gegen die Front des Küchenschranks und wartete darauf, dass das Wasser für Lenis Tee kochte. Wie gerne wäre er an Antonia geschmiegt aufgewacht, hätte das Angebot auf die besten Spiegeleier der Welt angenommen und mit ihr darüber geredet, wie die Zukunft aussehen konnte. Ihre Zukunft.

Der Wasserkocher klickte, und Xander richtete sich wieder auf. Er goss das heiße Wasser über die Kräutermischung, die Lenis Magen beruhigen sollte, und rieb sich dann über das Gesicht. Natalies Anruf hatte ihn in Panik versetzt. Gelinde gesagt. Als er in den Untersuchungsraum getreten war, in dem sein kleines Mädchen wie ein winziges Bündel Knochen blass in dem großen Klinikbett gelegen hatte, hatte ihn der Anblick fast in die Knie gehen lassen. Nicht nur, dass Natalie aussah, als würde sie selbst gleich einen Arzt brauchen, im Handrücken seiner Tochter steckte auch die Nadel eines Tropfes, und ihre Augen waren ängstlich aufgerissen. Kein Wunder, beim Anblick all der Geräte und Maschinen um sie herum.

Der Arzt hatte Xander schnell beruhigt. Leni hatte einfach ein bisschen zu viel von allem gehabt. Zu viel Kuchen und Adrenalin auf der Hochzeit. Noch mehr Aufregung, weil sie die Nacht mit Natalie verbringen durfte. Viel zu viel Pizza, von dem Eis im Anschluss, von dem sie ihre Mutter mit all ihrer Kinderbegeisterung überzeugt hatte, ganz zu schweigen. Und was sie im Laufe des Tages und des Abends sonst noch unbeobachtet in sich hineingestopft hatte, wollte er gar nicht wissen. Natürlich war das irgendwann in der Nacht wieder hochgekommen. Das war weiß Gott nicht zum ersten Mal passiert. Die Mischung aus Zucker und Adrenalin bekam keinem Kind, selbst das leichte Fieber war in einem solchen Fall völlig normal.

Natalie hatte einfach komplett überreagiert. Aus Angst, etwas falsch zu machen, wie Xander inzwischen verstand. Wenn er das Ungesagte zwischen den Worten des diensthabenden Arztes richtig deutete, war Natalie total hysterisch gewesen, dabei hätte sie einfach nur Xanders Mutter anrufen müssen. Marianne hätte sich um Leni gekümmert und Natalie beruhigt. Stattdessen war sie ausgeflippt und hatte seine Tochter in die Notaufnahme geschleppt. Als Leni aufgehört hatte, sich zu übergeben, hatten die Schwestern ihr etwas Wasser zu trinken gegeben. Sie musste daraufhin wieder ein bisschen würgen, also hatte Natalie so einen Aufstand gemacht, bis sich einer der Ärzte erbarmt und Leni einen Tropf angelegt hatte.

»Ihre Tochter ist völlig in Ordnung«, hatte der Doktor ihm mit Blick auf die Infusion erklärt. »Den Flüssigkeitsverlust ein wenig auszugleichen ist unschädlich. Sie müssten noch ein bisschen Papierkram ausfüllen, dann können Sie sie mit nach Hause nehmen.«

Xander hatte auf den Formularen die Dinge ergänzt, von denen Natalie keine Ahnung hatte. Angefangen bei ihrer Krankenversicherung bis hin zu Vorerkrankungen, die Leni in den vergangenen Jahren gehabt hatte, ohne dass ihre Mutter etwas davon mitgekriegt haben könnte.

Schließlich wurde der Tropf entfernt. Leni bekam ein Pflaster mit glitzernden Schmetterlingen auf den Handrücken geklebt, und Xander durfte sie nach Hause bringen.

Erst als seine Tochter ihren Kopf in seine Halsbeuge schmiegte und er ihren Atem auf seiner Haut spürte, konnte Xander sich wirklich entspannen. Sie war okay. Ihr fehlte nichts. Für einen Moment schloss er die Augen und sprach insgeheim ein Dankgebet.

»War dein Tag wundervoll?«, wisperte Leni gegen seinen Hals.

»Hmm.« Antonias nackter Körper tauchte vor Xanders innerem Auge auf. Er schob die Erinnerung zur Seite. Im Moment musste sein Kind die Hauptrolle in seinem Leben spielen. »Bis ich gehört habe, dass du hier gelandet bist. Das hat mich erschreckt.«

»Ich hab gespuckt.« Lenis Stimme nahm bereits einen schläfrigen Ton an. Gut. Das war das beste Zeichen, dass ihr jeden Moment die Augen zufallen würden.

Und genau so war es auch gekommen. Xander hatte Leni in ihren Kindersitz gepackt und war, gefolgt von Natalie in ihrem kleinen Wagen, nach Hause gefahren. Seine Exfreundin hatte nicht viel gesagt, seit er im Krankenhaus aufgetaucht war. Sie hatte neben Lenis Bett gesessen und war ihm dann nach draußen gefolgt. Als sie hinter ihm in sein Haus gekommen war, hatte er ihr eine Decke gegeben und ihr angeboten, auf dem Sofa zu schlafen. Leni hatte sich in sein Bett gekuschelt, wie sie es immer tat, wenn sie krank war. Er hatte kein Auge zubekommen, während seine Tochter wenigstens ein paar Stunden geschlafen und keine weiteren Anzeichen von Übelkeit gezeigt hatte.

Xander nahm den Tee in die eine und zwei Becher Kaffee in die andere Hand und ging zu Leni und Natalie auf die Terrasse. Er stellte die Getränke auf dem Tisch ab und küsste Leni auf den Scheitel. Sie war noch nicht wieder richtig in der Spur, die vergangene Nacht hatte ihr zu viel Angst gemacht. In solchen Momenten war sie sehr anschmiegsam. Während er in der Küche gewesen war, hatte sie sich auf den Schoß ihrer Mutter gekuschelt. Ihre Augen waren bereits wieder halb zugefallen.

Natalie hingegen sah ihn aus großen Augen an, aus denen noch immer der Schock sprach. »Ich habe es schon wieder vermasselt«, sagte sie leise.

»Alles ist wieder gut.« Xander legte ihr in einer tröstlichen Geste die Hand auf die Schulter. »Leni kommt wieder in Ordnung. Spätestens morgen wird sie ihren Freundinnen im Kindergarten von ihrem Abenteuer erzählen.« Das war nicht gelogen. Sein Kind war in der Lage, diese negativen Erinnerungen abzuschütteln und sich nur an das Schöne und Aufregende zu erinnern. Ihm wäre es nur lieber gewesen, dass die beiden Hochzeitstage und ihr Auftritt als Blumenmädchen die Ereignisse gewesen wären, die noch lange durch ihren Kopf spuken würden und nicht ein Besuch im Krankenhaus. Sacht fuhr er mit den Fingerspitzen über das bunte Pflaster, unter dessen Rändern schon die blau verfärbte Haut des Blutergusses zu erkennen war, die die Infusionsnadel hinterlassen hatte.

»Ich mache mir wirklich Vorwürfe.« Natalie seufzte. »Ich weiß nichts über Leni. Ich kann nicht mit Kindern umgehen.«

Leni war auf ihrem Schoß eingenickt, also nahm Xander sie Natalie ab und legte sie auf den Liegestuhl, wo sie sich sofort wie ein Kätzchen zusammenrollte. Bub, der sich am Rand der Terrasse in die Sonne gelegt hatte, aber alles mit wachsamen Augen verfolgte, rappelte sich auf und kam herüber, um seinen Kopf neben ihr auf das Polster zu legen. Er warf Xander einen beleidigten Blick zu. Offenbar hatte er ihm noch nicht verziehen, dass er aus Xanders Schlafzimmer verbannt worden war und nicht bei seiner besten Freundin hatte schlafen dürfen.

Xander reichte Natalie einen Kaffeebecher und setzte sich ihr mit dem zweiten gegenüber. »Weißt du, mir ging es nicht anders, als Leni zur Welt gekommen ist. Eltern werden nicht mit einem Fingerschnippen zu Experten. Ich habe viele bittere Erfahrungen machen müssen. Und ich höre auch jetzt nicht auf zu lernen. Leni ist ein Wirbelwind und stellt mich immer wieder vor Herausforderungen.« Er sah ihr eindringlich in die Augen. »Du kannst nicht von dir verlangen, einen Abend mit ihr zu verbringen und damit automatisch zum Profi zu werden.«

Natalie drehte ihren Kaffeebecher in den Händen und

starrte nachdenklich auf den Horizont. »Ich überlege, ob es eine gute Idee ist, diese Therapie zu machen«, sagte sie leise. »Ich fühle mich wirklich schlecht wegen Leni. Wenn ich hierbleiben würde …«

»Nein.« Das Wort klang scharf, und Natalies Kopf fuhr zu ihm herum. »Entschuldige. Ich wollte nicht so hart klingen. Aber es ist das einzige Wort, das mir dazu einfällt: Nein, Natalie.« Er stellte seine Kaffeetasse ab und beugte sich vor. »Mach diese Therapie. Geh nach Aachen. Du machst das nicht nur für dich. Du tust das auch für deine Tochter.« Er blickte zu Leni hinüber, die im Schlaf ihre Hand in Bubs Fell geschoben hatte. »Nur wenn du gesund bist, funktionierst du. Nur dann kannst du Zeit mit ihr verbringen. Das weißt du. Und deshalb musst du das durchziehen, wenn dir schon eine solche Chance in den Schoß fällt. Ich unterstütze dich. Das habe ich immer getan, und damit werde ich auch nicht aufhören. Aber kneif jetzt nicht.«

Natalie stieß langsam den Atem aus und schenkte ihm ein trauriges Lächeln. »Du gibst mir Geld, damit ich mich von Leni fernhalte«, fasste sie seine Hilfsbereitschaft zusammen.

Xander schluckte. Sie provozierte ihn. Mit Absicht, wie er vermutete. Immerhin hatte sie sich in den letzten Jahren gut über Wasser halten können, mit dem, was er ihr regelmäßig überwies. Und das tat er nicht, weil er es musste. Er hatte sich einfach nur darum gekümmert, dass die Mutter seines Kindes nicht abrutschte. Statt ihr um die Ohren zu hauen, was er von ihrer Aussage hielt, starrte er sie schweigend an, bis sie den Blick wieder auf ihre Tasse senkte.

»Das wollte ich so nicht sagen«, entschuldigte sie sich leise. »Es ist nur – als ich vor ein paar Wochen hier war, war ich zwar ziemlich durch den Wind. Aber das, was ich gesagt habe, war die Wahrheit.« Sie griff über den Tisch und legte ihre Hand auf seinen Arm. »Ich wäre gern Teil eines Ganzen. Einer Familie. Unserer Familie. Ich habe so viel verpasst. Und das bereue ich. Irgendwie war es doch mal toll zwischen uns.«

Ja, es war gut gewesen, mit ihr zusammen zu sein. Für einen winzigen Moment. Er zog seine Hand unter ihrer hervor. »Natalie …«, begann er.

»Ich wünsche mir doch nur, dass du mir eine Chance gibst«, unterbrach sie ihn.

»Mach die Therapie. Das ist alles, was im Moment zählt«, wiederholte er.

»Und dann? Bekomme ich eine neue Chance, wenn ich danach wiederkomme?«

Unbehaglich rieb sich Xander über den Nacken. Er hatte nicht erwartet, schon wieder diese Art von Gespräch mit Natalie führen zu müssen. Er hatte angenommen, sie war froh, nach Aachen gehen zu können. »Zu einer Beziehung gehört mehr als ein gemeinsames Kind. Ich liebe dich dafür, dass du mir eine wundervolle Tochter geschenkt hast. Aber darüber hinaus liebe ich dich nicht. Und du mich genauso wenig. Du bist auf der Suche nach jemandem, der für dich da ist und dich beschützt. Aber dieser Jemand kann ich nicht für dich sein.«

»Weil du mich nicht liebst«, wiederholte sie. »Gibt es da jemanden?« Sie stand auf und trat an den Rand der Terrasse. Den Blick auf die Berge gerichtet sprach sie weiter. »Wir haben nie darüber geredet, aber damals gab es eine Frau. Damals hast du dich für mich statt für sie entschieden.«

»Und es hat nicht funktioniert«, erinnerte er sie daran, dass sie nach der Geburt ihres Babys abgehauen war.

»Weil ich krank war.« Natalie fuhr zu ihm herum. »Aber jetzt bin ich es nicht mehr.« Sie kniff die Augen ein wenig zusammen. »Es gibt eine andere, stimmt's?«

Antonias lachendes Gesicht tauchte vor seinem inneren Auge auf. Die unfassbare Kombination dieses Hippiekleides und der Wanderstiefel bei der Trauung ihrer besten Freunde. Natalie hatte recht. Vor sechs Jahren hatte er sich für sie und die Familie entschieden, die sie am Ende nicht geworden waren. Diesen Fehler würde er kein zweites Mal machen. »Das spielt keine Rolle«, sagte er noch einmal. Fest und entschieden. »Ich kann keine Beziehung mit dir führen, weil wir uns nicht lieben. Aber abgesehen davon: Ja, da gibt es jemanden.«

Natalie hockte sich auf den Liegestuhl neben ihre schlafende Tochter und strich ihr über das Haar. »Mag sie Leni?«, wollte sie wissen, ohne Xander anzusehen.

»Ja. Sie liebt Leni.« Das konnte er mit Sicherheit sagen. Es hatte in seinem Leben schon Frauen gegeben, die versucht hatten, sich über seine Tochter an ihn ranzuschmeißen. Aber nicht Antonia. Sie hatte Leni immer gemocht, auch zu den Zeiten, als sie ihn nicht hatte ausstehen können. »Aber das ändert nichts daran, dass du Lenis Mutter bist. Sie wird dir keine Konkurrenz machen oder versuchen, dich auszustechen.«

Natalie nickte, sagte aber nichts darauf. Sie strich Leni die Locken aus der Stirn und beugte sich hinunter, um sie auf die Schläfe zu küssen. »Bis bald, kleine Fee.« In ihren Augen schimmerten Tränen, als sie sich erhob.

»Mein Angebot steht nach wie vor. Wenn du die Therapie hinter dir hast und in die Gegend zurückkommen möchtest, helfe ich dir, einen Job und eine Wohnung zu finden. Leni würde sich freuen, wenn sie mehr und regelmäßig Zeit mit dir verbringen könnte«, sagte er.

Natalie hob die Schultern in einer unbestimmten Geste. »Ich werde es mir überlegen.« Was bei ihr so viel bedeutete wie »eher nicht«. Andererseits war ein halbes Jahr eine lange Zeit. Es war gut für sie zu wissen, dass sie jederzeit zurückkommen konnte, um für ihre Tochter da zu sein. Wenn sie ihr unstetes Leben weiterführte, sich nie länger irgendwo niederließ, würde es vielleicht noch ein paar Jahre dauern, bis sie in der Lage war, eine Beziehung zu Leni aufzubauen. Wenn die Kleine dann alt genug war, eigene Entscheidungen zu treffen, war es für Natalie vielleicht zu spät. »Leb wohl«, sagte sie leise.

Xander küsste sie auf die Stirn und umarmte sie kurz. »Leni und ich werden auf jeden Fall versuchen, dich im Sommer in Aachen besuchen zu kommen.«

»Das wäre schön.« Natalie warf der schlafenden Leni einen letzten Blick zu, drehte sich um und ging – wie die meisten Leute – einfach um sein Haus herum, statt hindurchzugehen. Er sah ihr nach, bis sie auf der Straße in ihren kleinen Wagen stieg und davonfuhr.

Langsam atmete er aus. Mit einer vernünftigen Natalie zu reden war etwas völlig anderes als mit der Person, zu der sie in ihren manischen oder depressiven Episoden wurde. Eine völlig überdrehte Frau zurückzuweisen war nicht einfach. Aber zumindest wesentlich einfacher, als das Gleiche bei einer Frau zu tun, die ihn bat, mit ihr und dem gemeinsamen Kind zu einer Familie zusammenzuwachsen. Er hatte ihr gesagt, dass es eine andere Frau in seinem Leben gab. Und das fühlte sich verdammt gut an. Auch wenn er Natalie damit verletzt hatte. Er mochte sein Leben, war zufrieden und glücklich. Aber das Maß an Zufriedenheit und Glück, das er in der vergangenen Nacht erfahren hatte, stellte alles andere in den Schatten.

Er zog sein Handy aus der Hosentasche. Es wurde Zeit, sich bei Antonia zu melden. Er wählte und ließ es klingeln, bis die Mailbox ranging. Statt draufzusprechen, schrieb er ihr eine kurze Nachricht. *Ich würde dich gern heute Abend sehen.* Leni würde bis dahin sicher wieder auf dem Dampfer sein. Antonia könnte entweder zu ihm kommen, oder er würde seine Mutter überreden, ein paar Stunden zu babysitten. Eine Weile blickte er auf die zwei kleinen Haken am Ende der Nachricht, die ihre Farbe nicht von Grau zu Blau wechselten. Es war gar nicht Antonias Art, nicht auf einen Anruf oder eine Nachricht zu reagieren. Wo steckte sie? Vielleicht machte sie gerade eine Mountainbike-Tour und hatte das Handy nicht gehört. Er konnte es kaum erwarten, sie wiederzusehen, aber Vorfreude hatte schließlich auch etwas für sich – wie sein Kumpel Jakob immer sagte. Mit einem Seufzen steckte er das Handy in die Hosentasche und ging zu Leni hinüber, um ihr die Hand auf die Stirn zu legen. Normale Temperatur, stellte er zufrieden fest. Die Aufregung der letzten Nacht war verflogen.

*

Antonia hatte keine Ahnung, wie lange sie unter der Dusche gesessen hatte. Das Wasser hatte längst von heiß zu lauwarm gewechselt, als eine Hand in ihrem Blickfeld auftauchte und die Brause abdrehte. Antonia machte sich nicht die Mühe aufzublicken. Viele Leute kamen nicht als Eindringling infrage. Anna war mit Hias längst in die Flitterwochen gestartet. Xander würde es nicht wagen, ungefragt hier aufzutauchen. Abgesehen davon gehörte die Hand – die ihr jetzt ein Handtuch hinhielt – zu einer Frau. Zu einer ihrer Schwestern. Sie ignorierte das Handtuch und starrte, das Kinn auf die Knie gestützt, weiter vor sich hin.

»Jetzt ist Schluss.« Wie vermutet: Hannah. Das Handtuch wackelte. »Entweder du kommst jetzt freiwillig aus der Dusche, oder wir helfen nach.«

Die Drohung ihrer Schwester entlockte ihr ein müdes Lächeln. Als ob sie es jemals mit ihr aufnehmen könnte. Trotzdem sah sie auf und blickte in das besorgte Gesicht ihrer jüngsten Schwester. Direkt hinter ihr stand Rosa. Die Stirn genauso gerunzelt wie Hannah, in der Hand Antonias Bademantel. »Was wollt ihr hier?«, brachte sie heraus.

»Das fragst du nicht ernsthaft, oder?« Rosa stemmte die Hände in die Hüften. »Wir haben dir gefühlt tausend Nachrichten auf dem Handy hinterlassen. Du hast sie alle ignoriert.«

»Tausend Nachrichten?« Antonia stieß ein »Pff« aus. Ihre Schwestern nervten. Und sie würden nicht damit aufhören, bis sie erreicht hatten, was sie sich in den Kopf gesetzt hatten. »Du neigst zur Übertreibung. Ich glaube, du verbringst zu viel Zeit mit deinem Autorenfreund«, knurrte sie in Richtung ihrer mittleren Schwester und griff nach dem Handtuch, das Hannah noch immer vor ihrem Gesicht baumeln ließ. Ihre Beine waren eingeschlafen, ihr Körper ausgekühlt. Sie fühlte sich wie eine alte Frau, als sie sich aufrappelte und das Handtuch um ihren Körper schlang.

Rosa legte ihr den Bademantel um die Schultern und wickelte ein Handtuch zu einem schiefen Turban um ihre nassen Haare. »Hannah, du passt auf, dass Tonia sich ordentlich abtrocknet. Egal was sie anzieht, sie braucht warme Socken. Ich setze inzwischen einen Tee auf.«

»Ich stehe hier, direkt vor dir«, erinnerte Antonia sie, dass sie mit Hannah sprach, als sei sie ein vierjähriges Kind. Ärger kochte in ihr hoch.

»Wunderbar.« Rosa legte für einen Moment den Kopf schief und funkelte sie an. »Dann weißt du ja, was du zu tun hast.« Sie drehte sich auf der Ferse um und marschierte aus dem Raum.

»Sie ist sauer auf dich«, murmelte Hannah.

»Na, und ich bin sauer auf sie«, konnte Antonia sich nicht verkneifen.

»Wir haben uns einfach Sorgen um dich gemacht. Was auch immer passiert ist, du hättest zu uns kommen können. Nein.« Sie hob die Hand, wie um sich selbst zu korrigieren. »Streich das. Du hättest zu uns kommen *müssen*. Wir sind Schwestern. Wir sind für dich da.«

Antonia ließ Hannah reden. Sie drehte sich um und schlurfte in ihr Schlafzimmer. Ohne besonders viel Energie aufzubringen, zog sie die erstbesten Klamotten aus ihrem Schrank. Slip und Sport-BH, Leggins und einen Hoodie, da ihr trotz der Sonne, die noch immer hoch am Himmel stand, kalt war. Was die Socken anging, hatte Rosa recht. Ihre Füße fühlten sich wie Eisklötze an. Also zog sie ein Paar der wild geringelten Selbstgestrickten ihrer Mutter aus der Schublade. »Zufrieden?«, brummte sie in Hannahs Richtung, die zwar nichts mehr gesagt hatte, ihr aber aus dem Bad gefolgt war und wie ein stummer Wächter im Türrahmen stand. Antonia nahm den Handtuchturban vom Kopf, rubbelte sich über die Haare und ließ das Handtuch dann einfach neben den Bademantel fallen. Zum Aufräumen fehlte ihr im Moment die Energie.

Gefolgt von Hannah ging sie ins Erdgeschoss hinunter und ließ sich auf die Couch fallen. Rosa kam sofort wie eine Glucke hinter dem Küchentresen hervor und packte sie in eine Decke, die sie rechts und links von ihr feststeckte. Antonia lag bereits ein böser Kommentar auf der Zunge, als sie merkte, dass sie zitterte. Also schluckte sie ihre Worte herunter und sah ihrer Schwester dabei zu, wie sie Tee in ihre großen, bunten Steingutbecher goss und auf einem Tablett zu ihnen herübertrug. Hannah hatte sich im Schneidersitz auf den Boden niedergelassen, Rosa setzte sich neben Antonia.

Schweigend saßen sie ein paar Minuten da und sahen Antonia erwartungsvoll an, bis sie die Stille nicht mehr aushielt. Hannah und Rosa kannten sie einfach viel zu gut. »Seid ihr nicht hergekommen, um mich mit Fragen zu bombardieren?«, hielt sie ihren Schwestern vor, nicht ohne den notwendigen Sarkasmus in ihre Stimme zu legen.

»Ah, giftig sein kann sie noch«, hielt Hannah dagegen. »Dann kann es ja nicht so schlimm sein.«

»Was weißt du denn schon?«, zischte Antonia und kniff wütend die Augen zusammen.

»Wir wissen zumindest, dass Xander hier war.« Rosa hielt den zerknüllten und wieder glatt gestrichenen Post-it hoch. »Der lag auf dem Küchentresen«, erklärte sie Hannah. »Er war also hier. Und er schreibt«, sie drehte den Zettel zu sich herum, »dass er dich später anruft. Hat er das nicht getan?«

»Ich habe keine Ahnung.« Antonia legte erschöpft den Kopf gegen die Sofalehne. Sie fühlte sich, als hätte die Planung der Hochzeit all ihre Energie aufgefressen, und jetzt war nichts mehr übrig. Das war nicht ungewöhnlich, redete sie sich ein. Leute fielen immer wieder in solche Löcher, wenn sie von einer großen Verantwortung befreit wurden. Sie schloss die Augen. Wem machte sie etwas vor? Xander hatte sie aus der Bahn geworfen. Mit all seinen Versprechungen, den Träumen und Wünschen, die er in ihr geweckt hatte.

»Dann lass es uns rausfinden.« Hannah streckte sich und zog mit den Fingerspitzen Antonias Handy vom Tisch. »Sieh nach«, forderte sie sie auf.

»Es interessiert mich nicht.«

»Aber mich. Lass mal sehen. Was könnte deine PIN sein? Null-acht-fünfzehn. Ups. Falsch.« Hannah schüttelte das Handy. »Nächster Versuch. Number of the Beast: sechs-sechs-sechs, und weil wir eine vierte Zahl brauchen, noch eine Sechs. So was. Schon wieder falsch. Einen Versuch habe ich noch. Soll ich es mit deinem Geburtstag probieren? Oder mit meinem?« Sie hielt das Handy in Antonias Richtung. »Ich habe keine Hemmungen, zum dritten Mal eine falsche PIN einzugeben.«

Entnervt griff Antonia nach dem Telefon und legte ihren Zeigefinger auf den Scanner. Sie sah, dass sie jede Menge Nachrichten von ihren Schwestern hatte, genau wie Anrufe. Xanders Name fiel ihr sofort ins Auge. Er hatte angerufen. Und eine Nachricht hinterlassen.

»Und?«, fragte Rosa.

Antonia warf das Handy neben sich auf das Sofa. »Er will mich heute Abend sehen«, wiederholte sie, was er geschrieben hatte.

»Aber das willst du nicht«, stellte Hannah fest. »Verrätst du uns, warum? Als wir gestern miteinander gesprochen haben, hatte ich den Eindruck, du denkst ernsthaft darüber nach, dich auf ihn einzulassen.«

»Ja, genau das habe ich gemacht. Dabei hätte ich es besser wissen müssen.« Antonia strich sich die feuchten Haarsträhnen hinter das Ohr und rieb sich über das Gesicht.

»War es … ähm …« Rosa wedelte mit der Hand und wurde rot, womit sie Antonia wenigstens ein kleines Lächeln entlockte. »… nicht gut?«

»Es war das absolute Gegenteil. Aber genau da liegt das Problem. Xander hat gar nicht aufhören können davon zu reden, dass er nicht will, dass es nach einer Nacht vorbei ist.«

»Aber dann ist er verschwunden?« Hannah zeigte auf den Notizzettel. »Ist das das Problem? Er hat geschrieben, dass er sich meldet. Dann hat er angerufen«, zählte sie weiter auf. »Und dir eine Nachricht geschrieben, dass er dich treffen will.«

Antonia beugte sich nach vorn und legte ihre Arme auf die Oberschenkel. Sie sah erst Rosa an, dann Hannah. »Ich habe es auf meine Art gemacht. Worüber ich im Nachhinein ziemlich froh bin. Ich hab gedacht, warum soll ich warten, bis er sich meldet. Ich fahre einfach zu ihm.« Sie griff nach dem Tee, den Rosa auf den Couchtisch gestellt hatte und drehte die Tasse in den Händen. Die Wärme tat ihren Fingern gut. Ihr Herz erreichte sie aber nicht.

»Typisch Antonia.« Hannah lächelte und strich in einer liebevollen Geste über ihr Knie.

»Er war nicht allein, als ich zu ihm kam. Natalie war da. Sie hatte Leni auf dem Schoß. Die perfekte kleine Familie.«

»Xander hätte auf keinen Fall eine Nacht mit dir verbracht, wenn er mit Natalie zusammen wäre«, ergriff Rosa Partei für ihn.

»Woher willst du das wissen?« Die Wut kochte wieder in Antonia hoch. »Selbst wenn das stimmt, sie sind eine

Familie. Wenn du gesehen hättest, mit was für einem Blick Natalie ihn anschmachtet … sie will auf jeden Fall mit ihm zusammen sein, wenn sie es nicht schon ist.« Sie nippte an ihrem Tee, weil ihr plötzlich bewusst wurde, wie sehr die Tränen sie ausgetrocknet hatten.

»Wenn sie zusammen wären, hätte Xander sie zur Hochzeit mitgebracht.« Rosa hörte sich an, als wäre sie Xanders Anwältin.

»Er hatte auf der Hochzeit genauso wenig Zeit für ein romantisches Date wie ich. Natalie hat abends auf Leni aufgepasst«, informierte sie ihre Schwestern. Nur war er auch nach der Feier nicht zu den beiden zurückgekehrt, sondern hatte die Nacht mit ihr verbracht. Eigentlich glaubte auch sie nicht, dass er wirklich mit Natalie zusammen war, aber die Situation erinnerte viel zu sehr an das, was vor sechs Jahren geschehen war.

»Was hat er gesagt?«, wollte Hannah wissen. »Die Situation muss doch auch für ihn komisch gewesen sein. Du. Natalie. Leni. Wie hat er dir das erklärt. Tonia?«, fragte sie, als Antonia nicht antwortete.

Langsam stieß sie den Atem aus. »Er weiß nicht, dass ich da gewesen bin. Sie waren so miteinander beschäftigt, dass sie mich gar nicht wahrgenommen haben. Ich hielt es für besser, mich nicht bemerkbar zu machen.«

»Dann weißt du doch gar nicht, was zwischen ihm und Natalie ist.« Rosa sprang auf. »Du ziehst voreilige Schlüsse.«

»Nein. Hör auf, mich anzuschreien. Nicht jeder auf dieser Welt versinkt jeden Tag in Romantik wie du, okay?«, fuhr Antonia ihre mittlere Schwester an. »Habt ihr vergessen, was beim letzten Mal passiert ist? Ich will, verdammt noch mal, nicht, dass Natalie wieder auf meiner Türschwelle steht und mich bittet, ihren Mann in Ruhe zu lassen. Sie sind eine Familie, egal, was zwischen ihnen läuft.«

»Dann gibst du einfach auf, ohne Xander überhaupt die Chance zu geben, es dir zu erklären?«, versuchte Rosa es noch einmal. Sie und Hannah warfen sich über Antonias Kopf hinweg einen Blick zu.

Antonia schüttelte den Kopf. »Versteht ihr es nicht? Er hat nie über Natalie geredet. Er hatte so viele Möglichkeiten, mir zu erklären, was das für eine merkwürdige Beziehung ist, die die beiden führen. Aber er hat es nie getan. Wenn sich das Gespräch in diese Richtung entwickelt hat, hat er mich immer abgeblockt. Das ist nicht bedeutungslos. Noch einmal lasse ich mich nicht von dieser Frau zur Seite drängen.«

»Früher hätte so ein Satz bedeutet, dass du für das, was du willst, kämpfen willst. Jetzt heißt es offenbar nur noch, dass du einfach einen Schritt zur Seite machst«, sagte Rosa.

»Nein.« Hannah rappelte sich auf, hockte sich auf dem Sofa neben Antonia und zog sie in ihre Arme. »Es bedeutet, dass du dich in Xander verliebt hast. Du hast Angst davor, zurückgewiesen zu werden. Angst, dass er sich für die andere Frau entscheidet. Ich verstehe das. *Wir* verstehen das«, betonte sie mit einem weiteren Blick zu Rosa. »Vielleicht brauchst du erst einmal ein wenig Abstand von Xander. Musst zur Ruhe kommen und nachdenken. Aber am Ende musst du mit ihm reden. Zögere das nicht zu lange hinaus.«

»Und bis dahin«, Rosa setzte sich wieder auf ihre andere Seite und legte den Arm ebenfalls um sie, »kommst du mit. Wir lassen dich nicht hier allein vor dich hin grübeln. Heute Nacht schläfst du in der *Alten Mühle*.«

»Ja.« Dankbar ließ sich Antonia in die Umarmung ihrer Schwestern fallen. Sie wollte am Abend nicht in das Bett kriechen, in dem sie in Xanders Armen gelegen hatte. Sie wollte nicht in ihrem leeren Haus sitzen und nachdenken. »Ich will einen Schwesternabend mit euch.«

*

Xander musste grinsen, als er den Blumenstrauß vom Beifahrersitz nahm. Leni war noch nicht wieder ganz das alte Energiebündel gewesen, hatte aber kein Problem damit gehabt, die Nacht bei ihrer Großmutter zu verbringen. »Miniurlaub« hatte sie es wie immer genannt, und er hatte die Chance genutzt, ein paar Blumen im Garten seiner Mutter zu klauen. Antonias Jeep stand nicht vor dem Haus, und es brannte auch kein Licht. Er runzelte die Stirn, als er zwischen den Feenlichtern hindurchging und an die Haustür klopfte. Sie hatte nicht auf seine WhatsApp geantwortet, aber er war einfach davon ausgegangen, dass sie sich einen faulen Tag machte nach all der Arbeit in der letzten Zeit. Er hatte nicht damit gerechnet, dass sie ihn versetzen würde.

Seine gute Laune sank um ein paar Grad. Vielleicht war ihr kurzfristig etwas dazwischengekommen, ermahnte er sich, nicht gleich das Schlimmste anzunehmen. Er stieg wieder in seinen Wagen und kehrte ins Dorf zurück. Doch statt nach Hause fuhr er bei Antonias Eltern vorbei. Dort stand ihr Jeep allerdings auch nicht. Genauso wenig wie auf dem Hof von Jakobs Werkstatt, wo ihre Schwester Hannah wohnte. Ein bisschen kam er sich vor wie ein Stalker, als er zur *Alten Mühle* weiterfuhr. Er ließ seinen Wagen ausrollen, als er den Jeep neben dem Mühlen-Lieferwagen entdeckte. Er griff abermals nach den Blumen und klopfte kurz darauf an Rosas Tür.

Xander musste nicht lange warten, bis geöffnet wurde und er sich Rosas Freund David gegenübersah. Er trug eine Brille, und seine Haare sahen aus, als hätte er sie gerade eben noch mit den Händen durchfurcht. Wahrscheinlich hatte er gerade wieder an seinem aktuellen Roman geschrieben. »O«, sagte er. »Xander. Hi.« Er hielt die Tür so, dass Xander nicht eintreten konnte und warf einen Blick in die Wohnung und dann auf die Blumen in seiner Hand. »Kann ich was für dich tun?«

»Ich möchte zu Tonia.«

»Ähm, ja.« David kratzte sich am Kopf. »Ich weiß nicht so recht. Ich hole mal Rosa.«

»Nicht nötig.« Die Tür wurde aufgezogen, und Antonia lehnte sich in den Rahmen.

»Hmm.« David hob die Hand. »Ich lass euch mal allein.« Er machte zwei Schritte rückwärts, bevor er sich umdrehte und im Flur verschwand.

»Hi.« Xander trat auf Antonia zu, doch sie hob die Hand und legte sie auf seinen Brustkorb. Nicht um ihn zärtlich zu berühren, wie ihm der Blick sagte, mit dem sie ihn bedachte. »Was ist los? Hast du meine Nachricht nicht gelesen?«

Antonia schluckte. »Ich habe vergessen, dir zu antworten. Aber wie du siehst, bin ich bereits verabredet.« Kühl. Unnahbar.

Er hielt ihr die Blumen hin. Antonia nahm sie. Einen Moment senkte sie den Blick auf das, was er im Garten seiner Mutter zusammengeklaut hatte. Bunt und fröhlich wie Antonia. Als sie ihn wieder ansah, entdeckte er nichts von der lebensfrohen, heißblütigen Frau, mit der er in der vergangenen Nacht ein paar der schönsten Stunden seines Lebens verbracht hatte. »Danke.« Sie ließ die Hand mit dem Blumenstrauß sinken, bis die bunten Blüten traurig in Richtung Boden zeigten. »War's das?«, wollte sie wissen.

»Hast du vielleicht Lust auf einen kleinen Spaziergang? Wir könnten am See entlanggehen. Oder zur Lichtung«, schlug er vor, obwohl er das Gefühl hatte, wieder gegen eine Wand aus Eis zu sprechen. Antonia hatte sich in die Frau zurückverwandelt, die sie gewesen war, bevor sie wieder Freunde geworden und sich nähergekommen waren. So nah wie sie sich letzte Nacht gewesen waren. Nach alldem konnte sie doch nicht …

Sie zog die Augenbrauen hoch. »Eine Nacht. Du weißt, dass nicht mehr drin ist. Ich wünsche dir einen schönen Abend.« Sie trat einen Schritt zurück und wollte die Tür zuziehen.

»Nein.« Er schob seinen Fuß über die Schwelle und stoppte sie. Er klang wütend und bemühte sich, seine nächsten Worte ruhiger klingen zu lassen. Vernünftig. »Wir wollten es nicht bei einer Nacht bewenden lassen. Gestern waren wir uns einig, dass wir gemeinsam nach vorn blicken.«

Über Antonias Gesicht huschte ein Schatten. Aber er verschwand so schnell wieder, dass Xander ihn sich durchaus auch eingebildet haben konnte. Ihre nächsten Worte bestätigten diese Vermutung. Wie bei einer Ice-Bucket-Challenge kippte sie ihre Worte über ihm aus. »Was hast du erwartet? Dass ich dich von der Bettkante stoße, nur weil du ein Versprechen wolltest, von dem du ganz genau wusstest, dass ich es nicht einhalten würde?« Diese kalte Höflichkeit raubte ihm den Atem. »Wir haben beide bekommen, was wir wollten.«

»Ich habe nicht bekommen, was ich wollte«, hielt er dagegen. Xander klang viel hitziger, emotionaler als sie. Er wusste, dass sie Gefühle hatte, sich fallen lassen konnte. Das hatte er in der vergangenen Nacht genau gespürt. Er wusste es. Und sie wusste, dass er es wusste. »Was ist passiert? Ich dachte, du und ich … Erzähl mir nicht, dass dir das nichts bedeutet hat.«

Doch sie hatte keine Antwort für ihn. Weder eine, die er hören wollte, noch eine, die das Glück, das er vor ein paar Minuten noch empfunden hatte, retten würde. »Geh bitte«, sagte sie. Nichts weiter. Sie wartete einfach, bis er seinen Fuß zurückzog und sie die Tür ins Schloss drücken konnte.

Er stand vor der Mühle und starrte auf das alte Holz. Fassungslos fuhr er sich durch die Haare und trat einen Schritt zurück. Wow. Er konnte sich nicht erinnern, wann er sich jemals so zum Idioten gemacht hatte. Antonias Spielregeln hatte er gekannt. Er hatte nach ihnen gespielt und geglaubt, nur weil er wollte, dass das, was sie hatten, kein verdammter One-Night-Stand war, würde es keiner werden. Sie hingegen hatte sich an ihre Regeln gehalten – und jetzt war er der größte Depp im Talkessel. Er drehte sich um und ging langsam über die Brücke, die den Mühlbach überspannte, und auf die Lichtung, von der sein Vater träumte. Er setzte sich auf das alte grüne Ruderboot, das schon seit Jahren kieloben an dieser Stelle lag und inzwischen halb zugewuchert war, und sah auf den See hinaus. Vor all den Jahren hatte er sich in Natalie getäuscht, was allerdings ihrer Krankheit geschuldet war – Antonia hingegen hatte ihn verarscht. Eiskalt. Und mit voller Absicht. Er rieb über seinen Brustkorb. Über die Stelle, unter der sein Herz schmerzhaft schnell schlug. Wie würde er aus der Nummer wieder rauskommen? Er hatte sich in eine Frau verliebt, die ihn am ausgestreckten Arm verhungern ließ.

Langsam ging er zu seinem Wagen zurück. Als er eingestiegen war und den Motor anließ, blickte er zu Rosas Fenstern hinauf. Er war sich sicher, jemanden hinter der Scheibe und auf ihn herunterblicken zu sehen. War das Antonia, die darauf wartete, dass er endlich verschwand?

Er wendete und fuhr die Schotterstraße in Richtung Dorf zurück. Am *Alten Milchwagen* trat er spontan auf die Bremse und hielt neben einem fast schon unanständig rot schimmernden alten Porsche. Wenn Antonia bei Rosa war, dann war vermutlich auch Hannah dort. Was bedeutete, dass er auf ein Bier bei seinem Freund Jakob vorbeischauen und darüber klagen konnte, dass er die Frauen einfach nicht verstand. Jakob verstand sie auch nicht, dessen war sich Xander sicher. Er hatte mit Hannah einfach nur mehr Glück gehabt als Xander mit ihrer Schwester.

21

Xanders Blumenstrauß war das Erste, was Antonia sah, als sie am nächsten Morgen die Augen öffnete. Einen Moment starrte sie die großen, fröhlichen Blüten an, die der Beweis dafür waren, dass sie alles, was seit Samstagnacht passiert war, nicht geträumt hatte. Sie hatte mit Xander geschlafen, hatte ihn mit Leni und Natalie gesehen – und den schönsten Blumenstrauß bekommen, den ihr ein Mann jemals mitgebracht hatte. Xander kannte sie viel zu gut, konnte sie viel zu gut einschätzen. Ihm war völlig klar gewesen, dass er mit einem großen Strauß roter Rosen nicht bei ihr punkten konnte. Sie bekam man mit der farbenfrohen Vielfalt, die er vermutlich irgendwo für sie geklaut hatte.

In was für eine Situation war sie nur geraten? Sie zog sich die Decke wieder über den Kopf und stieß einen frustrierten Laut aus. Er kannte sie so gut wie nur wenige Menschen es taten. Und doch hatte er ihr die Lügen über ihre gemeinsame Nacht problemlos abgekauft. Was sagte das über ihn? Was sagte das vor allem über *sie*? Rosas Augen waren feucht geworden, als sie die Blumen gesehen hatte. Hannah hatte nur den Kopf geschüttelt und irgendetwas von einem epischen Fehler vor sich hingemurmelt. Ihre Schwestern würden sich immer hinter Antonia stellen, daran zweifelte sie nicht eine Sekunde. Aber sie verstanden noch immer nicht, was das Problem zwischen Xander und ihr war. Sie hatten ihr gestern mehr als einmal zu verstehen gegeben, dass sie ihre Reaktion übertrieben fanden. Schließlich war es nicht so, als ob Antonia versuchte, einer Frau den Mann auszuspannen. Doch Antonia konnte sich nicht einfach nehmen, was sie wollte. Nicht in diesem Fall. Familie war ihr ein Heiligtum. Eines, das sie nicht zerstören würde.

Von sich und ihrem Selbstmitleid genervt strampelte sie die Bettdecke zurück und stand auf. Sie brauchte eine Dusche, einen Kaffee und etwas, womit sie sich von ihren trübsinnigen Gedanken ablenken konnte.

Hannah war nachts noch nach Hause gegangen, obwohl Rosa ihr angeboten hatte, ebenfalls im Gästezimmer zu schlafen. Sie hatte heute einen frühen Termin in der Dependance der Fotoagentur, für die sie arbeitete. Rosa würde heute Roggenmehl mahlen, und ihr Freund David hatte sich irgendwohin zum Schreiben verzogen. Ihm war wahrscheinlich nicht daran gelegen, sich ihren miesen Schwingungen auszusetzen. Antonia hatte den ersten Hausbesuch mittags. Ihr Geburtsvorbereitungskurs fand erst am Abend statt, also hatten sie sie ausschlafen lassen.

Nachdem Antonia geduscht und sich angezogen hatte, ging sie in Rosas Küche, um sich einen Kaffee zu kochen. Als sie aus dem Fenster blickte, entdeckte sie ihre Tante, die, Hofhund Toby an ihrer Seite, gerade dabei war, das Schild mit den aktuellen Angeboten vor die offene Hofladentür zu stellen. Antonia schaltete Rosas Kaffeemaschine wieder aus. Sie würde ihren Kaffee bei ihrer Tante trinken. Sie hatten, abgesehen von der Hochzeitsplanung, in den letzten Wochen wenig Zeit einfach so miteinander verbracht. In ihrer momentanen Stimmung würden ein kleiner

Tratsch mit Louisa und ein paar Streicheleinheiten für Toby sicher guttun.

Der Hofladen verströmte seinen typischen Duft nach frisch gebackenem Brot, Mehl und gemahlenen Kaffeebohnen. Als Antonia eintrat, sprang Toby ihr begeistert entgegen, als hätte er einen lang vermissten Freund wiedergefunden. Louisa schob einen Latte macchiato über den Tresen in ihre Richtung.

»Du kannst Gedanken lesen.« Antonia seufzte und griff nach dem Glas, ohne aufzuhören, Toby zu streicheln.

Louisa lächelte. »Zumindest habe ich Augen im Kopf. Du bist aus der Mühle gekommen, und ich habe gesehen, dass du einen Kaffee dringend nötig hast.«

»Adleraugen sind fast so gut wie Gedankenlesen«, befand Antonia. Sie gab Toby eines seiner geliebten Leckerli und trank einen großen Schluck Kaffee, bevor sie ein paar der Testhäppchen aus Mühlenbrot und einem neuen Fruchtaufstrich stibitzte. Kauend ließ sie sich auf einen der Hocker am Tresen fallen.

»Lange Nacht gehabt? Man sollte meinen, nach der Hochzeit hattest du nur noch das Bedürfnis, zwei Tage durchzuschlafen. Ich bin jedenfalls gestern fast nicht aus dem Bett gekommen und war abends um neun schon wieder hundemüde.« Louisa drehte ihren Kaffee in den Händen und zuckte mit den Schultern. »Vielleicht werde ich aber auch einfach alt.«

Antonia musste lachen. »Wenn hier jemand nicht alt ist, dann bist das du.« Sie wurde wieder ernst. »Ich habe da so eine Sache am Laufen.« Sie rührte ihren Kaffee um und überlegte, wie sie ihrer Tante von ihrem Problem erzählen konnte, ohne zu viel zu verraten. »Es fühlt sich toll an, aber ich weiß, dass es nicht richtig wäre. Also bin ich ein wenig meinen Schwestern auf die Nerven gegangen, statt zu Hause vor mich hinzugrübeln.«

Louisa nickte. »Das war definitiv die bessere Wahl.« Sie strich Antonia über den Arm. »Du weißt, dass du auch jederzeit zu mir kommen kannst, wenn du reden möchtest.«

»Ja, das weiß ich, Lou. Ich weiß nur nicht, wie ich es überhaupt erzählen soll. Es sieht so aus, als müsse ich das Ganze erst in meinem Kopf sortieren. Aber dann komme ich noch mal wieder und bitte dich um deinen Rat.« Antonia drehte sich um, als sie einen Wagen auf den Hof fahren hörte.

»Ich bin immer für dich da«, sagte Louisa und brach dann in ein Kichern aus, das Antonia sehr an ein junges Mädchen erinnerte. Sie blickte ebenfalls auf den Hof hinaus. »Diese Kundin begeistert mich immer wieder«, murmelte sie, als ein roter Golf vor dem Laden hielt und die Tür aufgeschoben wurde. »Sie legt ihren Mann regelmäßig rein. Mit jedem Brot, das sie backt, und mit jedem Kuchen, den sie auf die Kaffeetafel stellt. Und sie hat ein genauso diebisches Vergnügen daran wie ich.«

Antonia brauchte einen Moment, um zu erkennen, um wen es hier ging. Dann hörte sie auch schon, wie voller Enthusiasmus ihr Name gerufen wurde.

*

»Antonia!«

Louisa sah dem Wirbel aus bunten Farben und Glitzer dabei zu, wie er durch die Tür fegte und sich mit dem Urvertrauen einer Fünfjährigen, aufgefangen zu werden, in die Arme ihrer Nichte warf.

»Leni!« Antonia drehte sich einmal um die eigene Achse und schwenkte die Kleine herum. »Was für eine Überraschung, dich zu sehen. Brauchst du Mehl?«

Leni kicherte. »Ich bin mit meiner Omi hier.« Sie blickte zur Tür zurück, durch die Marianne Valentin trat. »Ich hatte Miniurlaub von Papa«, erklärte sie weiter und rückte ihren Haarreif zurecht, der heute mit Pailletten besetzte Katzenohren aufwies.

»Tatsächlich?« Louisa konnte die Veränderung in Antonias Körperhaltung sehen. Die Anspannung, die sich durch ihre Muskeln zog. Das Versteinern ihrer Miene. Wer ihre Nichte und Xander auf der Hochzeitsfeier zusammen gesehen hatte, vor allem auf der Tanzfläche, der musste schon blind sein, um die Chemie nicht zu bemerken, die zwischen ihnen brodelte. Louisa hatte sich bereits gedacht, dass es um Xander ging, als sie davon sprach, dass sie *etwas am Laufen* hatte. Sie hätte gern gesagt: Endlich! Aber offenbar liefen die Dinge zwischen den beiden nicht so rund, wie sie es verdient hatten. Zumindest konnte Antonia nicht sehen, wie gut sie füreinander waren. Wie sie sich ergänzten und zusammenpassten.

»Hallo ihr beiden«, grüßte Marianne.

»Schön, dich zu sehen.« Louisa drehte sich zur Kaffeemaschine um und bereitete einen Cappuccino vor, wie Marianne ihn gern trank, wenn sie im Laden vorbeischaute. Es war sicher ein wenig kleinlich, aber sie genoss es, dass die Frau ihres größten Gegners sich kein bisschen um seine irrwitzigen Geschäftsmodelle scherte und ihr und der *Alten Mühle* weiterhin die Treue hielt.

»Ein Miniurlaub ist immer toll«, hörte Louisa ihre Nichte sagen. Sie drehte sich genau in dem Moment wieder um, in dem Marianne die Augen hinter Lenis Rücken verdrehte und die Kleine mit einem störrischen Ausdruck im Gesicht die Hände in die Hüften stützte.

»Ich bin böse auf Papa«, gab sie mit einem tief beleidigten Unterton in der Stimme zum Besten. »Er hat die Mama weggeschickt. Er hat gedacht, dass ich schlafe, weil ich vorher spucken musste, aber ich habe es gehört.« Ihre Augen schimmerten wie die einer winzigen Manga-Figur. Gleich würden die Tränen überlaufen.

»O …« Antonia wurde ein wenig blass. »Na ja, vielleicht hast du nicht alles richtig verstanden«, versuchte sie sich an einer Erklärung.

»Außerdem sollst du keine Erwachsenengespräche belauschen. Das weißt du ganz genau.« Marianne strich ihrer Enkelin in einer liebevollen Geste über die wilden Haare. Trotzdem klang ihre Stimme streng. Louisa vermutete, dass sie nicht zum ersten Mal etwas gehört hatte, das nicht für ihre Ohren bestimmt gewesen war.

Louisa schnappte sich Tobys roten Lieblingsball und sicherte sich damit die Aufmerksamkeit des Hundes, der sofort aufsprang. Sie hielt ihn Leni hin. »Magst du draußen den Ball für Toby werfen? Ich hatte heute noch gar keine Zeit, mit ihm zu spielen.« Ablenkung funktionierte immer, dachte sie, als Leni, den Ball in der Hand und den Hund im Schlepptau, davonstürmte.

Marianne seufzte und nippte an ihrem Cappuccino. »Leni ist eindeutig zu schlau für ihr Alter. Zu neugierig. Und zu schnell«, fügte sie hinzu, als sie sie wie einen bunten Blitz an der Tür vorbeischießen sahen.

»Geht es Xander und Natalie gut?«, stellte Louisa die Frage, die auf Lenis Satz unweigerlich folgen musste – und die sie in Antonias Augen brennen sah.

Marianne winkte ab. »Die beiden leben ihr Leben und treffen ihre Entscheidungen. Ich habe schon vor Jahren gelernt, dass es sicherer ist, sich nicht einzumischen. Meine Vorstellungen von Familie decken sich ganz eindeutig nicht mit denen, die Xander und Natalie davon haben. Wichtig ist nur, dass Leni als glückliches Mädchen aufwächst. Genau das tut sie, auch wenn sie mal sauer auf ihren Papa ist.«

»Hmm.« Mariannes Antwort war kryptisch, fand Louisa. Dem Ausdruck in Antonias Gesicht nach zu urteilen konnte ihre Nichte nicht viel mit dem Gesagten anfangen. Trotzdem bohrte Louisa nicht nach. Ihre Freundin würde nicht mehr preisgeben, als sie schon gesagt hatte.

Das Gespräch wandte sich unverfänglicheren Themen zu. Die Hochzeit, harmloser Klatsch und Tratsch aus dem Dorf. Nebenbei füllte Marianne ihren Einkaufskorb. Während Louisa abrechnete und die Einkäufe einpackte, kam Leni mit geröteten Wangen und leuchtenden Augen wieder herein und ließ sich noch einmal von Antonia herumschwenken.

»Kommst du uns bald mal wieder besuchen, Tonia?«, wollte sie wissen.

»Sicher. Ich habe viel zu tun im Moment. Aber sobald ich mehr Zeit habe, komme ich bei euch vorbei«, log Antonia das Mädchen lächelnd an.

Ein Versprechen, das Leni einen Freudenschrei entlockte. Bei Louisa sorgte es dafür, dass sich ihr Brustkorb zusammenschnürte. Was war nur falsch gelaufen, fragte sie sich zum wiederholten Mal, dass Antonia schon wieder so auf Abstand zu Xander ging? »Diese Sache, die du am Laufen hast«, begann Louisa und benutzte Antonias Worte, nachdem Marianne und Leni gegangen waren. »Ist dieser Mann …«

Antonia hob die Hand und schüttelte den Kopf. »Ich muss

das wirklich erst für mich selbst sortieren«, wehrte sie ab und schenkte Louisa ein Lächeln, das viel zu traurig für dieses hübsche, sonst so strahlende Gesicht war. Lenis Besuch und vor allem ihre Einladung hatten das Ganze vermutlich nicht gerade leichter gemacht.

»Ich lasse dich in Ruhe, versprochen.« Louisa hob Zeige- und Mittelfinger zum Schwur. »Nur einen Rat möchte ich dir mitgeben: Sprich mit dem Mann. Wenn es Missverständnisse zwischen euch gibt, oder Dinge, die nicht ausgesprochen wurden, könntet ihr euch beide eine Chance entgehen lassen. Denk an deine Mutter und mich. Wie viele Jahre sind Rena und ich auf Zehenspitzen umeinander herumgeschlichen, ohne uns die Wahrheit über unsere Gefühle zu sagen? Ohne das aufzuarbeiten, was unsere Begegnung mit Brandl damals für uns bedeutet hat?« Louisa strich über das betagte Holz, das als Ladentresen diente. »Du willst keine vierzig Jahre verlieren, wenn dir dein Herz sagt, dass es sich richtig anfühlt. Glaub mir das.«

Antonia antwortete ihr nicht. Aber sie überwand die zwei Schritte, die sie trennten, und ließ sich von Louisa in den Arm nehmen. »Danke«, flüsterte sie.

»Immer«, flüsterte Louisa zurück und küsste sie auf die Schläfe.

Zögernd löste sich Antonia aus der Umarmung und lehnte sich mit der Hüfte gegen den Tresen. »Da wir schon davon sprechen: Wie war es für dich und Mama auf der Hochzeitsfeier? Mit Brandl und Papa an einem Tisch?«

»Kein besonders subtiler Themenwechsel.« Louisa grinste. »Deine Mutter hat Wort gehalten. Wir sind ganz gut zurechtgekommen. Rena war am Anfang ein bisschen steif. Sie hat versucht, höflich zu sein, aber du kennst sie ja. Wenn sie sich zu sehr bemüht, merkt man ihr das an. Dein Vater hingegen war einfach so wie immer.« Louisa lächelte bei dem Gedanken daran, wie dankbar sie Josef für seinen unkomplizierten Small Talk gewesen war. »Brandl und er haben herausgefunden, dass sie eine Leidenschaft für diese grauenvollen alten Italo-Western teilen. Von da an waren sie ein Herz und eine Seele, und irgendwann hat sich auch deine Mutter entspannt.«

»Ihr habt die Feuerprobe also bestanden«, fasste Antonia zusammen.

»Zu einem Pärchenabend werden wir uns wohl in absehbarer Zeit nicht treffen.« Allein die Vorstellung brachte Louisa zum Lachen. »Aber wir kommen klar. Auf einem größeren Fest ist es vermutlich einfacher als bei einer Familienfeier. Trotzdem freue ich mich, dass ich Brandl nicht mehr vor Rena verstecken muss.«

»Du hast dich noch einmal verliebt. Das ist fantastisch. Auch wenn die Umstände nicht gerade den klassischen Standards entsprechen oder du Brandl nicht wenigstens beim Online-Dating kennengelernt hast, solltest du nicht gezwungen sein, deine Gefühle zu verstecken.«

So wie du, dachte Louisa. »Darüber bin ich sehr froh«, sagte sie stattdessen. »Doch auch der große Knall, zu dem Brandls Auftauchen geführt hat, hatte etwas Gutes. Rena und ich haben endlich die Luft zwischen uns geklärt. Ein bisschen wie ein Gewitter, das die Luft klärt.«

Sie unterhielten sich noch eine Weile. Antonia klammerte bewusst alles aus, das auf das von ihr gemiedene Thema hindeutete. Louisa hatte damit kein Problem. Früher oder später würde ihre Nichte sich ihr anvertrauen – und Louisa war ein geduldiger Mensch. »Was steht heute noch auf deinem

Plan?«, fragte sie, als Antonia nach ihrem Handy und den Autoschlüsseln griff.

»Ein paar Hausbesuche. Und heute Abend einen Geburtsvorbereitungskurs«, zählte Antonia auf. »Und ihr? Rosa mahlt, wie sich nicht überhören lässt.«

»Ja, ein Roggenmehl. Wenn sie damit fertig ist, übernimmt sie den Laden, und ich fahre zur Sonnenalm hoch, um eine Lieferung Käse abzuholen. Ich kann dir einen vorbeibringen, wenn du magst.«

»Das wäre super. Sag mal«, Antonia legte ihr Handy wieder auf den Tresen und biss sich nachdenklich auf die Unterlippe. »Hast du Tildas Nichte schon kennengelernt?«

»Gesa? Ja.« Im ersten Moment wusste Louisa nicht, worauf Antonia hinauswollte. »Sie ist schwanger«, fiel ihr wieder ein.

»Fünfter Monat in etwa. Vielleicht sechster«, sagte Antonia.

»Wird sie von dir betreut?«

»Nein. Genau das ist das Problem. Wenn sich seit meinem letzten Besuch auf der Alm nichts verändert hat, wird sie von niemandem begleitet. Sie ist weder zu den üblichen Vorsorgeuntersuchungen gegangen, noch hat sie eine Hebamme. Mit mir will sie nicht reden, und Tilda dringt anscheinend auch nicht zu ihr durch. Als ich sie bei meiner letzten Mountainbike-Tour gesehen habe, sah sie irgendwie nicht besonders gesund oder fit aus. Ich habe nur kurz, und aus der Ferne, einen Blick auf sie werfen können, deshalb bin ich nicht sicher. Aber sie lässt mir einfach keine Ruhe. Wenn du sie siehst, könntest du doch deinen Adlerblick einfach mal bei ihr ausprobieren.«

Louisa hob die Hand mit dem abgespreizten Zeige- und

Mittelfinger und deutete damit erst auf ihre, dann auf Antonias Augen. »Das mache ich. Ich werde versuchen, mit ihr darüber zu reden, oder wenigstens Tilda ein bisschen auszuhorchen.«

»Danke. Ich habe noch ein paar Vitamine für Schwangere im Auto. Die könntest du Gesa mitnehmen. Vielleicht bringen Tilda und du sie ja dazu, sie zu nehmen.«

*

Die Dämmerung brach bereits über das Tal herein, als Antonia nach ihrem Geburtsvorbereitungskurs endlich nach Hause zurückkehrte. Die Feenlichter funkelten, und die Grillen zirpten. Sie hörte die Nachttiere im Unterholz des Waldes rascheln. Trotzdem fühlte es sich zu still an. Einsam. Sie schüttelte die Gedanken ab und trat ins Haus. Noch mehr Leere und Stille. »Vielleicht sollte ich mir eine Katze zulegen. Oder das Eichhörnchen dressieren.« Sie seufzte. »Und vor allem sollte ich aufhören, mit mir selbst zu reden.« Sie stellte ihre Hebammentasche neben die Tür und ging in den Küchenbereich, um sich ein Bier aus dem Kühlschrank zu nehmen. Unter dem gestreiften Tonkrug, in dem Xanders Blumenstrauß vom vergangenen Abend steckte, klemmte ein Notizzettel. *Den Käse habe ich dir in den Kühlschrank gelegt, Schätzchen. Gesa war nicht besonders gesprächig. Tilda ist nach wie vor ratlos. Für eine Schwangere sah sie aber ganz okay aus, soweit ich das beurteilen kann. Ein bisschen müde vielleicht, die Vitamintabletten konnte ich ihr immerhin geben. Hübsche Blumen übrigens.* Ein Pfeil zeigte in Richtung Xanders Strauß.

Ja, hübsche Blumen, dachte Antonia. Sie hatte es einfach nicht fertiggebracht, sie wegzuwerfen. Wären es rote Rosen gewesen oder etwas ähnlich Übertriebenes, hätte sie gar keine Hemmungen gehabt, die Dinger in die Mülltonne zu werfen. Aber Xanders Auswahl sah eher so aus, als hätte er sich die Mühe gemacht, die Blumen am Wegesrand zu pflücken oder irgendwo zu klauen. Und das war irgendwie … süß. Ein anderes Wort fiel ihr dafür nicht ein.

Antonia zog den Zettel unter dem Krug hervor und ging damit zum Kühlschrank, um sich endlich ihr Bier zu holen. Um nicht länger über Xander nachzudenken, konzentrierte sie sich auf die Notiz. Louisa hatte auf der Sonnenalm also auch nichts erreicht. *Komm bald wieder in der Mühle vorbei*, hatte Louisa als Letztes auf den Zettel geschrieben und ein Herz neben ein L gemalt.

»Mach ich. Versprochen«, sagte Antonia in die Stille ihrer Küche hinein und öffnete ihr Bier.

*

Eine Woche war seit Annas und Hias' Hochzeit vergangen. Eine Woche, seitdem sich ein paar der schönsten Momente seines Lebens mit einigen echten Scheißsituationen die Klinke in die Hand gegeben hatten. Xander hatte Antonia nicht mehr gesehen, seit er wie ein liebeskranker Volltrottel vor der Tür ihrer Schwester gestanden hatte. Im Hotel war wegen der Hochzeitsplanung jede Menge Arbeit liegen geblieben, die er hatte nachholen müssen. Als wäre das nicht genug, war Leni bockig, seit sie ihn für den Weggang ihrer Mutter verantwortlich machte. Offenbar hatte sie nicht geschlafen, als er sie auf der Terrasse auf dem Liegestuhl platziert hatte. Vielleicht war sie auch eingenickt und wieder aufgewacht, während er und Natalie miteinander gesprochen hatten. Für Leni gab es nur Gut oder Böse – für Fünfjährige war das vermutlich normal. Sie kannte nur Schwarz oder Weiß. Wahlweise mit Glitzer. Aber im Moment glänzte im Hause Valentin nicht viel, sah man mal von Lenis Augen ab, in denen viel zu oft Tränen schwammen. Tränen hatten sich inzwischen zur Waffe der Wahl seiner Tochter entwickelt. Gleich danach kamen trotziges Aufstampfen mit dem Fuß und »Nein«. Xander hatte versucht, ihr zu erklären, dass Natalie krank war und in einer Art Krankenhaus behandelt wurde. Die Folge war ein weiterer Wutanfall gewesen, bei dem ihn sein kleines Mädchen als Lügner betitelt und ihm vorgeworfen hatte, Natalie schon früher weggeschickt zu haben, damit Leni keine Zeit mit ihr verbringen konnte. In ihrer kindlichen Logik war er am Ende sogar dafür verantwortlich, dass seine Ex überhaupt erst krank geworden war.

22

Antonia rollte ihre verspannten Schultern und legte den Kopf schief, um ihre Halsmuskeln zu dehnen, während sie sich eine Tasse Kaffee eingoss, die die Konsistenz von lauwarmem Schlamm hatte. »Lecker«, brummte sie, trank aber trotzdem einen Schluck.

»Das Zeug ätzt dir irgendwann noch ein Loch in den Magen«, sagte Schwester Lilly und warf ihr im Vorbeigehen einen Schokoriegel zu, bevor sie auf einen der Plastikstühle an dem kleinen Tisch im Aufenthaltsraum plumpste.

Trotz ihrer Erschöpfung nach der mehr als kritischen Geburt, die sie erfolgreich hinter sich gebracht hatten, funktionierten Antonias Reflexe, und sie fing den Riegel auf. Mit den Zähnen riss sie die Verpackung auf und biss ein großes Stück ab. Mit einem seligen Seufzen verdrehte sie die Augen und ließ sich auf einen der Plastikstühle Lilly gegenüber fallen. Zucker und Koffein fluteten ihr System. »Langsam fühle ich mich wieder wie ein Mensch.« Sie schwenkte den Kaffee in ihrer Tasse. »Das Zeug bringt mich nicht um. Sieh dir Schwester Hildegard an. Die trinkt diesen Klärschlamm seit mindestens zweihundert Jahren und erfreut sich noch immer bester Gesundheit.«

»Ich glaube nicht, dass das am Kaffee liegt.« Lilly setzte sich mit einer Cola light Antonia gegenüber und biss von dem

Müsliriegel ab, für den sie sich am Automaten entschieden hatte. »Es liegt vermutlich eher daran, dass sie eine Untote ist«, flüsterte sie theatralisch. »Oder hast du schon mal ihr Spiegelbild gesehen?«

Antonia lachte, legte dann aber den Kopf in den Nacken und schloss ihre vor Müdigkeit brennenden Augen. »In einer Nacht wie dieser sehe ich mein eigenes Spiegelbild auch nicht mehr.«

»Auch wieder wahr.«

Ein paar Minuten blieben Antonia und Lilly einfach sitzen, hingen ihren Gedanken nach und versuchten, ihre Energiereserven so weit aufzufüllen, dass sie den Rest ihrer Schicht hinter sich bringen konnten.

»Halleluja!« Marc kam in die Küche und grinste Antonia breit an, als sie die Augen wieder öffnete und in seine Richtung schielte. Er nahm sich ebenfalls eine Tasse Kaffee und stemmte sich auf den Küchentresen hinauf. Den Kopf gegen die Oberschränke gelehnt trank er einen großen Schluck, bevor er angewidert das Gesicht verzog. »Du hast uns gerettet.« Er wies mit der Tasse in der Hand auf Antonia.

»Hab ich das?« Antonia war froh, dass er ihren Rückzieher in diesem Salzburger Club vor ein paar Wochen nicht übel genommen hatte und zu dem kollegialen Level zurückgekehrt war, auf dem sie gut miteinander auskamen.

»Jepp.« Er zog die Schublade neben seinem Knie auf und nahm sich auch einen Schokoriegel. »Holder hatte gerade einen kleinen Tobsuchtsanfall. Er hat seine Mails gelesen, und da war eine Nachricht vom *Hirsch* dabei.« Dem Restaurant, in dem ihr Chefarzt seinen jährlichen Mitarbeiterdank – wie er es nannte – abhielt. »Sie haben ihm die Reservierung gecancelt. Keine Ahnung warum.« Er verschlang die

Hälfte seines Riegels mit einem Bissen. »Jedenfalls hat er sich ziemlich aufgeregt«, fuhr er kauend fort und schnippte mit den Fingern. »Und dann bist du mir eingefallen. Und dieses *Hotel Seeblick*. Du hast doch kürzlich so davon geschwärmt. Habt ihr nicht sogar eine Hochzeit dort gefeiert? Holder wollte wissen, wie das Essen dort ist, und ich habe ihm versichert, dass du es in den höchsten Tönen gelobt hast. Ganz zu schweigen von der Bar, die sie dort haben. Jetzt verlegt er die Feier dorthin.«

»Ins *Seeblick*?« Antonia hatte sich bei seinen Worten gerade kerzengerade aufgerichtet. »Aber das …« *geht nicht, weil der Typ, mit dem ich geschlafen habe, dort das Sagen hat*. Dieses Argument würde bei Dr. Holder mit Sicherheit nicht ziehen.

»Holder hat sich die Hotel-Homepage angesehen und war total begeistert. Der Wutanfall ist damit überwunden. Der Rest der Nacht verläuft hoffentlich genauso ruhig.« Marc sprang von der Küchenzeile. »Ich werfe einen Blick in Zimmer 5, die werdende Mama hat um eine Kanne Tee gebeten. Genießt euer Damenkränzchen, aber vergesst nicht, dass auch die schönste Pause mal zu Ende geht.«

»Seit wann darf der uns denn hier rumkommandieren?«, murmelte Lilly, aber Antonia hörte ihr nur mit halbem Ohr zu.

Dr. Holder würde seine Feier in Xanders Hotel verlegen. Nachdem Antonia Xander vor Rosas Tür hatte stehen lassen, hatte sie ihn nicht mehr zu Gesicht bekommen. Das war inzwischen eineinhalb Wochen her. Ihr wäre es recht gewesen, wenn das noch eine Weile so bliebe. Aber bei ihrem Glück … Mit einem Stöhnen ließ sie den Kopf auf die Tischplatte sinken.

»Alles okay bei dir?«, fragte Lilly.

»Ja.« Nein. Nichts war mehr okay, seit dieser verdammten Nacht, die sie miteinander verbracht hatten. War es nicht schlimm genug, dass sie ständig an ihn denken musste und tagsüber genauso von ihm träumte wie nachts? Jetzt musste sie auch einen Abend in seinem Refugium verbringen und befürchten, dass er jeden Moment neben ihr auftauchen konnte.

Mit einem gut gelaunten Chefarzt war die Arbeit deutlich angenehmer als andersherum. Besonders, wenn man bereits Zeuge von Dr. Holders cholerischen Anfällen geworden war. Aber um jeden Preis? Antonia hielt sich eine getupfte Bluse vor den Oberkörper und betrachtete sich mit schräg gelegtem Kopf im Spiegel. Nein, die war es auch nicht. Antonia warf sie auf ihr Bett.

»Hey!« Rosa wischte den Stoff aus ihrem Gesicht. Sie lag inmitten des Klamottenhaufens und sah Antonia dabei zu, wie sie ihren Schrank ausräumte. Eine große Hilfe war sie nicht gerade.

»Ich habe wirklich nichts anzuziehen.« Antonia griff nach einem kurzen Sommerkleid, hielt es vor sich, wollte es schon zum Rest werfen und betrachtete es dann doch noch einmal. »Nein. Das geht auch nicht.« Entnervt ließ sie sich neben ihre Schwester fallen, die auf einen spontanen Besuch bei ihr vorbeigeschaut hatte – vermutlich war sie von Hannah oder Louisa beauftragt worden, um nachzusehen, wie es ihr ging – und mitten in dieses Chaos gestolpert war. »Wie wäre es, wenn du mir mal ein bisschen hilfst?«

Rosa hielt ein Top und eine Bluse vor sich in die Höhe. »Du hast jede Menge cooler Klamotten. Wie soll man sich da entscheiden? Wir hätten shoppen gehen und einfach was Neues kaufen sollen.«

»Dafür ist es jetzt zu spät«, sagte Antonia, ehe ihr bewusst wurde, dass ihre Schwester sie aufzog. »Los. Hilf mir.« Antonia richtete sich wieder auf und zog Rosa mit sich. »Ich muss in einer Stunde auf dem Empfang sein und will nicht zu spät kommen, nur weil ich nichts zum Anziehen finde.«

»Was ist dein Ziel für heute Abend?« Rosa hielt ein verdächtig kurzes Röckchen hoch. »Xander zeigen, was er nicht haben kann?«

»Selbstverständlich nicht.« Antonia nahm ihr den Rock ab und warf ihn auf den Kleiderhaufen zurück.

»Du weißt, dass alles viel einfacher wäre, wenn du nur endlich mit Xander reden würdest.« Wie oft hatte Rosa diesen Satz in der letzten Woche gesagt?

Antonia hatte bereits vor ein paar Tagen beschlossen, ihn einfach zu ignorieren. Und so hielt sie es auch jetzt. »Ich gehe auf den jährlichen Empfang meines Vorgesetzten. Nur dafür muss ich mich anziehen. Ob Xander um diese Uhrzeit überhaupt noch im Hotel ist, wage ich sowieso zu bezweifeln.«

»Aber es könnte sein.« Rosa begann die Sachen durchzusehen, die noch auf den Kleiderbügeln im Schrank hingen.

Ja, es konnte sein. Aber Antonia wollte gut aussehen, weil sie sich dann wohl und selbstsicher fühlen würde. Xander wusste bereits, was ihm entging. Wobei, ein klitzekleines bisschen würde sie ihm das schon gern noch mal auf die Nase binden. Falls er im Hotel war.

»Was hattest du letztes Mal an?«, holte ihre Schwester Antonia aus ihren Gedanken.

»Das hier.« Antonia zog ein schwarzes Cocktailkleid aus dem Haufen.

»Der Klassiker.« Rosa hängte es zurück. »Wir orientieren uns vom Stil her daran, suchen aber etwas, worin du total heiß aussehen wirst … ohne jemandem etwas damit sagen zu wollen«, ergänzte sie, bevor Antonia sie korrigieren konnte. »Das hier ist es!« Triumphierend hielt sie ein frühlingsgrünes Cocktailkleid hoch. Es hatte einen U-Boot-Ausschnitt und endete in der Mitte ihrer Oberschenkel. Es war schlicht, würde sich aber wie eine zweite Haut an ihren Körper schmiegen. »Dazu diese Schuhe.« Rosa zeigte auf ein Paar High Heels. »Mach dich fertig. Ich trinke ein Glas Wein und werde dich dann gebührend bewundern.«

Antonia sah ihrer Schwester nach und atmete erleichtert auf, als sie sie die Treppe hinuntergehen hörte. Wie lange hatte sie nach etwas zum Anziehen gesucht, das weder sagte, »du kannst mich mal«, noch den Eindruck erweckte, es sei zu gewollt? Das *kleine Grüne* war perfekt. Sie hatte bereits geduscht und sich geschminkt. Ebenfalls vorsichtig. Niemand sollte auf die Idee kommen, sie hätte sich für diesen Abend besonders viel Mühe gegeben. Sie zog ihren Morgenmantel aus, schlüpfte in ihre Unterwäsche und steckte ihre Haare zu einem lockeren Knoten auf. Ein paar lange Ohrringe, die in verschiedenen Grüntonen changierten, betonten ihren schmalen Hals. Dann zog sie das Kleid und die Schuhe an, angelte nach einer Clutch und verließ eine Viertelstunde nach ihrer Schwester das Schlafzimmer. Das Chaos auf ihrem Bett ignorierte sie. Zum Aufräumen würde ihr sowieso keine Zeit mehr bleiben – vielleicht schlief sie heute Nacht einfach auf der Couch.

Rosa hob ihr Weinglas zu einem Toast. »Du siehst umwerfend aus.«

»Danke.« Ihr Outfit verstärkte ihr Selbstbewusstsein tatsächlich. Sie schnappte sich Rosas Glas und trank einen Schluck. »Auf einen fantastischen Abend.«

*

Xander packte seinen Laptop ein und suchte die Unterlagen zusammen, die er mit nach Hause nehmen wollte. Leni übernachtete heute gemeinsam mit Bub bei einer Freundin. In einem Zelt, das für die Kinder im Garten aufgebaut worden war. Xander war sich nicht sicher, ob die kleinen Mädchen – trotz großem Hund – die ganze Nacht draußen durchhalten würden. Irgendwann in der Nacht würden sie mit Sicherheit ins Haus schleichen und sich ins Bett kuscheln.

So oder so, Xander war froh über die Atempause, die ihm das verschaffte. Ein wenig hatte Leni sich wieder eingekriegt. Ihr Zorn auf ihn war ein bisschen gesunken, vielleicht damit er die Camping-Übernachtung genehmigte. Trotzdem schwangen ihre Enttäuschung und Traurigkeit noch immer mit. Wenn sie bei dieser Freundin abgelenkt war, würde er sich ein wenig Arbeit mit nach Hause nehmen und den ruhigen Abend nutzen.

Als er alles zusammengesucht hatte, stellte er seine Tasche neben den Schreibtisch und verließ sein Büro, um eine letzte Runde durch das Hotel zu drehen. Er grüßte ein älteres Ehepaar, das jedes Jahr für eine Woche kam, und plauderte ein wenig mit der Rezeptionistin. In diesem Jahr waren ihre Auslastungszahlen so gut wie nie zuvor, selbst das Restaurant war fast immer ausgebucht. Für heute Abend hatten sie vor ein paar Tagen noch eine Reservierung für über zwanzig Mann hereinbekommen. Sie konnten von Glück reden, dass der Sommer seine Stellung mit aller Macht behauptete und sie die Türen zur Seeterrasse hin öffnen konnten, sonst wäre der Gastraum aus allen Nähten geplatzt.

Björn, sein Chefkoch, hatte zwar geknurrt, als die zusätzliche große Gesellschaft eingebucht worden war, aber innerlich hatte er sich mit Sicherheit begeistert die Hände gerieben. Er liebte Herausforderungen. Am liebsten waren ihm die Situationen, die alle anderen für ausweglos hielten, erst dann blühte er so richtig auf. Xander ging durch die Lobby, hielt hier und da Small Talk und stattete der Küche einen kurzen Besuch ab. Lärm und Hitze schlugen ihm entgegen, vermischten sich mit den Düften der fantastischen Gerichte, die hier gezaubert wurden. Da er hier höchstens im Weg des unter Hochdruck arbeitenden Teams stehen konnte, zog Xander sich zurück. Er würde noch im Restaurant nach dem Rechten schauen und sich dann endlich auf den Heimweg machen.

Xander hörte sie, bevor er sie sah. Sein Herz vollführte einen kleinen Satz, als dieses Lachen in seinen Ohren klang, das so untrennbar mit Antonia verbunden war. Was trieb sie im Restaurant des *Seeblick*? Essen, natürlich, beantwortete er sich die Frage selbst. Aber hier? Er wäre jede Wette eingegangen, dass sie ihm aus dem Weg ging, wo sie nur konnte. Unauffällig scannte er die Gäste, bis sein Blick an ihrem Rücken hängen blieb. Sie saß mit einer größeren Gruppe an einem der Terrassentische und unterhielt sich angeregt mit einem gut aussehenden blonden Typ, der ihr schräg gegenübersaß, und der Frau neben sich. Sie trug ein enges grünes Kleid. Und auch wenn er nur ihren Rücken sehen konnte, war sich Xander sicher, dass es ziemlich kurz war. Der Ausschnitt ließ die Schultern frei, und eine der blonden Haarsträhnen war aus ihrem Knoten gerutscht und federte über ihre leicht gebräunte Haut. Xander erinnerte sich daran, wie sie fast nackt vor ihm gestanden und die Haarnadeln aus ihrer Frisur gezogen hatte. Ihr Anblick hatte ihm den Atem geraubt und es auf jeden Fall in die Top Ten der erotischsten Momente seines Lebens geschafft. Nur würde es davon keine weiteren geben. Ohne Antonia wirklich aus den Augen zu lassen, ging er zum Tresen hinüber. Die Service-Leiterin sah ihm lächelnd entgegen und schickte dann ein Tablett mit Getränken zu einer anderen großen Gruppe. Einem Geburtstag, so wie es aussah. »Hallo Xander, was kann ich für dich tun?«, fragte sie, während sie sich die Hände abtrocknete und bereits auf die nächste Bestellung schielte.

»Guten Abend, Bella. Kannst du mir sagen, was das da drüben für Leute sind?«, fragte Xander und wies mit dem Kinn in Richtung Antonia.

»Die? Das ist die kurzfristige große Reservierung. Ein Arzt aus dem Klinikum in Berchtesgaden mit seiner Belegschaft, glaube ich.«

Antonias Kollegen also. Und der Typ, der sie über den Tisch hinweg so breit angrinste? War er auch nur jemand, mit dem sie arbeitete? Solche Gedanken sollte er sich überhaupt nicht erst machen. »Sagst du mir Bescheid, wenn sie gehen? Ich bin in meinem Büro.« Er konnte genauso gut noch hierbleiben und ein paar Stunden arbeiten, statt in sein stilles, seelenloses Haus zurückzukehren.

Seine Servicechefin hob den Kopf und runzelte die Stirn. Sie schaute zu den Gästen hinüber und dann wieder Xander an. »Stimmt mit denen was nicht?«, wollte sie wissen.

»Nein. Alles in Ordnung. Sag mir einfach nur Bescheid, okay?«

Es dauerte fast zwei Stunden, in denen er nicht wirklich

viel von seiner To-do-Liste gestrichen, sondern hauptsächlich über Antonia nachgedacht hatte, bis eines der Mädchen vom Service an seine Tür klopfte. »Ich soll Ihnen von Bella ausrichten, dass die Gäste, nach denen Sie sich erkundigt haben, in die Bar gewechselt sind.«

»Danke.« Xander nickte der jungen Frau zu und wartete, bis sie die Bürotür geschlossen hatte. Eigentlich konnte er einfach nach Hause gehen. Er musste Antonia nicht dabei zusehen, wie sie sich amüsierte. In die Bar zu gehen wäre masochistisch. Er würde einfach endgültig zusammenpacken, bei einem Bier auf seiner Terrasse weiterarbeiten und vergessen, dass er Antonia überhaupt gesehen hatte.

*

Antonia hatte sich gerade einen Mai Tai geholt, als Marc sie auf die improvisierte Tanzfläche zog. Die Bar des *Seeblick* war eigentlich nicht für diese Art von Partys angelegt, aber auch auf der Feier nach der standesamtlichen Trauung von Anna und Hias hatten Freunde und Verwandte hier das Tanzbein geschwungen.

Marc zog sie für ein paar Salsaschritte an sich. »Auf der Tanzfläche sind wir zwei eine heiße Nummer.«

Antonia lachte und balancierte den Cocktail über ihren Köpfen. Sie waren eine heiße Nummer, keine Frage. Sie konnte in Marcs Augen lesen, dass er der Meinung war, dass sie das nicht nur auf der Tanzfläche wären. Seine Worte und der Blick, mit dem er sie bedachte, waren eine klare Einladung. Er hatte ihr die letzte Abfuhr zwar nicht übel genommen, schien aber auch kein Problem zu haben, es noch einmal zu versuchen. Seit Benedikts Überfall hatte sie sich ein untrügliches Männerradar zugelegt. Marc hatte sie als harmlos eingestuft: Er würde auch ein weiteres Nein akzeptieren. Und Nein würde sie sagen, selbst wenn sie Xanders Anwesenheit nicht spüren würde. Seine Blicke bohrten sich geradezu in ihren Rücken.

»Danke für den Tanz.« Sie löste sich von Marc und drehte sich um. Ihr Gefühl hatte sie nicht getäuscht. Xander lehnte im Türrahmen und starrte sie an. Einen Moment zögerte sie, dann schlenderte sie langsam auf ihn zu. Zeit, den Stier bei den Hörnern zu packen. Sie nippte an ihrem Cocktail, ohne ihn aus den Augen zu lassen. »Bist du hier, um ein Tänzchen zu wagen, oder überwachst du mich?«, fragte sie, als sie dicht vor ihm stehen blieb. Zu dicht, wie ihr bewusst wurde, als Xander sich aufrichtete und den Abstand dadurch noch weiter verringerte.

»Wieder auf der Jagd?«, stellte er die Gegenfrage, statt ihre zu beantworten, und sah über ihre Schulter zu ihren tanzenden Kollegen.

Als sich ihre Blicke wieder trafen, sah Antonia darin Härte und Kälte. So hatte sie Xander noch nie erlebt. Sie schluckte. Seine abweisende Haltung war ihre Schuld. Sie hatte ihn abblitzen lassen, keine Frage. Auch wenn ihre Gründe dafür die richtigen waren. Vielleicht war sie also selbst an der eisigen Luft zwischen ihnen schuld. Aber seine Frage war unverschämt. Und eine Herausforderung. Der Alkohol befeuerte ihr Selbstbewusstsein. »Eifersüchtig? Auch wenn es dich nichts angeht?«, schoss sie zurück und trank einen weiteren großen Schluck. Mit dem Zeigfinger stieß sie gegen seine Brust. »Schau einfach in eine andere Richtung.«

Xander schloss die Hand um ihren Zeigefinger und trat einen Schritt zurück. Ihre Haut prickelte, wo er sie berührte.

Langsam ließ er seine Hand sinken und löste seinen Griff. »Ich erkenne verzweifeltes Anbaggern, wenn ich es sehe.« Er zog den rechten Mundwinkel zu einem geringschätzigen Lächeln nach oben, drehte sich um und ging. Er ließ sie einfach stehen. Antonia starrte ihm hinterher. *Verzweifeltes Anbaggern?* Die Hände in die Hosentaschen geschoben lief er gelassen an der Rezeption vorbei und trat durch die Schwingtür, die das Backoffice von der Lobby trennte.

*

Xander ballte die Hände in den Hosentaschen zu Fäusten. Zwei Minuten mit Antonia und sie brachte ihn so auf die Palme, dass er am liebsten … Er zwang sich, langsam zu gehen. Antonia dabei zu beobachten, wie sie mit diesem Typen herumschäkerte, hatte ihn zur Weißglut gebracht. Dabei war er weder der eifersüchtige Typ – wie sie vielleicht glaubte, noch neigte er zu Wutausbrüchen.

Er bewahrte Haltung, bis die Schwingtür zu den Büros hinter ihm zupendelte. Dann zog er die Hände aus den Hosentaschen und boxte mit der Rechten gegen die Wand. Der Schmerz, der von seinen Fingerknöcheln aus durch seinen Körper zuckte, hätte ihn eigentlich zur Vernunft bringen müssen. Stattdessen machte er ihn nur noch wütender. Vor allem auf sich selbst. Hatte er ihr gerade wirklich an den Kopf geworfen, dass er ihre Art, ihren Kollegen anzugraben, erbärmlich fand? »Scheiße!«, fluchte er und trat gegen einen Papierkorb, den jemand an der Kaffeeküche hatte stehen lassen. Er schlitterte den Gang hinunter. Der Tritt half aber auch nichts gegen Xanders Frust. Zornig drückte er die Klinke seiner Bürotür hinunter und warf sie hinter sich ins Schloss.

Kaum war sie zugefallen, wurde sie mit einer so heftigen Bewegung erneut aufgestoßen, dass sie gegen die Wand knallte. Xander fuhr herum und blickte in Antonias Gesicht.

Ihre Augen funkelten vor Wut. »Verzweifeltes Anbaggern?«, fauchte sie. »Du Mistkerl!« Sie schlug ihm mit den flachen Händen gegen den Brustkorb. »Was erlaubst du dir?«

»Willst du streiten?« Xander funkelte sie böse an. »Kein Problem. Mir wäre es nur recht, wenn wir das ohne meine Mitarbeiter als Publikum machen könnten.« Er gab der Tür einen Stoß, und sie fiel zum zweiten Mal krachend ins Schloss.

»Du hast dich aufgeführt wie ein verdammter Neandertaler.« Antonias Brustkorb hob und senkte sich schnell unter ihren wütenden Atemstößen.

Als Xander einen Schritt auf sie zutrat, wich sie zurück, bis sie die Tür im Rücken hatte. »Wenn ich mich wie ein Neandertaler aufführen würde, hätte ich dich einfach über die Schulter geworfen und in meine Höhle geschleppt.« Er verringerte den Abstand zwischen ihnen weiter. »Und du hättest das wahrscheinlich verdammt gut gefunden, zumindest bis du dich wieder in die Eisprinzessin verwandelt hättest.«

Antonia stieß ein höhnisches Lachen aus. »Du solltest deine Talente nicht überschätzen«, warnte sie ihn.

Er legte den Kopf schräg und betrachtete sie einen Moment stumm. »Hattest du das Gleiche mit dem Typen auf der Tanzfläche vor? Ihn einfach für eine Nacht benutzen und dann aus deinem Leben radieren?«

»Ich habe keine Ahnung, was dein Problem ist!«

»Mein Problem? Mein Problem ist, dass ich ernsthaft mit dir zusammen sein wollte. Eine Beziehung aufbauen. Und du? Du sagst Ja dazu, gibst mir das Gefühl, dass das zwischen uns etwas Ernstes ist. Du gehst mit mir ins Bett, und am nächsten Tag behandelst du mich, als wäre ich Luft. Dir kommt vermutlich nicht einmal in den Sinn, dass das verletzend ist.«

»Verletzend? Du hast überhaupt keine Ahnung, was verletzend ist.« Sie hob die Hände und legte sie auf seinen Brustkorb, um ihn wegzuschieben, Abstand zwischen sie beide zu bringen. Doch Xander gab nicht nach. Es war weder fair noch besonders gentlemanlike, sie so in die Enge zu treiben. Aber er hatte das Gefühl, dass das seine einzige Chance war, überhaupt etwas aus ihr herauszubekommen und vielleicht zu erfahren, wieso sie ihn so abblitzen ließ. »Verletzend ist es, wenn du davon redest, eine ernsthafte Beziehung aufzubauen, aber gar nicht dazu in der Lage bist vor lauter kleiner, heiler Familie. Ich habe euch gesehen, Xander.« Sie drückte fester gegen seinen Oberkörper, aber er wich nicht zurück.

»Du hast uns gesehen? Natalie, Leni und mich? Na und? Du weißt, dass Natalie und ich nicht zusammen sind.«

»Ach ja?« Sie gab ihren Widerstand auf und kam ihm plötzlich ganz nahe, statt ihn wegzudrücken. »Und darauf soll ich mich verlassen?«, zischte sie. »So wie vor ein paar Jahren? Als deine Ex plötzlich vor meiner Tür stand und sagte, ich soll die Finger von dir lassen? Nein, danke!« Sie versuchte, sich an Xander vorbeizudrängen, doch er hielt ihre Hände fest, spürte die Wärme ihrer Finger durch den Stoff seines Hemdes.

»Ich habe keine Ahnung, von was du redest.« Es fiel ihm zunehmend schwer zu denken. Er spürte ihre Hände, er atmete ihren Duft ein, und sein Blick glitt über ihre nackten Schultern. Dieses Kleid war die reinste Versuchung. Dabei war es nicht einmal ansatzweise so außergewöhnlich wie das, das sie auf den Hochzeiten getragen hatte. »Ich weiß nur, dass du mich wie Luft behandelst und dass ich das nicht ertrage.« Xanders Herz schlug schnell. Er musste den Verstand verloren haben. Mit seinem Geständnis legte er seine Gefühle in ihre Hand und gab ihr die Macht, ihn zu zertreten wie ein lästiges Insekt. Denn genau so hatte sie ihn bei den wenigen Aufeinandertreffen seit der Hochzeit angesehen. Aber sie musste das doch spüren! Was er empfand. Wie heftig sein Herz unter ihrer Hand klopfte.

Antonia antwortete nicht. Xander hob langsam den Blick, bis er ihr in die Augen sehen konnte. Den Ausdruck, mit dem sie ihn ansah, kannte er. Er hatte ihn schon an ihr gesehen. Vor sechs Jahren. Und vor ein paar Wochen. »Antonia ...«, begann er, doch sein Gehirn war wie leer gefegt. Seine Stimme klang so rau, wie sich sein Herz anfühlte. Er strich mit den Fingerknöcheln über ihre Wange, weil er sie einfach berühren musste. Zwischen ihnen herrschte für einen Moment Stille. So, als ob die Welt den Atem anhielt. Genau wie sie es taten. Im nächsten Augenblick fühlte es sich an, als hätte jemand einen Schalter umgelegt. Xander wusste nicht, ob er es gewesen war oder Antonia. Ihre Lippen trafen aufeinander. Hart. Besitzergreifend. Antonias Hände glitten von seinem Brustkorb, krallten sich in seine Haare. Der Schmerz war süß und hielt Xander im Hier und Jetzt. Andernfalls wäre er sich nicht sicher gewesen, ob er all das nur träumte.

*

Antonias Körper war gefangen zwischen dem kühlen Türblatt in ihrem Rücken und Xanders heißem Körper vor ihr. Seine Finger glitten in fiebriger Hast über ihren Körper. In einem

Moment hatten sie sich noch angeschrien – im nächsten waren sie übereinander hergefallen wie zwei Verhungernde. Antonia drängte sich an ihn, löste die Finger aus seinen Haaren und ließ sie an seinem Rücken hinuntergleiten.

Als Xander seine Lippen von ihren löste, um ihren Hals zu küssen, lehnte sie ihren Kopf gegen die Tür. Sie schaffte es, sein Hemd aus der Hose zu ziehen und ihre Hände unter den Stoff zu schieben. Die Muskeln, über die ihre Fingerspitzen strichen, zogen sich unter ihren Berührungen zusammen, und Xander stöhnte rau.

»Halt dich fest«, flüsterte er an ihrem Ohr. Er schob den Rock ihres Kleides ein Stück nach oben, schob die Hände unter ihren Po und hob sie hoch. Sie schloss ihre Beine um seine Hüften und die Arme um seinen Nacken. Wieder fanden sich ihre Lippen. Ohne den Kuss zu unterbrechen, durchquerte Xander das Büro. Ihre nackte, erhitzte Haut traf auf das kalte Holz des Schreibtisches, aber Antonia spürte es fast nicht. Sie zerrte an Xanders Hemdknöpfen und zog es ihm, nachdem sie es geöffnet hatte, von den Schultern. Ihre Hände und ihre Lippen glitten über die glatte Haut seines Brustkorbes. Sie konnte das wilde Schlagen seines Herzens spüren, das wie ein Echo ihres eigenen klang.

Xander sprach nicht. Er legte den Finger unter ihr Kinn und hob es an, bis sich ihre Lippen zu einem weiteren, alles verzehrenden Kuss trafen. Seine Hände zogen den Reißverschluss ihres Kleides herunter und öffneten ihren BH. Im nächsten Moment liebkoste er ihre Brüste, brachte sie dazu, ihren Rücken vor Sehnsucht nach mehr seiner Berührungen durchzudrücken.

Seine Finger stahlen sich unter den Rock ihres Kleides. Er streichelte über die weiche Haut ihrer Oberschenkel, und

Antonia hatte das Gefühl, ihre Nervenenden kollabierten unter den Empfindungen, die Xander in ihr auslöste. Keine gute Idee, dachte Antonia. Gar keine gute Idee. Dann stellte ihr Gehirn das Denken ein. Xander küsste ihre Schultern, ihr Dekolleté. Ihr Atem stockte. Ihr Kopf fiel in den Nacken, und sie ließ sich in die Leidenschaft gleiten, die wie flüssige Hitze durch ihre Adern tobte. »Xander …«, keuchte sie.

*

Xander war kurz davor, die Kontrolle zu verlieren. Als Antonia seinen Namen geflüstert hatte, war die Lust bereits durch seinen Körper gewirbelt wie ein wilder Strudel. Er hielt sie fest an sich gepresst, fuhr mit den Lippen über jeden Millimeter Haut, den er erreichen konnte. Als sie ihren Kopf drehte, trafen sich ihre Lippen wieder. Xander beugte sie auf dem Tisch nach hinten. Er stieß irgendetwas zu Boden, doch das war ihm egal.

Antonia griff nach seinem Gürtel, öffnete seine Hose und schob sie herunter, während er sie immer weiter streichelte, erregte. Er nahm ihre Hände, verschränkte seine Finger mit ihren und schob sie neben Antonias Kopf. Er küsste sie. Und eroberte ihren Körper.

Mit zusammengebissenen Zähnen versuchte er, sich von der Flut von Emotionen, die über ihn hinwegbrandete, nicht davonspülen zu lassen. Er bemühte sich, die Kontrolle zu behalten, aber Antonia kam ihm entgegen, wischte seine Beherrschung mit einer Bewegung zur Seite und nahm ihn mit auf einen Flug zu den Sternen.

Xander bewegte sich schwerfällig. Er war einfach auf Antonia zusammengebrochen und hatte keine Ahnung, wie lange er sie schon auf den Schreibtisch drückte. Seine Atmung normalisierte sich wieder. Sein Herzschlag wurde ein wenig ruhiger. Er richtete sich so weit auf, dass er sich auf die Unterarme stützen konnte.

Antonia hielt die Augen geschlossen. Ihre Wangen waren gerötet, und um ihren Mund lag ein zartes Lächeln. Verdammt. Xanders Herz legte schon wieder an Tempo zu. Sie war so wunderschön. Und als sie langsam die Augen öffnete, sah er zumindest im ersten Moment nur Zufriedenheit und Entspannung. Dann kehrte eine Spur Argwohn in ihren Blick zurück und etwas, das er nicht wirklich deuten konnte.

»Das ist auf jeden Fall aus dem Ruder gelaufen«, sagte sie leise und blickte an sich herunter.

Ihre Worte holten Xander in die Realität zurück. Antonia trug noch ihre High Heels. Ihr Kleid war um ihre Hüften zusammengeschoben. Ihr BH lag auf dem Boden, ihren Slip trug sie noch. Er hatte ihn einfach zur Seite geschoben, als er sie genommen hatte. Und seine Hose und Boxershorts hingen ihm um die Knöchel – ein Anblick, der jeden Mann ein bisschen lächerlich wirken ließ. Er richtete sich auf und zog die Hose hoch.

Antonia hielt ihr Kleid vor der Brust fest und richtete sich dann ebenfalls auf. »Das war unerwartet«, sagte sie, ohne ihn anzusehen.

Xander hatte das Gefühl, ihr ein wenig Raum geben zu müssen, wenn er sie nicht gleich wieder in die Flucht schlagen wollte. Er küsste ihren Mundwinkel, trat einen Schritt zurück und sah sich nach seinem Hemd um. Es hing über einem Besucherstuhl. Er holte es, hob bei dieser Gelegenheit auch ihren BH auf und reichte ihn Antonia. »Überwältigend trifft es wahrscheinlich eher.«

Antonia hatte ihr Kleid bereits wieder geschlossen und glatt gestrichen. Den BH knüllte sie in ihrer Hand zu einem kleinen Ball aus Spitze zusammen. »Vielleicht sollten wir einfach vergessen, dass das gerade passiert ist.« Sie sah ihn noch immer nicht an.

Xander, der gerade sein Hemd überzog, hielt inne. »Ich finde nicht, dass wir das vergessen sollten. Das eben, das war …« Er hob die Hände und ließ sie wieder sinken, weil ihm keine Geste einfiel, mit der sich dieser Moment umschreiben ließ. »Explosiv«, sagte er. Dann fielen ihm die Worte wieder ein, die sie sich an den Kopf geworfen hatten, bevor sie übereinander hergefallen waren. »Was hatte das zu bedeuten, was du vorhin gesagt hast? Dass Natalie dir gesagt hat, du sollst die Finger von mir lassen?«

»Hör zu.« Antonia machte einen Schritt rückwärts, in Richtung Tür. »Das hier war ein Fehler«, ignorierte sie seine Frage. »Es sieht ganz so aus, als hätten wir uns nicht im Griff, wenn wir aufeinandertreffen. Erst schreien wir uns an und dann – das.« Sie wedelte mit der Hand zwischen ihnen hin und her, sah ihn aber noch immer nicht direkt an.

»Antonia …«

»Nein. Wir sollten das einzig Vernünftige tun und uns aus dem Weg gehen.«

»Ich möchte wirklich …«, begann Xander noch einmal, doch sie schüttelte nur den Kopf.

Ohne ein weiteres Wort ging sie die drei Schritte bis zur Tür und zog sie auf. Über die Schulter blickte sie zurück, und endlich sah sie ihn direkt an. Ihre Augen schimmerten, und er glaubte, so etwas wie Bedauern aus ihnen lesen zu können. Dann zog sie die Tür leise hinter sich ins Schloss.

Xander ließ sich in seinen Schreibtischsessel fallen und fuhr sich durch die Haare. So hatte er sich diesen Abend wirklich nicht vorgestellt. Wie konnte etwas gleichzeitig so atemberaubend sein und doch so frustrierend? Auf jeden Fall gab es jetzt noch ein paar Fragen mehr, auf die er Antworten finden musste.

23

Xander hätte Natalie am liebsten noch in der Nacht angerufen, um sie zu fragen, was es mit Antonias kryptischer Bemerkung auf sich gehabt hatte. Doch er hielt sich zurück. Nur weil er selbst aufgebracht war und in seinem dunklen Haus hin und her tigerte, musste er seine Exfreundin nicht aufregen. Nicht solange sie in Therapie war und ihre mentale Verfassung von Tag zu Tag stabiler wurde.

Er verschob das Gespräch auf den nächsten Morgen. Verschob es auf die Mittagspause, als er Leni neue Klamotten in den Kindergarten bringen musste, weil sie eine komplette Tasse Kakao auf ihrem Kleidchen verteilt hatte. Verschob es weiter, als er die Mittagspause wegen einer Besprechung dann endgültig ausfallen lassen musste.

Es war bereits später Nachmittag, als er endlich nach seinem Handy griff und Natalies Nummer wählte.

Sie ging nach dem fünften Klingeln ran und begrüßte ihn mit einem fröhlichen »Hallo! Ist das ein Kontrollanruf?« und lachte. »Denn wenn das so ist, kann ich dich beruhigen. Mir geht es fantastisch. Die Medikamente helfen. Und keine Therapie war je so gut wie das, was wir hier machen. Heute hatten wir zum Beispiel einen Gesprächskreis, bei dem …«

»Natalie«, unterbrach Xander sie und presste mit Daumen und Zeigefinger seine Nasenwurzel zusammen, um den dahinter entstehenden Kopfschmerz zu stoppen – oder wenigstens zu verlangsamen. »Ich rufe an, um dich etwas zu fragen«, nannte er ihr den Grund des Telefonats. Er freute sich immer für sie, wenn es ihr gut ging. Aber im Moment gingen ihm ganz andere Dinge durch den Kopf. Dinge, die ihm wichtiger waren als ihre therapeutischen Stuhlkreise.

»Okay, schieß los.« Eine leichte Unsicherheit schlich sich statt der guten Laune in ihre Stimme.

Xander kniff die Augen zusammen, weil ihn ganz automatisch ein schlechtes Gewissen überkam. *Du bist nicht für ihre Krankheit verantwortlich*, rief er sich in Erinnerung. »Kennst du Antonia Falkenberg?«

Ein kurzes Schweigen dröhnte in der Leitung. Dann lachte Natalie. Ein wenig nervös, wie Xander fand. »Du hast doch gesagt, dass du an einer Frau interessiert bist, als ich dich gebeten habe, uns als Familie noch eine Chance zu geben. War sie es, die du gemeint hast?«, stellte sie die Gegenfrage.

»Kennst du sie?«

»Es gibt mit Sicherheit nicht viele Menschen im Berchtesgadener Land, die nicht wissen, wer die Falkenbergs sind. Die Mühle, der Blumenladen, der Dorfarzt«, zählte sie auf. »Natürlich kenne ich Antonia.«

»Aber hast du sie auch schon mal getroffen? Hast du mal mit ihr geredet?« Xander merkte, dass Natalie mit ihrer Antwort versuchte, ihm auszuweichen.

Wieder dieses kurze Zögern. Dann seufzte sie. »Es geht um ein bestimmtes Gespräch, nehme ich an. Ja«, sagte sie, und er konnte die Traurigkeit in ihrer Stimme hören. »Ich habe mich einmal mit ihr unterhalten. Als ich vor Lenis Geburt zu dir zurückgekommen bin. Ich habe sie gebeten, dich in Ruhe zu lassen, damit wir eine Chance haben.«

»Du hast … was?« Nach Antonias Worten am vergangenen Abend hatte er schon etwas in diese Richtung vermutet. Aber es aus Natalies Mund zu hören und Wirklichkeit werden zu lassen war noch einmal etwas völlig anderes.

»Ich habe mich gefürchtet, okay?«, verteidigte sie sich. Er hörte, wie sie tief ein- und ausatmete, ehe sie weitersprach. »Meine Depression hatte schon begonnen, und ich hatte unglaubliche Angst. Davor, das Kind zu verlieren. Davor, das Kind zu bekommen. Es nicht aufziehen zu können. Oder es mit meiner Liebe zu erdrücken. Ich habe einen verlässlichen Partner gebraucht. Jemanden, dem ich vertrauen konnte, der Verantwortung übernehmen würde. Ich habe dich gebraucht, weil ich ganz genau wusste, dass ich das ohne dich nicht durchstehen würde. Aber dann habe ich euch zufällig in einem Biergarten in Bischofswiesen gesehen. Und was da zwischen euch war, hat mir klargemacht, dass ich mit einer Frau wie ihr nie konkurrieren könnte. Also habe ich sie gebeten, die Finger von dir zu lassen, noch bevor ich dir gesagt habe, dass ich schwanger bin.«

Xander rieb sich über das Gesicht. Seine Augen brannten. Er fühlte sich müde. Bis in die Knochen.

»Xander?«, fragte Natalie leise, weil er nichts sagte. »Bist du noch da?«

»Es wäre meine Aufgabe gewesen, mit Antonia zu reden.« Es war nur eine Lüge mehr gewesen. Bei all den Dingen, die seine Exfreundin damals vor ihm verheimlicht hatte und die er nur durch mühsames Nachbohren herausgefunden hatte, fiel das fast nicht ins Gewicht. Und doch wog das – zumindest im Moment – schlimmer als alles andere.

»Ich hatte Angst, dass du mich wegschicken würdest. Wegen ihr. Ich wusste nicht, was ich tun sollte. Und deshalb habe ich sie einfach um eine Chance bei dir gebeten.« Natalie klang genauso unglücklich, wie Xander sich fühlte.

Es war zu spät, ihr Vorwürfe zu machen oder sauer zu sein wegen dieses Betruges. All das lag sechs Jahre zurück. Er konnte nachvollziehen, wie es ihr gegangen war. Damals hatte er sich selbst fast in die Hosen gemacht vor Schiss. Und er war »nur« Vater geworden. Eine Beziehung mit Natalie hatte er lediglich in Betracht gezogen, weil Antonia ihn am ausgestreckten Arm hatte verhungern lassen und er unter diesen Umständen zum Schluss gekommen war, dass es nicht viel Sinn machte, einer Frau nachzulaufen, die offenbar nichts für ihn übrighatte. Ohne eine Aussicht darauf, eine Beziehung mit Antonia aufzubauen, hatte er sich dem Druck gebeugt, den sowohl Natalie als auch seine Eltern auf ihn ausgeübt hatten – was ein großer Fehler gewesen war, wie sich im Nachhinein herausgestellt hatte.

Xander hatte das Hotel verlassen, während er mit seiner Exfreundin sprach. Ohne sich dessen bewusst zu sein, hatte er auf dem Fußweg um den See die Richtung der *Alten Mühle* eingeschlagen. »Natalie, ich muss Schluss machen. Wir hören uns in ein paar Tagen.«

»Kannst du mir verzeihen?«

Er verstand, dass sie das wissen musste. Und auch, wenn er sich nicht sicher war, ob das wirklich der Fall war, sagte er »Ja.« Die klassische Konditionierung des Angehörigen einer Person mit bipolarer Störung. Was das betraf, würde er noch sehr an sich arbeiten müssen, das wurde ihm zum ersten Mal wirklich bewusst.

Dunkle Wolken waren im Tal aufgezogen. Ein frischer Wind fegte um ihn herum. In der Ferne hörte er bereits das Rumpeln des Gewitterdonners, das von den Berghängen widerhallte. Ein Wetter, das ganz fantastisch zu seiner Stimmung passte. Er hätte umdrehen und zu seinem Wagen zurückgehen können, doch er hatte bereits über die Hälfte der Strecke zur *Mühle* zurückgelegt. Auf der Lichtung dahinter hatte er schon früher am Wasser gesessen und nachgedacht. Vielleicht half ihm das auch heute. Entschlossen zog er den Reißverschluss seiner Jacke hoch und stemmte sich gegen die Böen.

*

Louisa schloss den Sonnenschirm auf ihrem Balkon und sammelte die Kissen auf ihren Gartenstühlen ein. Der kräftige Wind wirbelte ihr die Haare um den Oberkörper, und sie strich sich ein paar Strähnen aus dem Gesicht. Die die nächste Bö frech zurückwehte. Sie mochte alle Jahreszeiten. Die heißen Sommer genauso wie die eisigen Winter. Das Frühlingsgrün ließ ihr Herz aufgehen, und die Farben des Herbstes machten sie mit ihrer fröhlichen Vielfalt einfach glücklich. Nur dieses Wetter konnte sie nicht ausstehen. Wie ein Unheil verkündender Vorbote tobte der Wind durch die Schluchten des Tals. Der Himmel bildete den stahlgrauen Hintergrund für die fast schwarzen Wolken, die, vom Sturm getrieben, so tief über sie hinwegrasten, dass sie das Gefühl hatte, sie berühren zu können. Erste Regentropfen zerplatzten auf dem Holzboden neben ihr, und mit den plötzlich abfallenden Temperaturen machte sich eine Gänsehaut auf ihrem Körper breit, die nichts mit der Kälte der Luft zu tun hatte. Der Zeitpunkt war richtig, um sich mit einem guten Roman auf die Couch zurückzuziehen. Mit Kerzen und einer dampfenden Tasse Tee. Ablenkung würde ihr helfen. Gegen das Gewitter und gegen die Nervosität und Unruhe, die ein solches Wetter für sie schon seit vielen Jahren mit sich brachte.

Louisa war bereits an der Balkontür, als sie den Mann bemerkte, der in Richtung der Lichtung schlich. Sie ging zum Geländer zurück, um besser sehen zu können. Es war Xander, der zwischen den großen Findlingen und Latschenkiefern unterwegs war. Und er schlich nicht, wie Louisa im ersten Moment geglaubt hatte, er erweckte eher den Eindruck, ein zentnerschweres Gewicht auf seinen Schultern mit sich herumzuschleppen. Mit Antonias eher spärlichen Informationen und seiner Körperhaltung ließ sich da so einiges zusammenreimen.

Weitere Regentropfen fielen, trafen ihre nackten Oberarme. Louisa brachte die Sitzkissen in ihre Wohnung, bevor sie nass wurden, schlüpfte in eine Jacke und Gummistiefel und zog ihren großen Schirm aus dem Schrank. Wer von einem Gewicht so niedergedrückt wurde wie Xander, konnte jemanden gebrauchen, der ihm half, es ein wenig anzuheben.

Sie stemmte sich gegen den Wind und machte sich auf den Weg zur Lichtung. Xander saß auf dem umgedrehten Rumpf ihres alten Ruderbootes, von dem mittlerweile die grüne Farbe abblätterte. Der Himmel suchte sich genau den Moment aus, in dem Louisa ihn erreichte, um seine Schleusen zu öffnen. Sie spannte den Schirm über Xander auf und setzte sich neben ihn. »Im letzten Moment gerettet«, sagte sie, als er überrascht aufsah.

»Danke«, murmelte er so leise, dass es über das Prasseln auf den Schirm fast nicht zu hören war. Eine Weile saßen sie schweigend da und sahen dabei zu, wie die schweren Regentropfen auf die Oberfläche des Sees fielen und einen konzentrischen Kreis mit dem nächsten verschwimmen ließen. Schließlich blickte Xander Louisa von der Seite an. »Kannst du dich noch daran erinnern, wie wir zum ersten Mal hier gesessen haben?«, fragte er.

Louisa legte ihm die Hand auf den Arm. »An das erste Mal und jedes Mal danach.«

Xander stieß ein harsches Lachen aus. »Sieht so aus, als hätte die Vergangenheit mich eingeholt. Oder in den Arsch gebissen. Ich habe etwas herausgefunden, das alles, was vor sechs Jahren passiert ist, in einem völlig anderen Licht erscheinen lässt. Genau wie die Dinge, die in letzter Zeit geschehen sind.«

»Antonia?«, fragte Louisa nur. Als Xander die Augenbrauen nach oben zog, zuckte sie nur mit den Schultern. »Es wird Zeit, damit aufzuhören, um den heißen Brei herumzureden.«

»Wahrscheinlich hast du recht.« Xander stützte die Arme auf den Oberschenkeln ab und ließ den Kopf hängen. »Das Problem ist nur, dir kann ich die ganze Geschichte erzählen, deine Aufmerksamkeit habe ich sicher. Aber ich befürchte, Antonia wird mir erst gar nicht zuhören, wenn ich versuche, mit ihr zu reden.«

»Du solltest mir wirklich erzählen, was dir auf der Seele liegt. Vielleicht kann ich dir helfen. Aber einen Rat kann ich dir schon jetzt geben: Mach nicht den Fehler, Antonia zu unterschätzen. Sie hat die Wahrheit verdient.« Ihre Nichte litt nicht weniger als der Mann, der neben ihr im strömenden Regen saß, dachte Louisa. Beide hatten längst begriffen, dass sie ohne den anderen nicht glücklich sein würden. Und doch schafften sie es nicht, sich in die Augen zu sehen und die Karten offen auf den Tisch zu legen. Antonia nicht, weil sie zu viel Angst davor hatte, verletzt zu werden, wenn sie sich öffnete. Und Xander hielt sich zurück, weil er glaubte, viel zu vielen Leuten verpflichtet zu sein. Er stellte seinen Seelenfrieden hinten an, um andere zufriedenzustellen.

Xander begann zu erzählen, und Louisa hörte aufmerksam zu. Sie verstand ihn. Genau wie sie ihre Nichte verstand. »Ihr habt euch in eine wirklich unmögliche Situation chauffiert. Unmöglich«, wiederholte sie und hob die Hand, als Xander etwas sagen wollte. »Aber nicht aussichtslos. Vertrauen muss man sich erarbeiten. Was das betrifft, scheinst du noch in der Ausbildung zu sein. Warum hast du Antonia nie die Wahrheit gesagt?«

Xander seufzte und blickte zu dem grün-weiß gestreiften Nylon über ihnen, das sie vor dem Regen schützte. »Weil ich dachte, ich hätte mich tatsächlich in ihr getäuscht. Ich dachte, mir ihr Interesse an mir nur eingebildet zu haben. Sie ließ ja auch sonst niemanden näher an sich heran. Dass es daran lag, dass Natalie mit ihr geredet hat … darauf wäre ich nie gekommen.«

»Aber jetzt ist die Situation eine andere. Jetzt weißt du all das. Und du willst immer noch mit Antonia zusammen sein«, fasste Louisa seine Erzählung zusammen.

»Ich muss mir nur noch die richtigen Worte überlegen und den Mut aufbringen, an ihre Tür zu klopfen.« Er schüttelte den Kopf und lachte leise. »Irgendwie bekomme ich das Bild nicht aus dem Kopf, dass sie mich mit einer Schrotflinte im Anschlag auf der Lichtung erwarten könnte.«

Louisa brachte dieses Bild ebenfalls zum Schmunzeln. »Sie besitzt keine Schrotflinte«, beruhigte sie Xander. Dann wurde sie wieder ernst. »Aber du hast recht. Sie ist aufgebracht. Und wütend. Mehr auf sich selbst, weil sie zugelassen hat, ihr Herz zu riskieren. Du kennst sie gut genug.«

Louisa legte ihre Hand wieder auf Xanders Arm. »Wenn sie sauer ist, ist sie manchmal nicht besonders rational. Gib ihr ein paar Tage Zeit, um Dampf abzulassen. Dann erzähl ihr die ganze Geschichte und sag ihr, was du für sie empfindest.«

Xander stieß ein kleines Lachen aus. »Wenn du es sagst, klingt das alles so einfach.«

»Nein. Das ist es ganz und gar nicht.« Louisa drückte Xanders Hand. »Es wird zu den schwersten Dingen gehören, die du jemals getan hast. Aber es wird sich lohnen. Antonias Liebe ist all das wert. Und jetzt lass uns zusehen, dass wir aus der Nässe herauskommen.«

Louisa hakte sich bei Xander unter. Er balancierte den Schirm über ihren Köpfen und führte sie um die großen Pfützen herum, die sich bereits gebildet hatten. Louisa sah zu ihren Pferden hinüber, die es sich in ihrem Offenstall auf der Weide gemütlich gemacht hatten und an ihrem Heu herumknabberten. Sie würden das ungemütliche Wetter gut überstehen.

Das Donnergrollen hinter ihnen kam näher und hallte als bedrohliches Echo von den Felswänden wider. Als sie den Hof erreichten, zuckte der erste Blitz am Himmel. Xander versicherte ihr zwar, dass er klarkommen würde, aber Louisa bestand darauf, ihn zum Hotel zu fahren, wo sein Auto stand. Sie würde ihn bei einem solchen Wetter nicht um den halben See laufen lassen.

Als sie ihn abgesetzt und noch einmal an seine Geduld Antonia gegenüber appelliert hatte, machte sie sich langsam auf den Rückweg. Das Unwetter nahm an Stärke zu. Sie brachte die kurze Strecke zur *Alten Mühle* im Schneckentempo hinter sich, weil ihre Scheibenwischer die Wassermassen fast nicht bewältigen konnten. Der Sturm zerrte an ihrem Lieferwagen, und jeder Donner, der auf einen der grellen Blitze folgte, ließ den Boden unter ihr erbeben. Sie parkte das Auto so nahe an der Haustür wie möglich und war trotzdem völlig durchweicht, als sie endlich die Tür hinter sich zuschlagen konnte.

Sie zog sich aus, hängte ihre Kleider im Bad auf und schlüpfte in Leggins, ein übergroßes Sweatshirt und ein paar bunte Wollsocken. Mit einer großen Tasse Tee und dem Roman, den sie vor ein paar Tagen begonnen hatte, machte sie es sich auf dem Sofa gemütlich. Der beruhigende Duft einer Vanillekerze schwebte durch den Raum.

Sie schlug das Buch auf und zog das Lesezeichen heraus. Zuletzt hatte sie auf Brandls Couch gesessen, als sie in dem Roman gelesen hatte und einen alten Einkaufszettel von ihm als Markierung benutzt. Jetzt schob sie die Notizen, die er in seiner starken, klaren Handschrift verfasst hatte, zur Seite, um weiterlesen zu können. Ein Blitz schlug ganz in der Nähe ein und ließ die Welt vor ihren Fenstern gleißend hell aufleuchten. Im Donner, der sofort folgte, erbebte das ganze Haus. Louisas Herz schlug ihr bis zum Hals. Sie hielt den Notizzettel in der Hand, aber Brandls Schrift darauf verschwamm, als hätte sie ihn in Wasser getaucht. In das eisig kalte Wasser eines Unwetters. Und mit der Kälte kehrten auf einmal alle Erinnerungen zurück.

Sommer 1979

Louisa schaffte es nicht, den Regenmantel über ihrem Bauch zu schließen, also knöpfte sie nur die oberen vier Knöpfe zu und griff nach dem Regenschirm. Mit einem Seufzen hängte sie sich ihre Tasche um und warf einen letzten Blick aus dem Fenster. Dieses Unwetter war grauenvoll. Bis sie bei ihrem Arzt ankommen würde, wäre sie völlig durchnässt. Und das obwohl die U-Bahn-Station nur dreihundert Meter entfernt war.

»Willst du bei diesem Regen wirklich raus?«, fragte Marlene – zum fünften Mal. Sie hatte den Blick besorgt von ihren Lehrbüchern gehoben und betrachtete Louisas lächerlichen Aufzug.

»Mir bleibt nichts anderes übrig.« Louisa spürte, wie das Baby ihr einen kleinen Tritt versetzte, und schaffte es nicht, das glückliche Gefühl, das sie in diesen Momenten immer überkam, abzuschütteln. Zärtlich legte sie die Hand auf ihren Bauch. »Es ist ja nicht weit. Und Wasser hat schließlich auch noch niemandem geschadet.«

Marlene runzelte die Stirn. »Ich kann dich begleiten«, schlug sie – ebenfalls zum fünften Mal – vor.

Louisa beugte sich zu ihr hinunter und küsste sie auf die Wange. »Danke. Das ist wirklich lieb von dir. Aber ich bin nur schwanger, keine neunzigjährige Greisin mit einem Oberschenkelhalsbruch. Ich gehe jetzt. Und auf dem Rückweg besorge ich uns Pizza, einverstanden?«

Marlene seufzte. »Das klingt fantastisch.«

Louisa hörte noch das »Pass gut auf euch auf«, das ihr die Freundin hinterherrief, als sie ins Treppenhaus trat. Sie musste lächeln, und wieder einmal überflutete Dankbarkeit sie wie eine Welle. Die Freundin hatte sie ohne zu zögern aufgenommen, als sie aus Brandls Wohnung geflüchtet war. Louisa hatte nicht nach Hause gehen können. Nicht bevor ihre Schwester nicht wenigstens einen Teil ihrer Wut und ihres Hasses verloren hatte, der sich auch auf sie erstreckte. Louisa hatte Rena nie etwas Böses gewollt. Von ihrer Beziehung, geschweige denn der Verlobung mit Brandl hatte sie keinen blassen Schimmer gehabt. Das Schicksal hatte ihnen wirklich kräftig in den Hintern getreten.

Erst hatte sich Louisa also bei Marlene versteckt. Dort hatte sie schließlich herausgefunden, dass sie schwanger war. Die Freundin hatte nicht mit der Wimper gezuckt, als Louisa sie bat, länger bei ihr wohnen bleiben zu dürfen. Ihr war klar gewesen, dass sie so nicht nach Hause zurückkehren konnte.

Brandl kannte Marlene. Er wusste zwar nicht, wo sie wohnte, aber er hatte sie an der Uni abgepasst und versucht, aus ihr herauszubekommen, wo sich Louisa versteckt hatte. Ihre Freundin hatte dichtgehalten, und sie selbst hatte von dem Job in der Wildkatze, *den sie geliebt hatte, zu einer Anstellung in einer öffentlichen Bücherei gewechselt. Eine Arbeit, die sie sich niemals freiwillig ausgesucht hätte, aber immerhin strengte sie sie nicht an und gab ihr genug Zeit, Liebesromane zu verschlingen und ein paar Tränen zu vergießen, wenn sie zu einem glücklichen Ende kamen. War es das, was sie wollte? Ein Happy End mit Brandl? Sie wusste es nicht. Marlene lag ihr in den Ohren, dass sie kein Recht hatte, ihm die Schwangerschaft zu verschweigen. Er hatte das Recht zu erfahren, dass er Vater wurde. Außerdem hatte er Pflichten. Und vielleicht freute er sich sogar auf sein Kind, auch wenn das seine Lebensplanung vermutlich völlig aus den Angeln heben würde.*

Nein, Louisa hatte sich noch nicht entschieden, welche

Rolle Brandl in ihrem Leben bekommen würde. Sie hatte noch nicht herausgefunden, wie sie die Beziehung zu ihrer Schwester retten konnte. Viel Zeit blieb ihr allerdings nicht mehr. Im sechsten Monat war der Babybauch nicht nur unübersehbar, es blieben auch nur noch ein paar Monate bis zur Geburt ihres Babys. Sanft strich Louisa über die Wölbung, die aus dem Regenmantel herausragte. Was auch immer passieren würde, dieses Leben, das in ihr wuchs, würde sie nie bereuen.

Langsam stieg sie die Stufen in dem alten Treppenhaus hinunter, die Hand am Geländer. Seit sie in der ersten Woche, die sie bei ihrer Freundin untergekrochen war, auf den unebenen Stufen einmal fast gestürzt wäre und sich dabei den Hals gebrochen hätte – wie Marlene es fantasievoll zusammenfasste –, war sie vorsichtig.

Im Erdgeschoss spannte sie den Schirm auf und griff nach der Klinke der Haustür. Sie zog die Tür auf und wich erschrocken einen Schritt zurück, als ihr der Briefträger mit einem halb gefluchten »Grüß Gott« entgegentaumelte.

Louisa machte Platz und grüßte ihn ebenfalls.

»So ein Mistwetter«, brummte er und betrachtete sie von oben bis unten. »Wollen Sie da wirklich raus?«

»Ist ja nur ein wenig Wasser und Wind«, gab sie lachend zurück und wies mit dem Kinn auf die Briefstapel, die er aus seiner Tasche zog. »Ist was für uns dabei?«

»Diesmal immerhin nicht nur Rechnungen«, sagte er mit einem Zwinkern und reichte ihr drei Umschläge. Seine Schlechtes-Wetter-Laune schien verschwunden. Leise vor sich hin pfeifend begann er, die Briefkästen von Marlenes Nachbarn zu füllen.

Louisa warf den ersten Umschlag in Marlenes Briefkasten. Auch der zweite Brief war an sie adressiert, deshalb schob sie ihn hinterher. Sie würde sie auf dem Rückweg vom Arzt mit nach oben nehmen.

Auf dem dritten Brief stand mit einer klaren, sauberen Handschrift ihr Name. »Einen schönen Tag wünsche ich Ihnen«, sagte sie zum Postboten und ging die drei Schritte zur Haustür. »Trotz des Wetters.«

»Ihnen auch.« Er lächelte Louisa über die Schulter an und schob dann weiter Briefe in die Schlitze vor sich.

Den Regenschirm in der einen, den Brief in der anderen Hand, zog sie die Haustür auf, spannte den Schirm abermals auf und trat auf den Gehsteig. Sie wollte den Brief in ihre Jackentasche schieben – und dann begriff sie. Ihr Name. Die Schrift. Wie angewurzelt stand sie in der winzigen trockenen Oase, die ihr Schirm ihr bot, und starrte auf die Buchstaben, die Brandl geschrieben hatte. Ihr Name, dachte sie noch einmal. Die Adresse. Er wusste, wo sie wohnte. »O Gott«, wisperte sie, den Blick noch immer auf den Umschlag gerichtet.

Erst ein Schrei und ein Geräusch, das sie nicht einordnen konnte, rissen sie aus ihrer Erstarrung. Erschrocken fuhr sie in die Richtung herum, aus der die Geräusche gekommen waren. Sie hatte keine Chance mehr, dem Fahrradfahrer auszuweichen. Wahrscheinlich waren ihre Augen genauso panisch aufgerissen wie die ihres Gegenübers, der verzweifelt versuchte, zu bremsen und ihr gleichzeitig auszuweichen. Was unmöglich war, wie Louisa in dem Moment klar wurde, als sie zusammenprallten. Das Fahrrad zwischen ihnen gingen sie zu Boden. Louisa schaffte es nicht, ihren Kopf zu schützen. Reflexartig versuchte sie stattdessen, ihr Baby abzuschirmen. Ungebremst schlug ihr Hinterkopf auf die Steine des Gehsteigs. Schmerz explodierte. Nicht nur in ihrem Kopf. In ihrem ganzen Körper. »Nein!«, schrie sie, als ihr klar wurde, was das bedeutete. Sie konnte sich nicht bewegen. Aus den Augenwinkeln sah sie ihren Regenschirm, den der Wind mitriss. Neben ihrem Kopf lag der Brief in einer Pfütze. Ihr Name, der mit Tinte geschrieben war, begann sich unter den dicken Regentropfen aufzulösen. Dann wurde der Schmerz von undurchdringlicher Schwärze abgelöst.

»Scheiße!« Der Donner, der auf den Blitz folgte, ließ das Haus abermals erzittern. Louisa war aus ihren dunklen Erinnerungen hochgeschreckt und hatte mit einer unkontrollierten Bewegung ihre Tasse vom Couchtisch gestoßen. Sie sprang auf und holte eine Rolle Küchenpapier, um den Tee aufzuwischen. Dann sammelte sie die Scherben ein. Sie erlaubte sich nicht nachzudenken. Nicht, bis sie das kleine Unglück beseitigt hatte. Erst dann lehnte sie sich mit zittrigen Beinen gegen die Kücheninsel und legte die Hand auf ihr wild schlagendes Herz. Langsam ließ sie sie nach unten gleiten, bis sie über ihren flachen Bauch strich. Sie konnte es noch spüren, das Echo des unfassbaren Schmerzes, das durch ihren Körper gezuckt war. Und die Leere, in die sie nach diesem schrecklichen Unwettertag vor knapp einem halben Jahrhundert gefallen war.

Der Brief, der diese verdammte Kettenreaktion ausgelöst hatte, lag noch immer in Louisas unterster Schreibtischschublade. Sie hatte nie erfahren, was darin gestanden hatte. Irgendjemand – vielleicht der Briefträger, der aus dem Haus gerannt war, um erste Hilfe zu leisten? – hatte ihn aufgehoben und in ihre Tasche gesteckt. Doch die Tinte war zu hellblauen Streifen zerlaufen. Der Regen hatte jedes Wort ausgelöscht. Und doch hatte sie es nicht geschafft, ihn wegzuwerfen. Sie hatte ihn trocknen lassen und dann das gewellte, fleckige Blatt in den ebenso mitgenommenen Umschlag zurückgeschoben. Inzwischen war das Papier schon lange vergilbt, Louisa hatte es seit Jahren nicht mehr aus seinem Versteck gezogen. Und sie würde es auch heute nicht tun. Die Erinnerungen daran waren schlimm genug.

Wieder schlug ein Blitz im Wald ganz in ihrer Nähe ein, erleuchtete die Welt gespenstig und wurde von einem mächtigen Donner abgelöst. Louisas Handy lag neben ihr. Sie griff danach und wischte mit dem Daumen über das Display. Der Drang, Brandl anzurufen, war beinahe übermächtig. Aber das konnte sie nicht. Nicht nach allem, was geschehen war. Damals und jetzt. Langsam legte sie das Handy zurück. Stattdessen nahm sie ein Glas aus dem Schrank und schenkte sich einen Weißwein aus der schon geöffneten Flasche aus dem Kühlschrank ein. Sie wollte den Riesling bereits zurückstellen, überlegte es sich dann aber anders und goss noch einmal einen ordentlichen Schluck nach. Ein volles Glas war genau das, was sie im Moment brauchte. Im übertragenen genauso wie im tatsächlichen Sinn.

24

Der Sommer gönnte sich eine Pause – und das schon seit einer Woche. Antonias Mutter neigte dazu, begeistert in die stahlgrauen Wolken zu blicken und zu sagen: »Die Natur braucht den Regen.«

Aber eine Woche lang keine Sonne zu sehen und durch den Schlamm zu waten, der von den Bergen auf die Straßen heruntergespült wurde, zerrte an den Nerven. Zumindest an Antonias. Die solarbetriebenen Feenlichter auf ihrer Wiese starrten ohne Sonne schon seit Tagen trübsinnig vor sich hin. Der unter normalen Umständen schon sehr holprige Weg zum Forstlehen war inzwischen völlig ausgespült und würde nach dem Ende dieses Wetters ziemlich umfangreich ausgebessert werden müssen. Mit mehr Gefühl als klarer Sicht lenkte sie den Jeep ins Tal hinunter. Die Scheibenwischer arbeiteten auf der höchsten Stufe, konnten die Wassermassen aber kaum bewältigen.

Ihre Mutter hatte auf dem Familien-Sonntagsabendessen bestanden. Antonia hatte trotzdem ernsthaft darüber nachgedacht abzusagen. Sie war erschöpft. Das miese Wetter hatte die Frauen im Tal nicht davon abgehalten, ihre Babys zur Welt zu bringen. Sie hatte Doppelschichten in der Klinik eingelegt, einige Hausgeburten betreut und zwischendurch ihre Kurse gegeben. Inzwischen konnte sie gar nicht mehr zählen, wie oft allein der Weg vom Auto zur Wohnung einer ihrer Schwangeren ausgereicht hatte, sie völlig zu durchnässen. Der einzige Vorteil, den sie dieser verrückten Woche abgewinnen konnte, war die Tatsache, dass sie keine Zeit gehabt hatte, ihre Gedanken zu Xander wandern zu lassen und über ihn, ihre gemeinsame Nacht, das Intermezzo im Hotel und seine Familie nachzudenken.

Im Moment reichte es ihr jedenfalls mit allem. Mit dem Regen. Mit den Geburten. Sie wollte einfach nur einen ganzen Tag und eine ganze Nacht im Bett verbringen. Tief und traumlos schlafend. Nachdem sie das Sonntagsessen hinter sich gebracht hatte, würde sie sich so schnell wie möglich aus dem Staub machen und genau das tun.

Der Regen ließ ein kleines bisschen nach, als sie vor dem Haus ihrer Eltern parkte. Die üppige, bunte Blütenpracht, die sich vom oberen Balkon und den Blumenkästen auf den Fensterbänken im Erdgeschoss ergoss, schien sich nicht daran zu stören, dass das Wetter zwischen Grau und Dunkelgrau hin und her pendelte. Sie leuchtete mit einer Intensität, die Antonia die Augen zusammenkneifen ließ.

Antonia sprang aus dem Wagen, zog sich ihre Softshelljacke über den Kopf und sprintete durch die Pfützen auf dem Gehweg zur Haustür. Bevor sie eintrat, schüttelte sie sich wie ein nasser Hund, um nicht alles, was vom Himmel fiel, in den Flur ihrer Mutter zu tragen. Dann schlüpfte sie aus ihren Schuhen und stellte sie ordentlich neben die ihrer Schwestern auf das Abtropfblech im Flur. Ihre Jacke hängte sie so auf, dass auch das restliche Wasser auf die Fliesen tropfen konnte.

Mit einem Blick in den Spiegel strich sie sich die etwas durcheinandergeratenen Haarsträhnen hinter das Ohr und ging dann in den großen Wohn- und Essbereich. Er schloss sich direkt an die offene Küche an, mit der ihre Mutter ihrem Vater jahrelang in den Ohren gelegen hatte, bis er dem Umbau endlich zugestimmt hatte. Und da war sie, ihre Familie. Rena wie eine Königin hinter ihrer Kücheninsel, von der Düfte aufstiegen, die ihr das Wasser im Mund zusammenlaufen ließen. Antonias Vater wie immer am Kopfende des Tisches, die Sonntagsausgabe der Zeitung noch vor sich, die er akribisch von der ersten bis zur letzten Seite zu lesen pflegte. Neben seiner Lesebrille stand aber bereits das Weißbier, das er zum Abendessen trinken würde. Ihre Schwestern hatten es sich auf der Eckbank hinter dem großen Tisch gemütlich gemacht. Hannah nippte gerade an dem Rotwein, während Rosa mit dem Glas in der Hand wild gestikulierte, bis es ihr David, ihr Freund, einfach aus der Hand nahm und auf den Tisch zurückstellte.

»Hallo zusammen«, rief Antonia, trat in den Raum und machte ihre Begrüßungsrunde, verteilte Umarmungen und Wangenküsse. »Wo ist Jakob«, fragte sie Hannah, als sie bei ihr angelangt war. Er hatte sich doch wohl nicht vor einem Essen im Hause Falkenberg gedrückt? Wobei sich Antonia sicher war, dass er seine Schwiegermutter ein wenig furchteinflößend fand.

Hannah war ein wenig blass um die Nase. »Bergwachteinsatz. Es gab einige Bergrutsche, und ein paar Straßen wurden überschwemmt.«

»Geht es dir gut?«, fragte Antonia und griff nach der rechten Hand ihrer Schwester, während Rosa im gleichen Moment ihre linke fasste und Josef ihr die Hand beruhigend auf die Schulter legte. Nach einem Bergrutsch in Brasilien vor einem Jahr hatte ihre jüngste Schwester einen schrecklichen Unfall erlitten. Das Trauma hatte sie inzwischen überwunden, aber an Tagen wie diesem kam die Angst mit Sicherheit zurück. Besonders wenn der Mann, den sie liebte, in den Bergen unterwegs war.

Hannah zuckte die Schultern und versuchte sich an einem Lächeln. »Ich vertraue darauf, dass er weiß, was er tut. Er hat mir vorhin gerade eine Nachricht geschickt, dass er vielleicht schon in einer oder eineinhalb Stunden fertig ist.« Sie nippte an ihrem Wein, und Antonia sah das leichte Zittern ihrer Hand. »Das ist gar nicht mehr lange.«

»Ich bin mir sicher, dass du dir keine Sorgen machen musst«, beruhigte Rosa sie. Sie griff nach der Weinflasche und hielt sie mit fragendem Blick über Antonias Glas.

»Gerne«, sagte Antonia und hob ihr Glas dann zu einem Toast. »Auf unsere Bergwacht. Und darauf, dass dieser verdammte Regen irgendwann mal wieder aufhört.«

»Dem kann ich mich nur anschließen«, brummte ihr Vater und prostete ihr mit seinem Weißbierglas zu.

*

Louisa hatte sich nach der ersten stürmischen Nacht wieder etwas besser im Griff. Aber nach über einer Woche Unwetter, Regen und Kälte – und das mitten im Sommer – hatte sie die Nase gestrichen voll. Die Geschäfte im Mühlenladen liefen schleppend. Viele der Feriengäste, die es sonst liebten, am Sternsee entlangzuspazieren und ein bisschen im Laden zu stöbern, hatten sich vor dem Wasser, das aus allen Richtungen auf sie einprasselte, in die Wellnessbereiche der Hotels geflüchtet.

Trotzdem musste sie heute ihre Käsebestellung auf der Sonnenalm abholen. Mühsam kämpfte sie sich über die ausgewaschenen Forstwege den Berg hinauf. Brandl hatte darauf bestanden, den Wagen mit ihr zu tauschen, sodass sie statt ihres Lieferwagens mit seinem SUV mit Vierradantrieb unterwegs war. Am liebsten hätte er sie begleitet, aber sie hatte ihm gesagt, dass er sich nicht lächerlich machen solle. Sie war diese Strecke schließlich schon unzählige Male gefahren, es gab also keinen Grund, den Teufel an die Wand zu malen. Abgesehen davon war sie wirklich dankbar, dass er ihr das Auto geliehen hatte, dachte sie, als sie vor der Almhütte vorfuhr und den Motor abstellte. Sie öffnete die Fahrertür und spannte ihren Schirm auf, bevor sie ausstieg. Dann zog sie ihren Korb vom Beifahrersitz und hastete über die Terrasse zum Kaser. Sie klopfte kurz an und betrat den dämmrigen Raum mit der niedrigen Decke. Dann lehnte sie den Schirm neben der Tür an die Wand, wo bereits der Almstock der Sennerin stand, und stellte ihren Korb auf den rustikalen Holztisch neben zwei abgedeckte Gärkörbchen, in denen Brote gingen. Über dem Tisch in der Ecke hing traditionell der Herrgottswinkel, der in jedes alte Bauernhaus dieser Region gehörte. Neben den anderen Kerzen und Sturmlampen, die im Raum angezündet worden waren, brannte die schwarze Wetterkerze, die die Sennerin nur bei Unwettern entzündete, um darum zu bitten, dass Haus, Mensch und Tiere nicht zu Schaden kamen. An einer Leine an der Wand entlang waren Kräuter zum Trocknen aufgehängt. Louisa erkannte Bergthymian, Frauenmantel, Johanniskraut, Schafgarbe und Arnika. Der Duft der Kräutersträuße mischte sich mit dem des Kerzenwachses und dem leichten Stallgeruch, der durch die Verbindungstür drang.

»Ich komme gleich«, hörte Louisa Tilda hinter der angelehnten Tür zur Schlafkammer rufen.

Louisa zog ihre Jacke aus. Das Monster von Herd, das das

Herzstück der Almstube bildete, war nicht nur Kochstelle, sondern wärmte das Zuhause der Sennerin auch. Ein Solarpanel auf dem Dach speiste die Lampe über dem Tisch, aber Louisa vermutete, dass sich Tilda und Gesa schon seit einer Woche mit Alternativen begnügen mussten. So altmodisch und entbehrungsreich das Leben ohne Strom und warmes Wasser war, dieser Raum war eine behagliche Zuflucht.

Die Tür der Schlafkammer wurde aufgezogen, und Tilda trat in die Stube. Sie sah müde aus. Louisa wollte gerade fragen, was los war, als sie hinter der Sennerin das unverkennbare Geräusch eines würgenden Menschen hörte.

Voller Mitgefühl verzog Louisa das Gesicht. »Geht es Gesa nicht gut?«, fragte sie.

»Sie erbricht sich schon seit zwei Stunden und hat furchtbare Magenschmerzen.« Tilda wusch sich die Hände und setzte einen Wasserkessel auf den Herd. »Sieht ganz nach einer heftigen Magen-Darm-Grippe aus.« Sie griff zielsicher nach einer der vielen Dosen mit getrockneten Kräutern, die sich auf dem Bord über ihr drängten, und holte eine Teekanne aus dem wunderschönen, alten Küchenbüfett an der Stirnseite des Raumes, in dem sich das Ess- und Kochgeschirr stapelte, das zur Bewirtung der vielen Wanderer und Mountainbiker gebraucht wurde, die den Sommer über auf der Alm vorbeischauten.

»Und dir geht's gut?«, fragte Louisa.

»Gott sei Dank. Das wäre ja noch schöner, wenn wir uns beide die Seele aus dem Leib kotzen würden. Wer würde sich denn dann um die Viecher kümmern?« Tilda brühte den Tee auf und stellte ihn auf den Tisch, um ihn ziehen zu lassen. »Ich hole deinen Käse aus dem Keller. Könntest du so lange ein Auge auf Gesa haben?«

»Natürlich.« Louisa legte der Sennerin die Hand auf die Schulter. »Mach dir keine Sorgen.« Sie wartete, bis Tilda mit ihrem Korb die steilen Stufen zum Käsekeller hinabgestiegen war, und schob dann die angelehnte Tür zur Schlafkammer ein Stück weiter auf. Der Raum war so winzig, dass nur ein schmales Bett und ein kleiner Tisch hineinpassten. Gesa wälzte sich unruhig auf dem Bett hin und her, soweit ihre fortgeschrittene Schwangerschaft das zuließ. Die Decke, in die sie gehüllt war, verrutschte, und Louisa konnte die dick angeschwollenen Knöchel sehen. Ein unangenehmes Prickeln setzte sich in ihrem Nacken fest. Geschwollene Knöchel waren bei Schwangeren nichts Ungewöhnliches. Trotzdem … »Gesa, wie geht es dir?«, fragte sie leise.

»Lass mich in Ruhe«, stöhnte die junge Frau. Sie würgte wieder, musste sich aber nicht übergeben.

»Musst du nur erbrechen?«, fragte Louisa. Sie kramte in ihren Erinnerungen, und das Prickeln nahm zu. »Hast du Krämpfe?«

»Natürlich habe ich Krämpfe. Mein Magen dreht durch.« Gesa drehte sich auf die andere Seite. Weg von Louisa.

»Kopfschmerzen? Oder vielleicht Sehstörungen?« Was für Symptome gab es noch? Ihr fiel nichts weiter ein.

»Verschwinde. Ich will nur meine Ruhe.«

Louisa hörte Tilda aus dem Keller zurückkehren und ging in die Almstube zurück. »Du solltest Gesa so schnell wie möglich ins Krankenhaus bringen. Ich habe kein gutes Gefühl«, sagte sie. »Ich habe solche Symptome schon einmal erlebt. Das ist keine Magen-Darm-Grippe. Mit dem Baby stimmt was nicht.«

Tilda hob die Hand, um Louisa zu stoppen. »Es hat keinen Sinn. Sie will keine Hilfe. Sie ist sich sicher, dass es vorübergeht. Das Mädchen treibt mich in den Wahnsinn, aber ich kann sie nicht zwingen, etwas zu tun, was sie nicht will.«

»Aber sie …« Louisa schüttelte den Kopf, um sich selbst zur Vernunft zu rufen. Vielleicht war sie einfach nur paranoid, weil sie in den vergangenen Tagen viel zu oft an ihre eigene Schwangerschaft gedacht hatte. »Okay, ich lasse euch in Ruhe. Aber wenn es ihr schlechter geht, musst du sie sofort ins Tal bringen. Versprich mir das!«

»Wenn es richtig schlimm wird, mach ich das.«

»Gut.« Antonia strich der Sennerin noch einmal über die Schulter. »Und ich schicke euch Antonia hoch. Davon wirst du mich nicht abhalten können«, sagte sie, als Tilda zu sprechen begann.

Die Sennerin gab sich geschlagen. Und das war auf jeden Fall eine richtige Entscheidung. Während Tilda Louisas Rechnung schrieb, übergab ihre Nichte sich noch zweimal.

*

Antonia hatte mit ihren Schwestern den Tisch abgeräumt und die Spülmaschine gestartet. Sie war gerade dabei, sich noch ein Glas Wein einzuschenken, als die Haustür aufgerissen wurde und ihre Tante, mit Schuhen und in ihrer tropfenden Regenjacke, den gefliesten Flur durchquerte. Erst am Durchgang zum Wohnzimmer blieb sie stehen.

»Um Himmels willen, Louisa! Kannst du deine Schuhe nicht ausziehen?«, schimpfte Rena, die sich halb von ihrem Platz erhoben hatte.

»Ist etwas passiert?«, fragte Antonia und stellte die Weinflasche und ihr Glas zur Seite. Louisa war nicht nur total durchnässt, sie wirkte auch völlig aufgelöst.

»Ja.« Louisa ignorierte das Nörgeln ihrer Schwester. »Ich brauche dich, Tonia. Tildas Nichte – ihr geht es nicht gut. Ich glaube, sie hat eine Schwangerschaftsvergiftung.«

»Was?« Antonia stieß sich vom Küchentresen ab und war mit wenigen Schritten bei Louisa. »Woher weißt du das?«

»Die Symptome.« Louisa hob die Arme in einer Geste, die hilflos wirkte. »Ich habe so etwas schon einmal mitbekommen.«

Antonia hatte sich Sorgen um Gesa gemacht. Sie war bei keinem Arzt gewesen, hatte, wenn sich nicht in den letzten Tagen etwas geändert hatte, keine Hebamme. Natürlich konnte eine Frau ihr Kind auch allein auf die Welt bringen, wenn das ihr Wunsch war. Aber wenn tatsächlich eine Schwangerschaftsvergiftung vorliegen sollte, hätte jemand mit einem medizinischen Hintergrund Hinweise auf die Erkrankung vielleicht schon eher erkennen können. Denn wenn ihre Tante recht hatte, stand Gesas Leben auf dem Spiel. Für einen Laien waren die Symptome allerdings schwer bis gar nicht zu erkennen. »Was genau hast du bemerkt?«, fragte sie ihre Tante deshalb.

Josef war, sein Handy in der Hand, ebenfalls aufgestanden und half Louisa aus der Jacke. »Lass uns erst mal hinsetzen«, sagte er und warf seiner Frau einen Blick zu, als Louisa ihre Sneakers von den Füßen trat. »Kannst du deiner Schwester eine Tasse Tee machen?«

Rena presste die Lippen zusammen, nickte aber. Louisa und sie hatten sich nach ihrer gigantischen Auseinandersetzung nach Brandls Auftauchen im Tal zwar wieder zusammengerauft, aber der Frieden war noch immer brüchig. Und wenn es etwas gab, das Rena nicht schätzte, dann war es die Unterbrechung ihrer sorgfältig geplanten Sonntagszusammenkünfte. Aus den Augenwinkeln sah Antonia, wie Rosa ihrer Mutter die Hand auf den Arm legte und leise etwas sagte, das klang wie »Wenn jemand Hilfe braucht, ist das wichtiger als unser Essen. Außerdem waren wir sowieso schon beim Espresso.«

Rosa, das Mittelkind, das immer bemüht war, zu schlichten und alle Seiten glücklich zu machen, schaffte es damit ganz spielend zu verhindern, dass ihre Mutter ihrer Schwester eine Szene machte, weil sie einfach hier hereingeschneit war. Dankbar folgte Antonia ihrem Vater und ihrer Tante zur Couchecke. »Okay, jetzt noch mal. Wie kommst du darauf? Welche Symptome hast du gesehen?«

Louisa rieb sich mit den Händen über das Gesicht und schob sich dann ihre nassen Haare hinter die Ohren. »Vielleicht ist es auch gar nichts. Tilda sagt, sie hat eine Magen-Darm-Grippe. Aber ihre Knöchel waren total geschwollen. Und sie hat Magenkrämpfe. Ich weiß, für sich genommen ist das alles nichts Ungewöhnliches. Aber zusammen … Ich habe Gesa gefragt, ob sie Kopfschmerzen hat oder Sehstörungen, aber sie hat mich zum Teufel gejagt.« Hilflos zuckte sie mit den Achseln. »Tilda hat bereits versucht, sie ins Tal zu bringen, aber sie weigert sich einfach. Ich weiß nicht, was mit diesem Mädchen los ist. Jedenfalls habe ich gesagt, dass ich dich zu ihnen hochschicke.« Sie griff nach Antonias Hand. »Du musst sie dir einfach ansehen, Tonia!«

Antonia wechselte einen Blick mit ihrem Vater. »Wenn du recht hast, zählt jede Minute. Ich habe auch keine Ahnung, warum Gesa so starrsinnig ist.«

Josef zuckte mit den Schultern. »Das Krankheitsbild ist ziemlich speziell. Ich bin kein Gynäkologe. Aber ich sehe es wie du, Tonia: Wir sollten uns beeilen.«

Antonia erhob sich. »Ja. Lieber falscher Alarm, als Gesas Leben zu riskieren.«

»Selbst wenn es eine Magen-Darm-Grippe ist, wird es ihr nicht schaden, wenn sie etwas gegen die Übelkeit bekommt und ein bisschen hydriert wird.« Josef tippte sich mit seinem Handy gegen die Unterlippe. »Ich werde versuchen, einen Rettungswagen in die Richtung zu schicken. Wenn es so ernst ist, wie wir vermuten, dann muss sie sowieso so schnell wie möglich in die Klinik verlegt werden. Lasst mich kurz telefonieren.« Er stand auf, während Antonia im Kopf bereits durchging, was sie alles benötigen würde, wenn sie auf die Sonnenalm fuhr.

»Woher kennst du dich so gut mit den Symptomen der Gestose aus? Einer Schwangerschaftsvergiftung«, ergänzte sie den Begriff, den der Volksmund für das Krankheitsbild benutzte, als ihre Tante sie verständnislos ansah.

Louisa legte den Kopf gegen die Sofalehne und atmete langsam aus. »Ich möchte lieber nicht darüber reden. Ich weiß es eben, okay?«

Vielleicht dachte Louisa, dass das Gespräch damit beendet wäre, aber das war es ganz sicher nicht. Dafür war ihr Wissen viel zu speziell. Kein Mensch würde bei diesen Symptomen überhaupt auf dieses Krankheitsbild schließen. Es sei denn, man hatte es selbst erlebt. Im Moment brachte es nichts weiterzubohren. Sie kannte ihre Tante zu gut und wusste ganz genau, dass sie jetzt nichts aus ihr herausbekommen würde. Außerdem mussten sie sich jetzt auf Gesa konzentrieren. Mit Louisa würde sie reden, wenn all das vorbei war.

Antonia blickte auf, als ihr Vater ins Wohnzimmer zurückkehrte. Sein Gesichtsausdruck verhieß nichts Gutes. »Es gab einen Erdrutsch auf der Straße zur Alm. Ein Rettungswagen wird nicht durchkommen. Und du mit dem Jeep genauso wenig«, berichtete er.

»Mist.« Antonia schlug sich frustriert auf die Oberschenkel.

»Ich bin doch gerade eben noch auf dieser Strecke unterwegs gewesen.« Louisa richtete sich wieder auf. »Sie war nicht besonders angenehm zu fahren, aber sie war frei.«

»Dann hast du verdammtes Glück gehabt«, sagte Josef leise in der Hoffnung, dass Hannah es vielleicht nicht hörte.

Zu spät. »O Gott!« Hannah ließ sich neben Louisa auf die Couch fallen und umarmte ihre Tante. »Ich bin so froh, dass dir nichts passiert ist.« Sie zitterte. Hoffentlich kehrten ihre Albträume und Ängste nicht zurück.

Antonia stand auf, und ihr Platz wurde sofort von Rosa eingenommen, die Louisa und Hannah von der anderen Seite in eine tröstliche Umarmung zog.

Rena stand, die Teetasse für ihre Schwester in der Hand, ein wenig hilflos daneben. Aber Antonia hatte jetzt keine Zeit für die Befindlichkeiten ihrer Mutter, das konnte alles später geklärt werden. »Ich gehe zur Bergwacht und frage, ob sie mir ein Quad leihen.« Wenn die Straße zur Alm nicht passierbar war, blieb als einzige Route der Weg, den sie erst vor ein paar Wochen auf ihrer Mountainbike-Tour mit Xander genommen hatte. Zu schmal und unwegsam für ihren Jeep – aber mit einem Quad müsste es gehen.

»Was?« Rena stellte die Teetasse mit einer Bewegung auf den Tisch, die so heftig war, dass das Getränk überschwappte. »Du fährst bei diesem Wetter auf gar keinen Fall da raus!« Ihre Stimme überschlug sich fast.

Antonia sah Angst in den Augen ihrer Mutter. Und das konnte sie verstehen. Aber wenn Gesa wirklich Hilfe brauchte, hatte sie keine Wahl. »Ich kenne mich dort oben aus, Mama. Ich muss es zumindest versuchen.« Sie küsste ihre Mutter auf die Wange und strich ihr beruhigend über den Arm.

»Soll ich mitkommen?«, fragte Josef. »Zwei sind besser als einer.«

Antonia schüttelte den Kopf. »Nein.« So wie Rena das Gesicht zu einer wütenden Maske verzog, als sie in die Richtung ihrer Schwester blickte, war es besser, ihr Vater blieb hier und glättete die Wogen. »Wenn sich der Verdacht bestätigt, kannst du auch nicht viel ausrichten. Dann hilft nur noch ein Rettungshubschrauber.«

Ihr Vater umarmte sie. »Pass auf dich auf. Und melde dich, wenn du kannst.«

»Mach ich.« Antonia wandte sich bereits zur Tür, als Hannah aufsprang und sie in eine feste Umarmung zog, die ihr die Luft nahm.

»Du gehst doch keine Risiken ein?«, flüsterte sie.

»Mach ich nicht, Süße.« Antonia erwiderte die Umarmung genauso fest, um ihrer kleinen Schwester zu zeigen, dass sie es ernst meinte. »Ich brauch dich hier, okay. Ich habe das Gefühl, dieses Wohnzimmer wird sich gleich in einen Kriegsschauplatz verwandeln. Du musst dafür sorgen, dass kein Kampf zwischen Mama und Lou ausbricht.« Sie machte sich von Hannah los, winkte in die Runde und ging in den Flur, um in ihre Schuhe und die Jacke zu schlüpfen.

»Wie kannst du es wagen, dafür zu sorgen, dass sich mein Mädchen bei diesem Wetter da draußen in Gefahr begibt?«, war das Letzte was sie hörte, als sie die Haustür hinter sich zuzog. Sie war sich sicher, dass die Worte ihrer Mutter ihrer Tante galten. Aber sie hatte im Moment keine Zeit, sich den Kopf darüber zu zerbrechen.

Der Weg zur Bergwacht war nicht weit. Sie stellte ihren Jeep am Straßenrand hinter einem ganzen Haufen anderer Autos ab. In der Station musste einiges los sein. Erst jetzt wurde ihr bewusst, was sie in der ganzen Aufregung vergessen hatte. Die Bergretter waren bereits den ganzen Tag im Einsatz gewesen, um Straßen zu sperren, Bergrutsche abzusichern. Sie erkannte eines von Jakobs Autos, der es nicht, wie Hannah versprochen, verspätet zum Sonntagsessen geschafft hatte … und Xanders Land Rover.

Sie schob die Empfindungen, die allein sein blöder Wagen in ihr auslöste, zur Seite. Dafür war jetzt keine Zeit. Sie sprang aus dem Jeep, zog sich abermals die Jacke über den Kopf und rannte zum Eingang der Bergwachtstation. Als sie die Tür aufriss und in die Einsatzzentrale platzte, drehten sich mindestens fünfzehn Köpfe nach ihr um, die sich über eine große Karte auf einem Tisch gebeugt hatten.

»Entschuldigung.« Antonia ließ den Kragen ihrer Jacke los und strich sich die feuchten Haarsträhnen aus dem Gesicht. »Ich brauche Hilfe.«

»Na, wenn wir dafür nicht da sind?«, sagte ein Typ um die vierzig, den Antonia nur flüchtig kannte. Er zwinkerte ihr zu. Was für ein Blödmann. Das hier war weder der richtige Ort und schon gar nicht der richtige Moment, um zu flirten.

Antonia ignorierte ihn und ließ den Blick über die Anwesenden gleiten. Sie kannte die meisten von ihnen. Bei der Ehefrau des einen oder anderen hatte sie bei der Geburt ihrer Kinder assistiert. Hias war der Leiter dieser Bergwachtstation, aber da er noch in den Flitterwochen war, konnte sie nicht auf seine Unterstützung zählen. Trotzdem. Sie mussten ihr einfach helfen. »Ich brauche ein Quad«, sagte sie, als ihr Blick an ihrem Fast-Schwager hängen blieb.

Jakob zog die Augenbrauen hoch, bis sie beinahe unter seinen Locken verschwanden. Ein paar der Männer lachten ungläubig. »Verrätst du mir, was du vorhast?«, wollte er wissen.

»Was ist denn los?«, fragte Xander, ehe sie antworten konnte. Sie hörte ihn, noch ehe sie ihn sah. Er kam aus einem Nebenraum. In der Hand hielt er eine dampfende Tasse Kaffee. Als er Antonia sah, blieb er abrupt im Türrahmen stehen. Ihre Blicke trafen sich. Für einen Moment hielt Xander die Verbindung, dann sah er zu Jakob hinüber.

»Ich brauche ein Quad«, wiederholte Antonia. »Und zwar jetzt. Wenn ihr mir keines geben könnt, frage ich die Lechberger-Brüder. Die leihen mir bestimmt eins.«

»Wozu …?«, begann Jakob.

Doch Xander unterbrach ihn. »Komm mit nach hinten«, forderte er Antonia auf. Er drehte sich um und verließ den Raum durch die Tür, durch die er ihn betreten hatte.

Antonia kam der nicht besonders höflichen Aufforderung nach und drängte sich durch die Gruppe Bergwachtkameraden, die ihr neugierig hinterhersah. Jakob ließ es sich nicht nehmen, ihr auf dem Fuß zu folgen. Xander wartete an der Tür eines Materialraums, in dem Spinde standen und überall Einsatzausrüstung verteilt lag. Als Jakob und sie eingetreten waren, schloss er die Tür hinter ihnen und lehnte sich dagegen. Er stellte die dampfende Kaffeetasse in ein Regal neben sich und verschränkte die Arme vor dem Oberkörper. »Was ist los?«, fragte er schlicht.

»Kannst du dich an Gesa erinnern? Tildas schwangere Nichte?« Sie wartete seine Antwort nicht ab. Natürlich erinnerte er sich an diesen Tag. Er war viel zu schön und besonders gewesen, um ihn aus dem Gedächtnis zu streichen. Also wartete sie Xanders Antwort gar nicht erst ab, sondern sprach einfach weiter. »Lou war vorhin auf der Sonnenalm. Gesa geht es ziemlich schlecht. Meine Tante vermutet eine Schwangerschaftsvergiftung. Wenn das stimmt, dann stehen sowohl Gesas als auch das Leben des Babys auf dem Spiel. Ich muss da hoch!«

Jakob kratzte sich am Kopf. »Das Gebiet unterhalb der Sonnenalm ist vom Regen total aufgeweicht. Wir hatten vorhin einen Hangrutsch. Das ganze Gelände ist völlig instabil.« Er griff nach Xanders Kaffeetasse und trank einen großen Schluck. Dann ließ er sich auf eine der Bänke fallen, streckte seine mit zähem Schlamm überzogenen Beine aus und lehnte den Kopf gegen den Spind hinter sich. Erst jetzt wurde Antonia bewusst, wie müde und erschöpft er aussah. Er musste seit Stunden im Einsatz gewesen sein.

»Das hat mein Vater schon herausbekommen. Trotzdem muss ich dort hoch.« Sie blickte zwischen den beiden Männern hin und her. »Wenn ihr mir ein Quad leiht, nehme ich die Route, die am Forstlehen vorbeiführt. Auf diesem Weg müsste ich es schaffen.«

Xander überlegte einen Moment, während Jakob die Augen schloss. »Du hast recht«, sagte er schließlich. »Eine andere Möglichkeit gibt es nicht. Der schnellste Weg wäre ein Hubschrauber. Aber die steigen bei dieser Witterung nicht auf. In der Nacht soll das gröbste Unwetter durchgezogen sein. Aber vor dem Morgengrauen werden wir keine Hilfe bekommen. Das Quad ist die einzige Möglichkeit.«

Erleichtert atmete Antonia aus. »Dann leiht ihr mir also eins?«

»Nein.« Bei Xanders entschiedener Antwort öffnete Jakob die Augen wieder und blinzelte. »Aber wir bringen dich auf den Berg.«

»Ich brauche keine Hilfe«, gab sie Xander die gleiche Antwort, die sie auch ihrem Vater gegeben hatte.

»Du fährst mit jemandem von der Bergwacht oder gar nicht …«

»Ich kenne mich in den Bergen genauso gut aus wie jeder von euch«, fuhr Antonia ihm dazwischen.

»Das stimmt. Und das stellt auch niemand infrage. Aber zum einen kann ich dir kein Quad überlassen, schon aus versicherungstechnischen Gründen. Und im Moment kann ich nur ein Quad entbehren. Der Rest wird nach wie vor gebraucht. Du kannst also nur bei einem von uns hinten aufspringen. Abgesehen davon hat jeder von uns eine gute medizinische Ausbildung. Einige sind sogar Rettungssanitäter oder -assistenten. Zwei helfende Hände können nicht schaden, oder? Besonders wenn Gesa Medikamente braucht.«

»Okay.« Antonia hob resigniert die Hände. Xander würde nicht von seinem Standpunkt abweichen. Und jede Minute, die sie länger diskutierten, war eine Minute, die Gesa am Ende fehlen könnte. »Machen wir es, wie du sagst. Aber jetzt lass uns loslegen.«

Xanders Blick glitt über ihren Körper. Was sich anfühlte wie eine warme Liebkosung – und völlig unangebracht war. Dann sah er ihr wieder in die Augen, und ein kleines Lächeln spielte in seinen Mundwinkeln, so als könne er ihre Gedanken lesen. »Nicht in diesem Aufzug«, sagte er.

Antonia blickte an sich herunter. Jeans, Turnschuhe und eine Softshelljacke waren definitiv nicht die richtige Ausrüstung.

»Du machst jetzt Folgendes: Fahr nach Hause. Zieh dich um, pack alles, was du brauchst, in einen Rucksack. Wir packen hier die Ausrüstung zusammen und alles, was noch benötigt werden könnte. Der Weg auf den Berg führt ja sowieso bei dir vorbei.«

»Okay, das mache ich.«

Xander trat einen Schritt zur Seite, und Antonia riss die Tür auf, um hinauszustürmen. Die Klinke in der Hand drehte sie sich noch einmal um. »Danke, Xander. Vielen Dank.«

*

Xander hielt Jakob seinen Kaffeebecher hin, als sein Freund sich aufrappelte.

Jakob leerte ihn auf ex, ohne mit der Wimper zu zucken. »Ich gehe mit Tonia«, sagte er dann und streckte sich, wobei er schmerzlich das Gesicht verzog. »Sie ist die Schwester meiner Freundin. Hannah würde mir den Hintern aufreißen, wenn ich mich nicht um sie kümmern würde.«

Xander schüttelte den Kopf. »Du hilfst mir, die Ausrüstung zusammenzustellen und zu verladen. Und dann gehst du endlich nach Hause. Du bist seit letzter Nacht im Einsatz – du brauchst eine Pause.« Er hob die Hand, als Jakob ihm widersprechen wollte. »Erschöpft und übermüdet bist du auf dem Berg niemandem eine Hilfe.«

»Aber ich habe eine Ausbildung zum Rettungssanitäter. Und du hattest recht mit dem, was du gesagt hast. Tonia braucht Unterstützung«, brachte Jakob sein bestes Argument vor.

»Genau deshalb werde ich gehen«, sagte Xander.

»Du? Aber du hast hier das Kommando, solange Hias in den Flitterwochen ist.« Jakob sah ihn verständnislos an.

»Das Kommando kann ich an Peter übertragen. Aber einen der ausgebildeten Sanis, die noch unterwegs sind, zurückpfeifen, das kann ich nicht. Also gehe ich.« Ganz abgesehen davon, dass er Antonia niemals ohne ihn auf den Berg gehen lassen würde. »Na los. Hilf mir mit der Ausrüstung.«

25

»Jakob hat eine Nachricht geschickt«, sagte Hannah und blickte von ihrem Handy auf. Sie saß noch immer neben Louisa, die dankbar war, die Wärme ihrer Nichte zu ihrer Linken zu spüren. Sie half gegen die Kälte in ihrem Inneren, genau wie Rosas positive Energie rechts von sich. »Xander fährt mit Antonia zur Sonnenalm. Wir müssen uns also keine Sorgen machen.«

»Gut«, sagte Louisa und lehnte sich erleichtert gegen Hannah.

Ihre Nichte drehte den Kopf und küsste sie auf die Wange. »Ja. Xander ist eine gute Wahl für diesen Trip.«

»Nichts ist gut.« Rena hatte sich in der Küche zu schaffen gemacht und kam jetzt wieder in den Wohnbereich herüber. Mit in die Seiten gestemmten Händen funkelte sie wütend auf Louisa herab. Die Tiraden würden also wieder losgehen – Louisa war es so leid. Sie war so müde. So aufgewühlt. Und so, wie sie sich im Moment fühlte, konnte sie den verbalen Attacken ihrer Schwester nichts entgegensetzen. Das Bedürfnis, sich zu einem kleinen Ball zusammenzurollen und die Ohren zuzuhalten, war beinahe übermächtig.

»Rena«, sagte Josef sanft. »Lass Lou für heute Abend in Ruhe. Du siehst doch, dass sie völlig durch den Wind ist.«

Rena schnaubte wenig damenhaft. Dann stieß sie ein ungläubiges Lachen aus. »Lou ist also durch den Wind, ja?«, fauchte sie ihren Mann an. »Natürlich! Lasst uns alle Rücksicht nehmen! Lasst uns für sie da sein! Lasst uns alles stehen und liegen lassen, damit wir der Welt helfen können, sich um Louisa, die Großartige, zu drehen.«

»Mama! Wie kannst du nur so gemein sein!«

»Mama! Was ist nur in dich gefahren?«

Rosa und Hannah hatten gleichzeitig gesprochen. Sie sahen ihre Mutter schockiert an. Josef schüttelte ungläubig den Kopf. Niemand von ihnen hatte erwartet, dass sie so schnell wieder bei ihren alten Problemen landen würden.

Louisa hatte dem Frieden der letzten Monate wirklich getraut. Rena war es gewesen, die zu ihr gekommen war, die angeboten hatte, das Kriegsbeil zu begraben. Offenbar war es nicht tief verscharrt gewesen, so schnell, wie ihre Schwester es wieder ausgebuddelt hatte. Dabei konnte sie Rena verstehen. Sie sorgte sich um Antonia, die in diesem Unwetter unterwegs war. Auch Louisas Magen grummelte bei dem Gedanken daran. Aber ihre Nichte hatte Xander an ihrer Seite. Außerdem hätte ihr Antonia nie verziehen, wenn sie ihr nichts von Gesas Komplikationen erzählt hätte.

»Mama!«, äffte Rena den Tonfall ihrer Töchter nach. »Bin ich vielleicht nicht durch den Wind? Es ist mein Kind, das du da rausgeschickt hast.« Sie stieß vor Louisa mit dem Finger in die Luft. »Ich habe Angst um meine Tochter. Du hingegen zuckst nicht einmal mit der Wimper, sie in Gefahr zu bringen. Und da soll ich mich nicht aufregen? Verdammt noch mal! Wir reden hier von meinem Kind!«

Louisa schloss die Augen und hoffte, dass sich ihr wild schlagendes Herz beruhigte. Rena hatte natürlich recht. Antonia war erwachsen. Umsichtig. Und nicht der Typ, der in einer solchen Situation Risiken einging. Trotzdem war sie das Kind ihrer Schwester – und würde es für immer bleiben. Rena war dabei, sich in Rage zu reden. Wie immer, wenn sie das tat, würden sie früher oder später bei dem einen Thema landen. Dem Problem, das ihre Schwester ihr über all die Jahre nur zu gerne vorgehalten hatte. Louisa wusste nur nicht, ob sie die Vorhaltungen jetzt, nachdem in den letzten Tagen so viele Erinnerungen hochgekocht waren, ertragen konnte. Vorsichtig, als hätte er Stacheln, atmete sie an dem Kloß in ihrem Hals vorbei. Lange musste sie nicht warten: Schon Renas nächster Satz fühlte sich an wie ein Schwinger in den Magen.

»Du bedienst dich meiner Kinder, wie es dir gerade passt«, brachte Rena mit der Empörung der von allen falsch verstandenen Mutter hervor. »Du hast dir nie die Mühe gemacht, eine Familie zu gründen. Ein Mann? Kinder? Doch nicht für Lou, die Hippiebraut! Warum solltest du dich auch dazu herablassen, Kinder zur Welt zu bringen, ihnen die Windeln zu wechseln und nachts aufzustehen, wenn sie vor Koliken schreien oder weil sie zahnen? Du hast dich einfach in mein Nest gesetzt und dir meine Kinder *ausgeborgt*«, sie betonte das Wort boshaft, »wenn dir gerade danach war. Selbstgerecht bist du. Du siehst auf uns herab. Auf unser spießiges kleines Leben. Aber es ist unser Leben, von dem ich hier rede. Du hättest selbst Kinder bekommen können. In deinem Fall wäre es noch nicht mal nötig, einen Mann dazu zu haben. Zu deiner alternativen Lebensweise hätte die alleinerziehende Mutter doch gut gepasst. Vielleicht wüsstest du dann, wie es das Herz einer Mutter zerreißt, wenn sich ihr Kind in Gefahr begibt.«

Hör auf, wollte Louisa schreien. Sie war sich sicher, ihre Lippen bewegt zu haben, aber kein Ton drang aus ihrem Mund in die plötzlich gespenstige Stille, die den Raum einnahm.

Rena lehnte sich mit dem Rücken gegen die Kücheninsel und schloss die Augen. Sie wusste, dass sie zu weit gegangen war. Aber der harte Zug um ihren Mund sagte deutlicher, als es jedes weitere Wort hätte sagen können, dass sie von ihrem Standpunkt nicht abweichen würde. Ein kleiner Teil von Louisa konnte sie sogar verstehen. Vielleicht wäre sie selbst nicht so eine Glucke geworden wie ihre Schwester, wenn ihr das Glück eigener Kinder vergönnt gewesen wäre. Wer wusste das schon. Aber gesorgt hätte sie sich genauso wie Rena.

Hannah und Rosa starrten ihre Mutter mit aufgerissenen Augen an. Josef blickte betreten zu Boden.

Rena und Louisa hatten sich im vergangenen Herbst geschworen, dass sie keine Geheimnisse mehr voreinander haben würden. Sie hatten beide gelogen. Rena würde ihren Groll und die Eifersucht auf ihre Schwester wohl doch nie ganz aus ihrem Leben verbannen können. Und Louisa? Ihre Lüge war noch viel größer. Die Erinnerungen viel zerstörerischer, als es Rena mit ihrer lächerlichen kleinen Eifersüchtelei je sein könnte.

Tränen brannten in Louisas Augen. Sie hatte das Gefühl, die Flut nicht mehr stoppen zu können, sollte sie erst einmal anfangen zu heulen. Blinzelnd erhob sie sich. Sie schwankte leicht und stützte sich auf Hannahs Schulter ab.

»Lou«, sagte ihre Nichte nach einem Blick in ihr Gesicht eindringlich. »Bist du in Ordnung?«

Ihre Worte brachten auch Rena dazu, die Augen wieder zu öffnen und sie anzustarren. Genau wie Josef den Kopf hob und Rosa sie ansah. Louisa stand im Scheinwerferlicht ihrer Familie. Und genau aus dem musste sie verschwinden, bevor sie ihre Haltung verlor. Den Kampf gegen die Tränen. Und das letzte bisschen Selbstachtung. Sie drängte sich an Rosa vorbei und ging langsam zur Tür. Ihre Schritte schienen zu einem Matrosen zu gehören, der nach Monaten auf See zum ersten Mal festen Boden unter den Füßen hatte. Ohne etwas zu sagen, schlüpfte sie in ihre Schuhe und nahm ihre Jacke vom Haken. Dann drehte sie sich noch einmal um und sah ihrer Schwester in die Augen. »Woher willst du wissen, dass mein Mutterherz nicht zerrissen wurde, lange bevor du überhaupt wusstest, was das eigentlich ist?«, fragte sie Rena leise.

Sie hörte das kollektive Nach-Luft-Schnappen ihrer Nichten in ihrem Rücken. Im nächsten Moment fiel die Tür hinter ihr ins Schloss, und der Wind blies ihr eiskalten Regen entgegen, als würde der Wettergott ihr das Wasser eimerweise direkt ins Gesicht schütten. Sie schlang die Arme um ihre Mitte und lief los.

*

Xander hatte seine Ausrüstung sorgfältig zusammengepackt und in einem kleineren Rucksack die Dinge verstaut, die für Antonia unerlässlich waren. Kletterausrüstung, Karabiner, ein Biwaksack für den Notfall. Jakob hatte es sich nicht nehmen lassen, die ganze Zeit neben ihm herzulaufen und aus einem medizinischen Fachbuch Symptome und Behandlung einer Gestose zu zitieren. Sie hatten beide nach der Schule ihren Zivildienst auf der Rettungswache in Berchtesgaden geleistet und waren bei dieser Gelegenheit zu Rettungssanitätern ausgebildet worden. Jakob war es genau wie Xander wichtig gewesen, auch nach dem Zivi immer ihre Fortbildungsstunden zu erbringen, um weiterhin Sanitäter zu bleiben. Aber Xander machte sich nichts vor: Sie waren alpinmedizinische

Profis. Einen Bergsteiger aus einer Felswand zu bergen und abzutransportieren war für sie genauso wenig ein Problem wie Pistenrettung. Mit Knochenbrüchen konnten sie umgehen. Knöchel, Knie, Rücken und Schulter. Das waren die Körperteile, mit denen sie sich auskannten. Schwangere, die möglicherweise unter einer Gestose litten, gehörten dagegen ganz sicher nicht zu Xanders Basiswissen.

Nachdem er alle Vorbereitungen getroffen hatte, hatte er Peter die Verantwortung für die noch laufenden Einsätze übergeben und sich mit dem Notarzt in Berchtesgaden in Verbindung gesetzt, um ihm vorab alle Informationen zu geben, die er hatte. Dann war er auf das Quad gestiegen, hatte sich gegen den Sturm gestemmt und war den steilen Forstweg zu Antonias Haus hinaufgefahren. Er kam deutlich langsamer voran als sonst. So war es auch kein Wunder, dass Antonia bereits aus dem Haus gerannt kam, als sie die Scheinwerfer durch die Bäume blitzen sah.

Auf ihrem Rücken saß ein leuchtend orangefarbener Rettungsrucksack. Xander hatte nicht einmal gewusst, dass sie so etwas besaß, er hatte sie immer nur mit ihrer ledernen Hebammentasche gesehen. Aber Antonia war eben immer auf alles vorbereitet. Sie trug Outdoorhosen mit Seitentaschen an den Oberschenkeln, Wanderstiefel und einen wasserdichten Parka, dessen Kapuze sie sich über den Kopf gestülpt hatte. »Hi, ich bin Antonia. Danke für die Begleitung«, brüllte sie über den Lärm des Motors hinweg, der sich mit dem Rauschen des Sturms und des Regens mischte.

Xander schob das Visier seines Helmes hoch und grinste sie an. »Hi, ich bin Xander. Gern geschehen.«

»Xander.« Sie verzog das Gesicht zu einer resignierten Maske. »Warum wundert mich das nicht?«

Er hielt ihr den zweiten Helm hin. »Ich bin im Moment deine beste Wahl. Spring auf.«

Eines musste er ihr zugutehalten: Sie befand sich auf einer Mission. Und wie auch sonst, wenn sie ein Ziel vor Augen hatte, zögerte sie keinen Moment. Sie nahm ihm den Helm ab, zog die Kapuze herunter und stülpte ihn sich über. »Los geht's«, sagte sie und schwang sich hinter ihm auf das Quad. Mit einem Klaps auf die Schulter gab sie ihm das Zeichen loszufahren.

Xander gab Gas. Er spürte die Innenseiten ihrer Schenkel, die sich an seine pressten. Für einen Moment fühlte er so etwas wie Bedauern, weil sie ihre Hände nicht um seine Taille schlang und sich nicht an ihn lehnte. Aber so eingequetscht, wie sie als seine Sozi zwischen ihm und der Gepäckträgerbox saß, war das nicht nötig. Natürlich war er nicht ganz selbstlos gewesen, als er sich freiwillig zu diesem Einsatz gemeldet hatte. Im Moment stand Gesa im Mittelpunkt, und er hoffte von ganzem Herzen, dass sie nicht zu spät kamen, oder sich die Gestose vielleicht sogar wirklich nur als Magen-Darm-Grippe entpuppte. Aber danach, wenn sich die Sorge gelegt hatte und Gesa versorgt war, würden sie vielleicht einen Moment fur sich haben. Einen Moment, den sie nutzen konnten, um miteinander zu reden. Allein. Weitab von jeder Ablenkung. Ohne dass sie ihm die Tür vor der Nase zuschlagen konnte. Vorsichtig lenkte er das Quad durch den kleinen Bach, in den sich der Waldweg verwandelt hatte. Bis es so weit war, musste er sich auf eine ganze Menge anderer Dinge konzentrieren.

*

Antonia versuchte, Xander auszublenden. Sie war nicht mit dem Mann unterwegs, der seit Wochen ihre Gedanken beschäftigte. Das hier war ein medizinischer Notfall. Ein Einsatz der Bergwacht. Die Erinnerung an das letzte Mal, dass sie ihre Schenkel an seinen Körper gepresst hatte, schob sie zur Seite. Mit Xander unterwegs zu sein hatte auch Vorteile. Sie wusste, dass sie als Team gut funktionierten, in der Kletterhalle genauso wie auf Mountainbike-Touren. In einer Situation wie dieser konnte sie sich glücklich schätzen, mit jemandem unterwegs zu sein, dem sie vertraute und der die Berge genauso gut kannte wie sie.

Die Schwerkraft zog sie nach hinten, als Xander das Quad ein besonders steiles Stück hinaufquälte. Nur um dann, kaum dass sie die Kuppe erreichten, eine Vollbremsung hinzulegen. Das Quad schlitterte über den schlammigen Untergrund, und Antonias Helm knallte gegen Xanders. Sie legte ihm die Hand auf die Schulter. Mit der anderen schob sie das Visier nach oben und versuchte zu erkennen, was ihn zum Anhalten gezwungen hatte. »Was ist los?«, rief sie über den Lärm aus Motorgeräuschen und Regen hinweg. Dann sah sie es. Zwei riesige Spitztannen lagen quer über dem Weg. »Mist«, fluchte sie.

Xander schob sein Visier ebenfalls hoch und zog den Reißverschluss der Gepäckbox vor sich auf. Im nächsten Moment schnitt der Strahl einer starken Taschenlampe durch die Dunkelheit. »An denen kommen wir nicht vorbei«, rief er unnötigerweise. Er richtete sich auf den Fußblechen auf, bis er stand, und leuchtete die Umgebung langsam ab. »Das Wasser hat alles unterspült und dafür gesorgt, dass sie kippen«, sagte er in ihre Richtung.

»Wenn wir hier nicht durchkommen, könnten wir ein

Stück zurückfahren und es auf einem der Pfade links vom Weg versuchen«, schlug Antonia vor.

Xander nickte. »Das wird verdammt eng. Aber versuchen sollten wir es. Eine andere Chance haben wir nicht.« Er gab ihren aktuellen Standort, die blockierte Route und ihren Versuch, den Bereich zu umfahren, per Funk an die Bergwacht durch. Dann wendete er das Quad und fuhr langsam zurück, bis sie den zugewucherten Weg fanden. Sie folgten ihm für ein paar Hundert Meter – und wurden abermals gestoppt.

Xander drehte sich zu Antonia um. »Hier kommen wir auch nicht weiter. Der Pfad ist komplett zugewuchert.«

Sie beugte sich über seine Schulter nach vorn. »Können wir ihn freiräumen?«, fragte sie.

»Könnten wir. Aber ich habe keine Ahnung, wie lange wir dafür brauchen. Ich verschaffe mir einen Überblick, dann sehen wir weiter.« Xander sprang vom Quad, ließ es aber laufen, um den Scheinwerfer als Lichtquelle zu nutzen.

Antonia zog ihre Taschenlampe aus der Seitentasche ihrer Outdoor-Hose und folgte ihm. Weit kamen sie nicht. Äste und dornige Zweige waren überall um sie herum, hakten sich in ihre Kleider und zerrten an ihnen wie Arme in einem Horrorfilm.

»Das hat keinen Zweck«, sagte Xander und trat langsam den Rückzug an.

Antonia befreite ihn von einer stachligen Ranke, die sich quer über seinen Rücken zog. »Das ist verrückt. Letztes Jahr bin ich hier noch mit dem Mountainbike unterwegs gewesen.«

Xander sah sie an. Im Licht der Taschenlampen trafen sich ihre Blicke, und sie konnte erkennen, dass er lächelte. »Die Natur holt sich zurück, was ihr gehört.«

»Ja, im denkbar ungünstigsten Moment.« Antonia wischte sich ein paar Latschenkiefernadeln von der Jacke. »Nicht dass ich das normalerweise nicht zu schätzen wüsste. Was machen wir jetzt? Zurück zu den umgestürzten Bäumen?«

Xander nickte. »Und dann wohl oder übel zu Fuß weiter.«

Sie stiegen auf das Quad und kämpften sich zu ihrem Ausgangspunkt zurück. Während der Fahrt überschlug Antonia, wie lange sie zu Fuß wohl brauchen würden. Zwei Stunden. Bei dieser Witterung vielleicht zweieinhalb. Oder drei. Als Xander das Quad an den Wegrand fuhr, schickte sie ein Stoßgebet gen Himmel, dass Gesa durchhielt, bis sie die Alm erreichten.

Sie stiegen ab, und Xander öffnete die Kofferbox und zog zwei Rucksäcke heraus. Eine große Kraxe und einen kleineren. »Wie schwer ist der Notfallrucksack?«, fragte er mit einem Blick auf ihre Ausrüstung. »Kannst du ihn tragen?«

Antonia hatte gerade den Helm abgenommen. Sie zog die Augenbrauen nach oben, ehe sie sich die Kapuze zum Schutz gegen den Regen überstülpte. »Meinst du das ernst?«, stellte sie die Gegenfrage.

Er seufzte, schnallte den kleineren Rucksack auf die Kraxe und hievte beides gemeinsam auf seinen Rücken. Dann griff er nach seinem Funkgerät. »Basis für Xander.«

»Basis hört.«

»Das gibt's doch nicht! Habe ich diesem Kerl nicht gesagt, dass er nach Hause gehen soll?«, murmelte Xander, bevor er die Sprechtaste an seinem Funkgerät erneut drückte. »Wieso bist du noch immer auf der Wache, Jakob?«, fragte er.

»Weil du da draußen bist«, kam die lapidare Antwort.

»Und Tonia«, klang eine weitere Stimme aus dem Lautsprecher.

Antonia schob ihre Kapuze ein Stück zurück. »War das Hannah?«

»Die Zivilistin soll vom Funk verschwinden«, sagte Xander gespielt streng. Wieder sah Antonia das Lächeln, das um seine Mundwinkel spielte. Und spürte das Echo kribbelnd in ihrem Magen. »Wir sind zurück bei den umgestürzten Bäumen«, informierte er Jakob. »Wir konnten die Stelle nicht umfahren und kommen hier nicht weiter. Wir gehen von hier aus zu Fuß.«

»Okay«, kam Jakobs Antwort, begleitet von einem statischen Rauschen. »Ich habe euren aktuellen Standort. Meldet euch jede halbe Stunde.«

»Verstanden.« Xander senkte das Funkgerät.

Trotzdem war Hannahs »Passt auf euch auf« nicht zu überhören.

»Sie macht sich Sorgen«, sagte Antonia, bevor Xander fragen konnte. »Seit ihrem Unfall in Brasilien sind solche Wetter und vor allem diese Erdrutsche der blanke Horror für sie.«

»Kein Problem.« Xander schob das Funkgerät in die Brusttasche seiner Jacke. »Bei Jakob ist sie in guten Händen. Wenn es einer schafft, sie zu beruhigen, dann er. Bereit?«

»Bereit.« An Xanders Seite kletterte sie über die Baumstämme und begann den Marsch bergauf.

26

Louisa hatte keine Ahnung, wie lange sie durch die Gegend gelaufen war. Der Regen und der Wind hatten ihren Körper taub werden lassen. Sie hatte das Gefühl verloren. Das Gefühl für Zeit. Das Gefühl für Schmerz. Der einzige Gedanke, der durch ihren Kopf surrte, war der Wunsch, nicht wieder in das schwarze Loch zu fallen, in dem sie nach dem furchtbarsten Tag ihres Lebens gelandet war. Und aus dem sie sich in einem mühevollen Kampf befreit hatte. Sie hatte nicht auf den Weg geachtet, doch irgendwann spürte sie das Pflaster des Mühlenhofes unter ihren Füßen, und langsam kehrte sie in die Gegenwart zurück.

Als sie den Blick hob, sah sie die Gestalt, die neben der Haustür an der Wand lehnte. Brandl. Er stieß sich nicht vom rauen Putz ab. Er kam ihr nicht entgegen. Geduldig wartete er, bis sie bei ihm war. Dann löste er ihre vor dem Brustkorb verschränkten Hände und zog sie in seine Arme. Louisa wusste nicht, wie lange er schon hier stand, der Dachvorsprung hatte ihn offenbar vor dem Wetter geschützt. Mit der Umarmung hüllte er sie in trockene Wärme. Ohne dass sie es wollte, begann Louisa zu zittern. »Was machst du hier?«, brachte sie hervor und versuchte, ihr Zähneklappern zu unterdrücken.

»Ich habe auf dich gewartet«, sagte er leise und strich beruhigend mit den Händen über ihren Rücken. »Lass uns reingehen und dich aufwärmen.« Früher, als ihr lieb war, ließ er sie los und griff dann nach ihrer Hand. Er zog sie hinter sich her in ihre Wohnung. Sanft, aber bestimmt. Kaum hatte er die Tür hinter sich geschlossen, zog er den Reißverschluss ihrer Jacke herunter und schälte sie aus dem nassen Stoff. »Zieh die Schuhe aus«, forderte er sie auf und zog Louisa, als sie sie von ihren Füßen getreten hatte, weiter hinter sich her. Diesmal in Richtung Badezimmer. Er schob sie auf den Wannenrand, und sie ließ es geschehen. Noch immer fühlte sie sich ein wenig losgelöst von der Realität.

Brandl ließ Wasser in die Badewanne und schnupperte an ihren Schaumbadflaschen, bis er etwas gefunden hatte, das ihm zuzusagen schien. Großzügig goss er den Zusatz ins Wasser, und Louisa atmete den Duft nach Orangenblüten und Zitrone ein, der das Badezimmer augenblicklich flutete.

»Jetzt werden wir dich erst einmal aufwärmen«, sagte Brandl. Er schraubte den Deckel auf die Flasche zurück und platzierte sie wieder im Regal. Dann begann er langsam, Louisa aus ihren nassen Sachen zu schälen. Als sie nackt vor ihm stand, hielt er ihr die Hand hin, um ihr ins Wasser zu helfen. »Rein mit dir.«

Louisa hatte nicht die Kraft, sich ihm zu widersetzen. Sie hatte nicht die Energie, ihn wegzuschicken. Der Wunsch, sich zu einem kleinen Ball zusammenzurollen und die Welt um sich herum auszuschließen, war immer noch da. Doch mit der Hitze, die als schmerzhaftes Kribbeln von ihren Füßen aus an ihrem Körper hinaufkroch, als sie sich in die Wanne stellte, kehrten auch ihre Lebensgeister zurück. Zischend atmete sie aus.

Brandl küsste sie auf die Schläfe. »Wird gleich besser«, beruhigte er sie. »Setz dich. Ich bin gleich wieder da.«

Vorsichtig ließ sich Louisa in das Wasser sinken und lehnte sich zurück. Mit geschlossenen Augen wartete sie darauf, dass die Wärme in ihren Körper überging. Sie hörte Brandl zurückkommen, hörte das Klicken eines Feuerzeugs. Hörte, wie er sich neben der Wanne auf den Boden sinken ließ. Er griff nach ihrer Hand und küsste ihre Fingerknöchel. »Besser?«, fragte er.

»Hmm.« Louisa öffnete die Augen. Er hatte die Kerzen entzündet, die auch sonst brannten, wenn sie sich ein Entspannungsbad gönnte, und das kalte Deckenlicht ausgeschaltet.

»Hier.« Brandl reichte ihr ein Glas Rotwein. »Ich habe überlegt, ob ich dir einen Tee kochen soll. Aber vielleicht ist es besser, du trinkst einen Wein. Vielleicht hilft dir das ja, mir zu erzählen, was los ist.« Er strich ihr mit dem Daumen über die Wange. »Ich merke schon seit Tagen, dass mit dir etwas nicht stimmt. Als Rosa vorhin ganz aufgelöst und voller Sorge anrief, habe ich mir geschworen, dich heute dazu zu bringen, endlich mit der Sprache rauszurücken.«

»Rosa!« Louisa stellte das Glas auf dem Wannenrand ab und richtete sich auf. »Mein Gott! Mein Auftritt hat sie wahrscheinlich zu Tode erschreckt. Ich muss ihr Bescheid geben, dass ich zu Hause bin.«

Brandl legte seine Hand über ihre und drückte sie beruhigend. »Ich habe ihr schon Bescheid gesagt.«

Louisa lehnte sich wieder zurück. Mit dem warmen Wasser, das sie einhüllte, fingen die Gedanken in ihrem Kopf wieder an zu rotieren, vermischten sich mit den Erinnerungen, die sie so lange so fest in ihrem Herzen verschlossen hatte. Sie fühlten sich wie ein giftiger Strom an, der durch ihren Körper floss und einfach nicht zu stoppen war. Er wurde stärker und stärker. Wenn sie ihn nicht bald stoppte …

Brandl hatte sich mit der Schulter gegen den Wannenrand gelehnt und sah sie aufmerksam an. Geduldig. Aber sie war sich sicher, dass er nicht nachgeben würde, bis er die Antworten bekam, die er von ihr wollte. Vielleicht war es an der Zeit. Blieb nur das Risiko, dass er sich von ihr abwenden würde. Dass er sie für ihre Lügen verabscheuen würde. Sie trank einen Schluck Wein und lehnte sich dann wieder zurück. »Ich habe dir nicht die Wahrheit erzählt«, sagte sie leise. »Ich habe euch allen nicht die Wahrheit gesagt.«

Sommer 1979

Louisa kam zu sich, spürte den Schmerz, der durch ihren Bauch raste, ihren Kopf explodieren ließ. Der Regen fiel wie Nadeln aus Eis auf ihr Gesicht. Sie blinzelte, aber sie schaffte es nicht, ihren Blick scharf zu stellen. Trotzdem erkannte sie den Postboten, den sie erst vor ein paar Minuten ins Haus gelassen hatte. Oder war das schon Stunden her? Er redete auf sie ein. Seine Stimme war ruhig, aber sie verstand nicht so richtig, was er von ihr wollte.

Vorsichtig wandte sie den Kopf. Eine Welle aus Schmerz und Übelkeit rollte über sie hinweg. Aber für einen Moment schaffte sie es, ihren Blick scharf zu stellen. Ein paar Meter von ihr entfernt saß ein Mann auf dem Boden. Er hielt seinen Arm und verzog das Gesicht auf eine Art, die ihr sagte, dass er ebenfalls Schmerzen litt. Der Radfahrer, ging es ihr durch den Kopf. Der Mann, mit dem sie kollidiert war. Im nächsten Moment versank sie wieder in der Schwärze, aus der sie gerade erst aufgetaucht war.

Gleißend weißes Licht war das Nächste, woran sie sich erinnerte. Es blendete sie und ließ die Gestalten, von denen sie nur die Augen sehen konnte, über ihr zu hellen Flecken verschwimmen.

Marlene saß neben ihr und hielt ihre Hand, als Louisa die Augen das nächste Mal aufschlug. Wieder war alles, was sie sehen konnte, weiß. So weiß, dass sie die Sorgenfalten im blassen Gesicht ihrer Freundin überdeutlich sehen konnte. »Da bist du ja wieder«, versuchte sich Marlene an einem fröhlichen Tonfall.

»Was ist passiert?« Louisas Rachen war rau. Sie hatte Durst. Ihre Lippen waren aufgeplatzt. »Wo bin ich?«

»Du …« Marlene schloss für einen Moment die Augen. Als sie sie wieder öffnete, lief eine Träne über ihre Wange. »Du hattest einen Unfall.«

»Ich … Was? … Wie? …« Louisa versuchte, die Bruchstücke in ihrem Kopf zu sortieren.

Marlene wich ihrem Blick aus. Sie wischte weitere Tränen von ihren Wangen, während sie angestrengt zur Seite starrte. »Wir sollten auf die Ärzte warten«, sagte sie leise. »Sie können dir am besten erklären, was passiert ist.«

»Was passiert ist …«, wiederholte Louisa. Und dann war plötzlich alles wieder da. Der Regen. Der Briefbote. Das Fahrrad. »O Gott.« Sie hob ihre Hand und legte sie auf ihren Bauch. »Das Baby? Was ist mit dem Baby?«

*

Michael Brandners Herz raste. Das Blut rauschte so laut in seinen Ohren, dass er Louisas leise Worte fast nicht verstand. »Ein Baby?«, flüsterte er. »Du warst schwanger?« Seine Hand zitterte, als er sein Weinglas auf den Fliesenboden stellte und sich über das Gesicht rieb.

Louisas Gesicht war nass von den Tränen, die sie geweint hatte, während sie ihm davon erzählt hatte. Sie schloss die Augen, als könne sie seinen Blick nicht ertragen, und ließ sich langsam unter die Wasseroberfläche gleiten.

Er hatte gewusst, dass Louisa ihm etwas verheimlicht hatte. Dass es etwas gab, das sie ihm nicht hatte erzählen wollen. Das war ihm bereits klar geworden, als er sie vor einer Weile gefragt hatte, warum sie nie eigene Kinder bekommen hatte und sie erst aus dem Raum gerannt und ihm dann ausgewichen war. Aber diese Erklärung dafür hätte er sich im Traum nicht vorstellen können. Die Gedanken fuhren Achterbahn in seinem Kopf. Ein Kind. Fast hätten sie ein Kind gehabt. Er wäre fast ein Vater gewesen. Wie ein Fausthieb traf ihn der Schock, presste ihm die Luft aus der Lunge. Er wusste nicht, was er mit dieser Information anfangen sollte. Als Louisa der Sauerstoff ausging und ihr Gesicht wieder durch die Wasseroberfläche brach, sprang er auf. Er musste sich bewegen. Er fühlte sich wie ein wildes Tier, das in einen Käfig gesperrt worden war. Mit wenigen Schritten durchquerte er die Fläche zwischen Waschbecken und Badewanne. Eine Quadratmeterzahl, die unter anderen Umständen sicher als großzügig zu benennen gewesen wäre – aber nicht, wenn man gerade erfahren hatte, dass die Frau, die man geliebt hatte – und noch immer liebte –, ein Kind erwartet hatte, ohne dass man davon auch nur den blassesten Schimmer gehabt hatte. »Und du hast nicht darüber nachgedacht, mir etwas davon zu erzählen? Damals, meine ich.« Er fuhr zu Louisa herum, die ihren Kopf wieder gegen den Wannenrand gelegt hatte.

Die Augen geschlossen, ein trauriges Lächeln in den Mundwinkeln, schwieg sie einen Moment. Dann sagte sie: »Doch. Ich habe über nichts anderes nachgedacht. Zu dieser Zeit nicht. Und auch danach für eine lange Zeit.« Langsam hob sie die Lider. »Das war alles, was meine Gedanken bestimmt hat. Dass du nichts von unserem Baby wusstest. Dass ich es verloren hatte. Und dass ich nie wieder ein Kind würde bekommen können.«

Die Energie wich genauso schnell aus Michael, wie sie ihn gerade hatte aufspringen lassen. Er setzte sich auf den Wannenrand und griff nach Louisas Hand. »Hast du mal darüber nachgedacht, dass all das nicht passiert wäre, wenn du mit mir geredet hättest, bevor ich dir diesen Brief geschrieben hatte?«

Louisa stieß ein harsches Lachen aus. »Du meinst, dass all das nicht passiert wäre, wenn ich nicht zutiefst verletzt und mit gebrochenem Herzen abgehauen wäre, nachdem meine Schwester mit deinem Verlobungsring an ihrer Hand vor der Tür stand? Verdammt, Brandl! Ich habe mir all das überlegt. Tausende Male und noch öfter. Ich habe dich verflucht. Und ich habe dich vermisst. Marlene hat mir immer gesagt, dass du ein Recht darauf hattest, es zumindest zu wissen. Sie pochte darauf, dass du Pflichten hast. Aber vor allem dieses Recht.«

»Wolltest du mich …« Er schluckte. »bestrafen?«

»Mit Sicherheit wollte ich das«, gab sie mit einer Offenheit zu, die ihm zeigte, dass sie über diese Dinge wirklich viele Male nachgedacht und sie analysiert hatte. »Aber das war nur ein Teil der Wahrheit. Viel wichtiger war für mich, mich selbst wieder zusammenzusetzen. Ich hatte schon so viel erlebt. In den Jahren, bevor wir uns kennengelernt haben, hätte ich mir niemals vorstellen können, mich jemals so schnell und so endgültig zu verlieben wie in dich. Als Rena aufgetaucht ist, hat mir das nicht nur das Herz gebrochen, sondern meine ganze Welt in Schutt und Asche gelegt. Dann auch noch zu erfahren, dass ich schwanger war…« Sie lächelte. »Es war ein bisschen, als hätte mir das Karma einen ordentlichen Tritt verpasst.«

»Wir haben nicht viel über diese Zeit gesprochen, seit wir uns wiedergefunden haben.« Michael sagte nicht »wiedergetroffen«. Denn es war nach wie vor wie ein Wunder, dass er seinen alten SL ausgerechnet in der Werkstatt restaurieren ließ, die fast neben Louisas Mühle lag. »Es gibt viele Dinge, die ich dazu sagen könnte. Entschuldigungen. Erklärungen. Fakt ist, dass es für all das, was passiert ist, keine Entschuldigungen gibt. Ich habe dich und deine Schwester um Vergebung gebeten. Aber ob ihr mir das, was ich damals angerichtet habe, wirklich jemals verzeihen könnt?« Er zuckte mit den Schultern. »Ich wüsste nicht einmal, ob ich so einen Verrat akzeptieren könnte.« Er griff nach ihrer Hand und strich mit den Lippen über ihre Fingerknöchel. Eine Geste, die ihn beruhigte – und bei Louisa hoffentlich die gleiche Wirkung hatte. Zufrieden stellte er fest, dass sich ihre Finger nicht mehr wie Eisklumpen anfühlten. »Was wir im letzten halben Jahr getan haben, war falsch.«

»Ach wirklich?« Michael musste lächeln, als er den Hauch Sarkasmus in Louisas Stimme hörte. Ihre Lebensgeister kehrten zurück.

»Ich war derjenige, der dich gedrängt hat, der so glücklich war, dich in meinem Leben zurückzuhaben. Ich wollte dich auf gar keinen Fall noch einmal loslassen. Aber wir hätten uns nichts Neues aufbauen dürfen, ohne die Vergangenheit zu klären. Wir hätten erst über das reden müssen, was in München geschehen ist. Vielleicht hätten wir es sogar geschafft, ein Gespräch mit Rena zu führen, ohne dass es zu einer unschönen Szene gekommen wäre.«

Das brachte Louisa zum Lachen. Dieser Laut legte sich wie Balsam über seine wunde Seele. »Bei Rena wären wir nie ohne eine Szene davongekommen.«

»Vermutlich.« Er küsste ihre Hand noch einmal. »Aber wir hätten von Anfang an darüber reden müssen.«

Louisa löste ihre Hand aus seiner, richtete sich auf und legte sie an seine Wange. »Was sind wir nur für alte Narren?«, flüsterte sie. »Ich glaube fast, wir handhaben die Dinge heute noch schlechter als früher.«

»Ab jetzt versuchen wir, die Dinge richtig anzugehen. Ich habe vor vierzig Jahren alles falsch gemacht, was man nur falsch machen konnte. Das habe ich mein Leben lang bereut. Ich möchte, dass das in Zukunft anders läuft. Du sollst wissen, dass du mir alles erzählen kannst. Immer. Also lass uns genau jetzt damit anfangen. Erzähl mir alles, was passiert ist, seit du, deiner Schwester auf den Fersen, aus der WG gestürmt bist. Und dann reden wir darüber, warum du, völlig aufgelöst und durchnässt, durch dieses Unwetter gestolpert bist und Rosa sich solche Sorgen um dich gemacht hat, dass sie mich angerufen hat.«

»Der Tag war lang, anstrengend und sehr emotional. Vielleicht verschieben wir …«

»Nein«, unterbrach Michael Louisas Versuch, die Dinge weiter vor sich herzuschieben. »Wir haben viel zu lange gewartet.« Er zog ein Badetuch aus dem offenen Regal und legte es auf den Wannenrand. »Ich mache ein Feuer im Kamin, und du kommst aus dem Wasser. Wir trinken ein zweites Glas

Wein und reden miteinander.« Ohne ihren Widerspruch abzuwarten, sammelte er ihre Gläser ein und erhob sich.

Ein Baby. Louisas und sein Kind. Noch immer konnte er es nicht fassen. Was hatte sich das Schicksal nur dabei gedacht? Er hatte nie eigene Kinder gehabt, auch wenn er sich danach gesehnt hatte. Umso dankbarer war er dafür gewesen, seinen Stiefsohn Ben aufziehen zu können. Genauso war es Louisa mit ihren Nichten gegangen. Ob sie eigene Kinder bekommen hätte, wenn der Unfall ihr diese Möglichkeit nicht für immer genommen hätte? Bestimmt. Sie wäre eine wundervolle Mutter geworden.

*

Antonia hätte sich keine Sorgen machen müssen, dass Xander versuchen würde, über das zu reden, was in den letzten Wochen zwischen ihnen passiert war. Sie sprachen nur das Nötigste: Sätze wie »Achtung, die Steine sind rutschig« oder »Hier drüben kommt man besser durch« waren alles.

Vor Anstrengung schnaufend kämpften sie sich den Berg hinauf. Der Notfallrucksack auf Antonias Rücken wog inzwischen eine gefühlte Tonne. An jedem ihrer Bergstiefel klebten mehrere Kilo zäher Lehm – und es schienen von Schritt zu Schritt mehr zu werden. Sie stemmte sich dem Wind und dem Regen entgegen und folgte Xander und dem Strahl seiner Taschenlampe. Der Marsch war so eintönig, dass sie fast in ihn hineingelaufen wäre, als er plötzlich stehen blieb.

Xander schwenkte die Taschenlampe nach rechts. In dem schnell weiterwandernden Lichtstrahl erkannte Louisa Baumstämme und dichtes Gebüsch. »Hier entlang«, sagte er und lief geradewegs auf die grüne Wand zu.

Bevor Antonia fragen konnte, zwängte er sich durch eine kleine Lücke im Gestrüpp und blieb dann stehen, um den Weg für sie auszuleuchten. Sie folgte ihm. Nur ein paar Meter hinter dem Gebüsch erkannte sie einen kleinen, hölzernen Unterstand. »Was hast du vor?«, fragte sie, noch immer ein wenig atemlos vom Aufstieg.

»Das ist eine Schutzhütte. Wir legen eine Pause ein«, erklärte Xander.

»Was? Nein!« Antonia hielt Xander am Riemen seines Rucksacks zurück. »Wir haben keine Zeit für eine Pause. Wir müssen weiter.«

Xander drehte sich zu ihr um. »Wenn wir weitergehen, werden wir langsamer. Unsere Kraft lässt nach, was das Unfallrisiko steigern wird. Eine kurze Pause lässt uns am Ende schneller vorankommen.« Ohne ihre Erwiderung abzuwarten, ging er auf die Hütte zu und zog sie ein Stück mit sich, bis sie den Riemen losließ. Trotzdem folgte sie ihm auch das letzte Stück. »Dreh dich um«, forderte Xander sie auf.

Sie wandte ihm den Rücken zu, und Xander hievte den Rucksack von ihren Schultern. Antonia konnte das erleichterte Stöhnen nicht unterdrücken, als das Gewicht verschwand. Dann half sie Xander, auch sein Gepäck loszuwerden, und ließ sich auf die harte, feuchte Bank im Inneren der Schutzhütte fallen.

Xander sank neben sie, lehnte den Rücken gegen die grobe Holzwand und streckte die Beine aus. »Das Schlimmste daran ist, dass man, sobald man einmal sitzt, fast nicht mehr hochkommt.«

»Kann ich mir verdammt gut vorstellen.« Antonia spürte jeden Knochen in ihrem Körper. »Trotzdem sollten wir diese Unterbrechung so kurz wie möglich halten.«

»So lange wie es dauert, die Energiereserven aufzufüllen«, gab Xander zurück. Er zog sein Funkgerät hervor und teilte ihren Standort und die Unterbrechung an die Basis der Bergwacht mit.

»Gute Idee«, hörten sie Jakob. »Ihr seid noch ungefähr eine Dreiviertelstunde von der Alm entfernt. Das Wetterradar zeigt übrigens an, dass ihr gerade durch die letzten Ausläufer der Regenfront watet. Es dürfte bald besser werden.«

»Endlich mal eine positive Meldung.« Xander meldete sich am Funk ab und zog zwei Schokoriegel aus seinem Rucksack. »Guten Appetit«, sagte er, und Antonia konnte in dem schwachen Licht außerhalb des Taschenlampenstrahls sein Grinsen erahnen, als sie den Riegel nahm.

»Der Nachtisch meiner Mutter war besser«, gab sie zurück. »Creme brûlée. Mit knackiger Karamellschicht.«

»Was für ein Glück. Dann hast du jetzt zwei Desserts.« Xander reichte ihr einen Energiedrink. »Spül es damit runter, und du wirst nie wieder etwas anderes wollen.«

»Das wäre fatal. Wenn ich meine Mutter bitten würde, das bei einem Sonntagsessen aufzutischen, würde sie mich vermutlich enterben.« Sie schraubte die Flasche auf und nahm einen großen Schluck. Energy Drinks gehörten nicht gerade zu ihren Lieblingsgetränken, aber sie halfen in Situationen wie dieser. Fast konnte sie spüren, wie die Elektrolyte und der Zucker durch ihren Körper schossen und ihre Energie-Depots wieder auffüllten.

»Dieses Zeug ist wirklich widerlich.« Xander schüttelte sich neben ihr.

»Genau das Gleiche habe ich auch gedacht.« Das zarte Kribbeln in ihrem Magen, das sie in letzter Zeit immer dann gespürt hatte, wenn sich Xander in ihre Gedanken schlich, machte sich wieder bemerkbar. »Wenn das hier vorbei ist, will ich einen ganzen Tag in der Badewanne liegen. Dann einen kompletten Tag durchschlafen und dann einen auf der Couch gammeln«, fantasierte Antonia.

Xander seufzte. »Davon träume ich auch. Aber Leni und Bub haben wahrscheinlich eine andere Vorstellung von gechillten Tagen.«

Und zack, war er zurück, der Grund, warum das mit ihnen nicht funktionierte. Doch bevor Antonia etwas sagen konnte, wies Xander mit seiner halb vollen Flasche in die undurchdringliche Dunkelheit hinaus. »Hörst du das?«, fragte er. »Der Regen lässt tatsächlich nach.«

»Dann sollten wir sehen, dass wir weiterkommen.« Antonia legte die Hand gegen die grob gezimmerten Bohlen, die ihnen Schutz boten, und stemmte sich hoch. »O Gott«, stöhnte sie. »Ich erhöhe die Zeit in der Badewanne auf zwei Tage.«

*

Es war so einfach, sich in Brandls Fürsorge fallen zu lassen. Bei dem jungen Brandl vor all den Jahren hatte sie sich wohlgefühlt. Für ihn war die Liebe in ihrem Herzen geradezu übergesprudelt – sein Verrat hatte ihr den Boden unter den Füßen weggerissen. Der Mann, der sie jetzt dazu gebracht hatte, sich in einem Schaumbad aufzuwärmen und ihm das schrecklichste Geheimnis ihres Lebens anzuvertrauen, war ein völlig anderer. Sie erkannte den jungen Mann noch in ihm, aber die Jahre und die Erfahrungen hatten ihn stärker gemacht. Hatten ihn zu einem ruhigen und sicheren Felsen in der Brandung des Lebens werden lassen. Sie hatte sich in diesen Mann verliebt. Langsam und still. Vielleicht, weil es den früheren Brandl tief in ihm noch gab. Vielleicht, weil er dieser neue Mann war – sie hatte keine Ahnung. Sicher wusste sie nur eins: Sie hatte ihm verziehen. Erst jetzt, als sie Leggins und einen warmen Pulli aus dem Schrank zog, wurde ihr das so richtig bewusst. Für einen Moment hielt sie inne. Sie hatte ihm ihre Zeit geschenkt. Sie hatte sich wieder auf ihn eingelassen und am Ende sogar die Nächte wieder mit ihm verbracht. Sie hatte ihm gesagt, dass sie ihm verzieh. Aber erst jetzt wurde ihr klar, dass sie das auch wirklich – und aus tiefstem Herzen – so meinte. Damit blieb nur eine Frage offen: Würde er ihr ebenfalls verzeihen können?

Sie zog sich an, rubbelte ihre Haare ein wenig trocken und band sie dann, noch immer feucht, zu einem Knoten auf ihrem Kopf zusammen.

Brandl hatte Wort gehalten, sah sie, als sie ins Wohnzimmer kam. Auf dem Tisch standen ihre nachgefüllten Weingläser, und im Kamin knisterte ein behagliches Feuer. Brandl hatte es sich auf der Couch gemütlich gemacht und zog sie neben sich. Louisa kuschelte sich in seine Umarmung und genoss den Moment mit geschlossenen Augen. Dabei hätte sie sich denken können, dass er ihr keinen weiteren Aufschub zugestand.

»Erzähl mir, was passiert ist«, forderte er sie leise auf und küsste sie auf die Schläfe.

Und das tat sie. Sie erzählte ihm, wie sie darüber nachgedacht hatte, wie sie ihm jemals von dem Baby erzählen sollte. Wie sie sich bei ihrer Freundin versteckt hatte. Und wie er sie offenbar ausfindig gemacht hatte, weil der Postbote ihr an jenem verhängnisvollen Tag einen Brief von ihm in die Hand gedrückt hatte.

Brandl lehnte seinen Kopf gegen ihren und streichelte mit den Fingern an ihrem Arm hinauf und hinab. Eine beruhigende Geste. »Ich wusste nicht, ob du bei Marlene wohnst«, erzählte er ihr. »Um ehrlich zu sein: Ich habe ihre Wohnung ein paarmal observiert. Gesehen habe ich dich aber nie.«

»Das muss reiner Zufall gewesen sein. Ich habe mich die ganze Zeit bei ihr versteckt«, erzählte sie ihm.

»Den Brief habe ich einfach auf Verdacht losgeschickt. Ich war mir sicher, dass Marlene zumindest wusste, wo du warst. Sonst wäre sie mir in der Uni nicht ständig ausgewichen und hätte versucht, mir aus dem Weg zu gehen. Also habe ich gehofft, sie hat genug Herz – und Mitleid mit mir –, um dir den Brief zumindest weiterzuleiten.«

»Ich habe ihn selbst entgegengenommen, als ich das Haus an diesem Tag verlassen hatte. Ich hatte einen Vorsorgetermin.« In einer unbewussten Geste legte Louisa die Hand auf ihren Bauch. Als ihr bewusst wurde, was sie da tat, zog sie sie weg und griff nach ihrem Weinglas. Dann erzählte sie ihm den Rest. Wie der Schreck, seinen Brief in der Hand zu halten, sie für einen Augenblick gelähmt hatte. Wie sie begriff, dass der Radfahrer nicht mehr würde ausweichen können. Und wie sie zu Boden gingen. »Als ich wieder zu mir kam und sie mir sagten, dass ich das Baby verloren hatte, bin ich ziemlich ausgerastet. Marlene war bei mir. Ich hatte einen so furchtbaren Anfall, dass sie mich ruhigstellen mussten.« Louisa schluckte. Sie konnte den ängstlichen, hilflosen Blick ihrer Freundin noch immer vor ihrem inneren Auge sehen. Aber sie hatte einfach nicht aufhören können zu schreien.

Brandl zog sie enger an sich, blieb aber stumm.

»Als sie … später …« Louisa stockte und räusperte sich, bevor sie leise fortfuhr. »Als sie mir sagten, dass ich keine

Kinder mehr bekommen könne, bin ich in ein sehr tiefes, schwarzes Loch gestürzt. Fast hätte ich es nicht geschafft, wieder rauszuklettern.«

Brandl wischte sich über die Augen. »Verdammt, Lou«, sagte er mit rauer Stimme. »O Verdammt.« Er zog sie auf seinen Schoß und in seine Arme. Lange wiegten sie sich still hin und her. Die Nähe war ihnen beiden Trost. Schließlich lehnte er sich ein wenig zurück, um ihr in die Augen sehen zu können. »Hast du mir die Schuld gegeben? Mir und dem Brief?«

Louisa nickte. »Ja. Für eine ziemlich lange Zeit. Dann gab ich mir die Schuld, weil ich so darauf reagiert habe. Dem Schicksal, weil es mich so eiskalt von der Klippe geschubst hatte. Irgendwann habe ich gelernt, dass es einfach nur ein Unfall war. Ein beschissener Zufall, bei dem ich einfach nur zur falschen Zeit am falschen Ort war.«

»Bis dahin war es sicher ein langer Weg«, sagte Brandl.

»Sehr lang.« Louisa nickte wieder. »Selbsthilfegruppen oder etwas Ähnliches gab es damals noch nicht. Weil ich so ausgerastet war, haben sie mich ziemlich lange im Krankenhaus behalten. Ich lag zusammen mit einer Frau auf dem Zimmer, Irene, die eine Schwangerschaftsvergiftung gehabt hatte und dadurch ihr Baby ebenfalls verlor. Im Gegensatz zu mir wäre auch ihr Leben um ein Haar vorbei gewesen. Ich hatte abgesehen von dem Verlust des Babys nur Schürfwunden, Prellungen und eine schwere Gehirnerschütterung. Und ja, ich konnte keine Kinder mehr bekommen. Aber erst da ist mir bewusst geworden, dass ich jung bin und dass noch so viel vor mir liegt. Auch wenn du nicht mehr Teil meines Lebens sein würdest und ich niemals die Familie haben würde, von der ich geträumt habe. Ich musste damals weg aus München. Ich weiß nicht, was passiert wäre, wenn wir uns über den Weg gelaufen wären, oder du irgendwann persönlich von Marlenes Tür gestanden hättest. Zum Reisen fehlte mir die Energie. Die bunte, freie Welt hatte ihren Reiz verloren. So bin ich schließlich nach Hause zurückgekehrt und habe mich mit meiner Schwester ausgesöhnt.« Louisa griff nach Brandls Hand und drückte sie fest. »Das Leben, das ich mir danach aufgebaut habe, war ein gutes«, sagte sie fest. »So wie deins auch. Ich hatte Höhen und Tiefen. Aber ich war meistens glücklich. Ich habe meine Nichten, die ich von ganzem Herzen liebe. Und irgendwie hat das immer gereicht. Erst in der letzten Zeit, bei all den Auseinandersetzungen mit Rena und den Dingen, die im vergangenen Jahr passiert sind, wurde vieles wieder hochgespült. Vielleicht hatte ich manches doch eher verdrängt als verarbeitet. Aber ganz gleich, was auch geschehen ist – und noch geschehen wird –, mein Leben ist wundervoll.« Sie legte ihre freie Hand an seine Wange. »Das Einzige, was ich manchmal bereue, ist, dass ich nie herausgefunden habe, was du mir in dem Brief geschrieben hast.«

Brandl legte seine Hand über ihre und hielt sie an seiner Wange fest. Einen stummen Moment lang verhakten sich ihre Blicke. Dann drehte er den Kopf und küsste sie in die Handfläche, was ein warmes Prickeln durch Louisas Körper schickte. Sanft schob er sie von seinem Schoß und stand auf. Er goss ihr noch einen Schluck Wein nach, legte Holz auf das Feuer im Kamin nach. Dann begann er, noch immer ohne etwas zu sagen, Schubladen aufzuziehen und darin herumzukramen.

»Was machst du?«, fragte Louisa.

Er zog einen Schreibblock aus ihrer Büroschublade und

drehte sich zu ihr um. »Ich schreib dir einen neuen«, antwortete er.

»Was …?«

»Einen Brief. Ich habe dich damals geliebt. Auch wenn ich ein Vollidiot war. Ich habe dich über alles geliebt. Und das tue ich jetzt noch. Es macht keinen Sinn, meine Worte von damals zu wiederholen. Sie würden dir, so wie du jetzt bist, nicht mehr gerecht werden. Also schreibe ich dir einfach einen neuen Liebesbrief.« Entschlossen setzte er sich an den Küchentresen und begann zu schreiben.

Louisa sah ihm dabei zu, wie sich seine Hand bewegte, um die energischen, klaren Buchstaben ins Papier zu prägen. Er hielt inne, runzelte die Stirn, schrieb weiter. Louisa war schon immer fasziniert davon gewesen, wie konzentriert er war, wenn er ein Ziel vor Augen hatte.

Je länger sie ihm zusah, desto ruhiger wurde ihr Herzschlag. Es würde alles gut werden. Dieser Gedanke strömte wie warme Schokolade durch ihren Körper. Er wärmte sie mehr, als das Schaumbad es vermocht hatte. Denn diese Wärme war eine, die bleiben würde. Louisa erhob sich, griff nach Brandls Wein und stellte ihn neben seine Hand. Dann legte sie ihre Hände an seine Wangen, rahmte sein Gesicht ein und zwang ihn, das Schreiben zu unterbrechen.

»Ich bin noch nicht fertig«, murmelte er, ließ es aber zu, dass sie sich zu ihm hinüberbeugte und ihn zärtlich küsste.

»Ich liebe dich«, flüsterte sie. »Ich liebe dich so sehr.«

27

Antonia musste Xander recht geben: Die Pause war die richtige Entscheidung gewesen. Die Kraft war in ihre Muskeln zurückgekehrt, während sich der Regen und der Wind immer weiter zurückzogen. Der letzte Teil ihres Weges war steil, und es war noch immer dunkel wie in einem Grab, weil die dichten Wolken das Mondlicht nicht durchließen. Aber ohne die Witterung waren sie schneller als erwartet. Siebenunddreißig Minuten statt der angepeilten Dreiviertelstunde, stellte Antonia fest, als sie vor der letzten Wegkehre ihr Handy aus der Hosentasche zog und auf die Displayuhr blickte.

Seite an Seite traten Xander und sie aus dem Wald und sahen zu den niedrigen, in den dunklen Schatten kaum auszumachenden Gebäuden der Sonnenalm hinüber. Hinter den Fenstern des Kasers konnte sie nur ganz schwaches Licht ausmachen. Antonias Schritte beschleunigten sich, doch Xander hielt mühelos mit ihr mit. Antonia wünschte sich natürlich, dass ihre Tante mit ihrer Diagnose falschlag. Trotzdem hoffte sie, dass sie nicht wie zwei wild gewordene Irre wirkten, wenn sie in die Hütte platzten und Tilda und Gesa vielleicht einfach nur bei einer Tasse Kräutertee zusammensaßen und ein Buch lasen, um das Ende des Unwetters abzuwarten. Aber für diese Bedenken war es nun ohnehin zu spät.

Das harte Poltern ihrer Bergstiefel auf den Holzdielen der Sonnenterrasse kündigte sie an. Trotzdem schlug Xander zweimal mit der Faust gegen die Tür. »Tilda? Gesa? Seid ihr da?«

Er hob die Hand gerade, um ein drittes Mal zu klopfen, als Tilda die Tür aufriss. »Gott sei Dank!« Ohne Vorwarnung fiel sie Xander um den Hals und brachte ihn samt dem Gepäck auf seinem Rücken erheblich zum Schwanken. Dann fiel ihr Blick auf Antonia. Tränen schimmerten in den Augen der Sennerin. »Louisa hat gesagt, sie würde dich schicken.« Sie ließ Xander los und umarmte nun auch Antonia. »Ich hätte nicht gedacht, dass ihr es schafft. Ein Hangrutsch hat die Straße versperrt. Ich habe versucht, Gesa ins Tal zu bringen, aber ich bin nicht durchgekommen. Also sind wir umgekehrt.« Sie zog Antonia am Arm ins Haus. »Es geht ihr so furchtbar schlecht. Hilf ihr! Bitte!«

Antonia hörte, wie Xander hinter ihr per Funk Kontakt zu Jakob aufnahm und durchgab, dass sie die Alm erreicht hatten. Sie folgte Tilda in die düstere Wohnküche, die nur von Sturmlampen und Kerzen erhellt wurde, und stellte ihren Rucksack ab. Zumindest war es hier warm. Sie zog ihre Jacke aus und schob die Ärmel ihres Longsleeves nach oben. »Wo kann ich meine Hände waschen?«

»Hier drüben.« Tilda zeigte zum Spülbecken hinüber.

Antonia schrubbte sich die Arme bis zu den Ellenbogen mit der Kernseife, die am Beckenrand lag. »Erzähl mir, was genau passiert ist«, forderte sie Tilda mit einem Blick über die Schulter auf.

»Ich hätte auf Louisa hören sollen. Es ging Gesa immer schlechter, und plötzlich hat sie Krämpfe bekommen. Also nicht diese Magenkrämpfe, sondern richtig. Ich wusste überhaupt nicht, was ich machen sollte. Nachdem dann auch noch die Straße dicht war …«

Antonia verstand die Sennerin. Menschen, die sich entschieden, den Sommer auf einer Alm zu verbringen, legten Wert auf das einfache Leben. Elektrischer Strom, Handys und warmes Wasser waren nicht wichtig. Es sei denn, man geriet in eine Situation wie diese. »Lass uns sehen, was wir machen können. Wo liegt Gesa?«

»Hier.« Tilda zog die Tür zur Schlafkammer auf, blieb aber draußen stehen, weil es sonst zu eng geworden wäre.

Antonia hörte, wie Xander hinter ihr in die Hütte kam, ebenfalls seine Jacke auszog und seine Hände wusch. Sie trat in den schmalen Raum, der nur von zwei Sturmlichtern erhellt wurde, und hockte sich neben das Bett, um auf Augenhöhe mit Gesa zu sein. »Hey«, sagte sie.

Gesa schlug langsam die Augen auf. Sie wirkte desorientiert, fast so, als sehe sie nicht richtig. Offenbar eine Sehstörung. Ein Symptom einer Schwangerschaftsvergiftung. Antonia fragte sie erst gar nicht, wie sie sich fühlte – dass es ihr schlecht ging, war mit einem Blick zu erkennen.

»Ich untersuche dich kurz, okay?« Sie wartete die Erlaubnis nicht ab, sondern schlug die Bettdecke zurück und tastete Gesas Bauch ab. »Harter Bauch«, sagte sie über die Schulter in Xanders Richtung.

Er hockte im Türrahmen und öffnete gerade ihren Notfallrucksack. »Ihre Knöchel sind extrem geschwollen«, informierte er sie mit einem Seitenblick auf Gesas Beine. Dann reichte er Antonia ihr Blutdruckmessgerät.

Sie streifte Gesa die Manschette über den Arm und pumpte sie auf. »Hundertneunzig zu hundertzehn«, nannte sie Xander die viel zu hohen Werte, die ihre Befürchtung bestätigten. »Wann hatte sie den letzten Krampfanfall?«, fragte sie Tilda.

»Vor etwa zehn Minuten.« Tilda blickte Xander besorgt über die Schulter. »Könnt ihr ihr helfen?«

»Wir geben unser Bestes.« Er lächelte die Sennerin beruhigend an. Antonia sah, dass er neben ihrem Rucksack eine weitere Notfalltasche ausgepackt hatte. Mit routinierten Griffen legte er die Infusionslösung und diverse Medikamentenampullen bereit. »Wenn wir den Eiweißgehalt im Urin messen könnten, wären wir auf der sicheren Seite. Aber ich denke, das bekommen wir im Moment nicht hin.«

»Die Symptome sind auch so ziemlich eindeutig.« Antonia strich Gesa beruhigend über den Arm. »Wo hast du Schmerzen?«, fragte sie.

»Kopf«, flüsterte sie. »Und hier.« Sie legte die Hand schlaff auf ihren Oberbauch.

»Okay. Ist dir noch übel? Musst du dich übergeben?«, wollte Xander von der Tür aus wissen.

»Ja, übel … aber …« Gesa schloss erschöpft die Augen.

»Sie würgt, aber es kommt nichts mehr«, sprang Tilda für sie ein. »Nicht mal mehr Galle.«

»Hatte in deiner Familie schon mal jemand ähnliche Probleme in der Schwangerschaft?«, fragte Xander weiter.

Tilda schüttelte den Kopf.

»Hast du sonst irgendwelche Krankheiten? Sind deine Nieren und dein Gefäßsystem in Ordnung?«

»Hmm.«

»Wie sieht es mit Magnesiummangel aus? Autoimmunkrankheiten?«

Gesa beantwortete die Frage nicht.

»Xander!« Antonia war gerade dabei, Gesa die Blutdruckmanschette abzunehmen, als sich der Körper der jungen Frau unter ihren Händen zusammenzuziehen schien und sie die Augen verdrehte. Alarmiert blickte Antonia auf. »Ist das …?«

»Ein neuer Krampfanfall. Mach Platz.« Xander kniete sich neben sie. »Lass die Manschette dran. Die brauchen wir noch.« Er zog eine Spritze auf und rieb Gesas Armbeuge mit einem Alkoholtupfer ab. Während sich der Körper der jungen Frau zusammenkrampfte, injizierte er ihr das Mittel. »Gleich wird es besser«, murmelte er und strich Gesa beruhigend über den Arm.

»Was hast du ihr gegeben? Lorazepam?« Antonia schob Gesa sacht die Haare aus der Stirn. Je schwächer der Krampf wurde, desto mehr beruhigte sich auch Antonias Herzschlag.

Xander schob die Injektionsnadel in einen Spritzenbehälter und verschloss ihn. »So etwas Ähnliches. Diazepam, um den Krampf zu lösen.« Er warf Antonia einen Seitenblick zu. »Im Moment ist sie stabil. Lass uns kurz rausgehen. Jakob hat einen Notarzt in Stand-by, den wir anfunken können.« Er drehte sich zu Tilda um. »Kannst du bei Gesa bleiben? Im Moment dürfte nichts passieren. Ruf uns trotzdem, wenn du denkst, dass du Hilfe brauchst.«

Tilda nickte, und Antonia und Xander richteten sich auf und drängten sich aus dem engen Raum. Sie zogen ihre Jacken über, bevor sie vor die Hütte gingen.

Draußen lehnte sich Xander mit der Schulter gegen die verwitterte Holzwand. »Das wird eine verdammt knappe Kiste«, sagte er leise. »Sie muss so schnell wie möglich in eine Klinik und das Kind zur Welt bringen.« Er blickte zum Horizont, wo tatsächlich hier und da ein Stern durch die dichte Wolkendecke funkelte. »Das Wetter hat aufgeklart. Eigentlich müssten sie uns bald einen Hubschrauber schicken können.«

»Und was machen wir, bis er kommt? Sie müsste Magnesium bekommen, oder?« Antonia schlang die Arme um ihren Oberkörper und versuchte, die Angst um Gesa, die wie eine eisige Kälte an ihr emporkroch, zu verdrängen. Schwangerschaftsvergiftungen waren nicht ihr Fachgebiet. Sie hatte einmal eine Patientin gehabt, bei der sie den Verdacht auf eine Präeklampsie hatte. Sie hatte den Eiweißanteil im Urin getestet, den Blutdruck gemessen und einen Rettungswagen gerufen. Abgesehen davon war sie einmal bei einer eingeleiteten Geburt und ein anderes Mal bei einem Kaiserschnitt aufgrund einer Gestose dabei gewesen. Aber sie war immer auf die Schwangere konzentriert gewesen. Auf Mama und Baby. Was die Ärzte und Schwestern um sie herum getan hatten, konnte sie nicht mehr bis ins letzte Detail wiedergeben.

»Bis Hilfe kommt, versuchen wir, Gesa am Leben zu halten. Ich bespreche das mit dem Notarzt. Du hast recht: Wir versorgen sie ganz vorsichtig mit Magnesium. Das senkt den Blutdruck und wirkt krampflösend.«

»Und warum tun wir das ganz *vorsichtig*?« Antonia betonte das letzte Wort.

Xander rieb sich über das Gesicht, und Antonia wurde bewusst, dass er so erschöpft aussah, wie sie sich fühlte. »Weil wir einen Atemstillstand riskieren, wenn wir es nicht immer nur nach und nach anwenden. Aber wir müssen die Krampfanfälle verhindern.«

»Sie könnten Gesas Gehirn schädigen und die Sauerstoffzufuhr zum Baby vermindern«, ergänzte Antonia. Jetzt erinnerte sie sich wieder. Magnesium, die effektivste, aber auch keine ungefährliche Therapie. Ein Atemstillstand im Kreißsaal wäre schlimm. Ein Atemstillstand auf einer abgelegenen Alm wäre schlichtweg eine Katastrophe. Sie ignorierte die Gänsehaut, die diese Worte über ihren Rücken laufen ließen, und legte die Hand auf Xanders Arm. »Du machst das schon. Da bin ich mir sicher. Ich gehe jetzt wieder rein und halte die Stellung, bis du mit dem Arzt gesprochen hast.«

*

Xander hatte schon ein paar Einsätze gehabt, bei denen der Notarzt per Funk von der Rettungswache aus geholfen hatte, den Patienten zu versorgen. Bei diesen Fällen hatte es sich um Wanderer und Bergsteiger gehandelt. Gebrochene Knochen. Dehydrierungen und Desorientierungen. Und einmal einen Absturz mit Verdacht auf innere Verletzungen, die sich zum Glück nicht bestätigt hatten. Aber eine Nacht wie diese hatte er noch nie erlebt. Er war verdammt froh, dass Jakob mit dem Fachbuch neben ihm hergerannt war, als er seine Sachen zusammengepackt hatte, und ihm alles über die Symptome und die Therapie einer Gestose vorgelesen hatte.

Nachdem er sich mit dem Doc besprochen hatte und das weitere Vorgehen durchgegangen war, schob er das Funkgerät zurück in seine Jackentasche. Er atmete die eisige, klare Luft ein, die noch immer nach dem Regen der letzten Tage roch. Gemischt mit einem Hauch der warmen Stallluft. Er hörte das Scharren der Kühe im Stroh. Ihre Glocken. Eines der Tiere muhte leise. Auf dem Terrassengeländer balancierte eine Katze und musterte ihn neugierig. Alles wirkte so ruhig und friedlich. Solange er hier draußen stand, war es kaum vorstellbar, dass hinter dieser Tür eine Frau um ihr Leben und das ihres Babys rang. Aber genau das tat Gesa.

Solange er ein Wörtchen mitzureden hatte, würde er verhindern, dass sie starb. Sie würden das schaffen. Antonia und er. Zusammen waren sie unschlagbar – und das würden sie jetzt einfach einmal mehr beweisen. Es würde nicht mehr lange dauern, bis die Sonne aufging, dann wäre der Spuk dieser Nacht vorbei.

Er kehrte in die Hütte zurück und zog seine Jacke aus. Antonia kniete wieder neben ihrer Patientin und redete beruhigend auf sie ein. »Der Hubschrauber startet im Morgengrauen. Wir müssen also noch ungefähr eine Stunde durchhalten«, brachte er sie und Tilda auf den neuesten Stand. Gesa hatte die Augen geschlossen. Er war sich nicht sicher, ob sie ihn hörte. »Wir machen es, wie wir vorhin besprochen haben. Ich lege Gesa einen Tropf an. Sie bekommt Magnesium, solange wir hier sind.«

Tilda hob die Hände wie zu einem Gebet. »Ihr könnt euch gar nicht vorstellen, wie glücklich ich bin, euch hierzuhaben. Ihr könnt es runterspielen, wie ihr wollt. Ich weiß, wie ernst die Lage ist.« Einen Moment kniff sie die Augen zu und schluckte. Dann hatte sie sich wieder unter Kontrolle. »Ich koche uns jetzt eine Kanne Kaffee, während du diesen Tropf anlegst.«

»Kaffee.« Xander seufzte und zwinkerte ihr zu. »Das klingt fantastisch.« Er wusch sich noch einmal die Hände und versorgte Gesa mit der Magnesiumlösung. Er nahm das Foto einer Kuh ab, die auf der Almwiese stand, und hängte den Infusionsbeutel an den Nagel. »Kannst du noch mal den Blutdruck messen?«, bat er Antonia.

»Unverändert«, sagte sie, nachdem sie die Werte abgelesen hatte.

»Okay. Hoffen wir, dass er bald anfängt zu sinken. Mehr

können wir im Moment nicht tun. Wir überprüfen ihn regelmäßig und achten auf ihre Atmung. Solange trinken wir einen Kaffee. Den kann ich jetzt wirklich vertragen.« Xander erhob sich und machte einen großen Schritt über die Erste-Hilfe-Ausrüstung, die er vorsichtshalber noch griffbereit halten würde.

Antonia folgte ihm in die Wohnküche, wo Tilda bereits Tassen, Milch und eine Thermoskanne Kaffee auf den Tisch stellte. Von hier aus konnten sie Gesa gut im Auge behalten. Xander ließ sich auf einen der Stühle fallen und unterdrückte ein schmerzhaftes Stöhnen.

An der Art, wie Antonia das Gesicht verzog, als sie sich ihm gegenübersetzte, sah er, dass es ihr nicht besser ging. »Da macht man so viel Sport und hält sich fit, und dann zeigt einem eine Nacht mit ein bisschen schlechtem Wetter, wo man seine Grenzen hat.« Sie rollte ihre Schultern, um sie ein wenig zu lockern.

Xander konnte nicht anders, als sie anzustarren. Die Hälfte ihrer Haare war auf ihrem Trip, den Berg hinauf, ihrem Pferdeschwanz entkommen. Sie waren noch immer feucht vom Regen. Antonia schob sie mit einer ungeduldigen Geste hinter das Ohr, was den Schmutzstriemen sichtbar werden ließ, der sich über ihre rechte Schläfe zog. Ihr atmungsaktives Longsleeve lag wie eine zweite Haut an ihrem Oberkörper, und ihre Outdoorhosen und die Bergstiefel strotzten vor Dreck. Der Schlamm, der sich überall festgesetzt hatte, begann langsam zu trocknen. Sie lächelte Tilda dankbar zu, als sie ihr einen Becher Kaffee reichte, die Augen in diesem schwachen Licht eher grün als blau. Mit einem seligen Seufzen legte sie die Hände um das warme Porzellan und trank einen Schluck. Wie schon so viele Male zuvor durchzuckten ihn die Gefühle, die er für sie hatte, wie ein heißer Blitz. Er begehrte sie, keine Frage. Aber er bewunderte sie auch. Die Entschlossenheit, mit der sie sich auf den Weg gemacht hatte. Nichts hatte sie davon abhalten können, auf diesen Berg zu gelangen, um Gesa zu helfen. All das wurde gekrönt von ihrer Schönheit. Xander hatte sie nackt gesehen. In einem Gipsy-Trauzeuginnenkleid mit Bergstiefeln und einer eleganten Robe und schicker Frisur in der Kirche. Er hatte sie in Kletterklamotten gesehen. In ihrer Mountainbike-Kluft. Mit Make-up. Ohne. Und er konnte nicht sagen, dass sie jetzt, völlig fertig und erschöpft von diesem Rettungseinsatz, auch nur einen Hauch weniger schön war. Eher im Gegenteil. Sie strahlte regelrecht von innen. Das Bedürfnis, sie einfach in seine Arme zu ziehen und sie zu küssen, bis sie beide nicht mehr wussten, warum all das zwischen ihnen so kompliziert war, nahm ihm den Atem.

»Sie hat mir das Ganze erst heute erzählt.« Tilda sank auf den Stuhl neben Xander und riss ihn aus seinem Starren, bevor Antonia es bemerkte. Das war nicht der Moment, ins Schwärmen zu geraten, wenn ein paar Meter entfernt eine Frau um ihr Leben kämpfte und ihre Tante mit sorgenvollem Gesicht neben ihm saß. »Ich glaube, Gesa ist erst klar geworden, dass es wirklich schlimm um sie bestellt ist, nachdem Louisa hier war. Wir haben beide Angst bekommen, als die Krampfanfälle anfingen.« Tilda schüttelte den Kopf. »Monatelang habe ich auf sie eingeredet. Ich habe versucht herauszufinden, was passiert war. Kein Wort hat sie gesagt. Bis heute.«

Antonia legte ihre Hand auf Tildas. »Möchtest du darüber reden?«

»Es ist keine lange Geschichte.« Sie seufzte. »Gesa hat

auf einer Party von Freunden einen hübschen Kerl namens Philipp kennengelernt. Er studiert in Bad Reichenhall. Und wenn es etwas gibt, wovon er glaubt, dass es sein Leben ruinieren würde, dann sind es Kinder. Kommen für ihn nicht infrage, hat er meiner Nichte wohl erzählt. Allerdings wusste er nicht, dass er sie geschwängert hatte. Das hat sie ihm nämlich nie erzählt.«

»Hatten sie eine Beziehung?«, wollte Antonia wissen.

»Was junge Menschen eben Beziehung nennen. Wenn ihr mich fragt, war er ziemlich verschossen in sie. Und bei ihr war es wohl auch nicht anders. Sie hat sich mit ihm getroffen, bis sich ihre Schwangerschaft nicht mehr verheimlichen ließ. Dann hat sie ihn in einer Kurzschlussreaktion einfach sitzen lassen, ohne ihm auch nur ein Wort zu sagen, und ist hier hochgekommen. Eins sage ich euch«, sie stieß ihren Zeigefinger auf das zerschundene Holz des Tisches, »wenn wir heil von diesem Berg herunterkommen, suche ich diesen Jungen höchstpersönlich und sorge dafür, dass er erfährt, was los ist.«

Xander trank einen Schluck Kaffee. »Vielleicht solltest du das Gesa überlassen«, sagte er. »Manche Menschen mögen es nicht, wenn man sich in ihre Angelegenheiten einmischt«, warnte er sie. Niemand hatte ein Recht dazu, über die Probleme anderer zu reden. So wie er nie mit jemandem über Natalies Krankheit geredet hatte. Abgesehen von Jakob, der seine Exfreundin in Aktion erlebt hatte.

»Falsch.« Wieder stieß Tilda ihren Zeigefinger auf den Tisch. »Was wäre passiert, wenn ihr nicht gekommen wärt? Wenn die Nacht auf eine Art geendet hätte, die ich nicht aussprechen will? Manchmal muss man Entscheidungen treffen und die Dinge beim Namen nennen. Denn manchmal wissen die Leute nicht, was gut für sie ist. Sie sehen den Wald vor lauter Bäumen nicht.« Sie sah Xander an, hielt seinen Blick fest – und er hatte das Gefühl, als sehe sie ihm bis in die Seele. Als meinte sie ihn mit ihren Worten. »Wenn man damit sein eigenes Glück aufs Spiel setzt, macht man einen Fehler. So einfach ist das.«

So einfach. Xander trank noch einen Schluck Kaffee. Tilda hatte unrecht. Genau so einfach war es eben nicht.

Antonia hatte nichts gesagt, aber jetzt erhob sie sich und zog damit Xanders Aufmerksamkeit auf sich. Er sah zu ihr hinüber. »Ich überprüfe Gesas Blutdruck«, sagte sie und ging in die Kammer hinüber. »Leicht gesunken«, fasste sie die Werte zusammen.

»Sehr gut. Hoffen wir, dass er weiter sinkt.« Zumindest Gesa war auf einem guten Weg. Noch immer schwirrten Tildas Worte durch seinen Kopf. Setzte er sein Glück aufs Spiel, wenn er Natalie schützte? Nachdem seine Exfreundin Antonia vor sechs Jahren aufgefordert hatte, das Feld zu räumen …

»Hörst du das?«, fragte Antonia, die zum Tisch zurückgekehrt war. Sie hob den Kopf zur Decke und lauschte angestrengt.

»Der Hubschrauber.« Xander atmete tief ein. Und wieder aus. Sie hatten es geschafft. Gesa hatte es geschafft.

*

Antonia wusste nicht, wann sie das letzte Mal am liebsten vor Erleichterung geheult hätte. Gerade war ihr danach. Sie kniff die Augen zusammen und schluckte den Kloß in ihrem Hals hinunter. Jetzt würde alles gut werden. Sie drückte Tildas

Hand und begann dann, ihre medizinische Ausrüstung zur Seite zu räumen, damit sie dem Arzt und den Sanitätern nicht im Weg waren, während Xander nach draußen ging, um auf den Rettungshubschrauber zu warten.

Von da an ging alles wahnsinnig schnell. Die Sanitäter und der Notarzt polterten in die Hütte und übernahmen das Kommando. Innerhalb kürzester Zeit war Gesa noch einmal untersucht, für den Transport vorbereitet und zum Hubschrauber getragen worden.

Der Arzt drehte sich zu ihnen um. »Möchten Sie sie begleiten?«, fragte er Tilda.

Antonia konnte in ihrem Gesicht lesen, dass sie ihre Nichte nicht allein lassen wollte. Doch dann schüttelte sie den Kopf. »Nein. Ich kann nicht. Die Tiere … ich muss sie füttern …« Sie wies mit dem Daumen über ihre Schulter in Richtung Stall.

»Mach dir darum keine Gedanken«, sagte Xander. »Flieg mit. Wir kümmern uns um die Kühe, bevor wir wieder ins Dorf absteigen.«

»Würdet ihr …? Danke!« Tilda umarmte erst Antonia, dann Xander. »Ich weiß wirklich nicht, was wir ohne euch getan hätten. Ich werde euch das nie vergessen.« Sie wischte sich über die Augen und rannte dann dem Notarzt nach, der sich schon auf den Weg zum Hubschrauber gemacht hatte.

Im nächsten Moment stemmten sie sich gegen den Wind der Rotorblätter und sahen dabei zu, wie die Patientin davongeflogen wurde. Gesa musste nur noch ein kleines bisschen durchhalten. In ein paar Minuten würde der Hubschrauber sie in der Klinik absetzen, wo sie und das Baby gerettet werden würden.

»Das ging jetzt fast unwirklich schnell«, sagte Antonia.

»Ja.« Xander fuhr sich mit den Händen durch die Haare, sodass sie in alle Richtungen abstanden. Antonias Fingerspitzen kribbelten bei der Vorstellung, sie glättend zurückzustreichen. »Und jetzt füttern wir auch noch die Kühe. Abenteuerlicher kann ein Tag gar nicht enden – beziehungsweise anbrechen«, sagte er mit Blick zum Horizont, wo sich die Sonne gerade zum ersten Mal seit Tagen über die Bergspitzen schob.

»Ich muss meiner Familie Bescheid geben, dass alles okay ist. Dann brauche ich noch einen Kaffee. Und danach sind die Rinder dran«, zählte Antonia auf.

»Hannah hat deine Eltern und Rosa auf dem Laufenden gehalten, sie war die ganze Nacht bei Jakob auf der Wache. Aber sie freuen sich sicher, von dir zu hören.« Er legte Antonia für einen Moment die Hand auf die Schulter. »Besonders deine Mutter wird das beruhigen. Ich hole uns noch einen Kaffee.«

Antonia blieb draußen. Sie setzte sich auf die Bank an einen der Tische auf der Sonnenterrasse und lehnte sich mit dem Rücken gegen die Hüttenwand. Ihr Handyempfang war hier draußen nicht besonders gut. Also entschied sie, kurze Nachrichten an alle zu verschicken, statt anzurufen. Sie schob das Handy gerade wieder in die Hosentasche zurück, als Xander mit ihren Kaffeebechern und der Thermoskanne zu ihr herauskam. Unter den Arm hatte er sich eine Decke geklemmt, die Antonia ihm abnahm.

Er setzte sich neben sie und goss ihnen ein, während Antonia die Decke über ihren Beinen ausbreitete. Dann reichte er ihr ihren Becher und lehnte sich mit seinem in der Hand ebenfalls zurück. »Das Drama hätte ich nicht gebraucht, aber allein für diesen Augenblick hat sich der Trip gelohnt.«

Er inhalierte den Duft seines Kaffees und trank dann einen Schluck, ohne den Blick vom Horizont zu wenden.

Antonia hingegen betrachtete ihn. Dunkle Bartstoppeln bedeckten sein Kinn. Unter seinen Augen lagen tiefe Schatten. Beides zeugte von den Anstrengungen dieser Nacht. »Danke«, sagte sie schlicht.

Xander löste den Blick vom Sonnenaufgang vor ihnen und sah sie an. »Wofür?«

»Du hattest recht. Ich hätte allein nichts ausrichten können. Ohne einen erfahrenen Notfallsanitäter wäre ich aufgeschmissen gewesen. Deshalb danke. Ohne dich hätte das ganz anders ausgehen können.« Antonia schluckte unter Xanders intensivem Blick. Um ihm auszuweichen, senkte sie den Blick für einen Moment in ihre Kaffeetasse und sah dann ebenfalls auf das Naturschauspiel vor ihnen. Auch hier hatte Xander recht: Der Sonnenaufgang war atemberaubend schön.

28

Die Sonne sparte sich die Rosa- und Lilatöne an diesem Morgen. Sie ging aufs Ganze und schickte gleich ihr grelles Licht über die Berggipfel. Die grauen Wolken waren noch nicht ganz vom Himmel verschwunden und zogen sich noch immer als aufgeplusterte, dunkle Bänder über den Horizont. Das Sonnenlicht prallte an ihren Unterseiten ab und ließ sie in allen Farbnuancen zwischen hellem Weißgelb und weichem, dunklem Gold schimmern. »Was für ein Schauspiel«, sagte Xander und nippte an seinem Kaffee. »Leni würde sagen: Die Wolken haben gelbe Bäuche.«

Antonia lachte leise. »Du kannst dir gar nicht vorstellen, wie sehr ich die Sonne vermisst habe.« Sie schloss für einen Moment die Augen, den Kopf gegen die Hüttenwand gelehnt.

»O doch, das kann ich.« Xander betrachtete sie. *Und ich habe dich vermisst*, dachte er. Bevor sein Gehirn auf die Idee kommen konnte, dass das eine schlechte Idee war, strich er mit den Fingerspitzen über ihren Wangenknochen.

Antonia zuckte zusammen und öffnete die Augen. »Was machst du da?« Sie presste ihre Finger auf die Stelle, an der er sie gerade noch berührt hatte.

»Du hast mir gefehlt«, konnte Xander die Worte nicht mehr zurückhalten, die seit Tagen durch seinen Kopf spukten. »Mit dir zusammen zu sein hat mir gefehlt.«

»Xander …« Antonia sah ihn an, einen gequälten Ausdruck im Gesicht.

»Warte«, bat er sie. »Sag nichts, bevor ich nicht losgeworden bin, was ich dir sagen will.«

»Es wird nichts an der Situation zwischen uns ändern«, sagte sie leise. »Ich habe dir gesagt, dass ich nicht an dir interessiert bin.«

»Du bist nicht daran interessiert, dich in eine Familie zu drängen«, korrigierte Xander sie. Er griff nach Antonias Hand und verschränkte seine Finger mit ihren. Den Blick auf den Sonnenaufgang vor sich gerichtet schluckte er. Die vergangene Nacht und vor allem das, was Tilda erzählt hatte, hatten ihm die Augen geöffnet. Jakob hatte es ihm gesagt. Louisa hatte es ihm gesagt. Aber er hatte nicht hören wollen. Doch jetzt war ihm etwas klar geworden, was die anderen längst gesehen hatten. Natürlich war es seine Pflicht, Natalie zu schützen. Sie war die Mutter seines Kindes. Aber wenn das bedeutete, dass Leni und er nicht glücklich werden konnten, lief etwas schief. »Ich schulde dir noch eine Erklärung, warum ich am Morgen nach der Hochzeit verschwunden war. Du hast mir bis jetzt keine Chance gelassen, es dir zu erzählen. Natalie hatte mich angerufen. Sie hatte Leni ins Krankenhaus gebracht.«

»Was?« Erschrocken richtete Antonia sich auf.

»Keine Sorge, es war nichts Schlimmes. Leni hatte sich in der Nacht ein paarmal übergeben und Natalie ziemlich überreagiert. Aber wenn du einen Anruf bekommst, dass dein kleines Mädchen in der Notaufnahme ist, lässt du alles stehen und liegen …« Er räusperte sich. »Vielleicht änderst du deine Meinung nicht, nach dem, was ich dir sonst noch erzählen möchte. Aber ich will, dass du die ganze Geschichte kennst.«

»Ich glaube, da gibt es nichts, was ich nicht schon weiß«,

widersprach sie, ließ ihre verschränkten Finger aber auf seinem Oberschenkel ruhen, was Xander als gutes Zeichen deutete.

»Man glaubt gar nicht, was man alles nicht weiß. Ich habe neulich zum Beispiel erfahren, dass Natalie bei dir gewesen ist, als sie schwanger war, und dich gebeten hat, dich nicht mehr mit mir zu treffen.« Antonia schien überrascht, dass Natalie ihm alles erzählt hatte. Damit hatte sie offenbar nicht gerechnet. »Du kannst mir glauben, ich war ganz schön erstaunt, das sechs Jahre später zu erfahren. Ich dachte, wir wären uns bereits nahe genug gewesen, darüber zu sprechen. Jedenfalls hätte ich mir gewünscht, dass du zu mir gekommen wärst.«

»Um was zu tun?«, fragte Antonia leise und blickte wieder in die grau-goldenen Wolken. »Einer Familie die Chance auf eine gemeinsame Zukunft zu nehmen? Ich bin Hebamme, Xander. Ich kann nicht einfach eine Familie zerstören, nur weil ich an einem Mann interessiert bin.«

»Wirklich nobel, Tonia. Aber wenn man nicht miteinander redet, zieht man die falschen Schlüsse.« Er hob ergeben seine freie Hand, als sie ihm einen funkelnden Blick zuwarf. »Ich sage nicht, dass ich keine Fehler gemacht habe. Das habe ich. Viel zu viele, um sie alle aufzählen zu können. Vielleicht hätten wir damals die Kurve gekriegt. Vielleicht auch nicht. Wer kann das schon wissen. Ich möchte aber, dass du weißt, wie mein Leben jetzt aussieht. Wenn du dann immer noch der Meinung bist, kein Interesse zu haben, akzeptiere ich das.« Was redete er denn da? »Nein, streich das«, korrigierte er sich. »Ich akzeptiere es nicht und werde weiter um dich kämpfen, weil ich weiß, dass ich dir auch nicht egal bin. Und du liebst Leni. Also werde ich vermutlich hartnäckig bleiben und weiter versuchen, dich rumzukriegen.«

»Ziemlich gesundes Selbstbewusstsein«, kommentierte Antonia seine Kampfansage mit einer Spur Sarkasmus in der Stimme. Der sich auch in ihren Augen spiegelte, als sie ihn ansah.

»Genau genommen geht mir der Arsch auf Grundeis. Lass mich einfach ganz vorn anfangen. Vor sechs Jahren – ich war verknallt in dich, Tonia. Bis über beide Ohren. Mit dir zusammen zu sein ist immer etwas Besonderes. Das war damals so. Und das ist es auch heute noch.« Er räusperte sich. »Ich weiß gar nicht, warum du mir vorher nie aufgefallen warst. Du weißt schon: auf diese Art aufgefallen.«

»Wir haben uns in der Kletterhalle in Bischofswiesen getroffen«, erinnerte sie sich.

»Hmm. Du hast mich verdammt alt aussehen lassen an dieser Wand. Irgendetwas ist an jenem Tag passiert. Meine Beziehung mit Natalie war schon ein halbes Jahr vorbei und hatte genau genommen auch nicht besonders lange gedauert. Ich war offen für eine neue Liebe – und du hast mich getroffen wie ein Blitz. Doch dann ist Natalie plötzlich aufgetaucht. Schwanger. Und du wolltest von einem Moment auf den anderen nichts mehr mit mir zu tun haben. Du hast meine Anrufe ignoriert, und als ich zu dir rausgefahren bin, hast du so getan, als wärst du nicht zu Hause.«

»Weil Natalie mich darum gebeten hatte.«

»Du hast mich links liegen lassen. Natalie wollte, dass wir eine Familie werden. Meine Eltern haben auf mich eingeredet, dass ein Kind Mutter und Vater braucht. Also habe ich mich schließlich breitschlagen lassen und es noch einmal mit ihr versucht.«

Ein trauriges Lächeln stahl sich in Antonias Mundwinkel. »Kein besonders romantischer Ansatz für eine Beziehung.«

»Nein. Leni hatte aber zumindest verdient, dass wir es versuchen. Ihr zuliebe. Natalie war allerdings auch nicht ehrlich gewesen. Sie leidet an einer bipolaren Störung, seit sie Anfang zwanzig ist.«

Antonia reagierte nicht so geschockt, wie er sich das vorgestellt hat. »Das ist hart. Hat sie Leni und dich deshalb kurz nach der Geburt verlassen?«

»Ja. Und seitdem hat sie unser Leben in eine Achterbahn verwandelt. Wieder und wieder.«

»Sie hat versucht, ihr Leben zu meistern, und dich zu ihrem Anker gemacht«, brachte Antonia das Verhalten seiner Exfreundin auf den Punkt. »Das ist verständlich. Du bist ein konstanter Mensch. Jemand, auf den man sich verlassen kann.«

»Verständlich, ja. Aber eine sehr ungesunde Art von Verbindung. Ich habe immer versucht, ihr ein Leben mit Leni zu ermöglichen. Natalie und ich sind aber Geschichte. Das waren wir im Prinzip schon, als sie damals schwanger vor meiner Tür stand. Sie kann auch Lenis Mama sein, wenn wir kein Paar sind. Und ein Paar werden wir nie wieder werden. Ich liebe eine andere Frau.« Er sah Antonia in die Augen. »Ich liebe dich«, sagte er leise.

»Xander, ich …« Antonia hob die Schultern in einer hilflosen Geste. »Ich …«

»Sch.« Er legte den Zeigefinger auf ihre Lippen. »Sag nichts. Denk in Ruhe darüber nach. Ich möchte nur, dass du das weißt. Es gibt keine Familie, die zerstört werden kann.« Xander drehte den Kaffeebecher in seiner Hand. Die Sonne hatte die dunklen Wolken längst zur Seite geschoben und ihren angestammten Platz am Himmel eingenommen. »Was ich jetzt sage, klingt sicher hart: Ich musste mich von Natalie lösen. Viel zu lange habe ich versucht, ihr zu helfen. Immer wieder ist sie abgerutscht. Ich habe eine Menge gelesen, mich online mit Selbsthilfeangeboten und -gruppen beschäftigt. Wenn ich gesund bleiben und ein eigenes Leben führen will, und wenn ich das Gleiche für mein Kind will, dann habe ich nur eine Chance: Natalie loszulassen. Das habe ich diesen Sommer endgültig getan. Das hat mir wehgetan. Und ihr noch viel mehr. Aber ich möchte ein Leben leben, das Leni und mich glücklich macht. Und das ein Vorbild sein kann für das Leben, das sich meine Tochter irgendwann gestalten wird.« Er räusperte sich. »Ich will dich nicht unter Druck setzen. Ich sage dir einfach nur, was ich für dich empfinde. Wir müssen uns in nichts hineinstürzen. Wir können es langsam angehen lassen. Uns besser kennenlernen.« Denn er wollte wissen, wie viele Facetten Antonia noch hatte. »Zeit miteinander und mit Leni verbringen.« Er lächelte sie an. »Dass du etwas für mich empfindest, weiß ich. Ob es für eine Beziehung reicht, können wir herausfinden.«

Antonia schwieg einen Moment. Dann öffnete sie den Mund, schloss ihn aber wieder und richtete sich auf.

Xander folgte ihrem Blick mit den Augen. Das durfte ja wohl nicht wahr sein. Was wollten die denn jetzt hier?

»Entschuldige.« Antonia löste den Blick von dem großen SUV mit dem Logo der Bergwacht, der auf die Wiese rumpelte. »Ich wollte sagen, dass ich …«

Xander schüttelte den Kopf. Was für ein mieses Timing. »Lass uns das auf später verschieben. Jeder einzelne von denen, die in diesem Wagen sitzen, ist neugieriger als die drei Alten auf der Bank vor dem Mühlenladen zusammen.«

Antonia zögerte kurz, nickte dann aber. Langsam erhob sie sich, als der Geländewagen vor dem Haus zum Stehen kam, und ihre Schwester Hannah heraussprang. Sie rannte die wenigen Schritte auf sie zu und fiel ihrer großen Schwester um den Hals. Antonia legte die Arme um sie und zog sie fest an sich.

»Ich bin so froh, dass es dir gut geht«, murmelte Hannah.

»Und ich bin froh, dass jemand gekommen ist, der die Kühe füttern kann«, neckte Antonia sie.

Xander blieb sitzen und wartete auf Jakob, der auf der Fahrerseite ausstieg und die Tür hinter sich zuschlug. »Wir verkünden die frohe Botschaft«, sagte er, kam um den Wagen herum und ließ sich Xander gegenüber auf eine der Bänke fallen. »Die Straße ist so weit freigeräumt, dass sie mit Vierradantrieb befahrbar ist.« Er legte die Hände auf den Tisch und bettete seinen Kopf darauf.

»Hatte ich dir nicht gesagt, du sollst nach Hause gehen und schlafen?« Xander schenkte Kaffee in seinen Becher und schob ihn über den Tisch.

Jakob hob den Kopf weit genug, um an der Tasse schnüffeln zu können, und trank sie dann, ohne sich weiter aufzurichten, gierig halb leer. »Ich wollte schon vor Stunden ins Bett«, erwiderte er und stellte die Tasse wieder auf den Tisch. »Aber Hannah hat mich nicht gelassen. Sie wollte warten, bis die Straße frei ist und wir euch holen können. Ich habe ihr tausendmal versichert, dass du total darauf stehst, nach so einem Tag noch ein paar Kilometer zu wandern. Und dass Tonia genauso irre ist. Aber Hannah hat nun mal drauf bestanden.«

»Niemand läuft nach einer solchen Nacht noch gern irgendwo hin«, widersprach Antonia und gähnte. »Wenn ihr uns helft, die Tiere zu versorgen, gebe ich euch bei nächster Gelegenheit ein Bier im *Holzwurm* aus.«

»Zwei Bier und ein Enzian für Jakob und ein Rosato für mich«, verhandelte Hannah.

»Von mir aus auch das. Hauptsache, ihr helft uns«, gab sich Antonia sofort geschlagen.

Xander hätte ihnen am liebsten eine Magnumflasche Champagner geboten, wenn sie noch mal für eine halbe Stunde verschwunden wären, damit Antonia und er ihr Gespräch zu Ende führen konnten.

»Solange ich nicht melken muss«, sagte Hannah und klopfte neben Jakob auf den Tisch. »Aufwachen! Wir gehen in den Stall.«

Jakob stöhnte. »Womit habe ich diese Frau noch mal verdient?«

»Du hast sie bekommen, weil du sie über alles liebst.« Hannah küsste ihn auf den Scheitel und verpasste ihm dann einen unsanften Schubs. »Los jetzt.«

Xander sah zu Antonia hinüber, doch sie wich seinem Blick aus und sammelte konzentriert die Kaffeetassen und die Kanne ein.

Xander bekam keine Chance, Antonia noch einmal allein zu erwischen. Trotzdem war er verdammt dankbar, Unterstützung zu haben – und vor allem den Weg, den sie gekommen waren, nicht noch einmal zu Fuß zurücklegen zu müssen. Hannah und Jakob halfen dabei, Heu und Kraftfutter an die Kühe und Kälber zu verteilen. Wahrscheinlich durften sie heute wieder auf die Weide, weil das Unwetter endlich weitergezogen war. Aber das wollten sie nicht entscheiden und ließen die Tiere deshalb im Stall, bis Tilda zurückkehren würde.

Als sie die Tür der Almhütte endlich hinter sich zuzogen und ihre Ausrüstung im Geländewagen verstauten, hatte

Jakob sich bereits einen perfekten Plan zurechtgelegt. Von der Sonnenalm aus würden sie zuerst Hannah zu Hause absetzen und dann zum Forstlehen fahren, um Antonia nach Hause zu bringen. Von dort aus würden sie zu der Stelle weiterfahren, an der sie am Vorabend das Quad zurückgelassen hatten. Es würde eng werden, aber bis zu dieser Stelle kam man mit dem Wagen durch. Dann würde Xander das Quad zurückfahren und Jakob den SUV. Wenn sie das geschafft hatten, wollte Xander aufhören, über Antonia nachzudenken und stattdessen erst einmal schlafen.

*

Das Erste, was Antonia spürte, als sie zu sich kam, waren die Schmerzen in der Schulter. Sie rollte sich auf die andere Seite – und landete mit einem Krachen auf dem Fußboden.

»Scheiße!«

Immerhin verteilte sich der Schmerz jetzt gleichmäßig über ihren ganzen Körper. Sie öffnete die Augen und blinzelte die Couch an, von der sie gefallen war. Warum hatte sie hier gelegen? Sie sah an sich hinunter. In Unterwäsche? Dann fiel ihr alles wieder ein. Mühsam rappelte sie sich auf und kletterte auf das Sofa zurück, wo sie liegen blieb wie ein gestrandeter Wal. Jakob und Hannah hatten Xander und sie – Gott sei Dank – auf der Alm abgeholt, bevor sie sich zu Fuß auf den Rückweg machen mussten. Sie hatten sie am Forstlehen abgesetzt. Antonia erinnerte sich noch daran, ihre völlig verschlammten Klamotten auf der Terrasse vor dem Haus ausgezogen zu haben. In ihrer Unterwäsche hatte sie es noch bis zur Couch geschafft und war in einen tiefen, traumlosen Schlaf gefallen, als hätte man in ihrem Kopf einen Schalter umgelegt. Sie hatte keine Ahnung, wie spät es war. Dem Stand der Sonne nach, die unschuldig auf die Lichtung schien, als hätte sie sich nicht für eine Woche verdünnisiert gehabt, war es noch nicht ganz Mittag.

Von ihrem Platz aus konnte sie ihr Handy auf dem Küchentisch liegen sehen. Mist. Warum hatte sie es nicht auf die Couch geworfen, bevor sie hinterhergefallen war? Ihr Körper war der festen Überzeugung, dass er noch ein, zwei Tage Schlaf brauchte, aber ihr Kopf begann langsam wieder zu arbeiten. Sie brauchte ihr Handy, weil sie im Krankenhaus anrufen und nach Gesa fragen wollte. Wenn sie schon mal stand, könnte sie sich genauso gut einen Kaffee machen und sich die längst überfällige Dusche gönnen. Und dann musste sie nachdenken. Über Xander. Über die Sachen, die er zu ihr gesagt hatte. Dass er mit ihr zusammen sein wollte. Dass er sie liebte. »Stopp!«, bremste sie die Gedanken, die sich schon wieder bereit machten, in ihrem Kopf Loopings zu drehen. »Erst Kaffee«, befahl sie sich selbst und rappelte sich auf.

Sie inhalierte die erste Tasse, während sie in der Klinik anrief. Gesa und dem Baby, einem kleinen Jungen namens Tom, ging es den Umständen entsprechend gut. Er war mit Kaiserschnitt auf die Welt geholt worden und würde eine Weile im Brutkasten bleiben müssen. Gesas Schwangerschaftsvergiftung war noch nicht ganz abgeklungen, aber sie war auf einem guten Weg. Das hörte sich vielversprechend an. Antonia machte sich eine zweite Tasse Kaffee und ging nebenbei die Nachrichten durch, die vor allem ihre Familienmitglieder auf dem Handy hinterlassen hatten. Xander hatte sich nicht gemeldet. Aber das musste er auch nicht, oder? Er hatte ihr gesagt, dass er sie liebte. Damit hatte er den Ball clever in ihre Hälfte des Spielfelds geschlagen. Es war an ihr, sich Gedanken zu machen. Ein bisschen war das wie bei diesen Zetteln in der Schulzeit, auf denen man die Frage »Willst du mit mir gehen?« mit einem Kreuz bei Ja, Nein oder Vielleicht beantworten konnte. Sie hatte ihm heute Morgen sagen wollen, dass sie Zeit brauchte. Nachdenken musste. Eine richtige Beziehung, bei der man sein Herz aufs Spiel setzte, war nichts, was Antonia leichtfertig einging. Sie war in den letzten Jahren gut damit gefahren, sich auf genau so etwas nicht einzulassen. Doch andererseits sehnte sie sich so sehr nach Xander. Nicht nur nach seinen Armen, in denen sie sich zu Hause fühlte, egal, ob er sie einfach nur festhielt, mit ihr schlief oder tanzte. Sie sehnte sich auch nach seinem Lachen, seiner Abenteuerlust und den Gesprächen, die sie mit ihm führen konnte. Sie sehnte sich nach Leni und danach, mit ihr auf der Wiese zu liegen und Wolkenformen zu erraten. Sie sehnte sich sogar nach Bub, der genauso tollpatschig wie liebesbedürftig war. War das Liebe?

Unter der Dusche dachte sie weiter darüber nach. Sie könnten es langsam angehen lassen, hatte Xander gesagt. Sich treffen und sehen, wohin das führte. Das war doch eine Option. Eine, bei der sie nicht sofort das Bedürfnis bekam, die Beine in die Hand zu nehmen und so schnell und so weit wie möglich davonzurennen. Andererseits, sie kannte ihn ja bereits. Sie wusste, worauf sie sich einließ.

Bis sie ihre Haare getrocknet, die immer noch vorhandenen Schatten unter ihren Augen mit einem leichten Make-up abgedeckt und sich angezogen hatte, hatte sie sich einen Plan zurechtgelegt. Als Erstes würde sie in die *Alte Mühle* fahren. Louisa wollte mit Sicherheit aus erster Hand wissen, wie es Gesa ging – und sie musste sowieso dringend mit ihrer Tante sprechen. Nachdem sie bei Louisa einen Latte macchiato geschnorrt hatte, würde sie bei Xander vorbeischauen und ihn fragen, ob er sie ins Krankenhaus begleitete, um Gesa und Tom zu besuchen. Wenn er ihr die Tür öffnete, würde sie es wissen. Sie würde ihn ansehen und wissen, ob sie sich sofort in seine Liebe stürzen würde, oder es lieber langsam anging. Wenn er nicht zu Hause wäre, hätte sie ein wenig mehr Zeit, darüber nachzudenken. Ihren Bauch entscheiden zu lassen, hielt sie für eine gute Idee. Es war schließlich nicht so, dass ihm und Leni ihr Herz nicht längst gehörte, war ihr bewusst geworden. Es ging um die Frage, ob sie bereit war, sich dem Risiko einer Beziehung auszusetzen und sich durch diese Liebe angreifbar zu machen.

Sie betrachtete sich ein letztes Mal im Spiegel. Die endlich wieder aufgetauchte Sonne erlaubte ihr, einen bodenlangen, hauchdünnen Hippierock und ein Shirt mit Spaghettiträgern zu tragen. Mit ihrem Aussehen zufrieden schlüpfte sie in ein paar Flip-Flops, griff nach ihrem Handy und den Wagenschlüsseln und zog die Haustür hinter sich zu.

*

Louisa war nervös. Rosa und sie arbeiteten schon den ganzen Morgen Seite an Seite im Mühlenladen. Sie konnte die Fragen in den Augen ihrer Nichte sehen, wann immer sie in ihre Richtung blickte. Und sie selbst wollte wissen, was im Haus ihrer Schwester nach ihrem unrühmlichen Abgang geschehen war. Aber bis jetzt hatten sich die Kunden die Klinke in die Hand gegeben. Die meisten kauften nur eine Kleinigkeit – ein Vorwand, um sich den neuesten Tratsch abzuholen. Die Rettungsaktion auf der Sonnenalm hatte sich wie ein Lauffeuer im Dorf herumgesprochen. Da Louisa Alarm geschlagen hatte, glaubten jetzt alle, sie könne ihnen auch die Details des Bergwachteinsatzes erzählen.

Es wurde ruhiger, als Hannah in den Laden kam und gähnend auf einem der Hocker hinter dem Tresen kollabierte. »Kaffee«, bettelte sie.

Kaum hatte Rosa ihr eine Tasse hingestellt, wurde die Tür erneut aufgezogen, und Antonia kam in den Laden.

»Kaffee, nehme ich an?«, fragte Rosa.

»Auf jeden Fall.« Antonia bückte sich, um Toby und Socke zu kraulen, die ihr fröhlich entgegengesprungen kamen. Rosa folgte den Hunden und schloss ihre Schwester in eine feste Umarmung, bevor sie sich daranmachte, Milch für einen Latte macchiato aufzuschäumen.

Louisa folgte ihrem Beispiel und umarmte Antonia zur Begrüßung. »Ich bin froh, dass ihr unversehrt zurück seid und Gesa es bis ins Krankenhaus geschafft hat.«

»Du musst uns alles genau erzählen«, sagte Rosa und schob den fertigen Kaffee über den Tresen.

Als hätten die Kunden ein inneres Radar, das sie davon abhielt, sie genau jetzt im Laden zu stören, blieben sie die nächste halbe Stunde unter sich und konnten Antonias Bericht lauschen.

Die Schilderungen ließen einen eiskalten Schauer über Louisas Rücken rieseln. Wie schlimm hätte dieses sturköpfige Mädchen enden können? »Ich bin so froh, dass alles gut gegangen ist«, sagte sie.

Antonia nickte. »Ich bin auf dem Weg in die Klinik, um die zwei zu besuchen. Den Umständen entsprechend geht es beiden gut.« Antonia drehte ihr Glas einen Moment nachdenklich in den Händen, dann blickte sie auf, und Louisa sah in ihren Augen die gleiche Frage, die auch Rosa den ganzen Morgen mit sich herumgetragen hatte. »Wie kommt es, dass du dich so gut mit Gestosen auskennst? Das ist ein sehr spezielles Gebiet und wird hin und wieder sogar von Ärzten im ersten Moment falsch diagnostiziert. Selbst Hebammen haben die Symptome schon falsch interpretiert.«

Louisa schluckte. »Ich lag im Krankenhaus mal neben einer Frau, die daran litt und bei der Geburt ihr Kind verloren hat«, versuchte sie sich an der kurzen Version.

Rosa runzelte nachdenklich die Stirn, während Hannah wie immer aussprach, was ihr durch den Kopf ging. »Aber du warst doch noch nie im Krankenhaus«, sagte sie. »Schon gar nicht auf einer Geburtsstation.«

»Doch.« Louisa wischte sich die plötzlich feuchten Hände an den Oberschenkeln ab. »Lange vor eurer Zeit. Als ich selbst schwanger war und mein Kind verloren habe.«

Fassungsloses Schweigen legte sich über den Mühlenladen. Ein Moment, den Louisa nutzte, um ihren Nichten ihre Geschichte zu erzählen, bevor der Mut sie verließ.

Nachdem sie geendet hatte, wischten sich die Mädchen die Tränen von den Wangen. Rosa schlang ihr die Arme um die Taille und schmiegte sich an sie. »Ich weiß gar nicht, was ich sagen soll«, flüsterte sie.

»Du musst gar nichts sagen. Das ist viele Jahre her. Aber nie darüber zu reden, das war ein Fehler. Einer von vielen, die ich gemacht habe.« Sie küsste Rosa auf den Scheitel. »Ich habe euch. Ihr seid nicht meine Kinder, aber mit so wundervollen Nichten ist man gesegnet.«

Antonia und Hannah umarmten sie von links und rechts. Zusammen standen sie einen Moment mitten im Laden, dann räusperte sich Louisa und befreite sich aus dem Klammergriff ihrer Nichten.

Sie dachte an Brandl und an den Brief, den er ihr in der vergangenen Nacht geschrieben hatte. Er war nicht lang gewesen, und er begann damit, dass er ihr sagte, wie sehr er sie liebte. Wie glücklich er war, sie wiedergefunden zu haben. Und er endete damit, dass er sie bat, ihn zu heiraten – oder in wilder Ehe mit ihm zusammenzuleben, wenn das besser zu dem Hippie tief in ihrem Herzen passte. Weil er keinen Tag des Lebens, das ihnen noch blieb, ohne sie sein wollte.

So viele Jahre waren vergangen. So viel Schmerz. Die Lügen. Jetzt gab es keine Geheimnisse mehr, die im Dunkeln lauerten. Alles war gesagt. Alle Karten lagen offen. Sie hatte Brandl gesagt, wie sehr sie ihn liebte. Und dann – hatte sie Ja gesagt. Ja zu seinem Antrag und zu einem gemeinsamen Leben mit ihm.

Und noch etwas war ihr aufgefallen. Es war nicht leicht gewesen, ihren Nichten von ihrer Schwangerschaft zu erzählen. Aber die Erinnerungen drückten auch nicht mehr wie ein zentnerschwerer Mühlstein auf ihre Seele. Von Mal zu Mal wurde es leichter. Aber es gab noch eine Person, der sie die Wahrheit sagen musste. Egal, wie ihre Schwester darauf reagieren würde, sie konnte das Geheimnis, jetzt, da es an die Oberfläche gespült worden war, nicht länger mit sich herumtragen. »Rosa, kommst du eine Weile allein klar? Ich muss noch mal los.«

Antonia legte ihr den Arm um die Schultern. »Falls du ins *Blatt und Blüte* willst, das ist genau mein Weg. Du willst mit Mama reden, und ich brauche Blumen für Gesa. Ich nehme dich mit.«

Die Fahrt mit dem Jeep nahm Louisa die Chance, sich auf das Gespräch vorzubereiten, wie sie es getan hätte, wenn sie mit dem Fahrrad ins Dorf gefahren oder gelaufen wäre. Aber vielleicht war es sogar besser, nicht zu viel darüber nachzudenken.

Rena stand hinter der Ladentheke und notierte sich etwas, als Antonia die Ladentür aufschob. Ihr Gesicht erstrahlte in einem glücklichen Lächeln, als sie ihre Tochter sah. Als sie Louisa hinter ihr erkannte, kühlte das Lächeln ein paar Grad ab. Trotzdem kam sie um den Tresen herum, um Antonia in ihre Arme zu schließen und fest an sich zu drücken. »Ich bin so froh, dass dir nichts passiert ist. Und so stolz. Das ganze Dorf redet von nichts anderem.«

»Dass Gesa gerettet werden konnte, ist zu einem großen Teil auch Lous Verdienst«, konnte sich Antonia nicht verkneifen.

Louisa sah, wie ihre Schwester sich bei diesen Worten ein wenig versteifte. »Sicher«, murmelte sie und ließ Antonia dann los, um ihr noch einmal sanft über das Haar zu streichen. »Was kann ich für dich tun – für euch?«, verbesserte sie sich mit einem Blick in Louisas Richtung.

»Ich brauche Blumen für die frischgebackene Mutter«, erklärte Antonia.

»Und ich würde gern mit dir reden«, brachte Louisa ihr Anliegen vor.

»Wieder einmal«, murmelte Rena. »Nora«, rief sie ins Hinterzimmer. »Bindest du meiner Tochter bitte einen Strauß?«, fragte sie ihre Mitarbeiterin, als diese den Kopf durch die Verbindungstür steckte. »Wir können in mein Büro gehen«, schlug sie Louisa vor und ging voraus.

»Viel Glück im Löwenkäfig«, flüsterte Antonia. »Lass dich nicht fressen.«

»Das habe ich gehört.« Rena warf ihnen über die Schulter einen scharfen Blick zu.

Ohren wie eine Fledermaus, sagte Antonia tonlos und verdrehte die Augen. Louisa lächelte, weil sie wusste, dass sich Antonia keine Sorgen wegen des Gesprächs machen würde, und folgte Rena in den hinteren Teil des Ladens.

Ihre Schwester hatte sich mit verschränkten Armen hinter ihren Schreibtisch zurückgezogen. Der wie eine unüberwindbare Barriere zwischen ihnen thronte. Louisa setzte sich auf den wackligen Besucherstuhl. »Wir haben uns bei unserer letzten Aussprache geschworen, uns nur noch die Wahrheit zu sagen. Aber das habe ich nicht getan. Es gab da noch etwas … ein Geheimnis, von dem ich nicht wusste, wie ich es dir beibringen sollte.« Louisa schluckte und betrachtete ihre ineinander verkrampften Finger. Dann sah sie wieder auf – und in die blaugrünen Augen ihrer Schwester, die ein Spiegel ihrer eigenen waren. »Ich war damals schwanger von Brandl. Als du vor seiner Tür aufgetaucht bist, wusste ich es noch nicht. Aber kurz danach habe ich es erfahren.« Und dann erzählte sie die Geschichte erneut. Zum dritten Mal innerhalb von nicht einmal vierundzwanzig Stunden.

Rena reagierte nicht anders als ihre Nichten oder Brandl. Einen Moment lang starrte sie sie fassungslos an. Ihre Augen glänzten, dann liefen die Tränen über. Louisas Schwester wischte sie mit einer energischen Geste weg. »Du hättest mir das schon vor Jahren sagen müssen. Vor Jahrzehnten.«

»Ich wusste nicht wie. Zu wissen, dass wir auf dem besten Weg waren, ein Kind zu bekommen, hätte dir nur das Herz zum zweiten Mal gebrochen. Dann warst du endlich wieder glücklich, hast Josef geheiratet und Antonia bekommen. Der Moment schien mir ebenfalls nicht richtig. Plötzlich war so viel Zeit vergangen. Rosa und Hannah kamen zur Welt, und irgendwann war es einfach zu spät für dieses Geständnis.«

»Bis jetzt.« Rena kam um den Tisch herum und zog Louisa in ihre Arme.

Louisa schloss die Augen. Sie wollte nicht weinen, aber die Tränen ließen sich nicht zurückhalten. »Du wirfst mir immer vor, ich würde mir deine Kinder ausleihen, wann es mir passt. Oder ich versuche, sie dir wegzunehmen. Aber, Rena, das wollte ich nie.«

Rena lehnte sich ein Stück zurück und sah Louisa ins Gesicht. »Wenn ich gewusst hätte, was du durchgemacht hast, hätte ich das nie gesagt. Ich wollte dich doch nicht verletzen.«

»Es geht nicht darum, Dinge nicht zu sagen, um mich zu schonen. Ich möchte, dass du verstehst, dass ich dir die Mädchen nie wegnehmen wollte. Nie. Ich bin ihre Tante. Ich liebe sie von ganzem Herzen. Und ja, manchmal habe ich mir das Recht herausgenommen, sie zu verwöhnen, während du streng sein musstest. Aber Rena, du bist ihre Mutter. Das wirst du immer bleiben. Und dafür lieben sie dich.«

Rena löste sich aus der Umarmung und kehrte hinter den Schreibtisch zurück. Sie bückte sich und zog eine Flasche Enzian und zwei Gläser aus einer Schublade. »Es ist nicht einfach, sich immer mit dir vergleichen zu müssen«, sagte sie und schenkte ein.

»Wir sind nicht zu vergleichen. Wir haben völlig unterschiedliche Aufgaben im Leben der Mädchen. Du wirst sie nie verlieren. Nie, Rena. Schon allein deshalb, weil ich das niemals zulassen würde.«

Ihre Schwester schob einen Schnaps in ihre Richtung und hob ihr Glas zum Toast. »Es tut mir unendlich leid, dass dir das passiert ist. Lass uns darauf trinken, dass du dir trotzdem ein wunderbares Leben aufgebaut hast.«

»Danke.« Louisa stieß mit ihr an und kippte den Enzian

hinunter. Das Brennen in ihrer Kehle ließ ihr abermals Tränen in die Augen steigen.

Aber Rena hielt die Flasche schon ein zweites Mal über die Gläser. »Weißt du, man fühlt sich schäbig und wie ein schlechter Mensch, wenn man jemanden sein ganzes Leben lang beneidet. Ich habe dich immer beneidet, und, als das mit Brandl passiert war, sogar gehasst. Später war es wieder Neid«, gab sie ungewöhnlich ehrlich zu, hob den Schnaps und kippte ihn hinunter.

Louisa tat es ihr gleich und schenkte ihnen noch einmal nach. »Weil du neidisch sein wolltest«, sagte sie. »Neid ist einfach.«

Darüber dachte Rena einen Moment lang nach. Sie drehte das Schnapsglas zwischen ihren Fingern, dann kippte sie den Enzian und schüttelte sich. »Das stimmt. Du hast mir aber auch immer das Gefühl gegeben, neben dir nicht bestehen zu können.«

»Weil du es so sehen wolltest. Kannst du dich noch an unseren Mädels-Camping-Trip erinnern?«, fiel Louisa ein Beispiel ein.

»O Gott. Das muss fast fünfundzwanzig Jahre her sein. Was für ein grauenvolles Wochenende.« Rena schüttelte sich noch einmal.

»Stimmt. Zum Schlafen auf Luftmatratzen in einem Zelt sind wir beide nicht geschaffen. Was ist dir von diesem Wochenende am deutlichsten in Erinnerung geblieben?«

Wieder dachte Rena einen Augenblick nach. »Wie gut du dich mit den Mädchen verstanden hast. Wie ihr über dem Feuer schon gekocht habt und euch am Frühstück versucht habt, als ich morgens aus dem Zelt gekrochen bin. Kichernd und glücklich.«

»Weißt du, woran ich mich erinnere?« Louisa schob ihr volles Schnapsglas zur Seite. »An die Nacht. Die Mädchen wollten unbedingt ein eigenes Zelt, obwohl wir uns sicher waren, dass sie vor Schiss kein Auge zubekommen würden. Und was ist passiert? Alle drei sind sie nachts in dein Zelt gekrochen und haben sich an dich gekuschelt. Weil sie Angst hatten. Und weil es in so einer Situation nur einen Menschen gibt, bei dem man sein will.«

Rena legte den Kopf in den Nacken und seufzte. »Ich bin ein furchtbarer Mensch.«

»Nein. Das bist du nicht. Du warst dir manchmal unsicher über unsere Rolle im Leben der jeweils anderen. Angefangen hat das alles mit Brandl, der uns beiden einen ordentlichen Schlag verpasst hat. Aber das ist jetzt über vierzig Jahre her. Und ich wünsche mir von ganzem Herzen, dass wir das hinter uns lassen können. Besonders, weil ich noch eine Nachricht habe, von der ich hoffe, dass du sie gut aufnimmst.«

Rena griff nach dem Enzian, den Louisa zur Seite geschoben hatte, und trank auch ihn. »Er will dich heiraten, oder?«

»Würdest du damit klarkommen?« Louisa hielt die Luft an. Wenn ihre Schwester einen Wutanfall bekam …

»Ich muss mich an den Gedanken gewöhnen«, gab ihre Schwester zu. »Aber es ist, wie du sagst: Es sind viele Jahre vergangen seit damals. Es wird Zeit, diese Erinnerungen endgültig abzuhaken.«

»Ich würde mich von Herzen freuen, wenn du Teil des Ganzen bist. Und ich hoffe, dass du nie wieder denkst, ich möchte dir etwas wegnehmen. Du bist meine Schwester, meine Familie. Ich bin dankbar, dich in meinem Leben zu haben.«

*

Bei Antonias letztem Besuch war sie uneingeladen um Xanders Haus herumgegangen – und in eine Situation geraten, die ihr das Herz gebrochen hatte. Auch wenn es dafür vielleicht gar keinen Grund gegeben hatte, wie Xander ihr heute Morgen erklärt hatte. Trotzdem zog sie es diesmal vor, an der Haustür zu klingeln.

Xanders Land Rover stand in der Auffahrt, aber es dauerte lange, bis sie ihn im Haus hören konnte, nachdem sie geklingelt hatte. Ihr Herz schlug wie verrückt. Sie trat einen Schritt zurück und wartete darauf, dass er die Tür öffnete.

Als er sie schließlich mit einem »Wo brennt es denn, verdammt noch mal«, aufriss, setzte ihr Herz einen Schlag aus. Und raste dann in doppeltem Tempo weiter. *Ja*, dachte sie, *ich liebe diesen Mann*. Was nicht daran lag, dass er offenbar direkt aus dem Bett gestiegen war und sich lediglich eine Jeans über seine Boxershorts gezogen hatte, die er noch nicht einmal geschlossen hatte. Okay, der nackte Oberkörper und die völlig zerstrubbelten Haare trugen ihren Teil dazu bei. Aber es war sein Gesicht, die müden Augen, die trotzdem zu strahlen begannen, als er sie erkannte. Das weiche »Hey«, mit dem er sie begrüßte. Das reichte, um ihr Herz aus dem Rhythmus zu bringen.

»Hallo Schlafmütze. Hast du vor, den ganzen Tag zu verpennen?« Sie wollte ihm nicht hier und jetzt um den Hals fallen. Dafür wünschte sie sich einen privaten, besonderen Platz. Denn das, was sie ihm zu sagen hatte, war für sie so besonders wie nichts sonst auf der Welt.

»Ich hab gefühlt eine Stunde geschlafen«, brummte er. »Erst mussten wir das Quad zurückbringen, dann die Ausrüstung wieder auffüllen. Und den Einsatzbericht musste ich auch noch schreiben.«

»O verdammt. Das tut mir leid.« Antonia biss sich auf die Unterlippe. »So weit habe ich gar nicht gedacht. Ignorier mich einfach, geh zurück ins Bett und schlaf weiter.«

»Du bist hier, und ich bin wach.« Er lehnte sich in den Türrahmen. »Was gibt's denn?«

»Gesa hat das Baby bekommen. Per Kaiserschnitt. Ich fahre nach Berchtesgaden und besuche sie im Krankenhaus. Ich bin nur vorbeigekommen, um dich zu fragen, ob du mich begleiten möchtest.«

Er zögerte keine Sekunde. »Wenn ich noch Zeit habe, zu duschen und mich anzuziehen, bin ich dabei.«

»So lange kann ich warten. Ich vermute, du brauchst nicht so lange für so etwas wie meine Schwester Rosa.«

Xander löste sich aus dem Türrahmen und schob die Haustür auf. »Komm rein«, sagte er und trat ein paar Schritte zurück.

Antonia folgte ihm ins Haus. Er ging zur Treppe, drehte sich auf der zweiten Stufe aber noch mal nach ihr um. »Antonia?«

»Hmm?« Sie sah zu ihm hinüber.

»Es ist schön, dich zu sehen.«

Zack, war ihr Körper wieder in Aufruhr. Sie presste die Hand auf ihren Magen, um die Schmetterlinge zu bändigen, die in ihrem Bauch herumschwirrten, während er die Treppe hinaufsprintete und im Obergeschoss verschwand. Antonia wartete, bis sie ihn nicht mehr sehen konnte, und schaute sich dann um. Das Erdgeschoss war auf liebevolle Art unordentlich. Überall lagen Spielzeug, Kuscheltiere und Klamotten von Leni herum. Auf der Couch stand ein Korb Wäsche, der noch zusammengelegt werden musste. Antonia ging in den Küchenbereich und schaltete die Kaffeemaschine ein. Wenn sie Xander schon aus dem Bett geschmissen hatte, konnte sie ihm wenigstens einen Kaffee für unterwegs kochen. Sie öffnete ein paar Schränke, bis sie einen Thermobecher fand, und stellte ihn unter die Maschine.

Xander hatte wirklich nicht lange gebraucht. Als sie den Deckel auf den Becher drückte, kam er gerade die Treppe herunter. Sie hielt ihm den Kaffee hin. »Kleiner Wachmacher«, kommentierte sie.

»Danke. Das rettet mich.« Er trank einen Schluck und wandte sich zur Tür.

Antonia folgte ihm. »Wo sind Leni und Bub?«, fragte sie, als sie das Haus verließen und zu ihrem Jeep gingen.

»Sie haben bei meinen Eltern übernachtet. Bub ist noch dort, und meine Mutter holt Leni nachher vom Kindergarten ab. Damit ich mich so richtig ausschlafen kann.« Er zwinkerte ihr zu und brachte Antonia damit zum Lachen.

»Es tut mir wirklich leid. Ich habe nicht darüber nachgedacht, dass du nicht einfach so ins Bett fallen konntest wie ich.«

»Du hast mir Kaffee gekocht.« Er hielt den Becher hoch. »Das macht es wieder wett. Außerdem bin ich wirklich neugierig auf das Baby.« Er zog die Beifahrertür auf und hob den Blumenstrauß vom Sitz. »Weißt du mehr?«

Auf der Fahrt nach Berchtesgaden brachte Antonia ihn auf den neuesten Stand. Einmal mehr wurde ihr bewusst, wie gut es sich anfühlte, ihn neben sich zu haben. Seine Art, sich mit dem Rücken gegen die Tür zu lehnen, um nichts von dem zu verpassen, was sie erzählte. Sein tiefes Lachen. Wie er in einer fast unbewussten Geste über ihren Arm strich und damit ihre Haut zum Prickeln brachte. *Noch ein wenig Geduld*, ermahnte sie sich.

Seite an Seite betraten sie das Krankenhaus. Vor Gesas

Zimmer saß Tilda auf einem der Besucherstühle. Ein zufriedenes Lächeln umspielte ihre Mundwinkel.

»Tilda«, rief Antonia überrascht. »Ich dachte, du bist längst wieder auf der Alm.«

Die Sennerin erhob sich und umarmte erst sie und dann Xander. »Ich habe den Bauern angerufen. Für heute ist ein Ersatz gefunden, schließlich können die Kühe nicht den ganzen Tag ungemolken im Stall stehen. Heute Abend muss ich auf die Alm zurück, aber bis dahin habe ich ein bisschen Detektiv gespielt und ihn gefunden.« Sie wies mit dem Kinn zu Gesas Krankenzimmer.

Antonia trat an die Tür und blickte durch das Fenster in den Raum. Neben Gesas Krankenbett saß ein junger Mann, ihre Hand in seiner, den Blick gesenkt. »Ist das Philipp?«

»O ja«, sagte Tilda hinter ihr. »Er hat geheult wie ein Baby, als er sein eigenes Baby gesehen hat.«

Xander spähte über Antonias Schulter in das Zimmer. »Er sieht schuldbewusst aus«, stellte er fest.

»Ja.« Tilda seufzte. »Die Macht der Missverständnisse. Hätten die beiden auch nur einmal miteinander geredet, hätten wir uns viel Ärger und vor allem die Angst der letzten Nacht ersparen können. Dann wäre sie nämlich bei ihm gewesen und nicht auf einer Alm im Unwetter, während die Straße ins Tal verschüttet ist.«

Antonia blickte über die Schulter. Statt Tilda traf ihr Blick Xanders, der ihr viel zu nahe stand. Sie atmete seinen Duft ein. Die Macht der Missverständnisse. Genau das, was Xander und sie voneinander getrennt gehalten hatte. Über viel zu viele Jahre. »Tilda.« Sie drückte der Sennerin die Blumen in die Hand. »Würdest du die Gesa geben? Xander und ich müssen gehen.«

»Klar. Sicher.« Tilda nahm die Blumen.

»Was ... ähm ...?« Xander folgte ihr, als sie einfach seine Hand nahm und ihn hinter sich her zog. »Was hast du vor?«, fragte er, als sie ihn durch die Glasschiebetüren in die Sonne zog.

»Wirst du gleich sehen.« Antonia ließ seine Hand nicht los, bis sie bei ihrem Wagen waren. Sie stieg ein und hatte den Jeep schon gestartet, bevor Xander die Tür geschlossen hatte.

Diese Fahrt war von keiner angeregten Unterhaltung geprägt wie die Fahrt nach Berchtesgaden, stattdessen bestimmte angespanntes Schweigen die Atmosphäre im Auto. Antonia wusste nicht, was sie sagen sollte. Sie hatte das Gefühl, dass all ihre Gefühle aus ihr heraussprudeln würden, sobald sie den Mund aufmachte. Und sie war noch immer fest entschlossen, ihren Seelenstriptease an einem besonderen Ort abzuhalten.

Sie fuhr durch Ramsau und bog erst kurz vor Sternmoos von der Straße ab.

»Was hast du vor?«, fragte Xander, der sich offenbar noch nicht damit abgefunden hatte, dass sie keine seiner Fragen beantwortete hatte, seit sie die Klinik verlassen hatten.

Antonia schaltete in den Vierradantrieb und jagte den Jeep den schmalen Waldweg hinauf, bis sie eine kleine Lichtung erreichte, von der nur wenige Leute wussten. Sie bremste den Wagen ab und schaltete den Motor aus. »Steig aus«, forderte sie Xander auf. Sie löste ihren Sicherheitsgurt und sprang aus dem Wagen.

Xander folgte ihr ein wenig langsamer. »Was ist los, Antonia?«, fragte er, als er um die Motorhaube herumkam.

»Sieh dir das an«, sagte sie. Sie lehnte sich gegen den Kotflügel des Jeeps und blickte ins Tal hinunter.

Xander trat neben sie und folgte ihrem Blick. »Wow«, entfuhr es ihm unwillkürlich, und Antonias Herz machte einen kleinen Satz.

»Das ist atemberaubend, nicht wahr?« Vor ihnen öffnete sich das Tal mit Blick auf den Sternsee, der im Sonnenlicht smaragdgrün schimmerte. Sie sahen die zwei kleinen Felseninseln, die Mühle und die Lichtung, die zu Louisas Grundstück gehörte. Von hier aus konnte man Jakobs Werkstatt sehen, genau wie Xanders Hotel und den Kirchturm des Dorfes, der hinter den Bäumen aufragte. »Ich muss es dir hier sagen«, platzte es aus Antonia heraus. Sie stieß sich vom Wagen ab, trat vor Xander und griff nach seinen Händen. »Ich muss es dir hier sagen«, wiederholte sie. »Weil es für mich so besonders ist wie das, worauf wir von hier aus blicken. Ich liebe dich.«

Xander starrte sie einen Moment lang an. Dann erstrahlte ein Lächeln auf seinem Gesicht, das mit der Sonne um die Wette zu strahlen schien. »Du kannst es verdammt spannend machen, Antonia.« Er legte den Kopf in den Nacken und lachte herzhaft. Dann zog er sie in seine Arme und küsste sie. »Ich liebe dich«, flüsterte er an ihren Lippen. »Mehr als diese atemberaubende Aussicht.«

Und das, fand Antonia, war genug Liebe für ein ganzes, gemeinsames Leben.

Epilog

Antonia atmete den satten Geruch der Latschenkiefern ein. Er hatte sich mit dem des Seewassers vermengt und dem Hauch von Herbst, der bereits in der Luft lag, den Sommer aber noch nicht ganz vertreiben konnte. Die Sonne sank langsam in Richtung der Bergrücken und tauchte die Lichtung hinter der *Alten Mühle* in sanftes Licht. Antonia hatte den ganzen Tag hier verbracht. Gemeinsam mit ihren Schwestern und deren Freunden. Mit Davids Freunden Wastl und Sanne, deren Tochter Fanny schon mit Lichtgeschwindigkeit durch die Gegend krabbelte. Hias und Anna – deren Bauch sich ein winziges bisschen über ihr Bikinihöschen wölbte. Zusammen mit der unbewussten Geste, mit der sowohl sie als auch Hias immer wieder darüber streichelten, ein verräterisches Zeichen, dass Antonia bald aus dem Modus der Trauzeugin in den der Hebamme wechseln konnte.

Hannah hatte ihr Handy gezückt und machte ein Foto von Rosa und David. Ihre mittlere Schwester würde sich in ein paar Tagen von ihrem Freund verabschieden müssen, der auf Lesereise ging. Sein zweiter Roman war anders als »Die Schöne Müllerin« gewesen. Persönlicher, aber nicht weniger zynisch – er hatte die Bestsellerlisten im Handumdrehen gestürmt.

Hannah betrachtete das Bild, das sie gemacht hatte, mit

schief gelegtem Kopf und drehte das Handy dann mit einem breiten Grinsen um, damit Rosa und David sich betrachten konnten. Antonia war froh, dass ihre jüngste Schwester es geschafft hatte, sich diesen Tag freizuschaufeln. Den Sommer über war sie in Arbeit versunken. Die *Braut in Bergstiefeln,* eines der wundervollen Fotos, die sie auf Annas und Hias' Hochzeit geschossen hatte, hatte große Wellen geschlagen – und Hannah hatte inzwischen jede Menge Fotos in diesem Stil gemacht. Frauen in Abendkleidern und Gummistiefeln. Männer im Smoking und Bauarbeiterhelm. Hannah war endlich vollständig im Tal angekommen, liebte ihren Job und war der Inbegriff von Glück.

Und dann waren da noch Xander und Leni. Antonia drehte sich nach den beiden um. Der Mann, in den sie sich verliebt hatte, stand mit seinen Kumpels zusammen um den Grill und stritt bei einem Bier gut gelaunt darüber, wer für die verkohlten Berner Würstchen verantwortlich war. Leni hatte sich auf einer Decke neben dem alten, umgedrehten Ruderboot von Antonias Tante zusammengerollt.

Rosa trat neben sie. Sie schob ihre Hand um Antonias Taille und legte den Kopf an ihre Schulter. »Sieh dir diesen Haufen nur an.« Sie seufzte. »Wir können uns verdammte Glückspilze nennen.«

Hannah gesellte sich zu ihnen und reichte Rosa und Antonia ein Bier. »Anna trinkt keinen Alkohol mehr«, verkündete sie mit einem breiten Grinsen im Gesicht.

»Ich weiß«, erwiderte Antonia.

»Ha!« Rosa reckte triumphierend die Faust in die Höhe. »Ich habe es gewusst. Hat sie dir gesagt, dass sie schwanger ist?«

»Nein.« Antonia blickte zu ihrer Freundin hinüber, die

ihren Kopf auf dem Schoß ihres Mannes gebettet hatte und einen Roman las. »Ich habe es gesehen.«

»Trotzdem habe ich die Wette gewonnen«, sagte Rosa zu Hannah. »Ich habe es vorhin zuerst gesagt.«

»Ist ja schon gut.« Antonias jüngste Schwester zog einen Fünfer aus der Tasche ihrer abgeschnittenen Jeans und reichte ihn Rosa.

»Apropos Wette.« Antonia griff nach dem Schein, ehe Rosa ihn in ihrer Tasche verschwinden lassen konnte. »Nur den großen Zeh ins Wasser halten reicht nicht. Du hast verloren. Hannah hat sich ja wenigstens einen Wimpernschlag lang ins Wasser getraut.«

»Weil ich nicht lebensmüde bin und einen Herzstillstand riskiere in diesem eisigen Wasser. Das ist ein Bergsee«, jammerte Rosa.

»Und genau deshalb gehört der Fünfer jetzt mir. Davon werde ich Leni zu einem Eis einladen. Und jetzt entschuldigt mich bitte.« Sie ließ ihre Schwestern stehen und ging zu Xanders Tochter hinüber. Die Kleine, ihr Papa und sie waren so schnell und problemlos zu einer Einheit zusammengewachsen, dass Antonia sich auch jetzt noch manchmal kneifen musste, um sicherzugehen, dass sie nicht träumte. Sie roch die nassen Hunde, die sich wie Wächter am Rand von Lenis Decke niedergelassen hatten. Dem Mädchen selbst waren die Augen schon halb zugefallen. Antonia deckte sie mit einem Handtuch zu.

»War dein Tag wundervoll?«, murmelte Leni.

Antonia musste lächeln. Bei diesem Ritual zog sich jedes Mal ihr Herz zusammen vor lauter Liebe. Sie legte ihre Stirn an Lenis. »Er war traumhaft«, flüsterte sie. »Ich habe ihn mit ein paar meiner liebsten Menschen verbracht. Mit dir und deinem Papa. Mit meinen Schwestern und meinen besten Freunden. Und war dein Tag auch wundervoll?«, stellte sie die Gegenfrage.

»Ja. Ich bin geritten, und Maluna hat getan, als wäre sie ein Einhorn. Ich hatte Marshmallows am Lagerfeuer. Und ich habe eine Fee gesehen«, nuschelte Leni.

»Tatsächlich?« Antonia musste sich auf die Zunge beißen, um nicht laut zu lachen. Lenis Besessenheit von Feen war wirklich legendär.

»Ja.« Leni gähnte. »Sie war wunderschön. Aber ab morgen wohnen wir im Forsthaus, auf der Feenwiese. Dann sehe ich noch viel mehr. Jeden Tag.«

Ja, morgen würden Xander und Leni zu ihr ziehen. Ein weiterer großer Schritt – der sich so richtig anfühlte. Antonia blickte auf und sah Xander, der am Lagerfeuer stand und sie und Leni mit einem Lächeln in den Augenwinkeln beobachtete. Er hatte beschlossen, sein seelenloses Haus zu verkaufen, und aus ihnen würde eine richtige Familie werden. Antonias Mutter war bei diesen Neuigkeiten fast geplatzt vor Glück. Endlich musste sie sich um das Liebesleben ihrer Ältesten keine Sorgen mehr machen Xanders Vater war im ersten Moment ziemlich sprachlos gewesen, als sie ihre Beziehung offiziell gemacht hatten. Inzwischen hatte Hubert zu seinem alten Tatendrang zurückgefunden und trieb sie mit der Organisation des Umzugs am nächsten Tag in den Wahnsinn. Immerhin hatte er jetzt – wo sie praktisch Familie waren – endlich aufgehört, von seinem Hotelbunker an genau der Stelle zu träumen, an der Antonia gerade stand.

Und das waren nicht die einzigen Neuigkeiten. Durch die Bäume konnte Antonia bis zum Balkon ihrer Tante sehen. Im schwachen Licht der Kerzen, die gegen die zunehmende

Dämmerung kämpften, konnte sie die Silhouetten ihrer Tante und Brandls erkennen. Im Herbst würde auf dem Hof der *Alten Mühle* die zweite Hochzeit dieses Jahres gefeiert werden. Die drei Alten hatten ernsthaft darüber nachgedacht, ihre Bank vor dem Mühlenladen aufzugeben, weil Louisa sich von keinem der drei zum Traualtar führen lassen wollte. Bei der Erinnerung an den Streit der Männer untereinander, wem die Ehre zuteilwerden müsste, und Louisas Machtwort, dass für diesen Job niemand außer ihrer Schwester Rena infrage kam, musste sie noch immer schmunzeln.

Antonia küsste Leni auf den Scheitel und strich Bub über den Kopf. Dann stand sie auf und ging zu Xander hinüber. Er legte den Arm um sie und zog sie an sich. Er strich ihr die Haare hinter die Schultern. Antonia ließ sie wachsen, seit Xander und sie ein Paar waren. Die Furcht, dass ein Mann ihre Haare benutzte, um sie daran durch die Gegend zu zerren, die sie seit Benedikts Übergriff für viele Jahre verfolgt hatte, war verschwunden. Bei Xander war sie sicher. Sie würde immer frei sein und gleichzeitig Halt haben.

»War dein Tag wundervoll?«, flüsterte Xander, während ihre Freunde um sie herum lachten und sangen.

»Absolut«, flüsterte sie zurück. Sie hob den Blick von den Flammen des Lagerfeuers und sah Xander in die Augen. »Weil ich den ganzen Tag daran gedacht habe, dass morgen die Liebe meines Lebens bei mir einzieht.« Sie hauchte einen Kuss auf seinen Mundwinkel. »Und war dein Tag auch wundervoll?«

»Es war ein perfekter Tag, weil ich ihn mit dir verbracht habe. Ich liebe dich.« Xanders Kuss war nicht nur auf ihren Mundwinkel gehaucht. Er war ein Versprechen.

Als er sich von ihr löste, legte Antonia ihren Kopf an seine

Schulter und blickte zu ihren Freunden hinüber, die noch immer Marshmallows über dem Feuer rösteten. Das war ihre perfekte kleine Welt. Die Art, wie man im Berchtesgadener Land den Sommer ausklingen ließ. Sie kuschelte sich in Xanders Umarmung und schloss die Augen. Genoss die Wärme des Feuers, den Duft der Kiefern und die Stärke des Mannes an ihrer Seite. Xander und Leni waren ihre Zukunft, und sie konnte es gar nicht erwarten, dieses neue Kapitel ihres Lebens aufzuschlagen.